Charlotte Lyne

Das Licht der frühen Jahre

TINTE & FEDER

Das Buch

Berlin 1919: Lilly Adler wächst in der geschäftigen Friedrichstraße auf, wo ihr Vater sein berühmtes Fotoatelier hat. Einst gingen hier die Reichen und Schönen ein und aus, um sich porträtieren zu lassen, aber die Zeiten sind schwer und es ist still geworden im traditionsbewussten Atelier Adler. Zu still für die temperamentvolle Lilly, die ihren eigenen Weg einschlagen will und die Familie hinter sich lässt, um zum Film zu gehen. Sie taucht ein ins wilde Nachtleben der Zwanzigerjahre und lernt am Set den attraktiven, aber verschlossenen Regisseur Theo Stiller kennen. Mit ihm entdeckt sie die Faszination bewegter Bilder und ihr eigenes Talent für Regie. Ein Glück, das nur von kurzer Dauer ist. Denn Lilly stößt auf ein altes Familiengeheimnis und einen Verrat, der für sie alles verändert …

Die Autorin

Charlotte Lyne ist eine deutsche SPIEGEL-Bestsellerautorin, Lektorin und Übersetzerin. Mit ihren inzwischen mehr als 20 Romanen ist sie regelmäßig an der Spitze zahlreicher Bestsellerlisten zu finden. Charlotte Lyne schreibt auch als Charlotte Roth, Carmen Lobato und Lydia Conradi. Sie hat über eine halbe Million Leserinnen und Leser begeistert. »Das Licht der frühen Jahre« ist der Auftakt zu ihrer bewegenden »Adler«-Saga.

CHARLOTTE LYNE

DAS LICHT DER FRÜHEN JAHRE

DIE ADLER-SAGA

ROMAN

TINTE & FEDER

Deutsche Erstveröffentlichung bei
Tinte & Feder, Amazon Media EU S.à r.l.
38, avenue John F. Kennedy, L-1855 Luxembourg
Juli 2022

Umschlaggestaltung: bürosüd⁰ München, www.buerosued..de
Umschlagmotiv: © conrado; © ziviani; © Arelix / Shutterstock;
© Joanna Czogala / ArcAngel
1. Lektorat: Silvia Kuttny-Walser
2. Lektorat und Korrektorat: VLG Verlag & Agentur, Haar bei München,
www.vlg.de
Gedruckt durch:
Amazon Distribution GmbH, Amazonstraße 1, 04347 Leipzig /
Canon Deutschland Business Services GmbH, Ferdinand-Jühlke-Straße 7,
99095 Erfurt /
CPI books GmbH, Birkstraße 10, 25917 Leck

ISBN 978-2-49671-018-2

www.tinte-feder.de

Für meine eigene Lilly

Zum besseren Verständnis zeithistorischer und filmspezifischer Begriffe enthält dieser Roman am Ende ein Glossar.

»Man trägt doch eine eigentümliche Kamera im Kopfe, in die sich manche Bilder so tief und deutlich einätzen, während andere keine Spur zurücklassen.«

Bertha von Suttner,
erste Friedensnobelpreisträgerin

Titelsequenz,

die uns Zuschauern schriftlich erklärt, was wir nicht wissen können, weil es nämlich vor Beginn des Films geschah …

Anita

BERLIN

November 1895

»Die stillen Bilder waren die reinste Form des Kinos.«

Der Meister persönlich – Alfred Hitchcock

1

Die lange Friedrichstraße hinunterzuflanieren, um Besorgungen zu machen, hatte Rufus Adler einst die größte Freude bereitet. Als kleiner Junge war er an der Hand seines Vaters gegangen und vor Stolz fast geplatzt, wenn der Vater den Hut lüftete und nach hierhin und dorthin grüßte, weil jeder ihn kannte. Er hatte im Vorbeigehen sein eigenes Bild in den Schaufenstern der Geschäfte bestaunt und sich darüber gewundert, dass die Reflexion in einer getönten Scheibe noch immer ihm selbst glich und doch zugleich einem Fremden, dass sie eine geheimnisvollere, erwachsenere Version von ihm zeigte, die im nächsten Schaufenster schon wieder anders aussah.

Es war wie bei den Fotografien des Vaters, die mit der Zeit und durch Lichteinstrahlung einen bräunlichen Sepiaton annahmen und dadurch den Menschen auf den Bildern eine andere Würde, einen anderen Ernst, ja manchmal fast eine Art von Tragik verliehen, obwohl sie doch dieselben blieben.

Als Rufus älter wurde, war er natürlich nicht mehr mit dem Vater Hand in Hand gegangen, aber noch immer Seite an Seite, und er hatte sie beide in den spiegelnden Scheiben beobachtet. Der Vater war ein stattlicher, distinguierter, allerorts beliebter

Mann gewesen, und Rufus hatte sich daran erfreut, dass er ihm mit jedem Gang ein wenig ähnlicher wurde.

»Vater und Sohn«, so hätte man das Bild nennen können, das sich eine flüchtige Sekunde lang in der gelblich angestrahlten Scheibe einer Spielwarenhandlung zeigte. Sie trugen beide eisengraue Tweedanzüge nach englischem Schnitt und die gleichen Homburgs, ganz leicht in die Stirn gezogen, der seine ein wenig kleiner als der des Vaters.

Ja, Rufus war stolz gewesen. Auf den Vater, auf seine Heimatstadt mit dem quirligen, aus allen Nähten platzenden Centralbahnhof, auf das Photo-Atelier Adler und ein wenig auch auf sich selbst. Er würde ein Mann wie sein Vater werden, dazu war er entschlossen, und er freute sich darauf.

Sein Bruder Benno, kaum anderthalb Jahre jünger, war ganz anders als er. Ein Wildfang, verwöhnter Liebling der Mutter, der sich gegen das Erwachsenwerden und jeglichen Gehorsam sträubte, einerlei, wie oft der Vater ihm die Hosen stramm zog. Rufus liebte Benno und wünschte, der Bruder hätte sich ein wenig manierlicher benommen, sodass auch er eingeladen worden wäre, mit dem Vater zu Erledigungen über die Friedrichstraße zu flanieren.

Der Herr Fotograf und seine zwei Söhne.

Das Bild hätte für ein Werbeplakat an der Litfaßsäule getaugt.

Benno aber taugte dafür nicht. Er verhielt sich im Grunde sogar als Primaner noch wie ein Kind, stürmte voran oder trödelte hinter ihnen her, statt ordentlich zu gehen, und drückte sich an Schaufensterscheiben die Nase platt, wenn auch nicht länger an dem der Spielwarenhandlung. Dort hatte er jahrelang nach Spielzeug gegiert und den Vater angebettelt, bis dieser die Geduld verlor. »Ach bitte, bitte, Papa. Den Clown mit dem Zirkuswägelchen, den zum Aufziehen – den muss ich ganz unbedingt haben!«

Benno musste immerzu etwas *ganz unbedingt* haben. Besonders das moderne Blechspielzeug, das man mit kleinen Schlüsseln aufzog, damit es sich wie von Zauberhand allein bewegte, hatte es ihm angetan. Den Vater, der ein vernünftiger, bescheidener Mann war, der sein Geld zusammenhielt, reizte diese Gier zur Weißglut, bis er am Ende Benno auf keinen Weg mehr mitnehmen wollte.

Also hatte Rufus seine Erledigungsgänge mit dem Vater allein genossen. Zu Weihnachten wünschte er sich einen Spazierstock mit einem Adlerkopf aus Messing als Knauf, wie der Vater einen besaß. Er hatte das Bild, das sie beide Seite an Seite abgeben würden, wenn er in den Spazierstock sozusagen hineingewachsen war, bereits fertig im Kopf.

Dann aber war über Nacht alles kaputtgegangen, und das Bild war zersprungen wie Glas.

Wenn Rufus jetzt beim Gang über die Friedrichstraße in der Menge das vertraute Gesicht eines Nachbarn oder einstigen Kunden erblickte, schlug er den Mantelkragen hoch und duckte sich hinein. Noch lieber wäre er überhaupt zu Hause geblieben, hätte sich in der Wohnung über dem Photo-Atelier verkrochen und sich die Decke über den Kopf gezogen. Der früher so geliebte Weg kam ihm jetzt vor wie ein Spießrutenlauf, und in den Scheiben der Schaufenster zeigte ihm sein banger, hastiger Blick einen zu hoch aufgeschossenen Jungen ohne männliche Schulterbreite, dessen Bruder hinter ihm hertrödelte und ständig stehen blieb, um begehrlich nach etwas zu schmachten.

»Komm doch weiter, Benno.« Rufus stöhnte, griff den anderen beim Ärmel und zerrte ihn voran. »Für diese Kindersachen bist du inzwischen doch wirklich zu alt.«

Benno war inzwischen fast neunzehn und daher von der Volljährigkeit nicht viel weiter entfernt als Rufus, bei dem es nur noch ein Dreivierteljahr dauern würde, bis er über sein Erbe selbst bestimmen durfte.

Falls es bis dahin noch ein Erbe gab und die Schulden nicht alles vertilgt hatten!

Er sputete sich besser. Von allen Seiten glaubte er, Blicke auf sich zu spüren und verächtliches Getuschel zu hören.

»Seht ihr die da?«

»Das sind die Adler-Brüder, die Söhne von diesem Fotografen, der … ihr wisst schon.«

»Aber sicher. Es stand schließlich in allen Zeitungen.«

»Was für ein Skandal! Dass die Söhne es danach noch wagen, sich auf offener Straße blicken zu lassen …«

Rufus wäre der offenen Straße liebend gern ferngeblieben. Vor Scham war ihm zumute, als schnüre es ihm die Brust zu. Aber was sollte er machen? Wenn er nicht losging und das Material besorgte, das er für seine Arbeit brauchte, würden demnächst wieder die Gerichtsvollzieher vor der Tür stehen und ihm diesmal die Kameras pfänden. Dann wäre er erledigt. Könnte alles vergessen. Hätte weder das Geschäft erhalten, das seine Familie aufgebaut hatte, noch sichergestellt, dass seine Mutter und sein Bruder ein Dach über dem Kopf und eine Mahlzeit auf dem Teller hatten.

Er brauchte ein neues Musteralbum, Fotopapier und Handzettel, um die Wiedereröffnung des Ateliers anzukündigen. Das bewährte Album, das sein Vater benutzt hatte, um seinen Kunden die Fotoformate Mignon, Imperial, Visite, Cabinet, Victoria, Promenade und Boudoir in verschiedenen Varianten vorzuführen, war verloren gegangen, und Rufus hätte es ohnehin nicht mehr verwenden können. Aus diesem Album hatte sich jeder die Vorlage heraussuchen können, in der er sich selbst besonders vorteilhaft erschien.

Rufus wollte das neue Album spektakulär aufmachen, in detailreichen Zeichnungen darstellen, worin die Stärken und Schwächen eines jeden Formats lagen. Kunden, die zweifelnd zu ihm kamen, würden rundum überzeugt wieder gehen, weil sie begriffen hatten, dass der junge Adler es ernst meinte mit der Fotografie.

Und dass man *ihn* ernst nehmen konnte.

Die Zeichnungen wollte er selbst anfertigen. Er mochte keine sonderliche künstlerische Erfindungsgabe, keinen instinktiven Blick für Motive und ihre Wirkung besitzen, wie er sie zuweilen bei Benno wahrnahm, aber er hatte ein geschultes Gespür für Bildaufteilung und einen guten, soliden Geschmack. Das hochwertige Papier und die Zeichenstifte, die er benötigen würde, hatte er sich bereits bei Vogt & Trossmann an der Taubenstraße besorgt. Siegmund Trossmann war sein Freund oder doch wenigstens beinahe – ein einstiger Schulkamerad, der des Öfteren bei Klassenarbeiten von ihm abgeschrieben hatte. Bessere Freunde hatte Rufus nicht. Sein einziger richtiger Freund, so hatte er immer gedacht, ohne dies als Mangel zu empfinden, war sein Vater gewesen.

Und sein Bruder natürlich.

Dem Vater hatte er nacheifern wollen und den Bruder behüten und anleiten. Zumindest Letzteres wollte er immer noch.

Es war alles andere als leicht gewesen, bei Vogt & Trossmann aufzukreuzen, die Blicke des Verkäufers und der Ladenmädchen auszuhalten, in denen Mitleid und Abscheu sich abwechselten, und zu bekennen, dass der Erbe des Photo-Ateliers Adler keinen Groschen in der Tasche hatte. Seine Stimme hatte zu versagen gedroht, als er um das Material, das er so dringend brauchte, hatte betteln müssen.

Lieber wäre er zu einem Fremden gegangen, aber ein Fremder hätte sich nicht darauf eingelassen, ihm den Preis für die Waren zu stunden. Siegmund dagegen hatte zwar gemurrt, sich schließlich aber breitschlagen lassen. »Also schön. Ich packe dir die Sachen, die du da aufgelistet hast, zusammen und gebe dir mit der Bezahlung bis zum Monatsende Zeit. Aber ganz ehrlich, alter Junge, ich kann dir nur dringend raten, dieses Vabanquespiel aufzugeben.«

»Dieses Vabanquespiel?«

Siegmund nickte gewichtig. »Das ist doch ein tot geborenes Kind. Nach all dem Schmutz, in dem dein Vater sich gesuhlt hat, kommt zu euch kein Mensch mehr, um sich ablichten zu lassen. Warum überlässt du die ganze Angelegenheit nicht deinem Vormund? Der sieht zu, dass er die Ausrüstung und das Inventar gut verkauft, die Schulden begleicht, und am Ende bleibt euch beiden, dir und deinem Bruder, sogar noch ein bisschen was übrig. Zumindest ein Teil eurer Ehre. Das ist kein geringes Gut, Rufus.«

Das weiß ich doch, und genau darum geht es mir, wollte Rufus ihm entgegnen, doch er hielt an sich und betrachtete stattdessen seinen Schulkameraden. Der trug seit Neuestem eine Hornbrille und einen blütenweißen Kittel mit einem Bleistift in der Brusttasche wie ein richtiger Prokurist.

»Könntest du das denn?«, fragte ihn Rufus. »Dies alles hier den Wölfen zum Fraß vorwerfen? Nicht mehr dein eigener Herr sein, wie dein Vater es für dich gewollt hat, das Geschäft, das dein Großvater, der noch als Lithograf begann, gegründet hat, zerstückeln und auslöschen lassen?«

»Das ist kein Vergleich«, erwiderte Siegmund knapp. »Dein Vater hat sich alles selbst zuzuschreiben. Es hat ihn ja niemand gezwungen, die Grundlage seines Unternehmens beim illegalen Glücksspiel zu verschleudern, um sein schändliches Verlangen zu finanzieren.«

Daraufhin hatte Rufus geschwiegen. Er hatte kein Recht mehr, noch etwas zu sagen, denn genau das war es schließlich, was sein Vater getan hatte. Wann immer Rufus Leute reden hörte oder in einer der Zeitungen davon lesen musste, erschien es ihm von Neuem unfassbar: Sein von Anstand geprägter, aufrechter Vater war Sonntag für Sonntag zum Galopprennen nach Hoppegarten gefahren und hatte dort, dem Verbot des Totalisators zum Trotz, auf Pferde gewettet. Das Geld, das er dort zu gewinnen hoffte, hatte er gebraucht, um die Gelüste einer Frau zu befriedigen, die nicht Rufus' Mutter war.

Vielmehr war sie die Gattin eines Unterstaatssekretärs im Auswärtigen Amt und in der Reichshauptstadt bekannt wie eine bunte Hündin. Rufus' Vater hatte sie kennengelernt, weil ihr Mann sie in sein Atelier begleitet hatte, um von der gefeierten Schönheit, auf deren Besitz er mächtig stolz gewesen sein mochte, ein Porträt anfertigen zu lassen.

Wie hatte der Vater das tun können? Das Vertrauen eines Kunden missbrauchen – das war womöglich noch unverzeihlicher als alles, was er dem Vertrauen seiner Familie angetan hatte. Der Kunst der Fotografie wohnte etwas Heiliges inne, so hatte der Vater es Rufus von klein auf gelehrt. Sie besaß die Macht, dafür zu sorgen, dass die Toten niemals ganz tot waren und die Lebenden sie nicht ganz verloren. So etwas beschmutzte man nicht, sondern war dankbar dafür, dass die moderne Technik ein solches Wunder möglich machte.

Der Vater aber war nicht dankbar gewesen. Er hatte das Geld, das die Fotografie ihm eingetragen hatte, verspielt und mit der Staatssekretärsgattin verlottert, bis kein Pfennig mehr übrig war.

Dann war er auf das Geländer der Jannowitzbrücke gestiegen und hatte sich mit der Pistole seines Vaters in den Kopf geschossen. Sein Körper war hinunter in die Spree gefallen, und es hatte drei Tage gedauert, bis der Leichnam am Ufer des Müggelsees angeschwemmt wurde und man ihn der Familie samt der Todesnachricht überbrachte.

Rufus wollte daran nicht mehr denken. Das Bild des Vaters, nach dem er sein eigenes jahrelang modelliert hatte, erschien ihm Nacht für Nacht im Traum, als hätte jemand in sein Gedächtnis eine Fotoplatte eingelegt: Auf einem Fuß balancierte der Vater auf dem Brückengeländer, schwankte, schoss sich durch die Schläfe den Kopf kaputt und kippte hinunter in die Spree. Das Bild auf der Fotoplatte log nicht. Es hielt alles fest.

Rufus nahm alle Kraft zusammen und zwang sich, das Bild beiseitezuschieben. Die Nächte waren schlimm genug. Jetzt, am Tage, musste er funktionieren und durfte sich nicht mit seinen finsteren Gedanken aus dem Gleichgewicht bringen.

Schließlich hatte er ja die Schreibwaren bekommen. Sogar Pinsel, Tinte und Bleistifte, die zur Retusche unerlässlich waren, hatte Siegmund ihm einpacken lassen. Zwar hatte Rufus noch nie ein Bild retuschiert, doch er würde es lernen, immerhin hatte er oft genug zugesehen. Das alles war schon ein wichtiger Schritt für die Neueröffnung des Ateliers, die er für den 1. Dezember ankündigen wollte. Er würde aber auch einen Vorrat an Fotoplatten brauchen, eine neue Leuchte, um diejenige, die wie ein böses Omen in der Todesnacht des Vaters durchgebrannt war, zu ersetzen, und verschiedene Chemikalien für die Entwicklung der Aufnahmen. Diese Dinge waren teuer, doch wenn ein Unternehmer nichts investierte, konnte er auch nichts einnehmen. Weil er wusste, dass es sich nicht vermeiden ließ, hatte Rufus sich dazu durchgerungen, auch noch den letzten, den unerträglichsten Gang anzutreten: den ins Pfandhaus.

Er trug die goldene Taschenuhr bei sich, die sein Vater ihm zum Schulabschluss geschenkt hatte, in den Deckel eingraviert die Zeile: »In Liebe, Vater«. Warum sollte er die Uhr nicht verpfänden und wenn nötig auch verscherbeln? Das Geschenk hatte ihn damals so stolz gemacht, dass er vor Freude kein Wort herausgebracht hatte. Aber wie alles andere war auch diese Erinnerung nun vergiftet, und für die Tränen, die sich ihm aus den Augen stehlen wollten, schämte er sich.

Er war schließlich ein Mann, kein kleiner Junge mehr, der heulte. Er musste ein Mann sein, musste seinem Vormund

und aller Welt beweisen, dass er in der Lage war, das Geschäft wieder flottzubekommen. Er zog den Kopf noch tiefer in den Mantelkragen und den Hut ins Gesicht und hoffte inständig, niemand würde ihn sehen, wie er so geduckt und mit seinem Bruder im Schlepptau auf den Laden des Pfandleihers hinter der Kreuzung zur Dorotheenstraße zustrebte. Dabei passierte er die Tanzdiele, der ein Ruf des Verbotenen, Verruchten anhaftete, und das Portal des Bahnhofs, das unentwegt Menschen ausspuckte, und eilte mit hastigen Schritten auf das Hotel Central zu.

Das Hotel war angeblich das teuerste und luxuriöseste in der gesamten Hauptstadt, es verfügte über ein eigenes Telegrafenamt und bot seinen Gästen neben fünfhundert Zimmern mit höchstem Komfort neun Restaurants zur Auswahl. Flüchtig blickte Rufus an der imposanten fünfstöckigen Fassade hoch und war nicht imstande, sich vorzustellen, dass darin Menschen ohne Sorgen sich vielleicht der blauen Stunde hingaben, perlendem Klavierspiel lauschten und darüber nachdachten, wann und wie sie sich zum Abendessen umkleiden sollten.

Rufus' Familie hatte zu den Reichen und Schönen, die sich im Central einquartierten, nie gehört. Aber sein Vater hatte jene Reichen und Schönen fotografiert, er war von ihnen respektiert und als ihresgleichen behandelt, ja sogar hofiert worden, und nach nichts anderem hatte Rufus je gestrebt. Dieses Leben wollte er zurückhaben, diese Zukunft, die ihm versprochen worden war: die des Fotografen, der ihnen allen – den Reichen wie den Armen, den Schönen wie den Hässlichen, den Mächtigen und den Machtlosen – durch seine Linse in die Seele blickte, wie sonst kaum jemand es konnte.

Er träumte nicht von Reichtümern oder einem Leben in Luxus oder Müßiggang. Nur von der Welt, die sich ihm auftat, sobald er durch den Sucher einer Kamera spähte.

»Jetzt mach schon, Benno, lieber Himmel«, trieb er den Bruder an. »Ich habe noch mehr zu erledigen, ich will diese Sache hinter mich bringen.«

Benno hatte die Hände in den Hosentaschen vergraben und schlenderte verträumt vor sich hin, als nähme er das Gewimmel um ihn herum gar nicht wahr. Der trübe Tag erstarb schon, und im Nu zog Dunkelheit auf. Der Lampenanzünder lehnte seine Leiter an den geschmiedeten Pfahl einer Laterne, die hier noch nicht wie vielerorts durch elektrische Bogenlampen ersetzt worden war. Benno stieß mit dem Fuß dagegen und stolperte. »Oh, Verzeihung«, sagte er und lüftete den Hut wie als Kind die Ballonmütze. Dann ging er weiter, so tief in seine eigene Welt versunken wie zuvor.

Rufus hatte vorgehabt, ihn daheim, in der relativen Sicherheit des Ateliers, zu lassen, aber das hatte Benno nicht gewollt. Zu Rufus' Leidwesen hielt sich Benno nicht gerne im Atelier auf. »Es ist alles so muffig, so verstaubt, vor allem so *still*«, hatte er einmal gesagt, als der Vater noch gelebt hatte. »Nichts bewegt sich. Ich komme mir vor wie beim Trödler oder in einer dieser Wunderkammern, vollgestopft mit Dingen, die keiner mehr braucht.«

Natürlich steckte darin ein Funken Wahrheit. Die Kameras waren nicht auf dem neuesten Stand, der Vater hätte längst Kapital aufbringen und seine Ausrüstung modernisieren, neue Objektive wie die von Steinheil in München anschaffen, doch vor allem von der allzu schweren Plattenkamera auf den viel handlicheren Rollfilm umrüsten müssen. So arg, wie Benno es darstellte, war es jedoch nicht. Die Kameras waren von guter Qualität und würden noch eine ganze Weile ihren Dienst tun – so lange, bis Rufus die Schulden abbezahlt und genug eingenommen hatte, um das Atelier neu auszustatten.

»Es ist doch für uns beide, Benno. Für dich genauso wie für mich«, hatte er den Bruder beschworen. »Man braucht doch nur

Geduld, um die Flaute durchzustehen und über alles Gras wachsen zu lassen. Wenn wir uns erst wieder hochgerappelt haben, machen wir aus dem Atelier ein richtiges Schmuckkästchen. Wir bestellen uns ein neues Ladenschild: ›Gebrüder Adler. Kunst- und Porträtphotographie‹. Wie gefiele dir das?«

»Ich weiß nicht, Rufus«, hatte Benno in der ihm eigenen geistesabwesenden Art gesagt, die Rufus auf die Palme brachte. »Wie soll ich es denn wissen, wenn ich noch gar nichts ausprobiert habe? Ich habe so viele Ideen, ich könnte mich gar nicht auf eine einzige versteifen. Im Atelier alleine bleiben will ich jedenfalls nicht, jetzt noch weniger als früher. Mir ist es unheimlich hier. Alles ist still, alles schweigt, nur der Wind bewegt die Vorhänge und lässt die Schatten tanzen, als spähe der Tod ins Fenster.«

Rufus lief es kalt über den Rücken, wenn sein Bruder so sprach. Trotzdem musste er eingestehen, dass Benno mit seinen Worten etwas einfing, das auch er selbst spürte, auch wenn er es nie hätte beschreiben können. Dabei wollte er den Tod doch aus dem Atelier austreiben und es wieder zu einem Ort machen, an den die Lebenden voller Vorfreude kamen!

Seufzend hatte er klein beigegeben und Benno mitgenommen, und jetzt schleifte er ihn praktisch hinter sich her. Auf der Kreuzung stand ein Schutzmann, der den von allen Seiten sprudelnden Verkehr regelte. Er hob seine Kelle, und in einem Strom von weiteren Fußgängern überquerten die Brüder die Fahrbahn. Drüben löste sich Benno von ihm und zog allein an der majestätischen Straßenfront des Hotels entlang.

»Wie einer, der durchs Leben taumelt«, hatte einer von Bennos Lehrern einmal gesagt und es alles andere als freundlich gemeint.

Angst erfasste Rufus. Wieder war er sicher, von überall bohrende Blicke zu spüren. Er hätte seinen Bruder am liebsten umfasst und vor ihnen geschützt. Vor allem Bösen und

Bedrohlichen hätte er Benno gern behütet, denn der war ein Traumtänzer, ein Hans Guck-in-die-Luft, der mit den Härten des Lebens allein nicht zurechtgekommen wäre.

Benno war ein Stück vorausgelaufen und blieb jetzt vor dem einstigen Palmengarten des Hotels stehen, um sich, wie als kleiner Junge, die Nase an der Scheibe platt zu drücken. Das Tageslicht war bereits restlos erloschen, und im Lampenschein bemerkte Rufus, wie schön das Profil seines Bruders war.

Wie aus der Zeit gefallen.

Mit der honigfarbenen Locke, die ihm in die fein modellierte Stirn fiel, sah er aus wie ein junger Ritter aus einem verflossenen Jahrhundert.

Unverhofft schwang Benno zu ihm herum. »Hast du das hier gesehen?«, rief er so erregt und atemlos, dass Rufus glaubte, das Blut an seinem Hals pulsieren zu sehen. »Da muss ich rein, Rufus. Ganz unbedingt!«

Der verglaste Palmengarten, der gut fünfundsiebzig Meter lang und mit Springbrunnen, künstlichen Grotten und Schlingpflanzen ausgestattet war, wurde seit einigen Jahren als Varieté genutzt. Anfangs hatte es dort vor allem Konzerte für die Hotelgäste gegeben, doch inzwischen wurden die verschiedensten Attraktionen für mehr als tausend Zuschauer geboten und auf ständig wechselnden Plakaten an Litfaßsäulen angekündigt. Sänger, Tänzerinnen, Akrobaten, Zauberkünstler, Dompteure und dergleichen mehr traten in dem Etablissement auf, das sich nun in blinkender Leuchtschrift »Wintergarten« nannte.

Das Plakat, auf das Benno wies, prangte an der Scheibe neben dem Eingang. In schwungvollen schwarzen Lettern wurde darauf die Sensation des heutigen Abends angekündigt:

Die erste öffentliche Filmvorführung in Europa!

BRANDNEUES PROGRAMM, NIE ZUVOR GEZEIGT.

Zum ersten Mal:

Das Bioskop.

Die amüsanteste und interessanteste Erfindung der Neuzeit.

Wir machen das verehrte Publikum auf diese Nummer ganz besonders aufmerksam. Die im Bioskop gezeigten Bilder sind keine Schattenbilder, sondern durch die eigenartige Erfindung der Herren Skladanowsky zur Darstellung gebrachte Momentphotographien.

VORVERKAUF AN DER TAGESKASSE, 10–1 UHR.

»Benno, das geht nicht«, sagte Rufus und versuchte, den Bruder wiederum am Mantelärmel weiterzuziehen.

Benno aber blieb stehen wie ein stures Pferd, das seine Hufe in den Boden rammte. »Ich muss da rein.«

»Herrgott, du bist doch kein Kind mehr! Wir haben kein Geld, ich habe noch Etliches zu erledigen, und außerdem ist es sicher sowieso ausverkauft.«

Herrschaften in Abendgarderobe – angetan mit Zylindern, Pelerinen, ausladenden Pelzstolen – quollen aus Kutschen und einer Kraftdroschke. Während sie sich in langer Reihe auf den Eingang zubewegten, warfen sie pikierte Blicke auf die sich streitenden Brüder.

»Ich gehe rein«, entschied Benno. »Bestimmt findet sich irgendwo noch ein Platz für mich.«

»Benno, bleib stehen!«

Der Bruder hatte sich losgerissen und wollte sich in den Strom der Zuschauer einreihen, aber Rufus sprang ihm hinterher und riss ihn zurück. »Hörst du mir eigentlich zu? Wir haben weder Geld noch Zeit für Abendunterhaltung.«

Im nächsten Augenblick wünschte er, er hätte seine Worte wieder einfangen und sich in die Kehle zurückstopfen können. In der Warteschlange des Abendpublikums hatte nun ausnahmslos jeder gehört, dass Rufus Adler kein Geld hatte. Hätte er noch hinzugefügt, dass er auf dem Weg zum Pfandleiher war, hätte das die Sache nicht schlimmer gemacht.

»Verstehst du denn nicht?«, fragte ihn Benno von alledem unberührt. »Um Unterhaltung geht's nicht. Hier wird uns etwas gezeigt, das wir noch nie zuvor gesehen haben!«

Im selben Maß, wie Rufus ihn zurückzuzerren versuchte, gab Benno sich Mühe, ihn zum Eingang hinzuziehen, vor dem ein Mann in pompöser Livree den Gästen die Eintrittskarten abriss. Mitten in der Schlange blieb jemand stehen. Ein hoch gewachsener, eleganter Herr in einem Wollmantel mit schmalen Pelzbesätzen. »Die Brüder Adler?«, fragte er so unüberhörbar laut, wie vor ihm Rufus gesprochen hatte. »Sehe ich richtig?«

Rufus wusste sofort, wer er war. Rudolf Mosse, Zeitungsverleger, Herausgeber des *Berliner Tageblatts.* Sein Gesicht war stadtbekannt. In den Tagen nach dem Skandal hatten Reporter seiner Blätter die Wohnung der Adlers regelrecht belagert, um einen Blick auf die in Schande geratene Familie zu ergattern und sie mit ihren Fragen zu quälen.

»Komm mit«, stieß Rufus hervor, packte Benno erneut am Ärmel und stürmte kopf- und planlos mit ihm voran. Wenn der Bruder sich weigerte, die Straße hinunterzuflüchten, gab es nur noch eine Möglichkeit: Zum Äußersten entschlossen eilte Rufus mit ihm an dem Kartenabreißer vorbei und tauchte in den Tiefen des Varietés unter.

»Die Eintrittskarten bitte!«, rief der Livrierte empört. Rufus und Benno aber hatten sich längst ihren Weg durch das Gedränge vor der Garderobe gebahnt und verschwanden im Saal.

2

Gedämpftes Licht umfing sie. Der Saal, gesäumt von Kübelpflanzen, schillernden kleinen Grotten und in die Wände gemauerten Springbrunnen, wurde lediglich durch gelblich eingefärbte runde Glühbirnen erhellt, die an Ketten quer unterhalb der Decke angebracht waren. Wenn man eintrat, bekam man den Eindruck, urplötzlich in eine Sternennacht geraten zu sein, an deren eigentümlich unwirklichen Schein sich die Augen erst gewöhnen mussten.

Die Mehrzahl der mit Samt bespannten Sitzplätze war bereits besetzt. Hände raschelten mit Konfektschachteln, zogen Operngläser hervor, und getuschelte Gespräche wurden geführt, doch die meisten Gesichter waren bereits auf den Bühnenraum gerichtet, der hinter einem die gesamte Front einnehmenden Vorhang verborgen lag.

Eine Platzanweiserin kam ihnen entgegengeeilt. »Welche Reihe bitte, die Herren?«

Rufus wollte zu einer Erklärung ansetzen, aber Benno wies bereits nach vorn auf die einzige Reihe, in der nebeneinander noch drei Plätze frei waren. »Reihe vier, Sitze drei bis fünf«, sagte er. »Bitte entschuldigen Sie. Unsere Karten hat unsere Mutter bei sich. Sie ist sich noch kurz die Nase pudern gegangen und hat vergessen, sie uns zu geben, Sie verstehen?« Dazu lächelte er. Benno lächelte selten. Vielleicht war das der Grund dafür, dass er damit so gut wie nie seine Wirkung verfehlte.

»Aber ich bitte Sie«, sagte die Platzanweiserin, die dem Alter nach selbst ihre Mutter hätte sein können. »Das ist doch kein Problem. Ihre Frau Mutter hat sich die Karten ja abreißen lassen. Wenn Sie Ihre Sitznummern wissen, brauche ich sie nicht noch einmal zu kontrollieren.«

»Sie schickt der Himmel«, sagte Benno. »Ich hatte Angst, ich würde den Anfang verpassen, und das, wo doch heute das Bioskop vorgeführt wird.«

»Ja, dieser obskure Kasten, der Bilder ausspucken soll.« Die Platzanweiserin nickte bedeutsam. »Wir vom Personal dürfen heute eigens im Saal bleiben, um uns das anzuschauen. Mein Mann sagt ja immer: Wenn ich was sehen will, was noch keiner gesehen hat, knack ich ’ne Nussschale auf und fertig. Aber so eine neumodische Erfindung, die in aller Munde ist – die will man sich dann doch nicht entgehen lassen.«

»Nein«, sagte Benno auf seine versonnene Weise. »Unter gar keinen Umständen würde ich mir das entgehen lassen.«

»Kommen Sie.« Ihnen voran schritt die Frau die Reihen ab und wies ihnen die Plätze zu, was unnötig gewesen wäre, weil Benno diese ja eigens für sie ausgesucht hatte. Er bedankte sich noch einmal und wünschte der Frau ein »unvergessliches Erlebnis«, ehe er sich in den Sessel sinken ließ, für den ein anderer bezahlt hatte.

»Was machen wir, wenn die Leute kommen, denen die Plätze gehören?«, zischte Rufus zu ihm hinüber.

»Das ist mir gleichgültig, Rufus«, sagte Benno. »Wir machen, was immer du willst. Ich will nur eines: das Bioskop sehen. Sonst nichts.«

Rufus war mit ihm geflüchtet, um Rudolf Mosse und womöglich einem Schwarm von weiteren Zeitungsleuten zu entkommen und sich selbst, doch vor allem Benno, Scham zu ersparen. Er hatte nicht nachgedacht, nur vage gehofft, durch irgendeinen Hinterausgang oder durch die Hotelhalle entwischen zu können. Wenn jetzt aber Benno darauf bestand, in diesem Saal zu bleiben und sich die Vorstellung anzusehen, saßen sie in der Falle. Mosse und seine Begleiter würden ohne jeden Zweifel hierherkommen. Sicher hatten sie vor, über das Ereignis zu berichten, und wenn sie dabei noch die Adler-Söhne in die Fänge bekämen, wäre das ein gefundenes Fressen für sie. Gut möglich, dass Rufus und Benno sogar auf ihren Plätzen saßen.

Was sollte er tun? Jetzt waren sie erst recht der Peinlichkeit ausgesetzt, die er hatte vermeiden wollen. Noch mehr Leute strömten durch die Tür und begannen, sich auf den verbleibenden Sitzen zu verteilen. Fraglos war der Saal ausverkauft. Es galt als so gut wie unmöglich, im Wintergarten Karten zu bekommen, und heute würde das mehr denn je der Fall sein. Rufus sah einen Pulk von drei dunkel gekleideten Gestalten den Gang herunterkommen und war sicher, Mosse zu erkennen. Abrupt sprang er auf und zog Benno mit sich. »Komm mit.«

Nur einen Herzschlag lang sah Benno ihn an, ehe er sich wieder dem Vorhang zuwandte, der sein Geheimnis jeden Augenblick preisgeben würde. »Ich gehe aus diesem Saal nicht weg, Rufus.«

»Das weiß ich leider«, erwiderte Rufus ergeben. »Deshalb suche ich nach einem Versteck. Am besten versuchen wir, uns unter das Personal zu mischen, das hinten an der Wand steht.«

Aus dem Orchestergraben war nun Musik zu hören, schmissige Klänge mit viel Schlagzeug und Blech. Der Vorhang war zweigeteilt, und zwischen den Hälften schob sich ein Mann hindurch, der einen Zylinder und einen rötlich schillernden Frack trug wie der Direktor im Circus Renz.

»Meine aufs Höchste verehrten Damen und Herren, liebes Publikum«, begann er mit ausgebreiteten Armen seine

Ansprache und war damit Rufus' Rettung. Die Handvoll Zuschauer, die noch nicht auf ihren Plätzen saßen, waren abgelenkt genug, um den beiden jungen Männern, die in Hüten und Mänteln an ihnen vorbeidrängten, keine Beachtung zu schenken.

Wenigstens leistete Benno keinen Widerstand mehr, sondern folgte ihm geradezu fügsam und ließ sich in eine Lücke zwischen den livrierten Männern und Frauen schieben, die an der Wand aufgereiht standen. Er protestierte nicht, sagte kein einziges Wort, sondern stand stocksteif, den Blick wie gebannt nach vorn auf die Bühne gerichtet. Er sah aus, als hätte er Hunger. Als hielte er andächtig still, weil er wusste, dass ihm sogleich Speisen im Übermaß serviert würden.

Der Vorhang teilte sich und gab die Bühne frei. Dort waren zur Linken eine Litfaßsäule, vermutlich aus Pappmaché, und zur Rechten eine üppig grünende künstliche Palme aufgebaut. In der Mitte hängten zwei Männer in Kitteln, wie Fotografen sie trugen, eine Leinwand an ein Gestell, sodass eine Art überdimensionaler Staffelei entstand.

»Meine Damen und Herren.« Der Mann, der das Wort ergriff, sprach nicht besonders laut, sodass jegliches Geraschel im Saal mit einem Schlag zu völliger Stille erstarb. »Gestatten Sie, dass ich mich vorstelle? Mein Name ist Max Skladanowsky, und der Herr mir zur Seite ist mein Bruder Emil. Ich weiß, für gewöhnlich werden Sie hier von Zauberkünstlern und Illusionisten unterhalten, und wir zwei biederen Gesellen sehen nicht wie solche aus. Wenn wir Ihnen aber in wenigen Minuten den Apparat vorführen, den wir gemeinsam mit unserem Bruder Eugen entwickelt haben, werden Sie der Ansicht sein, wir seien die raffiniertesten Zauberer, Magier oder Taschenspieler, die Ihnen je begegnet sind. Lassen Sie mich Ihnen jedoch versichern: Genau das sind wir nicht.«

Er legte eine kunstvolle Pause ein und strich sich über den Schnauzbart, ehe er fortfuhr: »Was Sie gleich sehen werden, ist keine Illusion, kein Kaninchen aus dem Hut, sondern die Wirklichkeit. Jede unserer Bilderfolgen hält im Detail und für alle Zukunft fest, was sich wahrhaftig zugetragen hat. Ich versichere Ihnen darüber hinaus, meine Damen und Herren: Um das, was Sie heute Abend zu sehen bekommen, werden noch Ihre Kinder und Kindeskinder Sie beneiden. Sie werden einmal sagen können: Ich war dabei.«

Applaus ertönte, der nicht deshalb verhalten ausfiel, weil der Sprecher sein Publikum etwa nicht mitgerissen hätte, sondern im Gegenteil, weil die Leute vor Spannung wie versteinert auf ihren Plätzen saßen. Max und Emil Skladanowsky verließen die Bühne und verschwanden lautlos den Seitengang hinauf. Zurück blieb die übergroße Staffelei, die weiß leuchtete, während die sternengleichen Lichter erloschen und Litfaßsäule und Palme im Dunkel versanken.

Rufus wartete und hörte die Besucher im Saal den Atem anhalten.

Vor allem hörte er, wie Benno an seiner Seite den Atem anhielt, spürte, wie sein ganzer Körper sich spannte, und sah in seinem Profil eine Erwartung, wie er sie selbst nie empfunden hatte. Eine Welle der Liebe zu seinem Bruder erfasste ihn. Ähnlich war es ihm ergangen, so lange er zurückdenken konnte. Nicht nur, weil er keine weiteren Geschwister hatte, nicht nur, weil Benno der Kleinere war, den man eben lieben und beschützen musste, sondern weil er diese Fähigkeit besaß, sich in einer Leidenschaft vollkommen zu verlieren, die Rufus fehlte.

Wir beide zusammen werden perfekt sein, dachte er in der Dunkelheit. *Wir werden das Photo-Atelier Adler auf eine Höhe erheben, auf der es nie zuvor gestanden hat.* Bennos tollkühne Ideen, seine Begeisterung und seine künstlerischen Talente, gepaart mit der Vernunft und dem Geschäftssinn, den er selbst mitbrachte – wer wollte zwei Brüdern, die mit solchen Pfunden wuchern konnten, Steine in den Weg legen?

Auf Bennos Oberlippe bildete sich eine Schweißperle. Er schien nichts davon zu bemerken, ja er schien körperlich überhaupt nicht mehr anwesend zu sein. Als Rufus den Blick von ihm abwandte und wieder auf die Leinwand richtete, schien sie ihm noch weißer als zuvor aus der Dunkelheit herauszustechen, ja geradezu zu leuchten. Dann begannen auf einmal Schatten darüber zu tanzen, und ehe er sichs versah, manifestierten sich aus den Schatten zwei Gestalten: ein Mann, der Boxhandschuhe und die typische kurze Sporthose trug, und ein Känguru.

Die Musik wechselte, wurde heiter, beschwingt, während der Mann und das Tier sich einen Boxkampf lieferten. »Ohh«- und »Ahh«-Rufe durchbrachen die Stille, dazwischen hörte man Gelächter und erregtes Geflüster.

Vermutlich wusste kein Mensch hier im Publikum, was auf der Leinwand vor sich ging, warum das Känguru und der Boxer in der Lage waren, sich zu bewegen. Aber Rufus wusste es. Er hatte es innerhalb von ein paar Herzschlägen begriffen, und er hatte zugleich entschieden, dass er es nicht mochte. Es war in der Tat ein Taschenspielertrick, ein Betrügen des Auges. Wie beim Kaiserpanorama wurden aneinandergereihte Fotografien so schnell transportiert, dass die Illusion einer fließenden Bewegung entstand.

Aber es blieb Betrug! Ein falsches Spiel, das die Ehrlichkeit des fotografischen Abbilds missbrauchte und zu allen erdenklichen Zwecken verwendet werden konnte. Rufus hatte inzwischen auch entdeckt, wo die beiden Brüder in den Kitteln hingegangen waren. Sie standen nicht weit von ihnen entfernt am Ende des Mittelgangs auf einer Art Podest und bedienten mithilfe einer Kurbel einen kastenförmigen Apparat, dem durch eine kreisrunde Öffnung ein Lichtkegel entströmte. Staubpartikel flimmerten darin, und bei jeder Umdrehung knatterten im Innern Zahnräder. Wie es möglich war, dass dieses Licht Bilder transportierte, wusste Rufus nicht, und er wollte es auch nicht wissen. Es war einfach nur ein weiterer durch moderne Technik ermöglichter Zaubertrick.

Der Boxkampf mit dem Känguru war zu Ende und begann umgehend von Neuem. Auch der zweiten Vorführung folgte das Publikum gefesselt wie Kinder im Kasperletheater. Anschließend wurde eine Bilderfolge gezeigt, in der Kinder auf einem Hinterhof tanzten, und nachdem auch diese ein zweites Mal abgespult worden war, präsentierte man den Trapezakt dreier Artisten. Jeder Durchlauf dauerte im Höchstfall eine Minute, und kaum war er vorüber, verlangten die Zuschauer lautstark nach mehr.

Endlich aber war sämtliches Material zweimal projiziert worden und die Darbietung damit zu Ende. Das Licht wurde wieder eingeschaltet, das Flimmern auf der Leinwand erlosch, und die Palme und die Litfaßsäule tauchten aus dem Dunkel wieder auf. Die beiden Brüder hatten den Apparat ausgeschaltet, der Lichtkegel war verschwunden, und nun gingen sie hintereinander durch den Gang zurück auf die Bühne.

Tosender Applaus empfing sie. Zahlreiche Zuschauer trampelten mit den Füßen, andere riefen: »Noch mal, noch mal!« Benno stand still und tat nichts. Er starrte auf das Weiß der Leinwand, als flimmere noch immer die vorgetäuschte Bewegung von Mensch und Tier darüber.

»Meine Damen und Herren«, begann der Ältere, der auch zuvor gesprochen hatte. »Mein Bruder Emil und ich bedanken uns für Ihre geschätzte Aufmerksamkeit. Aus Ihrem Beifall glauben wir schließen zu dürfen, dass Sie uns zustimmen: Ohne uns der Aufschneiderei schuldig zu machen, können wir wohl unser Bioskop als eine der schönsten Erfindungen des an Erfindungen so reichen scheidenden Jahrhunderts bezeichnen.«

»Nein!«, rief jemand durch den Saal und übertönte den erneut einsetzenden Beifall. »Ihre Erfindung gehört nicht ins scheidende Jahrhundert. Sie ist die schönste des neuen, und sie wird unsere Welt verändern.«

Sämtliche Köpfe drehten sich nach dem Mann um, der gesprochen hatte.

Es war Benno.

3

»Es sind die Geschichten, die uns verbinden«, hatte Benno gesagt. »Früher haben die Leute zusammengesessen und sich Geschichten erzählt, heute lesen sie Bücher. Aber ein Buch verbindet nicht, verstehst du? Man kann es nur allein, nicht gemeinsam lesen, und die, die gar nicht gut genug lesen können, bleiben ausgeschlossen. Wenn wir aber in Zukunft Bilder haben, die Geschichten erzählen, können wir sie wieder teilen, als säßen wir noch zusammen um ein Lagerfeuer. Ausgeschlossen bleibt dabei niemand, weil Bilder zu allen sprechen – egal, wo einer herkommt, welche Sprache er erlernt hat, was er hat oder ist.«

Rufus hatte ihm gesagt, er solle aufhören. Ein paar Tage lang hatte er das Gerede von der Filmvorführung im Wintergarten über sich ergehen lassen – aber irgendwann war es genug. »Beim Himmel, wir haben anderes zu tun«, herrschte er den Bruder an. »In drei Wochen ist die Eröffnung, und noch sind nicht einmal die Handzettel fertig.«

Sie schrieben sie mit der Hand, um die Kosten für die Druckerei zu sparen. Benno machte aus seiner Lustlosigkeit keinen Hehl und verdarb eine ganze Reihe Papierbögen durch Schreibfehler oder schlechte Handschrift. Rufus gab schließlich auf, entließ ihn und tat die Arbeit selbst. Er hätte zornig auf ihn sein sollen, doch im Grunde hatte er nie verstanden, wie sein Vater dazu in der Lage gewesen war. Seine Mutter konnte es auch nicht. Es war ein bisschen so, als gehöre Benno einer anderen, schutzbedürftigeren Art an, und was immer er tat, geschah nicht aus Bosheit, sondern weil er eben anders war.

Beim Verteilen wollte Benno auch nicht helfen. »Es ist mir unangenehm. Bitte versteh das.«

»Wie soll ich das verstehen?«, fuhr Rufus auf. »Was ist daran unangenehm, Werbezettel für unser Familiengeschäft zu verteilen, das wir uns neu aufbauen wollen?«

Benno nahm sich einen der Zettel vor. »*Unsere erfahrenen Fotografen freuen sich auf Ihren Besuch*«, rezitierte er den Text, den Rufus entworfen hatte. »Ich bin kein Fotograf, schon gar nicht erfahren, und ich freue mich auf niemandes Besuch. Um ehrlich zu sein, wäre es mir das Liebste, wenn der Laden geschlossen und der ganze alte Plunder hier verkauft würde.« Er griff in die Truhe mit den Stolas und Boas, mit denen Kundinnen sich auf Wunsch ausstaffieren konnten, und in Wolken wirbelte daraus der Staub auf.

Rufus wurde kalt. Es war fast Dezember, und sie sparten Kohlen für die Eröffnung. »Und dann?«

»Dann wird es schon irgendwie weitergehen«, sagte Benno. »Wir suchen uns Arbeit. Fangen etwas ganz Neues an.«

»Und was soll dieses ganz Neue sein?«

Benno zuckte mit den Schultern. »Das können wir ja nicht wissen, wenn wir im Alten festhängen und nichts ausprobieren.«

Daraufhin hatte Rufus es aufgegeben, ihn zur Mitarbeit zu drängen, und hatte alles allein erledigt. Er hatte gehofft, dass Benno sich als Teil des Geschäfts fühlen und Stolz darauf entwickeln würde, wenn er ihn an allem beteiligte. Stattdessen schien das Gegenteil einzutreten: Je mehr er Benno ermunterte, Anteil zu nehmen, desto verhasster wurde diesem das Atelier anscheinend. Also ließ er ihn ziehen. Womit genau der Bruder seine Zeit verbrachte, wusste er nicht, fürchtete aber, dass er auf der Jagd nach noch mehr »lebenden Bildern« in der Stadt herumzog.

Das Bioskop der Gebrüder Skladanowsky war ja in aller Munde. Rudolf Mosses *Tageblatt* sprach von der Geburt eines neuen Zeitalters – ein Ausdruck, den er fast wörtlich von Benno gestohlen hatte. Rufus versuchte, an das alles möglichst wenig zu denken und sich auf seine Arbeit zu konzentrieren. Taschenuhr und Kette hatte er verpfändet, einen Satz Messingleuchter aus der Wohnung verkauft. Seine Mutter hatte sich abgewandt, damit er nicht sah, wie sie weinte, aber immerhin hatte er das Geld zusammengekratzt und alle Materialien, die er brauchte, besorgen können. Um das Atelier auch noch ein wenig zeitgemäßer und ansprechender herzurichten, war nichts mehr übrig, aber er putzte und wienerte Boden und Wände, wechselte die Fotografien aus, die in den Rahmen hingen, und schob und rückte an den Einrichtungsgegenständen, um den Raum nicht ganz so altbacken wirken zu lassen.

Hierbei hätte er Bennos Hilfe besonders dringend benötigt, denn der hatte den besseren Geschmack. Aber Benno kam nicht. Er wäre vermutlich nicht einmal zur Eröffnung gekommen, hätte ihn Rufus am Abend zuvor nicht auf der Treppenstiege abgefangen und angeschrien: »Zum Teufel, ich mache das alles hier für dich, ist dir das noch immer nicht klar? Ich lege mich krumm, damit du die Grundlage deiner Existenz nicht verlierst, und was machst du? Lässt den lieben Gott einen guten Mann sein.«

»Vielleicht solltest du dann aufhören, dich krummzulegen«, hatte Benno erwidert, ohne mit der Wimper zu zucken. Aber er hatte immerhin versprochen, am nächsten Morgen zu kommen, und das hatte er auch getan.

Mit ein paar Girlanden, denen man hoffentlich nicht ansah, wie billig sie gewesen waren, hatte Rufus den Eingang geschmückt. In einer Destille in der Mohrenstraße hatte er eine Kiste Schaumwein gekauft, dazu drei Dutzend Gläser gemietet und Salzstangen besorgt. Wenn mehr Besucher kamen, würden sie die Gläser in der Dunkelkammer abwaschen müssen und außerdem mehr Getränke besorgen, aber darüber machte er sich keine Gedanken. Die Vorstellung, es könnten über sechsunddreißig potenzielle Kunden in sein neu eröffnetes Atelier strömen, war so schön, dass alles Weitere sich finden würde, auch wenn er nicht viel mehr als einen Groschen in der Tasche hatte. Jemand, der drei Dutzend Menschen zu seiner Eröffnung lockte, konnte unmöglich Probleme damit haben, noch ein paar Flaschen Sprudeliges und ein paar Kanapees aufzutreiben.

Wenn tatsächlich drei Dutzend Leute ihren Besuch im Photo-Atelier Adler geplant hatten, dann ließen sie sich Zeit. Eine Stunde lang saßen Rufus und Benno zwischen den aufgebauten Kameras und den Schaumweinflaschen allein herum. Die Mutter hatte nicht herunterkommen wollen, und Rufus war darüber froh. Sie war immer eine wackere, stille Frau gewesen, die das Leben nahm, wie es kam, und damit umzugehen wusste. Seit ihr aber die ungeheure Kränkung widerfahren war, war sie empfindlich geworden, und bei der kleinsten Kleinigkeit, die sie falsch auslegte, füllten sich ihre Augen mit Tränen.

Ein solcher Anblick wäre nicht gut für die Eröffnung gewesen. Es sollte ja ein freudiges Ereignis sein, ein Neuanfang. Außerdem wäre die Mutter gewiss nervös gewesen, wenn sie mit ihnen gewartet und erlebt hätte, wie eine geschlagene Stunde lang kein Mensch kam. Rufus selbst machte sich keine Sorgen. Um zehn Uhr vormittags an einem Samstag mochten die Leute in der Hauptstadt Arbeit oder häusliche Dinge zu erledigen haben und noch nicht in der Stimmung zum Ausgehen sein. Es war gar nicht schlecht, wenn der Ansturm etwas später kam und alle auf einmal eintrafen, denn dann würde ein jeder sehen, wie beliebt das Atelier der Adlers war.

Er fasste den Plan, dem zehnten Besucher, der sich zeigte, eine kostenlose Porträtfotografie anzufertigen. Er würde ein großes Hallo darum machen, und alle anderen Anwesenden würden sich überzeugen können, wie professionell bei den jungen Adlers fotografiert wurde.

In der zweiten Stunde kam auch niemand.

In der dritten kam Rüdiger Selbmann, ein entfernter Vetter des Vaters, der zu ihrem Vormund bestellt worden war.

»Ich wollte mir doch zumindest ein Bild von dem machen, was ihr hier treibt«, sagte er. »Mein Eindruck ist allerdings noch deutlich trüber als meine Vorstellung. Ich rede euch nicht drein, das liegt mir fern. Du, Rufus, bist ohnehin bald volljährig und hast dich selbst mit euren Verbindlichkeiten herumzuschlagen, wenn dir partout nicht zu helfen ist. Behaltet aber im Gedächtnis, dass ich diese traurige Angelegenheit gern für euch abwickle, falls ihr euch endlich dazu durchringen solltet. Das meiste, was hier herumsteht, wird leider keinen Pfifferling einbringen, aber die zwei Kameras da sind gutes Geld wert. Gerade jetzt, wo Hinz und Kunz mit solchen Geräten herumexperimentiert, um diese lebenden Bilder zu erzeugen, lässt sich dafür ordentlich was herausschlagen.«

»Die Kameras taugen nicht für lebende Bilder«, sagte Benno, und es mochte der erste Satz sein, den er an diesem Morgen gesprochen hatte. »Man braucht eine, die Zelluloidrollfilm transportiert und eine hohe Bildfrequenz erzielt.«

Rufus entschied sich, seine Bemerkung zu übergehen. »Die Kameras sind unser Handwerkszeug«, erklärte er Selbmann hoheitsvoll. »Sie stehen nicht zum Verkauf. Sollten Sie lediglich in der Absicht gekommen sein, uns diesen Vorschlag zu unterbreiten, muss ich Sie höflich ersuchen, unser Haus zu verlassen. Derartige Reden könnten abschreckend auf die Kunden wirken.«

»Kunden?« Selbmann wandte sich nach links und nach rechts und beschirmte seine Augen wie suchend mit der Hand. »Entweder ich habe etwas auf der Linse, oder die genannten Herrschaften haben sich bereits verflüchtigt.«

Er lachte auf, als hätte er einen prächtigen Witz gerissen. Rufus musste die Fäuste ballen, um nicht aufzuspringen und ihn eigenhändig aus seinem Geschäft zu stoßen. Glücklicherweise ließ Selbmann sich nicht lange bitten, sondern ging freiwillig seines Weges. Benno und Rufus blieben allein zwischen den gemieteten Gläsern und Dekorationen zurück.

»Rufus«, sagte Benno, nachdem eine weitere Stunde verstrichen war, ohne dass ein Besucher sich hatte blicken lassen. »Bist du wirklich entschlossen, mich den ganzen elenden Tag über hierzubehalten, oder lässt du mich irgendwann gehen?«

»Wohin willst du denn?«, fragte Rufus, schnellte gleich darauf in die Höhe und schrie sich seine Verzweiflung aus dem Leib: »Ich dachte, ich könnte ein einziges Mal auf dich zählen, du würdest mir ein einziges Mal zur Seite stehen. Aber geh nur, geh! Es ist ja meine eigene Dummheit, wenn ich mir einbilde, ich wäre mit all dem Schlamassel nicht allein auf der Welt.«

»Rufus«, unterbrach Benno ihn ruhig und ernst. »Wenn dir tatsächlich so viel daran liegt, dass ich hier mit dir sitze und Stunde um Stunde diese Tür, die sich nicht öffnen wird, anstarre, dann mache ich das. Es wird mich schließlich nicht umbringen, auch wenn es sich vorübergehend so anfühlt. Ich will nur gern, dass du weißt: Es ändert nichts. Du bringst ja auch ein Rennpferd, das du in seiner Box anbindest, nicht dazu, die Box zu lieben.«

Rufus dachte darüber nach, während sie weiter warteten. Er wäre gern imstande gewesen, Benno ziehen zu lassen. Für seinen Stolz wäre das besser gewesen, und vielleicht hatte Benno ja recht. Aber zum einen fühlte er sich zu jämmerlich, um den Rest des Tages allein durchzustehen, und zum andern konnte er so einfach nicht aufgeben. Sein Bruder war schließlich kein Rennpferd. Und Menschen begannen doch, sich einzugewöhnen, wenn man sie in die Pflicht nahm, sie dazu zwang, an etwas teilzuhaben, oder nicht?

»Säe Gewohnheit, und du erntest Charakter«, hatte der Vater ihn und Benno von klein auf gelehrt.

Der Vater.

Jeder Gedanke an ihn versetzte ihm einen Stich. War es ein Wunder, dass Benno von jener Lehre so wenig angenommen hatte, wo der Vater doch selbst darauf gepfiffen und ihnen allen eine Nase gedreht hatte?

Nein, keine Nase.

Wer sich den Kopf in Stücke schoss, der hatte keine Nase mehr.

Sie warteten weitere zwei Stunden, und jeder hing seinen eigenen Gedanken nach, als plötzlich doch noch eine Schar Besucher eintraf. Von denen aber war kein einziger gekommen, um sich über die Fähigkeiten der Adler-Brüder als Fotografen zu informieren und gegebenenfalls eine Fotografie anfertigen zu lassen. Sie gehörten samt und sonders der Journaille an, dem Pack aus dem Zeitungsviertel um Rudolf Mosse und Leopold Ullstein, und hatten, obwohl es noch früh am Nachmittag war, schon kräftig dem Alkohol zugesprochen. Dem Absinth vermutlich. Jeder, der in der Boheme der Hauptstadt etwas auf sich hielt und es sich leisten konnte, trank die »Grüne Fee«. Sie waren laut, sie lachten und sie ließen sich bewirten. Ohne Zweifel waren sie hergekommen, um sich königlich zu amüsieren.

»Vielleicht schreiben sie über deine Eröffnung in ihren Zeitungen«, raunte Benno, der Rufus fügsam und eifrig half, Gläser mit Schaumwein zu füllen. »Das wäre gut für dich,

Rufus. Selbst wenn sie alles niedermachen. Jede Werbung ist gute Werbung – selbst die schlechteste.«

Wieder überrollte ihn die Liebe zu seinem Bruder wie eine Welle. Es rührte ihn, wie viel Mühe Benno sich gab, wie sehr er ihm helfen und Mut zusprechen wollte. Er war noch so jung, er hätte selbst Ermutigung nötig gehabt. Ermutigung und Schutz. Zorn auf den Vater erfasste ihn. Wie hatte er seinem jüngeren Sohn, der fast noch ein Kind und so verletzlich war, seine Schande aufbürden und ihn alleinlassen können?

»Es ist nicht meine Eröffnung«, flüsterte er und legte Benno den Arm um die Schultern. »Es ist unsere. Wir beide zusammen werden es ihnen schon noch zeigen, das verspreche ich dir. Danke, dass du mir geholfen hast, Ben-Ben.« So hatte der Bruder sich selbst genannt, als er sprechen gelernt hatte. Rufus erinnerte sich: Benno war schon fast fünf Jahre alt gewesen, und der Vater hatte geglaubt, er sei nicht richtig im Kopf und werde es nie mehr lernen.

Benno wandte sich ihm zu und sah ihn mit seinen seltsam klaren Augen an.

»Du kannst jetzt gehen, wenn du möchtest«, sagte Rufus. »Ruh dich aus, fang mit dem Rest des Nachmittags an, was dir gefällt. Die Geier von der Presse kannst du mir überlassen, mit denen werde ich schon fertig.«

Die klaren Augen schienen aufzuleuchten. »Darf ich wirklich, Rufus? Macht es dir nichts aus?«

»Nein, es macht mir nichts aus«, sagte Rufus und strich ihm über den Rücken, ehe er ihn rasch freigab. In ihrer Familie waren solche Liebkosungen nicht üblich, und ein wenig schämte er sich.

Benno ging, und Rufus ließ sich von den Journalisten aufs Korn nehmen. »Na komm schon, erzähl's uns«, flachste einer, der bereits das dritte Glas Schaumwein trank und Rufus in die Seite boxte. »Hat die schöne Selene deinem Vater hier unten Gesellschaft geleistet? Hat er von ihr Fotos geschossen, ehe sie sich ganz diskret hinter einen dieser samtigen Vorhänge zurückgezogen haben?« Er zupfte an dem Vorhang, der die wertvolle Wittmann-Kamera bedeckte, ehe er sich vorbeugte, als wolle er auch Rufus am Ohr zupfen. »Wenn du uns ein, zwei Geschichten lieferst, würden wir's uns ja auch was kosten lassen, Jungchen. Könntet ihr doch gebrauchen, du und dein maulfauler Bruder, oder nicht? Dass du hier eine müde Mark machst, indem du dir den Kittel von deinem alten Herrn überstreifst und Bildchen knipst, glaubst du doch wohl selber nicht.«

Der Kreis seiner Kumpane brach in wieherndes Gelächter aus.

»Warum änderst du nicht deine Werbung?«, rief einer. »Paarweise Hörner zu verkaufen, wie wäre es damit? Ich wette, im Auswärtigen Amt würde sich der eine oder andere Abnehmer finden lassen.«

Das Gelächter wurde noch lauter.

Rufus ließ alles über sich ergehen, schenkte den Rest des Schaumweins aus und versuchte, nur zu handeln, nicht zu denken. Die Eröffnung, die er mit dem letzten Kapital finanziert hatte, war ein Reinfall, daran gab es keinen Zweifel. Als die Journalisten sich schließlich auf seine Kosten genug amüsiert hatten und von dannen zogen, war es draußen längst dunkel, und die Nachtschwärmer der Hauptstadt gingen anderen Vergnügungen nach.

Rufus hätte aufgeben sollen. Aber er konnte nicht. Wie ein Kranker, ein Besessener öffnete er jeden Morgen die Tür des Ladengeschäfts, in das niemand eintrat, und schloss es am Abend wieder ab. Er trug die Schreibtischgarnitur des Vaters zum Trödler und seinen eigenen Wintermantel in die Altkleiderhandlung, um das Atelier ein paar weitere Tage lang unterhalten zu können. Er wischte täglich den Staub von allen Flächen, fegte aus und stellte in zwei Kristallkaraffen Wasser zum Anbieten bereit. Die Karaffen würden als Nächstes zum Trödler wandern, und danach besaßen sie kaum noch etwas, das von Wert war und sich zu Geld machen ließ.

Die vergoldeten Rahmen der Fotografien, die aufgereiht auf dem Kaminsims standen, hätten vielleicht noch etwas einbringen können. Rufus hasste die Bilder ohnehin, weil sie von einem Familienleben erzählten, das eine Lüge gewesen war. Als er sie jedoch länger betrachtet und nach dem Hochzeitsbild seiner Eltern gegriffen hatte, um den Wert des Rahmens für einen Verkauf einzuschätzen, war seine Mutter herbeigeeilt und hatte unwiderruflich bestimmt: »Die rührst du nicht an.«

Also gab es nichts mehr, das ihn noch länger über Wasser halten konnte. Wenn das Geschäft überleben sollte, dann musste es die Mittel dazu selbst einspielen.

Benno war nett und gab sich alle Mühe, zu helfen, doch sein Kopf war nicht bei der Sache. Und wie hätte er es auch sein sollen? Wären Kunden gekommen, hätte er beim Fotografieren assistieren dürfen, dann hätte er gewiss Blut geleckt. Aber den ganzen Tag untätig in einem begrenzten Raum zu verbringen und dem eigenen Schweigen zu lauschen, war seine Sache nicht. Es war auch Rufus' Sache nicht – wie hätte es irgendjemandes Sache sein sollen? Jeden Abend dachte er: *Wenn ich es noch einen Tag länger aushalten muss, verliere ich den Verstand.*

Vielleicht hatte er ihn längst verloren. Vielleicht hätte er, wenn er noch bei klarem Verstand gewesen wäre, die Waffen gestreckt. *Heute ist mein letzter Versuch,* sagte er sich Morgen für Morgen. *Wenn heute wieder niemand kommt, gehe ich zu Selbmann und bitte ihn, alles zu Geld zu machen, was nicht niet- und nagelfest ist. Und dann suche ich mir Arbeit. Ich war gut in der Schule, auch wenn ich nie etwas anderes wollte, als Fotos zu machen und das Atelier zu führen. Irgendwer wird mich schon gebrauchen können, vielleicht in einem Schreibbüro oder Telegrafenamt.*

Er musste Benno beschäftigen und beauftragte ihn, alle Leuchten abzuseifen und zu überprüfen. Er selbst saß am Empfangstisch und blätterte in dem Musteralbum, das er notdürftig und mit höchst unbefriedigendem Ergebnis zusammengestellt hatte. Sollte er dieses stümperhafte Werk wirklich einem Kunden vorlegen? Vielleicht war es ja gut, dass keiner kam, vielleicht hatte Selbmann recht, und er taugte nicht zum Geschäftsmann. Als Fotograf hätte er nach Ansicht des Vormunds sowieso erst einmal eine ordentliche Lehrzeit gebraucht.

»Ich bin dann hier fertig«, sagte Benno in seinem Rücken. »Wenn du sonst nichts Dringendes mehr für mich hast, würde ich gern gehen, Rufus.«

»Und wohin?«

»In der Leipziger Straße hat jemand eine Firma eröffnet, um für Stollwerck Filme zu drehen. Mit einer britischen Kamera, heißt es. Das möchte ich mir gern ansehen. Und fragen, ob vielleicht jemand gebraucht wird.«

»Du wirst *hier* gebraucht«, fauchte Rufus. »Du bist von diesen verfluchten lebenden Bildern ja regelrecht besessen.«

»Und du?«, fragte Benno. »Bist du etwa nicht besessen? Kannst ausgerechnet du nicht verstehen, wie es sich anfühlt, wenn man etwas unbedingt will und an nichts anderes denken kann?«

»Du gehst nirgendwohin!«, fuhr Rufus ihn an. Er wusste, dass er alles falsch machte, und konnte sich doch nicht zurückhalten, weil er zu sehen glaubte, wie ihm das letzte Fell davonschwamm. Wenn er seinen Bruder verlor – was blieb ihm dann? Ein Abgrund aus Leere schien sich vor ihm aufzutun. Er musste Benno halten, bis er im neuen Jahr volljährig wurde und die Vormundschaft für den Jüngeren auf sich selbst übertragen lassen konnte. Dann hatte er die Handhabe, die ihm jetzt fehlte, und konnte Benno an das Geschäft binden, bis dieser endlich begriffen hatte, wohin er gehörte.

Aber was, wenn er bis dahin längst über alle Berge war oder wenn es überhaupt kein Geschäft mehr gab?

Rufus wollte noch etwas sagen, aber Benno schnitt ihm das Wort ab. »Du hast Kundschaft«, bemerkte er und wies nach vorn. Rufus drehte sich um. Im nächsten Augenblick läutete die Ladenklingel, die Tür schob sich auf, und zwei Damen traten ein.

Nein, nur eine Dame, denn die zweite Person, die sie vor sich her in den Raum schob, war noch ein Mädchen, sehr zart und in so aufrechter Haltung, als hätte sie mit Büchern auf dem Kopf gehen gelernt. Die Dame trug Schwarz und das Mädchen Weiß. An der Kleidung der Dame, offensichtlich ein Trauergewand, erkannte Rufus auf der Stelle, wie es um sie stand: Alles, was sie auf dem Leib trug, war gediegen, edel, geschmackvoll, hatte eine gute Stange Geld gekostet und war nach Maß für sie angefertigt worden. Auf einen flüchtigen Blick hin hätte man angenommen, dass sie zu jenen Bürgerinnen des Reiches gehörte, die sich um materielle Dinge nicht zu sorgen brauchten, Privilegien genossen und ihre Tage mit Einkäufen und Vergnügungen zubringen konnten.

Rufus aber sah hinter die Fassade, durchschaute die Verkleidung, weil er genau die gleiche benutzte. Sämtliche Kleidungsstücke, die er besaß, hatten bessere Tage gesehen. Die Kragen seiner Jacketts waren ausgefranst, die Ellenbogen abgeschabt, kaum eine Hemdbrust war noch so weiß, dass ein Mann, der etwas auf sich hielt, in ihr gesehen werden wollte. Täglich brauchte er länger, um seine Kleidung so weit herzurichten, dass sie auf den ersten Blick noch hochwertig und seinem Stand angemessen wirkte. Die Dame vor ihm hatte sichtlich das gleiche Dilemma: Sie stammte allem Anschein nach aus guter

Familie und wusste, wie man sich anzog, doch sie war in eine Notlage geraten und musste zusehen, wie sie zurechtkam.

Das Mädchen hingegen, das vielleicht sechzehn oder siebzehn Jahre alt sein mochte, war herausgeputzt wie eine Prinzessin: Das weiße Seidenkleid mit Wespentaille verlieh ihrem Körper die Form eines Stundenglases, der pelzbesetzte Mantel mit hohem Kragen und Pelerine war weit und wie zum Tanzen ausgestellt. Auf dem zu einem schweren Knoten gesteckten schwarzen Haar saß eine weiße Pelzkappe, und unter dem Rock lugten weiße Stiefel hervor.

Alles vom Feinsten.

Alles neu und hübsch und ganz allerliebst.

Die Kleider passten zu ihr, als hätte sie unmöglich etwas anderes tragen können. Sie war ein Schneewittchen – weiß wie Schnee, rot wie Blut, schwarz wie Ebenholz.

Rufus spürte sein Herz. Statt die Kundin – diese so sehr herbeigesehnte und nun endlich eingetroffene Kundin – zu hofieren, konnte er den Blick nicht von dem in Weiß gehüllten Mädchen wenden.

Vielleicht war sie nicht einmal schön, vielleicht hatte sie auch das viel zitierte gewisse Etwas nicht. Rufus wäre der Letzte gewesen, der sich darauf verstand. In seinen Augen hatte sie, was einer zierlichen Arbeit aus geschliffenem Kristall innewohnte: einen zerbrechlichen, unwiederbringlichen Zauber, den man kaum zu berühren wagte und doch zugleich greifen und nie wieder loslassen wollte.

Er musste daran denken, wie seine schon viel zu lange verstorbene Großmutter sein Lieblingsgebäck genannt hatte, das sie bei jedem seiner Besuche auftischte: »Apfelkuchen, sehr fein«.

Alles an dem in Pelz gehüllten Schneewittchen war sehr fein: die Hände, die Brauen, die Nase, der Nacken, den das zum Knoten gesteckte Haar freigab.

Mühsam erhob sich Rufus. Es kam ihm vor, als hätte unter ihm der Boden beben müssen, und er war beinahe erstaunt, dass nichts dergleichen geschah.

»Einen guten Tag, meine Dame«, bemühte er sich, die Mutter zu grüßen. »Womit kann ich Ihnen denn zu Diensten sein?«

Die Frau sah ihn geradewegs an, die verhärmten, tief geprägten Züge unbewegt, in den Augen eine Mischung aus Kummer und Stolz. »Ich bin Bernardine von Struck«, sagte sie. »Ich habe von Ihnen und Ihrem Atelier in der Zeitung gelesen und mir gedacht, Sie werden wohl gezwungen sein, zu erschwinglichen Preisen zu arbeiten.«

»Aber gewiss doch.« Verlegen und mit steifem Rücken deutete Rufus eine Verbeugung an. »Unsere Preise sind grundsätzlich erschwinglich, was keineswegs bedeutet, dass wir billige oder minderwertige Arbeit leisten. Bei uns ist Ihr Auftrag in den Händen erstklassiger Fotografen.«

»Gut«, sagte sie unbeeindruckt, »das ist meine Tochter, Anita von Struck.« Sie schob das Mädchen noch ein Stück näher zu ihm, und dieses bewegte sich, ohne an der aristokratischen Haltung ihres Kopfes etwas zu ändern.

Anita Adler, schoss es Rufus durch den Kopf. Der Name klang wie ein Lied, zu dem er hätte tanzen wollen. Dabei konnte er gar nicht tanzen. Er konnte so vieles nicht, denn er hatte von klein auf sämtliche Kräfte darauf konzentriert, das Fotografieren zu erlernen. Seine Erfahrung mit Frauen beschränkte sich auf die schmachtenden Blicke der pummeligen Annemie Schultz aus dem Nachbarhaus, die ausgerechnet ihn zum Mann ihrer Träume auserkoren hatte. Aber das machte nichts. Im Gegenteil, es war sogar noch viel schöner, dass mit ihr, mit Anita, sein Leben erst richtig begann.

Ich kann alles, was mir fehlt, mit ihr lernen, dachte Rufus. *Eine andere will ich nicht. Sie – Anita – soll meine Erste und meine Letzte sein.*

»Ich wünsche, eine Fotografie von meiner Tochter anfertigen zu lassen«, sagte Bernardine von Struck und weckte ihn aus seinem Traum. »Ein Porträt, naturgetreu, ohne Firlefanz. Ihr Vater ist kürzlich verstorben. Das Bild ist als Grabbeigabe gedacht.«

Aufblende

Lilly

BERLIN

April 1917

»Das Bild ist vorbei. Jetzt muss ich gehen
und einen Film daraus machen.«

Alfred Hitchcock

4

»Die Waffen nieder!«

»Unsere Kinder hungern – macht Schluss mit eurem elenden Krieg!«

Lilly schlang die Arme um den Körper und schritt fester aus. Der Aprilmorgen war verhangen wie ein Tag im November, und die feuchte Kälte drang ihr unter die Kleider. Durch die neblige Luft hallten die Rufe der Frauen, die in einem dichten Strom Berlins pulsierende Friedrichstraße entlang und dem Regierungsviertel entgegen zogen. Mit jedem Schritt schien der Zug in die Weite zu wachsen. Aus sämtlichen Seitenstraßen quollen Frauen, die alles stehen und liegen ließen und sich den Protestierenden anschlossen. Der sonst so laute, lebhafte Verkehr aus Karren, Kutschen, Bussen, Straßenbahnen und ein paar Automobilen geriet in der nicht eben breiten Straße ins Stocken, wurde regelrecht ausgebremst.

Der Junge auf dem Wagen von Bimmel-Bolle zerrte verzweifelt an seiner Glockenschnur und brüllte: »Mensch, kann nich' ma' eener die Weiber einsammeln? Wo komm'n die denn alle her?« Auch für ihn gab es jedoch kein Durchkommen. Unbeirrt bahnten die Frauen sich ihren Weg. Sie waren entschlossen, sich Gehör zu verschaffen.

»Die Waffen nieder!«

»Wer kein Geld für Brot hat, kann auch keins für Geschütze verprassen!«

»Unsere Söhne sind kein Futter für Kanonen!«

Die Stimme der Frau, die direkt vor Lilly marschierte, zitterte vor Zorn. Die Frauen hatten genug. Sie hatten den dritten Kriegswinter hinter sich, und bereits im ersten, im Januar '15, war das Brot rationiert worden. Rasch gefolgt von Eiern, Milch, Fett und Fleisch, und inzwischen gab es in den Geschäften außer den verhassten Steckrüben und ein paar Kohlköpfen kaum mehr etwas zu kaufen. Von den Fronten im Westen und Osten trafen täglich Todesmeldungen ein, und daheim, vor leeren Tellern, starben Kinder an Unterernährung. Das Maß war voll. Mehr noch – es war längst übergelaufen.

Sie spielten es herunter, die Herren in Regierung und Oberster Heeresleitung. Sie nannten es nicht Protest, nicht Antikriegs-Demonstration, sondern Lebensmittelkrawall, um deutlich zu machen, dass man es nicht ernst nehmen musste, dass es sich um nicht mehr als ein bisschen Aufruhr von ein paar wild gewordenen Weibern handelte.

Aber die wild gewordenen Weiber waren eine Flutwelle, die mit jeder Bewegung anschwoll. Sie legten die Arbeit, die sie von den ins Feld gezogenen Männern übernommen hatten, nieder und rannten dem Zug hinterdrein, strömten aus Stahlgießereien und Munitionsfabriken, aus Telegrafenämtern und Uniformschneidereien, um ihre Wut in den eisengrauen Tag hinauszuschreien.

Sie hatten schon viel zu lange geschwiegen.

Man müsste das filmen, dachte Lilly, *mit einer fahrenden, nicht länger statischen Kamera verfolgen, wie aus jedem Zulauf Ströme von Frauen die Welle speisten und anschwellen ließen.* Es erinnerte Lilly an die Menschen samt ihren huschenden Schatten, die in Hanns Heinz Ewers' Film »Der Student von

Prag« durch das Gewirr enger Gassen eilten, und zugleich an den Fluss des glühenden, geschmolzenen Eisens, den Paul Wegeners Meisterwerk »Der Golem« in fließenden Bildern festhielt.

»Sieh doch nur, wie viele wir sind!«, rief Lilly ihrer Schwester zu, auf die ihre Begeisterung nicht recht überspringen wollte. Ängstlich, geradezu geduckt, trottete Rose mit ihren Haarschleifen und ihrer gerüschten Schulbluse zu ihrer Linken einher. Sie hatte nicht mitgehen wollen, Lilly hatte sie wie einen lahmen Schimmel überreden müssen.

»Das kann ja wohl nicht dein Ernst sein!«, hatte Rose mit vor Schreck geweiteten Augen ausgerufen. »Du willst gegen den Krieg protestieren? Aber das ist doch verboten, Lilly! Lehrer Henschke hat gesagt, es ist Hochverrat gegen den Kaiser, und Vater wird toben, wenn er davon erfährt.«

»Der beruhigt sich auch wieder«, hatte Lilly erwidert und ihre beiden Geschwister zur Wohnungstür hinausgeschoben. Dass die Jüngeren sich dem Protestmarsch anschlossen, war wichtig. Auch wenn im Hause Adler niemandem der Hungertod drohte und ihr Vater mit seinen Geschäftsideen aus dem Kriegselend regelrecht Kapital schlug, war es ihrer aller Zukunft, die hier auf dem Spiel stand.

Die Zukunft der Jugend, der neuen Generation!

Der Frieden musste jetzt geschlossen werden, ehe von der Welt, die doch ihre sein sollte, nichts mehr übrig war. Vor wenigen Tagen hatten die Vereinigten Staaten dem Deutschen Reich und seinen Verbündeten den Krieg erklärt. Lilly wusste, was das bedeutete. Sie wusste es vermutlich besser als all die stirnrunzelnden erwachsenen Männer, die behaupteten, sie als Schulmädchen könne vom komplexen Geflecht des Weltgeschehens doch nichts begreifen. Der beständig beschworene Sieg war nicht länger möglich. Wenn die Machthaber im Reich sich nicht sputeten und sich mit aller Kraft um einen

Friedensschluss bemühten, würden unzählige weitere Menschen ihr Leben verlieren.

Lillys Freunde Arndt und Walther zum Beispiel, die zu ihrer Rechten gingen. Sie waren beide gerade achtzehn, ein paar Monate älter als sie selbst, ihr Jahrgang war der nächste, der eingezogen werden würde. Bei dem Gedanken wurde Lilly kalt, und sie schlang die Arme noch fester um den Leib.

Im Gehen reckte sie sich auf die Zehenspitzen. So weit sie blicken konnte, ob nach vorne oder zurück, sah sie nichts als Frauen – junge und alte, reiche und arme, Frauen, die Kinder auf den Armen trugen, und andere, die wie sie selbst gerade erst den Kinderschuhen entwachsen waren.

Frauen, die nicht wählen durften.

Frauen, die dort, wo Entscheidungen getroffen wurden, nicht vertreten waren.

Frauen, die niemand gefragt hatte, ob sie diesen Krieg wollten und alles, was damit einherging.

Man würde sie jetzt fragen müssen. Man würde sie anhören müssen. Diese Scharen von Frauen, die mit der Wucht von Wassermassen vorwärtsdrängten, konnte kein Mann noch länger ignorieren.

»Walther und ich sind wohl die einzigen Menschen männlichen Geschlechts hier«, murmelte Arndt missmutig, als hätte er Lillys Blick und den Lauf ihrer Gedanken bemerkt. Manchmal kam es Lilly vor, als könne sie überhaupt nichts mehr tun, ohne dass Arndt es mitbekam. Er hatte sich noch heftiger gegen den Marsch gesträubt als Rose und blickte sich nun fortwährend um wie ein furchtsames Tier, als könnte ihn jemand erkennen. Wer aber sollte einen achtzehnjährigen Pennäler im verschossenen grünen Jackett mit zu kurzen Ärmeln denn erkennen, und was für Nachteile sollten Arndt daraus erwachsen?

Arndt Trossmann fürchtete sich vor den Schatten an der Wand.

Genauer gesagt fürchtete er sich ständig vor irgendwelchen Folgen für die Laufbahn, die er schon als kleiner Junge kristallklar vor Augen gehabt hatte. Wie Lilly entstammte er einer Familie des Bürgertums. Ihre Väter unterhielten beide Geschäfte auf der beliebten, vor Laufkundschaft wimmelnden Friedrichstraße und konnten sich über mangelndes Auskommen nicht beklagen. Wirklich reich war jedoch weder Rufus Adler noch Siegmund Trossmann, und keiner von ihnen hatte eine Universität besucht.

Genau das war jedoch Arndts Traum. Er hatte von klein auf nur eines gewollt: Medizin studieren und als Arzt zu einer Art Retter der Menschheit avancieren.

Nein, nicht nur eines wollte er, korrigierte sie sich. Es waren zwei Dinge, die Arndt, solange sie denken konnte, gewollt hatte und immer noch wollte: den Beruf des Arztes und sie selbst.

Lilly Adler.

Deshalb war er auf den Protestmarsch mitgekommen, ausgerechnet er, der sich niemals auch nur das kleinste Vergehen zuschulden kommen ließ und seinen Zukunftstraum durch nichts gefährdete. Er tat es, weil Lilly mitging. Und vielleicht mehr noch, weil Walther Fassbinder ebenfalls mitging und er dem Rivalen diesen Punkt Vorsprung unmöglich gönnen konnte.

Sie waren so etwas wie Nachbarskinder, Walther, Arndt, Lilly und ihre Geschwister. Lillys Vater betrieb das Photo-Atelier Adler gleich neben dem inzwischen als zu mickrig abgerissenen Bahnhof Friedrichstraße, und Arndts Vater hatte seine Papierwarenhandlung Vogt & Trossmann ein Stück weiter südlich, an der Ecke zur Taubenstraße. In der Mohrenstraße, die gleich dahinter abging, führte Walthers Vater seine Schreinerei. Weil Fritz Fassbinder Handwerker war, während Rufus Adler und Siegmund Trossmann als Geschäftsleute galten, gehörten ihre Kinder im Grunde nur fast, aber nicht ganz der gleichen

Gesellschaftsschicht an. In einer Zeit, in der sich alles reckte und streckte, um auf die nächsthöhere Sprosse der Leiter zu gelangen, war das nicht ohne Belang. Letztendlich spielten jedoch nicht viele Kinder rund um die dicht bebaute, verkehrsreiche Friedrichstraße, in der das Herz der Hauptstadt im Galopp schlug, und so hatten sich die wenigen, die sich zwischen Litfaßsäulen und elektrischen Laternen herumtrieben, zu einem festen Bund zusammengefunden.

Sie waren ein dreiblättriges Kleeblatt, seit Jahren verschworen und unzertrennlich. Walter, Lilly und Arndt. Lillys Mutter äußerte von Zeit zu Zeit ihr Missfallen darüber, dass ihre Tochter mit Jungen spielte, noch dazu mit einem, der nicht aus dem richtigen Stall stammte, doch zu mehr als Missfallen fehlte ihr die Energie. Anita Adler musste mit ihren Kräften haushalten, und alle strapaziöseren Aufgaben bei der Erziehung ihrer Kinder überließ sie entweder Marianne, dem Mädchen, oder ihrem Mann.

Letzterer versuchte gelegentlich, den strengen Vater herauszukehren, doch zumeist endeten diese Versuche in Gelächter und damit, dass Lilly tat, was sie ohnehin gewollt hatte.

»Er kann dir eben nichts abschlagen«, sagte Rose, die nur vierzehn Monate jünger war und Lilly trotzdem noch immer wie ein kleines Mädchen vorkam. »Nähme ich mir so etwas heraus, wäre er nicht so gnädig, aber du bist sein Liebling und wirst es auch immer bleiben. Wenn du Walther heiraten willst, könnte dir genau das allerdings einen Strich durch die Rechnung machen. Für seinen Liebling will Papa nichts als das Beste. Bei mir dagegen wäre es nicht so schlimm, wenn als Bräutigam nur ein Schreiner auftauchte.«

Lilly wollte Walther nicht heiraten. Rose hingegen wollte nichts lieber als das.

Aber war es denn wirklich so?

Vielleicht hätte Lilly eine solche Heirat ja in Erwägung gezogen, wenn sie statt einem Verehrer nicht gleich zwei gehabt hätte, zwischen denen sie sich nicht entscheiden konnte und von denen sie keinen verletzen wollte. Zudem hätte sie es Rose nicht antun können, ihr den angehimmelten Walther vor der Nase wegzuschnappen. Und obendrein gab es im Augenblick Wichtigeres als Spekulationen über das Heiraten. Es war Krieg, es galt, dem Sterben und Hungern ein Ende zu setzen, und wenn das gelungen war, wenn man wieder an anderes denken durfte, wollte Lilly noch jung genug sein, um sich selbst zu entdecken, ehe sie sich mit der Ehe befasste.

Jetzt jedenfalls hakte sie sich bei Arndt unter und zwang ihn mit ein paar Hüpfern zu einer schnelleren Gangart. »Nun zieh nicht so ein Gesicht, alter Griesgram. Die einzigen Männer seid ihr im Übrigen nicht – Paulchen ist schließlich auch ein Mann.«

»Und ob«, kam es vergnügt von Paulchen, mit seinen zwölf Jahren das jüngste der Adler-Geschwister. Er stapfte neben Rose einher und war sichtlich stolz, dass er hatte mitkommen dürfen. Gegen die fast winterliche Kälte trug er einen Kapuzenmantel aus schwerem rehbraunem Wollstoff und sah darin aus wie das Kind, das er Gott sei Dank noch war. Sechs Jahre Zeit blieben ihm, bis er ins wehrfähige Alter kam. Vielleicht waren es aber auch nur noch fünf, denn etliche Siebzehnjährige waren freiwillig den Fahnen hinterhergerannt und grölend auf die Züge an die Front aufgesprungen.

So lange durfte es nicht mehr dauern!

Es durfte überhaupt nicht noch länger dauern, es musste auf der Stelle ein Ende haben. Walthers Bruder Karlhans war seit bald drei Jahren in Flandern an der Front, und seine Mutter würde es nicht überleben, wenn der älteste ihrer vier Söhne nicht wieder nach Hause kam.

Zumal der zweitgeborene, Egon, keine zwei Jahre älter als Walther, auch vor vier Wochen seine Einberufung erhalten hatte.

»Schluss mit dem Krieg!«, rief Lilly, und von allen Seiten fielen Stimmen ein: »Schluss mit dem Krieg!«

»Du bist schon eine bemerkenswerte Nummer«, sagte Arndt. »Lilly Adler. Das verrückteste Huhn aus der Friedrichstraße. Ich will übrigens nachher noch bei deinem Vater vorsprechen und ihn höflichst ersuchen, mich am Sonntag seine Tochter ausführen zu lassen.«

Es gehörte zu Arndts lustigsten Angewohnheiten, dass er nie sprach wie andere junge Leute, sondern sich alle Mühe gab, zu klingen wie ein abgeklärtes Großväterchen. Für gewöhnlich amüsierte sich Lilly darüber, aber heute ging es ihr auf die Nerven. »Fragst du vielleicht erst mal mich?«, versetzte sie spitz.

»Ich dachte, das hätte ich hiermit getan«, erwiderte Arndt. Was er noch anfügte, ging in den von Neuem einsetzenden Protestrufen der Frauen unter.

»Was hast du gesagt?«, brüllte Lilly und drehte sich unterm Gehen zu ihm um. Über seine Schulter hinweg sah sie Walthers rundes, von wilden, straßenköterblonden Locken umrahmtes Gesicht, das ihr zugewandt war. In seinem Blick lag eine Traurigkeit, die ihr ins Herz schnitt. Gewiss hatte Arndt eine Unternehmung vorgeschlagen, die Walther, der in seinem Elternhaus kurzgehalten wurde, sich nicht leisten konnte. Von dem Gedanken, dass Lilly sich letzten Endes für Arndt entscheiden würde, weil er ihr mehr zu bieten hatte, war Walther nicht abzubringen.

Sein Blick tat ihr weh. Er war ihr Freund, seit sie denken konnte, und ihn traurig zu machen, war das Allerletzte, was sie wollte. Etwas musste geschehen. Lilly wusste, dass ihre Schulfreundinnen sie beneideten, weil sie von gleich zwei ansehnlichen jungen Männern umworben wurde, doch in

Wahrheit waren zwei Verehrer weit anstrengender als gar keiner. Wohin man sich auch drehte und wendete, man trat einem von ihnen auf den Fuß.

»Du musst dich eben entscheiden«, hatte Dorthe, ihre Schulkameradin, die sich zu Neujahr verlobt hatte, gesagt. »Sowieso bist du ein Glückspilz, weil's dein Vater nicht für dich tut. Wenn ich so gut dran wär wie du, nähm ich einfach den, den ich mehr liebe.«

Aber ich lieb sie doch beide!, hätte Lilly ihr zur Antwort geben wollen. Sich zwischen ihnen zu entscheiden, war, als hätte man sie gezwungen, zwischen ihrem Vater und ihrer Mutter zu wählen.

Dann nähme ich Papa, machte eine kleine, aber unüberhörbare Stimme in ihrem Kopf sich Luft.

Dass die Entscheidung ihres Herzens so eindeutig ausfiel, verursachte ihr im Handumdrehen Schuldgefühle.

Ihre Mutter konnte schließlich nichts dafür, dass ihr Nervenkostüm übermäßig reizbar war und sie an der Schwermut krankte. Es war nicht ihre Schuld, dass sie sich schonen musste und mit ihren Kindern nicht hatte spielen und lachen können wie andere Mütter. Sicher war auch die seltsame Fremdheit, die zwischen ihr und Lilly herrschte, nicht ihre Schuld, sondern eine Folge ihrer Nervenkrankheit. Soweit es ihr möglich war, hatte Anita Adler sich bemüht, Lilly, Rose und Paulchen ein schönes Zuhause zu schenken. Wenn Lilly ehrlich war, hatte sie weit mehr dafür getan als ihr Vater, der zerstreut, bis über beide Ohren in seine Arbeit im Atelier vergraben und selten verfügbar war.

Dennoch hatte Lilli immer gespürt, dass ihr Vater sie innig liebte und dass sie etwas Besonderes für ihn war. Die Kameradinnen, mit denen sie zur Schule ging, hatten sich bitter beklagt, weil sie als Mädchen für ihre Väter kaum zählten, und natürlich wusste auch Lilly, dass das wichtigste Kind im

Hause Adler der kleine Paul war, der Stammhalter und Erbe des Familienbetriebs.

Wenn aber der Vater überhaupt für eines seiner Kinder Zeit aufbrachte, wenn er mit einem von ihnen redete, es ernst nahm und an seinem Leben Anteil haben ließ, dann war es immer sie, seine älteste Tochter, gewesen.

Zwischen Lilly und ihrer Mutter hingegen schien eine unsichtbare Barriere zu stehen. Tatsächlich war es gar nicht so, dass sie die Mutter weniger liebte. Es war nur so viel schwieriger, sie zu lieben, so viel komplizierter, und mit ihr auszukommen, erforderte so viel von dem, was Lilly am schlechtesten konnte: sich verstellen. Eine andere spielen als die, die sie war.

Glücklicherweise brauchte sie sich jedoch zwischen Vater und Mutter nicht zu entscheiden, und ihre stärkere Zuwendung zum Vater fiel niemandem auf. Mit Arndt und Walther hingegen standen die Dinge anders. Es kam ihr vor, als würden die beiden sie ununterbrochen umkreisen und darauf lauern, dass sie ihren Entschluss verkündete.

Kurz wurden die Protestrufe der Frauen ein wenig leiser, und Arndt wiederholte offenbar, zu welcher Unternehmung er Lilly einzuladen gedachte. Lilly verstand das Wort Samstag und glaubte außerdem, das Wort Oper zu vernehmen.

»Du lieber Himmel, verschone mich!«, rief sie. »Du weißt doch, dass ich mir aus Opern nichts mache. Dass meine Mutter mich einmal in der Saison in ›Lohengrin‹ oder etwas ähnlich Grausiges schleppt, ist schlimm genug.«

»›Lohengrin‹«, verbesserte Arndt leicht pikiert. »Und ja, ich weiß, dass man dich in Opern und andere Kulturgenüsse gehobenen Niveaus nur unter Androhung von Zwang bekommt. Deshalb habe ich mich um Karten für die Premiere des herrlichen ›Fidelio‹ im Deutschen Opernhaus auch gar nicht erst bemüht, sosehr es mir in der Seele wehtat. Ich dachte mir, das mit der Oper erzähle ich deinem Vater, damit er die

Unternehmung gestattet, aber in Wahrheit gehen wir ins Kino Topp am Kottbusser Damm. Für eine Filmvorführung wirst du mir ja wohl keinen Korb geben, oder?«

Der Zug kreuzte Unter den Linden, den breiten Boulevard, der sich vor dem Krieg zu einer regelrechten Amüsiermeile entwickelt hatte, auf dem jetzt jedoch die meisten Lokale, Geschäfte, Bars und Veranstaltungsorte geschlossen blieben. Die Reihen der Marschierenden zogen sich vorübergehend auseinander, und man war wieder in der Lage, sein eigenes Wort zu verstehen. »Ist das dein Ernst?«, fragte Lilly. »Du willst mit mir in einen Film gehen?«

Dagegen, dass ihr das Herz schneller schlug, konnte sie nichts ausrichten. In ihrer Welt, die sie immer fesselnd, bunt und aufregend gefunden hatte, gab es nichts, aber auch gar nichts, was sie so sehr faszinierte wie der Film.

5

Hätte Lilly gekonnt, wie sie gewollt hätte, so hätte sie sich an sieben Tagen in der Woche einen Film angeschaut.

Tatsächlich bekam sie jedoch kaum je Gelegenheit, einen zu sehen. Dabei wurden Filme überall gezeigt – in den Kinematografenbuden der Jahrmärkte, in Varietés, in Hinterhofstuben und Mokkadielen, sogar gelegentlich im Opernhaus und seit ein paar Jahren vermehrt in eigens errichteten Lichtspielhäusern, in denen man im Plüsch der Sessel versank, ehe ein schwerer Vorhang sich vor der gewaltigen Leinwand hob. Anders als in Oper und Theater waren die Eintrittskarten für jedermann erschwinglich. Lillys Vater aber, der sich sonst bei jedem Anliegen von seiner Tochter um den Finger wickeln ließ, blieb bei diesem Thema konsequent.

»Wenn du ins Theater willst, sprich mit deiner Mutter, die sich gern darum kümmern und dich begleiten wird. Aber in diesen Zeitvertreib für Schwachsinnige lasse ich dich nicht rennen. Ich habe kein Vermögen für deinen Unterricht am Viktoria-Lyzeum ausgegeben, damit du dich von primitivem Geflimmer verdummen lässt.«

Für gewöhnlich bereitete es Lilly keine Schwierigkeiten, ihn umzustimmen. Meist genügte es, dass sie ihn mit komischen

Argumenten zum Lachen brachte, was sonst kaum jemandem gelang. Half das tatsächlich einmal nicht, schlang sie ihm die Arme um den Hals und verlegte sich aufs Betteln und Schmeicheln: »Ach, mein liebstes Papachen. Wenn ich's doch aber so schrecklich gern möchte …«

Weil sie beide die gleiche Abneigung gegen Speichelleckerei und falsche Töne hatten, steigerte Lilly ihren Versuch ins Überzogene, Groteske, bis sie am Ende beide lachen mussten und der Vater nachgab.

Ging es aber um Lillys Leidenschaft für Filme, verhärteten sich Rufus Adlers Züge, und um ihn schien sich eine Mauer zu schließen, an der sich Lilly den Kopf einrennen konnte, ohne etwas zu erreichen.

Arndt wusste davon. Dass er dennoch versuchte, Lilly ihren Wunsch zu erfüllen, dass er – die Rechtschaffenheit in Person – sogar bereit war, für sie zu lügen, war einfach umwerfend.

»Du bist der Beste, Arndt«, platzte sie heraus.

Gleich darauf bereute sie es, denn von Neuem traf sie Walthers Blick. Verständnislos und zutiefst verletzt.

»Ins Topp hätte ich auch mit dir gehen können«, murmelte er. »Dreißig Pfennig kostet die Vorstellung, und für noch mal zehn bekommt man Limonade und Konfekt dazu. Ich würde dich glatt jede Woche einladen, wenn mal was anderes gegeben würde als widerliche Propagandafilme.« Er spuckte auf den Boden. »Aber für ihren kriegshetzerischen Schund kriegen die von mir keinen Hosenknopf. Da könnt' ich meine Penunzen ja gleich dem Ludendorff in den Rachen schmeißen.«

General Ludendorff gehörte seit dem vergangenen Sommer der Obersten Heeresleitung an und galt vielen als der eigentliche Drahtzieher, der im Krieg führenden Deutschland die Zügel in der Hand hielt. Walther, der zu den Versammlungen der Sozialisten ging, hatte natürlich recht. Die Filme, die im Kino Topp und den anderen Lichtspielhäusern gezeigt wurden und Titel wie »Die Entdeckung Deutschlands« oder »Die Braut des Reserveleutnants« trugen, dienten samt und sonders der Propaganda für den Krieg. Junge Leute wie sie hätten sich so etwas eigentlich nicht anschauen dürfen.

Lilly aber konnte sich nicht helfen. Es interessierte sie, wie diese Filme gemacht waren, wie versucht wurde, durch die Macht der Bilder auf Menschen einzuwirken, sie dazu zu bringen, Kriegsanleihen zu zeichnen und zu jubeln, wo es nichts mehr zu jubeln gab. Die wenigen Machwerke, die sie gesehen hatte, waren alle nicht gut genug, fand sie. Die Effekte waren billig, die Tricks zu leicht zu durchschauen, um nachhaltig Wirkung zu erzielen. Wenn sie vor der Leinwand saß, fühlte sich Lilly von Ideen zur Verbesserung geradezu überflutet. Sie war die Tochter eines Fotografen, war zwischen Kameras aufgewachsen und verstand durchaus etwas von Belichtungszeiten, Aufnahmewinkel, Motivwahl und Tiefenschärfe.

Mehr, als ihr Vater wahrhaben wollte.

Er hatte ihr immer nur eingeschärft, dass zwischen dem ernsthaften, Erfahrung und Sachkenntnis erfordernden Handwerk der Fotografie, das die Erinnerungen von Menschen für die Ewigkeit festhielt, und dem nur auf Kommerz ausgerichteten Klamauk des Films, der als eine billige Mode wieder verschwinden werde, ein Graben klaffte, der nicht zu überwinden war.

Ein wenig Messen mit zweierlei Maß war das schon, fand Lilly. Ausgerechnet ihr Vater beschimpfte die kommerzielle Ausrichtung des Films, ohne sich an seine eigene Nase zu fassen? Sein Geschäft, das Photo-Atelier Adler, blühte schließlich seit Beginn des Krieges, wie Lilly es nie zuvor erlebt hatte, und das aus gutem Grund: Unzählige junge Männer, die ihren Marschbefehl an die Front erhielten, ließen vor ihrer Abreise eine Porträtfotografie von sich anfertigen, um sie der Mutter oder der Braut als Geschenk zu überreichen. Häufig genug musste diese Fotografie anschließend dem Gedenken dienen, weil der, den sie zeigte, nicht wiederkam.

Rufus Adler hatte nicht lange gezögert. Bereits im ersten Kriegswinter war er auf die schier geniale Idee verfallen, jeder Fotografie, die bei ihm in Auftrag gegeben wurde, einen billigen Stellrahmen beizulegen. Adler-Fotografien standen seither in Adler-Rahmen auf unzähligen Anrichten, Regalen und Kaminsimsen, und über einer Ecke steckte oft genug der schwarze Trauerflor. Lillys Vater konnte sich vor Aufträgen kaum retten, und die Registrierkasse auf der Ladentheke klingelte ohne Unterlass.

Ihn darauf anzusprechen, war jedoch sinnlos. Als Lilly es einmal versucht hatte, hatte er ihr lediglich seinen altbekannten Vortrag über den unschätzbaren Wert gehalten, den die Fotografie für die Menschheit hatte: »Du bist noch so jung, mein Schneewittchen. Eines Tages aber wirst du lernen, dass es keine größere Tragödie gibt als die Flüchtigkeit unseres Lebens. Es geht alles vorbei, es entrinnt uns alles, selbst das, was wir mit der ganzen Kraft unserer Verzweiflung festhalten wollen. Deshalb lieben wir die Fotografie, und deshalb brauchen wir sie. Weil sie etwas auf Papier bannt, was sich nicht bannen lässt: den Augenblick, in dem wir glücklich waren. Die Fotografie erfüllt das gleiche Bedürfnis, das in früheren Jahrhunderten die Religionen befriedigten: Bilder aus unserem Leben versprechen uns, dass von uns etwas bleibt, wenn wir gehen müssen.«

»Aber diese Bilder haben laufen gelernt!«, war Lilly ihm begeistert ins Wort gefallen. »Ist das nicht noch viel grandioser? Nicht nur starre Aufnahmen aus unserem Leben bleiben, sondern praktisch unser Leben selbst – so wie wir es erlebt haben.«

Sie hatte an die zahllosen Fotografien denken müssen, die in der elterlichen Wohnung auf dem Sims standen: Urgroßvater Adler vor der Tür des Ateliers, das seltsam steife Hochzeitsbild ihrer Großeltern, die Aufnahme ihres unnatürlich strahlenden

Vaters und der griesgrämig dreinblickenden Großmutter Elisabeth vor dem Schaufenster, die nicht richtig ausbalanciert wirkte, die Gruppenfotos von der Sommerfrische am sonnenbeschienenen Ostseestrand und das neueste Porträt von Paulchen als stolzem Gymnasiasten. Sie kamen ihr fremd vor, erstarrt und leblos, als hätten sie gerade das, was sie erhalten wollten, zerstört: das Wesen der Abgebildeten, ihre Persönlichkeit, das, was einen Menschen unersetzlich machte.

Der Film hingegen ließ sie lachen, weinen, die Arme ausbreiten und vor Zorn die Brauen furchen. Er hätte die einzigartige Geste einfangen können, mit der ihr Vater sich beim Nachdenken am Ohr zupfte, oder den Moment, in dem Gymnasiast Paulchen zum ersten Mal einen Schluck Sherry probiert und entsetzt wieder ausgespuckt hatte.

Der Vater hatte jedoch davon nichts hören wollen. »Die Kamera des Fotografen ist ehrlich«, lautete seine Devise. »Die des Filmemachers hingegen ist das Werkzeug eines Taschenspielers, das dir Träume vorgaukelt, als wären sie die Wirklichkeit.«

Und wäre das so schlimm?, fragte sich Lilly. Wenn es gut gemacht war, ließ sie sich gerne verschaukeln. Außerdem war sie sich beileibe nicht sicher, dass der Vater recht hatte. Gaukelte nicht auch der Fotograf dem Betrachter etwas vor, schon indem er seinem Kunden riet, sich nach hierhin oder dorthin zu drehen, ein Lächeln aufzusetzen oder versonnen in die Ferne zu blicken, indem er eine lange Belichtungszeit wählte, um ein Doppelkinn ein wenig verschwommen zu zeichnen, oder eine kurze, um ein markantes Profil zu betonen?

Weiter kam sie mit ihren Gedanken nicht, denn der Marsch geriet aus einem Grund, den sie von ihrem Platz aus nicht ausmachen konnte, mitten auf der Kreuzung ins Stocken. Lilly reckte sich, doch die Frauen in den Reihen vor ihr stellten sich ebenfalls auf die Zehenspitzen, und über ihre Köpfe vermochte sie nicht hinwegzusehen.

Ihre Begleiter hingegen schienen von dem Stillstand nichts mitzubekommen, sondern waren noch immer mit der Einladung ins Kino beschäftigt.

»Wenn Lilly nicht will, geh mit mir, Walther!«, rief Rose. »Mir ist ganz egal, was gezeigt wird, und mit unserm Vater brauchst du dich meinetwegen nicht rumzuplagen. Ich sag daheim, ich bin bei Marie zum Handarbeiten, und fertig ist der Lack. Das ist das Gute am Krieg: Auf ein Mädchen aufzupassen, soll ja sein wie einen Sack Flöhe zu hüten, und dazu hat im Krieg eben niemand Zeit.«

»Am Krieg ist überhaupt nichts Gutes«, wies Walther sie zurecht. »Und vom Kino hältst du dich besser fern. Wenn du so dummes Zeug schwatzt, solltest du dir nicht obendrein noch dein bisschen Hirn mit Propagandaschund zukleistern.«

»Ach, Walther«, bestürmte Rose ihn ungerührt. »Sei nicht so streng, lass uns beide doch gehen. Ich versprech dir auch, ich schau gar nicht hin, wenn diese Propaganda oder Gott-weiß-was kommt. Ich hab nur Augen für dich.«

Um sie herum gab es ein paar Lacher, und Paulchen verkündete stolz: »Die Rose ist nämlich in dich verschossen, Walther.«

Weitere Lacher folgten, aber Walther stimmte nicht ein. »›Der Müller von Flandern‹ heißt der Film, der gespielt wird«, mischte sich Arndt wieder ins Gespräch, sichtlich missgelaunt, weil er mit seinem Anliegen noch nicht weitergekommen war. »Ich verstehe ja nichts davon, aber gesagt worden ist mir, es soll eine ziemliche Sensation sein. Etwas nie Dagewesenes, von einer ganz neuen Einrichtung gemacht.«

»Von einer Einrichtung?«, fragte Lilly. »Du meinst eine Produktionsgesellschaft, oder?« Wenn das, was Arndt da zusammenstotterte, zutraf, wollte sie den Film um jeden Preis sehen, einerlei, was ihr Vater dazu meinte.

Arndt zuckte die Achseln. »Du kennst mich, ich habe keine Ahnung, wie man so etwas nennt. ›Produziert vom Bufa‹ steht auf dem Filmplakat.«

»Ludendorff«, platzte Walther dazwischen. »So etwas ist typisch Ludendorff. Psychologische Kriegsführung. Die bisherige Augenwischerei, die er betrieben hat, ›Messters Wochenschau‹, all die Schlachtszenen, aus denen er zerfetzte Leichen und Krüppel hat herausschneiden lassen, ging ihm noch nicht weit genug. Jetzt hat er eigens ein Amt gegründet, das die besten Filmemacher des Reiches in den Dienst der Kriegshetze stellen soll. Wenn's mit den Kanonen an der Front nicht klappt, müssen eben die Kameras daheim den Sieg herbeizaubern. Ich dachte, du wüsstest darüber Bescheid, Lilly, du weißt doch sonst immer alles, wenn es ums Kino geht.«

Lilly hasste es, wenn er so von oben herab mit ihr sprach. Obwohl ihr Vater liberal eingestellt war und auch bei seinen Töchtern Wert auf Bildung legte, blieben die Quellen, zu denen sie Zugang hatte, doch arg begrenzt. Erst recht im Vergleich mit Walther, der kein Schuljunge mehr war, sondern im Arbeitsleben stand und einer politischen Partei angehörte.

Dazu, ihm die Meinung zu geigen, kam sie jedoch nicht mehr, denn in diesem Augenblick wichen die Frauen vor ihr zur Seite, und sie erkannte, was die Stockung der Demonstration verursacht hatte: Die Polizei marschierte auf. Von links kam ein Trupp berittener Uniformierter mit donnerndem Hufschlag über das Pflaster. Bewaffnete Beamte zu Fuß flankierten die Reiter, Gewehre und Knüppel im Anschlag, auf die Frauen gerichtet, die in Richtung Wilhelmstraße weiterziehen wollten.

Jemand schrie auf. In Trauben stoben Demonstrantinnen auseinander.

Von rechts rollte einer der neuen Truppentransporter auf sie zu. Auf seiner Ladefläche drängten sich Männer, die ebenfalls Waffen trugen.

Lilly schien auf einmal mehr als zwei Augen zu besitzen, wie bei einer Filmszene, die im Schnelldurchlauf abgespult wurde. Sie sah den Wagen, der sich von der einen Seite, und den Trupp, der sich von der anderen Seite näherte, und zugleich sah sie, wie bei einem Ladengeschäft, einem Friseursalon für Damen, eine Tür aufschwang und ein Mädchen heraustrat, das mehrere Rollen Stoff unter dem Arm trug. Es war ein ganz und gar ungewöhnliches Mädchen, deshalb sprang es ihr ins Auge, obwohl es beileibe nicht der einzige Mensch war, der auf den Gehsteigen des Boulevards unterwegs war.

Das Mädchen war hochgewachsen, noch größer als Lilly, die selbst nicht klein war, und schlank wie ein junger Athlet. Bemerkenswert war, dass ihre Kleidung, ein zweiteiliges Kostüm aus seidigem, dunkelgrün gemustertem Stoff, wie Lilly noch keines gesehen hatte, dieses Urteil zuließ: Es lag eng am Körper an, als trüge das Mädchen darunter weder Korsett noch Mieder. Reformkleider, die ohne Korsett auskamen, bekam man immer häufiger zu sehen, und Lilly war entschlossen, sobald der Krieg vorbei war und man wieder ohne Rationierung Kleider kaufen durfte, selbst diese bequemere Mode zu tragen. Geschnitten waren die neuen Gewänder jedoch wie unter der Taille geschnürte Säcke, während der Zweiteiler, den die junge Frau trug, eng und schillernd wie eine Fischhaut den Körper umschloss.

Es war ein aufreizendes, geradezu skandalöses Kostüm – und dann auch wieder nicht, weil es an ihr so vollkommen natürlich wirkte.

Lilly musste sie anstarren, so sehr gefiel sie ihr. Ihr Haar war nicht weniger aufsehenerregend als ihr Aufzug: Kurz, vermutlich frisch geschnitten, lag es wie ein glänzender kastanienroter Helm um ihren Kopf und betonte ihr scharfes, schönes Profil. Eine Frau, die ihr Haar kurz trug, hatte Lilly nie zuvor gesehen.

Gleich darauf sollte sie sich wundern, wie viele Gedanken in einen einzigen Augenblick passten. Wie auf dem Höhepunkt eines Films schien die Handlung vor ihren Augen regelrecht zu explodieren: Das Mädchen mit den Stoffrollen unter dem Arm war mit ihren Gedanken offenbar weit entfernt von der Kreuzung Friedrichstraße und Unter den Linden. Sie hörte weder die Rufe der demonstrierenden Frauen noch die Pfiffe der Polizisten, weder den Hufschlag der Pferde noch die Vehemenz der Verzweiflung, mit der der Fahrer des Truppentransporters auf die Hupe drückte.

Sie ging einfach weiter. Trat über die Bordsteinkante hinweg, um die Fahrbahn zu überqueren, und eilte geradewegs vor die Stoßstange des Transporters.

Lilly zögerte keinen Moment lang.

In einem Film wäre sie ein blond gelockter, rotwangiger Jüngling gewesen, der dieses schöne Mädchen erblickte, sich auf der Stelle in sie verliebte und hinzusprang, um sie zu retten, ehe sie unter den walzenden Rädern des Transporters den Tod fand. In Wirklichkeit war sie nur sie selbst, Lilly Adler aus der Friedrichstraße, aber hinzuspringen musste sie trotzdem. Sie hörte Rose und Arndt in ihrem Rücken angstvoll aufschreien und hatte im nächsten Moment schon die Schultern des Mädchens gepackt. Blindlings riss sie sie zurück und warf sich in einem Impuls mit ihr auf das Pflaster.

Ihre Schulter und Hüfte prallten hart auf, und das Mädchen fiel längs mit ihrem ganzen Gewicht auf sie. Flüchtig wurde Lilly schwarz vor Augen, dann sah sie, wie der Unterboden des Transporters dicht über ihre Köpfe hinwegglitt. Mit kreischenden Bremsen kam das schwere Gefährt über ihr zum Stillstand. Lilly atmete auf. Ihr Herz hämmerte wie Feuer aus einem Maschinengewehr.

»Oh. Entschuldigung. Ich habe wohl nicht aufgepasst.« Die Stimme der Fremden, die Lilly deutlich älter eingeschätzt hatte, klang viel heller und kindlicher als erwartet. Sie robbte seitlich von Lilly herunter, kümmerte sich nicht darum, dass sie sich den Hinterkopf stieß, und krauchte herum, um ihre Stoffrollen einzusammeln.

Lilly sah nicht länger ihren Hinterkopf über sich, sondern den dunklen Metallboden des Transporters und fühlte sich wie in einen Kasten oder einen Sarg gesperrt. Hastig packte sie die Stoßstange, zog sich darunter hervor und sprang auf die Füße. Ihre Geschwister und Freunde eilten heran und redeten erregt auf sie ein, aber Lilly bekam kaum etwas mit.

»Du bist wirklich völlig verrückt«, hörte sie Arndt hervorstoßen. »Von all deinen Eigenschaften ist es diese, die mich eines Tages um den Verstand bringen wird: Du hast überhaupt keine Angst. Überhaupt keine.«

Das fremde Mädchen tat es Lilly nach und rappelte sich ebenfalls auf. »Ich muss mich bei Ihnen bedanken«, sagte sie. »Keine Ahnung, wo ich meine Augen hatte.«

Um sie herum weitete sich ein Tumult aus. Polizisten versuchten, mit erhobenen Knüppeln und angelegten Gewehren demonstrierende Frauen zurückzudrängen. Die Frauen wichen zwar der Gewalt, doch sie bedachten die Ordnungshüter mit den wüstesten Schimpfwörtern, die der Berliner Dialekt zu bieten hatte. Walther, Arndt, Rose und Paulchen redeten immer noch vierstimmig auf Lilly ein, und aus allen Richtungen hupten, brüllten, fluchten und bimmelten Verkehrsteilnehmer, die nicht weiterkamen. Einen Herzschlag lang war es jedoch, als wären sie beide – Lilly und die Fremde – auf der Kreuzung allein.

Ihre Blicke trafen sich. Lilly fühlte, wie ein Lächeln sich auf ihrem Gesicht ausbreitete, und die Fremde lächelte mit ihr, verzog ihre etwas zu großzügigen, schön geschnittenen Lippen nur um eine Spur in den Mundwinkeln.

»Nichts zu danken«, sagte Lilly und wünschte, sie hätte einen Grund gefunden, sich mit der anderen zu verabreden, sie jetzt und hier zu einem Kaffee einzuladen. Sie mussten zum Reichstag. Die Demonstration war wichtig, sie konnte über die Zukunft ihrer Freunde, ihres Bruders, ihres ganzen Landes entscheiden. Zugleich aber schien es ihr ganz und gar unmöglich, die junge Frau, die sie gerade erst gefunden hatte, aus ihrem Leben wieder verschwinden zu lassen.

Gerade erst gefunden?

Was für eine alberne Formulierung war das denn?

Sie waren zufällig ineinander hineingerannt und gemeinsam unter einem Truppentransporter gelandet, aber dem Vorfall wohnte ja keine tiefere Bedeutung inne. Weshalb beharrte etwas in ihr darauf, sie und die Fremde mit den kurz geschnittenen Haaren gehörten zusammen und hätten auf keinen Fall wieder auseinandergerissen werden dürfen?

»Natürlich gibt es etwas zu danken!«, rief die andere. »Ohne Ihren heldenhaften Einsatz würde ich jetzt vermutlich plattgefahren auf dem Pflaster kleben. Haben Sie Zeit? Darf ich Sie zu einem Kaffee einladen, wenn man das Ersatzzeug aus Zichorien oder Eicheln so bezeichnen kann? Und falls man zwei Fräulein ohne Begleitung hier überhaupt irgendwo bedient.«

»Gerne.« Lilly grinste und wies auf das große Kaffeehaus an der Ecke, vor dem trotz des unwirtlichen Wetters bereits Tische auf der Straße standen. »Im Kranzler bedient man uns ohne Frage. Und etwas Besseres als Zichorienbrühe bekommen wir dort auf alle Fälle – wenn auch nicht unbedingt Kaffee.«

Ein wenig schämte sie sich, weil sie aufschnitt, als ginge sie in Cafés ein und aus, weil sie die Frau von Welt spielte, die sie nicht war. Sie glaubte, in den Augen der anderen so etwas wie Bewunderung aufblitzen zu sehen, und das war es wohl, was sie hatte erreichen wollen. Wäre sie als unerfahrenes Schulmädchen aufgetreten, hätte eine wie die, die vor ihr stand, gewiss nicht mit ihr Kaffee trinken wollen.

»Ich bin übrigens Lilly«, sagte sie forsch und streckte der anderen die Hand entgegen. *Lilly Adler,* wollte sie rasch verbessern, weil sie hier schließlich nicht im Hinterhof ihres Wohnhauses stand und mit Nachbarskindern schwatzte, doch sie kam nicht dazu.

»Ariane«, erwiderte die andere, doch auch was sie noch hatte sagen wollen, wurde übertönt von der Stimme eines Mannes, der von irgendwoher angerannt kam und über den Lärm hinweg etwas rief.

»Fräulein Adler! Da sind Sie ja, und zu meinem Glück ohne sichtbare Beschädigung. Kurz hatte ich Angst, Sie wären diesem Monstrum vor die Räder gelaufen.«

Er steckte in Uniform und war sichtlich bemüht, zu verbergen, dass er das linke Bein nachzog. Und er sah beileibe nicht aus wie einer der einfachen Soldaten, die von Russland bis Frankreich, von Belgien bis Mesopotamien als Kanonenfutter verheizt wurden.

Erst nachdem sie das festgestellt hatte, wurde Lilly klar, was der Mann in Offiziersuniform gerufen hatte.

»*Fräulein Adler?* Meinen Sie mich?«

Der Mann stockte in der Bewegung und wandte sich ihr zu. Er hatte Augen wie Cognac – wie der, den ihr Vater nur noch heimlich trank, seit Deutschland gegen das Land, aus dem der edle Weinbrand stammte, Krieg führte.

»Sie?« Der Mann hob die Brauen über den cognacfarbenen, fast dreieckigen Augen in die Stirn, aus der das schwere, dunkle Haar zurückwich. »Nicht, dass ich wüsste. Ich meinte Fräulein Adler.«

»Die bin ich«, sagte Lilly.

Sein Gesicht war schmal und die Nase gebogen, als wäre er der Adler und nicht sie.

»Sie auch?« Er sah von ihr zu der anderen und wieder zurück.

Die andere nahm seinen Arm. »Ich bin untröstlich, Hauptmann.« Sie ließ die rechte Hand zum Salutieren an die Stirn schnellen. »Die Beschaffung profaner Textilien dauerte aufgrund kriegsbedingter Mangelzustände an der Heimatfront länger als erwartet, weshalb ich mich verspätet zum Appell melden muss.«

Die wie mit der Feder gezeichneten Brauen des Mannes schoben sich über der Nasenwurzel zusammen. Allem Anschein nach verfügte er über keinerlei Humor, während Lilly laut auflachen musste. Der Mann beachtete sie nicht. »Ich bin Ihrem Vater Rechenschaft schuldig, Fräulein Adler«, sagte er.

»Heißen Sie wirklich Adler?«, platzte Lilly heraus.

»Ariane Adler.« In den Augen der anderen blitzte ein Lachen auf. »Ich hatte mich gerade vorstellen wollen, aber Hauptmann Stiller, der eigens abkommandiert worden ist, um unartige Mädchen einzufangen, ist mir in die Parade geplatzt.«

»Ich auch!«, rief Lilly fassungslos. »Ich meine, ich bin nicht abgestellt, um unartige Mädchen einzufangen – aber ich heiße auch Adler.«

Der humorlose Hauptmann wandte sich ihr zu und musterte sie, als sei er in der Lage, in ihren Kopf hineinzusehen. »Theo Stiller«, sagte er dann, ohne seinen Dienstgrad zu nennen, und reichte ihr die Hand. »Bild- und Filmamt.«

Seine Hand war langfingrig, schmal, beinahe knochig. Lilly ergriff sie. Was das Bild- und Filmamt war, wusste sie nicht, doch bei dem Wort Film vollführte ihr Herz einen Satz.

»Lilly Adler«, murmelte sie, gab ihm ihre Hand, entzog sie ihm aber gleich wieder, ehe er sich darüberbeugen konnte.

Er ging darüber hinweg, ohne eine Miene zu verziehen. »Ihr Vater ist der Inhaber des Photo-Ateliers Adler in der Friedrichstraße?«, fragte er.

Lilly nickte. »Rufus Adler, ja.«

»Ich fürchte, dann hätte diese Begegnung nicht stattfinden dürfen«, sagte Theo Stiller.

»Aber warum denn nicht?«, rief das Mädchen Ariane und nahm Lilly damit das Wort aus dem Mund. »Lilly und ich haben gerade vereinbart, zusammen irgendetwas trinken zu gehen, und dass wir beide Adler heißen, wird uns daran gewiss nicht hindern.«

Sie bot Lilly ihren Arm, und die hakte sich wie selbstverständlich bei ihr ein. Einen Herzschlag lang glaubte sie, der Mann vom Bild- und Filmamt wolle sie trennen, doch er rührte keine Hand, wandte lediglich das Gesicht Ariane zu.

»Sie heißen nicht zufällig beide Adler«, sagte er. »Ich würde Sie gern bitten, diese Begegnung zu vergessen, da Ihrem Vater dringend daran gelegen ist, eine Bekanntschaft zwischen Ihnen beiden zu vermeiden. Leider bin ich mir aber so gut wie sicher, dass Sie meinen wie seinen Wunsch ignorieren werden.«

Ariane wirkte so verwirrt, wie Lilly sich fühlte. Einen Herzschlag später hatte sie sich jedoch wieder gefangen. »Darauf können Sie Gift nehmen«, warf sie Theo Stiller hin, ließ ihn und die anderen stehen und marschierte mit Lilly die Straße entlang.

ERSTER AKT

LILLY

BERLIN

Januar 1919

»Der einzige Weg, mit meinen Ängsten fertigzuwerden, ist, Filme über sie zu machen.«

Alfred Hitchcock

6

»Ich muss da hin, Lilly«, hatte Ariane gesagt. »Ich weiß, es ist Wahnsinn, aber es ist zugleich meine einzige Chance. Mein Vater lässt mich in keinem Film spielen, selbst wenn ich vor ihm auf den Knien rutsche wie ein Bettelmönch. Für den bleibe ich sein klitzekleines, ahnungsloses Mädchen, das er vor der großen bösen Welt beschützen muss, bis ich alt und krumm wie Oma Piepulke bin.«

»Wenn du musst, dann musst du«, hatte Lilly erwidert. »Und wenn du musst, dann komme ich mit.«

»Du bist in Gold oder irgendwelchem anderen Glitzerkram gar nicht aufzuwiegen, weißt du das?« Ariane hatte sie an sich gezogen und ihr einen Kuss auf die Wange gedrückt. »Ich brauch dich einfach bei mir, andernfalls bringe ich vor lauter Lampenfieber kein Wort raus, und der ganze Aufwand war für die Katz. Obendrein kann ich dann behaupten, ich treffe mich mit meiner Freundin zum Bummeln, falls dieser gottverdammte Schießhund Alexander mir wieder nachspioniert.«

Solange der Schießhund Alexander nicht ahnt, dass die sogenannte Freundin die zur Persona non grata erklärte Lilly Adler ist, mag das schon funktionieren, hatte Lilly bei sich gedacht. Nur war das eben nicht sehr wahrscheinlich. Alexander war

Arianes Zwillingsbruder, der auf seiner Schule, dem renommierten Friedrich-Wilhelm-Gymnasium, auf dem er jüngst sein Abitur abgelegt hatte, als junges Genie gehandelt wurde. Lebensklug war er damit noch lange nicht, aber vermutlich auch nicht dumm genug, sich einreden zu lassen, der harmlose Freundinnenbummel müsse ausgerechnet im Zeitungsviertel stattfinden, wo seit Tagen Straßenschlachten tobten. Inzwischen sollte es laut Walther zahlreiche Todesopfer geben. Und selbst wenn Alexander so dumm gewesen wäre, die Lüge zu schlucken, hätte er den hanebüchenen Bummel dennoch postwendend dem Vater gepetzt.

Sie trafen sich also besser erst dort, in der Schützenstraße, kurz hinter dem umkämpften Mossehaus, wo Ariane bei einer der zahllosen neuen Filmproduktionen einen Vorstellungstermin ergattert hatte. Ariane war göttlich, sie hätte es wahrlich nicht nötig gehabt, bei hochnäsigen Produzenten Klinken zu putzen. Sie sah umwerfend aus und besaß das sinnliche, durch und durch physische Talent, aus dem der Film so viel mehr zu machen vermochte als die Theaterbühne. Lilly konnte sich darüber ein Urteil erlauben, denn sie hatte in den letzten zwanzig Monaten mit ihr geübt.

Natürlich hatte Lilly vom Filmgeschäft keine Ahnung, aber wozu war sie schließlich bei jeder sich ergebenden Gelegenheit ins Kino gerannt und sah in den absurdesten Momenten ihres Lebens Filmszenen vor sich? Sie hatte sich mit Ariane unzählige Szenen ausgedacht, im Rollenspiel durchprobiert, und die Partien, auf die Ariane sich bewarb, stundenlang mit ihr diskutiert. Vermutlich hatte sie dabei mehr von Ariane gelernt als umgekehrt, aber dass Ariane von Woche zu Woche besser wurde, konnte niemand leugnen.

Zudem war Arianes Vater ein mächtiger Mann in der Filmwelt. Er saß an den Schalthebeln der Ufa, die sich im vorletzten Kriegsjahr aus dem Bild- und Filmamt entwickelt hatte und jetzt den Siegeszug des jungen Filmgeschäfts anführte.

Dieser Siegeszug war ein Triumphmarsch. Die Leute strömten in die wie Pilze aus dem Boden schießenden Kinos, wie sie auf Demonstrationen gegen den Krieg geströmt waren, wohl weil sie da und dort ein wenig Macht über ihr Leben verspürten: Bei den Demonstrationen die Macht, dieses Leben zu verändern, und in den Kinos die, sich einfach daraus wegzuträumen.

Sie lebten von weniger als nichts und erstickten in Sorgen, dennoch trugen sie ihre letzten Pfennige an die Kinokassen. *Gerade* weil *wir in Sorgen ersticken, gehen wir ins Kino,* dachte Lilly. *Weil die Welt mit all ihren Nöten und Ängsten, ihren Kranken, Krüppeln und Toten, ihren Fragen, ihrem Elend, ihrer Traurigkeit draußen bleibt, wenn die Tür des Saales sich schließt und die Leinwand so geheimnisvoll zu flimmern beginnt.* Filmstargesichter wie das von Grete Berger prangten auf sämtlichen verfügbaren Werbeflächen, und Schulkinder sammelten Zigarettenbildchen von Idolen wie Asta Nielsen und Henny Porten, deren Namen erst seit wenigen Jahren im Vorspann erwähnt wurden. Ariane hatte auch ein solches Filmstargesicht. Sie würde zu Großem in der Lage sein, wenn es ihr nur erst gelang, sich aus der Dauerbewachung ihres Vaters zu befreien.

Lilly würde ihr dabei helfen, dazu war sie fest entschlossen. Wenn Ariane sich wünschte, dass sie ihr vor dem Termin die Hand hielt und Mut zusprach, dann würde sie zur Stelle sein, auch wenn sie dazu an dem Netz von Lügen weiterspinnen musste, in dem sie sich seit ihrer ersten Begegnung mit Ariane immer tiefer verfing.

Lilly Adler war für Heimlichkeiten nicht gemacht. Anders als ihre Geschwister, die von schlechten Schulnoten bis zu unliebsamen Freunden so manches verschwiegen, hatte sie ihren Eltern stets rundheraus alles ins Gesicht gesagt. Ihrem Vater, genauer gesagt. Dass die Mutter der Schonung bedurfte und nicht alles wissen musste, hatte der Vater ihr erklärt, und Lilly hatte sich Mühe gegeben, sich daran zu halten. Leicht war es ihr nicht gefallen. Meist sprudelte sie mit allem, was sie erlebt hatte, bereits im Korridor der Wohnung heraus, ohne sich zu fragen, ob sie sich damit Ärger einhandeln konnte.

Sie war ganz sie selbst. Sie war Lilly. Wer sie mochte, musste sie nehmen, wie sie war, einschließlich der Dinge, die ihm nicht in den Kram passten. So hatte sie es immer gehalten, und so hatte sie es auch in Bezug auf ihre Freundschaft mit Ariane halten wollen.

Sie wollte diese Freundschaft mit ihrer neu gefundenen Cousine unbedingt haben. Das hatte für sie vom ersten Tag an festgestanden, und dass die zwei Väter sie aus irgendwelchen unverständlichen Gründen einander vorenthalten hatten, wurmte sie schon genug. Sie war nicht bereit gewesen, mit der albernen Geheimniskrämerei, die offenbar ins vorige Jahrhundert gehörte, weiterzumachen, und genau das hatte sie diesem unsäglichen Menschen, diesem Theo Stiller, der Ariane als Bewacher aufs Auge gedrückt worden war, auch gesagt.

Stiller hatte an jenem Tag darauf bestanden, sie ins Café zu begleiten, sosehr die beiden Mädchen ihn bestürmt hatten, sie alleine gehen zu lassen. Walther, der einfach ein Schatz war, hatte sich bereit erklärt, sowohl den protestierenden Arndt zu beruhigen als auch Rose und Paulchen nach Hause zu bringen, aber mit diesem Menschen war einfach kein Reden. »Ich bin bei Arianes Vater im Wort«, hatte er beharrt. »Die Diskussion darüber ist verschwendete Zeit, Sie beide haben die Wahl: Entweder Sie gehen mit mir, oder Sie gehen überhaupt nicht.«

Ariane hatte schließlich aufgegeben. »Lassen wir's«, hatte sie zu Lilly gesagt. »Theo Stiller ist steif wie geschlagene Sahne und der sturste Schrat, der in Babelsberg herumläuft, deshalb hat mein Herr Papa ihn ja auf mich angesetzt. Aber er ist keine Petze. Ich habe ihm viel zu verdanken, und wenn man so tut, als würde man ihm seinen Willen lassen, kann er sogar ziemlich nett sein.«

Lilly hatte ihn ganz und gar nicht nett gefunden, und in der folgenden Stunde, die sie mit Ariane im Café verbrachte, hatte sie ihn ignoriert. Glücklicherweise besaß er wenigstens so viel Anstand, eine Zeitung unter dem Aufschlag seines Rocks hervorzuziehen und so zu tun, als höre er nicht zu.

Lilly und Ariane hatten sich gesucht und gefunden, daran bestand kein Zweifel. Zwischen ihnen war überhaupt keine Scheu, nur Vertrautheit, als hätten sie sich immer schon gekannt. Begann die eine einen Satz, so sprach die andere ihn bereits für sie zu Ende, und obendrein teilten sie ihre Begeisterung für den Film.

Ariane war in dieser Wunderwelt aufgewachsen. Ihr Vater gehörte zu jenen Pionieren, die von der Heeresleitung mit der Gründung des Bild- und Filmamtes beauftragt worden waren und somit praktisch sämtliche Filmproduktionen im Deutschen Reich überwachten. »Jan Vermeulen, der Müller von Flandern« war eine ihrer ersten Produktionen gewesen, und auch wenn Walther sich über den »üblen Propagandaschinken« gebührlich aufgeregt hatte, war er viel besser gemacht als alles, was Lilly bis dahin gesehen hatte. Das Bild- und Filmamt, aus dem nach ein paar Monaten die Universum Film-AG, kurz Ufa, erwuchs, achtete bei der Auswahl ihrer Mitarbeiter nicht auf Linientreue, sondern auf Talent. Sie ließ ihre Filme draußen vor der Stadt, im Potsdamer Bezirk Babelsberg, drehen, wo Julius Grünbaum vor genau zwanzig Jahren das erste gläserne Filmatelier errichtet hatte. Von höchster Stelle wurde sie darin unterstützt, für jedes ihrer Vorhaben die besten Leute zu gewinnen.

So war beispielsweise Theo Stiller von der Front zurückbeordert worden, weil bekannt geworden war, dass er als Regisseur etwas taugte. Er drehte seine Filme in zeitaufwendiger Kleinarbeit, brauchte etliche Einstellungen und galt bei den

Schauspielern als schwierig, was Lilly keineswegs verwunderte. Das Ergebnis seiner Arbeit war die Mühe jedoch wert. Auf Arianes Drängen hatte sich Lilly seinen Film »Libussa« angesehen und war wider Willen überwältigt gewesen.

Der Mann war ein griesgrämiger, wichtigtuerischer Menschenfeind, der anderen mit seiner schlechten Laune den Tag verdarb. Aber er verstand sich darauf, aus einem Film herauszuholen, was drinsteckte. Unter seiner Regie wurden die Schauspieler zu Teilen der Bilder, die ihre Geschichte erzählten, und nichts anderes – keine Zwischentitel, keine Geräuschmaschine, kein Erzähler und im Grunde nicht einmal Musik waren nötig. Sosehr es ihr widerstrebte, sich das einzugestehen, hätte Lilly ihn liebend gern einmal bei der Arbeit erlebt.

»Du weißt überhaupt nicht, was für ein Glück du hast«, hatte sie zu Ariane gesagt, die in diesem Paradies zu Hause war. Ariane aber hatte sie schnell eines Besseren belehrt: Ja, ihr Vater hätte ihr leicht den Weg ebnen und ihr den Start in der Schauspielerei erleichtern können, und ihre Mutter war immerhin selbst Schauspielerin. Beides aber nützte ihr wenig, weil ihre Eltern ihr nicht helfen wollten.

»Für meinen Vater bin ich eine Art von Spielzeug, ein Glasprinzesschen, das kaputtgehen könnte, wenn jemand es anpustet«, hatte sie Lilly erzählt. »Also hält er alle Welt, so gut er kann, von mir fern. Manchmal erlaubt er mir, etwas zu organisieren, Stoffe für Kostüme zu beschaffen oder etwas in der Art, weil er meinen Geschmack mag und weiß, dass ich gut darin bin. Aber alleine würde er mich nie und nimmer losziehen lassen, sondern schickt mir grundsätzlich einen Wachhund hinterdrein. Ich kann noch froh sein, wenn er sich mit Theo Stiller begnügt und mir nicht Alexander auf den Hals hetzt.«

Ariane und ihr Zwillingsbruder waren einander spinnefeind, wobei es Lilly anfangs ein Rätsel gewesen war, wie jemand, der Arianes Zwilling war, anders als sprühend, charmant und rundherum liebenswert sein konnte. Seither hatte sie jedoch genug über Alexander gelernt, um ihre Meinung zu ändern.

»Er schlägt meiner Mutter nach«, hatte Ariane erklärt. »Die nennt sich Charlene Adler-Durell, aber in Wahrheit heißt sie Carla Düffel. Am Theater hat sie es nicht weit gebracht. Sie lispelt ein bisschen, und ein Kritiker fand ihre Aussprache ordinär, aber ich glaube, sie ist ganz einfach nicht sonderlich begabt. In jedem Fall hat sie sich bei nächster Gelegenheit auf den Film geworfen und gehofft, dort könnte sie endlich ihrem miesen kleinen Leben entkommen und den Ruhm erringen, nach dem sie sich verzehrt. Meinen Vater hat sie sich obendrein geschnappt, vielleicht hat sie ihn ja sogar geliebt oder zumindest erkannt, was in ihm steckt. Genützt hat ihr jedenfalls nichts davon. Er hat ihr Zwillinge gemacht und war noch ärmer und erfolgloser als sie. Jahrelang hat sie kein Paar Strümpfe besessen, das zusammengehörte, und wir Kinder teilten uns einen Wintermantel.«

Lilly hatte an der eleganten Ariane hinuntergeblickt und kaum glauben können, was sie hörte. Aber es entsprach der Wahrheit. Arianes Vater war wie so vielen erst der Durchbruch gelungen, als der Krieg kam und die Heeresleitung erkannte, welche Möglichkeiten zur Propaganda der Film bot. Benno Adlers Welt hatte sich um hundertachtzig Grad gedreht, er hatte ein vornehmes Stadthaus in Potsdams Holländerviertel erworben und führte seither ein Leben auf großem Fuß.

»Natürlich hat meine Mutter geglaubt, jetzt, wo ihr Mann endlich jemand ist, schlägt ihre große Stunde«, hatte Ariane weiter berichtet. »Aber sie hatte sich schon wieder getäuscht. Mein Vater besetzt sie nicht, da kann sie betteln oder drohen, so viel sie will. Für eine jugendliche Liebhaberin ist sie ja nun zu alt, und diese zarte, mädchenhafte Hübschheit, die sie einmal gehabt haben soll, ist verblüht. Ab und an besorgt er ihr eine kleine Rolle, aber eine echte Charakterpartie kann sie nicht spielen. Dafür, dass ich es könnte, wenn er mich ließe, hasst sie mich.«

»Deine eigene Mutter hasst dich?«, hatte Lilly entsetzt gefragt.

»Carla Düffel hasst jeden, der etwas hat, das sie will und nicht bekommen kann«, hatte Ariane leichthin erwidert. »Und ich habe davon gleich dreierlei: Ich bin jung, ich kann spielen, und mein Vater mag mich. Wer kann ihr da verdenken, dass sie mir gern etwas in den Tee träufeln würde? Aber nicht doch, Lilly, zieh kein so entgeistertes Gesicht – ich mache mir nichts draus. Wenn ich auf die Zuneigung von Frau Düffel angewiesen wäre, wäre ich längst eingegangen wie eine Primel.«

Ariane besaß die Zuneigung zahlloser anderer Menschen. Das ganze Filmareal von Babelsberg mochte sie, weil man ihre unbekümmerte, jedem zugetane Art einfach mögen musste. Und jetzt gab es obendrein Lilly, die sie ganz besonders mochte und die sich das von niemandem nehmen lassen würde.

Über die Frage, warum ihre Väter jeglichen Kontakt der beiden Familien verhindert hatten, hatten die beiden Mädchen damals im Café Kranzler nur spekulieren können. Ariane wusste es so wenig wie Lilly, ja keine von ihnen hatte geahnt, dass die andere existierte. Theo Stiller hatte auch auf Arianes Betteln kein Wort preisgegeben. »Fragen Sie Ihren Vater«, hatte er gesagt. »Wenn ich etwas wüsste, wäre es mir, wie Sie sich denken können, im Vertrauen erzählt worden, und Sie verlangen sicher nicht von mir, dass ich ein solches Vertrauen missbrauche.«

Lilly hatte es in der Wade gejuckt, so gern wäre sie diesem Stoffel unter dem Tisch auf den Fuß getreten.

Stattdessen fragte sie ihren Vater, sobald sie nach Hause kam: »Warum weiß ich nicht, dass du einen Bruder hast? Warum weiß ich nicht, dass ich eine Cousine habe? Ich habe nie Geheimnisse vor dir gehabt, und ich dachte, du hättest vor mir auch keine.«

Das Gesicht ihres Vaters war wie ein Fenster gewesen, das sich vor ihren Augen schloss. »Du bist ein Kind, Lilly«, hatte er gesagt, die Stimme hart, wie er sonst höchstens mit Lieferanten sprach, wenn sie die falsche Ware lieferten. »Du begreifst nicht, wovon du redest. Erwachsene haben immer Geheimnisse, das ganze Leben ist ein Geheimnis. Und dieses bleibt auch eines, hast du mich verstanden? Du hast Eltern, Geschwister, Großmutter Bernardine und obendrein Großmutter Elisabeth, die wir am Sonntag auf dem Friedhof besuchen. Weitere Verwandte hast du nicht, und du wirst auch nicht wagen, gegen mein ausdrückliches Verbot mit ihnen zu verkehren.«

Sein Ton erschreckte sie. Er war so nie mit ihr umgegangen. Aber sie war noch immer Lilly, die Unerschrockene, und nicht bereit, sich einschüchtern zu lassen. Wer etwas von ihr wollte, der hatte es ihr gefälligst zu erklären, nicht sie mundtot zu machen. »Wenn ich weitere Verwandte nicht habe, brauchst du mir ja auch nicht zu verbieten, mit ihnen zu verkehren«, sagte sie.

»Werd mir nicht unverschämt, junge Dame!« Ihr Vater machte einen Satz auf sie zu und hob die Hand.

Lillys Körper spannte sich, doch sie wich keinen Schritt zurück. *Wenn er mich schlägt, muss* er *damit fertigwerden, nicht ich,* durchfuhr es sie blitzartig. Sie hatte keine Wahl, als stehen zu bleiben und abzuwarten, was er als Nächstes tun würde.

Er hob die Hand noch ein Stück weiter, dann hielt er inne und ließ sie sinken. Sein ganzer Körper sackte in sich zusammen wie ein Ballon. »Du hast gehört, was ich gesagt habe«, murmelte er, eher traurig als zornig. »Mit diesen Leuten zu verkehren, ist dir verboten. Ich möchte ihre Namen in meinem Haus nicht noch einmal hören, und ich wünsche auch nicht, dass deine Mutter oder Paul und Rosalind damit behelligt werden.«

Er ging, und Lilly hatte trotzig gedacht: *Verbieten kannst du's mir hundert Mal, aber ich mache trotzdem, was ich will.* Dann aber hatte der Vater in der Tür innegehalten und sich noch einmal nach ihr umgedreht. »Ich warne dich, Lilly«, hatte er gesagt. »Wenn du dieses Mal wie üblich glaubst, du könntest dich über meine Anordnung hinwegsetzen und tun, was dir gefällt, stürzt du nicht nur dich selbst, sondern auch alle anderen Beteiligten ins Unglück. Behalte das im Gedächtnis, ehe du eine deiner unüberlegten Entscheidungen triffst.«

Lilly hatte die Sätze samt ihrem unheilschwangeren Unterton als allzu pathetisch abtun wollen. Von Arndt und anderen jungen Männern kannte sie es, dass Pathos immer dann ins Spiel kam, wenn sachliche Argumente knapp wurden. Das Problem bei der Sache war nur, dass ihr Vater kein Mann war, der zu leerem Pathos neigte. Wenn er eine solche Drohung aussprach, meinte er sie höchstwahrscheinlich ernst.

»Solltest du versuchen, mit diesen sogenannten Verwandten in Kontakt zu treten, habe ich keinerlei Hemmungen, dich bis auf Weiteres in deinem Zimmer einzusperren«, warf er ihr noch hin. »Zu deinem eigenen Schutz sowie zum Schutz dieser Familie.«

Lilly war der Ansicht, wer etwas tat, habe dafür die Konsequenzen zu tragen, und bisher war sie damit gut gefahren. Die Konsequenzen, die er ihr in diesem Fall androhte, durfte sie jedoch keinesfalls riskieren. In ihrem Zimmer hielt sie es schon unter normalen Umständen nicht lange aus. Sie konnte nicht still sitzen. Alle ihre Lehrer, selbst die, die sie sonst aufrichtig mochten, hatten sich darüber beklagt. Wäre sie in ihrem Zimmer eingesperrt gewesen, hätte sie das Leben versäumt, das draußen vorbeistrich, hätte keine Gelegenheit, die sich bot, beim Schopf packen können, hätte Arndt und Walther, doch vor allem Ariane nicht mehr gesehen.

Das kam nicht infrage.

Lilly hatte einen von den wütenden, schmutzigen Flüchen, die sie gar nicht hätte kennen dürfen, in Richtung all der mächtigen Herren gesandt, die juristisch festlegten, dass ein Mädchen von noch nicht einundzwanzig nur tun durfte, was der Vater ihr erlaubte. Daran änderte auch die Revolution nichts, die vor kaum zwei Monaten das Kriegsende und die Abdankung des Kaisers erzwungen hatte. Wenn die Aufstände, die im Zeitungsviertel tobten, beigelegt werden konnten, würde in acht Tagen eine neue Nationalversammlung gewählt werden, und zum ersten Mal durften sich Frauen daran beteiligen.

Aber nur Frauen über einundzwanzig.

Mädchen wie Lilly und Ariane, und wenn sie noch so erwachsen und verständig waren, blieben so rechtlos wie eh und je.

Also hatten Lilly und Ariane beschlossen, sich zumindest fürs Erste der Gewalt zu beugen und ihre Freundschaft heimlich fortzuführen. »Irgendwann bekommen wir heraus, wo in dieser Familie der Hund begraben liegt, und dann ist mit der Geheimniskrämerei Schluss«, hatte Lilly gesagt.

Ariane aber hatte gelacht und erwidert: »Allzu viele Hoffnungen würde ich mir an deiner Stelle nicht machen. Diese Familie ist ein ganzer Hundefriedhof.«

Man gewöhnte sich an die eigenartigsten Dinge. Die Berliner hatten sich daran gewöhnt, für jedes Brot, jedes Viertelpfund Fett Schlange zu stehen und auf Wurst oder Käse ganz zu verzichten, und Lilly hatte sich, so falsch es ihr vorkam, an ihre heimliche Freundschaft gewöhnt. Zum Glück hatte der Vater keine Zeit, sie allzu streng zu bewachen, im Erfinden von Ausreden entwickelte sie ein immer größeres Geschick, und die fast zwei Jahre mit Ariane waren trotz allem schön gewesen.

Trotz allem unglaublich schön.

Ariane hatte rasch erkannt, was Lilly selbst nicht klar gewesen war: dass sie nämlich in allem und jedem einen Film sah.

Wenn sie, so wie jetzt, eine Straße entlangging, schienen ihr die Menschen, die ihr entgegenkamen, Geschichten zu erzählen, und je nachdem, wo sie die Kamera positionierte, wie sie sie schwenkte und die Bilder schnitt, wurde eine Komödie zum Drama, eine Farce zur Tragödie.

»Zum Teufel, du verstehst ja etwas davon«, hatte Ariane ausgerufen. »Kannst du nicht mit mir üben, Lil? Ich muss unbedingt so gut werden, dass kein Produzent außer meinem eigenen Vater mir mehr widerstehen kann, sonst habe ich keine Chance. Aber mit mir übt ja in Babelsberg niemand, weil sie alle vor meinem Vater kuschen. Ich komme mir schon vor wie Schneewittchens Stiefmutter, weil ich ständig nur mit meinem eigenen Spiegelbild schwatze.«

Also hatte Lilly begonnen, in Cafés, in Seitenstraßen, bei Badeausflügen an die Grunewaldseen und vor Kälte zitternd in Hauseingängen mit Ariane zu arbeiten. Sie hatte unzählige selbst erdachte Rollen mit ihr einstudiert und ihr dabei nichts geschenkt. Und Ariane, statt sich zu beschweren, hatte es genossen, war an der Strenge der Kritik gewachsen und hatte sich mit noch größerer Begeisterung in die nächste Aufgabe gestürzt.

Bis zu dem Tag, an dem Lilly zu ihr sagte: »Im Grunde bist ja du es, die sich auskennt, nicht ich. Aber wenn du mich fragst, bist du so weit.«

Nach diesem Tag hatte Ariane begonnen, sich zu bewerben.

Die Welt, die sie kannten, war über ihnen zusammengebrochen, der katastrophale Krieg war in einer katastrophalen Niederlage, die alles mit sich davonriss, zu Ende gegangen, und die Geburt der Republik glich einer Kette von Blutbädern, die nicht abreißen wollte. Filme aber wurden weiter gedreht, als wäre das gläserne Atelier, das der Filmpionier Julius Grünbaum in Babelsberg errichtet hatte, tatsächlich eine Glasglocke gewesen, an der die reale Welt abprallte.

Mitten im November, in den Wirren der Revolution, wurde Paul Wegeners Film »Der fremde Fürst« im U. T. Kino am Kurfürstendamm uraufgeführt. Wer immer eine Hosentasche voll Geld und einen Berg aus Leidenschaft mit sich herumtrug, gründete eine Produktionsgesellschaft. Es existierte keine Zensur mehr. »Die Filmzensur wird aufgehoben«, hatte ein Sprecher der provisorischen Regierung nur Tage nach ihrer Gründung bekannt gegeben. Produzenten, Regisseure und Schauspieler durften auf einmal drehen, was sie wollten: Bilder, die in ihnen brannten, auf die Leinwand bringen, Geschichten, die sie nicht losließen, einem Publikum erzählen.

Der Krieg war wie eine Spitzhacke gewesen, die in Lillys Kreis von Menschen klaffende Löcher gehackt hatte: Walthers Bruder Karlhans und Robert, der Verlobte von Arndts Schwester, Geschichtslehrer Stadelmann, den Rose gehasst hatte, und Gemüsehändler Hansen, den die drei Adler-Kinder geliebt hatten, waren nicht mehr da. All jene, die die Spitzhacke verschont hatte, all jene, die mit dem Fehlen der anderen weiterleben mussten, waren süchtig nach Nähe und rückten enger zusammen. Sie wollten sich nicht allein mit einem Buch ins stille Kämmerlein zurückziehen, sondern das, was sie erlebten, teilen.

Film war die Ausdrucksform der Stunde.

Film war Zukunft.

Firmen, die jetzt mit allem, was sie aufbringen konnten, Filme drehten und dafür Schauspieler brauchten, gab es mehr als genug, und Ariane schrieb Bewerbungen, bis ihr die Finger schmerzten. Der Erfolg hielt sich allerdings in Grenzen. Meist wurde sie nicht einmal eingeladen, denn Berlins Filmwelt war ein Dorf, und mit Benno Adler, einem Drahtzieher der mächtigen Ufa, wollte es sich niemand verderben. Wenn man sie doch einmal zum Vorstellen bat, fand sie sich mit etlichen weiteren hoffnungsvollen Kandidatinnen in einen stickigen Raum gezwängt, wartete Stunden und wurde schließlich nach Hause geschickt, weil die winzige Rolle mit einer, die vor ihr in der Schlange stand, besetzt worden war.

Eine andere hätte aufgegeben.

Ariane aber stürmte aus diesen zu Büros umgestalteten Wohnungen die Treppe hinunter und rief Lilly entgegen: »Jetzt erst recht.«

Ihr Lampenfieber machte ihr umso mehr zu schaffen, je vielversprechender ein Termin war, aber das Handtuch werfen? Das lag nicht in Ariane Adlers Natur. Hätte Lilly sie nicht schon zuvor zum Fressen gern gehabt, so hätte ihr diese unbeirrbare Dickköpfigkeit über alle Maßen imponiert.

Ich bin genauso, dachte sie dabei. *Nur weiß ich nicht so zielsicher wie Ariane, was ich will. Aber sobald ich es herausgefunden habe, werde ich genau wie sie nicht aufhören, danach zu greifen, bis ich mein Glück in den Händen halte.*

Die Einladung, die Ariane diesmal erhalten hatte, machte mehr Hoffnung als jede andere zuvor. Die Firma war brandneu, aber Richard Oswald, der Produzent, der sie gegründet hatte, war kein Unbekannter, sondern einer, der hinter vorgehaltener Hand als kommender Mann gehandelt wurde. Einer seiner Filme sollte zu Beginn des Krieges sogar beschlagnahmt worden sein, weil er pazifistisch und obendrein allzu gut gewesen war.

Oswald hatte offenbar Geld und Unterstützer aufgetrieben und wollte einen richtig großen Film machen. Die Rolle, die er ausgeschrieben hatte, war bedeutender und interessanter als alles, um das Ariane sich bisher beworben hatte. Sie konnte nicht einfach mit irgendeinem gefälligen Gesicht besetzt werden, sondern brauchte eine Darstellerin mit Charakter und Ausdruckskraft.

»Die Else ist wie für mich gemacht«, hatte Ariane geschwärmt. »Eine Schwester, die für ihren Bruder einsteht, das ist bei dem Monster, das ich selbst am Hals habe, ja schon fast eine heimliche Wunschvorstellung. Und dann noch dieses faszinierende Thema! Wer hätte denn gedacht, dass über so etwas je ein Film gemacht werden könnte? Wenn ich die Rollenbeschreibung nur lese, fange ich praktisch schon an zu spielen. Ich muss sie haben, Lil. Ich muss unbedingt.«

»Dann bekommst du sie auch«, hatte Lilly sie ermutigt. »Du wirst sehen, diesmal klappt es.«

»Wenn sie mich überhaupt vorspielen lassen. Und wenn mir mein gottverdammtes Lampenfieber keinen Strich durch die Rechnung macht.«

»Um mich um dein Lampenfieber zu kümmern, bin ich ja da«, hatte Lilly versprochen. »Ich bin pünktlich zehn Minuten vor zwei vor der Haustür und bete dir vor, dass du die weltbeste Schauspielerin bist, dass du überhaupt kein Lampenfieber zu haben brauchst und dass du sämtliche Mitbewerberinnen an die Wand spielen wirst.«

»Danke, Lil. Bitte geh ein bisschen früher los, falls du irgendwo aufgehalten wirst.«

»Was sollte mich denn aufhalten? Ich bin von der schnellen Truppe und wohne vom Mossehaus nicht viel mehr als eine Viertelstunde Fußweg entfernt.«

So hatte Lilly es sich gedacht, sie hatte Marianne, dem Mädchen, erzählt, sie gehe mit einer Freundin »konditorn«, und war um Punkt halb zwei aus dem Haus gestürmt. Unter normalen Umständen hätte sie mit der Zeit problemlos auskommen müssen. In ihrer Aufregung hatte Lilly jedoch vergessen, dass die Umstände in ihrer Stadt, in ihrem Land und wohl in der gesamten Welt alles andere waren als normal.

7

In Berlin gab es bereits seit Wochen Auseinandersetzungen zwischen Demonstranten und der Polizei, die ständig neu aufflammten. Seit einer Woche nun tobten rund um das Zeitungsviertel Aufstände der Spartakisten, politisch linksgerichteter Kräfte, für die die Sozialdemokratische Partei in ihren Reformen nicht weit genug ging. Sie hatten eine eigene Partei gegründet, die aus der provisorischen Regierung jedoch herausgedrängt worden war. Als auch noch der Berliner Polizeichef abgesetzt wurde, der ihren Reihen entstammte, war es zu Streiks und Straßenkämpfen gekommen.

Solche Nachrichten las man in der Morgenzeitung, überflog und vergaß sie wieder, wenn man neunzehn Jahre alt war und etliches andere im Kopf hatte. Mit jedem Schritt, den Lilly sich dem Zeitungsviertel näherte, wurde ihr jedoch klarer, was die dürren Fakten wirklich bedeuteten.

In ihrer Stadt herrschte Krieg. Der Lärm, der ihr entgegenschlug, war der von Kampf und Gewalt. Schüsse hallten, Schreie gellten, Schritte donnerten über das Pflaster. Sie wusste, sie hätte nicht weitergehen dürfen, ihre Vernunft hätte es ihr verbieten müssen, aber irgendwo dort vorn, im Auge des Sturms, steckte Ariane und wartete auf sie. Lilly hatte ihr ein

Versprechen gegeben, und dass sie sich auf das, was sie sich versprachen, immer verlassen konnten, gab ihnen Halt in ihrer haltlosen Zeit.

Kaum hatte Lilly den südlichen Teil der Friedrichstadt erreicht, sah sie die erste Barrikade aufragen, errichtet aus Kisten, Brettern, Fässern und Pflastersteinen. Dahinter verschanzt lagen Männer, die sich anscheinend im Vorbeieilen bewaffnet hatten – mit Hacken und Knüppeln, meinte Lilly, doch sie konnte nicht ausschließen, dass bei dem einen oder anderen eine Schusswaffe im Hosenbund steckte.

»Heda, Puppe!«, rief ein junger Kerl in Zimmermannsmontur hinter dem Aufbau hervor. »Mach ma', dass de nach Hause zu Muttern kommst. Hier jeht's zur Sache, dit is' nüscht für kleene Meechen.«

Lilly presste sich die Hände auf die Ohren, um ihm deutlich zu machen, dass sie auf seinen Rat nicht hörte, und verfiel in Laufschritt. Sie eilte die Kochstraße mit ihren elektrischen Lampen hinunter, die trotz der Streiks im Elektrizitätswerk bereits eingeschaltet waren und den Schneeregen zum Schillern brachten. Gehüllt in Wind und Nässe trieben ihr Scharen von Menschen entgegen, die aus dem Gebiet, auf das sie zurannte, flüchteten. Ungläubige Blicke trafen sie. Lilly wich ihnen aus. Zu ihrer Linken lag nun das Friedrich-Wilhelm-Gymnasium, das sowohl Arndt als auch Alexander besucht hatten und auf das jetzt Paulchen ging.

An Arndt musste sie einen Herzschlag lang denken. Er war dabei, sich seinen Traum zu erfüllen, und studierte Medizin, doch das hinderte ihn nicht daran, weiter auch von Lilly Adler zu träumen. Am Morgen, ehe er zur Universität aufbrach, hatte er sie vor ihrer Haustür abgefangen und versucht, sie zu einem nachmittäglichen Besuch in einer Tanzdiele zu überreden. Die Zeiten hatten sich geändert, junge Mädchen gingen tanzen, wann und mit wem sie wollten, und ihre Väter waren von der rasanten Entwicklung viel zu verstört, um ihnen Einhalt zu gebieten. Lilly hatte trotzdem abgelehnt, und als Arndt sich wie üblich aufs Betteln verlegte, hatte sie ihm ins Gesicht gesagt, wohin sie am Nachmittag gehen würde.

»Ariane braucht mich. Nimm's nicht so schwer, Arndt. Vielleicht ein anderes Mal.«

Natürlich hatte er versucht, sie davon abzuhalten, hatte in düstersten Farben die Gefahren beschworen, die ihr auf der Straße drohten, aber schließlich hatte er einsehen müssen, dass sein Reden vergebens war. Er war ein so feiner Kerl, er wäre niemals auf den Gedanken gekommen, sie bei ihrem Vater zu verpetzen, und im Grunde war es schade, dass sie seinem Werben so gar nichts abgewinnen konnte. Sie mochte ihn. Wenn sie aber an ein Leben mit ihm dachte, ergriff sie ein Gefühl der Panik wie damals, als sie unter dem Truppentransporter gelegen hatte.

Vielleicht war sie für ein Leben mit einem Mann einfach nicht gemacht.

Gab es so etwas? Eine Frau, die gar nicht heiraten wollte?

Seit der Revolution, seit der unverhofften Verkündung des Wahlrechts für Frauen schien nichts mehr ausgeschlossen.

Eine Einheit Uniformierter stürmte in dichten Reihen an ihr vorbei. Sie trugen Helme, Gewehre an den Koppeln, und die dunklen, fast schwarzen Röcke hatte Lilly an herkömmlichen Polizisten nie zuvor gesehen. Waren das die Freikorps, von denen Walther redete, die aus entlassenen Soldaten gebildeten Truppen, die ihm zufolge mit brutaler Härte gegen die Aufständischen vorgingen?

Ich habe mich zu wenig mit alledem beschäftigt, durchfuhr es Lilly. Diesen ganzen Winter hindurch, seit der Krieg zu Ende war, waren Ariane und sie in ihrer Traumwelt aus Zelluloid gefangen gewesen und hatten von der Wirklichkeit um sie herum kaum etwas mitbekommen. Sie lief an der Häuserwand entlang, um von den Uniformierten nicht gesehen zu werden. Diese beachteten sie nicht, sondern verschwanden um die nächste Biegung, die in die Schützenstraße führte. Das Echo ihrer Schritte hallte vom Wind begleitet durch die Häuserschluchten.

Lilly lief ebenfalls weiter, blieb aber wie angewurzelt stehen, als aus der Richtung, in der die Uniformierten verschwunden waren, Gewehrfeuer ertönte. Der ersten Salve folgte eine zweite, und bald donnerten die Schüsse so schnell, dass sie ineinander übergingen. Dichter Rauch quoll in Wolken aus der Straße, Menschen schrien, krachend zerbarsten Gegenstände.

Jeder vernünftige Mensch wäre umgekehrt, hätte darauf gehofft, dass die Produktionsfirma den Vorstelltermin ohnehin nicht durchführen konnte und verschieben würde. Lilly aber lief längst weiter und hätte nicht stehen bleiben können, selbst wenn sie gewollt hätte. Etwas zog sie, etwas, das über den Wunsch, Ariane beizustehen, hinausging. Vor einer Gefahr, die sich vor ihr aufbaute, hatte sie noch nie flüchten können. Sie musste sich ihr stellen, denn Angst machte ihr nur, was sie nicht kannte. Wie von unsichtbaren Seilen gezogen, rannte sie den Uniformierten hinterher in die Schützenstraße.

Minutenlang sah sie in dem beißenden Rauch kaum ihre Hand vor Augen und hörte nichts als das Feuern der Schüsse und Schreie. Dann, als in einer kurzen Gefechtspause die Schwaden sich legten, erkannte sie weiter hinten, in vielleicht hundert Schritten Entfernung, die hohe Barrikade, die den Zugang zum Mossehaus blockierte. Die Uniformierten hatten sich davor positioniert und feuerten praktisch ohne Pause.

Zweifellos wollten sie die Aufständischen zur Kapitulation zwingen und das besetzte Gebäude zurückerobern – aber hinter der Barrikade standen doch Menschen! Die zusammengewürfelten Baumaterialien, die Kisten, Latten und Bottiche boten gegen Feuer aus Maschinengewehren nie und nimmer ausreichend Schutz. Wollten die Bewaffneten wirklich auf Berliner

Bürger schießen, wie es im Kaiserreich geschehen war? Wollten sie riskieren, dass jemand zu Tode kam, dass die Fronten sich noch mehr verhärteten?

Aber das war doch nicht möglich, sie standen doch auf einer Seite, mussten zusammen, jeder auf seine Weise, für eine neue, bessere Ordnung der Welt kämpfen!

Auf einmal kam Lilly sich wie ein naives, törichtes Mädchen vor, das zu Recht nicht wählen und ohne die Erlaubnis ihres Vaters nichts entscheiden durfte. Wann immer Walther sich über die Todesopfer der Straßenkämpfe ereifert hatte, hatte sie das für eine seiner Übertreibungen gehalten. Es war doch eine neue Zeit, eine menschliche, gerechte Zeit – wie konnten da Bürger auf Bürger schießen?

Und irgendwo hinter der Barrikade wartete Ariane auf sie, die aus Potsdam, von der anderen Seite her, in die Stadt gekommen war. Lilly musste dorthin, musste irgendeinen Weg finden, an der Barrikade vorbeizukommen. Der gegenüberliegende Gehsteig war frei, nicht von Bewaffneten besetzt, doch die hätten es zweifellos bemerkt, wenn jemand versuchte, sich dort entlangzustehlen.

Sie hatte keine Wahl. Am besten verfuhr sie nach dem bewährten Motto »Augen zu und durch«. Der Durchgang war breit genug, und die Freikorps-Männer waren beschäftigt, sie würden sich kaum um eine Neunzehnjährige kümmern, die unterwegs zu ihrer Freundin war. Lilly wartete eine Feuerpause ab und rannte dann los, so schnell sie konnte. Auch wenn sie die Augen nicht wirklich schloss, versuchte sie, blicklos geradeaus zu starren, nichts wahrzunehmen und sich darauf zu konzentrieren, dass sie irgendwo hinter der Barrikade, hinter dem besetzten Haus auf Ariane treffen würde

Denk an Ariane und sonst an nichts.

Nicht an die Männer, die so dicht neben ihr aufgereiht standen, dass sie glaubte, ihren Atem zu spüren.

Nicht an die Gewehre, die sie im Anschlag hielten, und schon gar nicht an die Geschosse, die gerade noch die Luft zerschnitten hatten, um Löcher in die Barrikade zu schlagen.

Vermutlich würden die Männer gar nicht wieder anfangen zu schießen, vermutlich würden die Besetzer verhandeln, vermutlich war der Spuk praktisch schon vorbei. Lilly war gut darin, an die beste denkbare Möglichkeit zu glauben, doch was ihr diesmal einen Strich durch die Rechnung machte, war ihr Sinn für Filmdramaturgie, den sie nicht abschalten konnte. In einem Film war gar nichts anderes möglich: Ein junges Mädchen, das mit aufgelöster Frisur als Unbeteiligte zwischen zwei Fronten rannte, musste einfach von einer Kugel getroffen werden.

»Halt, stehen bleiben!«, würde der Schütze zuvor rufen, doch das Mädchen, das nur an die in Not geratene Freundin denken konnte, sah und hörte nichts und lief weiter, bis die Kugel sie niederstreckte.

Als unschuldiges Opfer blieb sie auf dem Straßenpflaster liegen, zwang die Kämpfenden zum Einhalt und brachte das Kinopublikum zum Weinen. Lilly hatte für derart melodramatische Schnulzen wenig übrig, musste aber zugeben, dass sie selten ihre Wirkung verfehlten. Sie hörte das Hämmern ihrer Sohlen auf dem Pflaster und wusste, was der Geräuschemacher in einem Kino getan hätte, um dieses Hämmern nachzuempfinden, obwohl doch die Stille, in der der Geist des Zuschauers das Fehlende ergänzte, so viel eindringlicher war.

Nicht einmal das »Halt, stehen bleiben!« des Schützen brauchte auf einem Zwischentitel zu erscheinen, da ja jeder sich vorstellen konnte, was ein bewaffneter Kämpfer in solchen Augenblicken ausrief. Wenn man die lodernde Salve sah, die aus dem Gewehrlauf schoss, hörte man den Knall automatisch dazu und spürte den Zunder in der Nase.

Hatte sie den Verstand verloren?

Welcher geistig gesunde Mensch dachte in einer derartigen Lage denn an Filme?

»Halt! Stehen bleiben!«, gellte die Stimme eines Bewaffneten durch Wind und Regen. »Stehen bleiben oder ich schieße!«

Lilly wollte genau das tun. Stehen bleiben. Sich umdrehen. Vernünftig sein und dem Mann erklären, dass sie mit dem, was hier vor sich ging, nichts zu tun hatte, sondern lediglich zu einer Freundin unterwegs war. Sie hatte nicht die geringste Absicht, die Heldin zu spielen, und noch weniger wollte sie wie das Opfer in dem ausgedachten Film enden, aber ihre Beine gehorchten ihr nicht. Sie rannten einfach weiter, die Sohlen unter ihren Füßen wie Trommelschlägel, die einen rasenden Wirbel auf dem Straßenpflaster spielten, und alles andere übertönte der pfeifende Wind in ihren Ohren.

Den Schuss aber würde sie hören. Ihr Verstand schaltete sich nicht aus, obwohl er die Kontrolle über ihren Körper verloren hatte, sondern wusste: Der Schuss würde lauter als alles sein, er würde die Luft zerreißen, und die Kugel würde sie erwischen, denn kein Mensch konnte schneller laufen als ein Geschoss. Lilly wollte schreien, als hätte das den Schützen aufhalten können, doch aus ihrer Kehle kam kein Laut.

Stattdessen schrie ein anderer.

»Verdammt noch mal, du kreuzdämliche Trine, bist du lebensmüde?«

Zwei Hände packten sie bei den Schultern und rissen sie mit brutaler Kraft bis an die Hauswand zurück, wo der Mann, der geschrien hatte, sich mit ihr zu Boden warf. Lilly lag starr und halb unter seinem Gewicht begraben auf dem Trottoir. Sie war kaum in der Lage, zu erfassen, dass das, was über sie hinwegzischte, eine Stahlkugel war, die um ein Haar ihren Körper – Haut, Fleisch, Blut, Knochen – durchschlagen hätte.

Dem Schrecken zum Trotz verharrte sie vollkommen ruhig, so ruhig, als hätte sie mit dem Geschehen nichts zu tun, sondern sehe nur zu. *So geht es natürlich auch,* dachte sie wie ein Automat. *Statt die Heldin umzubringen, kann man einen Helden auftreten lassen, der sie rettet. Dann macht man kein Drama, sondern eine Liebesgeschichte daraus, und das Publikum liebt das eine wie das andere.*

Sie musste tatsächlich den Verstand verloren haben. Nicht erst durch den Schrecken und den Sturz, sondern schon viel früher. Der Mann, der sich auf die Knie rappelte, sah sie so fassungslos an, als hätte sie ihre irrwitzigen Gedanken laut ausgesprochen.

Dann sprang er auf. »Seid ihr völlig von Sinnen?«, schrie er in Richtung der Freikorps-Männer. »Schießt ihr jetzt auf Kinder und Frauen, die nichts ahnend eine Straße entlanggehen?«

»Ich hab die Göre gewarnt!«, schrie der Mann zurück, der auf Lilly geschossen hatte. Sein Gesicht war vor Grimm wie gefroren, und er hielt sein Gewehr – zum Glück kein maschinelles – auf die Brust des Mannes gerichtet, der sie gerettet hatte.

Es war Theo Stiller. Der Wind riss an seinem Haar, und sein scharfes Profil zeichnete sich klar wie in Glas geschnitten gegen den dunklen Himmel ab.

»Nimm das Ding runter«, sagte er ungerührt. »Wir sind friedliche Berliner Bürger, die gern ihren üblichen Weg nach Hause gehen möchten, keine französischen, britischen oder russischen Todfeinde, denen du gern von irgendeinem Schützengraben aus das Licht ausgeblasen hättest.«

Mutig ist er, das muss man ihm lassen, dachte Lilly. *Und für die Szene aus dem Liebesfilm ist er die ideale Besetzung.*

»Brauchst gar nicht frech zu werden«, knurrte der Freikorps-Mann. »Macht, dass ihr weiterkommt, oder ich zeige euch, was eine Harke ist.«

»Kein Bedarf«, erwiderte Stiller. »Habe selber eine im Geräteschuppen.« Zugleich hielt er jedoch Lilly seine Hand hin und zog sie, ohne Widerstand zuzulassen, auf die Füße.

»Kommen Sie«, zischte er ihr zu und nahm sie wie ein fürsorglicher Bruder oder Bräutigam beim Arm, um sie die Straße hinunterzuführen.

»Warum sind Sie eigentlich ständig irgendwo, wo ich mich gerade im Umgang mit Gefahren übe?«, fragte sie forscher, als sie sich fühlte, um das lastende Schweigen zu durchbrechen. Sie konnte nur hoffen, dass er nicht bemerkte, wie ihre Stimme zitterte. Der Schreck war wohl doch tiefer gegangen, als sie sich selbst eingestehen wollte.

»Weil Sie in Ihre hirnlosen Übungen Ariane Adler hineinziehen.« Seine dunklen Augen blitzten vor Zorn. »Und weil Ariane Adlers Vater der Mann ist, der mich bezahlt.«

»Ich verstehe.« Lilly wollte sich höhnisch geben, doch ihre Stimme klang entschieden zu kläglich dafür. »Sie sind zwar als Regisseur für Filme unter Vertrag, aber wenn Ihr Herr und Gebieter pfeift, kuschen Sie und lassen sich brav herab, ihm den Wachhund zu machen.«

Schmerzhaft schloss sich seine Hand um ihren Oberarm. Sie sah, wie sein Unterkiefer sich spannte, wie er sich ihr zuwandte und zornbebend zu einer Erwiderung ansetzte. Der erwartete Ausbruch blieb jedoch aus. Stattdessen ließ er sie los und schwang zu der umkämpften Barrikade herum. Entsetzt sah Lilly, wie ein offener Lastwagen in die Straße einbog und ein Trupp von etwa zwei Dutzend Freikorps-Männern von der Ladefläche sprang. Sie alle trugen Rucksäcke, denen sie noch im Laufen schwere, zylinderförmige Metallbehälter mit Schläuchen entnahmen.

»Flammenwerfer«, brach es aus Stiller heraus. »Verfluchte Scheiße.«

Der Mann, der zuvorderst lief, richtete das Mundstück seines Schlauchs gegen einen der Spartakisten, die über dem Kamm der Barrikade auftauchten und versuchten, die Bewaffneten durch Steinwürfe zurückzudrängen. Der Spartakist hatte ein schneeweißes, offenes Gesicht und konnte nicht viel älter sein als Lillys Bruder Paul. Aus dem Mundstück des Schlauchs schoss eine lodernde Stichflamme geradewegs auf ihn zu. Sie traf seine Brust, und mit einem Schrei, der durch Mark und Bein ging, stürzte er hintenüber von der Barrikade.

Lillys Magen krampfte sich zusammen. Es hieß, das Feuer eines modernen Flammenwerfers verwandle einen Menschenkörper in Sekundenschnelle in einen schwarz verkohlten Leichnam.

»Achtung, links!«, brüllte ein Freikorps-Mann, der auf eine Kiste gesprungen war. »Da versucht einer von den Schweinen, sich durchzuschlagen.«

Lilly hatte nicht geglaubt, dass ihr Entsetzen sich noch steigern könnte. Sie sah in die Richtung, in die der Bewaffnete wies, und entdeckte einen Mann, den sie kannte. Arndt Trossmann. Kopflos, mit fliegenden Mantelschößen und Schal, rannte er den Gehsteig entlang. »Lilly, bleib stehen! Lilly, hier wird scharf geschossen, du kannst da nicht durch!«

Dass Lilly die Absperrung längst hinter sich gelassen hatte und keines Beistands mehr bedurfte, schien ihm nicht klar zu sein. Hätte man einen so unbeholfenen Lebensretter wie ihn in einem Film eingesetzt, so hätte man nur eine Komödie daraus machen können, durchfuhr es sie, und gleich darauf erschrak sie über sich selbst: Wie konnte sie sogar jetzt noch an Filme denken? Was war sie nur für ein Mensch?

Arndt hingegen war der wirkliche Held, zu einem Opfer bereit, das weder Lilly noch Stiller gebracht hätten. Er war kein mutiger Mann, sondern einer, der jegliche Angst überwand, wenn es um das Mädchen ging, das er liebte. Und das Tragischste war, dass dieser Einsatz vollkommen unnötig war und dass Leute, die so etwas auf der Leinwand zu sehen bekommen hätten, sich vor Lachen darüber ausgeschüttet hätten.

Sie hätten weder Arndts Liebe noch seinen Heldenmut zu schätzen gewusst, sondern nur einen Dummkopf gesehen, der ohne Besinnung an den Reihen der schwer bewaffneten Freikorps-Leute vorbeihetzte.

»Werfen Sie sich auf den Boden, Sie Idiot!«, brüllte Theo Stiller mit aller Kraft. Lilly brüllte mit, so laut sie konnte, ohne über Worte nachzudenken.

Arndt reagierte auf ihre Stimme und hob den Kopf. Der Freikorps-Mann, der neben dem anderen auf der Kiste stand, richtete sein Gewehr aus und feuerte. Lilly sah nicht, wo die Kugel traf, sie sah nur durch Rauchschwaden, wie Arndt zu Boden stürzte. Theo Stiller zögerte keine Sekunde, sondern rannte los. Lilly folgte ihm und war ihm unendlich dankbar, dass er sie nicht allein ließ.

Durch den Qualm arbeiteten sie sich zu Arndt vor und hörten auf niemanden, der ihnen zubrüllte, sie sollten stehen bleiben. Hart ließ sich Lilly auf die Knie fallen, spürte den Rauch nicht, umschlang Arndts Kopf mit ihren Armen.

»Arndt, Arndt, Arndt! Kannst du mich hören? Ich bin es, Lilly!«

Sein Hals lag in einem seltsamen Winkel vom Körper gestreckt, seine Augen waren geschlossen, und aus seinem Mund kam kein Laut, kein Hauch, kein Atemzug.

»Er atmet nicht!«, schrie sie auf. »Er braucht Hilfe, schnell!«

»Nicht bewegen.« Sanft berührte Theo Stillers Hand sie an der Schulter. »Sie dürfen ihn nicht bewegen, Lilly, Sie könnten ihm wehtun oder ihn schlimmer verletzen.«

»Aber er atmet doch nicht!«, rief sie verzweifelt. »Wir müssen ihn irgendwie dazu bringen zu atmen.«

Theo Stiller legte fest den Arm um sie und verhinderte damit, dass sie den Halt verlor und vornüberfiel. »Die Sanitäter werden gleich hier sein«, sagte er. »Bis dahin können wir nichts für ihn tun.«

»Nichts?« Ihre Stimme krächzte.

»Nur hier bei ihm warten«, sagte er. »Damit er nicht allein ist.«

8

Walther

April 1919

Der Spartakusaufstand – der verzweifelte Versuch, die Revolution zu retten, ehe sie im Keim erstickt wurde – war mit beispielloser Gewalt niedergeschlagen worden. *Brutaler hätte es auch der Kaiser nicht fertiggebracht,* dachte Walther. An die zweihundert Menschen hatten aufseiten der Aufständischen ihr Leben verloren, und nur Tage später wurden ihre Führer – Rosa Luxemburg und Karl Liebknecht – bei Nacht und Nebel und mit Wissen der neuen, von der SPD gebildeten Regierung ermordet.

Walther war sozusagen in der SPD groß geworden. Sein Vater war Sozialist gewesen und sein Großvater vor ihm ebenfalls, also verstand es sich von selbst, dass auch die vier Söhne der Fassbinders als Sozialisten großgezogen wurden. Der Großvater hatte die SPD sogar mitbegründet, und sobald Karlhans, Egon, Walther und Rudolf vierzehn Jahre alt waren, traten sie der neuen Jugendorganisation bei. Sie waren Handwerkerkinder, ihr

Großvater war noch Arbeiter in einer Holzfabrik gewesen und hatte sich alles, was er konnte, selbst beigebracht. Mit viel Mühe und ein wenig Glück hatte er sich zwar ein eigenes Geschäft aufbauen können, dennoch schien es nur recht und billig, dass seine Nachkommen ebenfalls auf der Seite der Arbeiter standen. Zudem gewann die SPD in den letzten Jahren des Kaiserreiches immer mehr Einfluss und schien die Partei der Zukunft zu sein.

»Dem Morgenroth entgegen, ihr Kampfgenossen all«,

sangen Walther und seine Genossen, wenn sie sich zu Versammlungen, Demonstrationen oder zum ausgelassenen Feiern trafen, und:

»Wir sind die junge Garde des Proletariats.«

Walther gefiel das. Es gefiel ihm, mit seinem Leben etwas anzufangen und Teil einer Gemeinschaft zu sein – einer Gemeinschaft, die Zukunft hatte. Wenn er ehrlich war, hatte er bei den vielen Reden und Vorträgen aber meist nur mit halbem Ohr zugehört und vor allem nachgeplappert, was seine zwei älteren Brüder sagten.

Karlhans und Egon.

Von klein auf hatten ihm die beiden – vor allem Karlhans, der vier Jahre älter war als er – gewaltig imponiert. Ihm wollte er nacheifern, und wenn der Ältere an die Revolution der Arbeiter geglaubt hatte, dann war Walther nur allzu gern bereit gewesen, ebenfalls daran zu glauben.

Jetzt aber gab es keine zwei älteren Brüder mehr.

Die Partei, die doch geschworen hatte, keinen imperialistischen Krieg zu unterstützen, hatte diesem mit fliegenden Fahnen zugestimmt und dafür gesorgt, dass ihre jungen Mitglieder in Eisenbahnwagen gepfercht und an die Front gekarrt wurden.

Die meisten hatten gejubelt.

Karlhans und Egon aber nicht.

Die meisten waren nicht wiedergekommen.

Karlhans und Egon auch nicht.

Walthers Eltern waren seither nicht mehr dieselben Menschen, sie waren im Innern zerbrochen und gingen gekrümmt, als bräuchten sie nun selbst einen Schreiner, der ihnen das Rückgrat reparierte. So ein menschliches Rückgrat aber ließ sich nicht reparieren, vom menschlichen Herzen ganz zu schweigen. Überall in der Stadt sah Walther Menschen wie seine Eltern, die gebeugt umhergingen, das Gesicht der Erde zugewandt, als könnten sie es nicht erwarten, darunter zu verschwinden.

»Wenn eine Mutter ihre Kinder zu Grabe trägt, dann ist sie ja keine Mutter mehr, und was nützt es dann noch, dass sie lebt?«, hatte Walthers Mutter ihm erklärt. »Und ich habe nicht einmal ein Grab für meine Jungen. Die Kinder, die ich zur Welt gebracht habe, verrotten irgendwo, wo ich noch nie gewesen bin, im Schlamm.«

Walther hatte sie nicht daran erinnert, dass sie noch immer die Mutter ihrer zwei jüngeren Kinder war und dass er und sein Bruder Rudolf sie noch brauchten. Sie hatte ihm viel zu sehr leidgetan. Stattdessen bemühte er sich, das Schreinerhandwerk auf dem schnellsten Wege zu erlernen, damit er dem erschöpften Vater die Last abnehmen und für die Eltern und den kleinen Rudolf, der wie Lillys Bruder Paul erst vierzehn war, sorgen konnte.

Auf die Feiern der Jungen Sozialisten war er nicht mehr gegangen. Stattdessen hatte er die Genossen verstanden, die die Partei verlassen und eine eigene gegründet hatten. Dann aber war doch noch das Ende des Krieges erreicht und der Kaiser gestürzt worden, und die Partei, so hatte Walther gehofft, hatte eine Kehrtwende vollführt. Allem Anschein nach bereuten ihre

Führer, dass sie sich von der Kriegspropaganda hatten einfangen lassen, und wollten sich fortan in den Dienst der arbeitenden Menschen und ihrer brandneuen, friedvollen Republik stellen.

War er wirklich so töricht gewesen? Wie hatte er denen, die Karlhans und Egon verraten hatten, noch einmal vertrauen können?

Für die Morde an den Spartakisten war niemand wirklich bestraft worden, schon gar nicht Noske, der als Volksbeauftragter für Heer und Marine den Befehl dazu gegeben hatte. Stattdessen durfte er in der Partei, die sich noch immer Vertreterin der Arbeiter nannte, verbleiben und wurde in den Sessel des Reichswehrministers erhoben.

In Berlin wurde weiter gekämpft. Bitter enttäuschte Sozialisten streikten und bauten Barrikaden, um ihre Forderungen doch noch durchzusetzen, und Noskes Freikorps-Kämpfer schossen sie hemmungslos über den Haufen. In den Straßenschlachten, die den März hindurch im Scheunenviertel und rund um den Alexanderplatz tobten, wurde schwere Artillerie aufgefahren. Minenwerfer, Granaten. An die zweitausend Menschen verloren ihr Leben.

Und dabei hätte doch jedes Leben kostbar sein müssen nach einem Krieg, der so viele Opfer gefordert hatte. Konnte ein Land sich das leisten, so viele seiner jungen Leute zu verlieren, waren Menschen ersetzbar wie zerbrochenes Glas?

Ein bisschen kam es ihm vor, als wären Karlhans und Egon bei den Straßenkämpfen ein zweites Mal gestorben, weil alles, wovon sie geträumt hatten, mit jenen Toten begraben wurde. Walther tat es zu sehr weh, solche Gedanken wieder und wieder zu wälzen. Er musste sie beiseiteschieben, musste sich um die Dinge kümmern, für die er verantwortlich war, und um die Menschen, die ihn brauchten.

Um Politik hätte er sich vermutlich auch kümmern sollen, doch er fühlte sich davon überfordert. Seine Familie hatte

Vorrang. Und das, was er heute zu erledigen hatte, kam sogar noch vor der Familie. Wenn er es nicht tat, wenn er keinen Erfolg damit hatte, würde der Mensch, den er am meisten liebte, Hals über Kopf in sein Unglück rennen.

Und was war mit ihm selbst?

Mit seinem eigenen Unglück?

Tat er das, was er vorhatte, nicht viel mehr aus Selbstsucht als aus Nächstenliebe?

Tief in seine Grübeleien versunken ging er die wie üblich belebte Friedrichstraße entlang. Da er das Geld für die Straßenbahn sparen wollte, hatte er eine gute halbe Stunde Fußweg vor sich und somit Zeit genug, sich noch einmal auf Herz und Nieren zu prüfen: Handelte er wirklich richtig, beging er kein Unrecht an einem Freund?

Aber es gab doch keine andere Möglichkeit! Dass diese Ehe, die niemandem Glück bringen würde, geschlossen wurde, durfte nicht sein.

»He, Walther!«, riss ihn eine helle Stimme aus seinem inneren Kampf. »Wohin gehst du denn? Kann ich 'n Stück mitkommen?«

Lillys Bruder. Paulchen, der längst kein Paulchen mehr, sondern lang und schlaksig und Walther längst über den Kopf gewachsen war.

»Rudi ist beim Fußball«, antwortete Walther, der annahm, Paul suche seinen Bruder, der in seinem Alter war. »Hat überhaupt nichts anderes mehr im Kopf. Ich wär' ganz froh, wenn du ihn mal daran erinnern könntest, dass er an seine Zukunft zu denken hat und dass man vom Fußballspielen keine Familie satt kriegt.«

»Ach, das mit der Zukunft und dem Sattkriegen, das erzählt mein Vater mir auch unentwegt«, erwiderte Paul und schlenderte auf seinen langen Beinen neben ihm her.

»Dir?«, entfuhr es Walther. »Aber Lilly sagt doch, du bist in deiner Klasse als Streber verschrien, weil du die Nase nicht aus deinen Büchern kriegst.«

»Das stimmt schon.« Flüchtig grinste Paul übers ganze noch kindlich runde Gesicht. »Aber das ist meinem alten Herrn eben auch nicht recht. ›Schule ist wichtig‹, sagt er, ›Bildung braucht ein Mann, der etwas auf sich hält und in der Gesellschaft bestehen will‹, aber meine gesamte Zeit soll ich gefälligst nicht da reinstecken. Nach Schulschluss will er mich unten im Geschäft sehen. An den Kameras. ›Früh übt sich, wer ein Meister werden will‹, sagt er.«

»Und du?«, fragte Walther.

»Ich will kein Meister werden«, antwortete Paul, zog einen Bleistiftstummel aus der Joppentasche und begann im Gehen, darauf herumzukauen.

»Aber Fotograf willst du doch werden. Dann wirst du wohl oder übel irgendwann anfangen müssen, dich in die Materie einzuarbeiten.«

»Wenn ich ganz ehrlich bin, will ich auch kein Fotograf werden«, sagte Paul. »Mir tut's für meinen Vater leid. Er ist schon das ganze Jahr so ein richtiger Miesepeter, weil er durch diese Kriegsanleihen so viel von seinem Geld verloren hat. Und dass Lilly geht, schmeckt ihm auch nicht. Aber ich kann's doch nicht ändern, Walther. Ich glaub, ich bin zum Fotografen nicht geboren.«

»Das mit Lilly schmeckt mir auch nicht«, sagte Walther. »Und dazu wird es auch nicht kommen. Aber warum um alles in der Welt hat dein Vater denn Kriegsanleihen gezeichnet? Ich dachte immer, er wäre ein vernünftiger Mann.«

»Was weiß denn ich.« Paulchen zuckte mit den Schultern. »Erst wollte er wohl nicht, aber dann hatte er eben ein bisschen was übrig, und es haben ja alle gemacht.«

»Nicht alle. Mein Vater nicht.«

»Sei mir nicht böse, Walther«, sagte Paul in einem Ton, dass ihm unmöglich jemand böse sein konnte. »Aber dein Vater hat kein Geld, da war es leichter, vernünftig zu sein.«

»Nun, jetzt hat dein Vater auch keines mehr«, erwiderte Walther. »Und so gern ich euch alle habe – wer sich am Krieg bereichern will, der hat's nicht besser verdient.«

»Stimmt schon«, murmelte Paul, auf seinem Bleistift kauend. »Und ich hab auch nie verstanden, wie man um Geld einen solchen Wirbel machen kann. Aber leid tut er mir eben doch. Er kauft ja nie etwas für sich selbst, sondern will nur, dass Mutter ein schönes Leben hat und vielleicht einmal lacht.«

Hätte Anita Adler wohl gelacht, wenn die Sache mit den Kriegsanleihen geklappt hätte und sie sich etwas hätte leisten können, was ihr als Frau eines Fotografen nicht möglich war? Was hätte das sein können? Eine herrschaftliche Villa, teurer Schmuck, luxuriöse Reisen? Walther verstand nichts vom Leben reicher Leute, aber er konnte sich beim besten Willen nicht vorstellen, dass irgendetwas von diesen Dingen Anita Adler zum Lachen gebracht hätte. Er kannte sie nur mit einem Gesicht, in dem alle Traurigkeit der Welt stand. Jäh musste er an seine eigene Mutter denken, die zwei ihrer Kinder im Schlamm von Flandern verloren hatte und nicht einmal ihr Grab kannte. Dass ihr Lachen mit Egon und Karlhans gestorben war, schien nur verständlich, doch die Mutter von Lilly, Rose und Paul war vermutlich schon traurig auf die Welt gekommen.

Von der Seite sah Paul ihn erwartungsvoll an. Er musste ihm etwas sagen, irgendetwas Vernünftiges, das ihm Halt gab, damit er nicht wie so viele vom Weg abkam. »Wie auch immer«, versuchte er es. »Du bist der Sohn eines Fotografen, also wirst du auch Fotograf, so wie ich Schreiner werde und der Sohn von Bäcker Klimke Bäcker. Das ist der Lauf der Welt. So schlimm ist es doch nicht, wenn du dich schon ein bisschen darauf vorbereitest. Ich bin sicher, es gibt Unzählige, die liebend gern mit dir tauschen und ein gut gehendes Geschäft von ihrem Vater erben würden. Stell dir mal vor – zweihundertfünfzigtausend Menschen, die keine Arbeit haben, gibt's allein in Berlin.«

»Dann sollen die doch den Laden von meinem Vater nehmen«, gab Paul trotzig zurück und klang nun wieder sehr jung. Gleich darauf fuhr er leiser fort: »Arndt wäre nicht Papierwarenhändler wie sein Vater geworden.«

»Nein«, sagte Walther ebenso leise. »Arndt nicht.«

Vater Trossmann war es recht gewesen, dass sein einziger Sohn hoch hinauswollte, und sein Geschäft hatte er dem künftigen Schwiegersohn übergeben wollen. Den Schwiegersohn, Robert, gab es nicht mehr, Babette, die Tochter, war eine Witwe ohne Hochzeit, und was aus der Papierwarenhandlung werden sollte, stand in den Sternen. So waren die Pläne und Lebensläufe etlicher Familien einfach wie mit einem Messer durchtrennt worden, und nicht nur Walther, sondern unzähligen anderen kam es vor, als würden sie ihre eigene Welt nicht mehr erkennen.

»Warum gehst du eigentlich mit mir?«, fragte er Paul, um das Thema zu wechseln. »Ich bin unterwegs zum Gertraudenhospital, da hast du ja nichts zu suchen.«

»Hab ich schon mitgekriegt«, sagte Paul. »Aber ich wollte eben gern mal mit dir reden.«

»Darüber, dass du nicht Fotograf werden willst?«

Wieder zuckte Paul mit den Schultern. »Darüber auch. Aber vor allem über Lilly.«

Walther nahm sich zusammen, bemüht, sich nichts anmerken zu lassen. »Was gibt es über deine Schwester Lilly denn zu reden?«

»Ihr geht's nicht gut«, sagte Paul. »Sie tut zwar so, als wär alles in Butter, aber ich kenn sie besser. Nur wenn sie loszieht und ihre Freundin vom Film trifft, von der keiner wissen darf, ist sie noch meine fröhliche Lilly. Ich glaub, Lilly will auch zum

Film, Walther. Und wenn sie jetzt heiratet, dann kann sie das doch nicht.«

»Das kann sie sowieso nicht«, erwiderte Walther. »Zum Film geht man ja nicht so einfach, nur weil man es will.«

»Heutzutage schon, glaub ich«, sagte Paul. »Heute versuchen es ganz viele, und Lilly könnte es bestimmt.«

»Warum glaubst du das?«

Paul sah ihn an. »Weil Lilly alles kann, was sie sich vornimmt. Weil sie was Besonderes ist.«

Das war sie in der Tat, dachte Walther. Wie oft hatte er sich gewünscht, sie wäre es nicht, sie wäre einfach nur ein Mädchen aus dem Viertel, das sich in den Nachbarsjungen verliebte, ihn eines Tages heiratete und mit ihm Kinder bekam. Aber dann hatte er sich fragen müssen, ob er sie in diesem Fall noch so wild und unbedingt geliebt hätte, wie er es tat. Ihre Schwester Rose war so. Ein durch und durch sanftes, liebenswertes Geschöpf, das eines Tages eine gute Ehefrau und Mutter abgeben würde und im Grunde nicht weniger hübsch war als Lilly.

Eigentlich war Lilly nämlich überhaupt nicht hübsch. Sie war schön, sie war das, was die vornehme Welt »apart« nannte, und er liebte sie, weil sie anders war, sooft er sich auch deswegen einen Narren schalt.

Am Ende der Straße begann der breit angelegte Vorgarten des Krankenhauses, in dem jetzt alles grünte und blühte, und dahinter ragte das Hauptportal aus Backstein mit seinen hohen Bogenfenstern auf.

»Als ich klein war, hat sie mir immer Geschichten erzählt«, murmelte Paul vor sich hin. »Alle selbst ausgedacht und viel aufregender als die aus meinen Kinderbüchern. Lilly hat schwer was los, und auch wenn sie 'n Mädchen ist – die will doch noch was erleben.«

»Hör mal, Kumpel«, sagte Walther. »Diese Sache mit deiner Schwester, die kannst du mir überlassen. Wenn du es genau wissen willst, gehe ich nämlich deshalb ins Spital, weil ich die Chose mit dieser Heirat nicht anders sehe als du. Auch wenn ich nicht daran glaube, dass aus deiner Schwester ein Filmstar wird.«

»Wusst' ich's doch!« Pauls Miene hellte sich auf. »Ich bin ja nicht von gestern, deshalb hab ich mir gedacht: Wenn einer helfen kann, dann ist es Walther, denn schließlich mag er Lilly so sehr wie sonst keiner.«

Walther spürte, wie ihm das Blut ins Gesicht stieg. »Davon verstehst du noch nichts«, brummte er. »Auch wenn du es dir einbildest.«

»Ist schon gut.« Weltmännisch winkte Paul ab. »Ich sag's ja keinem, auch wenn ich bezweifle, dass irgendwer es nicht mitbekommen hat.« Dem Boxhieb, den Walther in seine Richtung sandte, wich er aus und lachte auf. »Ich will nur, dass du sie von dieser Sache mit der Heirat abbringst. Was ihr danach macht, ist eure Sache, nicht meine.«

»Du sagst es«, erwiderte Walther. »Und dieses Gespräch, das ich da drinnen zu führen habe, ist auch meine Sache, nicht deine. Dabei kann ich dich nicht gebrauchen, haben wir uns verstanden?«

»Klar doch.« Paul grinste, schob den Bleistift hinters Ohr und blieb am Gartentor stehen. »Ich warte hier, bis du rauskommst. Dass ich mich auf dich verlassen kann, weiß ich ja.«

9

Der Raum, den Walther betrat, war keiner der üblichen Krankensäle, in denen sich ein metallenes Bettgestell ans andere reihte, der Gestank nach ungewaschenen Körpern mit dem nach Desinfektionsmitteln wetteiferte und ein beständiges Ächzen und Stöhnen durch den Raum drang. Es war ein sauberes, recht behagliches Einzelzimmer mit einem sonnenbeschienenen Fenster nach Süden. Wer dafür bezahlte, wusste Walther nicht, er war nur froh, dass es jemand tat.

Der Patient lag nicht im Bett, sondern saß in Pyjama und flaschengrünem Morgenrock in einem Sessel, an dessen Lehne ein Tablett befestigt war. Darauf standen eine Kanne Tee, aus der man eine Tasse vollgeschenkt hatte, und ein Teller mit einer Scheibe Marmorkuchen, die der Patient ausgiebig betrachtete, ohne sie anzurühren. Als Walther eintrat, drehte er sich um. »Oh. Walther. Nett, dass du kommst.«

»Arndt«, sagte Walther und spürte die Befangenheit wie ein Gewicht auf der Brust. »Wie geht's?«

»Zu behaupten, ich könnte nicht klagen, wäre wohl geprahlt«, erwiderte Arndt. »Aber da Klagen nichts nützt, kann ich es auch bleiben lassen.«

»Es tut mir leid.«

»Das weiß ich«, sagte Arndt.

Wie hätte er es nicht wissen sollen? Walther betete es ihm ja jedes Mal vor, wenn er ihn besuchte. Allzu oft besuchte er ihn nicht, nicht so, wie es sich für einen Freund gehört hätte. Er schämte sich dafür, er nahm sich vor, es zu ändern, sobald er dies hier hinter sich gebracht hatte. Schließlich waren sie Freunde, waren es von klein auf gewesen, weshalb sollten sie es nicht bleiben?

Walther hielt inne. War das überhaupt möglich? Für Arndt hatte sich der Traum zerschlagen, den er für sein Leben gehabt hatte, und noch einiges mehr. Er würde nicht an die Universität zurückkehren, er würde nicht Arzt werden, keine Menschenleben retten und die Welt nicht zu einem besseren Ort machen. Das Geschoss des Freikorps-Mannes hatte ihn im Rücken erwischt und einen Wirbel verletzt. Er würde nie wieder gehen können, sondern auf einen Rollstuhl angewiesen sein, und glich damit den unzähligen Kriegskrüppeln, ohne im Krieg gewesen zu sein. Ihm war so viel angetan worden, dass Walther übel wurde, wenn er es sich vorstellte, und doch blieb er freundlich und tapfer, brach vor anderen weder in Tränen noch in Anklagen aus, sondern gab sich Mühe, es ihnen leicht zu machen.

Und jetzt kam er, Walther, der auf seinen zwei gesunden Beinen durch die Welt spazierte, und wollte ihm den einzigen Halt nehmen, der ihm noch blieb. Seinen Trost. Seinen zweiten Traum. Die Hoffnung, an die er sich klammerte.

»Ich kann nicht um den heißen Brei herumreden«, sprudelte es aus Walther heraus.

»Soweit ich weiß, habe ich dich auch nicht darum gebeten«, sagte Arndt. »Warum erzählst du mir nicht geradeheraus, warum du gekommen bist?«

»Weil du Lilly nicht heiraten kannst«, antwortete Walther. »Weil du ihr sagen musst, dass du dich anders entschieden hast und die Verlobung löst.«

Die Worte standen im Raum. Walther blieb nichts zu tun, als abzuwarten, und in der Stille hörte er sein Herz.

Arndt räusperte sich. Nachdem er sich geräuspert hatte, nahm er plötzlich die Gabel und hieb sie in das Stück Kuchen, ließ sie dann aber fallen und räusperte sich erneut.

»Es tut mir leid«, sagte Walther.

»Das weiß ich.«

»Du wirst es tun, nicht wahr? Du wirst ihr sagen, dass du sie nicht heiraten kannst?«

Arndt drehte sich zu ihm um. »Darf ich zumindest fragen, warum ich es tun sollte? Ich würde dich gern erinnern, wenn es recht ist: Es war Lilly, nicht ich, die auf die Idee mit der Heirat gekommen ist. Es war Lilly, die darauf bestanden hat, sich sofort zu verloben und auch den Hochzeitstermin schnellstmöglich festzusetzen. Um ehrlich zu sein, hatte ich eine ganze Menge Bedenken, doch zumindest die auf der wirtschaftlichen Seite sind inzwischen ausgeräumt. Mein Vater wird dankenswerterweise viel Geld investieren und im Geschäft einen Umbau vornehmen, sodass ich mit Babettes Unterstützung halbwegs in der Lage sein sollte, es vom Rollstuhl aus zu führen.«

»Du wirst jetzt also doch Papierwarenhändler?«

»Wer keine Wahl hat, hat dem Sprichwort zufolge auch keine Qual«, sagte Arndt. »Zumindest hat der Laden drei Generationen lang seinen Mann recht ordentlich ernährt.«

»Darum geht es nicht!«, rief Walther verzweifelt, weil ihm das Gespräch zu entgleiten drohte.

»Worum geht es denn dann, wenn ich fragen darf?«, erkundigte sich Arndt höflich und ruhig. »Oder anders gefragt: Wenn Lilly zu dir gekommen wäre und dir erklärt hätte, sie habe aufgrund deines heldenhaften Verhaltens ihre Liebe zu dir entdeckt und wolle um jeden Preis deine Frau werden – hättest du sie zum Teufel geschickt? Wenn dir die sprichwörtliche gute Fee erschienen wäre und dir mit einem Streich ihres Zauberstabs deinen größten Wunsch erfüllt hätte – hättest du ihr gesagt, sie soll stiften gehen und ihre Wohltat den Armen erweisen, die vor der Suppenküche Schlange stehen?«

»Nein«, murmelte Walther und senkte den Blick auf den gekachelten Fußboden.

»Stell dir vor, du hättest an der Losbude auf dem Rummelplatz den Hauptpreis gewonnen«, sprach Arndt tonlos weiter. »Hättest du wirklich edel verzichtet und den Plüschelefanten deinem kleinen Bruder Rudi geschenkt?«

»Lilly ist kein Plüschelefant«, fuhr Walther auf.

»In der Tat nicht«, erwiderte Arndt. »Weshalb sie mir auch nicht wie ein solcher in den Arm gedrückt worden ist, sondern die Entscheidung, mich zu heiraten, selbst getroffen hat. Ganz wie eine junge Frau der neuen Zeit, die nicht am Ofen sitzt und strickt, bis sie geheiratet wird, sondern ihren Weg selbst wählt.«

»Aber sie wählt ihn doch gar nicht selbst!«, rief Walther. »Stell dich nicht dumm, Arndt. Wenn du in dich gehst, weißt du so gut wie ich, warum sie auf diese Idee mit der Heirat gekommen ist. Weil sie sich schuldig fühlt. Weil sie der Meinung ist, sie hätte dein Leben ruiniert.«

»Das hat sie nicht«, unterbrach ihn Arndt. »Mit Verlaub. Die Person, die auf mich geschossen hat, war nicht Lilly Adler.«

»Aber sie wusste, dass du ihr überallhin folgen würdest«, erwiderte Walther. »Zumindest überallhin, wo ihr Gefahr drohte. Sie macht sich Vorwürfe, weil sie dir gesagt hat, wohin sie unterwegs war. Sie hat es sonst niemandem gesagt. Hätte sie bei dir auch den Mund gehalten, wärst du nicht ohne Sinn und Verstand den mordgeilen Reaktionären vor die Flinte gerannt und hättest dir das Rückgrat zerfetzen lassen.«

Sein Atem ging schwer. Nichts davon war fair, nichts davon hatte er sagen wollen, aber vielleicht war das eben ein Problem bei einer Freundschaft: Sie waren es nicht gewohnt, voreinander ein Blatt vor den Mund zu nehmen und einander schonen zu müssen, sondern hatten sich ihr Leben lang frei heraus die Wahrheit gesagt.

Arndt hatte ihm den Rücken zugewandt und schien mit den Dingen auf seinem Tablett beschäftigt. »Ich bin ein erwachsener Mann, der seine eigenen Entscheidungen trifft«, sagte er schließlich, noch immer, ohne Walther anzusehen. »Lilly braucht sich nicht schuldig zu fühlen. Sie hat mich um nichts gebeten, und selbst einem weltfremden Tölpel wie mir war klar, dass sie auf meinen Schutz keinen Wert legte. Wenn ich die Sache ungeschönt betrachte, war sie ohne mich vermutlich sicherer dran als mit mir. Was für einen Schlamassel ich mit meinem Versuch, heldenhaft für sie in die Bresche zu springen, angerichtet habe, hat man ja gesehen.«

»Hast du ihr das gesagt?«, fragte Walther, froh, ihn nicht ansehen zu müssen.

»Hast du den Elefanten von der Losbude Rudi in die Arme gedrückt?«, fragte Arndt zurück. Seine Stimme klang so traurig, dass Walther zusammenzuckte. Er wollte um jeden Preis etwas sagen, doch ihm fiel nichts ein, und gleich darauf sprach der Freund auch schon weiter. »Ich weiß, Lilly ist kein Plüschelefant. Glaub mir, nicht allzu viele Leute wissen das besser als ich. Meine Frage bedeutet also: Wenn sie dich gewählt hätte, aus einem anderen Grund als aus flammender Liebe, wie wir sie ja wohl beide für sie empfinden – Hand aufs Herz, Walther: Wärst du wirklich so edel oder so stolz gewesen, sie zurückzuweisen?«

Walther überlegte. Von einem Leben mit Lilly träumte er womöglich, seit sie mit sieben Jahren im Hinterhof Braut und Bräutigam gespielt hatten, die Klopfstange als Altar, Karlhans als Pfarrer und die kleine Rose als Blumenmädchen. Wie hätte er in der Lage sein sollen, sie zurückzuweisen, wenn sie ihm endlich anbot, ihm seinen Traum zu erfüllen?

Gerade jetzt, wo das Leben sich so traumlos anfühlte, wo er von mutlosen, hoffnungslosen Gesichtern umgeben war und in seiner Welt der Tod mehr zu Hause schien als das Leben, sehnte er sich mit jeder Faser nach der Lebensfreude, die Lilly versprühte, nach der seltsamen Kraft, die von ihr ausging, nach dem Lachen, dem kein Kummer standhielt. Mit ihr zusammen hätte er die Traurigkeit, die manchmal zu groß für sein Herz schien, beiseitegewischt und einen neuen Anfang gemacht, der seine Eltern und Rudi mitgerissen hätte.

Der Kleine spielte zu viel Fußball, kümmerte sich ansonsten um nichts und schien vollkommen in sich gekehrt. Mit Lilly als Schwägerin hätte sich das geändert. Natürlich hätten sie nicht sofort zu heiraten brauchen, sie waren ja noch jung und hatten das ganze Leben vor sich. Nicht einmal eine Verlobung war nötig. Solange er nur wusste, dass er sie in seinem Leben, an seiner Seite hatte, würde ihm das genug Kraft geben, alles Übrige anzupacken.

Und ich würde ihr auch Kraft geben, dachte er. Sein Vater hatte einmal über ihn gesagt, er sei verlässlich wie ein Block Lärchenholz, den keine Hobelmaschine klein bekam. *Wenn das Leben sich wendet, wenn eines Tages sie mich mehr braucht als ich sie, wäre ich ohne Wenn und Aber für sie da.*

In seiner Kehle steckte ein Klumpen. Er musste sich räuspern wie Arndt zuvor. »Ich denke, das ist nicht das Gleiche«, sagte er, jedes Wort wie eine schmale Scherbe, die er mit Mühe über seine Lippen zwang. »Wir haben nun einmal auch an Lilly zu denken, nicht nur an uns. Sie ist eine Frau, eigentlich noch ein Mädchen, sie wird sich eines Tages vom Leben Dinge wünschen, die …«

»… die ich ihr nicht geben kann?« Arndt wandte sich ihm wieder zu und sah ihn mit fragend erhobenen Brauen an.

Walther wartete, musste jedoch rasch begreifen, dass der andere ihm eine falsche Antwort nicht abnehmen würde. »Ja, das meine ich«, sagte er heiser. »Dinge, die du ihr nicht geben kannst. Zum Teufel, es tut mir leid, Arndt.«

»Zum Teufel, das weiß ich, Walther. Es tut mir leid, dass ich meiner Frau kein Mann werde sein können, dass ich in unserem Ehebett, in das sie mir wird helfen müssen, neben ihr liegen werde wie ein Stück Holz, dass ich nach unserer Hochzeit nicht fähig sein werde, sie über die Schwelle zu tragen, und dass ich ihr nie ein Kind machen kann. Keinen Sohn, keine Tochter. Einen Hund kann ich ihr vielleicht kaufen, nur mit ihm Gassi gehen muss sie allein.«

Von Neuem zog Walthers Herz sich zusammen. Diesen Aspekt von Arndts Verletzung hatte er gar nicht bedacht, und er hätte nie erwartet, dass ausgerechnet der ein wenig ehrpusselige Arndt so freimütig damit herausplatzen würde. Es war alles viel schlimmer, viel unerträglicher, als er es sich vorgestellt hatte. »Arndt, das darfst du nicht!«, rief er, ehe er sich daran hindern konnte. »Du darfst es Lilly nicht antun!«

Arndt wandte sich wieder seinem Marmorkuchen zu. »Nein«, sagte er. »Wohl nicht.«

Walther überwand sich, trat zu ihm und legte ihm die Hand auf die Schulter, die sich augenblicklich versteifte. *Wie mager er geworden ist,* durchfuhr es ihn. Unter dem Stoff des Morgenrocks ertastete er nur Knochen, kein Fleisch. Den Kuchen aß er auch nicht, sondern teilte ihn lediglich mit der Gabel in immer kleinere Brocken. Was konnte er ihm sagen? Alles, nur nicht: *Es tut mir leid.*

Er sagte gar nichts. Seine Kehle war wie ausgetrocknet, aus der ließ sich kein Wort herauspressen.

»In Ordnung«, bekundete Arndt schließlich. »Du hast gewonnen, ich sehe ein, dass ich Lilly nicht heiraten darf. Aber hast du das wirklich, Walther? Gewonnen, meine ich.«

»Was soll das heißen?« Walther starrte auf den Teller aus klobigem weißem Krankenhaus-Porzellan, auf dem von dem Marmorkuchen nur noch ein Trümmerfeld aus Krümeln übrig war.

»Nun, ich frage mich, ob du erreicht hast, was du wolltest«, erwiderte Arndt. »Ich hoffe nur, dass du keinen Denkfehler machst.«

»Was denn für einen Denkfehler?«

»Den, zu glauben, weil sie nun mich nicht heiratet, würde sie sich dir zuwenden.«

»Und warum soll ich das nicht glauben?« Das hatte er nicht fragen wollen, sondern noch einmal beschwören, dass es ihm einzig und allein um Lillys Wohlergehen ging. Er wollte, dass es ihr gut ging, natürlich wollte er das, aber warum sollte es ihr an seiner Seite denn nicht gut gehen? Er würde arbeiten wie ein Tier, er würde aus der Schreinerei etwas machen, würde ihr Möglichkeiten bieten, sich daran erfreuen, ihre Wünsche zu erfüllen. Dass sie ihn erhören würde, wenn Arndt aus dem Rennen war, lag auf der Hand. Es hatte ja immer nur sie beide gegeben, ihn selbst und Arndt, in all den Jahren, seit sie erwachsen geworden waren.

Arndt schob den Kuchenteller beiseite und blickte noch einmal zu ihm auf. Von seinem ruhigen, ausdruckslosen Blick fühlte Walther sich provoziert: »Wem sollte sie sich deiner Ansicht nach denn sonst zuwenden?«

»Dem Mann, mit dem sie sich vor dem Mossehaus getroffen hat«, erwiderte Arndt. »Diesem Menschen vom Film.«

10

Lilly

Mai 1919

»Ich bin neidisch«, sagte Lilly.

»Worauf?«

»Darauf, dass Sie wissen, wie man einen Film macht, und ich nicht.«

Sie saßen in einem Café in der Augsburger Straße, bei »Mutter Maenz«, wo es so überfüllt war, dass ständig jemand gegen die unbequemen Stühle rumpelte, auf denen Lilly und Theo Stiller um ihr Gleichgewicht kämpften. Auf den Tischplatten klebten Getränkepfützen, und die Luft war zum Schneiden dick. Dennoch gefiel es Lilly hier. Seit Ariane in der Nähe ihren Film drehte, war das enge, verrauchte Kaffeehaus, in dem kaum jemand Kaffee trank, sondern die knallbunten, brandneuen Cocktails *en vogue* waren, zu ihrem Stammlokal geworden.

Es kamen fast ausschließlich Künstler her. Maler, Schriftsteller, Leute vom Film. Trotz der Rauchschwaden schien die Luft vor Ideen zu flirren. Aenne, die Wirtin, die von allen Mutter Maenz gerufen wurde, stand hinter ihrem Tresen, polierte in aller Seelenruhe Gläser und ließ die Flirtversuche von Männern, die ihre Söhne hätten sein können, an ihren fleischigen Schultern abgleiten. Manche verfassten Schüttelreime auf sie:

»Ach, Mutter Maenz, ich bin verführt
Wenn deine Hand Manhattan *rührt.«*
»Wer nie bei Aenne Maenz gebechert,
Der ist im Geist schon eingeäschert.«

»Reim dich oder ich fress dich«, brummte Theo Stiller. »Man möchte nicht glauben, dass die meisten dieser Leute hier von dem Mist, den sie verzapfen, leben.«

»Und man möchte noch weniger glauben, dass ein Menschenfeind wie Sie überhaupt von irgendetwas lebt«, gab Lilly prompt zurück.

Sie suchte seinen Blick und kannte ihn inzwischen gut genug, um zu sehen, dass er sich das Grinsen verkniff. Im Grunde machte es ihr längst nichts mehr aus, hier mit ihm zu sitzen, weil Arianes Vater ihn wieder einmal hinter seiner Tochter hergeschickt hatte. Immerhin war es ihm hoch anzurechnen, dass er Ariane deckte, und so hatten sie sich eben angewöhnt, gemeinsam zu warten, er mit einem extra trockenen Very Old Tawny, sie mit einem Gin Fizz, der ihr unglaublich stark vorkam, den sie aber mochte. Es war aufregend. Dass ein junges Mädchen ein Café besuchte, um mit einer Freundin ein Stück Torte zu essen, mochte noch angehen. Dass sie aber allein ging, keine Torte, sondern ein alkoholisches Getränk bestellte und einem Mann erlaubte, sich zu ihr an einen Tisch zu setzen, war ein anderes Kaliber.

Sie brauchte das. Sich verrucht zu fühlen, mondän, meilenweit weg von ihrem Alltag. Sie war ein verlassenes Mädchen, dessen Verlobung sozusagen kurz vor dem Altar gelöst worden war. Wenn sie an Arndt dachte, kam sie sich vor wie in einer schwankenden Nussschale, die auf hohen Wellen trieb. Beim Gedanken an ihre Zukunft erging es ihr genauso. Sie wusste nicht, was sie wollte, sie wusste nicht, was sie konnte, sie fühlte sich nur hier gut aufgehoben, zwischen all den haltlosen, zweifelhaften Existenzen, die genauso entwurzelt waren wie sie.

Hier konnte sie die Zeit, während sie auf Ariane wartete, mit dem verbringen, was sie am liebsten tat: Menschen beobachten. Den Geschichten folgen, die augenblicklich in ihrem Kopf abliefen, als betätige jemand die Kurbel eines Projektors. Theo Stiller störte sie nicht dabei. Im Gegenteil. Mit ihm zu schweigen, war verblüffend einfach, mit ihm zu reden, eine Herausforderung, die sie zunehmend genoss.

Dass er am Ende, wenn Ariane eintraf, darauf bestand, ihren Drink zu bezahlen, weil er gelernt hatte, »dass sich das so gehört«, war ihr ein wenig peinlich. Doch andererseits erleichterte es sie, denn sie besaß kaum Geld, nur das bisschen, was sich in ihrer Kinderspardose aus Weißblech angesammelt hatte. Sie hatte die Münzen einzeln herausgeschüttelt und trug sie in einer Börse, die Rose ihr genäht hatte, bei sich, aber lange würde es nicht reichen, um die Frau von Welt zu spielen.

Sie musste irgendeinen Weg finden, ein wenig Geld zu verdienen. Aber wie verdiente ein Mädchen aus sogenannter guter Familie sich Geld, wenn alle Welt von ihr erwartete, dass sie Däumchen drehte und aufs Heiraten wartete? Im Krieg war es anders gewesen, im Krieg hatten Frauen alle möglichen Dinge tun müssen, weil die Männer fehlten, aber Lilly hätte dazu keine Erlaubnis bekommen. Jetzt war sie entschlossen, auch ohne Erlaubnis nach einer Arbeit zu suchen, doch es fehlten ihr die Ideen, was sie hätte tun können.

Theo Stiller hatte heute ein Drehbuch bei sich, in dem er eine Zeit lang kreuz und quer herumstrich. Er drehte einen neuen Film. Der *Kinematograph,* den Lilly sich ebenfalls von ihren paar Groschen kaufte und verschlang, erging sich in Spekulationen: Es hieß, Asta Nielsen, der wohl größte Star der gesamten europäischen Filmwelt, spiele die weibliche Hauptrolle in einem Drama, das einen Text von Rilke zur Vorlage hatte. »Die Weise von Liebe und Tod des Cornets Christoph Rilke«, ein schmales Büchlein, das Lilly zu Beginn des Krieges in der Schule hatte lesen müssen, weil es angeblich »der Ermutigung unserer tapferen Soldaten« diente. In der Schlacht beim belgischen Langemarck hatten die jungen Kriegsfreiwilligen, die dort in Scharen gestorben waren, den Band, in dem es um den Türkenkrieg ging, in ihren Tornistern bei sich getragen.

Lilly wusste nicht, wie viel von dem Bericht im *Kinematographen* der Wahrheit entsprach, und es wurmte sie ein wenig, dass sie es so schrecklich gern gewusst hätte. Passte es zu Stiller, einen Film zu machen, in dem der Krieg verherrlicht wurde? In der Ufa saßen angeblich selbst jetzt noch eine Menge reaktionärer, militaristischer Geldgeber, die so etwas vermutlich mit Freude unterstützten. Sie sah ihm zu, wie er mit dem Bleistift in den beschriebenen Seiten herumfuhrwerkte, bis seine schneeweißen Manschetten graue Flecken aufwiesen, und stellte einmal mehr fest, dass er ihr ein Rätsel war.

Immerhin hatte er der Ufa schon angehört, als sie auf General Ludendorffs Geheiß als Instrument zur Kriegspropaganda gegründet worden war. Ariane lachte sich über ihn kaputt, weil er so steif in seinen Umgangsformen war und offensichtlich eine konservative Erziehung genossen hatte. Er war Offizier gewesen, erinnerte sie sich. Vermutlich heldenhaft verwundet, da er ein leichtes Hinken kaschierte, und hoch dekoriert. Der pathetische Kriegsgesang Rilkes mochte genau das Richtige für ihn sein.

Lilly hätte ihn gern dafür verachtet. Weshalb machte ein Mensch, der das Geld und alle Möglichkeiten an die Hand bekam, nicht einen modernen, nie da gewesenen Film wie den, den Richard Oswald mit Ariane drehte? Wenn sie ehrlich zu sich war, konnte sie jedoch ihre Bewunderung nicht verhehlen. Man musste schon über erstaunliche Fähigkeiten und einigen Mut verfügen, um ein halb lyrisches Hauchen, eine Flut aus nichts als Worten ohne echte Handlung auf die Leinwand bringen und damit Menschen fesseln zu wollen.

Sie hätte ihn gern danach gefragt. Viel zu gern.

Das mit dem Neid war ihr herausgerutscht. Stiller hatte schon bei einer früheren Gelegenheit einmal den Mundwinkel verzogen und sie gefragt: »Sprechen Sie eigentlich immer aus, was Ihnen gerade in den Sinn kommt?«

Jetzt stellte er sein schmales Portweinglas ab und fragte: »Wer weiß schon, wie man einen Film macht? Wenn Sie aber meinen, ich könnte es wissen, und wenn Sie es so unbedingt auch wissen wollen, dann kommen Sie nach Babelsberg, und ich zeige es Ihnen.«

Babelsberg.

In Lillys Ohren klang das, als hätte er zu ihr gesagt: »Kommen Sie in den Garten Eden, und ich pflücke Ihnen einen Apfel.« Einen Herzschlag lang befürchtete sie ernsthaft, sie könnte ihm um den Hals fallen.

»Haben Sie keine Angst, dass Ihr Herr und Gebieter Sie dabei erwischen könnte, wie Sie verbotene Individuen in seine heiligen Gefilde einschleusen?«, fragte sie stattdessen.

Theo Stiller verzog keine Miene. »Falls Sie von Benno Adler sprechen, muss ich Sie enttäuschen. Er ist nicht länger mein Herr und Gebieter. Mein neuer Film wird von einem Mann namens Pommer produziert, dem Sie vollkommen unbekannt sein dürften. Falls Sie sich also an die Zeiten halten, die ich Ihnen nenne, und nicht nach Belieben einfach aufkreuzen, sollte kein Risiko bestehen, dass Sie und Ihr Onkel einander über den Weg laufen.«

»Dachte ich's mir doch!«, rief Lilly, kam sich albern und kindisch vor und konnte dennoch nicht aufhören. »Dafür, das Risiko einfach einzugehen, sind Sie zu feige, habe ich recht?«

Theo Stiller strich sich das Haar aus der Stirn, das sichtlich zu schwer war, um sich von Brillantine bändigen zu lassen. In seine Stirn waren zwei tiefe Furchen eingegraben, für die er Lilly zu jung vorkam. Sie hätte ihn auf Anfang dreißig geschätzt, doch auf einmal erschien er ihr wesentlich älter. »Warum muss es eigentlich Feigheit sein, wenn man die Geheimnisse eines anderen Menschen unangetastet lässt?«, fragte er. »Nein, Benno Adler ist nicht mein Herr und Gebieter, aber er ist etwas, das ich weit höher einschätze, und das verleiht ihm mir gegenüber gewisse Rechte.«

»Und was?«

»Er ist mein Freund«, sagte Stiller.

Lilly ließ sich ihre Verblüffung nicht anmerken, sondern brachte umso schneller ihre Frage heraus: »Meinen Sie nicht, man sollte seinen Freunden gelegentlich die Wahrheit sagen?«

»Und was für eine Wahrheit sollte das sein?«, fragte er zurück.

»Nun, die, dass es weit mehr als nur grober Unfug, sondern ein himmelschreiendes Unrecht ist, seine Tochter vom Rest ihrer Familie fernzuhalten, überhaupt eine Familie zu teilen und zu trennen, ohne den Mitgliedern die Chance zu geben, einander kennenzulernen. Und ein noch himmelschreienderes Unrecht ist es, derselben Tochter, die einfach unverschämt begabt ist, zu verbieten, in aller Offenheit ihren Weg beim Film zu machen.«

Stiller hob die tintenschwarzen Brauen. »Und das können Sie beurteilen?«

»Ob Ariane begabt ist?«, rief Lilly. »Und ob ich das kann.«

»Darin gehen wir konform«, sagte er. »Andernfalls würde ich nicht hier mit Ihnen sitzen, auf Fräulein Adler warten und mir nachher wieder eine wilde Räuberpistole einfallen lassen, sondern die junge Dame einfangen und am Schlafittchen nach Hause schleifen. Ich rede von der Frage, ob es tatsächlich Unrecht oder auch nur Unsinn ist, die Familie Adler zu teilen. Ich kann dazu nichts sagen, ich stecke nicht in Benno Adlers Haut, und mir sind nicht alle Fakten bekannt, die zu dieser Teilung geführt haben. Also erlaube ich mir kein Urteil. Ich würde nicht einmal einen Filmstoff annehmen, solange ich nicht die ganze Geschichte kenne, um die es gehen soll.«

»Finden Sie, dass der Vergleich passend ist?«, fragte Lilly.

Vollkommen unverhofft lächelte er und sah wieder aus wie ein junger Mann. »Nein. Aber er wirkt.«

»Bei mir nicht.«

»Das habe ich gemerkt. Also ohne Vergleich: Benno Adler hat sich meine Loyalität verdient, und er bekommt sie, ganz egal, ob Ihnen das feige erscheint. Das Gelände ist groß genug, sodass Sie beide sich nicht über den Weg laufen müssen, solange es niemand darauf anlegt. Wenn Sie sich an diese Bedingungen halten, können Sie gerne kommen und sich meine Arbeit ansehen. Wenn nicht, finden Sie sicher jemand anderen. Oswald zum Beispiel. Einer der interessantesten Männer, die wir im deutschen Film haben. Bestimmt würde Ihre Cousine sich dafür einsetzen, dass eine Freundin, die an ihrem Erfolg ja nicht ganz unbeteiligt ist, einmal zum Zuschauen kommen darf.«

Ariane hatte das bereits selbst angeboten. »Sobald ich mir meiner Stellung ein bisschen sicherer bin, kommst du und schaust dir die Dreharbeiten an, abgemacht?«

Lilly hatte nicht darauf gedrängt, wollte Ariane Gelegenheit geben, sich ganz auf ihre Rolle als Else zu konzentrieren. Inzwischen aber war der Film, der »Anders als die Andern« heißen sollte, schon so gut wie abgedreht, und Ariane schwärmte von Oswald in den höchsten Tönen. Lilly hätte sie also getrost an ihr Versprechen erinnern können, statt den schwierigen

Stiller anzubetteln, aber irgendein Teufel ritt sie und trieb sie dazu an, nicht locker zu lassen.

»Sagen Sie mir, zu welcher Zeit die Luft rein ist, und ich sehe zu, dass ich es einrichten kann«, verlangte sie.

»Morgen Vormittag«, kam es von ihm wie aus der Pistole geschossen. »Melden Sie sich um neun Uhr beim Pförtner, ich hole Sie dort ab. Jetzt kommt Fräulein Adler. Ich lasse Sie beide noch eine Viertelstunde allein und vertrete mir so lange die Beine.«

Ohne eine Reaktion von ihr abzuwarten, stand er auf, trank im Stehen seinen Portwein aus und ging an die Theke, um bei Mutter Maenz die Rechnung zu begleichen. Lilly starrte ihm nach, während er von dem über und über behängten Garderobenständer seinen altmodischen Mantel angelte und das Lokal verließ.

Keinen Atemzug später stürmte die glückstrahlende Ariane herein, winkte ihr zu, schüttelte sich wie ein Hund nach dem Regen und begann, sich aus Hut und Mantel zu schälen.

»He, weißt du, wer das war?«, fragte eine der beiden bildhübschen und wie Zwillinge herausgeputzten Blondinen am Nachbartisch, die aller Wahrscheinlichkeit nach einem Tanzensemble angehörten.

»Theo Stiller«, erwiderte die andere prompt. »Der Regisseur von ›Libussa‹ und ›Die Nacht von Kazimierz‹.«

»Ins Schwarze getroffen«, sagte die Erste. »Ist ’n verdammt schöner Mann, was? Gefällt mir besser als der Hartau oder der Thimig. Wie schade, dass der sich hinter der Kamera versteckt, ich würde ihn viel lieber davor sehen.«

»Ich frage mich sowieso, was so ein Regisseur zu tun hat«, sprach nun wieder die Zweite. »Die Kamera bedient er ja nicht, oder doch?«

Mehr hörte Lilly nicht, denn in diesem Augenblick drängelte sich Ariane durch die Menschenmassen und überschüttete sie mit einem Wasserfall von glücklichen Worten.

11

»Emil Wachter mein Name«, stellte sich der Pförtner, der hinter der Schranke in einem hölzernen Häuschen saß, Lilly vor. »Der Herr Stiller hat mir schon Bescheid jejeben, dat Se kommen und dat ick Se zu mir in die Bude nehmen soll, bis er Sie abholt. Uff mir könn' Se bauen. Is ja nich' einfach für so 'n junget Ding – der kann einen schon umhau'n, der janze Zirkus hier, hab ick recht? Also, wenn Se wat brauchen – fragen Se nach Wachter. Ick kümmer' mir dann schon um Sie.«

Lilly warf noch einen Blick über das weite umzäunte Gelände mit seinen Schuppen, Hütten, Hallen und Aufbauten. Die gläserne Kuppel des Ateliers, in dem »Der Totentanz«, »Der Student von Prag« und weitere Meisterwerke gedreht worden waren, funkelte in der Frühlingssonne. Flüchtig legte Lilly eine Hand auf ihr Herz, ehe sie Wachter, der an einen freundlichen Schneemann erinnerte, in sein Häuschen folgte. Neben seine Leibesfülle ließ sich in das winzige Gebäude kaum noch ein Stuhl quetschen, doch der Pförtner hatte auf dem Fenstersims sogar so etwas wie ein Frühstück für sie angerichtet.

»Kaffee mit viel Zucker und zwee halbe Schrippen mit Mettwurscht«, verkündete er stolz. »Meine Erna schmiert die besten Schrippen von Potsdam, könn' Se mir glooben. Ick muss doch zuseh'n, dat die Meechen, die hier vor Uffrejung ohne Frühstück eintrudeln, wat in' Magen kriegen.«

Einigermaßen überrumpelt betrachtete Lilly die Brötchenhälften. Aufgeregt war sie in der Tat, doch anders, als der fürsorgliche Pförtner vermutete, hatte sie wie jeden Tag gut und reichlich gefrühstückt. Marianne, die ursprünglich als Kindermädchen eingestellt worden war, war keine glänzende Köchin, und Lebensmittel waren noch immer stark rationiert, aber sie gab ihr Bestes. Heute hatte sie Pfannkuchen mit Rübensirup aufgetischt, und Lilly hatte beileibe nicht wie ein Spatz gegessen.

Nach kurzer Überlegung griff sie dennoch nach einer der belegten Schrippenhälften und biss herzhaft hinein.

»Na seh'n Se.« Der Schneemann strahlte. »Jeht doch. Unsere Herren werden Se schon nich' fressen. Bestimmt machen Se Ihre Sache janz famos, und im Nu sind Se berühmter wie die Nielsen und die Porten.«

Lilly hatte noch einmal ins Brötchen beißen wollen, ließ es aber sinken. »Sie glauben, ich bin Schauspielerin?«

»Ja, nu'.« Der Schneemann kratzte sich die Nase. »Erst mal woll'n Se eene werden, hab ick recht? Aber dit wird schon. So wie Sie jebaut sind, wenn ick mir die Bemerkung erlooben darf, kann da jar nüscht schiefjehen.«

Lilly hielt inne. Als sie in der S-Bahn in Richtung Potsdam gesessen hatte, hatte sie ein Gefühl gepackt, das sie nicht an sich kannte – das Gefühl, in die richtige Richtung unterwegs zu sein, am richtigen Bahnhof auszusteigen, an einen Ort zu gelangen, an den sie gehörte. Seit Jahren dachte sie darüber nach, was sie mit ihrem Leben anfangen konnte, was sie so sehr wollte, wie Ariane das Schauspiel wollte, und nun, an diesem leuchtenden Frühlingsmorgen, hatte sie ganz still und ganz sicher bei sich gedacht: *Hierher fahren will ich. Hier sein. Jeden Tag.*

Wollte sie am Ende das Gleiche wie ihre Cousine? Wenn sie Schauspielerin wurde, würde sie hierhergehören, würde ein Teil dieses Kosmos sein, der gerade erst aus dem Boden geschossen war und über ihre Stadt, ihr Land, ihre Welt hinwegwucherte wie Efeu über eine Häuserwand. Verschiedene Produktionsfirmen machten ihre Filme hier, doch im *Kinematographen* hatte Lilly gelesen, die übermächtige Ufa bereite sich darauf vor, das Gelände als Ganzes in ihren Besitz zu nehmen. Dann würde dies der Ort sein, an dem der deutsche Film sein Zuhause hatte, an dem Entwicklungen stattfinden würden, Experimente, Abenteuer … Oh ja, davon wollte Lilly ein Teil sein, sie hatte gar keine Worte dafür, wie sehr sie das wollte!

So sehr wie nie etwas zuvor.

Seit Arndt sie freigegeben hatte, hatte sie an kaum etwas anderes denken können als an ihre Schuld. Ihr Freund hatte um ihretwillen alles verloren und erlaubte ihr nicht einmal, ihrerseits ein Opfer zu bringen und den winzigsten Bruchteil an ihm gutzumachen. Dass sie ihn unzählige Male beschworen hatte, ihr nicht überallhin nachzulaufen, spielte dabei keine Rolle. Sie kannte ihn ihr ganzes Leben, sie hätte sich an fünf Fingern ausrechnen können, dass er sie nicht allein in ein mit Schusswaffen und Flammenwerfern umkämpftes Gebiet gehen lassen würde.

Er war ja ihr Leben lang bei jedem kleinsten Risiko für sie in die Bresche gesprungen. Zwar hatte er nie etwas ausrichten können, sondern eher die Gefahr erst heraufbeschworen, aber er war da gewesen. Immer. Sooft er annahm, sie könnte seines Schutzes bedürfen.

Ein wahrer Kavalier, ein Ritter aus alten Legenden.

Dass er dafür nun nie wieder laufen, nie wieder seine Universität besuchen und nie Arzt werden würde, war unerträglich. Wie durfte sie selbst sich an etwas freuen, wenn er es nie wieder konnte?

Heute Morgen am S-Bahnhof, auf dem Weg zum Filmgelände, hatte sich diese Gedankenkette, die sie Tag und Nacht quälte, jedoch urplötzlich in ihr Gegenteil verkehrt: War nicht Arndts Opfer umsonst, wenn sie mit ihrem Leben nichts anfing, verschwendete sie nicht sein Geschenk, wenn sie nicht tat, was sie glücklich machte?

Das hatte er zu ihr gesagt, als er ihr in seinem Krankenzimmer eröffnet hatte, er wolle die Verlobung lösen: »Ich will, dass du glücklich bist, Lilly. Und da ich derjenige nicht bin, der dir Glück schenken kann, lasse ich dich lieber gehen.«

Ich bin es selbst, durchfuhr es sie. *Ich kann mir mein Glück von niemandem schenken lassen, sondern muss es mir nehmen.*

»Hat's Ihnen die Sprache verschlagen?«, fragte Wachter, der Schneemann, der nicht schmolz. »Wie sagt meine Erna immer? Wird schon wer'n mit die Mutter Bär'n Mit die Mutter Born isset ja auch jewor'n. Und da kommt auch schon der Herr Stiller. Der is' ja eener, nach dem man seine Uhr stellen kann.«

Durch das kleine Schalterfenster sah Lilly Theo Stiller den Weg heraufkommen. Er ging mit den gewohnten ausgreifenden Schritten, die verbergen sollten, dass sein linkes Bein schwächer war als das rechte und er in der Hüfte leicht einknickte. Sie hatte ihn bisher nur formvollendet und ein wenig altmodisch gekleidet erlebt. Jetzt allerdings trug er lediglich eine offene Weste über einem Hemd ohne Kragen, und an seinem Haar, das nicht gelegt war, zerrte der Frühlingswind. Es war viel zu lang. Das war ihr vorher nie aufgefallen. *Ist 'n verdammt schöner Mann,* hörte sie in ihrer Erinnerung auf einmal die Stimme der blonden Tänzerin.

»Sind Sie so weit?«, fragte er in das Fenster herein, ohne ihr guten Morgen zu wünschen. Sein Gesicht war gerötet, und sein Atem ging schnell. »Vielen Dank, Emil. Wir drehen dann und wollen nicht mehr gestört werden. Falls allerdings Benno Adler mich sprechen möchte, gib mir bitte Bescheid.«

Der Pförtner versprach, dies zu tun, und zeigte Lilly zum Abschied zwei gedrückte Daumen. »Hals- und Beinbruch, Frollein. Und wenn's wat wird – zu Wachters Mettwurscht-Schrippen sind Se immer einjeladen.«

Lilly bedankte sich und eilte Stiller hinterher, der bereits losgegangen war. »Zu meinem Filmset haben wir ein Stück weit zu gehen«, sagte er. »Wir machen die ganze Woche Außenaufnahmen. Straßenszenen.«

»Zum Rilke-Film?«

»Ich will, dass er ›Cornet‹ heißt«, erwiderte Stiller im Gehen. »Einfach nur ›Cornet‹.«

»Warum?«, fragte Lilly.

»Weil ein Mann im Krieg keinen Namen hat«, sagte Stiller. »Eine Frau auch nicht. Niemand.«

Sie gingen weiter, an ein paar mit Wellblech bedeckten Gebäuden vorbei und dann unter einer Reihe frisch belaubter junger Linden hindurch. Der Himmel war makellos blau, die Luft erfüllt vom Gezwitscher der Vögel, und Lilly wusste nicht, wann sie sich zuletzt so lebendig und voller Kraft gefühlt hatte.

»Ihr Pförtner hat geglaubt, ich wolle mich als Schauspielerin für Ihren Film bewerben!«, rief sie regelrecht übermütig.

»Und?«, fragte er, ohne sich umzudrehen. »Wollen Sie?«

»Denken Sie denn, ich könnte es?«, brachte Lilly heraus. »Ich hatte ja noch nie Unterricht. Glauben Sie, ich habe Talent?«

Er schwang herum und blieb so abrupt stehen, dass sie um ein Haar gegen ihn geprallt wäre. Sie spürte seinen Atem in ihrem Gesicht, spürte seinen Brustkorb, der sich hob und senkte, dicht an ihrem, und glaubte auf einmal, ihr Körper könne sich daran erinnern, wie der seine über ihrem gelegen hatte, auf dem Straßenpflaster vor dem Mossehaus. Sie mochte seinen Duft. Er war vielleicht der erste Mensch, über dessen Duft sie je nachgedacht hatte.

»Glauben Sie's denn?«, fragte er, und seine Augen suchten ihren Blick.

»Dass ich Talent zum Schauspielern habe?«

Er nickte, und sie hörte ihr Herz schlagen.

Sie wollte sich Zeit nehmen, länger überlegen, wusste, ihre Antwort war bedeutsam und mochte über ihre Zukunft entscheiden. Ihr Mund aber öffnete sich einfach und sagte: »Nein.«

»Dann sind wir uns ja einig«, sagte Theo Stiller und ging weiter.

Lilly hatte Mühe, mit ihm Schritt zu halten. »Was hätten Sie getan, wenn ich Ja gesagt hätte?«, rief sie.

»Sie gebeten, nach Hause zu fahren«, erwiderte er. »Hierher kommen täglich Scharen von eingebildeten Filmstars. Natürlich kann man es niemandem verbieten, sich für die nächste Mary Pickford zu halten, aber mir gehen all diese kopflos flatternden Hühner auf die Nerven. Sie stehlen mir meine Zeit.«

Er hatte sichtlich nicht vor, zu dem Thema noch mehr zu sagen, und Lilly blieb nichts übrig, als ihm zu folgen. Wie ein Gewicht, das mit jedem Schritt schwerer wurde, breitete sich die Enttäuschung in ihr aus. Hatte sie tatsächlich einen Augenblick lang geglaubt, sie könne tun, wovon sämtliche Freundinnen ihrer Schwester träumten, sie sei zur Schauspielerin geboren wie Ariane und werde demnächst in Großaufnahme über eine Leinwand flimmern?

Das Seltsame war, dass sie sich bei Licht betrachtet überhaupt nichts dergleichen vorstellen konnte. Während sie mit ihr geübt hatte, hatte sie nicht aufhören können, Arianes Fähigkeit zu bewundern, sich in alle erdenklichen Figuren vom Kind bis zur Greisin hineinzuversetzen. Lilly dagegen war immer nur sie selbst. Sie erinnerte sich, wie sie in einem Prinzessinnenkleid, das sie für ein Kostümfest bekommen hatte, durch die Wohnung gestampft war und sich entsetzlich unbehaglich gefühlt hatte. Marianne hatte sich totgelacht. »Vielleicht solltest du das nächste Mal lieber als Holzfäller gehen«, hatte sie vorgeschlagen. »Oder noch lieber einfach als Lilly Adler, die kommt bei dir sowieso durch, egal was du spielst.«

Heilfroh war sie gewesen, das Kostüm am Abend in die Ecke feuern zu können, und noch froher, als sie zur nächsten Faschingszeit mit Mumps im Bett lag. Eine andere spielen, sich anders geben, als sie gemacht war, lag ihr nicht. Weshalb also war sie so unangemessen enttäuscht darüber, dass Theo Stiller in ihr kein Schauspieltalent fand?

Weil ich hierhergehören will. Hier einen Platz haben.

Neid war kein Gefühl, mit dem sie viel Erfahrung hatte, doch auf einmal überfiel sie eine Woge davon bei jeder Frau, die ihr auf dem Filmgelände begegnete.

Sie umrundeten eine weitere offensichtlich provisorisch errichtete Halle, an deren Außenwänden alle zehn Schritte ein großes Schild mit der Aufschrift »Achtung, Filmaufnahmen. Betreten verboten!« prangte. Kaum gab das Gebäude den Blick wieder frei, blieb Lilly wie erstarrt stehen. Was dahinter lag, war unglaublich – eine Straße, die einer längst vergangenen Zeit entsprungen schien, eine vollständige Welt aus Latten und Pappmaché. Häuser, Geschäfte, ein kleines Gasthaus, das alles sah aus, als hätte es Hunderte von Jahren geschlafen und sei durch einen Zauberstreich zu neuem Leben erwacht. Einen Karren, wie er in einer Staubwolke über die unbefestigte Straße rumpelte, bekam man in Berlin nicht zu Gesicht, und das zerlumpte Kleid der Frau, die im Eingang des Gasthauses lehnte, musste dem ältesten Trödelladen der Stadt entstammen.

Drumherum aber tobte das 20. Jahrhundert in all seiner futuristischen Glorie: An zwei schräg gegenüberliegenden Enden waren trotz des hellen Tages Gerüste für die Beleuchtung aufgebaut, es gab Stative für Kameras, offene Transporter mit gestapelten Ausrüstungsgegenständen und eine Maschine, die wie eine überdimensionale Dusche aussah. Zwei Männer probierten sie gerade aus und ließen sie aus einem Trichter Schwaden von Nebel versprühen.

Lilly vergaß ihre Enttäuschung. Sie war trotz allem im Paradies gelandet und würde ihren Tag hier auskosten.

»Da wären wir«, bemerkte Theo Stiller lapidar.

»Morgen, Chef!«, rief einer von den Technikern. »Wir sind so weit, wann immer Sie wollen – alles läuft wie am Schnürchen.«

Vom Ende her, wo die Straße eine Biegung vollführte, sodass der Zuschauer nicht sah, dass sie im Nichts verschwand, kam ein langer Mann im grauen Anzug herbeigelaufen. »Ich dachte, wir wären klar zum Drehen!«, rief er außer Atem. »Soll die da noch probieren? Für die Komparserie? Wenn du mich fragst, ist das verschwendete Zeit, wir brauchen niemanden mehr.«

»Nein, wir brauchen niemanden mehr«, stimmte Theo Stiller ihm zu. »Das ist Fräulein Schmidt, die Tochter eines Freundes, die in Berlin zu Besuch ist und sich ein bisschen die Zeit vertreibt. Sie möchte sich gern anschauen, wie ein Film entsteht.« Zu Lilly gewandt, fuhr er fort: »Das ist Volker Regensburger, mein Aufnahmeleiter. Er wird für Sie einen Platz finden, an dem Sie niemanden stören.«

Der lange Mann musterte Lilly von Kopf bis Fuß. Sie kannte diesen Blick. Er kam ihr immer so vor, als denke ein Mann darüber nach, ob er sie kaufen sollte. Volker Regensburger entschied sich offenbar, sie nicht zu kaufen. »Also kommen Sie mit«, knurrte er. »Wir sollten dann anfangen, Theo. Pola ist seit einer Viertelstunde aus der Maske und wird allmählich ungeduldig.«

»Soll sie«, sagte Stiller. »Geht auf eure Plätze, ich sehe mir das rasch an.«

»Pola?«, rief Lilly voller Neugier hinter ihm her. »Etwa Pola Negri?« Sie hatte die polnische Schauspielerin in dem Film »Carmen« gesehen und war begeistert von ihrer Ausdruckskraft gewesen. Sie gehörte noch nicht zu den ganz großen Namen, aber mit ihrem Auftritt in Ernst Lubitschs Film hatte sie von sich reden gemacht.

Stiller blieb stehen und drehte sich noch einmal um.

»Ich dachte, Asta Nielsen sollte Ihre Hauptdarstellerin sein«, sagte Lilly.

»Ich habe mich für Fräulein Negri entschieden, weil ihr Typ zu meiner Filmrolle passt«, erwiderte Stiller. »Ich wollte jemanden, der sinnlich und anziehend ist, meinem Helden aber fremd und ein Geheimnis bleibt.«

»Die Gräfin«, murmelte Lilly und versuchte, sich an Einzelheiten der ungeliebten Schullektüre zu erinnern. »Wie heißt sie noch mal?«

»Gar nicht«, erwiderte er barsch. »Und bei mir ist sie keine Gräfin, sondern eine Hure. Eine von denen, die ein Stück mit dem Tross des Heeres ziehen, weil sich an dem bisschen Körperwärme, das Menschen wie Schafe brauchen, ein paar Pfennige verdienen lassen.«

Erstaunt sah Lilly ihn an. Noch eben war er ihr vollkommen ruhig, ja gleichgültig erschienen. Jetzt hingegen wirkte er, als wäre jede Sehne in seinem Körper gespannt.

»Kommen Sie dann?«, blaffte Volker Regensburger. »Im Gegensatz zu Ihnen sind wir nämlich alle nicht im Urlaub hier.«

Theo Stiller beachtete Lilly nicht länger, sondern lief mitten in die Kulisse, winkte Komparsen heran, die zwischen den Häusern warteten, schob andere zurück und sprach mit Pola Negri, die Lilly als die Frau vor dem Gasthaus erkannte. Er rief nach der Maskenbildnerin, die mit einem ganzen Tablett voller Utensilien heraneilte und das schöne Gesicht der Schauspielerin noch einmal an ein paar Stellen mit einem Pinselstrich versah. Stiller sprach derweil mit anderen Darstellern, wies sie nach hierhin und dorthin, bis er zufrieden war.

Lilly ihrerseits beachtete Volker Regensburger nicht länger, sondern trat näher an die Kulissenstraße heran. Sie zwängte sich zwischen einer Schmiede und einem Wohnhaus mit Schuppen hindurch, um besser verfolgen zu können, wie Stiller mit den Leuten arbeitete. Jäh war ihr, als könne sie mit seinen Augen sehen oder sogar, als sähe er mit ihren. Es geschah ihr, was sie so oft in allen erdenklichen Alltagsmomenten erlebte: Sie sah eine Geschichte, einen Film vor ihren Augen ablaufen, doch diesmal sorgte Theo Stiller dafür, dass dieser Film auch für andere sichtbar wurde. Er hatte im Gespür, wer und was wohin gehörte, wo ein Mann mit einem Schubkarren vorzutreten hatte, um eine Lücke im Bild zu schließen, und wo eine solche Lücke bleiben musste, damit die Fantasie des Zuschauers frei war, sie zu füllen.

Sie erkannte, dass die Kulissen keineswegs so wirklichkeitsgetreu eine jahrhundertealte Straße darstellten, wie es aus der Ferne den Anschein gehabt hatte. Aus der Nähe standen die Häuser nicht gerade, sondern schief zueinander verschoben und schienen seltsam vornübergebeugt wie unter einer Last. Sie strahlten etwas unendlich Müdes, Entkräftetes aus, wie Menschen es an sich haben, die des Lebens überdrüssig sind. Obwohl der Tag so klar und leuchtend war, sorgten hohe Aufbauten hinter den Häusern dafür, dass kaum Licht in die Straße fiel, durch die dafür umso längere, unheimliche Schatten tanzten.

Zudem waren alle Fenster und Türen, selbst die des Gasthauses, vor dem Pola Negri stand, verrammelt und vernagelt. Sie wirkten abweisend, geradezu bedrohlich, wie um einem vorüberziehenden Besucher zu verstehen zu geben: *Du bist fremd hier und wirst fremd bleiben. Hinter unseren Türen bist du nicht willkommen.*

Genau denselben Eindruck, den die merkwürdig personifizierten Häuser erweckten, hatte Theo Stiller mit den Positionen erzielt, zu denen er die Komparsen und Darsteller angeordnet hatte. Sie waren abweisend, blieben unter sich, ließen dem Fremden in ihrer Nähe keinen Raum.

Es gab noch gar keinen Fremden, und doch glaubte Lilly, bereits einen auszumachen. Er würde ohne Zweifel gleich auftauchen, würde die Straße hinauftrotten, auf der Suche nach einem warmen, hellen Ort, um ein paar Stunden unter seinesgleichen zu verbringen. Er würde niemanden finden, nur Häuser und Menschen, die ihm zu verstehen gaben: Du gehörst hier nicht her. Alles, was dir vertraut war, ist meilenweit weg, und die quälende Sehnsucht ist alles, was dir davon bleibt, denn du kehrst nicht dorthin zurück.

Unerreichbarkeit. Einsamkeit.

Das war es, was über der Straße lag wie die Nebel und die Wolken aus Staub.

Theo Stiller besprach sich mit den beiden Kameraleuten. Er schickte den einen mitsamt seinem Aufbau weiter nach vorn und den zweiten bis ans Ende der Straße. Lilly, die mit Kameras aufgewachsen war, sah sofort, was er zu erreichen versuchte. Auch wenn ihr Vater darauf beharrte, dass jedes Bild, das etwas taugte, gestellt und reglos sein musste, hatte sie von klein auf beobachtet, was Kamerawinkel und Positionierungen vermochten, und vor ihrem geistigen Auge hatten sich die Bilder bewegt.

Atemlos vor Erwartung blieb sie stehen, während die Stative und Beleuchtungsgerüste in Stellung gebracht wurden. Gab es irgendetwas, das auch nur annähernd so aufregend war? All die Sorgen, Fragen und Gewissensbisse, die sie seit Wochen gequält hatten, waren wie weggeblasen. Würde es Stiller gelingen, seiner Vision Flügel zu verleihen? Oder würde später auf der Leinwand nicht mehr als eine Ahnung dessen zu sehen sein, was hätte sein können und sein sollen?

»Kamera ab!«, brüllte Stiller viel lauter, als Lilly es ihm zugetraut hätte. »Hermann, Schenkel ans Pferd. Jetzt.«

In diesem einen Detail hatte sich Lilly geirrt: Stillers Hauptdarsteller trottete nicht die Straße hinauf, sondern zeigte sich hoch zu Ross. Dieser Ausdruck jedoch hätte falscher nicht sein können. Nichts an dem Mann war hoch, mit Ausnahme des Hutes, den er trug. Seine Uniform war einst prächtig gewesen, aber Staub bedeckte sie ebenso wie sein Gesicht und die Flanken des Pferdes, das mit schleifendem Zügel und hängendem Kopf dahinzockelte. Auch der Mann ließ den Kopf hängen, und die Fahne, die er als Cornet stolz hätte schwingen sollen, lag schlaff vor ihm über dem Sattel.

Sekundenlang hielt die vordere Kamera geradewegs auf sein kreidebleiches Gesicht, zeigte die blicklosen Augen in Großaufnahme. Zugleich verfolgte Lilly jedoch bereits atemlos, wie der Kameramann sein Gerät zum Schwenk vorbereitete. Sie hatte richtig vermutet: Durch das Schwenken und anschließend durch die Übernahme der zweiten Kamera wollte Stiller den Eindruck erzielen, der einsame Reiter reite eine endlose Straße entlang, ziehe weiter und weiter, ohne die Hoffnung, jemals an ein Ziel zu gelangen.

Das war gut überlegt.

Aber es würde nicht so gut funktionieren, wie Stiller es sich wünschte, weil der Szene etwas Statisches, Zusammengestückeltes anhaften würde und der erhoffte Eindruck endlosen Bewegungsflusses nicht entstand. Die Idee war genau richtig – aber die Ausführung würde ihr nicht standhalten.

»So geht es nicht!«, rief Lilly und schoss wie ein Pfeil aus ihrem Winkel, die Arme rudernd in die Höhe gereckt. »Es wird zu starr, nicht natürlich – wir brauchen eine bewegliche Kamera.«

Vielleicht erst in diesem Augenblick wurde ihr bewusst, dass sie mitten in die Szene hineingestürmt war, der laufenden Kamera vor die Linse. Wenn sie als Kind ihrem Vater auf diese

Weise ein Bild verdorben hatte, hatte sie erleben können, wie ihm vor Zorn alles Blut aus dem Gesicht gewichen war. Abrupt blieb sie stehen und sah zu Stiller auf, der keine fünf Schritte von ihr entfernt neben dem Gasthaus stand, gerade noch außerhalb des Bildes. Vermutlich würde er toben, doch das machte ihr keine Angst. *Wenn er sein Handwerk versteht, dann weiß er, dass ich recht habe,* dachte sie. *Und wenn er es nicht weiß, dann soll er mir gestohlen bleiben.*

Theo Stiller tobte nicht. »Kamera aus«, sagte er, ehe er aus dem Spalt zwischen den Aufbauten hervortrat. »Ihnen ist klar, was es kostet, die laufende Dreharbeit einer Szene zu unterbrechen?«, fragte er, an Lilly gewandt, doch in seiner Stimme war kein Zorn erkennbar.

»Sicher ein Vermögen«, antwortete Lilly. »Aber ich weiß, dass Sie keinen Film machen wollen, der nicht so gut ist, wie er sein könnte.«

»Soso. Wissen Sie das?«

Lilly nickte.

»Und was müsste ich Ihrer Ansicht nach ändern, damit mein Film so gut wird, wie er sein könnte?«

Sie holte Atem. »Indem die Kamera dem reitenden Cornet folgt«, erklärte sie. »Nicht durch einen horizontalen Schwenk, sondern indem sie sich mit ihm bewegt.«

Sie verfügte über genug Erfahrung mit Männern, um zu wissen, dass man sich als Frau keinen Gefallen tat, wenn man sie verbesserte oder belehrte. Es nützte nichts. Man brachte den Mann nur gegen sich auf und sorgte für eine noch sturere Haltung. Dennoch hatte sie ihre Gedanken aussprechen müssen. Manchmal kam sie sich selbst so stur vor, wie sie es sonst nur von Männern kannte.

Volker Regensburger, der Aufnahmeleiter, kam die Straße entlanggelaufen. Wie üblich betrug er sich, als wäre Stiller sein persönlicher Besitz, den ein Unbefugter ihm streitig machte.

»Was ist denn jetzt schon wieder los, Theo? Wenn diese Tochter von deinem Freund uns den kompletten Drehtag kostet, fliegt uns das Budget um die Ohren.«

Theo Stiller hob lediglich die Hand, um ihn zum Schweigen zu bringen. »Ich habe das in Erwägung gezogen«, sagte er zu Lilly. »Aber ich könnte in der engen Straße aus keinem Automobil heraus filmen lassen. Von einem Fahrrad vielleicht, aber die verwackelten Aufnahmen zerstören mir das geisterhaft Stille, das die Szene ausmacht.«

»Wir brauchen eine entfesselte Kamera«, rief Lilly. »Eine, die sich von selbst bewegt.«

»Wir haben aber keine.« Theo Stiller suchte ihren Blick und hielt ihn fest. »Und was empfehlen Sie jetzt?«

Lilly zögerte keine Sekunde. »Wenn wir keine haben, müssen wir uns eine bauen«, sagte sie.

12

»Haben Sie heute schon irgendetwas gegessen?«, hatte Stiller gefragt, nachdem er den Drehtag für beendet erklärt und seine Leute ihres Weges geschickt hatte. Die Mettwurstschrippe, die Lilly erwähnte, ließ er nicht gelten. »Das ist ewig her und zählt nicht. Kommen Sie.«

Sie gingen eine kleine Ewigkeit lang zu Fuß durch die stille Dunkelheit von Babelsberg. Wenn man den Trubel in Berlins Zentrum gewohnt war, kam einem dieser Ort hier unwirklich und weltentfernt vor, selbst wenn auch in der Hauptstadt grelle Leuchtreklamen seit dem Krieg verboten waren. Erst als sie den Rand von Potsdams Kern erreichten, waren wieder Menschen in den Straßen zu sehen, und hier und da fiel aus einem Fenster etwas Licht. Ohne Fragen zu stellen, hielt ihr Stiller die Tür eines niedrigen Ziegelhauses auf, die in einen spärlich erleuchteten Schankraum führte.

»Ich gehe oft hier zum Essen«, sagte er. »Es ist nichts Besonderes, aber es ist bequem.«

Sie setzten sich an einen Tisch bei einem kleinen Fenster, der offenbar sein Stammtisch war. »Wein und Bratkartoffeln in Ordnung?«, fragte er. »Ich fürchte, viel anderes gibt es hier nicht.«

Lilly nickte. Es gefiel ihr. An allen Tischen saßen Leute in intensive Gespräche vertieft und tranken mehr, als sie aßen. Lilly wollte auch ein Gespräch führen. Über den Film. Sie brannte darauf und wusste, dass er es ebenfalls tat, dass er sich lediglich um ihre Bestellung kümmern und sich dann dem zuwenden würde, was sie beide beschäftigte.

Er mochte stur und vernagelt sein, aber wenn es um seinen Film ging, gab es nichts, was er außer Acht ließ. Nicht einmal einen Vorschlag, den die ahnungslose Lilly Adler gemacht hatte. »Ich muss in Erfahrung bringen, was wir technisch für Möglichkeiten haben«, hatte er gesagt und die Außenaufnahmen für diesen Tag abgebrochen. Sie waren in die Halle, ins Studio umgezogen und hatten stattdessen eine Liebesszene mit Pola Negri und dem Darsteller des Cornet, einem völlig unbekannten Schauspieler namens Hermann Mardus, gedreht.

Mardus war nicht nur unbekannt, sondern auch unscheinbar. Er hatte eines jener Dutzendgesichter, denen man auf der Straße begegnete, um sie sofort darauf zu vergessen. Lilly hatte sich gewundert, wie ein solcher Niemand es in der umkämpften Glitzerwelt der Ufa zu einer Hauptrolle gebracht hatte, doch sobald sie ihn in der Szene gesehen hatte, wunderte sie nichts mehr. Warum Stiller ihn engagiert hatte, lag auf der Hand: Weil Mardus spielen konnte wie der Teufel und weil Stiller genau einen solchen Niemand gewollt hatte. Einen, der keinen Namen und im Grunde auch kein Gesicht hatte, der verwechselbar, austauschbar war, Futter für die Kanonen.

Mit Pola Negri, die im Vergleich zu Mardus geradezu strahlte, erlebte der Niemand eine Liebesnacht, die seinen ganzen Lebenshunger, seine Gier und Todesangst entfachte. In ihren Armen, die sehr weiß aus der dunklen Szenerie leuchteten, vergaß er in den paar Stunden bis zum Morgengrauen, dass sie nicht seine Freundin, nicht seine Liebste, sondern eine Käufliche war, die ihm nur gewährte, wofür er bezahlt hatte, die ihm ihren Namen nicht verriet und sich seinen nicht merken würde.

Das alles war großartig gemacht. Stiller würde keine Zwischentitel brauchen, keinen lyrischen Reigen aus Rilke-Worten, denn der Zuschauer bekam ja alles vor Augen geführt: das Aufbegehren, das plötzliche Sich-ans-Leben-Klammern, die Erkenntnis des Namenlosen, dass er zum Sterben zu jung war, wo er doch in dieser Nacht erst entdeckt hatte, wie sich Leben anfühlte.

Am Morgen würde er aufbrechen, würde dem Angriff der Türken entgegenreiten und im Feuer ausgelöscht werden.

»Die Weise von Liebe und Tod«.

So hieß das Buch, aber Stiller hatte den langen Titel gar nicht nötig. »Cornet« genügte. Alles andere enthüllte sich in seinen Bildern.

Lilly wusste nicht mehr, weshalb sie das Buch nicht gemocht hatte. Sie würde das mögen, was Theo Stiller daraus machte, daran hegte sie keinen Zweifel. Ihm war bewusst, welche Möglichkeiten in der Kunstform Film verborgen lagen, und er würde sie für seine Geschichte ausschöpfen.

Er war an den Tresen gegangen, um ihre Bestellung aufzugeben, und kehrte mit einem Serviertablett zurück, auf dem eine staubbedeckte Weinflasche und zwei altmodisch verzierte Gläser standen. Sonst nichts. »Mit dem Essen dauert es ein bisschen. Es ist viel Betrieb. Macht Ihnen das etwas aus?«

»Überhaupt nichts«, sagte Lilly. »Ich habe eigentlich gar keinen Hunger.«

»Gut.« Er setzte sich ihr gegenüber und schenkte Wein in die Gläser. Das seine schenkte er randvoll und trank, ohne mit ihr anzustoßen. Der Wein war dunkel, fast schwarz. Als er sein Glas absetzte, war es bis zur Neige geleert, und er goss es sich noch einmal voll. Fasziniert sah Lilly ihm zu. Sie hatte ihn zuvor nie stark trinken sehen, nur an seinem Portwein nippen und manchmal schon aufspringen, wenn noch die Hälfte im Glas war.

»Ich bitte um Entschuldigung«, sagte er. »Nach der Arbeit brauche ich das. Es sind diese Bilder.«

»Was für Bilder?«, fragte Lilly.

»Die vom Krieg«, sagte er.

Sie trank selbst, mochte die dunkle Wärme des Weins und drehte den Stiel des Glases zwischen ihren Fingern. »Warum machen Sie einen Film über Krieg, wenn Sie die Bilder nicht aushalten können?«, fragte sie.

»Warum?«, kam es so laut von ihm zurück, dass sich Köpfe nach ihm umdrehten. »Weil ich Filmemacher bin, oder nicht? Weil es mein Beruf ist, die Bilder zu zeigen, die in meinem Kopf sind, die Geschichten zu erzählen, die andernfalls im Schlamm versickern. Mir hat mein Beruf das Leben gerettet. Also sollte ich mich wohl am Riemen reißen und ihn ausüben.«

Er machte eine Pause, und Lilly, die sonst so schnell mit der Zunge war, ließ ihm Zeit. Es war schon spät, vor den Fenstern zog nach dem klaren Tag eine regnerische Nacht auf. Der Wirt kam, entschuldigte sich wortreich und mit starkem russischem Akzent wegen der noch immer nicht fertigen Bratkartoffeln und stellte auf alle Tische Kerzen in Wassergläsern.

»Und ich halte die Bilder aus«, fuhr Theo Stiller fort. »Sie sind ja immer da, ich muss mit ihnen leben und nur hin und wieder nach der Arbeit ein oder zwei Gläser Wein wie Wasser hinunterstürzen, damit sie ein bisschen verblassen. Die, die sie nicht aushalten können, sind die Leute. Das Publikum. Unser Götze, den wir anbeten. Die wollen von dem Krieg, der uns in den Knochen sitzt wie die Geister im Alkoven, nichts mehr sehen, und für das, was die Zuschauer nicht sehen wollen, gibt uns die Ufa kein Geld. Im Film steckt das große Geld. An das will jeder ran, die Ufa allen vorneweg. Also muss ich die Bilder übersetzen.«

»Übersetzen?«

»Wenn wir ein Buch schreiben, übersetzen wir Bilder, die wir nicht ertragen, in Worte, nicht wahr? Weil der einzige Weg, sie zumindest minutenlang zu vergessen, darin besteht, dafür zu sorgen, dass sie nicht vergessen werden. Ich schreibe kein Buch, ich kann mit Worten nichts anfangen. Also übersetze ich Bilder in Bilder, tünche ein bisschen Rilke, fesche Uniformen und Tschingderassa aus einem verstaubten Türkenkrieg drüber. Das bleibt sich ja gleich. Krieg ist Krieg. Nur dass dem modernen Krieg keiner von uns mehr wird ausweichen können.«

Es war, als spreche er zu sich selbst, als weigere seine Zunge sich stillzustehen, nun, wo der Wein sie ihm gelöst hatte. Lilly hatte ihn nie so viel reden hören, und vor allem hatte sie nie gesehen, dass er sich so quälte. Er war ihr immer kühl erschienen, unberührt, sogar arrogant. Ohne zu überlegen, streckte sie die Hand aus und griff nach der seinen, die er so verkrampft zur Faust ballte, dass Adern und Sehnen hervortraten.

»Erzählen Sie mir davon«, sagte sie.

»Wovon?« Erstaunt sah er auf, seine Augen verletzt und jung.

»Von den Bildern, die nicht übertüncht sind. Vom Krieg.«

Er schüttelte den Kopf. »Sie wollen ja noch Bratkartoffeln essen.«

»Ich pfeif drauf«, sagte Lilly. »Meinetwegen können Sie sie abbestellen, aber geben Sie dem Wirt trotzdem das Geld. Er ist so nett.«

Gleich darauf war es ihr peinlich. Wie konnte sie bestimmen, was er mit seinem Geld machte, wo ihr eigenes so gut wie aufgebraucht war?

Er lächelte. »Ich habe Igor schon bezahlt. Wenn Sie nicht hungrig sind, sage ich ihm, er braucht sich nicht krummzulegen. Seine Frau, die sich sonst um die Küche kümmert, ist krank.«

»Tun Sie das.«

Er zog seine Hand fast behutsam unter der ihren hervor, ging zum Tresen und kam nach kurzer Zeit mit zwei Tellern zurück, auf denen Graubrotscheiben und in Fächer geschnittene schlesische Gurken lagen. Vor sie beide stellte er je einen hin und in die Mitte kam ein Topf mit Griebenschmalz. »Ich kann Sie mit leerem Magen nicht den langen Weg zurück nach Hause schicken«, sagte er. »Und um mit mir über den Krieg zu sprechen, sind Sie ja nicht gekommen.«

»Doch«, sagte Lilly. »Also eigentlich bin ich gekommen, um über Filme zu sprechen, aber gerade ist mir, als habe das eine mit dem anderen zu tun.«

In seinen Augen blitzte etwas auf, das Überraschung sein mochte. »Ja, so ist es wohl«, sagte er. »Es hat mit uns zu tun, mit den wenigen Männern, die diesem Land geblieben sind, um seine Filme zu machen. Kennen Sie Murnau?«

Lilly schüttelte den Kopf. Sie hielt sich, was Regisseure, Produzenten und Schauspieler betraf, so gut es ging, auf dem Laufenden, doch diesen Namen hatte sie noch nie gehört.

»Begabter Mann«, sagte Stiller. »War mit dem Ersten Garderegiment an der Ostfront und hat seinem besten Freund beim Sterben zugesehen. Einem blonden Leutnant von sechsundzwanzig, der Gedichte schrieb und im Kabarett tanzte, bevor die Schrapnelle ihn zerfetzten. Dieser Murnau hat mir neulich erzählt, er will auf jeden Fall einen Vampirfilm machen. Mich hat's nicht verwundert. Vielleicht wollen wir das im Grunde alle, weil wir selbst Vampire sind.«

Er sah Lilly nicht länger an, sondern starrte auf den Tisch.

»Weshalb sind Sie ein Vampir?«, fragte sie, füllte den Rest Wein aus der Flasche in sein Glas und schob es ihm zwischen die Finger.

»Weil ich nicht sterben kann«, sagte er.

»Wie bitte?« Lillys Hand mit der frisch geschmierten Schmalzstulle hielt in der Bewegung inne.

Stiller fuhr sich mit den Händen ins Haar, wie um Büschel davon auszureißen. Dann ließ er die Hände sinken und bekam sich wieder in die Gewalt. »Meine Großmutter«, begann er. »Meine Großmutter ist als junge Frau sozusagen im Gepäck ihres Mannes die Seidenstraße entlanggereist, hat mehr Geschichten gehört als verstanden und einen Sack voll mit zurück ins eheliche Heim gebracht. Besonders besessen war sie von den Geschichten über die Wunderwirkung von Kurkuma. Ist Ihnen Kurkuma ein Begriff?«

»Nein.«

Mit einem Kopfnicken wies er auf Lillys Schmalzstulle. »Bei meiner Großmutter hätten Sie es längst zu schwefelgelbem Pulver zerrieben auf Ihrem Brot. Kurkuma, die Gelbwurz, das Ingwergewächs aus dem Südosten Asiens. Meiner Großmutter zufolge wirkt es gegen eine ganze Palette tödlicher Krankheiten, und wenn man es mit weiteren Pülverchen mischt und seinen Nachkommen verabreicht, sterben die an überhaupt nichts mehr. Das nämlich war das Lebensziel meiner Großmutter – dass ihre Brut, ihre Mischpoke überleben und sich mehren sollte, und zwar so lange wie nur irgend möglich.«

Sichtlich erschöpft holte er Atem und trank von seinem Wein. »Danke«, sagte er. »Ich sollte nichts mehr trinken, aber mir ist gerade egal, was ich sollte. Wollen Sie, dass ich aufhöre?«

»Mit dem Trinken?«, fragte Lilly.

»Mit dem Reden«, sagte Stiller. »Aber von mir aus mit beidem. Also – wollen Sie?«

»Nein.«

»Aber Sie haben keinen Wein mehr.«

»Ich esse Schmalz. Ohne Kukruma.«

Sein Lächeln machte ihn hübsch. »Kurkuma.«

»Auch recht. Erzählen Sie mir, ob es wirkt.«

Das Lächeln erstarb. »Beim Rest der Familie erwies es sich mehr oder weniger als Humbug«, antwortete er dumpf. »Aber bei mir hat es gewirkt.«

»Ist das Ihr Ernst?«

»Und ob«, sagte er. »Wenn Sie in einem bis an den Rand mit Wasser vollgelaufenen Minenkrater hängen, in dem rechts und links Ihre Kameraden verschwinden und elendig ersaufen, und Sie selbst krallen sich an ein paar Grashalmen immer noch fest, dann fragen Sie sich irgendwann: Warum ich, wenn so viele bessere Männer verrecken? Ist es das gottverdammte Kurkuma? Ein anderes Mal bin ich über ein von Schützengräben durchpflügtes Schlachtfeld gerast und bei jedem dritten Schritt über einen Toten gesprungen. In meinen Ohren gellte dieses Pfeifen von den Granaten, begleitet von dem ewigen Singsang meiner Großmutter: ›Iss dein Kurkuma. Dann kannst du nicht sterben.‹ Sie hat verdammt noch mal recht behalten. Ich bin ein Vampir. Ich kann nicht sterben. Kein einziges von den verdammten Dingern hat mich erwischt.«

»Aber Sie sind doch getroffen worden«, sagte Lilly. »Ihr Bein …« Erschrocken brach sie ab. Er gab sich so viel Mühe, die Verletzung zu verbergen, und sie trampelte wie üblich mitten ins Fettnäpfchen.

»Das?«, fragte er und wies unter den Tisch in Richtung seines linken Beins. »Das ist ein Heimatschuss. Ein selbst gemachter.«

Ausgerechnet in diesem Moment entstand hinter ihm Bewegung, weil Leute von ihrem Tisch aufstanden und ein Neuankömmling sich niedersetzte. Der Neuankömmling kehrte ihnen den Rücken zu und verhielt sich lautlos, doch die Aufbrechenden verursachten jede Menge Lärm. Als endlich wieder Ruhe einkehrte, war Lillys Schrecken ein wenig abgeklungen. »Sie haben sich eigenhändig ins Bein geschossen, um von der Front wegzukommen?«, fragte sie noch immer ungläubig.

Theo Stiller nickte. »Ich bin noch feiger, als Sie angenommen haben.«

Lilly erschien daran nichts feige. Was er vom Krieg erzählte, kam ihr unerträglich vor, und sie verstand die, die sich dem zu entziehen versuchten, weit besser als die, die sich wie Walthers Brüder Karlhans und Egon ihrem Schicksal ergeben hatten und wie Schlachtvieh losgezogen waren. Von Theo Stiller hatte sie geglaubt, er habe zu jener Art von Offizieren aus alter Familie gehört, denen der Dienst am Vaterland über ihr Leben ging. Nach seiner Verwundung, so hatte sie angenommen, habe er all seine Energie in den Dienst von Ludendorffs Propagandamaschine gestellt.

Wie unsinnig das war, fiel ihr jetzt wie Schuppen von den Augen. Seine beiden Filme – eine jahrhundertealte tschechische Legende und eine Geistergeschichte aus Krakau – waren so wenig propagandistisch, wie die Zensur jener Kriegsjahre es zugelassen hatte, und sein »Cornet« schrie in stillen Bildern das Grauen des Krieges in die Welt.

»Ich finde Sie mutig«, sagte sie, sah ihn an und musste unvermittelt lachen.

Verstört hob er die Brauen.

»Ihr Haar steht zu Berge«, sagte Lilly.

Hastig patschte er sich ein paarmal auf den Kopf, um es zu glätten. »Ich hätte den Verstand verloren, wenn ich es nicht getan hätte«, sagte er leise. »Und ich hätte auch den Verstand verloren, wenn ich an die Front zurückgemusst hätte, als es verheilt war. Mit meiner Schießerei habe ich nämlich nicht einmal ganze Arbeit geleistet.«

Wie von selbst schloss ihre Hand sich von Neuem um seine, und diesmal drehte seine sich um und hielt die ihre fest.

»Hat es nicht fürchterlich wehgetan?«

»Ich weiß nicht mehr. Ich bin wie ein Mädchen in Ohnmacht gefallen. Zu meinem Glück stand ich direkt vor dem Frontgraben, und mein Major hat fünf gerade sein lassen. Andernfalls wäre ich nicht als Kriegsverletzter auf dem Heimattransport, sondern als Drückeberger vor dem Kriegsgericht gelandet.«

»Ich bin froh, dass man Sie nach Hause geschickt hat«, sagte Lilly. »Und dass Sie nicht zurückmussten. Sie haben teuer genug dafür bezahlt.«

»Mit meinem Hinkebein, meinen Sie?« Er schüttelte den Kopf. »O nein, das hätte nicht ausgereicht. Ich war Hauptmann, und um Befehle zu schnarren und Schützen zu schikanieren, hätte ich auch einbeinig noch getaugt. Dass ich nicht zurückmusste, verdanke ich Ariane Adlers Vater. Der hatte sich gerade als kommender Mann beim Bufa etabliert und hat Ludendorff erklärt, er brauche unbedingt mich als seinen Regisseur.«

Sekundenlang war Lilly sprachlos. In ihrem Kopf setzten sich Teile zusammen, die aber noch immer nicht mehr als einen winzigen Bildausschnitt ergaben. Wieder einmal wurde ihr klar, dass sie selbst in dieses Bild gehörte, dass man sie und ihre Familie herausgeschnitten oder wegretuschiert hatte wie einen nicht länger geschätzten Geliebten aus einer Fotografie.

»Wir haben jetzt lange genug über mich geredet«, sagte er. »Wollen wir gehen, oder möchten Sie Ihr Schmalzbrot noch aufessen?«

»Schmalzbrot aufessen«, antwortete Lilly, ohne zu zögern.

»Dann erzählen Sie mir etwas von sich«, sagte er.

»Darin bin ich Meisterin. Sie brauchen mir nur zu sagen, was Sie wissen wollen.«

»Warum haben Sie mich heute Morgen gefragt, ob Sie Talent zum Schauspielern haben?«

»Weil ich dabei sein will!«, rief Lilly. »Das mit der Schauspielerei war Unsinn. Ich weiß, wie gut Ariane ist und wie hart sie um ihren Film kämpfen musste, ich weiß, dass ich völlig talentlos bin, und im Grunde weiß ich auch, dass ich gar nicht schauspielern will. Nur dabei sein, wenn ein Film entsteht. Gibt es nicht irgendetwas Nützliches, das ich dazu tun könnte? Mein Vater ist Fotograf, ich verstehe mich ganz gut auf die Ausrüstung. Putzen, warten, assistieren, habe ich alles schon gemacht, und Stenografie und Schreibmaschine habe ich in der Schule gelernt. Sprachen auch. Meine Schule war eine der letzten für Mädchen, die selbst während des Krieges weiter Französisch und Englisch unterrichtet hat.«

»Eine vielseitige junge Dame.« Er grinste und legte sich einen Finger auf die Lippen. »Zwar haben wir beim ›Cornet‹ weder für eine Putzfrau noch für eine Dolmetscherin Verwendung, aber ich bin sicher, Sie bekommen gleich jede Menge Angebote.«

Mit glühenden Wangen bemerkte Lilly, dass die Gäste von den übrigen Tischen belustigt zu ihnen herüberstarrten. Sie hatte wirklich viel zu laut gesprochen. Aber was machte das schon? Sie hatte ihm anvertraut, was sie sich wünschte, und er hatte ihr im Gegenzug erklärt, dass er sie nicht gebrauchen konnte. Sie verfügte über keinerlei Qualifikationen, die sich beim Film verwenden ließen, und eine entsprechende Qualifikation zu erwerben, würde ihr Vater ihr nie und nimmer gestatten. Ihr Gastspiel in Babelsberg war nach nur einem Tag beendet. Was kratzte es sie im Vergleich dazu, dass irgendwelche Leute, die sie nie wiedersehen würde, sich über sie amüsierten?

»Kommen Sie morgen, bevor wir mit dem Drehen anfangen«, sagte Stiller gedämpft, einzig für ihre Ohren bestimmt. »Schauspieler sind grundsätzlich Langschläfer. Wenn Sie um acht Uhr da sind, gibt uns das eine Stunde Zeit, uns mal anzusehen, was sich mit Ihrer entfesselten Kamera ausrichten lässt. Ich melde Sie offiziell als Regieassistentin. Dass die Ufa Ihnen mehr als ein Almosen zahlt, kann ich Ihnen allerdings nicht versprechen, und wenn Sie versuchen sollten, Benno Adler über den Weg zu laufen, können Sie sich als gefeuert betrachten.«

»Sie wollen mich als Ihre Regieassistentin?« Wieder platzte Lilly so laut heraus, dass das ganze Lokal sie hörte. »Meinen Sie das im Ernst? Sie wollen, dass ich morgen wiederkomme?«

»Sie haben ja gehört, was ich will«, sagte er. »Kommen Sie morgen um acht oder lassen Sie es bleiben.«

»Wissen Sie, wovor ich Angst habe?«, fragte Lilly.

»Nein.«

»Davor, dass ich Ihnen um den Hals falle. Hier, vor allen Leuten.«

Gleich darauf glühten ihr von Neuem die Wangen. Warum konnte sie nur nie ihre Klappe halten, warum hatte sie keinen Stöpsel, um ihn sich in den Mund zu stopfen, damit all dieses Gesprudel unter Verschluss blieb? Sein Blick suchte ihren und ging ihr ins Innerste, bis an einen Ort, den sie in sich nicht kannte.

»Wir könnten stattdessen ein Glas darauf trinken«, schlug er vor.

»Ja bitte, aber diesmal lade ich Sie ein!«, rief Lilly und begann nach ihrer so gut wie ausgeschöpften Geldbörse zu kramen.

Er winkte ab. »Meine Mutter hat mir beigebracht, dass so etwas für einen wohlerzogenen Mann nicht infrage kommt. Und während mein Ruf keinen Rettungsversuch mehr wert ist, möchte ich den meiner Mutter ungern ruinieren.«

Er stand auf, machte zwei Schritte in Richtung Tresen, drehte sich dann aber abrupt um und kehrte lautlos zurück. Im Niedersetzen legte er sich erneut den Finger auf die Lippen. »Haben Sie etwas, das sich als Kopftuch verwenden lässt?«, flüsterte er.

Lilly nickte. »Aber wieso …«

Stiller schüttelte den Kopf. »Binden Sie es sich um, schlagen Sie Ihren Mantelkragen hoch und bleiben Sie, wenn ich gegangen bin, noch mehrere Minuten lang sitzen. Danach verlassen

Sie das Lokal so unauffällig wie möglich.« Sein Flüstern war so leise, dass sie ihn kaum verstand.

»Was ist denn los? Sind wir unter die Spione gegangen?«

»Wir nicht«, kam es von ihm zurück. »Aber der Junge, der hinter mir sitzt, ist Alexander Adler.«

»Das ist doch nun wirklich albern«, raunte Lilly, die die Neugier packte. Der Kerl, von dem nur ein schmaler Rücken und ein sorgsam frisierter blonder Hinterkopf zu sehen waren, war also der berüchtigte Alexander, von dem sie seit bald zwei Jahren eine Gräuelgeschichte nach der anderen hörte.

Und zugleich war er nicht nur der Bruder ihrer besten Freundin, sondern auch ihr Cousin. Der Drang, ihn einfach anzusprechen, sich vorzustellen und ihren Blutsverwandten kennenzulernen, war überwältigend. Natürlich durfte sie das nicht. Sie hatte schließlich versprochen, sich diskret zu verhalten, doch eine solche Scharade, wie Stiller sie vorschlug, war ja wohl übertrieben. Lilly wusste, Alexander durfte sie und Ariane auf keinen Fall zusammen erwischen, Ariane aber war gar nicht hier, und vermutlich würde sich der intrigante Zwilling nicht sonderlich für die Begleitung interessieren, mit der ein Regisseur seines Vaters Schmalzstullen aß.

»Tun Sie, was ich gesagt habe«, flüsterte Stiller. »Wir sehen uns morgen. Gute Nacht.«

Ohne eine Antwort von ihr abzuwarten, stand er auf, nahm seinen Mantel von der Stuhllehne und ging.

Lilly beschloss, sich an seine Anweisung zu halten, auch wenn sie für gewöhnlich keinen Befehl befolgte, dessen Sinn ihr nicht einleuchtete. Sie würde eine Ausnahme machen, weil er ihr gerade ihren größten Wunsch erfüllt hatte. Weil sie ab morgen beim Film arbeiten würde, wirklich und wahrhaftig beim Film. Weil sie nicht nur ihn, sondern die ganze Welt hätte umarmen wollen und weil sie ihn mochte. Ja, sie mochte ihn, auch wenn sie sich das noch vor Wochen kaum hätte vorstellen können. Sie hatte es genossen, mit ihm zusammenzusitzen, und ihr Gespräch, das so jäh unterbrochen worden war, kam ihr vor wie eine verpasste Chance.

Mit wachsender Ungeduld blieb sie eine Weile sitzen, dann legte sie die alberne Verkleidung an und wollte sich auf den Weg machen. Im Aufstehen sah sie, dass Stiller etwas verloren hatte: Neben seinem Stuhl lag ein weißer Umschlag, ein Brief, den er vermutlich hatte abschicken wollen. Sie hob ihn auf. In der schrägen, schwer leserlichen, aber schönen Schrift, die sie von seinen Drehbuchkritzeleien kannte, stand eine Adresse darauf, deren erste Zeile jedoch verschmiert und unleserlich war. Lilly las den Rest der Anschrift:

Zu Händen von Frau Friederike Glasmann
Schwanebecker Straße 5–15
Berlin-Buch

Eine alte Verwandte vermutlich. War in Buch nicht ein Wohnheim für alte Leute? Lilly schob den Brief in die Tasche ihres sahnefarbenen neuen Frühlingsmantels und ging vorbei an Alexander Adler, auf den sie nur den flüchtigsten Blick erhaschte, aus dem Lokal. Sie würde Stiller den Umschlag morgen früh geben. Morgen früh um acht, wenn sie ihn wiedersah.

13

Charlene

Spieglein, Spieglein an der Wand,
Wer ist die Schönste im ganzen Land?

Charlene hielt den Blick so starr, wie sie konnte, auf ihr eigenes Konterfei gerichtet, während sie die feine Bürste in den Wasserbecher tupfte, sie kurz an einem Wischtuch abstrich und dann über den schwarzen Block rieb. All das konnte sie, ohne hinzusehen, die Bewegungen waren ihr in Fleisch und Blut übergegangen. Sie hatte sich so viele Jahre lang beinahe ausschließlich allein schminken müssen, dass sie es durch Übung zur Perfektion gebracht hatte. Inzwischen ließ sie niemand anderen mehr an ihr Gesicht. Ihre Reize und Vorzüge zu betonen und die verhassten Schwächen zu kaschieren, vermochte keine Maskenbildnerin so gekonnt wie sie selbst.

Ärgerlich war nur, dass mit den Jahren die Schwächen zunahmen, dass den Krähenfüßen und Pigmentflecken allmählich keine Abdeckcreme mehr gewachsen war. Das Alter war ein Übel, dem keiner von all den Schlaumeiern beizukommen wusste. Charlene war sicher: Wären in der Forschung

Frauen statt Männer beschäftigt gewesen, so hätten sie keine Röntgenstrahlen, Ultraschallsender, Mondkarten und ähnlichen Firlefanz erfunden, sondern ein Mittel gegen den Verfall des menschlichen Körpers.

Denn es waren ja keineswegs Männer, die mit dieser Geißel geschlagen waren, sondern einzig Frauen. Ein Mann wie der ihre beispielsweise, der sogar ein Jahr älter war als sie, galt dennoch als »in den besten Jahren«, während man von ihr als von einer Frau sprach, die »ihre beste Zeit hinter sich hatte«.

Um eine Schauspielerin stand es noch schlimmer. Galt eine gewöhnliche Frau mit vierzig als alt und verbraucht, so begann man in Charlenes Branche bereits jenseits der dreißig in solchen Begriffen zu reden, wenn auch hinter vorgehaltener Hand.

Die Porten war neunundzwanzig, die Nielsen achtundzwanzig. Beide wurden als Kassenmagneten gehandelt und mochten sich auf dem Gipfel ihres Ruhmes in Sicherheit wähnen. In den Startlöchern aber drängten sich bereits halbe Kinder in zu kurzen Röcken, die nur darauf warteten, sie abzulösen.

Hatte der formidable Theodor sich vielleicht mit der Nielsen oder der Porten zufriedengegeben? Weit gefehlt. Für die Hauptrolle in seinem neuen Film hatte er sich ein rassiges slawisches Ding von nicht einmal zweiundzwanzig geangelt und den Grandes Dames des europäischen Films die kalte Schulter gezeigt.

Ihr, Charlene, wäre er etwas schuldig gewesen, schließlich hatte ihr Mann ihn vor den Schützengräben von Flandern bewahrt. Außerdem verdankte er Benno, dass er in Lohn und Brot stand, auch wenn er den neuen Film für diesen Pommer machte. Ohne Bennos Fürsprache wäre Pommer bestimmt nicht ausgerechnet auf den schwierigen, eigensinnigen Regisseur der »Libussa« verfallen. Aber wenn es um die Begleichung von Schulden ging, war ein Mann so treulos wie der andere, und der formidable Theodor bildete keine Ausnahme.

Hatte er ihr vielleicht ein Angebot gemacht?

Auch nur das allerkleinste?

Noch vor zwei Jahren hatte sie sich beleidigt gefühlt, wenn ihr Mann ihr anbot, für sie eine Rolle »als Mutter der Geliebten« oder »Frau am Fenster« in ein Skript schreiben zu lassen, doch inzwischen wäre ihr alles recht gewesen, wenn es nur vorübergehend ihren Hunger stillte.

In ihrem Haus, in dem der formidable Theodor ja ein und aus ging und wie ein Mitglied der Familie beköstigt wurde, hatte sie ihn neulich schlankweg darauf angesprochen: »Und, bester Theo? Ich höre, der erste Drehtag steht vor der Tür. Wird es dann nicht langsam Zeit, dass du mir ein Skript zukommen lässt, oder soll ich in deinem neuesten Werk etwa wieder leer ausgehen?«

»Ich bedaure«, log er formvollendet, die eleganten Hände im Rücken verschränkt. »In diesem Film gibt es nur eine einzige weibliche Rolle, und für die war Fräulein Negri die ideale Besetzung. Ansonsten arbeiten wir mit Komparserie, und so etwas hätte ich nicht gewagt, dir anzubieten.«

Ich dagegen hätte ganz gern gewagt, dir vor versammelter Mannschaft eine runterzuhauen, du verdammter Heuchler, dachte Charlene. *Vor zwei Jahren hast du noch nicht den Kostverächter gespielt. Glaubst du etwa, mir ist entgangen, wie gerne du seinerzeit in meinem Bett gelandet wärst? Die paar Jährchen, die ich früher geboren bin als du, hätten dir zu der Zeit nichts ausgemacht. Aber jetzt bist du ja der gefeierte Kronprinz der Ufa und kannst unter dem Frischfleisch wählen, was dir schmeckt.*

Darüber vergisst man schon mal seine alten Freunde. Nur ich, mein Bester, ich vergesse nichts.

Noch einmal fuhr Charlene mit der Bürste über den schwarzen Block, der in einem Tiegel der Firma Rimmel steckte. Bessere, fortschrittlichere Kosmetik für die Augen gab es nicht, und ihre Augen waren noch immer ihr Trumpf-Ass. »Blau wie der Sommerhimmel«, hatte Crispin zu Köcker gesagt. Das war Kitsch, aber die Erinnerung tat ihrer wunden Seele gut. Der Mann war ein Gutserbe gewesen und hatte sie heiraten wollen. Wer von denen, die sich da draußen gerade wie die Crème de la Crème fühlten, konnte so etwas von sich behaupten?

Behutsam führte sie die Bürste an das linke Auge und begann, die Wimpern des Oberlids glänzend schwarz zu tuschen. Bereits die schöne Kleopatra hatte Mascara verwendet, schwarze Tusche aus dem Blut der Nilkrokodile, die die Augen, die Fenster der Seele, vor den Geistern des Bösen bewahren sollte.

Charlene genügte es, wenn ihre Augen vor dem Geist des Alters bewahrt blieben. Sie trug die Tusche so sorgfältig auf wie zuvor Kajal und Lidschatten, und was sie im Spiegel zu sehen bekam, besänftigte für kurze Zeit den Aufruhr in ihr.

Spieglein, Spieglein, an der Wand,
So schnell zeigst du mir keine Schön're im Land.

Schönheit war eine Maske, hinter der verletzte Würde sich verschanzen konnte. Charlenes Würde war grundlegend und auf vielfältige Weise verletzt worden, als sie jung und vollkommen wehrlos gewesen war, und eine einmal zerstörte Würde bekam man vom Leben nicht ersetzt. Ihre Schönheit, die sich wie eine Rüstung darüberstülpen ließ, würde sie nicht aufgeben, so wenig wie die Kriegsversehrten mit den grauenhaft entstellten Gesichtern ihre Masken mit den Augenschlitzen aufgaben.

Im Grunde war sie selbst eine Kriegsversehrte, ein Opfer des ältesten Krieges der Geschichte: dem zwischen Mann und Frau, den die eine Seite nie gewinnen konnte, weil die andere die schärferen Waffen besaß.

An der Zimmertür klopfte es. Charlene erschrak und ließ die Mascara-Bürste fallen. »Jetzt nicht!«, rief sie unwillig.

»Es wäre aber wichtig, Mutter. Ich müsste dich schnellstmöglich kurz sprechen.«

Alexander. Ihr Sohn. Charlene seufzte gottergeben und so laut, dass er sie hören musste. »Also schön. Einen Augenblick.« Ohne sich hetzen zu lassen, tuschte sie sich das zweite Auge fertig, ehe sie ihn hereinbat: »Dann sprich dich in Gottes Namen aus. Was gibt es denn?«

Alexander schob die Tür auf, und Charlene drehte sich um. Wie so oft versetzte es ihr einen Stich, wenn er auf einmal vor ihr stand. In seinem Gesicht, nicht in dem ihrer Tochter, sah sie all den Schmelz und den Zauber, den sie einst besessen und den das Leben ihr genommen hatte. Bei Alexander aber war diese reizende Hülle leer und nutzlos. Eine Enttäuschung. Zwar war er in der Schule ein Streber gewesen, der nur Bestnoten nach Hause brachte, doch das änderte nichts an der Tatsache, dass er in den Bereichen, auf die es ankam, dumm war. Ein regelrechter Tölpel. Nicht er hatte die geballten Talente seiner beiden Elternteile geerbt, sondern Ariane, an die sie verschwendet waren.

Zumindest aber war Alexander verlässlich und gehorchte ihr wie ein kleiner Hund. Tatsächlich war er das einzige Mitglied ihrer Familie, das ihr den Respekt erwies, der ihr zustand. Charlene hatte gekämpft, hatte gelitten, hatte alles, was sie gewesen war, aufgegeben, um eines Tages auf der Höhe zu stehen, auf der die Adlers jetzt standen. Um ein Haus wie dieses zu besitzen, um mit Möbeln und Kunstgegenständen wie diesen zu leben, um in den Kreisen, in denen man verkehrte, mit Blicken voller Ehrerbietung und Neid bedacht zu werden.

Vor allem aber, um zu genießen, was die Porten und die Nielsen hatten, was Theos Polin und so viele von denen, die einfach nur zur rechten Zeit am rechten Ort waren, haben würden: den Ruhm eines Stars in der Kunstform der Zukunft, Glanz und Glamour des Kinos, das dabei war, den gesamten Globus zu erobern.

Solange sie denken konnte, hatte sie davon geträumt, und jetzt, wo diese Tür endlich offen stand, schlug ihr eigener Mann sie ihr vor der Nase zu. Den Grund dafür kannte Charlene zur Genüge. Mit ihrem Alter oder gar mangelnder Begabung hatte es nicht das Geringste zu tun.

Es war die andere, die noch immer wie eine Krankheit, wie ein langsam wirkendes Gift in seinem Blut saß. Die andere, der er alles hatte zu Füßen legen wollen, sodass für sie – seine Frau und die Mutter seiner Kinder – nichts mehr übrig blieb.

Charlenes Atem ging schwer. Sie zog die seidenen Aufschläge ihres Morgenrocks vor der Brust zusammen, ballte die Faust und drehte sich im Stuhl nach Alexander um. »Also?« Das leise Zittern in ihrer Stimme würde er nicht bemerken. »Ich höre.«

»Es geht um Theodor Stiller«, sagte ihr Sohn. »Er ist mir gestern Abend im Kalinka begegnet.«

»Und?«, fragte Charlene mit gespielter Gleichgültigkeit, obwohl ihr Interesse längst geweckt war und ihre Faust den raschen Schlag ihres Herzens ertastete. »Dass der gute Theo sich für sein Abendessen nichts Besseres als diese russische Kaschemme leisten kann, tut mir für ihn leid, aber ich bin nicht die Heilsarmee. Außerdem bezahlt das Unternehmen deines Vaters ihn ausgezeichnet, soweit ich weiß.«

Die Ufa war nicht das Unternehmen von Alexanders Vater. Aber Benno hatte Geld und Einfluss genug in den Geschäften, um den Ausdruck zu rechtfertigen. An ihm führte kein Weg mehr vorbei. Während alle anderen wie die Schwachsinnigen Anleihen für einen aussichtslosen Krieg gezeichnet hatten, hatte er aufs richtige Pferd gesetzt. Er hatte von Anfang an aufs richtige Pferd gesetzt, nur war der Gewinn aus jener Wette so spät eingetroffen, dass er Charlene nichts mehr nützte.

»Er war nicht alleine dort«, sagte Alexander.

»Auch das ist nicht dein oder gar mein Bier, sondern seines«, sagte Charlene.

»Das Mädchen, das er bei sich hatte, ist Rufus Adlers Tochter«, sagte Alexander wie ein Mann, der eine Hutschachtel fallen ließ und wusste, dass sich darin eine Bombe befand.

Scharf zog Charlene den Atem ein. Was hatte sie erwartet? Dass es nach all den Jahren nicht mehr wehtat, dass die dünne Schorfschicht über der Wunde standhielt? Sie hielt nicht stand, sondern platzte augenblicklich auf und ließ Blut sprudeln. Charlenes Fingernägel bohrten sich in ihren Handballen. »Und dessen bist du dir sicher?«

»Nicht nur dessen«, erwiderte Alexander, der schon in der Schule eine Petze gewesen war, ein Denunziant, der nie Freunde gehabt hatte. »Ich habe auch eine ganze Menge über Ariane in Erfahrung gebracht, das dir nicht gefallen wird. Hinter dieser Sache mit den Fotografen-Adlers steckt sie übrigens auch. Sie hat den Kontakt zu dieser Elisabeth Adler, die wohl Lilly gerufen wird, schon seit Monaten gesucht.«

Ich bin ein gehässiger Mensch, dachte Charlene. *Mein Leben hat mich dazu gemacht, all die aneinandergereihten Gelegenheiten, die mir im letzten Augenblick jemand vor der Nase wegschnappte, all der Mangel, die ewige Gewissheit, dass das, was andere besaßen, für mich unerreichbar war.* Was aber hatte ihren Sohn, diesen noch ganz unfertigen Menschen, dem auf der Oberlippe nicht mehr als ein Flaum spross, derart gehässig gemacht? Was hatte einem grünen Jungen diesen Neid eingepflanzt? Ihm stand doch jeder Weg offen, und er konnte aus sich machen, was er wollte.

Ihr und Benno mochte man vorwerfen, was man wollte, aber sie hatten sich krummgelegt, um ihre Kinder vor den Folgen ihrer Armut zu schützen. Was immer sich auftreiben ließ, hatten Ariane und Alexander bekommen, während Charlene in Lumpen gegangen war und sich das Brot vom Mund abgespart hatte. Nun, seit ihr Vater als Gründungsmitglied der Ufa angehörte, lebten Ariane und Alexander wie Fürstenkinder und konnten sich über Mangel beim besten Willen nicht beklagen.

Im Gegenteil. Benno war überaus großzügig, besonders wenn es um seine Prinzessin ging: Für Ariane war nichts zu schade. Sie brauchte nur mit dem Finger zu schnippen, und ihr Wunsch war ihrem Vater Befehl.

Wie also war aus dem rosigen Bübchen, das fast nie geweint, sondern jedem entgegengestrahlt hatte, dieser boshafte Spitzel geworden, der sich von ihr zum willfährigen Werkzeug machen ließ? Wie waren überhaupt aus diesen Kindern, die sie doch zur Welt gebracht, in den Armen gehalten, gestillt, gewickelt und so sehr geliebt hatte, dass sie für sie getötet hätte, Wesen geworden, die ihr weltenweit von ihr entfernt vorkamen, als hätten sie nichts mit ihr zu tun?

Charlene hatte keine Zeit, sich mit solchen Gedanken aufzuhalten. Wenn es um Ariane ging, musste sie auf der Stelle Bescheid wissen. Zwar hatte Benno bisher keine Anzeichen gezeigt, in seiner Affenliebe zu seiner Tochter ihr auch in diesem Punkt, ihrem Herzenswunsch, nachzugeben, aber Charlene war auf der Hut. Eines Tages würde es nicht mehr ausreichen, ihrem Mann einzutrichtern, sein kleines Mädchen müsse von der ruchlosen Welt des Films ferngehalten werden, damit sie – verletzlich und zart, wie sie war – von dieser nicht zermalmt wurde.

»Setz dich«, sagte sie zu Alexander und wies auf die zwei zierlichen, mit Brokat bezogenen Sessel, die sich um einen ebenso zierlichen Tisch gruppierten. »Wie dir ja bekannt ist, sind dein Vater und ich um die Sicherheit deiner Schwester mehr denn je besorgt. Die Zeiten sind haltlos, der Verfall überkommener Werte macht eine Stadt wie Berlin zum Moloch, in dem ein junges Mädchen allzu leicht auf die schiefe Bahn gerät. Ich wäre dir daher dankbar, wenn du zur Sache kommen und mir berichten würdest, was du über deine Schwester herausgefunden hast.«

»Genau das habe ich vor«, sagte Alexander, zupfte umständlich die Hosenbeine über seinen Knien hoch und ließ sich auf einen der Sessel nieder.

14

Lilly

Juni 1919

Sie hatten es mit einer Art Schaukel versucht, waren kläglich gescheitert und hatten dabei um ein Haar eine der wertvollsten Kameras zerstört. Mehrere weitere Versuche waren kaum weniger verheerend verlaufen, bis sie schließlich auf die Idee verfallen waren, das Gerät auf einem Kran zu befestigen, der bei Innenaufnahmen für die Beleuchtung verwendet wurde.

Es dauerte noch eine geschlagene Woche, in der die Techniker wie die Besessenen arbeiteten, ehe die Konstruktion bereit zum Einsatz war. Auf dem Kranarm konnte die Kamera natürlich nicht die gesamte Straße verfolgen, doch für die Illusion würde der Ausschnitt, über den Stiller sie mit schlafwandlerischer Sicherheit führte, genügen. Die verlorenen Drehtage kosteten die Ufa ein Vermögen, Produzent Pommer wurde zur Geschäftsleitung zitiert, und die Schauspieler murrten. Das Ergebnis aber war all die Mühe viele Male wert.

Lilly und Stiller brauchten nicht erst die Sichtung der Filmszenen abzuwarten. Sie erkannten bereits, als Hermann Mardus auf dem müden Grauschimmel durch die staubige Straße ritt und die Kamera auf ihrem Kran den Bewegungen von Pferd und Reiter folgte, dass ihr Plan aufgegangen war, dass sie etwas geschaffen hatten, was neu und groß und einzigartig war.

Stiller stand bei seinem Regiestuhl, und Lilly war ein Stück mit den Kameraassistenten, die den Kran führten, mitgelaufen. Sie hatten beide gebannt Mardus' Ritt verfolgt, doch jetzt blieb Lilly stehen, und über den Abstand hinweg sahen sie einander an. Sekundenlang hörte man keinen Laut, dann klatschte jemand in die Hände. Dem Ersten folgte ein Zweiter, als Dritte klatschte Pola Negri, und schließlich brach das gesamte Ensemble samt Komparserie in Beifall aus.

Szenenapplaus.

So etwas geschah in seltenen Momenten, wenn ein Schauspieler eine außergewöhnliche Leistung erbracht hatte und der Stab ihm auf diese Weise Anerkennung zollte. Diesmal jedoch war es umgekehrt: Die versammelten Darsteller des Films applaudierten dem Stab, dem etwas Außergewöhnliches gelungen war.

»Oh, Stiller«, murmelte Lilly überwältigt, »oh, Stiller, Stiller, Stiller.«

Alle Übrigen am Set nannten ihn Theo, und ihr hatte er es auch angeboten, aber sie nahm es nicht an. *Ich nenne dich Stiller, bis du schwarz wirst,* dachte sie selig, *weil es so gut zu dir passt, du verdammtes, mucksmäuschenstilles Genie!*

Er lächelte nicht mit dem Mund, sondern allein mit den dreieckigen Augen, und ein bisschen sah es aus, als kämpfe er dabei gegen Tränen. »Kommen Sie«, sagte er schließlich. »Machen wir Pause. Volker, du kannst die Vorbereitung für die Kneipenszene für mich übernehmen, ich brauche ein bisschen Zeit für mich allein.«

Mit langsamen, beinahe taumelnden Schritten ging er davon. Sie sah ihm nach, und er drehte sich noch einmal nach ihr um, mit einem Blick wie ein Winken.

Es war einer dieser Augenblicke, in denen im Kino das Orchester zu spielen begann. Die leisen Geigen, die Lilly nur dann nicht störten, wenn sie sich in das Bild, das sie sah, so sehr fügten, als wären sie ein Teil davon.

Lilly war dermaßen glücklich, dass sie am liebsten sofort quer durch die Stadt zu Ariane, die in Oswalds Studio ihre letzten Szenen drehte, gefahren wäre, um die gesamte Glückswoge über ihr auszuschütten. Ihre herzallerliebste Lieblingscousine war ja die Einzige, der sie von der wunderbaren Entwicklung der Dinge hatte erzählen dürfen. In der offiziellen Version für ihren Vater verdiente sie sich ein wenig Geld, indem sie der Schwester einer gut betuchten Schulfreundin Französischstunden gab, und um Rose und Paulchen nicht in Gewissenskonflikte zu bringen, hatte sie auch ihnen diese Geschichte erzählt. Dass sie erstunken und erlogen war, konnte zumindest Rose sich denken, doch auf die Wahrheit wäre sie im Leben nicht gekommen.

Arndt hatte Lilly seit der Auflösung ihrer Verlobung nicht mehr besucht, und auch wenn Schuldgefühle sie quälten, schob sie es immer wieder auf. Dabei hatte er die Verlobung aufgekündigt, nicht sie. Er hatte in seinem ordentlich gebügelten Pyjama und dem Morgenrock in seinem Bett gesessen und in einem Ton, als spreche er über die zu hoch eingestellte Heizung, zu ihr gesagt: »Übrigens möchte ich unsere Verlobung gern lösen, Lilly. Es war eine nette Zeit, und ich weiß alles zu schätzen, aber ich fürchte, es war keine gute Idee.«

Was sie selbst gestottert hatte, wusste Lilly nicht mehr, nur an ihre völlige Überrumpelung erinnerte sie sich. Und daran, dass Arndt auf seinem Entschluss beharrte, dass seine Stimme ruhig, geradezu unbeteiligt blieb und dass er sie schließlich bat, zu gehen, weil er müde sei und sich ausruhen wolle.

Es war vier Uhr am Nachmittag gewesen, eine Uhrzeit, um die kein Mensch sich ausruhte. Schon gar nicht Arndt, der den ganzen Tag im Bett lag und sich sonst darüber beklagt hatte, dass es nichts für ihn zu tun gab. Lilly hatte seinem Wunsch schließlich nachgegeben und war gegangen. Für die Welle der Erleichterung, die sie auf dem Korridor überfiel, schämte sie sich bis heute, und Arndt hatte sie seither nicht wiedergesehen.

Walther ging sie aus dem Weg, weil sie auf seine ständigen Bitten, mit ihm auszugehen, nichts zu erwidern hatte. Er war ihr Freund, sie vermisste seine Gesellschaft, doch zugleich kam es ihr vor, als lebten sie beide jetzt in unterschiedlichen Welten.

Ariane hingegen lebte, atmete, agierte und träumte Zoll für Zoll in derselben Welt wie Lilly. Sie war nun ihre einzige Vertraute.

»Ich weiß, es ist gefährlich, und ich werde alles tun, um deinem Vater nicht zu begegnen«, hatte Lilly gesagt. »Aber ich bin so unglaublich glücklich, Ari. Ich habe mich noch nie irgendwo so ganz und gar wie ich selbst gefühlt.«

»Und was glaubst du, was ich bin?« Ariane hatte die Arme um sie geschlungen und sie an sich gedrückt. »Wenn du dich freust, freue ich mich gleich doppelt – und wo's nun ausgerechnet bei uns in Babelsberg ist, wo du deinen Platz gefunden hast, komm ich aus dem Freuen gar nicht mehr raus. Weißt du was? Eines Tages drehen wir zwei Grazien einen Film zusammen. Du als einzige weibliche Regieassistentin Deutschlands und ich als dein Star. Um meinen Vater mach dir mal keine Sorgen. Er und Pommer sind sich nicht sonderlich grün, sie gehen sich aus dem Weg, und Theo ist gut darin, die beiden zu lavieren. Früher oder später werden wir ja sowieso unsere Karten auf den Tisch legen müssen, aber ich würde ganz gern damit warten, bis wir einundzwanzig sind.«

Lilly war alles recht. Sie konnte an kaum etwas anderes denken als an ihren Film, und dass Ariane, die ja auch an nichts anderes als an ihren Film denken konnte, ihre Freude teilte, machte die Sache rund.

Zur Vorführung des Rohmaterials am folgenden Abend kamen Pommer, Alex Grau, der Pressesprecher der Heeresleitung gewesen war und die Ufa mitbegründet hatte, und etliche andere Herren, die ihrer Kleidung und ihrem Gebaren nach gewichtig und bedeutsam waren, die Lilly bisher jedoch noch nie zu Gesicht bekommen hatte. Die Ufa war auf Geldgeber aus Banken und Industrie angewiesen, doch für gewöhnlich interessierten diese sich weniger für den Inhalt der Filme, die sie finanzierten, als für das Geld, das sie an den Kassen einspielten.

»Und das ist auch gut so«, hatte Stiller gesagt. »Zu was der Film in der Lage ist, wenn jemand ihn für seine Zwecke missbraucht, haben wir im Krieg unter Ludendorff gesehen. Und heute wäre er zu noch viel mehr in der Lage, weil inzwischen die halbe Welt nach Kino süchtig ist. Mich soll finanzieren, wer will, solange er nicht versucht, mir in das, was ich zu erzählen habe, dreinzureden.«

Stiller, der überdies jedes Gewese um seine Vorführungen hasste, weil er sich ganz auf die Beurteilung der erstellten Szenen konzentrieren wollte, reagierte kaum auf den hohen Besuch, sondern fläzte sich regelrecht in den Sitz neben Lilly. Nicht neben Regensburger, den omnipräsenten Aufnahmeleiter, nicht neben die Herren, die für die Finanzierung seines Films sorgten, nicht neben Pola Negri, von der die Zeitungen inzwischen mit wachsender Erwartung als von einem »kommenden Star« sprachen, sondern neben das unwichtigste, im Grunde nicht einmal existente Mitglied seines Stabs.

Erich Pommer, der in der vordersten Reihe saß, stand auf und kam zu ihnen nach hinten. Er hatte etwas Ehrfurcht Einflößendes mit seiner hohen Stirn und den stechend klaren Augen, hielt sich auffallend steif und wirkte stets, als gehe weit mehr in ihm vor, als er preisgab. Von Stiller wusste Lilly, dass er im Krieg verwundet und anschließend bei der Wochenschau eingesetzt worden war. »Noch ein Davongekommener«, hatte Stiller erklärt. »Vermutlich sind wir alle Sklaven des Kinos geworden, weil uns das Kino das Leben gerettet hat.«

»Die Tochter Ihres Freundes, richtig?«, fragte Pommer an Stiller gewandt. »Regensburger hat schon des Öfteren berichtet.«

»Das ist Lilly Schmidt«, antwortete Stiller schlicht. »Meine Regieassistentin.«

Pommer wandte sich Lilly zu und betrachtete sie so intensiv, dass sie sich innerlich wand. Sein Blick hatte nichts von dem der Männer, die prüften, ob sie sie kaufen sollten. Eher war er der eines Mannes, der schon gekauft hatte und nun prüfte, ob sie echt war. »Warum nicht?«, fragte er schließlich zu Stiller. »Fritz Lang lässt sich ab jetzt von einer Frau die Drehbücher schreiben. In gewissen Kreisen wird allerdings getuschelt, dass er sie außerdem heiraten will. Mir soll es recht sein. Solange ihr auf der Leinwand Zunder liefert und solange mir irgendwer das Geld dafür gibt, macht, was ihr wollt.«

Damit ging er.

»Danke«, sagte Lilly zu Stiller.

»Wofür?«

»Dafür, dass Sie mich ihm als Regieassistentin vorgestellt haben. Wenn auch unter dem höchst originellen Namen Schmidt, aber damit kann ich leben.«

»Vielleicht wird es ja Ihr Künstlername«, sagte Stiller. »Und Sie haben mir für nichts zu danken.«

»Warum nicht?«

»Weil es Ihre Idee war. Das mit dem Beleuchtungsgalgen.«

Dass er das eingestand, ehrte ihn. Verstohlen musterte sie ihn und fand, dass ihn ziemlich vieles ehrte: Er hatte sich für die gewichtigen Herren nicht anders herausgeputzt als für seine Leute, trug das Hemd ohne Kragen, in dem er den ganzen Tag Regie geführt hatte, das Haar war wild, das Gesicht auf attraktive Weise ausgemergelt. Während er arbeitete, vergaß er zu essen, und die Bartschatten auf seinen Wangen mochten mehrere Tage alt sein.

Wie so oft stellte er eine Frage lediglich, indem er die Brauen hob.

Lilly schüttelte den Kopf. »Entschuldigung. Ich war in Gedanken. Ohne Sie hätte ich meine Idee nie gehabt und hätte ja auch nichts mit ihr anfangen können. Ihre Straße hat sie mir eingegeben. Sie gehört in Ihren Film.«

»Selbst Komparsen und Kabelträger sprechen von ›unserem Film‹, sobald sie an einem mitgewirkt haben. Wachter allerdings bezeichnet sämtliche in Babelsberg produzierten Filme als ›seine Filme‹, weil er schließlich an alle unterernährten Beteiligten Mettwurstschrippen verfüttert.«

Unser Film.

Mein Film.

Mein erster.

Lilly wollte noch etwas sagen, aber Stiller beugte sich vor, umfasste behutsam mit einer Hand ihr Kinn und drehte ihr Gesicht in Richtung Leinwand. Im selben Augenblick erlosch das Licht, und die weiße Fläche begann zu flimmern. Lillys Herz vollführte einen kleinen Satz. Sie war sicher, es würde bis an ihr Lebensende in dem Moment, in dem das Licht eines Projektors eine Leinwand zum Flimmern brachte, den gleichen kleinen Satz vollführen.

Einmal, nach einer Vorführung, hatte Stiller sie gefragt: »Warum zieht es uns zu diesem Licht auf der Leinwand, einem Licht, das auf erfundene Geschichten fällt, so viel mehr als zu dem vor unserer Haustür?«

»Weil es nicht ausgeht«, war es Lilly spontan entfahren. »Weil wir es wieder und wieder sehen können, ohne Angst zu haben, dass es nicht mehr da ist.«

Wie merkwürdig das klang, war ihr selbst aufgefallen. Aber Stiller hatte verstanden, was sie meinte.

Keinen Atemzug später begann die Filmszene, und Lilly musste einen Triumphschrei unterdrücken. Es war gelungen. Sie hatten es geschafft! Die Leinwand wurde zur Tür, die sich aufschob und den Blick in eine andere Welt freigab. Vor ihren Augen erstreckte sich die lange, staubige Straße, gesäumt von verrammelten Häusern, und gleich darauf erschien Hermann Mardus zu Pferd und ritt müde und schicksalsergeben seinen endlosen Weg entlang.

Lilly spürte, wie Stillers Körper sich in der gleichen Weise wie der ihre anspannte, und wie von selbst schlossen sich ihre Hände umeinander. Die Kamera folgte Mardus und nahm die Zuschauer mit, ließ sie sekundenlang all die Verlorenheit des ziellosen Ritts am eigenen Leib spüren. Als Lilly aus dem Augenwinkel erkannte, was die Köpfe der Anwesenden taten, drückte sie Stillers Hand so fest, dass er zusammenzuckte. Die Köpfe drehten sich! Sie bewegten sich mit dem Lauf der Kamera wie bei Leuten, die einem Tennisspiel zuschauten. Es war unglaublich: Was sie im Kopf gehabt hatte, ihre Vision, war auf der Leinwand zu sehen. Und sie hatte diese Vision nicht allein gehabt. Sie teilte sie mit Stiller.

Es wiederholte sich, was sie bereits tags zuvor am Set erlebt hatten: Sobald das Licht anging, sprangen Pommer und ein paar weitere Männer, die offenbar mehr von Filmen als von Geld verstanden, von ihren Sitzen und applaudierten. Pommer wandte sich Stiller zu. »Sie wissen, was Sie da gemacht haben, oder? Natürlich wissen Sie das. Sie sind ja nicht von gestern.«

»Doch, bin ich«, sagte Stiller. »Aber ich weiß es trotzdem.«

Pommer nickte. In seinem Blick lag eine tiefe Art von Anerkennung, ja sogar Zuneigung, wie Lilly sie bei den Männern, mit denen Stiller arbeitete, schon oft beobachtet hatte.

»Der Film wird termingerecht fertig?«, mischte Alex Grau sich ein. »Die Leute vom Ufa-Palast stecken bereits mitten in den Vorbereitungen. Am 24. August soll die Eröffnung stattfinden.«

Der Ufa-Palast war das gigantische brandneue Lichtspielhaus, das die Ufa sich am Kurfürstendamm hatte bauen lassen. Dass ausgerechnet die Uraufführung von »Cornet« für die Eröffnung dieses Flaggschiffs vorgesehen war, verschaffte dem Film einen fantastischen Start.

»Daraus wird nichts«, erwiderte Stiller lapidar. »Wir sind schon zehn Tage über die Zeit, und es werden wohl noch welche dazukommen, bis wir die neue Technik im Griff haben und sie nicht länger uns.«

»Wissen Sie, was das kostet?«, fuhr Grau auf. »Wenn die Eröffnung verschoben werden muss, wird die Summe schwindelerregend. Und all die potenziellen Sponsoren, die wir bereits eingeladen haben – sollen wir die jetzt vielleicht samt und sonders düpieren?«

»Lassen Sie das meine Sorge sein«, sagte Pommer. »Ich rede mit den Leuten vom Ufa-Palast, und ich kümmere mich auch um eine Aufstockung der Finanzierung. Im August ist Berlins Geldadel doch ohnehin in der Sommerfrische. Die richtige Kinosaison wird künftig im September beginnen, wenn die Abende kürzer werden und kein Mensch mit seinem Liebchen mehr zum Baden fährt. Da setzen wir mit unserer Eröffnung gleich mal einen Punkt an der richtigen Stelle.«

Wie klug das gedacht war! Lilly hätte zu jeder Tages- und Nachtzeit ins Kino gehen können, doch das größte Vergnügen bereitete es in der dunklen Jahreszeit, wenn die Leinwand zum Brennglas wurde, das alles Licht in sich fing.

Die Herren redeten noch eine Weile lang hin und her, dann verabschiedeten sie sich und brachen auf. Pommer klopfte im Vorbeigehen Stiller zweimal auf die Schulter. »Machen Sie Ihren Film fertig. Überlassen Sie alles andere mir.«

Der Vorführraum leerte sich, die Tür schlug zu, und einzig Lilly und Stiller blieben sitzen, als wäre es zwischen ihnen vereinbart.

Auch ihre Blicke schienen etwas zwischen sich vereinbart zu haben, denn sie hingen aneinander, als wären sie nicht in der Lage, anderswo hinzusehen.

»Mit dem Film gibt es keine Probleme, nicht wahr?«, fragte Lilly, weil das Schweigen ihr Inneres zum Kribbeln brachte. »Pommer wird sich doch kümmern?«

»Nein«, sagte Stiller. »Pommer kümmert sich nie. Nicht um Geld. Er macht einfach, was er will, und sie lassen ihn machen, weil sie wissen, dass er ihnen sonst schneller, als sie ›Aber-nicht-doch‹ sagen könnten, durch die Lappen geht. Pommer ist kein Mann der Ufa. Er gehört zur Deutschen Bioscop, die zwar mit der Ufa zusammenarbeitet und demnächst von ihr gefressen werden wird, aber Pommer hat trotzdem nur einen Einzelvertrag. Wenn es ihm nicht mehr schmeckt, dann geht er. Zur Not bis nach Hollywood.«

»Wirklich?«

Stiller nickte. »Machen Sie sich keine Gedanken. Unserem Film fährt niemand an den Wagen.«

Seine Stimme klang rau. Er hielt seine Hände im Schoß und so fest ineinander verschränkt, dass die Knöchel weiß hervortraten.

»Warum machen Sie das?«, fragte Lilly und wies mit dem Kinn auf die verkrampften Hände.

»Damit sie sich nicht befreien«, brachte Stiller heraus. »Damit sie sich nicht befreien und einfach tun, was ich um jeden Preis will und nicht darf.«

»Was wollen Sie um jeden Preis und dürfen es nicht?«

Sein Blick flackerte. »Ich will verdammt noch mal meine Hände nach dir ausstrecken, dich an mich ziehen und dich küssen.«

Wie merkwürdig, war das Letzte, was Lilly mit klarem Kopf dachte, während sie sich in seine Umarmung drängte, ihre Arme um ihn schlang und seine Lippen auf ihren spürte. *Wie merkwürdig, dass ich bis gerade eben nicht wusste, dass ich genau das auch will.*

15

Der Erfolg beflügelte. Obwohl die Ufa ihnen auf Pommers Betreiben fünf zusätzliche Drehtage bewilligt hatte, arbeiteten Stab und Schauspieler in den folgenden zwei Wochen in beinahe doppelter Geschwindigkeit. Alles lief wie am Schnürchen, kaum eine Szene musste wiederholt werden, und das Material, das sie abends zu begutachten hatten, versetzte sie alle in Begeisterung.

Lilly fühlte sich ohnehin, als hätte sie dank der vielen ausgelassenen Mahlzeiten kein Gewicht mehr und schwebe eine Handbreit über dem Boden. Zwar rannte ihr Emil Wachter inzwischen mit seinen Mettwurstschrippen bis zum Set hinterher, doch die Bratkartoffeln abends bei Igor gerieten allzu oft in Vergessenheit und waren kalt, wenn die zwei Menschen, die sich über die Teller hinweg die Köpfe heiß redeten, sich ihrer erinnerten.

Es waren helle Tage und obendrein die längsten im Jahr. Das Licht blieb endlos nutzbar, und nicht selten war es acht Uhr durch, wenn Stillers Ruf: »Danke, das war's für heute!« ertönte und das Summen und Brummen von Kameras und Scheinwerfern verstummte. Als er es an diesem Abend wiederum verkündete, fügte er hinzu: »Keine Vorführung heute. Es ist Freitag, gönnt euch einen Feierabend, geht ins Kino oder so was in der Art.«

Alles lachte.

»Wir machen übers Wochenende Pause und drehen dann Montag und Dienstag noch ein paar Sachen nach, die nicht richtig sitzen. Dienstagabend ist der Film im Kasten, die fünf zusätzlichen Tage können wir der Ufa mit bestem Dank zurückerstatten.«

Der Jubel glich dem einer Schulklasse am letzten Tag vor den Ferien. Es dauerte eine ganze Weile, bis alle sich verabschiedet hatten und die Halle leer war.

»Und wir?«, fragte Lilly, als nur noch sie und Stiller zwischen den Kulissen, die die armselige Kammer im Gasthof darstellten, übrig waren. Gewiss war sie die Einzige, der nicht zum Jubeln zumute war. Was würde ihre Tage füllen, wenn der Film am Dienstagabend abgedreht war, womit ließ sich diese wundervolle Zeit voller Ideen, Tatendrang und Energie ersetzen?

Und neben alledem – was war mit ihr und Stiller?

Paare, die ineinander verliebt waren, verabredeten sich und gingen miteinander aus, in der neuen Zeit sogar ohne einander vorher förmlich den Eltern des jeweils anderen vorzustellen. Hatte Stiller Eltern? Lebten sie in Berlin, wollten sie wissen, mit wem ihr Sohn, der ja schon lange kein Primaner mehr war, sich traf? Es gab so vieles, was sie nicht von ihm wusste, oder besser: Es gab so gut wie gar nichts, was sie von ihm wusste, außer dass seine Großmutter ihm ein Pulver namens Kurkuma aufs Brot gestreut hatte, dass er einer Schäferhündin den Namen Thalia gegeben hatte, weil das die Muse des Schauspiels war, und dass er ein Magier war, der Geschichten auf die Leinwand zauberte.

»Das arme Tier«, hatte er gesagt. »Zumindest habe ich nur einen Hund mit dem Ungetüm von Namen bedacht und ihn einer Tochter erspart.«

Ich weiß noch etwas über ihn, durchfuhr es Lilly. *Dass ich in ihn verliebt bin, weiß ich. Ob es verrückt ist oder vernünftig, ob ich ihn im Innersten kenne oder keine Ahnung habe, wer er eigentlich ist. Ich bin in ihn verliebt. Nur wie es um ihn steht, weiß ich nicht, denn er hat mir noch nie ein Wort dazu gesagt.*

Walther hatte ihr mit seinen Liebeserklärungen in den Ohren gelegen, und Arndt hatte ihr Fluten von Gedichten geschrieben, aber Stiller schwieg. Für die überschäumende Lilly, die ihr Herz auf der Zunge trug, war der Umgang mit einem Menschen, der seine Gefühle so konsequent in sich verschloss, eine täglich neu zu bestehende Geduldsprobe.

Er schwieg auch jetzt.

»Und wir?«, fragte Lilly noch einmal. »Ich glaube, ich kann mir das nicht vorstellen, dass der Film jetzt fertig ist und uns nicht mehr braucht.«

Seine Mundwinkel zuckten. »Hätte ich dich vorwarnen sollen? Sie werden alle irgendwann fertig. Oder zumindest die meisten. Das ist der Zweck der Sache.«

»Für dich mag das komisch sein«, sagte Lilly. »Du machst danach einen neuen Film und dann wieder einen und wieder. Aber ich? Mir kommt es vor, als wäre ich am Verdursten gewesen, hätte endlich meinen Mund unter den Wasserstrahl gehalten, und plötzlich dreht mir einer den Hahn ab.«

Ganz kurz war es still. Dann vernahm sie etwas, was sie noch nie gehört hatte. Stiller lachte. Auf seinem Reden, seinen Bewegungen, seinem ganzen Sein schien beständig ein Gewicht zu liegen, das ihn dämpfte und bedrückte, doch jetzt lachte er schallend und wie befreit. »Wenn wir Filme vertonen würden, würde ich dich meine Dialoge schreiben lassen«, sagte er.

»Nicht witzig«, blaffte Lilly zurück, obwohl sie unter anderen Umständen selbst hätte lachen müssen. Aber nicht jetzt. Nicht, wo ihr nur noch zwei Tage in Babelsberg, nur noch zwei Tage mit ihrem Film und nur noch zwei Tage mit dieser verschlossenen Auster von einem Mann übrig blieben.

»He«, sagte er, trat zu ihr, legte die Hand um ihr Kinn und hob es an. »Wollen wir beide heute Abend feiern gehen? Ich bin nicht sonderlich gut in diesen Dingen, die ein Kavalier zu können hat, aber ich denke, ich sollte es fertigbringen, einen Tisch für zwei in einem ziemlich ordentlichen Restaurant mit Blick auf den Heiligensee zu ergattern.« Er zupfte an seinem abgetragenen Hemd. »Ich bin nur nicht richtig angezogen.«

»Ich auch nicht.«

»Bei einem schönen Mädchen spielt das keine Rolle.«

Lilly fuhr zusammen. Es war, als hätten seine Worte ihr Herz gestreichelt. Fand er, dass sie schön war? Sie war ein selbstbewusstes Mädchen, das wusste, dass es nicht übel aussah, und in seinem kurzen Leben bereits Komplimente zuhauf bekommen hatte. Keines aber hatte ihr Innerstes derart in Aufruhr versetzt wie die paar leisen Worte von ihm.

Der Zauber währte nicht lange. Mit dem nächsten Atemzug besann sie sich darauf, dass das alles in zwei Tagen zu Ende sein würde. »Ich will in kein Restaurant am Heiligensee«, sagte sie. »Ich will zu Igor. Ich hab nichts zum Feiern.«

»Tatsächlich nicht? Gefällt dir der Film nicht?«

»Mir gefällt nicht, dass er zu Ende ist.«

»Weil du keinen neuen mit mir machen willst? Dabei dachte ich, ich könnte dir heute Abend ein bisschen von dem anderen erzählen, für den Pommer mir gerade die Verträge aufsetzen lässt. Er handelt von der dunklen Macht der Fotografie, ich dachte, das würde dich interessieren. Aber wenn du nicht willst …«

»Stiller!«, fuhr sie ihm ins Wort und fand, dass sie kreischte. »Ist das, was du gerade zu mir gesagt hast, dein Ernst?«

»Ich bin ein ernsthafter Mann. Die Leute, mit denen ich arbeite, sind der Ansicht, ich habe keinen Humor.«

»Du hast ja auch keinen. Überhaupt keinen. Du bist ein staubtrockener preußischer Schrat.« Sie lief zu ihm, warf die Arme um ihn und presste das lange, eckige Gestell, in dem sein Herz schlug und sein Blut floss, so fest an sich, dass es ihm wehtun musste. »Und ein Schuft bist du außerdem, dass du mich so lange zappeln lässt und ich jedes, aber auch wirklich jedes Wort aus dir herausquetschen muss.«

»Bitte quetsch nicht auch noch die Eingeweide aus mir heraus«, bat er mit einem Japsen. »Es könnte unappetitlich werden, und dann ist dir der Hunger auf Maischolle am Heiligensee verdorben.«

»Es ist Juni.« Lilly küsste ihn auf die unrasierten Wangen. »Und ich will nicht an den Heiligensee. Lass uns zu Igor gehen. Ich brauche Wein und Schmalz.«

Igor war einer der unzähligen angeblich oder tatsächlich adlig geborenen Russen, die die bolschewistische Revolution in aller Herren Länder geschwemmt hatte. Seine Frau war Russlanddeutsche und kochte preiswerte, herzhafte Gerichte, wie die hungrigen Nachkriegsberliner sie liebten, aber sie war vor Heimweh ständig krank. Lilly mochte das Lokal. Es war wie ein Fangnetz für alles erdenkliche menschliche Treibgut. Gebrabbel in sämtlichen Weltsprachen mischte sich dort und vermittelte das angenehme Gefühl, allein und doch nicht allein zu sein. Vielleicht fühlten sich Schafe so, die sich im Regen zusammendrängten. Der Krieg war nicht nur ein Regen, sondern eine Sintflut gewesen, und Menschen brauchten Körperwärme nicht weniger als Schafe, hatte Stiller gesagt.

Sacht befreite er sich und küsste ihr Haar. »Also schön. Gehen wir zu Igor. Behaupte aber später nicht, ich hätte mich nicht bemüht, mich kultiviert zu geben und dir ein bisschen vom Glanz und Glamour einer preußischen Residenzstadt zu bieten.«

»Behaupte ich doch«, sagte Lilly, nahm ihn bei der Hand und lief los. »Gib's zu, du wolltest da doch selbst nicht hin. Preußen und Glamour ist ein Widerspruch in sich, und außerdem bist du nicht richtig angezogen.«

Sie hätte vor Freude springen wollen wie ein Kind und zog ihn mit sich. Der Abend senkte sich, färbte den klaren Himmel rot, und in der Luft lagen die noch zarten Düfte des ganz jungen Sommers, des ersten, den die Welt wieder im Frieden verbrachte.

Und des ersten, in dem ich verliebt bin, fügten Lillys hüpfende Gedanken hinzu, *des ersten, in dem ich meinen eigenen Weg gehe und die ganze Welt mir zu Füßen liegt.* Und wenn es nicht die ganze Welt war, so doch zumindest der beste Teil davon: die ganze Filmwelt von Babelsberg.

Sie gingen den Weg unter den jungen Linden hinauf, als sie die Gestalt bemerkten, die ihnen von oben, vom Tor her, entgegengerannt kam. Sie trug ein weißes Sommerkleid, dessen Rock hinter ihr her wehte, und das kurz geschnittene Haar war zerzaust. Ariane. Vollkommen außer sich. »Lilly, Lilly, Lilly!«, rief sie, ruderte mit den Armen und vergaß jegliche Vorsicht.

»Verdammt, was ist da passiert?«, entfuhr es Stiller.

Ohne Absprache begannen sie ebenfalls zu rennen und eilten Ariane entgegen. Die sah zum Fürchten aus. Das Gesicht kreidebleich, die Augen aufgerissen und verweint, die Frisur verwüstet. Ihre immer elegante, optimistische Cousine war kaum wiederzuerkennen. Lilly breitete die Arme aus, und Ariane stürzte regelrecht hinein. Sie schluchzte so heftig, dass sie mühsam nach Luft ringen musste.

»Um Himmels willen, Ari, was ist denn los?«

»Mein Film«, stieß Ariane heraus, ehe sie erneut in Schluchzen ausbrach. »Mein Film … Alexander … es ist alles aus!«

»Alexander hat herausbekommen, dass du in Richard Oswalds Film spielst?«, versuchte Lilly, ihren Worten den Sinn zu entnehmen. »Was für ein Mist! Aber der Film ist doch so gut wie im Kasten, Ari. Selbst wenn dein Bruder petzt und selbst wenn dein Vater tobt, bald wird das Kinopublikum im ganzen Land mit eigenen Augen erkennen, dass du zur Schauspielerin geboren bist. Und dein Vater ist immerhin Filmproduzent. Vermutlich sieht er es dann auch ein und kommt endlich zur Vernunft.«

Und vielleicht verrät dich dein Bruder ja auch gar nicht, fügte sie im Stillen hinzu. Obwohl Ariane sie so oft vor Alexander gewarnt und so viele Gräuelgeschichten über ihn erzählt hatte, konnte Lilly sich beim besten Willen nicht vorstellen, dass ein Bruder seiner Schwester so etwas antat. Ihr eigener Bruder, Paulchen, wäre für sie durchs Feuer gegangen, das hatte er bereits mehrfach bewiesen. Natürlich war Paulchen das ganz große Glückslos, was Brüder anging, während Ariane in den Topf mit den Nieten gelangt hatte, aber weshalb hätte selbst Alexander eine derart grundlose Bosheit begehen sollen?

Lilly war kein Naivchen vom Lande, die glaubte, die Welt sei voller guter Menschen. Sie hatte einen Krieg miterlebt, sie wusste nur zu gut, wozu ein Mensch in der Lage war, wenn er einem anderen etwas antun wollte, aber letztendlich war Bosheit anstrengend. Wenn man keinerlei Nutzen davon hatte, weshalb sollte man sich all die Mühe machen?

»Jetzt beruhige dich erst mal«, versuchte sie, Ariane zu trösten. »Bestimmt wird nichts so heiß gegessen, wie's gekocht wird, und sogar mit Alexander muss man doch reden können. Außerdem ist dein Film fertig, Ari. Du hast es geschafft. Ist das nicht das Wichtigste?«

»Eben nicht«, brach es aus Ariane heraus. »Richard Oswald hätte mich nicht beschäftigen dürfen, weil mein Vater den Vertrag nicht unterschrieben hat. Ich darf in dem Film nicht spielen. Er muss all meine Szenen neu drehen – mit einer anderen Schauspielerin!«

Lilly spürte, wie ihr Magen sich verkrampfte. Was sie gehört hatte, durfte nicht wahr sein, Ariane musste es missverstanden haben. »Anders als die Andern« war nicht allein der erste Film, in dem ihre Cousine eine Chance bekam. Er war genau wie »Cornet« ein besonderer Film, wie er erst jetzt, wo es keine Zensur mehr gab, gedreht werden konnte. Er erzählte die Geschichte eines Geigenvirtuosen, der sich in seinen jungen Schüler verliebt, wofür am Ende beide in den Tod gehetzt werden. Einen Film über die Liebe zwischen zwei Männern hatte es noch nie gegeben. Wenn er herauskam, würde er einen Skandal auslösen und Ariane, die die mitfühlende Schwester des Schülers spielte, auf einen Schlag bekannt machen.

Ariane liebte den Film, wie Lilly »Cornet« liebte. Während sie sich mit allem, was sie aufzubieten hatten, in die Arbeit gestützt hatten, waren die beiden Filme zu *ihren* Filmen geworden. Ihre Ideen, Teile ihrer Persönlichkeit waren eingeflossen, und kein Mensch hatte das Recht, sie ihnen wegzunehmen. Niemand erklärte einer Frau, einem heranwachsenden Mädchen, wie überwältigend sich der Stolz auf die eigene Arbeit anfühlte, weil allgemein angenommen wurde, eine Frau habe einen solchen Stolz nicht nötig.

Jener Stolz aber war wie Nahrung, die man sich einverleibte. Auf einmal spürte man, wie das eigene Rückgrat sich stärkte, die Schritte Schwung bekamen und der Blick sich zuversichtlicher in die Zukunft richtete. Jener Stolz war nicht leicht zu erringen, doch seit Lilly ihn das erste Mal gespürt hatte, war sie sicher, erreichen zu können, was immer sie sich vornahm, solange sie mit ganzer Kraft darum kämpfte.

Von keinem Menschen würde sie sich diese Sicherheit rauben lassen, und kein Mensch durfte sie der armen Ariane rauben, die so viel länger und viel intensiver darum gekämpft hatte als sie selbst.

»So etwas können die doch nicht machen, Ari«, sprach sie tröstend auf ihre Cousine ein und ordnete ihr zerzaustes Haar. »Das würde viel zu viel Geld kosten, und eine Schauspielerin, die die Else spielt, wie du sie gespielt hast, finden die doch im Leben nicht.«

»Und ob!« Ariane schluckte mehrmals, um eine neue Tränenflut zu unterdrücken. »Oswald tut es leid, er sagt, er hat gern mit mir gearbeitet, aber er fühlt sich auch von mir hintergangen. Schließlich habe ich ihm ja erzählt, mein Vater sei mit allem einverstanden. Wegen der Else hat er keine Sorge, er bekommt die Berber. Gefilmt hat er ja schon mit ihr, und sie hat sofort zugesagt.« Mit dem letzten Wort kippte ihre Stimme, und sie brach von Neuem in verzweifeltes Schluchzen aus.

Lilly verstand sie. Anita Berber, die Femme fatale, die seit Kurzem mehr nackt als bekleidet durch die Varietés tanzte, war der allerletzte Schrei, dem das vergnügungssüchtige Berlin verfallen war. Sie war schön, sie war aufreizend, sie schreckte vor nichts zurück, und sie war obendrein richtig gut. Wenn Oswald Anita Berber für die Rolle gewinnen konnte, würde der Anfängerin Ariane Adler kein Hahn hinterherkrähen, und vermutlich würde sich auch die Finanzierung regeln lassen. Lilly konnte nicht fassen, wie übel ihrer Freundin mitgespielt worden war. Das durfte doch alles einfach nicht wahr sein!

»Und dich reitet dieser Mistkerl auch in die Bredouille!«, rief Ariane weinend. »Er weiß alles über uns, Lilly, er geht zu deinem Vater und erzählt ihm haarklein, was du hier tust.«

Lilly öffnete den Mund, doch vor Entsetzen bekam sie kein Wort heraus.

»Einen Augenblick.« Sie hatte Stiller so gut wie vergessen und erschrak fast, als er jetzt zu ihnen trat und Ariane aus Lillys Armen in die seinen zog. »Was Ihnen da angetan worden ist, ist eine üble Geschichte, und ich möchte Ihren Bruder lieber nicht in die Finger bekommen«, sagte er. »Aber es ist nicht das Ende vom Lied. Ich lasse nicht zu, dass es das ist, Ariane. Es werden sich Mittel und Wege finden. Für Sie und für Lilly auch.«

»Sie sitzen doch zusammen mit uns in der Tinte.« Ariane schniefte, klang aber nicht mehr ganz so verzweifelt. »Vater weiß, dass Sie uns gedeckt und dass Sie Lilly eingestellt haben. Mit einer Strafpredigt gibt er sich nicht zufrieden, das können Sie mir glauben – er will Ihren Kopf.«

»Das soll Ihre Sorge nicht sein«, sagte Stiller, zog ein Taschentuch hervor und rieb Ariane geradezu liebevoll übers Gesicht. »Ich bin sicher, ich habe noch irgendwo einen zweiten.«

In diesem Moment wurde Lilly klar, dass sie ihn liebte.

Sie stand neben ihm, sah zu, wie er Ariane tröstete, ohne sich um seine eigene Lage zu scheren, und war sicher: Auch wenn sie ihn kaum kannte, wenn sie so gut wie nichts über ihn wusste, war er ein Mann, auf den sie bauen konnte. Er hatte sie beschützt, als der Freikorps-Mann auf sie geschossen hatte, er war bei ihr geblieben, als die Männer von der Rettung Arndt davongetragen hatten, und er stand ihr und ihrer Freundin in ihrer Notlage bei.

Sie würde das alles nicht aufgeben.

Weder ihre Arbeit beim Film noch die Beziehung zu diesem Mann.

Ganz egal, wie es sich anstellen ließ und was es sie kosten würde.

Zwischentitel,

der eine ganze Menge von dem erklärt, was auf der Leinwand nicht zu sehen ist.

Anita

BERLIN

November 1897

»Ich muss Ihnen gestehen – die Liebe zum Kino ist mir wichtiger als jede Moral.«

Alfred Hitchcock

16

Durch den Schneeregen, der ihm in eisigen Böen entgegentrieb, eilte Rufus Adler nach Hause. Er musste Schlangenlinien um die Passanten laufen, die einzeln oder in Gruppen in die entgegengesetzte Richtung vor dem Unwetter flüchteten. Unter Schirmen und in winterliche Mäntel gehüllt waren sie halbwegs geschützt, während Rufus längst bis auf die Haut durchnässt war. Einen Schirm hätte er nicht aufspannen können, weil er beide Hände für die kostbare Last brauchte, die er bei sich trug. Und in seinen Mantel hatte er jene Last eingewickelt, weil das Ölpapier, in das der Händler sie eingeschlagen hatte, womöglich nicht ausreichte, um sie vor den Wassermassen, die sich aus dem Himmel ergossen, zu schützen.

Er selbst war aus Fleisch und Blut, er würde an dem bisschen Regen nicht sterben, und seine Kleider konnte er vor dem Kamin zum Trocknen aufhängen. Sie hingegen – seine so gern getragene Last – war ein technisches Meisterwerk aus unzähligen Schrauben, Rädchen und Scharnieren, eigens gefertigten Einzelteilen aus Holz und Metall, die der kleinste Wassertropfen, der in sie eindrang, unwiderruflich zerstören konnte.

Allein der Gedanke ließ Rufus schneller laufen. Sie durfte nicht leiden, ihr durfte nichts geschehen! Er schlug einen weiteren Haken, um einem Paar aus Mutter und Tochter auszuweichen, die mit etlichen Paketen beladen unter einem Riesenschirm dahinschlenderten, und musste flüchtig darüber lächeln, dass er von seinem Erwerb fast dachte wie von einer Frau. Er nannte den Gegenstand in Gedanken *sie*, er schützte sie, wie ein Mann eine Frau zu schützen hatte, und tatsächlich betrug er sich ja ein wenig, als wäre er in sie verliebt. *Sie* war eine Laufbodenkamera der Firma Northern Sun, das neueste Modell, in geringer Stückzahl aus England importiert und sündhaft teuer.

Ausgestattet war sie mit dem neuen Protar-Objektiv von Carl Zeiss, das aus vier Linsen bestand und in den richtigen Händen Bilder ermöglichte, die so lebensecht waren, als könnten die abgelichteten Personen jeden Augenblick aus dem Papier herausspringen und sich unter die Betrachter mischen. Pressefotografen benutzten diese Kamera so gut wie ausschließlich, weil die Bilder, die sie produzierte, so natürlich wirkten.

Sie hatte ein Vermögen gekostet, jeden Pfennig, den Rufus sich in den letzten zwei Jahren erspart hatte. Dafür hatte er praktisch Tag und Nacht gearbeitet, aber die neue Kamera war es allemal wert. Sie war das erste große Stück Ausrüstung, das er sich aus eigenen Einnahmen hatte leisten können, ein sicheres Zeichen dafür, dass er vorankam. Er hatte es geschafft. Sein Ziel, das Atelier für Benno, für seine Mutter und für sich selbst zu erhalten, hatte er erreicht, hatte den Schandfleck getilgt, und von nun an würde es aufwärtsgehen.

Um diesen Erfolg zu feiern, hatte er seine beiden Lieben gebeten, sich vor dem Schaufenster, unter dem Schriftzug Photo-Atelier Adler, zu einem neuen Familienfoto aufzustellen. Für gewöhnlich betrachtete Benno die Praxis, auf den Auslöser zu drücken und sich dann eiligst selbst noch mit ins Bild zu stellen, mit einer Spur Verachtung. Das Verfahren war etwas für Amateure, denn der Fotograf konnte ja durch den Sucher nicht feststellen, ob die Aufnahme richtig komponiert war, worin für Rufus das A und O der Fotokunst bestand. In diesem Fall machte er jedoch eine Ausnahme, denn das Bild war ihm wichtig: Es repräsentierte den Neubeginn des Adler'schen Ateliers, die neue Familie, die sich aus dem Dunkel hervorgekämpft hatte und nun mit Optimismus in die Zukunft blickte.

Umso enttäuschter war er gewesen, als weder seine Mutter noch Benno ihren Teil beitrugen.

»Wozu ein Familienfoto?«, hatte seine Mutter in ihrem üblichen trübsinnigen Tonfall gefragt. »Wo wir doch keine richtige Familie mehr sind.«

Benno wiederum hatte mit seinem ewig gleichen »Ich weiß nicht, Rufus« reagiert, das ihn inzwischen zur Weißglut brachte. »Solltest nicht lieber nur du auf dem Bild sein? Schließlich hast du das alles hier ja allein geschaffen. Mutter und ich waren dir höchstens Klötze am Bein.«

Dementsprechend missmutig hatten die beiden in die Kamera geblickt, und Rufus' eigenes Strahlen hatte es schwer, dagegen anzukämpfen. Mutter und Bruder weigerten sich einfach, zu begreifen, dass er das alles für sie tat, aus dem Wunsch heraus, seine Familie zu behüten, wie sein Vater es unseligerweise zu tun versäumt hatte. Rufus hatte das Bild dennoch für alle Kunden sichtbar im Atelier aufgehängt und trotzig den zweiten Abzug vor das verlogene Hochzeitsbild auf dem Kaminsims gestellt. Wie nichts sonst bewies das Bild, dass ein neuer Mann das Ruder des Adler-Schiffs übernommen hatte und es von jetzt an fest in der Hand hielt.

Und in spätestens einem Jahr, sobald das Atelier gesichert auf einem grünen Zweig war, würde er ohnehin ein neues Familienbild machen müssen, weil bis dahin ein neues Mitglied dazugekommen wäre.

Der Gedanke verlieh ihm Schwung und sorgte dafür, dass er den Regen kaum spürte. Die neue Kamera war der entscheidende Schritt auf diesem Weg. Dass im Atelier Adler künftig mit der Northern Sun fotografiert werden konnte, hatte er durch eine Annonce in der *Vossischen* und im *Tageblatt* angekündigt. Sie war viel leichter als seine beiden herkömmlichen Kameras, die er ebenfalls mit neuen Objektiven ausgestattet hatte, ließ sich besser transportieren und war damit für Außenaufnahmen prädestiniert. Noch immer war Rufus der festen Überzeugung, dass ein Bild, das Wirkung ausstrahlen und Erinnerung schaffen sollte, wie ein Gemälde komponiert werden musste und nicht spontan aus dem Augenblick heraus geschossen werden durfte, wie es die Firma Kodak mit ihrer Box-Kamera und ihrem Rollfilm überall propagierte:

Sie drücken aufs Knöpfchen, und wir erledigen den Rest.

Mit diesem unerträglichen Slogan öffnete Kodak dem Dilettantismus Tür und Tor. Auf einen solchen Zug würde das Photo-Atelier Adler ganz gewiss niemals aufspringen. Mit dem Laufboden-Apparat würden sie jedoch Aufnahmen bieten können, die dem neuen Bedürfnis nach Lebendigkeit und Individualität entsprachen und dennoch perfekt gestaltet und ausbalanciert waren.

Ein solches Bild, das im Voraus sorgsam durchdacht worden war, hatte eine Nachbearbeitung mit Pinsel und Bleistift so gut wie nicht nötig. Rufus verweigerte sich der Retusche nicht völlig, das konnte er sich in seinem Beruf nicht erlauben, denn schließlich wollte niemand gern seine Schönheitsfehler für die Ewigkeit festgehalten wissen. Er beharrte jedoch darauf, dass seine Fotos ehrlich blieben. Die Fotografie war das wundervollste Mittel, um die Wirklichkeit abzubilden, und Tricks wie die gefälschten Doppelgängerbilder, die dieser höchst erfolgreiche Mensch Brandseph in Stuttgart machte, stellten einen Missbrauch dieses Mittels dar. Dergleichen lehnte er ab. Indem er schon im Vorfeld die optischen Stärken der Motive herausstrich, schuf er Schönheit, die den größten Teil der Kunden auch ohne umfangreiche Retusche zufriedenstellte.

Nur noch ein paar Schritte. Durch Dunkel und Regen sah Rufus die geschwungenen Buchstaben, die sein Schaufenster schmückten. Als er den abgeblätterten Schriftzug erneuert hatte, hatte er sich für denselben Stil und dasselbe Schwarz entschieden, die schon sein Großvater verwendet hatte, und hatte die Buchstaben und den dunkelgrünen Rahmen des Fensters lediglich mit neuer Farbe aufgefrischt. Er passte zu den gedeckten Tönen der Einrichtung, die durch die leicht getönte Scheibe zu sehen war. So stand sein Geschäft auch äußerlich für die Verbindung von gediegener Tradition und moderner Qualität, und die soeben erworbene Kamera führte diese Verbindung fort.

Sie würde ihm neue, zahlungskräftige Kunden bescheren, die ihn als Fotografen auf ihre Hochzeiten, Jubiläen, Schiffstaufen und Betriebsfeste bestellten und ihm schließlich ermöglichen würden, seinen Erfolg mit der Erfüllung seines größten Traums zu krönen.

Der Hochzeit mit seiner Anita.

Als er vor einem Jahr bei ihrer Mutter um die Hand seines geliebten Mädchens angehalten und sie ihm ihr Ja gegeben hatte, war er der glücklichste Mann der Reichshauptstadt gewesen. Im kleinen Kreis hatten sie ihre Verlobung gefeiert, und seither durfte er Anita im Rahmen des Anstands ausführen, durfte mehr Zeit mit ihr verbringen und mit ihr über alles sprechen, was ihn bewegte. Sie war ihm so nah, er vertraute ihr wie nie zuvor einem Menschen. Rufus galt als wortkarg, doch bei Anita öffnete er sich und wusste, dass sie ihn verstand.

Doch all das genügte ihm nicht. Er wollte am Morgen an ihrer Seite erwachen und des Abends mit ihr zu Bett gehen, er wollte, dass sie die Frau war, die mit ihrem exquisiten

Geschmack sein Heim gestaltete, und dass sie ihren unvergleichlichen Liebreiz an seine Kinder weitergab. Er hätte den Hochzeitstermin lieber heute als morgen festgesetzt, und dass in der Wohnung noch lange nicht alles perfekt war, machte ihm nichts aus.

Anita aber war seine Königin. Für sie sollte alles vom Feinsten sein. Die junge Freiin von Struck war kein Mädchen, das man mit wurmstichigen Möbeln und beengten, mit der Schwiegermutter geteilten Räumen abspeiste. Sie entstammte schuldlos verarmtem preußischem Adel, und ihr ganzes Wesen kündete davon. Wenn er sie glücklich machen wollte, und er wünschte sich nichts mehr als das, musste er ihr eine gesicherte gutbürgerliche Existenz, ein angemessenes Ambiente und eine entsprechende gesellschaftliche Stellung bieten.

Rufus hatte die beiden Räume neben der Familienwohnung dazugemietet und steckte nach und nach Geld in ihre Ausstattung. Dort sollte Anita ihren eigenen Salon bekommen, in dem sie Gäste empfangen konnte, ohne sich zu schämen, und ein elegantes eheliches Schlafzimmer dazu. Nur das Beste war gut genug. Oft kam es Rufus hart an, die Geduld zu bewahren, aber lange würde es nicht mehr dauern. Sobald alles bereit für den Einzug der Hausfrau war, würden sie das Datum für die Hochzeit festsetzen. Sie mussten Anitas Mutter zu sich nehmen, doch das machte Rufus nichts aus. Er war der älteren Dame wohlgesonnen und bewunderte ihre Haltung, mit der sie gesellschaftlichen Abstieg und Armut ertrug.

Seiner Mutter mochte es guttun, die Wohnung mit Bernardine von Struck zu teilen. Schließlich waren sie beide verwitwet, hatten beide Schmach hinnehmen und dazu schweigen müssen und konnten aus der Verbindung ihrer Kinder neuen Lebensmut schöpfen. Rufus hoffte, seine Mutter werde sich von Bernardines Unbeugsamkeit ein wenig anstecken lassen.

Anitas Vater, ein Offizier der Garde-Kavallerie in der preußischen Armee, war bei einem Reitunfall ums Leben gekommen und hatte seine Familie, die von den prekären Verhältnissen nichts ahnte, mittellos zurückgelassen. Bernardine hatte sich nach Art der perfekten Offiziersfrau nichts anmerken lassen, sondern fuhr damit fort, ihr einziges Kind wie eine Prinzessin zu umsorgen und auszustatten, wie sie es zu Lebzeiten ihres Mannes getan hatte. Wie sie es anfing, wusste Rufus nicht, doch er bewunderte sie und hatte ihr insgeheim gelobt, dass er es als Anitas Mann genauso halten werde.

Ihrem liebsten Mädchen, ihrem Schneewittchen mit den Zauberaugen, sollte es nie an etwas fehlen.

Rufus sprang über eine Pfütze, schaffte es nicht ganz bis über den Rand und spürte eisiges Regenwasser, das ihm bis an die Brust spritzte. Hastig hievte er die Northern Sun in die Höhe, flüchtete unter die Markise des Ateliers und stieß die Tür auf.

»Guten Abend!«, rief er vergnügt durch den kleinen Empfangsraum und schüttelte sich wie ein Hund die Tropfen aus den Kleidern. »Hier bin ich wieder, mit unserem ansehnlichen Neuzugang.«

Demnächst würde er ein Fräulein mit guten Umgangsformen einstellen, das hier die Laufkundschaft willkommen hieß und ihr Kataloge vorlegte. Eine Bewerberin gab es bereits – Annemie Schultz, die Tochter des Postbeamten aus dem Nachbarhaus, die ausgerechnet den unscheinbaren Rufus seit Jahr und Tag mit schmachtenden Blicken verfolgte. Ihre Qualifikation mochte nicht die beste sein, und so pummelig und hausbacken, wie sie daherkam, war sie nicht eben der Anblick, den er seinen Kunden zu bieten wünschte. Zum Ausgleich würde sie jedoch nicht viel verlangen, und alles war besser, als wenn Benno sich noch länger um den Empfang kümmern musste. Der wurde nicht müde, zu betonen, wie sehr er es hasste.

Wo aber steckte Benno?

War etwa ein Kunde gekommen, der nicht warten konnte, und Benno versuchte sich nun selbst an der Aufnahme? Es gab wenig, was Rufus so sehr gefreut hätte. Ja, natürlich war ein Risiko dabei, und im schlimmsten Fall musste man den Kunden beschwichtigen, indem man ihm umsonst eine zweite Fotografie anbot. Benno war noch immer zu ungeübt, er verbrachte zu wenig Zeit hinter der Kamera und war nur höchst selten bereit, sich etwas erklären zu lassen. Rufus war jedoch sicher, dass er ein gutes Auge hatte und nur mehr Mut brauchte. Wenn er diesen heute endlich bewiesen und seinen Platz im Atelier eingenommen hatte, wollte Rufus ein noch nicht ganz überzeugendes Ergebnis gern in Kauf nehmen.

Statt nach dem Bruder zu rufen, schob er also vorsichtig die Tür zum Studio auf. Der Raum lag in seiner gedämpften Beleuchtung noch genauso da, wie er ihn vorher verlassen hatte, um die Northern Sun abzuholen. Die beiden großen Kameras standen auf ihren Stativen, ebenso die Lampen in unterschiedlicher Stärke, die Kulissen, Hintergründe und der Ständer mit den Kostümen. Es war, als wäre in seiner Abwesenheit überhaupt niemand hier gewesen.

»Benno, wo zum Teufel bist du?«, platzte Rufus heraus. Durch das Schaufenster konnte jeder sehen, dass das Geschäft leer war und dass wertvolle Geräte unbewacht herumstanden.

Hinter dem Vorhang, der die Wirtschaftsräume und die Dunkelkammer von den Räumen für die Kundschaft trennte, wurde ein Rascheln laut. Schritte scharrten über den Boden, und dann tauchte Benno auf, der sich den Mantel zuknöpfte.

»Ah, Rufus«, sagte er. »Gut, dass du kommst. Ist ja längst Zeit für den Feierabend, ich wollte gerade abschließen und gehen.«

»Wie kannst du die Kameras und die gesamte Ausrüstung unbeaufsichtigt lassen?«, herrschte Rufus ihn an. »Du weißt doch, dass unsere Existenz davon abhängt. Jeder Hergelaufene hätte einfach hereinspazieren und mitnehmen können, was ihm gefallen hätte.«

»Ich hätte doch die Ladenklingel gehört«, erwiderte Benno ungerührt. »Ich war nur schnell hinten, um mich umzuziehen.«

Rufus musterte ihn. Er trug einen jener seltsamen Aufzüge, in denen er auch als Schausteller auf dem Jahrmarkt durchgegangen wäre: einen Rock aus Samt in einem dunklen Rotton, dazu eine gemusterte Weste und eine noch wilder gemusterte Fliege um den Hals. So zeigte sich kein Mann aus gutem bürgerlichem Haus, aber Benno, das musste Rufus widerwillig eingestehen, sah auf verwegene Weise sogar gut darin aus.

»Wohin willst du denn?« Wieder blaffte Rufus viel zu heftig und bereute es im selben Augenblick. Auf diese Weise erreichte er bei Benno gar nichts.

Wie erwartet zuckte Benno mit den Schultern, und sein Gesicht verschloss sich. »Nur ein paar Häuser weiter. Einen Bekannten treffen, auf ein Glas.«

Benno trank nicht. Zumindest hatte Rufus ihn noch nie angetrunken erlebt, und Alkohol, den er selbst ihm anbot, lehnte er so gut wie immer ab.

»Und was ist das für ein Bekannter, mit dem du dich so unbedingt treffen musst?«

Wieder zuckte Benno mit den Schultern. Diesmal, ohne etwas dazu zu sagen.

»Dein Bekannter wird sich gedulden müssen.« Rufus gab sich Mühe, einen heiteren Ton anzuschlagen, um die Verbindung zu seinem Bruder wiederherzustellen. »Erst wirst du dir wohl diese Schönheit anschauen wollen, die ab heute unsere Ausrüstung vervollständigt.«

Mit der Geste eines Zauberkünstlers klappte er das neue Stativ auf, stellte die Laufbodenkamera darauf und zog seinen Mantel von ihr herunter. »*Voilà*, da haben wir unser hübsches

Mädchen. Eine Northern Sun, frisch aus England eingetroffen, in der allerneuesten Ausfertigung.«

Er sah, dass Benno eine weitere nichtssagende Erwiderung abgeben wollte. Dann aber fiel der Blick seines Bruders auf die Kamera, und in seinen Augen blitzte Interesse auf. Innerlich frohlockte Rufus. Mit dem ganzen technischen Drumherum ihres Handwerks konnte man sogar seinen störrischen Bruder aus der Reserve locken. Schließlich steckte, wenn auch noch verborgen, ein Fotograf in ihm. Das Fehlverhalten des Vaters, der Sturz in den gesellschaftlichen Abgrund, mit dem sie allzu lange gelebt hatten, hatte auch an Rufus seine Spuren hinterlassen. Wie viel tiefer musste all das den nervösen, empfindsamen Benno geprägt haben? Es war kein Wunder, dass er seinen Platz in der Welt noch nicht gefunden hatte. Wenn Rufus ihn jetzt jedoch betrachtete, wie er voll Neugier den verschiebbaren Boden der Kamera berührte, war er überzeugt, dass der Bruder sich bald fangen würde.

Wenn dann Anita ins Haus kam, hatte Benno auch wieder eine richtige Familie, die ordnende, sorgende Hand einer Frau, die übernahm, was die Mutter nicht länger zu leisten vermochte. Es würde ihm guttun. Er mochte vor dem Gesetz volljährig sein, aber im Herzen war er noch ein unreifer Junge, der ein wenig Bemutterung brauchte.

»Kostet so etwas nicht ein Vermögen?«, fragte Benno, dessen Finger noch immer die verschiedenen Teile der Kamera erkundeten. »Ich habe neulich eine Anzeige der Firma gesehen und gedacht, ich falle vom Stuhl.«

»Wir können sie uns leisten«, beruhigte ihn Rufus. »Und es ist eine ausgezeichnete Investition. Wir sind das einzige Atelier am Platz, das über eine solche Ausrüstung verfügt, und haben uns damit an die Spitze gestellt.«

Benno antwortete nicht, sondern trat um das Stativ herum und betrachtete die Kamera von allen Seiten.

»Bleib doch heute zu Hause«, bat ihn Rufus. »Anita und Freifrau Bernardine kommen zum Abendessen, ich habe Marianne gebeten, Mutter in der Küche zur Hand zu gehen, und wir können auf die Northern Sun anstoßen. Deinen Bekannten, der nur ein paar Häuser weiter wohnt, triffst du dann eben ein andermal.«

»O nein, Rufus, vielen Dank, aber das kann ich nicht machen.« Durch Bennos Körper ging ein Ruck, und er richtete sich auf. »Er erwartet mich ja. Mein Bekannter, meine ich. Ich kann ihn nicht hängen lassen.«

Ehe Rufus zu einer Erwiderung ansetzen konnte, nahm Benno seinen Arm, drückte ihn sacht und stand im nächsten Moment an der Tür. »Grüß die Damen von mir. Ich wünsche euch einen schönen Abend.«

17

Rufus gab sich alle Mühe, sich nicht anmerken zu lassen, wie sehr ihn die Zurückweisung schmerzte. Warum nur gelang es ihm einfach nicht, Benno zur Familie zurückzubringen und ihn für die Arbeit im Atelier zu begeistern?

Er musste mit Anita darüber sprechen. Anita war so klug, so umsichtig, und nicht zuletzt war sie eine Frau. Auf dem Parkett der Gefühle wusste sie sich entschieden gewandter zu bewegen als er, und wann immer er über ein solches Thema mit ihr sprach, erschien ihm anschließend die Lage nicht mehr so hoffnungslos verworren.

Er gab sich alle Mühe, sich als charmanter Gastgeber zu präsentieren und dafür zu sorgen, dass die kleine Gesellschaft einen angenehmen Abend hatte. Marianne, das junge Mädchen, das er endlich eingestellt hatte, weil ein Haushalt wie der der Adlers nun einmal Personal brauchte, hatte sich Mühe gegeben, die Mutter mit dem Abendessen zu unterstützen, und sowohl die Mostrich-Eier als auch der gebackene Schweinebauch waren durchaus genießbar. Natürlich waren es keine Gerichte, wie die Freifrau von Struck sie gewohnt war, und natürlich hätte die Hausfrau selbst die Herrschaft über ihre Küche führen sollen, aber seiner Mutter fehlte dazu die Kraft. Wenn sie erst einmal

Schwiegermutter war, wenn ein Enkelkind sich anmeldete, würde sie ihrem Dasein sicher noch einmal Sinn und Freude abgewinnen.

Zum Dessert servierte Marianne eine »Berliner Luft« mit heißen Himbeeren, und anschließend bat sich Rufus im Herrenzimmer eine halbe Stunde allein mit seiner Verlobten aus.

»Im Herrenzimmer?«, stieß Freifrau Bernardine heraus. »Mit einer Dame? Wohin wird der Sittenverfall eigentlich noch führen, sind wir demnächst auf dem Stand der Wilden? Aber nun schön. Wir können Sie bei dem Wetter ja schlecht spazieren schicken. Unterstehen Sie sich jedoch, zu rauchen, ich wünsche nicht, dass in Gegenwart meiner Tochter Tabak gequalmt wird.«

Rufus gab fürs Rauchen kein Geld aus, und er hätte es niemals in Anitas Nähe getan. Stattdessen nahm er sich einen Cognac mit, eine renommierte Marke, wie ein Mann von Welt sie sich leistete, und bat Marianne für Anita um eine Limonade.

»Lieber einen Digestif mit Kümmel oder Wacholder«, sagte Anita. »Das tut nach schwerem Essen gut.«

Rufus wurde heiß. Warum nur hatte er dafür nicht gesorgt, er hatte sich doch so sehr bemüht, alles richtig zu machen? »Wir haben so etwas nicht im Haus«, stammelte er. »Es tut mir leid, Liebes. Ich werde mich umgehend …«

»Rufus. Lass es gut sein.« Sie griff nach seiner Hand, und ihre Berührung war eine Wohltat für ihn. »Es ist nicht weiter wichtig, dann trinke ich eben das Gleiche wie du.«

Dass eine Dame nach dem Essen Cognac trank, gehörte sich ganz gewiss nicht, und es war seine Schuld. »Ich hätte mich darum kümmern müssen«, sagte er geknickt. »In einem Haushalt, wie ich ihn dir bieten will, darf es an passenden Digestifs für Damen nicht fehlen. Schon gar nicht für die Dame meines Herzens. Aber das wird sich ändern, Anita. Ich bin erst heute wieder einen mächtigen Schritt vorangekommen, und binnen Kurzem wirst du dich in deinem zukünftigen Heim über keinen Mangel mehr zu beklagen haben.«

»Ach, vergiss es doch, Rufus.« Sie nahm den mit wenig Cognac gefüllten Schwenker, den Marianne ihr reichte, und lächelte dem Mädchen zu. »Glaubst du, mir bedeutet das alles etwas, diese Fassade aus bürgerlicher Anständigkeit, diese ganzen Sitten und Rituale? Ich weiß, für meine Mutter bedeuten sie die Welt, aber mich ermüden sie. Manchmal wünsche ich mir einen gewaltigen Wind, der diese ganzen brüchig gewordenen Attrappen umpustet, damit Platz für Neues entsteht.«

Verwundert suchte Rufus ihren Blick. Nie zuvor hatte er sie derart lange und mit solcher Heftigkeit über sich selbst sprechen hören. Für gewöhnlich hörte sie sich ruhig an, was er zu sagen hatte, und wartete dann ab, bis er ihr eine Frage stellte, ehe sie ihre Meinung kundtat. Heute aber wirkte sie regelrecht erregt, und in ihre sonst makellos weißen Schneewittchen-Wangen trat Farbe. Es machte sie noch schöner. So schön, dass Rufus Luft holen musste und ihm in der Kehle stecken blieb, was immer er hatte sagen wollen.

Eine Weile schwiegen sie. Anita zog ihre Hand zu sich zurück. »Es tut mir leid, wenn ich etwas Falsches gesagt habe«, ergriff schließlich sie als Erste wieder das Wort. »Es ging ja um nichts Weltbewegendes, nur um diese albernen Getränke.«

Warum er sich von ihren Worten gekränkt fühlte, wusste er nicht und schüttelte die Gefühle ab. »Ich wollte mit dir über etwas anderes sprechen«, sagte er.

Sie gab keine Antwort, verschränkte nur ihre schlanken Finger.

»Über meinen Bruder. Dass er heute nicht zum Essen erschienen ist, muss ein Affront für dich gewesen sein.«

»Nein, warum denn?« Ihre Gelenke knackten. »Wenn dein Bruder etwas vorhatte, dann hatte er eben etwas vor.«

»Aber ich wünsche mir, dass er sich mehr in der Familie engagiert«, sagte Rufus. »In der Familie und im Geschäft, wie es sich für einen jungen Mann in seiner Stellung gehört. Die bedauerlichen Ereignisse der Vergangenheit haben ihn aus der Bahn geworfen. Er bräuchte den Halt elterlicher Führung, und ebenden hat er verloren. Deshalb hoffe ich, dass nach unserer Heirat wir beide ihn ein wenig unter unsere Fittiche nehmen können. Ihm Vorbild sein, ihm helfen, auf den richtigen Pfad zurückzufinden.«

»Herrgott, Benno ist volljährig. Er ist doch kein Kind mehr.«

Derart unwirsch hatte er Anita bisher nie sprechen hören, und er hatte sie auch noch nie so bewegt gesehen. Aus ihrem schweren griechischen Haarknoten hatte sich eine Strähne gelöst, die ihr auf die Schulter fiel, und der Blick ihrer schönen Augen flackerte. Rufus hatte diese Augen, die so merkwürdig hell und vollkommen blau gegen das Schwarz von Brauen und Wimpern waren, selten anders als ruhig und unergründlich erlebt.

»Er ist eben doch noch eines«, versuchte er, ihr zu erklären. »Der Tod meines Vaters hat ihn mitten in seiner Entwicklung im ungünstigsten Alter getroffen, und er ist einfach empfindsamer als andere Jungen. Das war er immer. In der Volksschule hat er …«

»Rufus, dein Bruder ist ein Mann, kein Junge in der Volksschule mehr«, fuhr ihm Anita ins Wort. »Wenn du wirklich etwas für ihn tun willst, dann hör auf, ihn zu bevormunden, und lass ihn über sein Leben selbst entscheiden.«

Ihre Oberlippe zitterte. »Ich weiß nicht, womit ich dich so verärgert habe«, sagte Rufus. »Aber ich versichere dir, es lag nicht in meiner Absicht. Im Gegenteil. Ich hatte gehofft, du würdest heute einen schönen Abend haben.«

»Den hatte ich doch.« Mit einem Atemzug hatte sie sich wieder in der Gewalt. »Und du hast mich auch nicht verärgert. Ich denke, ich bin nur ein wenig erschöpft und würde gern recht bald zu Bett gehen.«

»Ja, ja, natürlich«, beeilte Rufus sich zu versichern, auch wenn er enttäuscht war. Gerade heute hätte er ein Gespräch mit ihr und die Besonnenheit, die er sonst von ihr kannte, gebraucht. »Du wirst doch nicht etwa krank? Bei diesem Wetter verkühlt man sich leicht und kann gar nicht genug aufpassen.«

»Ich bin neunzehn, nicht neunzig«, wies ihn Anita zurecht. »Und du bist keine altjüngferliche Tante, die von ein bisschen Novemberregen Zipperlein bekommt. Es tut mir wirklich leid, Rufus, aber irgendwie kommen wir beide heute nicht zusammen. Ich glaube, ich gehe jetzt lieber. Meine Mutter wird auch aufbrechen wollen.«

Sie stand auf. In ihrem aus fließender Seide gefertigten weißen Zweiteiler mit dem Brusteinsatz aus Spitze und den kleinen Schößen über den Hüften stand sie vor ihm und machte ihn wieder einmal sprachlos mit ihrer Vollkommenheit. Er wusste oder ahnte eher, dass andere Frauen sich in zusammengeschnürte Gestelle zwängten, um die taillierten Kleider tragen zu können, die die Mode vorschrieb. Gesäß und Busen standen dadurch auf derart unnatürliche Weise hervor, dass Rufus verlegen zur Seite blicken musste. Anitas Taille hingegen war von Natur aus so zart, dass er sie mit zwei Händen hätte umspannen können. Ihre mädchenhafte Brust wurde von schimmernder Seide umspielt, und auf der Kurve ihres kleinen Hinterteils prangte dezent eine Schleife.

Er wollte sie so nicht ansehen, wollte nicht zu schwitzen anfangen, weil er bei ihrem Anblick ungehörige Gedanken hegte. Sie war seine Königin, seine künftige Frau, und zu seiner Liebe zu ihr gehörte höchster Respekt. Er hatte sie von dem Moment an geliebt und verehrt, als sie mit ihrer Mutter in sein Atelier getreten war und sich auf diese so rätselhafte und zugleich so hoheitsvolle Weise umgesehen hatte. Er würde sie immer lieben und immer verehren, er war kein Mann, der seine Frau als einen Gegenstand aus seinem Besitz betrachtete, und sie hatte keinen solchen Mann verdient.

Dennoch konnte er nicht vor sich verleugnen, dass er sie begehrte, dass er sich wünschte, er hätte das Recht, sie in seine Arme zu ziehen und seine Hände an ihrem in Seide gehüllten makellosen Körper hinabgleiten zu lassen.

Nach der Hochzeit, versprach er sich. *Nach der Hochzeit werde ich mit ihr dieses neue Reich des Glücks betreten, ohne dass ihr Anstand und ihre Würde verletzt werden.* Rufus war klar, dass die meisten Männer in seinem Alter nicht mehr unschuldig waren, ja dass Erfahrung in diesen Dingen geradezu vorausgesetzt wurde. Vielleicht würde auch Anita erwarten, dass er als ihr Bräutigam über die Geheimnisse der Liebe Bescheid wusste und sie darein einführte.

Ihm aber gefiel die Vorstellung viel besser, dass sie gemeinsam, Hand in Hand, dieses unbekannte Land betreten und es sich vertraut machen würden, und er wollte keine andere als sie. So wie er der einzige Mann für sie war, sollte sie die einzige Frau für ihn sein.

Sein Innerstes zog sich zusammen. Er konnte nicht länger warten!

Dass sie auf einmal so abweisend war, so nervös, so ungeduldig – war das vielleicht ein Zeichen dafür, dass auch sie nicht länger warten wollte?

»Anita«, hörte er sich sagen und streckte die Hand nach ihrem Gesicht aus. Scheu und mädchenhaft wich sie zurück, und er liebkoste lediglich die glatte Seide über ihrer Schulter. Ihr Duft betörte ihn. Als wäre nicht November gewesen, als stünden sie in einem Frühlingsgarten, unter einem Dach von blühendem Jasmin. »Anita, ich habe über etwas nachgedacht.«

»Nicht schon wieder über Benno!« Sie stöhnte.

»Über Benno? Nein. Über uns. Ich hatte dir ja erzählt, dass ich vorhabe, eine der neuen, teuren englischen Kameras zu kaufen, mit denen die Presse arbeitet und die eine ganz neue Qualität von Bildern ermöglichen. Nun, ich habe sie gekauft. Ich hätte eigentlich heute mit euch auf meinen Erwerb anstoßen wollen, aber als Benno es nicht für nötig hielt zu erscheinen, habe ich darauf verzichtet.«

Sie stöhnte von Neuem. »Wusste ich's doch, dass wir über kurz oder lang wieder bei deinem Bruder landen. Und das mit der Kamera hast du schon mehrmals erzählt. Ich freue mich für dich. Aber ich würde jetzt gern nach Hause gehen, ich bin müde, und wir haben noch ein ganzes Stück Weg durch abscheuliches Wetter vor uns.«

»Selbstverständlich bezahle ich euch eine Kraftdroschke«, sagte Rufus. »Glaubst du, ich würde zulassen, dass meine zukünftige Frau und ihre Mutter bei diesem Wetter durch die Straßen laufen? Ich glaube, du hast keine Vorstellung davon, was für ein Leben ich dir bieten will, Anita. Jegliche Annehmlichkeit, alles, was deine Tage leichter und schöner macht, sollst du bekommen.«

»Ach, Rufus.« Unvermittelt senkte sie den Kopf und umschrieb mit einer Handbewegung den Raum. »Das alles ist doch genug. Wie meine Mutter dir ja brühwarm auf die Nase gebunden hat, ist es bei uns mit dem feinen Leben und den hochfliegenden Aussichten vorbei. Ich muss sehr dankbar sein, dass ein fleißiger, aufstrebender Geschäftsmann mit Laden und Wohnung in bester Lage mich nimmt. Und obendrein ein so durch und durch anständiger Mann wie du. Mach dir nicht so viele Gedanken. Verglichen mit dem, was mir drohte, ist dies hier das Paradies.«

»Es ist nicht genug!«, rief Rufus. »Nicht für dich. Und es wird nicht dabei bleiben. Die Kamera habe ich gekauft, damit mein Atelier ganz vorn mitmischen kann, und weil ich dieses Ziel jetzt erreicht habe, frage ich mich: Warum legen wir nicht das Datum für unsere Hochzeit fest? Es ist noch nicht alles so, wie ich es einmal für dich haben will, aber du sagst ja selbst: Was wir haben, ist mehr, als wir beide uns noch vor Kurzem erhoffen durften. Und mit der neuen Kamera fängt auch eine neue Ära an. Du weißt, ich bin kein Träumer, sondern ein Mann, der solide Pläne macht, doch es ist nicht ausgeschlossen, dass das Atelier Adler Aufträge von höchster Stelle erhält, ja dass man mich eines Tages sogar als Hoffotografen bestellt. Ich möchte das alles mit dir teilen, Anita. Ich möchte nicht noch länger warten, sondern unseren gemeinsamen Lebensweg beginnen.«

Er holte Atem. Es war eine richtige kleine Ansprache geworden, und jetzt schloss er flüchtig die Augen und wartete mit klopfendem Herzen auf ihre Antwort.

»Das hast du schön gesagt.« Durch Stoffschichten spürte er ihre Hand, die sie ihm auf die Schulter legte, wie er es zuvor bei ihr getan hatte. »Lass uns ein andermal darüber sprechen, ja? Ich bin so müde, und es gibt ja so vieles zu bedenken.«

Für mich nicht, dachte Rufus. *Alles, was es zu bedenken gibt, habe ich bereits bedacht: Ich liebe dich. Ich will dich heiraten. Ich tue alles, um dich glücklich zu machen. Was könnte es da mehr geben?*

Er versuchte jedoch nicht noch einmal, sie umzustimmen, sondern küsste ihr die Hand und geleitete sie hinüber in den Salon, wo sie und ihre Mutter sich verabschiedeten. Als die beiden gegangen waren und auch seine Mutter sich zurückgezogen hatte, ging er mit dem Cognac, den er nicht angerührt hatte, nach unten ins Atelier. Er setzte sich auf das Sofa, auf dem sich bevorzugt frisch verlobte Paare fotografieren ließen, und betrachtete die Northern Sun, deren elegante Silhouette in das von der Straßenlaterne erhellte Halbdunkel schnitt.

Es war alles in Ordnung, beruhigte er sich. Anita war heute nicht in bester Stimmung gewesen, aber das kam bei Frauen eben vor, und er hätte ihr nicht mit seinem Gerede über Benno den Abend verderben sollen.

Mochte sie Benno vielleicht nicht leiden?

Ach was, das war übertrieben, schalt er sich. Die beiden waren grundverschieden, und Benno gab sich keinerlei Mühe, Anita für sich einzunehmen, aber wenn sie erst zur Familie gehörte, würden sie schon miteinander auskommen. Was machte ihn plötzlich zu einem Schwarzseher? Er hatte doch alles, was ein Mann sich nur wünschen konnte – die Frau seiner Träume und einen Beruf, den er über alle Maßen liebte.

Ja, ich liebe das alles hier, dachte er, sah sich im Raum um und senkte dann den Blick in den Schwenker, in dem der Cognac die Gegenstände seiner Ausrüstung wie vergoldet widerspiegelte. *Weil ich es liebe, habe ich es gerettet, und ich will, dass die Menschen, die ich liebe, Anita und Benno, es auch lieben.* Durch die getönte Scheibe sah er hinaus in die regnerische Nacht und glaubte auf einmal, dort einen Mann mit seinem Sohn gehen zu sehen, beide mit den gleichen Melonen, der Mann mit einem großen Spazierstock und der Sohn mit einem kleinen.

Eines Tages würde er auch so mit seinem Sohn gehen. Er würde stehen bleiben, auf das Schaufenster des Ateliers weisen und zu seinem Sohn sagen: *Das alles haben Onkel Benno und ich aufgebaut, damit du es einmal erbst.*

Vor dem Schaufenster blieb tatsächlich ein Mann stehen, doch er hatte keinen Sohn bei sich, sondern schloss nur hastig seinen Schirm und schlüpfte dann zur Tür herein. Benno. Sein Haar, das geschnitten gehörte, feucht und vom Wind zerzaust, und die Wangen gerötet.

»Ach, Rufus. Du bist noch wach?«

»Wie du siehst.« Rufus lächelte. Vorher war er so ärgerlich auf Benno gewesen, aber jetzt war er nur froh, dass der Bruder gekommen war, und er wünschte sich, diesen besonderen Augenblick mit ihm zu teilen. »Warum setzt du dich nicht noch ein bisschen zu mir? Auf eine deiner scheußlichen Zigaretten, wenn es sein muss, und auf einen guten Cognac.« Dass Benno statt Zigarren, wie es seinem Stand entsprach, die billigen, zerknautschten Zigaretten rauchte, war Rufus ein Dorn im Auge, aber heute wollte er sich deswegen nicht echauffieren.

»Ja, warum nicht? Wenn du das willst.« Benno zögerte kurz, dann setzte er sich Rufus gegenüber auf einen Lehnstuhl. »Rauchen muss ich nicht. Ich weiß, du magst den Geruch nicht im Atelier haben.«

»Die Damen mögen ihn nicht«, erklärte Rufus. »Aber heute lassen wir einmal fünf gerade sein.«

»Ist denn heute etwas Besonderes?«

»Wir sind seit heute Besitzer einer Northern Sun, wie du dich vielleicht erinnerst«, antwortete Rufus, noch immer nachsichtig lächelnd, stand auf und holte seinem Bruder ein Glas und einen Zinnteller für seine Zigarettenasche. »Aber das ist noch nicht alles. Deine künftige Schwägerin und ich sind im Begriff, das Datum für unsere Hochzeit festzusetzen.«

»Ach«, kam es von Benno. »Seid ihr das?«

Benno nickte. »Ja, wir haben uns gefragt: Warum noch länger warten? Schließlich sind wir uns seit Langem einig, und dass ich für meine Familie angemessen sorgen kann, steht ja nun außer Frage.«

»Ich verstehe«, murmelte Benno und zündete sich nun doch eine seiner krümelnden Zigaretten an. »Dann gratuliere ich natürlich.«

»Ich wünsche mir von dir mehr als das«, sagte Rufus, dem die Idee erst in diesem Augenblick kam. »Wie du weißt, hat Anita genau wie wir keinen Vater mehr, der sie zum Altar führen könnte. Ich hätte gern, dass du das übernimmst, Benno. Als mein Bruder und als mein Trauzeuge.«

»Ich?« Benno schien verwirrt, kratzte sich am Kopf.

»Wer denn wohl sonst?«, fragte Rufus.

»Nun, ich weiß ja nicht. Einer deiner Freunde doch wohl. Ein Fotografenkollege.«

»Ich habe echte Freunde nie gehabt und auch keine vermisst«, erwiderte Rufus. »War es für dich nicht genauso, waren wir beide uns nicht immer genug? Und Fotografen untereinander sind mehr Rivalen als Kollegen. Außerdem gefallen mir die Taschenspielertricks nicht, mit denen die meisten Vertreter unserer Zunft heutzutage arbeiten. Da wird geschnitten, retuschiert, gespiegelt – alles, um etwas aufs Bild zu bringen, was nicht der Wirklichkeit entspricht. Wir Adlers sind anders. Wir setzen der Wirklichkeit ein Denkmal.«

Durch die Rauchschwaden, die er ausblies, sah Benno ihn an. »Ich glaube, ich will keiner Wirklichkeit ein Denkmal setzen«, sagte er. »Ich will Geschichten erzählen. Geschichten, die ihre eigene Wirklichkeit haben.«

»Es gibt keine andere Wirklichkeit als die, in der wir leben«, wies ihn Rufus zurecht. »Wer sie verdreht und Geschichten daraus macht, betreibt Augenwischerei.«

»So wie die da?« Benno verzog den Mund und wies auf das Familienfoto an der Wand. »Willst du mir erzählen, dass das der Wirklichkeit entspricht? Menschen brauchen Geschichten, Rufus. Du nicht weniger als andere. In ihrer Wirklichkeit ist den meisten Leuten zu kalt, sie haben Angst, hocken auf zu vielen unerfüllbaren Träumen oder sie langweilen sich.«

»Wer vor seiner Wirklichkeit in Geschichten flüchtet, statt für seine Träume zu kämpfen, braucht sich nicht zu wundern, dass sie unerfüllbar bleiben«, sagte Rufus. »Aber ich will mich nicht mit dir streiten. Wirst du mir denn nun die Ehre erweisen und mir meine Braut zuführen?«

»Hast du darüber mit Anita gesprochen?« Benno rutschte auf seinem Stuhl hin und her. »Will sie das auch?«

»Nein, habe ich nicht«, erwiderte Rufus verblüfft. »Diese Entscheidung liegt ja wohl bei mir, und ich wüsste nicht, was Anita dagegen haben sollte. Du hast dich doch nicht ungehörig ihr gegenüber benommen oder dich mit ihr gestritten?«

»Gestritten? Nein. Ich kenne sie doch kaum.«

»Ich hätte gern, dass sich das ändert«, sagte Rufus. »Ich möchte, dass die Adlers wieder zu einer Familie zusammenwachsen. Zu einer richtigen Familie. Die dunklen Zeiten sind vorbei, auch du wirst das bald spüren. So wie das Licht der Laterne, das in unser Schaufenster fällt, wird uns das Licht dieser frühen Jahre einmal vorkommen, Benno: Wie das Lichtsignal eines Leuchtturms, das uns anzeigt, dass wir aus der Nacht, den Untiefen und den wilden Wassern herausgefunden haben.«

Benno drückte die Zigarette auf dem Zinnteller aus und stand auf. Er ging auf die Tür zu, die in die Wirtschaftsräume und ins Treppenhaus führte, blieb bei Rufus stehen und legte ihm die Hand auf die Schulter. »Es ist sehr nobel von dir, dass du dir um mich all diese Gedanken machst und so viel für mich tun willst, Rufus.«

»Was ist daran nobel?«, fuhr Rufus auf. »Du bist mein Bruder.«

»Ich weiß. Aber ich bin nicht gerade der Bruder, den du verdient hättest. Für diese ganzen Familienbande bin ich vielleicht nicht geschaffen. Das ist nicht gegen dich gerichtet. Ich habe nur einfach diesen Drang in mir, dieses Gefühl, dass ich frei sein muss, weil ich andernfalls ersticke. Verlang mir heute Nacht kein Versprechen ab, darum bitte ich dich. Ich werde über alles nachdenken, das zumindest sage ich dir zu.«

Rufus verspürte Enttäuschung, doch zugleich berührte es ihn, dass Benno sich ihm auf diese Weise öffnete und mit ihm über seine Gefühle sprach. Wann hatten sie das letzte Mal ein solches Gespräch geführt? Es war ein gutes Zeichen, alles andere würde sich finden, er musste mit seinem Bruder einfach mehr Geduld haben.

»Gute Nacht, Benno«, sagte er liebevoll. »Wir sehen uns morgen. Ich würde dir den Umgang mit der Northern Sun gern zeigen, bevor die ersten Kunden eintreffen. So ein fortschrittsbegeisterter junger Mann wie du kommt mit der neuen Technik doch sicher im Handumdrehen zurecht.«

Benno sagte nichts mehr, sondern sandte Rufus nur noch eines seiner halben Lächeln, das schon müde und abwesend wirkte. Kaum war er gegangen, beschloss Rufus, selbst auch schlafen zu gehen. Er trug den Zinnteller mit der Zigarettenkippe und den Cognacschwenker, den Benno nicht angerührt hatte, in die Küche und ging nach oben in die stille Wohnung. Der Abend hatte schließlich doch noch ein gutes Ende genommen, und morgen würde ein wichtiger Tag sein, für den er ausgeruht sein wollte.

Anderntags war Rufus wie üblich bereits wach, ehe der Etuiwecker auf seinem Nachttisch um fünf Uhr schellte. Seinen Tag begann er gern gut vorbereitet, er kleidete sich mit Sorgfalt an und ließ sich Zeit für sein Frühstück aus zwei Scheiben Graubrot mit Butter und Honig, Milchkaffee und weich gekochten Eiern. Auf diese Weise brauchte er das Atelier nicht über Mittag zu schließen, um etwas zu sich zu nehmen, sondern konnte mit seiner nächsten Mahlzeit bis zum Abend warten.

Marianne, das Mädchen, wohnte nicht bei ihnen, sondern kam erst um sieben, um ihren Dienst anzutreten, also musste Rufus sich sein Frühstück allein richten. Gern hätte er gehabt, dass seine Mutter es ihm zubereitete, wie es in Familien üblich war und wie es auch in seiner Familie üblich gewesen war, ehe alles zusammenbrach. Aber seine Mutter besaß nun einmal keine Kraft mehr dafür, und lange würde er ja nun nicht mehr einsam seine Eier in den Topf mit kochendem Wasser gleiten lassen müssen.

Wenn er verheiratet war, würden sie eine zusätzliche Kraft nur für die Küche einstellen, und er würde jeden Morgen zusammen mit Anita frühstücken. Nein, vielleicht nicht jeden Morgen, denn er wollte nicht, dass sie gezwungen war, derart früh aufzustehen. Aber an den Wochenenden. Und an manchen Tagen, an denen sie sich aus Liebe zu ihm gesellen würde.

Es würde ihm nicht mehr viel ausmachen, allein zu frühstücken, wenn er hinter den verschlossenen Türen der Wohnung seine Lieben geborgen schlafend wusste, und im Grunde machte es ihm ja auch jetzt nicht viel aus. Er stand auf, stellte sein Geschirr in den Spülstein und verließ die Küche. Im Vorbeigehen warf er einen liebevollen Blick auf Bennos Tür. Mochte er sich ausschlafen, er hatte gestern Nacht wirklich ziemlich erschöpft gewirkt. Wenn er später herunterkam, würde sich schon noch Zeit finden, den Bruder in die Geheimnisse der neuen Kamera einzuweihen, und bis dahin besaß er selbst schon ein wenig Übung.

Als Fotograf war Rufus es gewohnt, einen einzigen Augenblick auszuwählen und festzuhalten, sodass er für alle Ewigkeit als Erinnerung an jene Spanne Zeit bestehen blieb. Um den Augenblick festzuhalten, in dem er an diesem Morgen sein Atelier betrat, brauchte er keine Platte einzulegen und auf keinen Auslöser zu drücken. Er würde, solange er lebte, in sein Gedächtnis eingebrannt bleiben und für diese Zeit stehen, als hätte ein einziges Bild die Macht, alle anderen auszulöschen.

Das Atelier war leer.

Es war nicht buchstäblich leer, denn das Sofa, Tisch und Stühle, selbst der Kleiderständer und die Truhen standen noch genauso darin, wie er sie gestern Abend zurückgelassen hatte. Aber das, was den Raum ausgemacht, was ihm Leben und Charakter verliehen hatte, war fort.

Seine Ausrüstung.

Nicht nur die Northern Sun, sondern auch die Kameras, die er von seinem Vater geerbt, die er sorgsam gepflegt, gewartet und neu ausgestattet hatte, dazu sämtliche Leuchten und Stative.

Auf dem Tisch, wo gestern der Zinnteller gestanden hatte, lag ein weißer Umschlag, auf dem Rufus' Name stand. Davon abgesehen hatte der Dieb keine Spur hinterlassen.

Zweiter Akt

Lilly

BERLIN

August 1919

»Film ist vielleicht die einzige Branche, in der sich einer als Meister fühlt, dessen Lehrzeit gerade erst begonnen hat.«

Alfred Hitchcock

18

»Das ist das Zimmer«, sagte Frau Pannecke, als hätte daran der geringste Zweifel bestanden und der kleine Raum mit Sofa, Schrank und eisernem Bettgestell auch der Abtritt sein können. »Wenn's Ihnen nicht recht ist, suchen Se sich wat anderes, über die Miete gibt's mit mir kein Palavern.«

Das Zimmer war kläglich, das ließ sich nicht leugnen. Als einstige Dienstbotenkammer war es schon für einen einzelnen Bewohner eng, doch mit dem Doppelbett, das hineingequetscht worden war, konnte man sich darin kaum noch drehen. Unter dem Dach war es jetzt, im hohen Sommer, unerträglich heiß, und es würde, wenn erst der Winter kam, klirrend kalt sein. Das Fenster war winzig, und die Tapete schälte sich von den Wänden.

Aber es war ein Dach über dem Kopf. Ein kleines Reich, in dem man schlafen, sich waschen, ankleiden und einen auf dem Kanonenofen gewärmten Kaffee hinunterstürzen konnte, um anschließend zur Tür hinauszueilen, dorthin, wo das Leben stattfand, das wirkliche, echte, eigene.

Lilly und Ariane, die sich zappelig vor Aufregung auf dem schmalen Treppenabsatz drängten, sahen einander für den Bruchteil eines Augenblicks an. Dann drehten sie sich beide gleichzeitig nach dem Mann um, der hinter ihnen auf der obersten Stufe stand, und sandten ihm eine stumme Frage. Theo Stiller. Lilly wurde unwohl. Das Zimmer kostete ein wenig mehr, als sie kalkuliert hatten, und wenn er sich nicht einverstanden erklärte, war die Sache geplatzt. Es war unglaublich schwer, in Berlin, in das auf einmal aus aller Welt Menschenscharen strebten, eine Unterkunft zu finden, die an zwei ledige Frauen abgegeben wurde, für die keine väterliche Unterschrift nötig und die halbwegs bewohnbar war. Ariane und Lilly hatten sich bereits auf Dutzende von Annoncen beworben, und Frau Pannecke, eine alleinstehende Witwe, die ihre Wohnung zimmerweise an Kostgänger vermietete, war die Einzige, die sie zu einer Besichtigung eingeladen hatte.

Ihre Wohnung lag im obersten Stockwerk eines Seitenflügels in der seit Neuestem zu Kreuzberg gehörenden Gneisenaustraße. Damit würden sie herrlich zentral wohnen, und wenn die neue Untergrundbahn, deren Bauarbeiten durch den Krieg unterbrochen worden waren, erst fertiggestellt war, konnten sie im Handumdrehen überall in der Stadt sein. Der Gebäudekomplex enthielt Wohnungen ebenso wie Handwerksbetriebe, und direkt unter Frau Panneckes Behausung befand sich die Manufaktur eines Hutmachers. Bis ins Treppenhaus hörte man gedämpft das Geschnatter der Arbeiterinnen, als wollten sie Lilly und Ariane in der Hausgemeinschaft willkommen heißen.

Die breite Straße teilte eine Trasse mit jungen Bäumen und Sträuchern, auf die Anwohner Stühle und Tische geschleppt hatten, um die letzten Sonnenstrahlen des Hochsommerabends zu genießen und den Verkehr vorbeizockeln zu sehen. Als Lilly vor dem Haus aus Stillers uraltem Automobil der Marke »Nesselsdorf Präsident« gestiegen war und vor dieser wie einem Film entstammenden Straßenszene stand, hatte sie gedacht: *Hier sind wir richtig. Es ist wie für uns gemacht.*

Wenn aber Stiller nicht seine Zustimmung gab, war das Unternehmen gescheitert. Eine andere Wohnung würden sie kaum finden, und was dann aus ihnen werden sollte, mochte Lilly sich lieber nicht fragen. Ihre Väter hatten ihnen unmissverständlich klargemacht, dass sie in ihren Elternhäusern nicht länger erwünscht waren, wenn sie sich nicht besannen und ihre Pläne aufgaben. Ariane machte daheim die Hölle durch, und Lilly hielt den Zustand nur aus, weil sie sich tagsüber bei Walther aufhalten konnte. Der Freund versteckte sie ohne das Wissen seiner Eltern in einem Kämmerchen hinter der Werkstatt und nahm auch sonst jede Mühe auf sich, um ihr zu helfen.

Lilly wusste, dass mit jedem Tag seine Hoffnung stieg, für seine Mühen belohnt zu werden, indem sie doch noch ihr Herz für ihn entdeckte. Sie durfte diese Hoffnung nicht noch weiter schüren. »Ich denke, du weißt, ich würde alles für dich tun«, hatte er gerade gestern zu ihr gesagt, und der Ernst in seinem Tonfall hatte ihr Angst gemacht.

Stiller sah von Ariane zu Lilly und hielt ihren Blick fest, ehe er langsam nickte. »Ja, das ist machbar. Wenn zwei Mahlzeiten und warmes Wasser eingeschlossen sind, lässt sich der Preis vertreten.«

Lilly zögerte nicht. Sie schwang herum und flog ihm um den Hals. »Weißt du, wie wunderbar das ist? Wie absolut unglaublich wunderbar?«

»Nun ja.« Stiller verzog den Mund zu einem halben Grinsen. »Um ehrlich zu sein, wären mir beim Anblick dieser Örtlichkeit andere Begriffe eingefallen, aber über Geschmack soll man bekanntlich nicht streiten.«

Sie küsste ihn auf die Wange und ließ ihre Lippen einen Augenblick lang auf seiner warmen, schlecht rasierten Haut ruhen. »Es ist das schönste Zimmer der Welt.«

Sie würde hier leben. Sie und Ariane würden in diesem Zimmer wohnen, spätabends von einem Tag voller Arbeit und

Abenteuer nach Hause kommen, zusammen unter die Bettdecke kriechen und bei einem geteilten Henkelbecher mit billigem Wein einander erzählen, was sie erlebt hatten. Sie würden hier ihre Erfolge feiern und einander nach Rückschlägen trösten. Das Zimmer würde ihr Anfang sein, ihr Ausgangspunkt, von dem aus sie sich ihre Welt erobern würden.

Und Stiller würde ihnen das Geld für die Miete vorschießen. Nur vorschießen, nicht schenken, darauf bestand Lilly. Sie war so ganz und gar in ihn verliebt, dass sie sich manchmal die Hände an die Schläfen pressen musste, um zu fühlen, ob ihr Kopf noch fest auf ihrem Hals saß oder sich bereits in rosa Wölkchen aufzulösen begann. Trotzdem war sie eine moderne Frau, die auf ihren eigenen Füßen stehen würde. Dafür kämpfte sie, dafür hatte sie so viel aufgegeben, dass sie nicht einmal daran denken durfte, weil sich ihr Magen sonst vor Schmerz zusammenzog. Und dafür, dass Stiller es akzeptierte und bereit war, ihnen das Geld als unbefristeten Kredit zur Verfügung zu stellen, liebte sie ihn umso mehr.

»Keine Herrenbesuche«, brummte Frau Pannecke, und sie lachten alle drei.

Sie zeigte ihnen noch den Abtritt, der sich auf halber Treppe befand und mit zwei Untermietern aus der eigentlichen Wohnung geteilt werden musste, dann händigte sie ihnen die Paketschnur mit dem Schlüssel aus, kassierte von Stiller die Kaution, und damit war der Vertrag geschlossen. Einziehen konnten sie, wann immer sie wollten. Lilly und Ariane Adler, ledig, einer frommen Lüge zufolge beide einundzwanzig Jahre alt und angeblich als Schreibkräfte bei der »Kowo Gesellschaft für Filmfabrikation« beschäftigt, waren stolze Mieterinnen eines eigenen Zuhauses.

Sie würden ihren Eltern, bei denen sie keinen Platz mehr hatten, Lebewohl sagen und ihrer Wege ziehen. Den Schmerz in der Brust, den ihr dieser Gedanke verursachte, kämpfte Lilly nieder. Ihr Vater hatte sie vor die Wahl gestellt, und sie hatte ihre Wahl getroffen. Dass diese nun besiegelt war, war ein Grund zur Freude, kein Augenblick für Wehmut und Zweifel.

Ariane schien von derlei trüben Gedanken vollkommen frei. Sie hüpfte auf der Stelle, konnte wie so oft vor Begeisterung nicht still stehen. »Das muss gefeiert werden!«, rief sie. »Ich lade euch ein. Für die letzten paar Hosenknöpfe in meiner Kasse kriege ich gegenüber in der Spirituosenhandlung bestimmt noch eine Halbflasche mit irgendwas, das mächtig in den Kopf steigt. Und als künftige Stammkundinnen kann ich uns dann auch gleich vorstellen.«

Sie sandte Lilly ein Grinsen, und die bemühte sich, ihre Fröhlichkeit zu erwidern. Ariane hatte ebenso wie sie alles aufgegeben – ihre Familie, ihr Zuhause, ihre Sicherheit. Obendrein hatte sie weit mehr verloren als Lilly, denn sie war aus dem Film, für den sie sich die Seele aus dem Leib gespielt hatte, herausgeschnitten worden wie ein Furunkel aus gesundem Fleisch. Bei der Kowo, die in Marienfelde ihre wenig beachteten Produktionen drehte, hatte sie eine Komparsenrolle in einem läppischen Lustspiel und würde ganz von vorn beginnen müssen, aber beklagt hatte sie sich darüber noch nie. Sie hatte es wahrlich nicht verdient, dass Lilly ausgerechnet jetzt Trübsal blies und ihr die Freude verdarb.

Stiller jedoch schien den Anflug von Traurigkeit, der sich so schnell nicht abschütteln ließ, zu bemerken. Während er Ariane ein Lächeln schenkte, nahm er hinter seinem Rücken Lillys Hand und streichelte mit einem Finger ihren Handrücken. »Und wo wollen wir uns diese frisch erstandene Halbflasche zu Gemüte führen?«, fragte er. »In eurer illustren Residenz sind Angehörige meines Geschlechts ja nicht erwünscht.«

»Wir setzen uns auf die Trasse!«, rief Ariane vergnügt. »Stühle brauchen wir nicht. Ist schließlich Sommer, da sitzt man nirgendwo so gut wie im Gras.«

Unwillkürlich blickte Lilly an ihr hinunter. Sie trug einen der schicken sportlichen Aufzüge aus weitem Hosenrock und kragenloser Bluse, die sie sich selbst schneiderte und die ihr fantastisch standen. Sitzen im Gras würde dem robusten Stoff wenig anhaben können, und das Kleid, das Lilly trug, durfte gern Schaden nehmen, denn sie mochte sich in solchen altmodischen Gewändern nicht länger zeigen. Auch das Haar würde sie sich schneiden lassen, sie konnte den albernen Knoten, der für Großmütter taugte, nicht mehr sehen. Kurz und kess wollte sie es haben, so wie das von Ariane, die bereits versprochen hatte, sich als Friseuse zu betätigen.

Als sie Stiller davon erzählt hatte, hatte der mit beiden Händen in ihr Haar gegriffen, ihr den Knoten gelöst und mit einer Spur Bedauern gesagt: »Ich gebe zu, ich werde diese Üppigkeit vermissen. Aber ich sehe ein, dass ihr modernen Frauen eure Köpfe für anderes benötigt, als um solche Pracht mit euch herumzuschleppen.«

Sie liebte ihn. Er war sieben Jahre älter als sie und mochte in manchem verknöchert sein wie ihr Vater, aber in seinem Innersten verbarg sich eine seltene Offenheit, ein Interesse an Menschen, mit dem er seine leisen Filme zu Feuerwerken aus Gefühlen machte. Mit derselben Offenheit verstand er, was in ihr vorging. Sie drückte seine Hand. Die Vorstellung, kurz innezuhalten, in der Sonne zu sitzen und den Kopf an seine Schulter zu lehnen, ehe es ernst wurde und sie den endgültigen Auszug aus ihrem Elternhaus vollziehen musste, war höchst angenehm.

»Ist die Trasse in Ordnung für dich?«, fragte sie. »Hast du noch Zeit?«

»Wenn ich keine hätte, würde ich welche stehlen«, sagte er. »Und die Flasche mit dem mörderischen Zeug für den Kopf kaufe ich. Ihr zwei richtet inzwischen das grüne Idyll für unser lauschiges Picknick her.«

Er machte sich auf den Weg in die Spirituosenhandlung, deren Besitzer bereits gemächlich eine Preistafel und mehrere Weinkisten ins Innere räumte, und Ariane und Lilly schlängelten sich Hand in Hand durch den Verkehr aus Karren, Kutschen und den Vorkriegsjahren entstammenden Automobilen, der unablässig über das Kopfsteinpflaster der Straße zockelte. Auf der Trasse begrüßte Ariane winkend eine Gruppe von Arbeiterinnen, die auf Klappstühlen sitzend ihre Stullen verzehrten, und rief: »Schönen Feierabend! Wir sind die neuen Nachbarn!«

Dann folgte sie Lilly zu einem Flecken, auf den zwischen zwei Birken noch Sonne fiel, zog sich ihr bunt gemustertes Schultertuch vom Hals und breitete es auf dem Boden aus.

»Das ist doch Seide!«, rief Lilly erschrocken.

»Ach was.« Ariane lachte. »Billigste Nachahmung aus Baumwolle. Alles, was in meinem Kleiderschrank irgendeinen Wert hatte, hab ich verscherbelt, damit wir in unserem neuen Heim erst einmal über die Runden kommen. Eine hübsche Durststrecke werden wir ja wohl zu überwinden haben, aber trotzdem werden wir leben wie die Göttinnen in Frankreich, das verspreche ich dir, meine süße Lil.«

Mit fliegendem Hosenrock wirbelte sie um die Freundin herum, und Lilly musste lachen. Ariane hatte recht. Es würde Probleme geben, aber vor allem würde es ein himmlisch freies Leben sein. Verdienen würden sie beide bei der Kowo nur einen Hungerlohn, weniger als wenn sie tatsächlich als Schreibkräfte dort angeheuert hätten. »So ist es nun einmal«, hatte Stiller, der ihnen die Anstellung besorgt hatte, mit Bedauern erklärt. »Frauen, die keine gefeierten Stars sind, werden mit Almosen abgespeist. Ob ihr das mit euch machen lasst oder nicht, entscheidet ihr selbst.«

Sie hatten sich beide dafür entschieden. »Es ist ein Schritt auf dem richtigen Weg«, hatte Ariane gesagt. »Und jeder noch so kleine Schritt zählt.«

Lilly bewunderte die Kraft, mit der die Freundin den Verlust ihres Films wegsteckte. Ihre Rolle hatte tatsächlich Anita Berber übernommen, und die würde zweifellos darin gefeiert werden. Lillys Arbeit an »Cornet« war hingegen erhalten geblieben, doch als der Film nun doch wie geplant vor zwei Wochen im Ufa-Palast seine Uraufführung erlebt hatte, musste sie feststellen, dass ihr Name im Abspann nicht aufgeführt war. »Cornet« wurde ein Triumph, ein rauschender Erfolg. Zuschauer strömten in die Kinos, die schon Tage im Voraus ausverkauft waren, und Kritiker priesen die »expressionistische Kraft und dunkle Tiefe, die einen Nerv unserer Zeit treffen«.

Stiller wurde als überragendes Talent am Regiepult bejubelt, als ein Mann, der »die Mittel der jungen Kunstform Film vollständig beherrscht und mit schlafwandlerischer Sicherheit einsetzt, um zum Ausdruck zu bringen, woran Worte scheitern«.

Sosehr sie sich dagegen wehrte, versetzte es Lilly einen Stich, dass ihr Anteil an diesem Siegeszug unerwähnt blieb. Wie sollte sie sich in der Branche einen Namen machen, wenn ihr Name nirgendwo genannt wurde? Die Enttäuschung darüber hatte sogar zu einer kurzen Verstimmung mit Stiller geführt. Ja, er hatte ihr die Stellung bei der Kowo besorgt, und weil er ihre Beteiligung am »Cornet« erwähnt hatte, würde sie dort weiter als Regieassistentin arbeiten dürfen. Sie war dankbar dafür – aber lag nicht trotzdem eine Spur Verrat darin?

Er blieb in Babelsberg und würde seinen neuen Film, für den Pommer bereits die Verträge vorbereitet hatte, wie geplant abdrehen. Es würde eine grandiose, düstere Horrorgeschichte über einen Fotografen werden, dessen Besessenheit von den Möglichkeiten seines Metiers ihn am Ende zum Massenmörder machte. Es war ein tollkühnes, zukunftsweisendes Drehbuch, Conrad Veidt, der Star aus »Anders als die Andern«, würde den größenwahnsinnigen Fotografen spielen, der die Wirklichkeit schließlich nicht nur abbilden, sondern auch schaffen wollte, und Pola Negri würde hinreißend darin sterben. Zeitschriften wie der *Kinematograph* überschlugen sich mit Spekulationen. Lilly dagegen wurde in ein Hinterhausstudio in Marienfelde verbannt und half einem namenlosen Regisseur bei der Produktion einer Klamotte.

»Es war alles, was ich herausschinden konnte«, hatte Stiller ihr erklärt. »Ein Filmregisseur ist ja eine Art Raubtierdompteur in einem Zirkus, und in dieser Rolle sind Frauen nun einmal nicht so üblich wie auf dem Trapez. Bei der Ufa kann ich diesen oder jenen bezirzen, aber darauf, dass er dich auf dem Ufa-Gelände nicht mehr zu sehen bekommt, hat Benno Adler bestanden.«

»Und du hast dich ihm natürlich gefügt«, war es Lilly entfahren, obwohl sie wusste, dass sie ungerecht war. Schließlich wollte sie ja gar nicht, dass er seine Arbeit bei der Ufa hinwarf. Im Gegenteil, er musste dieses prachtvolle Drehbuch verwirklichen und gleich darauf einen neuen Stoff verfilmen, musste mit den Großen seiner Zunft arbeiten und sein immenses Talent ausleben.

Was aber war mit ihrem Talent?

Hatte sie es in »Cornet« nicht ebenso bewiesen wie er?

»Anders als ich hast du noch reichlich Zeit«, hatte er sie verwiesen und sich nach Austernart verschlossen, wie sie es inzwischen zur Genüge von ihm kannte. »Und so leid es mir tut, wenn du dich in dieser Branche durchsetzen willst, wirst du Geduld lernen müssen, auch wenn Lilly Adler und Geduld zwei Gegensätze sind, die einander nicht anziehen.«

Er hatte recht, und sie hatte die Sache auf sich beruhen lassen. Immerhin hatte er ihr versprochen, sie aus der Ferne an der Entstehung des neuen Films teilhaben zu lassen, soweit das irgend möglich war, jeden Schritt mit ihr zu besprechen und sich ihre Ideen anzuhören. Das war mehr, als sie erwarten durfte, mehr, als jeder andere Mann ihr zugestanden hätte.

Sie wusste es, und dennoch blieb ein Körnchen Unmut zurück. Warum nur öffnete die Welt, die für Männer gemacht war, ihre Türen für Frauen mit solch unerträglicher Langsamkeit? Hatten Frauen etwa mehr Lebensjahre zur Verfügung, waren ihre Jahre und ihre Möglichkeiten nicht genauso endlich wie die von Männern?

Ariane setzte sich auf einen Zipfel des Baumwolltuchs und kreuzte die Beine zum Schneidersitz. »Sei nett zu Stiller«, sagte sie, als wäre sie Lillys Gedankengang gefolgt. »Er hat seine Tücken wie alle Männer, aber er ist ein verdammt feiner Kerl, und er hat für uns eine Menge auf sich genommen.«

»Ich weiß.« Lilly setzte sich zu ihr, hielt das Gesicht in die sich rötende Abendsonne, und die kleine Spur Unmut verflog. »Und darum, dass ich nett zu ihm bin, brauchst du mich nicht zu bitten.«

Arianes Lachen klang ein wenig nervös. »Nein, wohl nicht. Zumal ich die Letzte bin, die von diesem Männlein-und-Weiblein-Spiel etwas versteht.«

So seltsam das schien, traf es zu. Ariane, die mit ihrer ganzen Existenz, ihrer Kleidung, ihrem Gang, ihrer Art zu sprechen so umwerfend sinnlich und verführerisch daherkam und die genau wie Lilly ihr Herz auf der Zunge trug, hatte noch nie eine Männerbekanntschaft anders als völlig beiläufig erwähnt. Prüde war sie auf keinen Fall, sie flirtete, was das Zeug hielt, und was ihr Vater ihr vorschrieb, schlug sie in den Wind. War ihr also keiner gut genug, hatte sich der eine, der ihr das Wasser reichen konnte, noch nicht gezeigt?

Die Sache mit diesem einen war schwierig. Lilly wusste es selbst nur zu gut. Sie mochte Arndt und Walther sehr gerne, es wäre so einfach gewesen, einen von ihnen zu lieben, und es war so schwierig mit Stiller, der im Grunde noch immer ein Fremder für sie war. Aber das half nichts. Änderte nichts. Es war Stiller, den sie erwählt hatte, Stiller, nach dem sie sich mit jeder

Faser sehnte, und Stiller, den sie jetzt, wo sie frei sein würde, ganz und gar und ohne jegliche Einschränkung wollte.

Über den Verkehr hinweg sah sie ihn kommen, wie immer ein wenig durch den Wind, größer als die meisten und tief in Gedanken. Er schlängelte sich zwischen einem Stellwagen, einer Kraftdroschke und einem müden Gaul, der einen Trödelkarren zog, hindurch, und als er bemerkte, dass Lilly ihm zusah, veränderte sich sein Gesicht. Es sah immer verletzt aus, fand Lilly. Verletzt und ein wenig verloren, aber manchmal dennoch so glücklich, dass sie ihr eigenes Glück darauf gespiegelt glaubte. Sie winkte ihm, und er beschleunigte seinen Gang und stand gleich darauf mit einer in Seidenpapier gewickelten Flasche vor ihnen.

»Rotwein aus der Pfalz«, erklärte er und reichte Ariane die Flasche sowie drei ineinander gestapelte Gläser, die eher für Wasser als für Wein gedacht waren. »Sehr groß war die Auswahl nicht, doch zum Ausgleich war Herr Thomschke bereit, seinen neuen Stammkundinnen Trinkgefäße leihweise zu überlassen. Er empfiehlt sich für kleinere wie größere Geselligkeiten, liefert Gläser und Getränke für bis zu dreißig Personen und hat einen Metzger zum Cousin, der auf Wunsch belegte Schrippen fertigt.«

»Belegte Schrippen!«, rief Ariane. »Das kommt nicht infrage. Belegte Schrippen esse ich nur mit Mettwurst und nur von Emil Wachter und seiner Holden persönlich geschmiert. Sonst von keinem.«

Wie eine Kerzenflamme erlosch ihre Fröhlichkeit. Emil Wachter war beinahe so etwas wie ein Onkel für sie gewesen. Er hatte die Kinder und jungen Leute von Babelsberg wie eine Glucke bemuttert und Ariane zu seinem Liebling erkoren, doch sie würde ihn nicht wiedersehen.

Gleich darauf aber war Ariane wieder sie selbst, und sie bemühte sich zu lachen. Das war so nett an ihr – dass sie sich schlechte Laune nie lange gestattete und vor allem den anderen nicht die Stimmung verdarb. »Aber Rotwein, Theo!«, rief sie und nahm ihm die Flasche weg. »Wir sind jetzt große Mädchen und hatten an ein Getränk für Erwachsene gedacht. Schließlich müssen wir es heute Abend noch mit unseren alten Herren aufnehmen und hätten ein bisschen geistige Ermunterung nötig.«

Sie zog den Korken, den der Händler bereits gelockert hatte, aus der Flasche, schenkte sich ein Glas randvoll und stand auf. »Teilt euch den Rest«, sagte sie. »Ich geselle mich mal zu dem Hühnerhaufen da drüben, führe uns bei der Nachbarschaft ein und sehe zu, ob ich da eine milde Gabe bekomme. Eine klitzekleine grüne Fee oder wenigstens ein Schnäpschen.« Sie wies auf die Arbeiterfrauen, die noch immer beisammensaßen und Henkeltassen und Stullenpakete kreisen ließen, und war schon auf dem Weg. Lilly wusste, dass sie in Wahrheit ging, um ihr und Stiller ein wenig Zeit für sich allein zu lassen, und war ihr dankbar dafür.

»Und du?« Stiller lächelte. »Ist dir mein Rotwein gehaltvoll genug, oder verlangt es dich auch nach stärkerer geistiger Ermunterung?«

»Mich verlangt es nach dir.« Lilly griff nach seiner Hand und zog ihn zu sich herunter. Er setzte sich ihr gegenüber, verschränkte die Beine, um die der Hosenstoff ein wenig schlotterte, so gelenkig wie Ariane und verteilte den Wein auf die beiden verbliebenen Wassergläser. »Das geht mir genauso«, sagte er und reichte ihr eines. »Mehr, als mir lieb ist.«

»Und warum ist es dir nicht lieb?«

»Weil wir hier wie auf einem Präsentierteller sitzen«, erwiderte er. »Wer immer vorbeikommt, bekommt Kino samt Ton und Farbe geboten.«

Sie nahm seine Hand und spielte mit seinen Fingern. »Stört dich das so sehr? Nur damit du es weißt – mich stört es nicht, denn ich bin stolz darauf, mit dir gesehen zu werden. Wenn es dir dagegen peinlich ist …«

»Lilly, das ist doch Unsinn.« Er entzog ihr die Hand und strich ihr damit ein paar Haarsträhnen, die der Sommerwind aus dem Knoten gezupft hatte, aus dem Gesicht. Fasziniert sah er zu, wie sie erneut herunterfielen, um sie dann wieder und wieder zurückzustreichen. »Daran, mit dir gesehen zu werden, könnte keinem Mann etwas peinlich sein. Das weißt du selbst, und nach Komplimenten zu fischen, hast du nicht nötig. Aber ich will nicht, dass wir noch mehr Dinge tun, die dir schaden könnten. Du hast einen schweren Weg gewählt. Du wirst ihn jetzt gehen müssen. Mehr Steine darauf kannst du nicht gebrauchen, und Felsbrocken erst recht nicht.«

»Wenn du der Felsbrocken bist, schmeiß ihn rüber. So schnell schreckt mich nichts.« Sie stieß ihr Glas gegen seines und trank ihm zu.

Er zögerte und sah sie unverwandt an. Im nächsten Augenblick schlangen sie die Arme umeinander und rutschten einander entgegen. So fest hielten sie sich, dass einer die Haut des anderen riechen konnte, den frischen Schweiß, das müde Gras, die süße Luft des Sommers. Lillys Herz schlug gegen ihre Rippen und seine, und durch den dünnen Stoff ihrer Kleider fühlte sie, wie sehnig und knochig er war. So nah war er ihr und doch nicht nah genug. Sie wollte alles, was noch zwischen ihnen war, zur Seite reißen und von sich werfen, sie wollte nicht nur wissen, wie seine Haut roch, sondern sie ertasten, sie schmecken, ihn erkunden wie ein neues Land.

Es war nicht zu fassen, wie sehr ihre Welt sich verändert hatte. Noch vor einem Jahr wäre es gänzlich undenkbar gewesen, dass ein Mann und ein junges Mädchen auf der Trasse zwischen zwei Fahrbahnen im Gras saßen und einander in den Armen hielten. Und mit der Fülle der Stoffschichten, die sie zur Kaiserzeit hatten tragen müssen, wären sie regelrecht gepanzert gewesen und hätten kaum gespürt, wie vollkommen unterschiedlich die Natur sie geformt hatte.

Es war, als fiele all das Alte, Hindernde, das, was zwischen Menschen und ihren Träumen stand, von ihnen ab wie alte Haut. Noch vor einem Jahr wäre es ebenso undenkbar gewesen, dass zwei Mädchen aus bürgerlichem Haus allein ein Zimmer bezogen, dass sie sich ihren Beruf selbst wählten und ihre Ziele gegen den Willen ihrer Väter verfolgten. Vor allem aber wäre es undenkbar gewesen, dass ein sittsam erzogenes Mädchen nach einem Mann ein solches Verlangen empfand, dass sie nichts anderes mehr wollte, als mit ihm allein zu sein, und dass sie schier verzweifelte, weil ihr nicht einfiel, wo das möglich war.

Er wohnte selbst zur Untermiete, hatte zwei Zimmer mit Bad in Potsdam und durfte dort Damen so wenig empfangen wie sie Herren. Warum er sich bei dem Geld, das er inzwischen verdiente, keine eigene Wohnung nahm, war ihr wie so vieles an ihm ein Rätsel. Für gewöhnlich akzeptierte sie das, doch in diesem Augenblick machte es sie wütend.

»Verdammt, Stiller, ich will irgendwo mit dir hingehen«, zischte sie ihm ins Ohr. »Jetzt gleich. Noch ehe ich mit meinem Vater spreche. Es kann nicht länger warten.«

»Du bist verrückt«, sagte er, doch seine Stimme war ein sinnliches, zärtliches Raunen. Sie spürte die Kraft, die es ihn kostete, seinen Körper anzuspannen, sich steif zu machen und sich von ihr zu lösen. »Ich würde mir vorkommen wie ein Schwein. Ich komme mir sowieso schon vor wie ein Schwein. Dass ich dir helfe, damit du beim Film bleiben und dir, wenn irgend möglich, einen Platz erkämpfen kannst, lässt sich ja beinahe als lautere Tat einordnen. Aber dass ich aus der Situation Nutzen ziehe, ist vollkommen indiskutabel.«

»Du ziehst keinen Nutzen daraus – ich bin es, die das tut.« Sie versuchte, ihn festzuhalten. Er aber entwand sich ihr und stand auf.

»Ich bin froh, dass ich deinem Vater nicht ins Auge sehen muss, sondern nur Benno Adler«, sagte er.

Die Schönheit des Augenblicks war zerstört. »Warum Benno Adler?«, fragte Lilly.

»Weil er mich sprechen wollen wird, nachdem Ariane ihm ein letztes Mal gesagt hat, dass sie geht«, antwortete Stiller. »Er hat ein Recht darauf. Auch wenn ihr beide euch das nicht vorstellen könnt – ich glaube nicht, dass es in seinem Leben einen Menschen gibt, den er so sehr liebt wie seine Tochter. Andernfalls würde er sie gar nicht gehen lassen, aber er weiß, dass man einen, der reisen will, nicht aufhält.«

»Wie kann er ihr dann ihren Film kaputtmachen?«, rief Lilly empört und stand nun ebenfalls auf. »Wenn man einen Menschen liebt, Stiller – will man dann nicht, dass alle seine Wünsche sich erfüllen, dass er sozusagen wie im Märchen nur sein Hemd auszubreiten braucht, und alle Sterne fallen ihm hinein?«

Er hielt inne. »Willst du das?«

Sie reckte das Kinn und sah herausfordernd zu ihm auf. »Ich bin eine Frau von Neunzehnhundertneunzehn. Ich hol dir die Sterne eigenhändig vom Himmel, ich küsse dich aus dem Dornröschenschlaf, ich töte einen Drachen für dich. Das schreckt mich alles nicht, Stiller. Meine Freunde sagen, ich weiß nicht, was Angst ist. Nur wenn du mich nicht an dich heranlässt, wenn du meinen Vater oder hanebüchene Gründe vorschiebst, wenn du nicht erlaubst, dass das mit uns wächst und sich entwickelt, dann schreckt mich das, und es gefällt mir nicht.«

»Lilly, die Ritterin ohne Furcht und Tadel.« Er legte einen Finger auf ihren Mund und zog mit unfassbarer Zärtlichkeit die Linie ihrer Lippen nach. »Ich dürfte nicht erlauben, dass zwischen uns etwas wächst, ich hätte nicht einmal erlauben dürfen, dass zwischen uns etwas anfing, aber es kommt mir vor, als hätte ich längst keine Wahl mehr. Jetzt komm. Wenn deine Cousine Ariane sich mit ihren neuen Freundinnen ausgeschäkert hat, nehme ich sie mit nach Babelsberg und setze dich unterwegs zu Hause ab.«

Zu Hause, dachte Lilly flüchtig, *das ist jetzt hier, in der Gneisenaustraße, nicht mehr über dem Atelier, wo ich mein ganzes Leben verbracht habe.* Ohne es zu wollen, musste sie an die Bilder auf dem Kaminsims denken, an das von ihrer Einschulung und die Familienaufnahmen am Ostseestrand und vor dem Weihnachtsbaum. Würden die Bilder, auf denen sie zu sehen war, entfernt werden, weil sie nicht länger zur Familie gehörte, würde man Erinnerung auslöschen, wenn sie nicht mehr zur Gegenwart passte?

Das war Unsinn. Schließlich blieben auch die Verstorbenen auf den Bildern.

Rasch sah sie nach Ariane, die im Kreis der Arbeiterinnen saß, als gehöre sie seit Jahren zu ihnen. Lilly rief ihren Namen. Ariane erhob sich und zog eine von ihnen an der Hand mit sich in die Höhe. Die Frau war breitschultrig und überragte die keineswegs kleine Ariane um beinahe einen ganzen Kopf. Noch bemerkenswerter war ihr Haar: Sie trug es kurz, nicht in Arianes Prinz-Eisenherz-Frisur, die man jetzt Bubikopf nannte, sondern wie ein Mann, und es war so hell, dass es geradezu weiß erschien. Ihre wasserblauen Augen waren groß und ungeschminkt.

Eine Frau, die man anstarren musste, ob man wollte oder nicht.

»Das ist Antonie Huber«, stellte Ariane ihre Begleiterin unbeschwert vor. »Toni. Sie macht Hüte. Ist das nicht fantastisch?«

»Ich bin Putzmacherin«, sagte die Frau, die Hüte machte. »Ich habe meinen Betrieb unter der Wohnung von der Pannecke, und ich schlafe auch dort.«

»Toni hilft uns nachher ein bisschen, uns einzurichten«, fiel Ariane ein. »Und sie erzählt uns, wo wir am günstigsten einkaufen gehen können, wo man für ein paar Groschen einen essbaren Eintopf bekommt und natürlich wo man sich abends ins wilde Kreuzberger Leben stürzt.«

»Ob die Wildheit den Ansprüchen zweier Damen vom Film gewachsen ist, bezweifle ich«, sagte die Frau namens Toni. »Aber es gibt schlechtere Gegenden, um zu leben und leben zu lassen. Und die Pannecke ist ein herrschsüchtiger Besen mit Haaren auf den Zähnen, aber sie schluckt allabendlich zwei Veronal, und danach hört sie höchstens noch die Englein singen.«

»Sage ich doch – wir sind genau am richtigen Ort gelandet.« Ariane hakte sich links bei Lilly und rechts bei Toni ein. »Und, Theo – ich habe Toni versprochen, dass du ihr Babelsberg zeigst. Sie behauptet zwar, sie macht sich nichts daraus, aber das sagen sie alle, ehe sie es kennen.«

»Ich mache mir nichts daraus, weil ich es kenne«, sagte Toni. »Ich bin Kommunistin, und die Ufa ist das geistige Kind der Herren Ludendorff und Hugenberg, die ich aus tiefster Seele verabscheue.«

Die ideale Frau für Walther, durchfuhr es Lilly, die bereits beschlossen hatte, die nüchterne und dann auf einmal doch so leidenschaftliche Toni zu mögen. Alfred Hugenberg war einer jener mächtigen Wirtschaftsmagnaten, die ihr Kapital einsetzten, um die Demokratie zu Fall zu bringen. An der Gründung der Ufa als Propagandainstrument hatte er sich vergeblich zu beteiligen versucht, und seit Januar saß er für die nationalistische DNVP im Reichstag. Auch auf der Liste von Walthers Erzfeinden hatte er eine führende Stellung inne. Lilly musste die beiden unbedingt einander vorstellen. Ihr Gewissen plagte sie, wann immer sie an Walther dachte. Wenn sie ihn aber mit Toni zusammenbrachte, würde er begreifen, dass seine Kinderliebe zu ihr der Vergangenheit angehörte.

Eine erwachsene Liebe hingegen verband zwei Menschen, die in dieselbe Richtung blickten, auf dasselbe Ziel, einerlei, wie weit entfernt es schien. Toni musste einige Jahre älter sein als Walther, aber so etwas spielte in ihrer neuen Zeit Gott sei Dank keine Rolle mehr.

So wie es keine Rolle spielte, dass zwischen ihr und Stiller sieben Jahre lagen. Sie sahen die Welt mit denselben Augen – durch den Sucher einer Filmkamera.

»Dann wäre diese Frage ja geklärt«, sagte Stiller zu Ariane, ehe er sich an Toni wandte. »Ich bin Ihnen dankbar. Zwar erlaube ich mir, darauf hinzuweisen, dass Alfred Hugenberg bei der Gründung der Ufa ausgebootet wurde und Erich Ludendorff sein geistiges Kind längst zur Adoption freigegeben hat, aber in die Geschichte der Ufa würde ich nur ungern als der Mann eingehen, der fortwährend in Begleitung junger Damen durch Filmstudios spaziert.«

»Ich bin keine Dame«, sagte Toni. »Ich spaziere in niemandes Begleitung, und was Hugenberg erdacht hat, wird Hugenberg auch nutzen. Ob Sie sich darüber Sand in die Augen streuen oder nicht.«

Stiller merkte auf. Seine Brauen zuckten. »Die Ufa sind wir«, sagte er hart. »Egal, wer oder was sie bei ihrer Gründung war. Wenn wir sie uns nehmen lassen, haben wir nichts Besseres verdient.«

»Doch, ihr habt etwas Besseres verdient«, ergriff Ariane wieder das Wort. »Und genau deshalb musst du Toni unsere Filmstadt zeigen. Sie ist so viel mehr, als der Langweiler Hugenberg sich auch nur vorstellen kann. Wenn der bei uns im Salon gesessen und über seine ›Herrenmenschen‹ und ›Blut und Boden‹ schwadroniert hat, hat sich mir vor lauter Gähnen der Kiefer verklemmt. In Babelsberg lebt etwas ganz anderes. Magie, Toni. Zauber und Glitzerstaub und Fantasie. Die Träume von

Menschen, die oft nicht einmal lesen können. Schau es dir an, versprichst du's mir? Es ist meine Welt.«

»Wenn ich mir die von jemandem zeigen lasse, dann von dir«, sagte Toni.

Von Arianes Gesicht rutschte das Lächeln. »Ich hätte sie dir schrecklich gern gezeigt, aber nach dem heutigen Abend bin ich in Babelsberg nicht länger geduldet. Mein Vater hat mich vor die Entscheidung gestellt: Wenn ich gehe, dann gehe ich für immer.«

Vor dieselbe Entscheidung hatte auch Lillys Vater sie gestellt. Sie fasste nach Arianes Hand und hielt sie fest. Es war hart, es tat weh, aber sie hatten keine andere Wahl, als diesen Abend nachher durchzustehen.

»Wie dem auch sei, ich muss jetzt fahren«, brachte sich Stiller auf seine unaufgeregte Weise in Erinnerung. »Wer sich in meinen betagten Präsidenten quetschen möchte, den nehme ich gerne mit, aber er muss sich beeilen.«

»Sie«, sagte Toni.

»Wie bitte?«

»*Sie* muss sich beeilen«, klärte Toni ihn auf und befreite sich aus Arianes Griff. »Ich bin kein Mann, auch wenn unsere von Männern gemachte Sprache glauben machen möchte, dass außer dem männlichen Geschlecht nichts zählt. Lassen Sie sich meinetwegen nicht aufhalten. Ich quetsche mich in kein Automobil, und ich marschiere nicht strahlend vor Andacht durch Hugenbergs Jagdgründe.« Damit wandte sie sich Ariane zu: »Sollte ich aber nachher, wenn ihr zurückkommt, noch wach sein, braue ich uns gerne einen Tee, schütte ein bisschen von meinem jamaikanischen Rum hinein und gebe preis, was ich über die finsteren Geheimnisse von Kreuzberg weiß.«

19

Stiller

Sie waren im Grunde noch Kinder. Kichernde, alberne Mädchen, die die Köpfe zusammensteckten und über unschuldige Belanglosigkeiten in Begeisterung ausbrachen. Und dann auch wieder nicht. Konnte es unter denen, die die Weltkatastrophe des vergangenen Krieges überlebt hatten, überhaupt noch Kinder geben, konnte irgendwer, der durch jene Hölle getrieben worden war, sich etwas Unschuldiges bewahrt haben?

Stiller hörte die beiden jungen Frauen lachen, die sich auf dem Rücksitz seines veralteten Automobils aneinanderdrängten, und gab sich selbst die Antwort: Natürlich gab es Menschen, die sich ihre Unschuld bewahrt hatten. Zivilisten, die wie Lilly vor all dem Mordwahn abgeschottet und behütet worden waren. Sie war jünger, als Friederike es gewesen war, als der Krieg begann, sie war hellwach und empfindsamer, als sie sich gab. Aber sie war nicht dort draußen gewesen, hatte nicht am eigenen Leib gespürt, was Menschen einander anzutun vermochten. Und jetzt glaubte sie völlig zu Recht, dass ihr die Welt gehörte, dass sie sich nehmen konnte, was ihr gefiel.

Die ganze Welt.

Einschließlich Theodor Stiller, auch wenn es ihm auf ewig ein Rätsel bleiben würde, weshalb sie sich gerade ihn in den Kopf gesetzt hatte.

Sie war noch ein Kind, auch wenn die Wogen seiner Gefühle für sie ihm etwas anderes vorgaukelten. Der Erwachsene war er, und er trug die Verantwortung. Er würde sie und sich aus diesem Schlamassel herauszerren müssen und irgendwie alles wieder in Ordnung bringen. Vielleicht würde es sich jetzt, wo sie eine Wohnung und eine Stellung hatte, wo sie unter ihresgleichen war und neue Freunde gewann, ja von allein erledigen. Stiller, der an keinen Gott glaubte, betete Tag für Tag darum, dass es sich von allein erledigte, und hatte zugleich Tag für Tag davor Angst.

Er setzte Lilly in der Friedrichstraße ab und konnte sie nicht daran hindern, dass sie sich vorbeugte und ihn schmetterlingszart zwischen Hals und Ohr küsste. Anschließend lenkte er seine Klapperkiste durch den Verkehr und den Lichterglanz des Berliner Abends weiter nach Babelsberg.

»So schweigsam?«, fragte Ariane irgendwann.

»Mir fällt nichts ein, das sich zu sagen lohnt«, erwiderte Stiller.

»Kann ich verstehen. Mir hängt auch das Herz in der Hose, und dir reißt mein Vater mit noch viel größerer Wahrscheinlichkeit den Kopf ab als mir.«

Ariane Adler gehörte eindeutig zu den nettesten Menschen, die Stiller kannte.

»Aber wirklich an den Karren fahren kann er dir nicht?«, fragte sie. »Oder doch?«

»Sei so gut und mach dir um mich keine Sorgen«, sagte er. »Dein Vater und ich, wir haben schon anderes durch und wissen einander zu nehmen. Wichtig ist, dass du dir sicher bist, das Richtige zu tun. Sich umzuentscheiden, ist keine Schande. Besser, du bereust etwas jetzt, als wenn es zu spät ist.«

»Ich bin mir so sicher, wie ich überhaupt nur sein kann«, sagte Ariane. »Und zu spät ist es längst. Es tut mir leid, ich werde Babelsberg und euch alle ganz schrecklich vermissen. Ich werde auch meinen Vater vermissen, aber wenn er es mit meiner Mutter und Alexander halten will, dann wird er das eben tun müssen. Ohne mich. Dass ich Schauspielerin werden will, habe ich immer gewusst. Beim Film, nicht beim Theater, wo er mich hat hinstecken wollen. Zu anderem tauge ich nicht, und mein Leben – das ist jetzt die Kowo, die Gneisenaustraße, Lilly und Toni.«

»Toni?«

»Nun ja, neue Menschen eben«, erwiderte Ariane hastig. »Eingesperrt in der Villa meines Vaters, hatte ich ja kaum Gelegenheit, Leute kennenzulernen, die da draußen in der wirklichen Welt leben.«

Trotz der Sorgen, die ihn drückten, musste Stiller lächeln. Von Einsperren konnte bei Ariane nicht ernstlich die Rede sein, denn sie hatte sich nie einsperren lassen. So wenig wie eine Katze, die kam und ging, wie sie wollte, und die niemandem gehörte.

»Dein Vater hält es nicht mit deiner Mutter und Alexander«, sagte er, weil er es Benno schuldig war. »Er hat Angst um dich. Und er hat vor allem Angst, dich zu verlieren.«

»Und weil er Angst hat, mich zu verlieren, schmeißt er mich raus?«, fragte sie.

»Ich weiß, besonders logisch klingt das nicht«, gab Stiller zu. »Aber das haben Dinge, die Menschen miteinander tun, nun einmal so an sich. Ehe sie sich von anderen Schmerz zufügen lassen, fügen sie sich den Schmerz lieber selbst zu.«

»Bist du mir böse, wenn mir das zu blöd ist?«

»Nicht sehr.« Stiller parkte an dem kurzen Zufahrtsweg vor dem Tor. »Und dass das alles nichts ändert, ist mir auch klar. Du tust, was du tun musst, und wenn du fertig bist, rede ich mit deinem Vater, wie ich es ihm schulde. Anschließend fahre ich dich in die Gneisenaustraße. Zur Not auch ohne Kopf.«

»Danke, Theo.«

Er sagte nichts mehr, sondern stieß die Autotür auf.

»Du weißt, dass Lilly ein echter Pfundskerl ist, oder?«, fragte sie ihn beim Aussteigen. »Ich bin nicht einmal ganz sicher, was du ihr alles verschweigst – aber sie ist kein bisschen spießig und würde womöglich mehr verstehen, als du glaubst.«

»Ich bedanke mich für den Hinweis, aber du brauchst nicht meine Probleme für mich zu lösen«, sagte Stiller, ohne sie anzusehen. »Bis der Berg deiner eigenen abgetragen ist, hast du genug zu tun, denke ich.«

Sie lachte, drehte ihm eine Nase und lief los.

Er blieb im Auto, bis er nicht länger still sitzen konnte und ausstieg, um ziellos die Straße hinauf und hinunter zu laufen. Auf das Gelände wollte er nicht. So verrückt das war, kam er sich auf einmal wie ein Eindringling vor, der kein Recht auf Zugang hatte. Inzwischen war die Sonne untergegangen, doch der Himmel war sternenhell. Sie sahen immer künstlich aus, diese Sterne, fand er und liebte sie dafür. Künstlich, tröstlich, wie eine ferne Stadt, hinter deren Fenstern Menschen aufeinander warteten. Das Gras am Rand der Straße stand so hoch, die schlanken Ähren streiften im Vorübergehen seine Hüfte. Wenn er wie jetzt, fort von der erleuchteten Filmstadt, über die Weite der Landschaft blickte, hätte er glauben können, dies sei die Nacht von Flandern, im ersten Kriegsjahr, ehe das Kampfgetümmel den Boden durchpflügt und ihn in eine Kraterwüste verwandelt hatte, die kein Bauer mehr als seine Scholle erkannte.

Wenn es in hundert Jahren noch Menschen gab und wenn sie über das verwüstete Land gingen – was würden sie glauben und ihren Kindern von dem erzählen, was mit diesem Land geschehen war?

Das Land um die Filmstadt würde bis dahin nicht mehr erkennbar sein, denn diese breitete sich nach allen Seiten aus und verschluckte es. Das war gut, sagte sich Stiller. Es war ein Zeichen, dass das Leben zurückkehrte, dass sich Menschen wieder vergnügten und ihre Tage genossen, dass Fortschritt nicht länger bedeutete, immer wirkungsvollere Waffen zu entwickeln und noch mehr Artgenossen auf einen Schlag auszulöschen. Er wollte nicht so viel in immer gleichen Kreisen denken. Es half nicht und schwächte ihn vor dem Gespräch, das ihm bevorstand. Aber die Gedanken ließen sich nicht ausschalten – so gnädig waren Gedanken an den Krieg nie.

Schon gar nicht, wenn es dabei auch um Benno Adler ging.

Benno Adler war alt genug gewesen, um der Einberufung zu entgehen, aber er war für die »Messter-Wochenschau« an die Front gezogen und hatte Kriegsberichte für die heimischen Kinos produziert. Keine der Wahrheit entsprechenden Berichte. Oskar Messter, vielleicht der gerissenste Geschäftsmann unter Deutschlands Filmpionieren, hatte eine Denkschrift mit dem Titel »Der Film als politisches Werbemittel« verfasst, und an die Vorgaben dieser Denkschrift hatten seine Filmemacher sich zu halten gehabt: keine Bilder von zerfetzten Leichen, von Verwundeten, die vergeblich versuchten, sich aus Kratern voll Schlamm zu kämpfen, keine deutschen Soldaten, die flohen, die kotzten, die wie Babys heulten oder sich vor Angst in die Hosen schissen. Nur Heldentum, Siegesgewissheit und Vaterlandsliebe auf der eigenen Seite. Aufseiten der Feinde, der »Krüppel-Entente«, des »perfiden Albion« hingegen Chaos, Feigheit und Heimtücke.

Messter galt allenthalben als so etwas wie der Erfinder des deutschen Films. Er hatte bereits 1896 in der Friedrichstraße ein Kunstlichtatelier eröffnet und kurz darauf Unter den

Linden ein Kino. Benno Adler hatte sich praktisch von der ersten Stunde an bei ihm verdingt, hatte, getrieben von der Liebe zum Film, für Hungerlöhne oder sogar umsonst für ihn gearbeitet, um Erfahrung zu sammeln und einen Fuß in die Tür zu bekommen. Welchen Preis er dafür bezahlt hatte, ahnte niemand, der das Vorstandsmitglied der Ufa heute im Glanz seines Erfolges sah. »Eines Tages bringe ich dich groß raus«, hatte ihm Messter ein ums andere Mal versprochen, und der »eine Tag« war gekommen, als der Krieg ausbrach.

»Das hier ist verdammt noch mal meine einzige Chance«, hatte Benno gesagt. »Ich habe mein gesamtes Leben dafür in den Wind geschossen, und wenn ich diese eine verdammte Chance jetzt nicht nutze, weil ich mir ein Gewissen leiste, kann ich genauso gut in eine Granate rennen, denn dann bin ich tot.«

Stiller hatte ihm nicht gesagt, dass in eine Granate zu rennen und sich tot zu glauben zwei unterschiedliche Dinge waren, die nur der hätte beurteilen können, der bereits von der Granate zerfetzt worden war. Stiller hatte ihm gar nichts gesagt, weil er ihn trotz allem verstand. Weil sie miteinander reden konnten und weil man in der Hölle den Verstand verlor, wenn man mit niemandem redete. Weil Benno der Einzige war, der ahnte, dass Stiller nicht mehr lange durchhalten würde, dass er sich des Nachts, wenn er allein war, am Boden wälzte, sabberte, zitterte und lautlos schrie. Und weil Benno ihm versprach: »Ich hol dich da raus, Kerl. So schnell, wie's irgend geht, hol ich dich da raus.«

Und Benno hatte ihn herausgeholt. Kaum war er selbst zurückberufen worden, um seine Expertise und seine Begabung in den Dienst des neu zu gründenden Bundesfilmamts zu stellen, hatte er den namenlosen Theo Stiller als Regisseur seiner Wahl benannt. Dass er überlebt hatte, verdankte er Benno. Dass er nicht in einer der Zellen von Buch gelandet war, verdankte er ihm, und dass er sogar manchmal auch wieder etwas wie

Lebensfreude empfand: wenn der Duft hohen Sommergrases ihn in der Nase kitzelte, wenn er erlebte, wie das Durcheinander auf einem Filmset sich mit einem Schlag in eine lebendige Szene verwandelte, wenn die grandiosen Kerle, mit denen er arbeitete, ihn ohne Worte verstanden und wenn er an ein schwarzhaariges, sternenäugiges Mädchen namens Lilly dachte.

Wie hatte er diesen Mann hintergehen können? Er stand ihm näher und hatte weit mehr für ihn getan als jeder seiner Blutsverwandten. Einst – da draußen in Flandern, das ein Niemandsland war, weil man es niemandem, der nicht dort gewesen war, erklären konnte – hatte er ihn seinen Bruder genannt.

»Theo!«

Er drehte sich um und sah Ariane im Licht der Laterne beim Tor stehen. Auch im Pförtnerhäuschen brannte noch Licht, den unermüdlichen Emil Wachter hatte es noch nicht nach Hause zu seiner Erna gezogen. Ariane hielt ihr Köfferchen aus Pappe in der Hand, und ihr Gesicht war verweint, aber tapfer, wie Stiller sie kannte. Kein Wunder, dass Benno, der für seine Frau und seinen Sohn keinen Pfifferling gab, mit einer geradezu verzweifelten Liebe an seiner Tochter hing. Ariane Adler war ein verdammt feines Mädchen. Sie besaß jene Art von Stil und Charme, die sich ausschließlich bei Menschen fand, die mit sich selbst im Reinen waren. Darüber hinaus war sie als Schauspielerin eine Ausnahmebegabung. Um zu begreifen, warum Benno das nicht als Begründung gelten ließ, musste man wohl selbst Kinder haben, wie es Stiller nie vergönnt sein würde.

»Ich hab's hinter mir«, murmelte Ariane ein bisschen kleinlauter als sonst. »Auf dich wartet der Henker in seinem Büro. Wenn du lieber flüchten willst – mein Verständnis hast du, und ich sag's niemandem weiter.«

»So schlimm?«

Ein wenig hilflos zuckte sie die Achseln.

»Ich verspreche, ich werde es überleben«, sagte er. »Ich bin mit Kurkuma aufgezogen worden, und du weißt doch: Ist der Kampf auch hart – der deutsche Mann ist härter.« Parolen wie diese hatten in grellroten Lettern auf den Plakaten geprangt, mit denen die Stadt vier Jahre lang zugekleistert gewesen war.

Ariane ließ ihren Blick an ihm hinauf und hinunter wandern. »Irgendwie habe ich mir darunter immer etwas anderes vorgestellt als dich.«

»Ich bin ja auch kein deutscher Mann«, entfuhr es Stiller.

»Was denn sonst?«

»Ein vaterlandsloser Geselle«, sagte er und zwang sich zu einem Grinsen. »Einer, den so schnell nichts umbringt. Willst du bei Wachter warten? Ich komme zurück, so schnell ich kann.«

Ariane schüttelte den Kopf. »Ich glaube, heute ertrage ich nicht einmal mehr Wachter und seine Mettwurst. Darf ich mich in dein Auto setzen und die am heißesten ersehnte Zigarette meines Lebens rauchen?«

»Wenn du eine bei dir hast.«

»Ich dachte, du hättest vielleicht eine, um sie als Kavalier einer Dame zu spendieren.«

»Ich bin auch kein Kavalier«, sagte Stiller. »Aber im Handschuhfach könnte sich noch eine vertrocknete Packung finden lassen.« Im Vorbeigehen streifte er ihren Arm. »Kopf hoch« hätte er sagen wollen, aber das kam ihm vor wie eine jener Durchhalteparolen, die er hasste.

Über das spärlich beleuchtete Gelände, das seit dem Krieg seinen gesamten Lebensinhalt ausgemacht hatte, ging er hinüber zu der Reihe niedriger Gebäude, die derzeit noch die Büros des Vorstands enthielten. Das würde sich ändern. Wenn es der Ufa gelang, ihre Pläne zu verwirklichen und Babelsberg als Ganzes zu übernehmen, würde ein neuer Komplex von

Verwaltungsgebäuden entstehen. Vor allem aber mehr Ateliers, mehr Studios und Hallen, in denen jeder Ort der Welt für die Leinwand nachgebaut werden konnte.

»Wer braucht zum Dreh nach Ägypten zu reisen, wenn er sich die perfekten Pyramiden aus Pappmaché hinstellen kann?«, hatte Benno gesagt. »Wir bauen uns eine Welt, wie es sie noch gar nicht gibt. Größer, weiter, besser, eine, die das bisherige Modell aussehen lässt wie einen gescheiterten Prototypen.«

Das war größenwahnsinnig, und jede Art von Größenwahn verursachte Stiller Magengrimmen. Aber die Ufa war eine Fabrik für Träume, und vielleicht ließ sich eine solche nicht betreiben, ohne dass man nach den Sternen griff. Er klopfte an die vorderste Tür, über der auf einem breiten Messingschild der Namenszug »B. K. Adler. Vorstand« prangte.

»Benno?«

»Ich warte«, knurrte der andere zurück.

»Darauf, mir den Hals umzudrehen?«, fragte Stiller, öffnete die Tür und trat ein. Das Büro war zweifellos das mit der elegantesten Einrichtung in ganz Babelsberg. Schwere Eichenmöbel zu tannengrünem Samt und Brokat. Auch in Bennos Villa gab es kein Stück, das nicht aussah, als hinge noch das exorbitante Preisschild daran. Benno hatte seine Armut und die Rolle als Versager so gründlich satt, dass er aller Welt zeigen musste: Seht her – ich habe es geschafft!

Vielleicht half ihm das, zumindest zuweilen vor sich zu verbergen, was er nicht geschafft hatte und auch nicht mehr schaffen würde.

Er saß hinter seinem wuchtigen Schreibtisch und bereitete sich eine Zigarre zum Rauchen vor. Sie stand ihm nicht, fand Stiller. So wenig wie das Wohlstandsfett, das er sich in schwindelerregendem Tempo anfraß. Er war ein drahtiger, immer hungrig wirkender Mann gewesen, der zerknautschte Zigaretten rauchte und in seiner Rastlosigkeit etwas Magnetisches hatte, das Menschen zu ihm zog. Jetzt war davon nichts mehr übrig. Er wirkte müde und dick. Vielleicht erging es ja allen Menschen so, deren Traum sich erfüllt hatte und die erkennen mussten, dass sich damit die Leere in ihrem Innern nicht ausstopfen ließ.

»Was hätte ich davon, wenn ich dir den Hals umdrehe?«, fragte Benno, ohne Stiller einen Platz anzubieten. »Ich bin mir nicht einmal sicher, ob du mir nicht dankbar wärst, wenn ich dir helfe, dich so billig aus der Affäre zu ziehen.«

»Ich mir auch nicht«, sagte Stiller.

»Du hast den beiden eine Wohnung besorgt, ja? Von allen gottverdammten Menschen hast ausgerechnet du sichergestellt, dass meine Tochter mich verlässt.«

»Sie verlässt dich nicht«, erwiderte Stiller, obwohl er wusste, dass es sinnlos war. »Sie will Schauspielerin werden, sie *ist* Schauspielerin, und als solche willst du sie nicht in deinem Haus haben. Was also soll sie tun?«

»Ich will sie als Schauspielerin nicht in meinem Haus?« Benno stützte die Hände auf den Tisch und sprang auf. »Und wer hat jahrelang ihren Unterricht bezahlt, Tanz, Gesang und all den Pipapo, auch wenn ich mir nicht einmal die Butter auf meinem Brot leisten konnte? Ariane hat es an nichts gefehlt. Sie hätte zu Max Reinhardt gehen können. Ich hätte ihr keinen Stein in den Weg gelegt.«

»Sie will aber zum Film, Benno. Sie will dieses eine und sonst nichts. Müsstest nicht gerade du in der Lage sein, ihr das nachzufühlen?«

»Willst du, dass ich dir auf diese Frage eine Antwort gebe?«, schoss der andere zurück.

»Sonst hätte ich sie nicht gestellt«, sagte Stiller.

»Meine Antwort lautet Nein«, sagte Benno und ließ sich wieder in den Sessel hinter dem Schreibtisch fallen. »Nein, ich kann ihr das nicht nachfühlen. Ich kann überhaupt niemandem etwas nachfühlen, denn alles, was ich fühle, ist die Leere, die ich mit dieser verfluchten Besessenheit in meinem Leben geschaffen habe. Ich habe alles für die Filmerei gegeben. Alles. Nur Ariane nicht, und die verliere ich am Ende auch noch.«

»Das müsste nicht so sein. Und vor allem bräuchte deine Tochter nicht so viel zu verlieren, wenn du Verständnis für sie zeigen würdest. Ihr könntet eure Besessenheit teilen. Würde eure Bindung dadurch nicht gestärkt statt zerstört?«

»Ha!« Benno schnaufte. »Betätigst du dich neuerdings als Kuh, die vom Klavierspielen schwatzt?«

In der Tat, dachte Stiller. *Was verstehe denn ich von dem, was einen Vater an seine Tochter bindet?* Was seine eigene Herkunftsfamilie betraf, so hatte er falsch gemacht, was man nur falsch machen konnte, und eine eigene Familie würde er nicht gründen, auch wenn er sich einst bereits einen Namen für seine zukünftige Tochter ausgedacht hatte.

»Ich mag nichts von Eltern und Kindern verstehen«, sagte er schließlich lahm. »Aber ich weiß, dass Ariane dich liebt und dir sogar die Sache mit dem Oswald-Film verzeihen würde, wenn du sie als das akzeptierst, was sie ist. Ihr könntet zusammen einen Film machen, Benno. Ich bin sicher, Ariane wäre Feuer und Flamme.«

»Was du nicht sagst. Wäre sie das?« Benno zündete die Zigarre an, zog einmal daran und schleuderte sie dann auf den Tisch. »Und darf ich dir vielleicht ins Gedächtnis rufen, dass ich überhaupt keine Filme mache, Herr Oberschlau? Filme machst du. Ich sorge dafür, dass das nötige Kleingeld und alles andere Spielzeug vorhanden ist, damit ihr euch da draußen auf eurer Riesenspielwiese austoben könnt. Aber wenn jemals die Fähigkeit in mir war, einen Film zu machen, dann ist sie versiegt. Mich kümmert auch nicht länger, ob die Filme, die wir hier produzieren, gut oder völlig beschissen sind. Was soll mich nach dem, was ich für Messter gemacht habe, daran noch kratzen? Mich kratzt, ob sie Geld bringen. Sonst nichts.«

Stiller wusste, wovon der andere sprach. Benno hatte zu guter Letzt auch noch seine Moral auf dem Altar seines Traumes geopfert, und dieses obskure Organ ließ sich so wenig ersetzen wie das eigene Herz.

»Es tut mir leid, Benno«, war alles, was er herausbrachte.

»Ach. Ist das so?«

Stiller nickte. »Und deine Zigarre brennt ein Loch in deine Schreibtischauflage.«

»Das geht dich verdammt noch mal einen Dreck an«, brach es aus Benno heraus. »Alles, was mich betrifft, geht dich verdammt noch mal einen Dreck an, und ich habe dich nicht herbeordert, um mir deine dämlichen Lebensweisheiten und deinen Rat für ein glückliches Familienleben anzuhören.«

»Warum hast du mich denn herbeordert?«, fragte Stiller.

»Das ist deine erste gute Frage«, erwiderte Benno. »Vielleicht, um dir wenigstens ins Gesicht zu sagen, was für ein Stück Dreck du bist. Was nicht so dramatisch wäre, da die meisten Leute Dreck sind, aber dich habe ich einmal für einen anständigen Kerl gehalten.«

»Ich mich auch«, sagte Stiller. »Wir sind nicht die Einzigen, die sich in diesem Punkt täuschen.«

»Spar dir die Bonmots. Stattdessen kannst du zur Abwechslung mir eine Frage beantworten, wenn es dir nicht zu viel Mühe bereitet.«

»Die Mühe nehme ich auf mich.«

Benno nahm die Zigarre, die tatsächlich bereits ein Loch in die lederne Auflage gebrannt hatte und einen schwer erträglichen Gestank verbreitete, und zermalmte sie im Aschenbecher. »Du bist also mir nichts, dir nichts hingegangen, um an mir zum Verräter zu werden«, sagte er. »Meiner Tochter hast du mein Geheimnis verraten, sosehr ich dir eingeschärft habe, dass sie der letzte Mensch ist, der davon wissen darf.«

»Herrgott, Benno, was ist so schlimm daran? Dein Sohn weiß es auch. Jeder, der einen Blick in ein Berliner Adressbuch wirft, kann es im Handumdrehen herausfinden.«

»Ariane nicht«, beschied ihn Benno. »Alexander zählt nicht, aber Ariane hätte es ohne dich nie erfahren.«

»Sie ist in Lilly Adler regelrecht hineingerannt.«

»Versuchst du, dich herauszureden?«

Stiller schüttelte den Kopf.

»Gut so«, sagte Benno. »Damit würdest du bei mir nämlich keinen Blumentopf gewinnen. Ich will von dir nur noch eines wissen, Theo, dann sind wir beide fertig miteinander: Möchtest du eigentlich gern, dass ich mich an dir räche? Dass ich losgehe und dein Geheimnis ebenso verrate wie du das meine? An den letzten Menschen, der davon wissen darf?«

Hart und dumpf begann Stillers Herz zu schlagen. Jäh sah er Lilly vor sich, wie sie in der letzten Abendsonne auf der Trasse zwischen den Fahrbahnen gestanden hatte, die Frisur halb aufgelöst, das Gesicht gerötet und in den Augen eine Sehnsucht, die ihn anrührte.

»Nein«, sagte er leise. »Nein, das möchte ich nicht.«

Wie konnte er Lilly das antun, wie hatte er nur riskieren können, ihr das anzutun?

»Das dachte ich mir«, sagte Benno nun wieder so ruhig, wie er mit Drehbuchautoren sprach, die vor Aufregung atemlos in dieses Büro geschneit kamen, um ihre Werke anzupreisen. »Du kannst jetzt gehen, Theo.«

»Benno, lass uns doch darüber reden«, versuchte es Stiller, doch der andere schnitt ihm das Wort ab.

»Ich habe mit dir nichts mehr zu reden«, sagte er. »Was ich dir sagen wollte, habe ich gesagt, und mit der Angst, dass ich deine kleine Bombe auffliegen lasse, wirst du von jetzt an leben müssen.«

Dass ich damit leben muss, ist nichts als fair, dachte Stiller. *Nur wäre, wenn du meine Bombe platzen lässt, nicht ich der Leidtragende, und deshalb darf es nicht geschehen.*

Obwohl sich nicht leugnen ließ, dass er an dem Leid ebenfalls zu tragen haben würde, ob er es sich eingestehen wollte oder nicht.

Sich tot zu glauben und tot zu sein, waren und blieben nun einmal zwei unterschiedliche Dinge, und wer in keine Granate hineingerannt war, der hatte offenbar überlebt.

Auf einmal sehnte er sich inmitten von Furcht und Verzweiflung mit einer Kraft, der er nicht gewachsen war, danach, dieses Überleben zu feiern. Dieses Noch-da-Sein, dieses Erkennen, dass man noch besaß, wofür die Toten in den Gräben alles gegeben hätten: die Gnade, den eigenen Atem zu hören, den eigenen Herzschlag zu spüren, zu schmecken, wie trocken der eigene Mund war, und im Nacken zu fühlen, wie auf der Haut der Schweiß ausbrach.

»Mach's gut, Benno«, warf er dem anderen hin, was so ziemlich das Dümmste war, was ihm einfallen konnte. Dann flüchtete er aus dem Büro. Und so blindlings, wie er losstürmte, stieß er um ein Haar mit einem schlanken Mann im Tuchmantel zusammen, der ihm forschen Schrittes entgegenkam. Seine hellen, elegant zurückfrisierten Locken schimmerten im Dunkeln.

»Ach, sieh an, der Herr Regisseur«, sagte Alexander Adler und bedachte ihn mit dem Blick eines Hausherrn, dem Stiller die Miete für die letzten drei Monate schuldete.

»Und sieh an, der Herr, der auch gern einer wäre«, platzte Stiller heraus, wohl wissend, dass er sich sein eigenes Grab kaum rasanter hätte schaufeln können. Dann schlug er einen Haken um den Mann und eilte, ohne anzuhalten, nach oben an die Straße, um mit Ariane ins Lichtermeer der Hauptstadt zurückzukehren.

20

Lilly

Er bat sie in den Salon. Immer tat er das, wenn er mit einem Familienmitglied etwas Wichtiges zu besprechen hatte, und immer rückte er sich zu einer solchen Besprechung den Stuhl vor den Kamin, so als wolle er die Gemeinschaft der Adlers, die auf den Fotos auf dem Sims versammelt waren, zur Unterstützung in seinem Rücken wissen.

»Setz dich, Lilly«, forderte er sie auf. »Steh nicht herum wie auf dem Bahnhof, als könntest du es nicht erwarten, in einem Zug zu verschwinden. Was wir zu besprechen haben, erfordert Zeit, und die sollte ich dir nach allem, was ich für dich getan habe, doch wohl wert sein.«

»Natürlich«, murmelte Lilly und setzte sich in den Ohrensessel, auf den ihr Vater wies. Er hatte in diesem Raum gestanden, solange sie denken konnte. Die Sprungfedern knarrten ein wenig, wenn man sich hineinsinken ließ, und der in Brauntönen gemusterte Bezug war abgeschabt, aber Lilly fand das alte Stück noch immer himmlisch bequem. Als sie ein kleines Mädchen gewesen war, hatte ihr Vater in diesem Sessel gesessen, wann immer er Zeit gehabt hatte, sich zu entspannen. Oft war das nicht vorgekommen, aber jedes Mal hatte Lilly dann in das Zimmer laufen dürfen, auf seinen Schoß klettern und mit ihm zusammen die schweren Alben voller Fotografien durchblättern, die von der großen Vergangenheit des Ateliers kündeten.

Sie hatte diese Stunden geliebt. Den Geruch nach den Chemikalien zum Entwickeln der Fotos, der in der gepflegten, ein wenig altmodischen Hausjacke ihres Vaters hing, und den andächtigen Stolz, mit dem er die Seiten umblätterte, um ihr zu zeigen, wie die Kunst der Fotografie sich über Jahrzehnte hinweg entwickelt hatte.

»Das Atelier Adler hat immer mitgehalten«, hatte er ihr erklärt. »An technischen Errungenschaften, die der Verbesserung der fotografischen Qualität dienten, hat es bei uns nie gefehlt. Aber wir sind beileibe nicht auf jeden Zug aufgesprungen, nur weil er der neuesten Mode entsprach. Sogenannte Illusionskünstler, die sich zweimal ablichteten, um dann mit ein bisschen Rauch und Bauernfang und viel Retusche das Bild zweier Doppelgänger vorzutäuschen, haben mit unserer Arbeit nichts gemein. Die Bilder, die du hier siehst, mein Schneewittchen, zeigen samt und sonders die Wirklichkeit.«

Er hatte ihr noch eine ganze Weile lang weiter erklärt, wie man mit Objektiven, Belichtungszeiten, Filtern und Kompositionen Bilder schaffen konnte, die die Schönheit der Wirklichkeit verstärkten und betonten, und Lilly hatte es geliebt, seiner Stimme zu lauschen, dem beinahe heiligen Ernst in seinem Ton.

Richtig zugehört hatte sie hingegen selten. Viel zu fesselnd waren die Bilder, die sich bei jedem Umblättern auftaten, die stummen, starren Gesichter, die ihr entgegenblickten und ihre Geschichte verbargen. Lilly erfasste eine solche Neugier auf diese Geschichten, dass sie nicht länger still sitzen konnte, sondern mit den Beinen zappeln musste. Am liebsten hätte sie die Bilder gepackt, aus dem Album gerissen und geschüttelt, hätte den Figuren darauf zurufen wollen: *Bewegt euch! Zeigt mir, was ihr gerade getan habt, wohin ihr unterwegs seid, was euch geschehen ist!*

Vielleicht war in diesem Sessel, auf dem Schoß ihres Vaters, über den großen Alben, die auf ihren Knien lagen, ihre Liebe zum Film geboren worden, noch ehe sie wusste, was ein Film überhaupt war und was er vermochte.

Sie wäre gern aufgestanden und hätte ihren Vater gebeten, sich in den Sessel zu setzen, damit sie ihn noch einmal darin sah. Sie wollte sich das plötzliche Lächeln vorstellen, das sein Gesicht erhellt hatte, wenn sie in den Raum gestürmt war. *Vielleicht wird auch so die Liebe zum Film geboren,* dachte Lilly. *Indem wir denen, die wir lieben, zusehen und auf ihren Gesichtern, in ihren Bewegungen und Gesten zu lesen lernen, was sie empfinden, so deutlich, wie es Worte nicht ausdrücken könnten. Und indem wir uns wünschen, allen Menschen, die wir kennen, und dann auch denen, die wir nicht kennen und niemals kennen werden, davon zu erzählen.*

»Könntest du bitte so freundlich sein und diese Tasche abstellen?«, fragte ihr Vater. »Du siehst noch immer aus wie in einem Wartesaal, aus dem du so schnell wie möglich entfliehen willst. Das hier ist aber kein Wartesaal, Lilly. Es ist dein Zuhause. Der Ort, der dich mehr als alles andere geprägt hat. Deiner Mutter geht es nicht gut, das weißt du. Sie hat dir nicht immer die Mutter sein können, die du verdient hättest und die sie dir hätte sein wollen. Ich hatte für den Erhalt des Ateliers und den Unterhalt der Familie zu sorgen und verfüge als Mann ja auch nicht gerade über die Fähigkeiten, einem Kind die Mutter zu ersetzen. Aber ich habe mich nach Kräften bemüht, dir und deinen Geschwistern an Werten mitzugeben, was ein

Kind in seinem Elternhaus mitbekommen sollte. Wenn mir das nicht gelungen ist …«

»Es ist dir gelungen«, fiel Lilly ihm ins Wort. »Ach, Pap-Pap, es ist dir so sehr gelungen, es war schön hier bei uns, und dass mir etwas gefehlt hätte, ist ganz gewiss kein Grund dafür, dass ich gehe.«

Pap-Pap war der Name gewesen, mit dem sie ihn als kleines Mädchen, in den verschwiegenen Stunden im Ohrensessel, genannt hatte, vielleicht noch ehe sie das förmliche »Vater« oder die von Großmutter Bernardine vorgeschlagene, französisch angehauchte Koseform »Papa« auszusprechen vermochte.

»Und warum glaubst du dann, gehen zu müssen?«, fragte ihr Vater. »Wer redet dir das ein, wer hetzt dich gegen dein Elternhaus auf? Diese Leute aus Potsdam?«

»Dein Bruder und meine Cousine, meinst du?«, schoss Lilly automatisch zurück, obwohl sie fest entschlossen gewesen war, ihren Vater nicht anzugreifen. »Nein, sie haben mich gegen niemanden aufgehetzt. Dein Bruder hat nicht einmal ein Wort mit mir gewechselt, um genau zu sein, er ist nämlich genauso vernagelt wie du. Und meine Cousine ist ein derart gutartiges, menschenfreundliches Wesen, dass jede Art von Hetze ihr völlig fremd ist.«

»Ich hege nicht den Wunsch, über diese Leute zu reden«, fiel ihr Vater ihr scharf ins Wort. »Wenn ich mir überhaupt die Mühe mache, nach allem, was geschehen ist, noch zu reden, dann ist es deinetwegen. Weil du mir nämlich am Herzen liegst. Mehr als jeder andere. Ich dachte, das wüsstest du.«

»Wohl kaum mehr als Mutter und Paulchen und Rose«, sagte Lilly.

Ihr Vater erwiderte nichts darauf, und sie wussten beide, was das bedeutete. Er hatte sich nie viel Mühe gegeben, zu verbergen, dass es seine Erstgeborene war, der er sich näher fühlte als den übrigen Familienmitgliedern.

Es klopfte an der Tür. Auf das »Herein« des Vaters schob sich Marianne in den Spalt. In den Händen hielt sie ein Tablett, auf dem zwei der in der Sommerfrische in Lübeck erworbenen hohen Tassen standen, die sie für heiße Schokolade verwendeten. »Ich weiß, Sie haben mich nicht darum gebeten, Herr Adler, und es ist ja auch nicht das richtige Wetter«, sagte sie verlegen zum Vater. »Aber ich dachte, wo doch unser Fräulein Lilly wieder da ist …« Sie schwang zu Lilly herum, und ihr Lächeln wurde strahlend. »Es ist so schön, dass Sie wieder da sind, Fräulein Lilly. Wir haben Sie ganz schrecklich vermisst, und meine Schokolade mit Zimt trinken Sie doch so gern.«

Es ging Lilly durch und durch. Marianne war ihre Kinderfrau gewesen, sie hatte sie mit ihren Schokoladentassen, ihren Wadenwickeln, ihrem Halspinseln und ihren Märchen von Prinzessinnen und bösen Wölfen ins Leben begleitet, solange sie denken konnte. Mit einem Schlag wurde ihr klar, was dieser Abschied tatsächlich bedeutete und wie weit er ging.

»Danke, Marianne«, war alles, was sie herausbekam. Sie nahm ihr das Tablett ab und stellte beide Tassen auf den Teetisch, wo ihr Vater die seine nicht weiter beachtete. Das Getränk dampfte und erinnerte ans Heimkommen an kalten Wintertagen ihrer Kindheit, auch wenn der Augustabend draußen mild und sternenklar war.

Marianne zog sich zurück, und die Wut des Vaters schien inzwischen verraucht. Er hatte Lilly nie etwas lange übel nehmen können, und auch jetzt wurden seine verhärteten Züge im Nu wieder weich. »Ich weiß, jeder andere Vater hätte seine Tochter hochkant aus dem Haus geworfen, statt sich von ihr bieten zu lassen, was du mir geboten hast«, sagte er. »Aber du bist mir zu wertvoll dazu. So wertvoll, dass ich noch einmal über alles nachgedacht habe und sogar bereit bin, einzugestehen, dass auch ich gewisse Fehler gemacht habe.«

»Bist du das?« Ein Funke Hoffnung flammte in Lilly auf. Wenn er ihren Wunsch, Filmregisseurin zu werden, akzeptierte, wenn er ihr erlaubte, mit Ariane zu verkehren, würde vielleicht doch noch alles gut, und sie bräuchte sich von ihrer Familie nicht zu trennen.

Der Vater nickte. »Du hast mich immer sehr stolz und auch sehr glücklich gemacht, Schneewittchen. Auch darauf, dass du so ein kluges und selbstbewusstes Mädchen warst, war ich stolz, auch wenn es in meinem Umfeld durchaus Stimmen gab, die bekundeten, ich ließe meiner Tochter zu viel durchgehen. Für mich warst du immer etwas Besonderes und an den Töchtern anderer Männer nicht zu messen. Ich habe mir nun deshalb überlegt, dass es vielleicht nicht richtig von mir war, davon auszugehen, du würdest eines Tages einfach heiraten. Den Sohn meines Freundes Trossmann am besten, der dir als angehender Mediziner ein angenehmes Leben hätte bieten können. Als sich dann allerdings jener bedauerliche Unfall ereignete, war ich mit der Verbindung nicht länger glücklich. Zwar ehrt es dich, dass du bereit warst, dazu zu stehen, aber an einen Krüppel wollte ich dich nicht gebunden wissen.«

»Arndt ist doch kein Krüppel!«, rief Lilly empört. »Arndt ist mein Freund, und das wird er auch bleiben.«

Im selben Atemzug fiel ihr siedend heiß ein, wie lange sie Arndt schon hatte besuchen und sich nach seinem Befinden hatte erkundigen wollen. Über ihrem Glück mit Stiller und dem »Cornet« hatte sie es einfach vergessen und schämte sich dafür.

»Auch das ehrt dich«, sagte der Vater. »Deine Treue zu deinen Freunden. Ich hatte nie welche, fürchte ich. Für mich gab es immer nur meine Familie.«

Lilly wusste nicht, was sie darauf erwidern sollte. Vielleicht hatte sie nie genug zu schätzen gewusst, auf wie viel ihr Vater für seine Familie verzichtet hatte.

»Ich will nicht, dass diese Familie zerbricht, Lilly«, sagte er. »Nicht noch mehr, als sie über dem teuflischen Flimmern aus einem Projektor schon zerbrochen ist. Ich will, dass du hierbleibst. Dass du den Verkehr mit diesen Menschen einstellst und auf das Hirngespinst mit dem Filmen, das dich kaputtmachen würde, verzichtest. Um dich dafür zu belohnen, würde ich dir vieles geben. Mehr, als ein Vater für gewöhnlich seiner Tochter gibt.«

Er machte eine Pause, und Lilly hielt ihr Gesicht in den nach Zimt und Sahne duftenden Dampf der Schokolade, weil sie seinem Blick nicht länger standhalten konnte. Er gab sich solche Mühe, machte sich vor ihr verwundbar, indem er sie sehen ließ, wie sehr er sie liebte, und sie liebte ihn doch nicht weniger. Weshalb nur konnte sie ihm nicht begreiflich machen, dass die Arbeit beim Film sie mit jeder Faser elektrisierte, dass Ariane nicht nur ihre Cousine, sondern in Geist und Seele sogar ihre Schwester war, und dass es obendrein da auch noch einen ziemlich großen, ziemlich nervtötenden und ziemlich wundervollen Menschen namens Stiller gab?

»Das Atelier«, durchbrach die Stimme ihres Vaters ihr Schweigen. »Ich würde dir das Atelier geben, mein Lebenswerk und das deiner Vorfahren, von dem ich behaupten darf, dass es trotz der jüngsten unverschuldeten Verluste auf soliden Füßen steht. Ich habe eingesehen, dass eine so begabte junge Frau wie du sich in diesen modernen Zeiten mit Ehe und Familie allein nicht zufriedengeben kann. Ich habe daher beschlossen, dich als Fotografin weiter auszubilden und dich als meine Erbin einzusetzen. Genauer gesagt, würde ich dich und Paul zu gleichberechtigten Erben machen. Ich sehe das Firmenschild förmlich vor mir: ›Geschwister Adler‹. Und was sagst du nun dazu?«

»Aber was ist denn mit Rose?«, entfuhr es Lilly, obwohl ihre eigenen Sorgen sie zu überrollen drohten.

»Rose …«, murmelte ihr Vater, als hätte er für den Augenblick vergessen, dass er noch ein drittes Kind besaß. »Rose, ach ja – nun, die wird heiraten.«

Sie schwiegen beide. Der eine erwartungsvoll, die andere völlig durcheinander. Was sollte sie ihm sagen? Die Größe des Geschenks, das er ihr gerade vor die Füße gelegt hatte, war ihr nur allzu bewusst. Das Atelier war sein Leben, sein Ein und Alles, und er hatte recht: Kein gewöhnlicher Vater hätte seiner Tochter einen Familienbetrieb wie diesen vererbt. Selbst Siegmund Trossmann, dessen Sohn es in andere Gefilde gezogen hatte, hatte nicht Babette, sondern deren Verlobten als Erben vorgesehen gehabt, den der Krieg ihnen beiden dann geraubt hatte.

Ein gewöhnlicher Vater hätte auch vor seiner Tochter nicht eingestanden, einen Fehler begangen zu haben, und ganz gewiss hätte er ihr nicht zugestanden, dass sie nach mehr als Ehe und Familie streben durfte. Seine Haltung war nobel, fortschrittlich und geprägt von Liebe, und es erschien ihr himmelschreiend undankbar, dass sie ihm dafür nicht einen Schritt entgegenkam.

Aber wie konnte sie?

Wie konnte sie aufgeben, was sie ausmachte?

»Geschwister Adler«, brachte sie mühsam heraus. »Das klingt sehr schön, aber ich frage mich, was Paulchen dazu sagen würde.«

»Paul wird sich damit abfinden müssen«, erwiderte ihr Vater. »Schließlich bin noch immer ich derjenige, der in diesem Haus das Sagen hat. Ich denke aber nicht, dass es mit Paul zu irgendwelchen Problemen kommt. Er will nämlich genauso wenig wie ich, dass du deine Familie verlässt, und vor deinem Können an den Kameras hat er großen Respekt.«

Lilly wusste es selbst. Ihrem Bruder war jeglicher Neid fremd, und er hing an ihr noch immer wie damals als kleiner Junge, als er ihr wie ein Entenküken überallhin hinterhergewatschelt war. Auf ihn konnte sie sich nicht herausreden, sondern musste Farbe bekennen.

Unwillkürlich wanderte ihr Blick über die Bilder auf dem Kaminsims, erst über die privaten Aufnahmen von Ferien und Feiern, dann über diejenigen, welche die Adlers vor ihrem Atelier zeigten. Auf seltsame Weise hatte sie das Gefühl, nicht die Menschen auf den Bildern zu sehen, die da waren, sondern die, die fehlten. Es gab das Foto des Urgroßvaters vor dem frisch eröffneten Geschäft und das des Vaters mit seiner Mutter. Wo aber war der Großvater, der das Atelier ja viele Jahre geführt hatte? Und warum wirkte das Bild von Vater und Großmutter so merkwürdig unproportioniert, so als fehle eine Figur darin?

»Sagst du nichts?«, fragte ihr Vater. »Ich habe eigentlich eine Antwort erwartet.«

»Dein Angebot ist unglaublich großzügig«, sagte Lilly mühsam. »Ich sollte mich darüber unendlich freuen, und das tue ich auch – aber annehmen kann ich es nicht.« Weil all diese Worte so nutzlos und falsch klangen, sprang sie auf, lief zu ihm und schlang die Arme um ihn. »Ich hab dich lieb, Pap-Pap. Ich hab euch alle lieb, und ich will nicht im Streit von euch weg. Das hier war mein Zuhause, und ich war hier glücklich.«

Er schien verwirrt, überrumpelt. »Ich habe dir doch gesagt, dass du nicht von uns wegmusst«, sagte er. »Wir sind eine Familie und bleiben zusammen. Im Atelier kannst du gleich morgen anfangen. Wenn es irgendwo Habseligkeiten abzuholen gibt oder wenn du Geld schuldig bist, schicke ich Philipp, du brauchst dich darum nicht zu kümmern.«

Philipp, der einst als Geselle ins Atelier gekommen war, dem das Fotografieren aber nicht sonderlich gelegen hatte, arbeitete inzwischen dort als eine Art Mann für alle Fälle. Eine Sekunde lang gab Lilly sich der Vorstellung hin, er könne tatsächlich einfach in die Gneisenaustraße fahren und Ariane und Frau Pannecke Bescheid geben, dass sie nicht käme. Alles wäre so einfach gewesen. Und alles so falsch. Sie riss sich zusammen. »Ich will Filme machen«, sagte sie, ließ ihren Vater los und trat einen Schritt zurück. »Und ich will Ariane in meinem Leben behalten. Wenn aus deiner Sicht etwas dagegenspricht, dann erklär es mir. Ich finde, ich habe ein Recht darauf.«

»Worauf hast du ein Recht?«, fuhr er sie an. »Auf mein Leben vor deinem? O nein, mein Fräulein, darin täuschst du dich. Was sich zwischen mir und anderen Menschen abgespielt hat, ehe du geboren wurdest, geht dich nichts an. Im Übrigen ist aber auch nichts Dramatisches daran. Ich hatte einen Bruder. Er ist leider als wertloses Subjekt zur Welt gekommen, was die meisten Leute frühzeitig erkannt haben, ich aber leider zu spät. Wir haben uns zerstritten, und mehr gibt es dazu nicht zu sagen. Und was den Film betrifft, diese Seuche, der du nun auch verfallen scheinst, so hat er dieser Familie immer nur eines gebracht.«

»Was?«

»Den Tod. Deine Großmutter Elisabeth, deren Namen du trägst, ist an gebrochenem Herzen gestorben, und ein nettes Mädchen namens Annemie Schultz, die an nichts Schuld trug, ist vom Dachsims gesprungen. Es tut Menschen nicht gut, ihrer Wirklichkeit zu entfliehen und sich Gaukeleien hinzugeben. Ich habe mit dem Tod erwachsen werden müssen, ich habe dir das ersparen wollen, aber wenn du glaubst, du müsstest um jeden Preis in dein Unglück rennen, dann ohne mich. Ohne diese Familie. Wenn dir nicht zu helfen ist, nimm die verdammte Tasche, nach der du die ganze Zeit schielst, als könnte sie dir davonlaufen, und verschwinde.«

Ich kann nicht!, schrie alles in ihr. *Ich will diesen Schmerz nicht aushalten, ich will hier im Ohrensessel bleiben, nachher mit den anderen am Esstisch sitzen und Paulchens Geschichten aus der Schule anhören, einfach mein warmes, geborgenes kleines Leben weiterführen und an nichts anderes mehr denken.*

Aber genau das wollte sie eben nicht.

Genau das konnte sie nicht.

»Du willst, dass ich gehe?«, fragte sie, weil man eine Entscheidung von solcher Tragweite wohl noch einmal besiegeln musste.

»Du bist es, die das will.« Seine Stimme brach, und seine Augen wurden glasig.

»Pap-Pap …« Lilly streckte die Hände aus.

»Nenn mich nicht so. Du bist kein Kind mehr«, sagte er. »Triff deine Wahl.«

Lilly musste all ihre Kraft zusammennehmen, um die Tasche vom Boden aufzuheben. Mit schnellen Schritten verließ sie das Zimmer, ohne sich noch einmal umzudrehen.

21

Großmutter Bernardine rief sie nur durch den Türspalt »Auf Wiedersehen, Großmütterchen« zu, ehe sie weitereilte. Seit Längerem war die alte Dame geistig nicht mehr bei sich, sondern saß in ihrem Zimmer in einem Schaukelstuhl und murmelte die immer gleichen Phrasen vor sich hin.

»Das ist hart«, hörte Lilly sie murmeln. »Das ist hart, das ist hart.«

Vielleicht ist sie noch mehr bei Verstand, als wir glauben, dachte Lilly. *Vielleicht hatte sie in ihrem Leben einfach allen Grund, das ständig vor sich hin zu sagen.*

Paul kam die Treppe herauf, als sie die Wohnung verließ. Wie immer trug er seinen Tornister schlampig an einem Riemen über der Schulter. Seine Finger waren kreidefleckig, und auch an seiner Wange klebte eine Spur Kreide. *Nicht auch noch Paul, das halte ich nicht aus,* durchfuhr es Lilly, doch um zu entfliehen, war es zu spät.

»Lilly!« Sein rundes Jungengesicht, das sie so lieb hatte, hellte sich auf. »Hast du dich mit dem Vater vertragen, hört er auf, sich wie ein Waldschrat aufzuführen?«

Dann sah er die Tasche, die sie unter dem Arm trug.

»Nein, Lilly«, rief er, »das kannst du nicht machen, du darfst nicht von uns weg!« Er ließ den Tornister fallen und klammerte sich mit beiden Händen an ihren Arm wie ein kleines Kind. So hatte er sich am Sattelknauf eines Karussellpferds festgeklammert, als sie mit ihm auf dem Rummelplatz gewesen war. »Ich will nicht, dass es zu Ende ist«, hatte er gebrüllt. »Ich will nicht, ich will nicht, ich will nicht.«

Ich will auch nicht, dachte Lilly.

Zärtlich legte sie die Arme um Paul. Er war so sehr in die Höhe geschossen, aber in diesem langen Lulatsch steckte noch immer ihr kleiner Bruder. »Ich bin doch nicht aus der Welt«, versuchte sie, ihn und sich selbst aufzumuntern. »Du kannst mich besuchen kommen. Dann zeige ich dir mein Zimmer – hättest du dazu nicht Lust? Zwar darf ich eigentlich keine Herren empfangen, aber du bist ja noch kein richtiger Herr, hab ich recht?«

Sie lachte und boxte ihn in die Seite, aber es funktionierte nicht. Er hob den Kopf, und zu ihrem Entsetzen sah sie, dass ihm Tränen über die Wangen liefen. *Was für ein Glück, dass er für den Krieg zu spät geboren worden ist,* dachte sie. Er war so empfindsam, oft schimpfte der Vater, er solle »kein solches Mädchen« sein, und an dem Drill und der Erbarmungslosigkeit des Krieges musste ein junger Mann wie er zerbrechen.

»Ach komm, Paulchen.« Sie strich ihm das verschwitzte Haar aus dem Gesicht. »Bestimmt haben wir jede Menge Spaß, wenn du mich besuchst. Du könntest Ariane kennenlernen, sie ist schließlich deine Cousine ebenso wie meine, und sie ist so ein Schatz. Du wirst sie lieben.«

»Ich hab dich lieb, Lilly.«

»Ich dich doch auch, Wichtel. Und ich freu mich wirklich, wenn du kommst und dir anschaust, wie ich mir mein neues Leben einrichte.«

Paul schüttelte den Kopf. »Dein Leben soll hier sein. Bei uns. Rose und ich, wir sind viel zu traurig, wenn du gehst.« Er stockte und schluckte. »Ich will auch nicht Fotograf werden«, stieß er dann hervor. »Studieren würd' ich gern. Am liebsten Geschichte. Über Büchern sitzen und lernen, wie die Menschen vor uns gelebt haben. Aber losrennen und euch alle verlassen, damit ich auf die Universität kann – das würde ich nicht fertigbringen. Ihr seid doch meine Familie, ich hab euch lieb, und da draußen ohne euch … da wär's mir zu kalt.«

Lilly wurde auch kalt, dagegen war der warme Augustabend machtlos. »Paul, wenn du Geschichte studieren willst, wenn du glaubst, ein Historiker ist das, was du gern sein willst, dann solltest du diesen Weg auch gehen«, sagte sie. »Deine Familie sollte dich darin bestärken, nicht dir Steine in den Weg legen.«

»Und das Atelier?«, fragte er. »Was wird daraus? Es hat immer den Adlers gehört – soll Vater es jetzt vielleicht verkaufen?«

So ist Freiheit, dachte Lilly. *Wir sind so wild auf sie, aber haben können wir sie nur, wenn wir bereit sind, ihren Preis zu zahlen. Und ihr Preis ist Verlust. Wählen zu dürfen, heißt immer auch, etwas abzuwählen.*

»Ich weiß darauf keine Antwort, Paul«, sagte Lilly. »Nein, ich will nicht, dass das Atelier verkauft wird, und nein, ich will nicht, dass unsere Familie zerbricht. Aber meinen eigenen Weg gehen und weiter Filme machen will ich noch ein bisschen mehr als alles andere.«

Während sie die Worte aussprach, war sie sich dessen nicht mehr so sicher, und während sie sich sacht aus Pauls Armen löste, fühlte sie sich mutterseelenallein. »Komm mich besuchen, ja, Wichtel? Versprich es mir.«

Paul sagte nichts, sondern blieb mit hängenden Armen stehen. Lilly wandte sich ab und lief die Treppe hinunter, weil sie seinen traurigen Blick nicht länger ertrug.

Vor der Tür, im Laternenlicht, stand Rose und schwatzte mit Babette Trossmann. Die hatte zugenommen, fiel Lilly auf. Tröstete sie sich über den Tod ihres Verlobten, indem sie Essen in sich hineinstopfte? Lilly hatte auch gehört, dass manche Leute alles Mögliche aßen, einfach weil sie so lange gehungert hatten und weil es jetzt wieder etwas gab.

»Lilly«, sagte Rose, musterte ihre Schwester und die Tasche und verstand. »Also gehst du jetzt wirklich.«

Lilly nickte. »Ich habe gerade zu Paul gesagt: Ihr müsst mich unbedingt bald besuchen kommen.«

»Ich weiß nicht, ob das möglich sein wird, Lilly«, sagte Rose, und es kam Lilly vor, als richte sich zwischen ihnen bereits eine Wand auf.

Sie wollte das nicht. Zwischen ihr und ihrer kleinen Schwester, die ihr noch immer so viel jünger und schutzbedürftiger vorkam als die gleichaltrige Ariane, durfte keine Wand stehen. »Meinst du, Vater lässt dich nicht gehen?«, fragte sie. »Dann treffen wir uns eben, wenn ich Walther besuche. Und Arndt natürlich. Ich muss unbedingt Arndt besuchen, ich habe ihn viel zu lange nicht gesehen. Babette, wie geht es ihm denn? Macht er Fortschritte, können sie ihn bald aus dem Krankenhaus entlassen?«

Babette sah sie an, als spreche sie eine ihr unbekannte Sprache. »Mein Bruder ist seit zwei Wochen zu Hause«, erklärte sie schließlich spitz. »Danke der Nachfrage. Sonderlich interessiert hat dich sein Schicksal bisher ja nicht.«

»Arndt hat unsere Verlobung gelöst, nicht ich«, versuchte Lilly, sich zu verteidigen, und wusste doch, dass Babette recht hatte. Sie war ganz und gar eingesponnen in die Anforderungen ihres neuen Lebens gewesen, aber dafür vernachlässigte man seine Freunde nicht.

»Du hattest ja auch viel zu tun«, sagte Rose. »Du bist eben zu Höherem geboren, und unser kleines Leben hier in der Friedrichstraße langweilt dich.«

»So ist es nicht!«, rief Lilly dazwischen, aber Rose schüttelte den Kopf.

»So war es immer, Lilly. Wir konnten dir nicht das Wasser reichen. Ich werd' dich vermissen, aber du uns sicher nicht allzu sehr. Und was Arndt betrifft, um den brauchst du dich nicht zu sorgen und du brauchst ihn nicht zu besuchen.«

»Warum denn nicht?«

»Weil ich ihn besuche«, antwortete Rose schlicht. »Und jetzt müssen Babette und ich gehen, ich esse nämlich heute bei Trossmanns zu Abend. Mach es gut, Lilly. Pass auf dich auf.«

Die beiden Mädchen, mit denen sie aufgewachsen war, hakten einander unter und gingen zusammen die Straße entlang. Lilly blieb zurück wie der Schwarze Peter aus dem Kartenspiel. Der, der zu niemandem gehörte.

Zu Walther musste sie noch, um sich bei ihm zu bedanken. Zu ihm hätte sie einmal gehören können, und sie hätte auch noch immer zu ihm gehören können, und einen Augenblick lang war die Vorstellung so verlockend wie die, in ihres Vaters Ohrensessel sitzen zu bleiben oder mit Paulchen in die Wohnung zurückzukehren. Mit erstaunlicher Kraft sehnte sie sich plötzlich danach, sich in das Vertraute, Geborgene einzuigeln, statt sich in eine Welt zu wagen, die ihr jetzt kalt und fremd erschien und die sie nicht eingeladen hatte.

Sie ging den Weg zur Mohrenstraße hinunter, wie sie ihn seit Jahren gegangen war. Vor der Tür der Schreinerei kickte Walthers kleiner Bruder Rudi einen Lumpenball gegen die Wand und hatte alles um sich vergessen. Walthers Mutter fegte die Treppenstufen vor der Tür der Werkstatt. Auf ihrem Gesicht regte sich nichts, als sie »'n Abend, Lilly« murmelte. Die Trauer um ihre Kinder war darauf festgefroren, während sie den Besen schwang und ihr Tagwerk absolvierte, ohne wirklich anwesend zu sein. Walther hatte erzählt, dass sie noch immer zu sämtlichen Mahlzeiten sechs Teller auf den Tisch stellte, die der toten Söhne füllte wie die der lebenden und hinterher unberührt abräumte. Vielleicht weniger, weil sie nicht wahrhaben wollte, dass die beiden nicht mehr da waren, sondern weil ihr Körper zu einem Automaten geworden war, der tat, was er immer getan hatte.

»Walther ist drinnen«, sagte seine Mutter. »Macht noch einen Auftrag fertig. Fürs Hotel, die kann man ja nicht warten lassen.«

»Danke, Frau Fassbinder.«

Walther übernahm jetzt mehr und mehr Aufgaben von seinem Vater, der ständig müde war. »Es würde den beiden armen Leutchen Auftrieb geben, wenn unsere Familie wieder Zuwachs bekäme, wenn das Leben zurückkehrte«, hatte Walther gesagt, und Lilly wusste, welche Hoffnung er damit verband. Mit dem heutigen Abend würde sie diese Hoffnung endgültig zunichtemachen.

Warum nur war der Wunsch, sein eigenes Leben zu leben, mit so viel Gewissenslast und Schuldgefühl verbunden? Ging es Männern ebenso? Lilly bezweifelte es.

Sie betrat die Werkstatt, in der es nach Holz und Harz und Öl duftete, und sah Walther in einem blau gestreiften Hemd, das ihm am Körper klebte, an der Hobelbank stehen. Er legte die Arbeit sofort nieder, als sie eintrat.

»Lilly!«

Er ist wirklich ein Mann geworden in diesem letzten Jahr, dachte sie, während er auf sie zukam. Groß und breit und verlässlich, der Oberkörper von der schweren Arbeit muskelbepackt. Er trug die Last seiner gesamten Familie auf seinen Schultern, kümmerte sich um Rudis klägliche Leistungen in der Schule, hielt die Werkstatt am Laufen und sorgte dafür, dass Aufträge hereinkamen. Er umgab seine Eltern mit Liebe und war obendrein für Lilly da, wann immer sie ihn brauchte. Als sie ihn einmal gefragt hatte, wann er eigentlich an sich selbst dachte, hatte er geantwortet: »Ich denke ja an mich selbst, wenn ich für die Menschen sorgen kann, die mir am Herzen liegen. Solange es denen, die ich liebe, gut geht, geht es mir auch gut.«

Er war der geborene Familienvater, und sie wünschte sich so sehr, er hätte sein Herz für Rose entdecken können statt für sie. Die beiden waren feine Menschen, sie hatten einander verdient, und Rose liebte Walther schon ihr ganzes Leben lang.

Wie er jetzt vor ihr stand, ihr ins Gesicht sah und mit einem Blick erfasste, dass er verloren hatte, war ihr jedoch klar, dass sie diesen Wunsch begraben konnte.

»Das ist nicht dein Ernst«, sagte er. »Lilly, du darfst das nicht machen. Dass du mein Leben ruinierst, muss ich wohl hinnehmen – aber du machst dir deines kaputt, und das ist zu viel!«

»Warum bist du dir dessen so sicher?«, fragte Lilly.

»Weil das mit dem Film doch ein Hirngespinst ist!«, rief er. »Filme werden von Männern gemacht, nicht von Frauen. Du hast doch selbst erlebt, dass die Ufa dich hochkant vor die Tür gesetzt hat, und die paar Kröten, die du bei dieser Firma in Marienfelde bekommst, sind zum Leben zu wenig und zum Sterben zu viel. Vermutlich können sie dich demnächst nicht einmal mehr dort gebrauchen, und dann stehst du mit einem Blechnapf vor der Suppenküche an.«

»Es gibt Schlimmeres, das Menschen für ihre Träume auf sich genommen haben«, erwiderte Lilly. »Und die Zeiten ändern sich, Walther. Hättest du vor fünf Jahren geglaubt, dass Frauen wählen dürfen und dass davon die Welt nicht untergeht? Ich werde eben beweisen müssen, dass Frauen auch Filme machen können, ohne dass davon die Welt untergeht. Du würdest mir helfen, wenn du ein bisschen an mich glaubst.«

»Darum geht es nicht«, erwiderte er. »Ich habe an dich geglaubt, seit ich dich kenne, aber soll ich deshalb tatenlos zusehen, wie du in dein Unglück rennst? Als dein Mann würde ich dir gewiss nicht die Freiheit nehmen und auch nicht von dir verlangen, dass du deine Selbstständigkeit aufgibst. Schließlich kenne ich dich besser als du dich selbst, und auch in meiner Partei gibt es mehr und mehr Frauen, die sich auf eigene Füße stellen wollen. Du könntest Fotografin werden wie dein Vater, oder du könntest dich mit mir zusammen um die Werkstatt kümmern. Vielleicht auch schreiben oder dich in der Politik engagieren. Irgendetwas, das Hand und Fuß hat, würde sich schon finden.«

»Vielleicht«, sagte Lilly, die diese Diskussion von Herzen satthatte. »Ich habe mich aber nun einmal für den Film entschieden, und ich werde diesen Plan nicht aufgeben, ohne ihn zumindest ausprobiert zu haben.«

»Um den Film geht es dir doch gar nicht«, brach es aus ihm heraus. »Es geht um diesen gottverdammten Kerl, der dich in die ganze Sache hineingezogen hat. Dem sieht man doch zehn Meilen gegen den Wind an, dass er einer von denen ist, die junge, arglose Frauen benutzen wie Arznei gegen ihre elende Langeweile. Wenn er deiner überdrüssig ist, lässt er dich fallen, und was machst du dann? Dann stehst du da mit einer Stellung, die dir nichts einbringt, mit einer Miete, die du nicht bezahlen kannst, und obendrein bist du in der Welt ganz allein.«

Über Lillys Rücken jagten Schauder. Genau so hatte sie sich während der letzten Stunden gefühlt: ganz allein und umgeben von Unwägbarkeiten. Hatte Walther recht, konnte sie auf Stiller nicht bauen? Ihre Gefühle für ihn waren so wild und heftig, und oft glaubte sie zu spüren, dass er sie mit der gleichen Heftigkeit erwiderte. Aber er hatte ihr nie etwas versprochen und ihr nie erklärt, was er für sie empfand. Mit Entsetzen wurde ihr klar, dass sie völlig von ihm abhängig war. Er hatte ihr das Geld für die Miete vorgestreckt, er hatte ihr die Stellung bei der Kowo besorgt, und außer Ariane – die nicht älter war als ihre Schwester – würde er der einzige Mensch sein, der ihr nahestand.

Sie war so müde. Warum war jeder einzelne Schritt auf diesem Weg ein Kampf?

»Es tut mir leid, Walther«, murmelte sie. »Du wirst vielleicht verstehen, dass ich mein neues Leben nicht gern so pessimistisch, sondern mit ein bisschen Zuversicht beginnen möchte. Dir schaden wollte ich nie. Im Gegenteil. Ich bitte dich um Entschuldigung, wenn ich es getan habe, und ich danke dir für all deine Hilfe.«

»Verdammt, darum geht es doch gar nicht.« Er lief zu ihr, packte sie bei den Schultern und schüttelte sie so fest, dass sie erschrak. Dann erschrak er selbst und ließ sie los. »Zum Teufel, Lilly, verzeih mir. Ich weiß nicht, was in mich gefahren ist.«

»Keine Ursache, ich bin ja noch ganz«, sagte Lilly bei Weitem gelassener, als sie sich fühlte. Dass jemand ihr Gewalt antat, war sie nicht gewohnt, und ihr Kindheitsfreund war der letzte Mensch, von dem sie es erwartet hätte. Sie war sicher gewesen, er würde ihr niemals wehtun.

Er aber hatte den Schmerz, der ihm zugefügt worden war, offenbar auf irgendeine Weise zurückgeben müssen.

»Ich habe das nicht gewollt«, stammelte er. »Dir wehtun, das ist das Letzte, was ich will, aber es bringt mich einfach um den Verstand, zu erleben, wie du auf diesen Fatzke hereinfällst und dir alles kaputtmachst. Darum geht es – du schadest nicht nur mir, sondern vor allem dir. Für diesen Kerl bist du ein Spielzeug. Für mich dagegen bist du die ganze Welt.«

»Du kennst diesen sogenannten Kerl doch überhaupt nicht«, rutschte es Lilly heraus, obwohl Walther ganz bestimmt der Letzte war, mit dem sie über Stiller sprechen wollte.

»Ich denke, ich kenne ihn besser als du«, schoss Walther zurück. »Du benimmst dich ja wie der dümmste Backfisch, der vor lauter Liebe blind geworden ist. Ich dagegen beobachte ihn von dem Moment an, in dem mir klar geworden ist, dass dieser Mensch eine Gefahr für dich darstellt.«

»Du hast Stiller beobachtet?« Erschrocken wich Lilly einen Schritt zurück.

»Was hätte ich denn sonst tun sollen? Das Ganze deinem Vater erzählen, damit der ihn sich zur Brust nimmt? Ja, vielleicht wäre das der richtige Weg gewesen, aber wenn es um dich geht, bin ich eine unverbesserliche Memme. An dir zum Verräter zu werden, hätte ich nicht fertiggebracht. Stattdessen habe ich versucht, herauszufinden, was für ein Mensch das ist, der die uneinnehmbare Festung Lilly Adler in ein schmachtendes, kopfloses Huhn verwandelt hat.«

»Das stimmt überhaupt nicht!« Endlich regte sich in Lilly der Zorn. »Ich schmachte Stiller nicht an, und ich bin kein kopfloses Huhn. Ich arbeite mit ihm, und er nimmt mich und meine Arbeit ernst.«

»Ach, tut er das?« Walther setzte eine überlegene Miene auf, die Lilly unerträglich fand. »Glaubst du das wirklich? Hat dir noch niemand erklärt, dass Leute vom Film so etwas allen jungen, kinoverrückten Mädchen einreden, mit denen sie sich gern ein paar Nächte lang vergnügen wollen? *›Hach, meine Liebe, Sie sind ja so begabt. Ich verspreche Ihnen, ich kann einen Star aus Ihnen machen‹«,* flötete er mit einer affektierten Fistelstimme. »Und solchem Humbug gehst du auf den Leim?«

»Ich will überhaupt kein Star werden«, fauchte Lilly und hasste es, dass sie sich von ihm aus der Ruhe bringen ließ. »Außerdem braucht Stiller mir nicht zu erzählen, dass ich begabt bin, denn das weiß ich selbst.«

Vor allem hatte Stiller nie versucht, sich mit ihr ein paar Nächte – oder auch nur eine einzige Nacht – lang zu vergnügen. Sie war diejenige, die sich wünschte, er möge genau das tun: mit ihr einen Ort aufsuchen, an dem sie mit ihm allein sein konnte, mit ihr das unbekannte Land zu betreten, um das ihre Gedanken und Gefühle in seiner Gegenwart unentwegt kreisten.

Er aber hatte sich ihr gegenüber nie anders benommen als ein sittsamer Verehrer der Kaiserzeit. Nicht einmal das Wort Verehrer passte auf Stiller. Warum also ließ sie sich von Walther ins Bockshorn jagen, warum regten sich in ihr plötzlich Zweifel, als hätte er ihr ein Gift, das sich rasch ausbreitete, in den Blutkreislauf gespritzt?

»Du glaubst so vieles selbst zu wissen«, sagte Walther. »Ja, natürlich, du bist auf diese feine Schule für höhere Töchter gegangen, aber über das Leben musst du trotzdem noch Etliches lernen. Dieser Stiller ist genauso ein Schürzenjäger wie all die anderen, er macht es nur ein bisschen raffinierter. Müsstest du das nicht schon daran erkennen, dass er dir einredet, er sei ach so hingerissen von deiner großartigen Arbeit – aber am Ende steht nur sein Name auf der Leinwand und von deinem keine Spur? In diesen Film ›Cornet‹ rennen jetzt doch alle. Sogar die *Rote Fahne* ergeht sich darüber und schickt die Genossen ins Kino. Da muss sich dein Schönling doch eine goldene Nase verdient haben. Und wie steht es mit deiner Nase? Wenn ich ehrlich bin, sehe ich kein bisschen Gold vor mir, sondern ein Mädchen mit ziemlich leeren Händen.«

»Stiller hat, was die finanziellen Bedingungen betrifft, keine Handhabe«, wies Lilly ihn wütend zurecht. »Darum kümmert sich der Produzent, aber das wolltest du sicher nicht wissen, denn für dich ist ja jede Art von Film Teufelswerk.«

»Ist es nicht«, fiel ihr Walther ins Wort. »An einen Teufel glaube ich nämlich genauso wenig wie an Gott, sondern immer nur an üble Menschen.«

»Genau wie Stiller.«

»Sieh mal einer an.« Sein Ton war ätzend. »Auf die Ehre, mit dem was gemeinsam zu haben, bilde ich mir allerdings nichts ein.«

»Und ich gehe jetzt«, sagte Lilly. »Ich bin gekommen, um mich bei dir zu bedanken, aber darauf legst du offenbar keinen Wert. Und ich lege keinen Wert darauf, mir noch länger anzuhören, wie du meine Freunde verleumdest.«

»Deine *Freunde?*« Höhnisch lachte er auf. »Mädchen, dich hat es ja noch übler erwischt, als ich befürchtet habe. Deine Freunde, du ahnungsloser Engel, wohnen hier, im Kiez um die Friedrichstraße, und sonst nirgendwo. Dieser Stiller ist nicht dein Freund, egal, was er dir erzählt. Seine Freunde kennt man, seinen Freunden vertraut man, und diesen Stiller kennen nicht einmal die Leute, mit denen er seit Jahren verkehrt. Wenn du es mir nicht glaubst, warum fragst du nicht deinen eigenen Cousin?«

»Meinen Cousin?«

Walther zuckte mit den Achseln, und es entging Lilly nicht, dass er verlegen wurde. »Ich bin ihm mehr oder weniger zufällig begegnet, und wir kamen ins Gespräch.«

»Alexander?«, fuhr Lilly auf. »Du bist Alexander begegnet und hast mit ihm gesprochen? Du spionierst mir nach, du horchst Leute über mich und meine Bekannten aus?«

»Verdammt, du lässt mir ja keine Wahl«, gab Walther genauso heftig zurück. »Wie dir bekannt ist, mache ich mir Sorgen um dich, und das lasse ich mir von niemandem verbieten. Nicht einmal von dir, weil du mir nämlich eines Tages dafür dankbar sein wirst.«

»Wofür werde ich dir eines Tages dankbar sein? Dafür, dass du mir heimlich nachschleichst und dich mit einem miesen Intriganten verbündest, der nicht nur Stiller und mich, sondern seine eigene Schwester verleumdet? Was hat er dir über Stiller überhaupt erzählt? Dass er ein Frauenheld ist? Den hanebüchenen Quatsch kannst du dir schenken. Stiller arbeitet tagein, tagaus bis zur völligen Erschöpfung. Jeder in Babelsberg weiß es, weil er nämlich seine Leute am liebsten auch von morgens bis abends am Set behalten würde. Sie nennen ihn dort den Sklaventreiber.«

»Tun sie das? Tatsächlich? Ich dachte, sie nennen ihn den Geheimniskrämer. Nach allem, was ich gehört habe, drückt er sich um Geselligkeiten, verkehrt mit kaum jemandem privat, sondern schleicht sich des Abends verschwiegen von dannen und taucht genauso verschwiegen des Morgens wieder auf. Nicht gerade vertrauenswürdig, oder bist du anderer Meinung?«

»Wen ich nicht gerade vertrauenswürdig finde, sage ich dir gerne.« Vor Zorn kämpfte Lilly mit den Tränen und hatte Mühe, zu sprechen. »Dich, Walther. Ich habe dich für einen glasklaren Menschen gehalten, der gar nicht in der Lage ist, über andere herzuziehen. Dass du dir solches Zeug zusammenfantasierst und noch Nebel versprühst, hätte ich dir nicht zugetraut. Würde das jemand in einem Film machen, würdest du es als billigen Trick abtun, aber für deine eigenen Zwecke ist dir jedes Mittel recht. Dafür, dass du mir in diesen Tagen geholfen hast, danke ich dir und entschuldige mich für die verursachte Mühe. Es wird nicht wieder vorkommen. Leb wohl.«

Lilly klemmte sich ihre Tasche unter den Arm und stürmte an ihm vorbei aus der Werkstatt. Seine Mutter hatte glücklicherweise ihre Arbeit beendet und war hinauf in die Wohnung gegangen, sodass Lilly an ihr nicht auch noch vorbeimusste. Sie rannte die Straße hinunter, schlug Bögen um die Passanten, die ihr im Laternenschein entgegenkamen.

»Lilly, warte!« Walthers Schritte hämmerten über das Pflaster, kamen näher und hatten sie fast eingeholt.

»Nein!«, rief sie, ohne sich umzudrehen, und lief noch schneller. Im Gehen presste sie eine Hand auf ihren kleinen nachtblauen Topfhut, den sie sich in einem Anfall seltsamer Eitelkeit von ihrem ersten Gehalt gekauft hatte und den sie nicht verlieren wollte.

»Bitte bleib doch stehen!« Walthers Stimme, die so gehässig, so gemein, so gar nicht mehr nach Walther geklungen hatte, war jetzt nichts als verzweifelt. »Lass mich dir noch eines sagen, nur noch eines, Lilly.«

»Ich hab genug gehört, Walther, ich will nicht mehr.« Lilly lief auch jetzt noch weiter, aber immerhin drehte sie sich im Laufen um. Seitwärts prallte sie gegen einen Herrn in Abendgarderobe.

»Hoppla, hoppla!«, rief der. »Immer langsam mit den jungen Pferden.«

Lilly murmelte hastig eine Entschuldigung und eilte zwischen ihm und einer Gruppe weiterer Nachtschwärmer hindurch, aber ihr Vorsprung war zunichtegemacht. Walther schloss zu ihr auf und hielt sie am Arm fest.

»Bitte, Lilly. Wirklich nur noch eines.«

Sie schüttelte ihn heftig ab. »Also spuck's in Gottes Namen aus. Ich möchte gern demnächst *nach Hause.*«

»Was ich dir sagen will, ist nur dies«, erwiderte Walther schwer atmend und suchte ihren Blick. »Wenn du herausfindest, dass du dich geirrt hast, dass dein Cousin und ich doch die Wahrheit sprechen und du dich in diesem Stiller täuschst – bitte komm zurück. Bleib nicht allein, weil du zu stolz bist, sondern lass dir von mir helfen. Wir sind Freunde, auch wenn ich gern noch viel mehr für dich gewesen wäre, und unter Freunden braucht es keinen Stolz. Ich bin für dich da, Lilly. Ganz egal, was heute zwischen uns gesagt worden ist und was sonst noch geschieht.«

22

Für das längste Stück hätte sie die Straßenbahn nehmen können, doch um das Geld für die Fahrkarte zu sparen, ging sie zu Fuß. Außerdem brauchte sie Bewegung, um sich zu beruhigen, und so eilig wie behauptet hatte sie es gar nicht, in die Gneisenaustraße zu kommen. Das Zimmer dort war alles andere als heimelig, und auf einmal erschien ihr die Vorstellung, heute Nacht dort zu schlafen, geradezu beklemmend.

Je länger sie ging, desto stiller wurden die Straßen, desto spärlicher der Verkehr und desto funzeliger die Beleuchtung. In der Friedrichstraße hätte man an manchen Tagen nicht tot umfallen können, so dicht drängten sich die Menschen. Hier hingegen hätte ein Toter womöglich eine ganze Weile liegen müssen, ehe ein einzelner Passant ihn fand.

Was sollten diese albernen Gedanken über Tote?

Sie hatte ja wohl keine Angst, weshalb hätte sie sich vor einer gewöhnlichen Berliner Wohngegend, in die sie sich gerade eingemietet hatte, Angst haben sollen? Die Stimmung in der Stadt war im Großen und Ganzen friedlich, die Wellen des Aufruhrs hatten sich gelegt. Zudem war sie Lilly Adler, die nie Angst hatte, zumindest behauptete das Arndt. Arndt, der aus dem Spital entlassen worden war, ohne dass Lilly davon gewusst hatte, und den an ihrer Stelle jetzt Rose besuchte.

Sie war gerade erst aufgebrochen und war doch schon so weit von ihnen allen fort. Im Gehen blickte sie hinauf zum Himmel, der von unzähligen wie in glitzernde Splitter zersprungenen Sternen übersät war, hier in der Stadt nie so klar wie draußen in Babelsberg. Jene Sterne, die ihr Vater durch sein Fernrohr mit ihr angeschaut hatte, als sie ein Kind gewesen war, hatten ihr einst so viel Mut und Zuversicht geschenkt. »Sie sind immer da, auch wenn wir sie nicht sehen, weil sich Wolken davorschieben«, hatte der Vater ihr erklärt. Wenn Lilly in finsteren Nächten aus dem Schlaf schreckte, hatte dieses Wissen sie getröstet und beruhigt.

Jetzt hingegen schienen die Sterne, die immer da waren, unendlich weit weg und dem kleinen Schicksal einer Lilly Adler gegenüber völlig gleichgültig.

Was, wenn an alledem, was Walther sagte, etwas dran war?

Hatte nicht auch sie zum Spaß Stiller schon den »Mann aus der Nebelmaschine« genannt, weil er von irgendwoher auftauchte und nach irgendwohin verschwand, wie es ihm passte? Wäre er mit dem heutigen Tag aus ihrem Leben verschwunden, hätte sie ihn schwerlich wiederfinden können, denn sie wusste seine Adresse nicht. Während er ihre Verwandten aus unzähligen kleinen Anekdoten kannte, wusste, wo sie lebten und womit ihr Vater sein Geld verdiente, wusste sie über die seinen nicht viel mehr, als dass sie einmal eine Schäferhündin besessen hatten, die er nach der Muse des Schauspiels benannt hatte.

Er war im Krieg gewesen. So viel Wissen besaß sie über ihn, und wenn er in Worten auch kaum darüber sprach, erzählte er ihr davon in seinen Bildern, in der Sprache, die sie beide am besten verstanden. Davon abgesehen aber schien er aus dem Nichts gekommen zu sein und keine Vergangenheit zu haben. Hatte Walther nicht recht? Jeder auf dem Set mochte ihn, die

Frauen tuschelten offen darüber, ein bisschen verliebt in ihn zu sein, und die Männer, von Pommer bis zu dem unvermeidlichen Volker Regensburger, bildeten eine Art Wolfsrudel, eine Bruderschaft, in der niemand etwas auf ihn kommen ließ. Auch er selbst gab für seine Leute das letzte Hemd und konnte über ihre Fähigkeiten regelrecht ins Schwärmen geraten.

Aber hatte er unter ihnen Freunde?

Ging er mit ihnen auf ein Bier in die nächste Kneipe, traf er sich mit ihnen am Wochenende, teilte er seine Sorgen und Nöte mit ihnen, wie es alle Welt mit Freunden tat?

Sie hatte ihn nie mit jemandem über anderes als seine Arbeit sprechen hören, sie hatte ihn nie mit jemandem eine Verabredung treffen sehen, und wenn er mit Pommer, Regensburger oder einem der anderen nach der Szenendurchsicht die Köpfe zusammensteckte, ging es ebenfalls um nichts als die Arbeit, die Arbeit, die Arbeit.

Als würde der private Stiller nicht existieren oder doch nur stumm und einige Sekunden lang, wenn sie einander gegenüberstanden und sich geradewegs in die Augen blickten.

Lilly bog in die Gneisenaustraße ein, sah hinter den Fenstern der Wohnungen Licht und machte die Umrisse von Männern, Frauen, Kindern aus, die beieinandersaßen. Ein Mann in Arbeitskleidung eilte nach Hause, eine Frau kramte ihren Schlüssel aus einer Einkaufstasche, aus der Lauchstangen ragten. All die Leute hatten hier ihr Zuhause, hatten Menschen, die darauf warteten, dass sie am Abend heimkamen, so wie ihr Vater, Rose, Paulchen, die vor sich hin murmelnde Großmutter Bernardine und sogar Marianne auf sie gewartet hatten.

Und Mutter, fiel ihr ein. *Mutter vielleicht auch.*

Ihre Mutter nahm am Familienleben wenig teil, blieb häufig auch zu den Mahlzeiten in ihrem Zimmer und war nie eine der Mütter gewesen, die ihre Kinder mit Liebesbezeugungen überschütteten. Als aber Lilly an diesem Tag die Straße hinuntergerannt war und unwillkürlich noch einmal hinauf zu den Fenstern der elterlichen Wohnung geblickt hatte, hatte sie die Mutter dort hinter den Gardinen ihres Zimmers stehen und wie zum Gruß eine Hand heben sehen. Sie hatte oft so gestanden, wenn Lilly an Mariannes Hand zur Volksschule gegangen war, und Lilly war dann wie ein Gummiball in die Höhe gesprungen und hatte ihr wild mit beiden Armen gewinkt.

Wer würde in Zukunft am Fenster stehen, wenn sie kam oder ging?

Ariane?

Für heute Abend hatte die Cousine bestimmt die illustre Toni und den Schwarm der übrigen Hutmacherinnen zum Einstand in das enge Zimmer eingeladen, und für gewöhnlich liebte Lilly solchen Trubel nicht weniger als sie. Heute aber wäre sie gern mit einem vertrauten Menschen allein gewesen, mit jemandem, bei dem sie einfach heraussprudeln konnte, was in ihr drängte, und zur Not sogar weinen, auch wenn sie nicht ganz sicher war, aus welchem Grund.

Ob in ihrem Zimmer Licht brannte, konnte sie von der Straße aus nicht sehen, denn Frau Panneckes Wohnung lag ja im Seitenflügel. Als sie das mehr als mannshohe Tor des Fabrikhofs aufschieben wollte, fühlte sie sich erschöpft und beinahe zu schwach, das schwere Metall zu bewegen. Eine Hupe ertönte. Lilly fuhr herum. Am Rinnstein geparkt stand ein offenes Automobil, ein alter Klapperkasten in undefinierbarer Farbe. Auf der Fahrerseite saß ein Mann, und über das Steuer gebreitet lag eine Zeitung, die er jedoch nicht las. Stattdessen sah er sie an. Fragend. Bittend. Sehnend.

»Stiller.«

»Lilly.«

Hatte sie sich jemals so sehr gefreut, einen anderen Menschen zu sehen?

»Hast du ein bisschen Zeit für mich?«, fragte er. »Ariane hat ihre neue Freundin zu Besuch, und ich bin sicher, es geht dort oben, in eurem neuen Reich, weit unterhaltsamer zu als hier unten mit mir, aber ich wäre dir dankbar. Wir können irgendwo etwas essen gehen, wenn du willst. Oder auch nur eine Stunde lang hier sitzen, sinnloses Zeug reden oder vor uns hin schweigen. Mir ist alles recht. Wie es aussieht, fürchte ich mich heute vor dem Alleinsein mit der Nacht.«

»Ich auch!«, rief Lilly unendlich erleichtert. Sie stürzte zu ihm, riss die Autotür auf und war schon in seinen Armen. »Ich auch, Stiller. Ich hätte das Alleinsein mit der Nacht heute auch nicht ausgehalten.«

»Dabei wärst du gar nicht allein gewesen«, sagte er, strich ihr das aufgelöste Haar zurück, küsste sie auf die Schläfe, die Stirn und den Augenwinkel. »Du hättest Ariane und Frau Antonie Putzmacherin zur Gesellschaft gehabt.«

»Ariane kommt ohne mich aus, und für Frau Antonie Putzmacherin fehlt mir heute die Nervenstärke.«

»War es schlimm?«

Lilly nickte. »Und bei dir?«

Er nickte auch. »Willst du reden?«

»Ich glaube, jetzt noch nicht«, sagte sie. »Willst du?«

Er schüttelte den Kopf und zog sie wieder zu sich.

Sie bettete den Kopf an seine Brust, die sich mit seinen tiefen Atemzügen hob und senkte, und spürte seinen Herzschlag.

23

Später erzählte sie es ihm. Jede Einzelheit. Nur das, was Walther über ihn gesagt hatte, und die Beteiligung von Alexander ließ sie weg. Sie musste weinen, als sie begann, von Paulchen zu sprechen, und Stiller hielt sie und streichelte ihr den Rücken, bis sie weitersprechen konnte. »Ich wünschte, ich könnte Paulchen hierherholen«, sagte sie. »Könnte ihm zeigen, dass das zu schaffen ist – so ein Sprung ins kalte Wasser. Aber im Augenblick bin ich mir selbst alles andere als sicher, dass ich es schaffe, und ich bin fünf Jahre älter als er.«

Stiller grinste schief. »Ich bin mir dessen tagtäglich alles andere als sicher, und ich bin gut und gern zwölf Jahre älter als er.«

»Ach, Stiller. Warum tun wir nur so etwas Verrücktes, Halsbrecherisches, dem wir gar nicht gewachsen sind?«

Sein Blick schien ihren zu streicheln. »Wohl weil wir keine Wahl haben. Weil wir gar nicht wissen, was wir sonst tun könnten.«

Sie küssten sich. Lachten einer dem andern in den Mund. Dass ihr dabei immer noch die Tränen liefen, spielte keine Rolle.

»Jetzt erzähl du«, sagte sie.

»Da gibt es nichts«, erwiderte er.

»Das sagst du immer!«, fuhr sie auf. »Aber es muss etwas gegeben haben. Du hast mit Benno Adler gesprochen, den du deinen Freund nennst und der entsetzlich wütend auf dich ist, und du hast Angst vor dem Alleinsein in der Nacht. Ausgerechnet du, der doch sonst immer allein ist. Also kann da nicht nichts gewesen sein.«

»Wenn du ins Haus willst, geh ruhig«, sagte er. »Ich glaube, mit der Angst käme ich jetzt zurecht. Ariane und die Putzmacherin feiern sicher noch immer, und es wird ja auch allmählich kalt.«

Er hatte recht. Die Nacht war jetzt sehr dunkel, die Lichter hinter den Fenstern erloschen eines nach dem andern, und Lilly fröstelte in ihren dünnen Kleidern. »Ich will überhaupt nicht ins Haus«, beschied sie ihn. »Ich will mit dieser verschlossenen Auster von einem Mann irgendwohin, wo außer uns kein Mensch ist und wo ich die Austernschale aufknacken kann, ohne dass es auch nur das kleinste Loch gibt, in das du vor mir flüchten kannst.«

»Austern leben nicht in Löchern«, sagte er.

»Und du glaubst, mich schert, wo Austern leben? Ich will die Nacht mit dir verbringen, Stiller. Hast du das jetzt endlich begriffen, oder muss ich noch deutlicher werden?«

»Ich denke, es ist angekommen«, sagte er. »Aber um diese Uhrzeit werden wir wohl kaum noch irgendwo ein Zimmer finden, zumindest keines, in dem wir nicht das Bett mit einem halben zoologischen Garten teilen müssen.«

»Mit was für einem zoologischen Garten?«

Er zuckte die Schultern. »Wanzen, Läuse, Kakerlaken – alles, was das Herz begehrt.«

Lilly schüttelte sich. »Willst du dich drücken?«

»Nein«, sagte er. »Ich will wissen, wie leise du sein kannst. Könntest du dich beherrschen und flüstern, statt über meine

Austernhaftigkeit zu wüten oder deinen neuesten genialen Einfall zu bejubeln?«

»Ich bin das reinste Grab auf Beinen, wenn ich will«, behauptete Lilly und hätte auf Anhieb ein halbes Dutzend Leute nennen können, die das vehement bestritten hätten.

»Ganz so heftig braucht's nicht zu sein«, bekundete er. »Sei ein Film auf Beinen. Einer, bei dem die Geräuschmaschine ausgefallen ist und die Musiker ihren freien Tag haben. Ein bisschen Knistern, ein bisschen Rauschen, das ist kein Problem. Aber kein überflüssiges Wort.«

»Ich weiß«, sagte Lilly und hörte ihr Herz klopfen. »Du hasst Zwischentitel.«

Stiller betätigte den Anlasser, und mit gequältem Gestotter setzte sich das alte Auto in Gang. »Ich hasse sie nicht«, sagte er. »Ich denke nur, wenn ich etwas in Worten erzählen will, hätte ich einen Roman schreiben sollen.«

»In der Kritik des *Film-Kuriers* hat das gestanden«, sagte Lilly. »Du würdest Romane für Menschen schreiben, die nicht lesen können.«

»Das ist Unsinn«, sagte Stiller und steuerte den Wagen, an dem alle Blechteile einzeln zu rasseln schienen, schnurgerade die nächtliche Straße entlang. »Wie das meiste, was Kritiker schreiben. Ich erfinde Morsezeichen für Menschen, denen die Worte im Hals stecken bleiben.«

Lilly legte eine Hand auf seinen Schenkel und blickte hinaus in die Dunkelheit, die mit jeder Meile, die sie südwärts fuhren, dichter wurde. »Und erzählen deine Morsezeichen die Wahrheit, Stiller? Mein Vater ist der Ansicht, jeder Film ist per se verlogene Gaukelei und hat mit der Wirklichkeit nichts zu tun.«

»Sie erzählen von meiner Wahrheit«, sagte Stiller. »Sie haben mit meiner Wirklichkeit zu tun. Die von Ludendorff beispielsweise war zweifellos eine andere, und so falsch ist das, was dein Vater sagt, ja nicht. Wenn ich den Zuschauern meine Wirklichkeit als die einzig wahre verkaufe, belüge ich sie, und natürlich fälsche ich diese Wirklichkeit auch für mich selbst. Schon ein Schwenk über ein weites, unversehrtes Feld ist eine Lüge, auch eine Soldatenhure von der wuchtigen Schönheit einer Pola Negri und natürlich alles, was ich weglasse.«

»Aber das tut mein Vater doch auch!«, rief Lilly. »Er sagt, seine Bilder halten die Wirklichkeit für die Ewigkeit fest. Aber dann retuschiert er aus dieser Wirklichkeit die Personen weg, die er nicht mehr darin haben will.« Während sie es aussprach, fiel ihr wie Schuppen von den Augen, was sie längst hätte begreifen müssen: Genau so war es. Aus dem Bild vor dem Schaufenster des Ateliers war eine Figur wegretuschiert worden. Deshalb wirkte es so schlecht ausbalanciert, ausgerechnet bei ihrem Vater, der solchen Wert auf Komposition legte.

Und war nicht auch Komposition bereits eine Lüge? Komponierte etwa die Natur, sorgte sie dafür, dass ein Bild den richtigen Schwerpunkt und genug Tiefe hatte, schob sie ihre Geschöpfe hin und her, bis sie im wirkungsvollsten Winkel zueinander standen?

Nie und nimmer! Sooft die Natur ein perfektes Bild lieferte, etwa im ersten Morgenlicht, wenn über den Feldern von Babelsberg der Himmel sich rötete, blieb es nur einen Herzschlag lang, ehe es einem weniger vollkommenen wich.

»Woran denkst du?«, fragte Stiller.

»Daran, dass die Natur keine Fotos, sondern Filme macht«, antwortete Lilly und lachte verblüfft auf. »Ist das normal, dass man lauter Unsinn vor sich hin denkt und ihn auf einmal unglaublich erhaben und gehaltvoll findet?«

»Das haben Nächte wie diese so an sich«, antwortete er. »In der Frühe ist man dann furchtbar enttäuscht, wenn sich der bei Nacht gefundene Stein der Weisen als das übliche hohle Gewäsch entpuppt.«

Eine Sekunde lang wandte er sich von der Fahrbahn ab, sah sie an, und sie lachten beide sehr leise.

Dann wurde Lilly wieder ernst. »Benno Adler«, sagte sie. »Seinen eigenen Bruder hat mein Vater aus einem stolz geschossenen Familienfoto entfernt. Und mich wird er auch entfernen. Ob beim Buddeln am Strand oder beim Absingen von Weihnachtsliedern, ständig musste ich in irgendwelchen unmöglichen Posen erstarren, damit er seine Kamera ausrichten und uns fotografieren konnte. *Damit uns dieser schöne Moment für immer erhalten bleibt,* hat er gesagt. Aber jetzt wird er mich aus all diesen Bildern wegretuschieren, so als hätte ich an dem schönen Moment keinen Anteil gehabt, ja als hätte es mich nie gegeben.«

»Das tut weh, nicht wahr?« Er löste eine Hand vom Steuer und legte sie über ihre auf seinem Schenkel.

»Ja, es tut weh«, gab Lilly zu und war von der Heftigkeit des Schmerzes einen Augenblick lang überwältigt. Ihr Vater verbot ihr nicht nur, eine Zukunft mit ihrer Familie zu haben – er raubte ihr auch die Vergangenheit. Wenn Paulchen und Rose einmal Kinder hatten, würden sie dann von einer Tante Lilly ebenso wenig wissen, wie sie von einem Onkel Benno gewusst hatte? Und wenn sie selbst irgendwann ein Kind bekäme? Würde ihr Sohn oder ihre Tochter per Zufall in einen Cousin oder eine Cousine hineinlaufen müssen, um sie überhaupt kennenzulernen?

Sie riss sich zusammen. »Es macht mich so wütend«, sagte sie. »Vor allem aber begreife ich nicht, warum er das tut.«

»Wir machen es alle«, sagte Stiller. »Du bist noch sehr jung, du fängst erst an, Erinnerungen zu sammeln, die du später um jeden Preis verfälschen musst, weil du sie sonst nicht erträgst. Aber ich wette, innerhalb der nächsten paar Jahre fängst du damit an.«

»Und warum?« Sie betrachtete sein scharfes Profil, dessen Linien die Dunkelheit ein wenig weicher zeichnete, und war sicher, dass sie an diesem Bild, das ihr Gedächtnis sich einprägte, niemals etwas würde ändern oder gar tilgen wollen, keine kleinste Kleinigkeit verlieren – weder die feine Strähne über seiner Schläfe, die schon silbern war, noch die kurze Narbe über seiner Oberlippe oder das Funkeln in den Augen.

»Wer weiß«, sagte er. »Vielleicht weil es sich mit uns so verhält wie mit den ständig neuen Kameras: Je komplizierter wir werden, desto weniger stabil werden wir zugleich. Die neue Mitchell Standard Studiokamera mit ihrem Planetengetriebe ist das reinste Juwel, ein Traum an Beweglichkeit und Tiefenschärfe. Aber man muss sie ständig zusätzlich sichern, denn bei der kleinsten Erschütterung bricht sie in sich zusammen. Um uns steht es vielleicht nicht besser: Tieren ist jegliches Problem damit fremd, aber wir komplizierten Organismen sind nicht länger stabil genug, um unsere Wirklichkeit unverfälscht zu ertragen.«

»Das klingt so überzeugend«, sagte Lilly, die wie gebannt zugehört hatte. »Und schön klingt es auch. Vor allem von einem Mann, der sich unablässig gegen Worte sträubt.«

»Warten wir ab bis morgen früh«, sagte Stiller. »Vermutlich verpufft dann der ganze Zauber und ist nichts als mein übliches Gewäsch.«

Wieder lachten sie zusammen, und die Nacht ließ ihr Gelächter klingen wie eine Zärtlichkeit. Inzwischen gab es keine Straßenbeleuchtung mehr, und zu beiden Seiten der Fahrbahn ragte schwarz der Wald auf.

»Wohin fahren wir?«, fragte Lilly.

»Nach Potsdam«, antwortete Stiller. »In das eigentümliche Arrangement, das ich meine Wohnung nenne. Blütenrein ist mein Gewissen dabei ganz und gar nicht, aber ich nehme an, wir haben keine Wahl.«

Du hast keine, dachte Lilly, *denn ich habe dich gewählt.* Im selben Atemzug überwältigte sie jedoch ihr Verlangen nach ihm, der Wunsch, er möge trotz allen Zaubers dieser Reise durch die Stille schneller fahren, damit sie endlich dorthin kamen, wo sie seit Monaten sein wollte.

Bei ihm.

Mit ihm vereint.

Er fuhr schneller. Die Schwärze des Waldes flog vorbei, und es zeigten sich wieder Häuser, die jedoch in tiefem Schlaf zu liegen schienen. Vor einem zweistöckigen Giebelhaus mit schmalem Vorgarten hielt er an, sandte Lilly einen verschwörerischen Blick und legte sich einen Finger auf die Lippen. Sie stiegen aus und schlichen den Gartenweg hinauf wie Kinder, die sich das Kichern verkniffen. Mit einem schweren Schlüssel öffnete Stiller beinahe lautlos die Tür, nahm Lilly bei der Hand und führte sie auf Zehenspitzen ins Innere. Das Haus hatte eine Halle, die für einen Gruselfilm getaugt hätte, und eine echte Wendeltreppe, die sie hintereinander hinauftappten.

Sofort hatte Lilly das Gefühl, sie beide auf einer Leinwand zu sehen, die hohen Wände, über die blasse Lichtfunken und dunkle Schatten tanzten, die schmale Treppe, die zu schwanken schien, und die beiden Gestalten, von denen der Zuschauer nicht wusste: War der junge Mann mit der finsteren, undurchschaubaren Anziehungskraft in Wahrheit ein wahnsinniger Mörder, lief das vertrauensvolle junge Mädchen in ihren Tod?

Lilly musste jetzt ernsthaft gegen ein hysterisches Kichern ankämpfen, und zugleich spürte sie, wie sich ihr das Haar im Nacken sträubte. Stiller hatte ihr von dem Film erzählt, den der Regisseur Robert Wiene für Erich Pommer drehte. Darin streifte ein Schlafwandler, missbraucht von einem besessenen Wissenschaftler, des Nachts durch die Straßen und beging Morde. Wiene hatte sich dafür eine Kulisse bauen lassen, die noch viel weiter ging als die des »Cornet«, in der jede Linie verzerrt war und selbst Licht und Schatten nicht der Wirklichkeit entsprachen, sondern aufgemalt und ins Geisterhafte übersteigert waren.

In diesen Film hätte die Szene mit ihnen beiden ebenso gepasst wie in Stillers eigenes Werk, in dem ein dem Irrsinn verfallener Fotograf seine Modelle töten musste, um seine Allmachtsfantasien auszuleben.

Der Schauder, der ihr den Rücken hinunterlief, war verstörend und angenehm zugleich. Genau das, was Filmemacher beabsichtigten. Aber das hier war kein Film. Es war ihr Leben, und wenn sie ehrlich war, dann wusste sie über den Mann, dessen Hand sie mit aller Kraft umklammerte, so wenig wie die junge Luzie, das Opfer in Stillers Film, von dem Mörder, den Conrad Veidt verkörperte.

»Psst«, flüsterte Stiller, als sie die obere Galerie erreichten, und wies auf eine Tür, hinter der offenbar seine Vermieterin schlief. Flink schlichen sie die Galerie entlang bis zu einer weiteren Tür an deren Ende. »Hier wären wir. Trautes Heim, Glück allein.«

Der Sarkasmus war auch geflüstert nicht zu überhören.

Spätestens seit »Cornet« gehörte Stiller zu den großen Namen der Ufa, sein Film war ein Kassenschlager, und vor Angeboten konnte er sich nicht retten. Weshalb also wohnte er in einem Haus, in das er sich schleichen musste wie ein Dieb? Weshalb nahm er sich keine Wohnung oder sogar ein Haus wie seine Kollegen? Das Filmgeschäft ging durch die Decke. Die deutsche Währung verlor beständig an Wert, was dafür sorgte, dass der Weltmarkt deutsche Filme günstig kaufen konnte und ungeduldig Nachschub verlangte. Allein in diesem Jahr waren in der jungen Republik, die noch unter den Folgen des Krieges und den Nachwehen der Revolution ächzte, bereits doppelt so viele Filme gedreht worden wie im letzten Jahr vor dem Krieg, und an den Erfolg von »Cornet« kamen nur wenige heran.

Stiller musste sich eine eigene Wohnung und das Personal dafür spielend leisten können. Warum also hauste er hier wie ein stummer Gast? Weil es ihm gefiel?

Es war etwas Unsesshaftes an ihm, etwas Heimatloses. Rasch schloss er die Tür auf, öffnete sie einen Spalt weit und zog Lilly ins Innere. Kaum war die Tür wieder geschlossen, fielen sie sich in die Arme und küssten sich, als wären sie ohneeinander verhungert, verdurstet und erstickt.

Lilly hatte nicht gewusst, dass man so küssen konnte. Ihr ganzer Körper und sein ganzer Körper stürzten sich in den Kuss. Als sie sich irgendwann voneinander lösten, waren sie beide erschöpft, zerrauft und atmeten schwer. Stillers Gesicht war bleich, und das Erstaunen darauf schien das ihre zu spiegeln. Gleich nahmen sie einander wieder in die Arme, hatten keine Zeit, Licht zu machen, sich niederzusetzen, sie küssten sich, als stünden sie auf einem Bahnhof und innerhalb von Sekunden würde die Abfahrt eines Zuges sie trennen.

Irgendwann – noch immer hungrig, noch immer gierig, noch immer ohne Geduld – stolperten sie ins Nebenzimmer, warfen sich auf das Bett, dessen Bezüge weiß leuchteten, und fuhren ohne Atempause fort, sich zu küssen.

Sie wollte alles von ihm, und sie wollte es so nah, dass es von ihr nicht zu trennen war. Mit fliegenden Fingern riss sie sein Hemd auf, tastete über die glatte, feuchte Haut von Hals und Schultern und über das kurze, feste Haar auf seiner Brust. Wie schlank er war, beinahe mager, der Bauch ganz flach, sodass sie unter der Bauchdecke spürte, wie sein Leben pulsierte. Sie wollte ihm die Hose von den Hüften ziehen, riss und zerrte geradezu gewaltsam an dem Stoff, bis er ihre Hände ergriff und sie sanft von sich wegzog.

»Langsam, liebste Lilly. Für das hier musst du dir Zeit lassen.«

»Warum?«

»Weil es Zeit verdient.«

Sie flüsterten. Er umschlang ihre Schultern und drehte sie mit erstaunlicher Kraft und Bestimmtheit auf den Rücken, beugte sich über sie und begann, die Knöpfe ihrer Bluse zu öffnen. Dabei ließ er sich in der Tat Zeit, auch wenn er aufstöhnte, als würde ihn die Langsamkeit quälen, er streichelte sie und küsste jeden Zoll freigelegter Haut.

Die Langsamkeit quälte auch sie, aber die Qual war Genuss.

»Wie schön du bist, Lilly. Wie unglaublich schön!«

Sie sah an sich hinab und glaubte, sich mit seinen Augen zu sehen. *Ja,* dachte sie vollkommen verwundert, *ja, ich bin schön.* Sie hätte es durch den stillen Raum jubeln mögen, und als er sich niederbeugte, um sie von Neuem zu küssen, hielt sie seinen Kopf fest, seinen Mund auf das Haar über ihrer Scham gepresst, an die Stelle, von der sie zum ersten Mal spürte, dass sie zu ihr gehörte.

Scham.

Was für ein seltsamer, völlig falscher Begriff.

Sie empfand keine Scham, sie empfand nichts als Glück und Stolz und den Wunsch, ihn nicht loszulassen, ihn so dicht bei sich zu behalten, dass nichts mehr zwischen sie passte. Eine Weile ließ er sie gewähren, dann befreite er sich und drehte sich mit ihr um, bis er auf dem Rücken lag und sie über sich in seinen Armen hielt.

»Jetzt du«, flüsterte er und sandte ihr ein Lächeln. Seine Zähne waren schneeweiß und standen vorn ein bisschen schief.

Behutsam, beinahe andächtig wie er zuvor begann sie, ihn von seinen Kleidern zu befreien, entdeckte Zoll um Zoll von ihm wie ein Geschenk. Als sie auf einmal daran denken musste, wie ihr Vater sie als Kind in die Spielwarenabteilung des Kaufhauses Wertheim mitgenommen hatte, lachte sie laut heraus.

Stiller lächelte und legte ihr einen Finger auf den Mund. »Auch wenn ich komisch aussehe – leise, mein Mädchen.«

»Du siehst nicht komisch aus. Oder höchstens ein bisschen.« Sie küsste sein Schlüsselbein, das scharf herausstach. »Du bist ein schöner Mann, Stiller.«

»Und du bist eine süße Lügnerin.«

Sie waren nun beide nackt. Sie saß auf seinen Schenkeln, und vor ihr ragte das eine menschliche Körperteil auf, das sie nie zuvor gesehen hatte. Es war hart und gerade, es sah in der Tat ein bisschen komisch aus, und sie wollte es unbedingt in sich spüren, es sich zu Eigen machen, mehr als jedes Spielzeug von Wertheim, mehr als alles sonst.

»Ich will dich lieben.«

»Bist du sicher, dass du das willst? Hast du keine Angst?«

»Ich bin Lilly Adler, die keine Angst kennt.«

»Auch nicht vor der Einsamkeit der Nacht?«

»Halt den Mund, Stiller.«

Sie küsste ihn, und er umschlang sie und drehte sich wieder mit ihr um. Als er sie liebte, tat es ihr kurz so weh, dass sie aufschrie und sie beide von dem plötzlichen Geräusch zusammenzuckten. Gleich darauf war der Schmerz vorbei, und sie dachte: *Wie traurig das ist. So werde ich es nie mehr erleben.* Zu ihrer eigenen Überraschung musste sie darüber weinen, was gewiss das Unsinnigste war, das sie tun konnte, doch es kam über sie wie ein Sturm.

Er liebte sie, ließ sie lange fühlen, wie er sich in ihr verströmte, dann umschlang er sie von Neuem und wiegte sie in seinen Armen. »Mein Mädchen, ach mein süßes Mädchen. Du bist noch so jung, du hast keiner Seele etwas zuleide getan, wie kann ich dich denn so sehr zum Weinen bringen?«

»Du bringst mich nicht zum Weinen«, brachte Lilly zwischen Schluchzern heraus. »Oder doch. Aber nur, weil es so schön ist und zu Ende geht.«

Er hielt sie fest, küsste ihr Ohr, flüsterte ihr Worte hinein, die keiner Sprache angehörten und die sie dennoch verstand.

»Eins musst du mir versprechen«, brach es noch immer unter Tränen aus ihr heraus, und ihre Finger krallten sich in die Haut seines Rückens. »Versprich mir, dass du mich niemals, niemals, niemals aus deinen Bildern wegretuschierst. Dass du mich nie ausstreichst, als hätte es mich nie gegeben.«

Das Weinen wurde so stark, dass sie nicht weitersprechen konnte. Stiller hielt sie und wiegte sie, streichelte ihr verschwitztes Haar und sprach erst, als sie sich so weit beruhigt hatte, dass sie ihn wieder hören konnte.

»Das verspreche ich dir«, sagte er und hörte nicht auf, sie zu streicheln. »Ich habe dir so wenig zu geben, aber das ist leicht. Ich könnte dich gar nicht wegretuschieren, denn dann würde ich ein Stück von mir mit wegretuschieren, und so sehr viel ist von mir ja nicht übrig. Du hast jetzt deine Spur auf mir hinterlassen, mein Mädchen. Die geht nicht mehr weg.«

»Du auf mir auch.«

Sein Lachen war traurig. »Du bist noch jung, Lilly. Auf dir verwehen solche Spuren.«

»Nein.«

Er küsste sie. »Danke, meine Zauberin, meine Frau vom Film. Ich glaube, ich habe mir das hier gewünscht, seit ich aus dem Krieg gekommen bin. Ich sollte dir davon nichts erzählen, kein anständiger Mann würde es tun, aber ich habe manchmal daran gedacht, zu einer Hure zu gehen wie mein Cornet.«

Lilly weinte nicht mehr und sah ihn an, ihrer beider Augen offen und weit. »Warum hast du es nicht getan?«

»Ich weiß es nicht«, brach es aus ihm heraus, »ich habe es nicht gekonnt. Da war so viel Fremdheit, und ich wollte Nähe. Ich wollte es mit dir, obwohl ich dich noch gar nicht kannte.«

Sie strich ihm über die Stirn und glaubte, unter ihren Fingern seine Einsamkeit zu spüren, fuhr mit einer Fingerspitze seine Brauen nach. »Ich will es wieder tun«, sagte sie. »Mit dir. Wieder und wieder und wieder.«

»Ich auch. Obwohl ich es nicht sollte.«

»Warum solltest du nicht?«

»Ach, mein Mädchen. Darauf gibt es tausend Antworten, tausend Erklärungen, warum das hier falsch und schädlich für dich ist und ich den Anstand haben sollte, es dir zu ersparen.« Kurz zog er sie an sich und vergrub sein Gesicht an ihrem Hals. »Aber das nützt ja nichts, denn ich erspare es dir nicht. Frag mich nicht nach dem Grund.«

»Ich frage dich doch«, sagte sie. »Warum?«

Leise stöhnte er auf und schloss flüchtig die Augen. »Wohl weil wir gegen den Tod in uns nicht anders ankämpfen können, als indem wir leben.«

24

Februar 1920

Der Film hieß »Der Geldbriefträger«. Es war eine üble Klamotte, in der ebenjener titelgebende Geldbote einem Herrn Fleischermeister Meyer einen Umschlag überbringen sollte, der dessen Gewinn in der Lotterie enthielt. Anstelle des Hausherrn traf er jedoch nur die leicht bekleidete Dame des Hauses an. Höchst entzückt vergnügte sich diese mit dem Jüngling von der Post, bis ihr weit älterer, griesgrämiger Ehemann nach Hause kam, noch angetan mit der blutbeschmierten Fleischerschürze und bewaffnet mit dem ebenso blutbeschmierten Hackebeil. Der entsetzte Geldbriefträger musste daraufhin schnellstens in einem Wandschrank verstaut werden, und der Rest des dürren Geschichtchens löste sich in allerlei Gehüpfe, Gerangel und durch Zwischentitel kundgemachtes Geschrei auf.

Natürlich hätte Lilly gern an einem Film mit mehr Inhalt gearbeitet. An einem wie »Cornet« oder »Die Macht der Bilder«, den Stiller im Dezember abgedreht hatte, einem wie »Anders als die Andern«, der der inzwischen wiedereingeführten Zensur gerade so entgangen war, oder wie Robert Wienes »Das Cabinet des Doktor Caligari«, das gerade im Marmorhaus Premiere gefeiert hatte.

Bahnbrechende Filme, wie die junge Republik sie sichtlich dringend benötigte.

Es gab ja noch so vieles, das im Argen lag, so viel unversöhnlichen Hass zwischen Rechts und Links, Arm und Reich, Alt und Neu, und untereinander keine Verständigung, außer Beschimpfungen nichts als tödliches Schweigen, als hätte man keine gemeinsame Sprache gehabt. Im Januar war es nach der Verabschiedung eines Gesetzes, das der linken Seite nicht weit genug ging, zu Demonstrationen vor dem Reichstag gekommen. Gefolgt war ein Blutbad mit Dutzenden Toten wie vor einem Jahr, als Arndt verletzt und sein Leben für immer verändert worden war. Und vor kaum einer Woche hatte ein seltsamer, etwas unappetitlicher Mann namens Hiller oder Hitter in München eine neue Partei gegründet, die dem *Vorwärts* zufolge den Sturz der Republik und die Aufhebung des Vertrags von Versailles zum Ziel hatte.

Außerdem wollte sie allen Juden die Staatsbürgerschaft entziehen, und dieser obskure Auswuchs war beileibe nicht das einzige Sammelbecken, in dem nach Kräften Hass geschürt wurde.

Filme konnten diesen Hass und dieses Schweigen zwischen den Fronten überbrücken, weil ihre Sprache universell war und weil jeder, egal welcher Fraktion er angehörte, ins Kino ging. Filme wie »Cornet« legten den Finger auf die gemeinsame Wunde, diese entzündete Riesenwunde Weltkrieg, die in der Geschichte ihres Jahrhunderts klaffte. Wenn sie geöffnet, gereinigt und behandelt wurde, würde sie vielleicht irgendwann heilen. Sooft Lilly darüber nachdachte, kamen ihr tausend Ideen, und alles in ihr brannte darauf, sie umzusetzen.

Aber das war nun einmal zurzeit nicht möglich, und auch Filme wie »Der Geldbriefträger« hatten ihre Daseinsberechtigung. Menschen verlangten nach solchen

Klamotten, Menschen rannten dafür in die Kinos, Menschen vergaßen darüber eine Stunde lang ihre Sorgen, ihren Kummer, den leeren Speiseschrank, die feuchte Wohnung, die vergebliche Arbeitssuche und vielleicht sogar die unverrückbare Tatsache, dass kein Schrank sich auftat, um die Toten zurück ins Leben zu entlassen. Filme wie dieser wurden von den Verleihfirmen und den Kinobetreibern dringend verlangt, ansonsten hätte die Kowo sie nicht in solchen Massen produziert.

Außerdem konnte man an jedem Film ein Stück Handwerk erlernen, das hatte ihr Stiller mehr als einmal bestätigt. »Gegen den Schund, den wir unter Ludendorff gedreht haben, ist dein ›Geldbriefträger‹ vermutlich ein hochwertiges Kulturerzeugnis«, hatte er gesagt.

Also hatte Lilly sich wieder und wieder darum bemüht, mit gutem Willen an die Arbeit zu gehen und ihr Bestes zu geben. Nur wollte dieses Beste bei der Kowo offenbar niemand haben.

Bis in den November hinein hatte man sie ohnehin keinem Regisseur und keiner Produktion zugeteilt, sondern sie wie einen Laufburschen nach hierhin und dorthin geschickt:

»Fräulein Lilly, bringen Sie die Kisten mit diesen Kabeln ins Lager.«

»Sind Sie endlich fertig, Fräulein Lilly? Dann gehen Sie und kochen für die Techniker Kaffee.«

»Der Schneideraum muss ausgefegt werden? Wo steckt denn Fräulein Lilly? Die kann das machen.«

An den meisten Abenden konnte sie ihren eigenen Namen nicht mehr hören, fühlte sich ausgelaugt und erschöpft und hatte doch das Gefühl, den ganzen Tag mit sinnloser Tätigkeit verschwendet zu haben.

Ariane erging es nicht besser, sondern eher noch schlimmer. In den beiden Komparsenrollen, die man sie hatte spielen lassen, war sie kaum zu sehen und kam mit ihrer Laufbahn keinen Schritt voran. Stattdessen konnte sie sich vor Anzüglichkeiten nicht retten. Vom Beleuchtungsgehilfen bis zum Regisseur machte ihr so gut wie jedes männliche Mitglied des Stabes zweideutige Angebote und gab dabei großartige Versprechungen ab: Wenn Ariane sich ein wenig entgegenkommend zeige, werde man gerne sehen, was man für sie tun könne. Schließlich habe man die besten Kontakte zur Produktionsetage, und Ariane sei doch ein so hübsches Mädchen, da werde sich schon etwas finden.

Auch Lilly erhielt gelegentlich solche Angebote und hatte einmal einem Kerl von der Technik, der sie von hinten umschlungen hatte, eine gesalzene Ohrfeige verpasst. Sie kleidete sich jedoch unauffällig und trug ihr Haar, das inzwischen zum Bubikopf geschnitten war, ohne Sorgfalt am Hinterkopf festgesteckt, was eine Vielzahl der Bewerber abhielt. Ariane hingegen, die sich als Schauspielerin optisch von ihrer besten Seite zeigen musste, wurde geradezu überrannt.

Als der Leiter der Komparserie an ihr vorbeiging, während sie sich einen Schuh zuband, und ihr wie einem Pferd auf den Hintern klatschte, war das der Tropfen, der das Fass zum Überlaufen brachte. Ariane bewies, wie laut und dreckig ein Mädchen aus gutem Haus fluchen konnte, warf dem Menschen seinen Vertrag vor die Füße und verließ die Kowo.

Gerade hatte der Winter begonnen, und die beiden Mädchen mussten feststellen, dass sie sich von Frau Pannecke hatten übers Ohr hauen lassen: In ihrer Wuchermiete war die Kohle für den Ofen nicht enthalten, sondern sie hatten selbst dafür aufzukommen. Von einem Tag zum andern fiel nun Arianes Einkommen weg, und mit den paar Pfennigen von Lilly, die zudem in beängstigender Geschwindigkeit an Wert verloren, ließ sich kein Staat machen. Aber sie blieben guter Dinge. Einer von Tonis Kundinnen war die Barschaft ausgegangen, weshalb sie für ihren himmelblauen Glockenhut mit mehreren Säcken Kartoffeln bezahlte. Tagelang aßen die Frauen in der Dachkammer Stampfkartoffeln, heruntergespült mit Korn aus einer Flasche, die Spirituosenhändler Thomschke zu Arianes Geburtstag gestiftet hatte.

Sie feierten viel in diesen ersten Winterwochen und waren umso vergnügter, wenn es gar nichts zu feiern gab. Sie lachten, redeten, tanzten ohne Musik oder sangen einander selbst zum Tanz auf. Streit gab es auch. Namentlich Ariane und Toni stritten sich, dass die Fetzen flogen und die papierdünnen Wände wackelten. Hinterher lagen sie sich in den Armen, und dann lief Ariane hinüber zu Thomschke, der ihr hoffnungslos verfallen war und ihr zu jeder Tages- und Nachtzeit den Kaufpreis für eine Flasche Schaumwein stundete. Es herrschte Wärme dort oben bei ihnen, auch wenn es manchmal so kalt war, dass sie in ihren Wintermänteln schlotterten. Dieses Gefühl von Nähe und Nichtalleinsein verlieh ihnen Mut, anderntags wieder aufzustehen und loszuziehen – Ariane auf die Jagd nach einem Engagement und Lilly zu ihrer nervtötenden Arbeit bei der Kowo.

Diese Abende mit Ariane, Toni und den bunten Vögeln, die die beiden überall auflasen, halfen Lilly, durchzuhalten und nicht ebenfalls das Handtuch zu werfen, sosehr sie sich auch schikaniert und abgewertet fühlte. Dafür, dass sie ein Zuhause hatte, in dem ihre unbezahlbare Freundin mit einem Fest auf ihre Rückkehr wartete, überstand sie die Stunden des Tages.

Vor allem aber überstand sie sie, weil sie Stiller hatte. Die Abende bei Igor oder Mutter Maenz, an denen sie stundenlang über Filme redeten, und die verschwiegenen Nächte in seinem Untermieterzimmer in Potsdam.

Ich bin glücklich, hatte Lilly gerade wieder an diesem Morgen in der Straßenbahn gedacht, in der es nach feuchter Wolle stank und sich um die Füße der Passagiere Pfützen bildeten. Sie sah nicht die Finsternis, die zu dieser Uhrzeit noch herrschte, sondern die unzähligen Lichter, die daraus hervorblitzten, nicht den verdreckten Schnee in den Rinnsteinen, sondern die mit bunten Plakaten beklebten Litfaßsäulen, und nicht die Müdigkeit in den Augen der Fabrikarbeiter, sondern ihre Vorfreude auf die abendliche Heimkehr zu ihren Lieben. Ihr Glück war wie ein schützender Mantel, der sie einhüllte, als würden Stillers Arme sie noch immer umschlungen halten wie in der Nacht zuvor.

Natürlich hatte er ihr Geld angeboten. Er bot ihr ständig Geld an, doch Lilly blieb standhaft und lehnte jedes Mal ab. »Du musst mich nicht kaufen. Mich gibt es umsonst oder gar nicht.«

»Und warum darf ich dir nicht helfen?«

»Du hilfst mir ja. Immer. Nur dein Geld will ich nicht. Die Rolle des ausgehaltenen kleinen Frauchens mag ich nicht spielen.«

Er lachte. »Mit Verlaub. Der Besetzungschef, der dich für die Rolle engagiert, hat seinen Beruf verfehlt.«

Sie konnte sein Geld nicht nehmen. Dass sie ihm die vorgeschossene Miete noch eine ganze Weile würden schuldig bleiben müssen, war belastend genug, aber mehr durfte es nicht werden. Es hätte ihre Beziehung in ein Ungleichgewicht gebracht, was sie um jeden Preis vermeiden wollte. Immer mussten sie beide gleichberechtigt auf derselben Höhe stehen und einander geradewegs in die Augen sehen können, das war der Boden ihrer Liebe. Sie war ganz anders, als Lilly sich die Liebe zwischen Mann und Frau jemals hätte vorstellen können, und nur so wollte sie sie haben: als Verbindung zwischen zwei Menschen, die gleich stark waren, die sich gefunden hatten, nicht weil sie allein ihr Leben nicht hätten meistern können, sondern weil sie einander guttaten und einander liebten.

Gewiss, Stiller hatte ihr sieben Lebensjahre voraus und war ein gefeierter Regisseur, während sie als Kabelträgerin bei der Kowo versauerte, aber sie wusste, dass er ihr Können schätzte. Nicht umsonst besprach er mit ihr jeden Schritt seiner Arbeit, fragte sie nach ihrer Ansicht und griff nicht selten einen ihrer Vorschläge auf. Wenn sie ihm sagte, wie gern sie an dem neuen Projekt – »Frühlingserwachen«, nach einem Stück von Frank Wedekind – wieder mit ihm gearbeitet hätte, seufzte er auf und sagte: »Du weißt nicht, wie gerne ich wieder mit dir arbeiten würde, liebstes Mädchen. Aber etwas anderes als dieses gemeinsame Denken ins Blaue bleibt uns wohl nicht.«

Es war schön, das gemeinsame Denken ins Blaue. Ihr Leben war schön. Sie war glücklich, auch wenn an ihrem Glück so manches wie an den dünnen Wänden rüttelte. Nicht die Geldknappheit. Sie litten keinen Hunger und ließen sich die Freude an der Freiheit nicht verderben. Im Dezember fand Ariane ein Engagement bei einer neuen Firma namens Cserépy-Film, die ein Drama über die Ackerstraße drehte, die Verbindung zwischen den Fabrikgebäuden der AEG. Hier hausten Arbeiterfamilien in hastig hochgezogenen Mietskasernen, als wären sie keine Menschen, sondern höchstens Materialien, die irgendwo gelagert werden mussten, bevor man sie verbrauchte.

Arianes Rolle war auch diesmal winzig, und Cserépy bezahlte erbärmlich, aber immerhin würde ihr Name im Abspann erscheinen, und die Arbeit machte ihr Spaß. »Regie führt ein prächtiger Mensch namens Schünzel, er kann nicht viel älter sein als Theo«, schwärmte sie. »Natürlich ist er konservativer, behäbiger, lässt eben abfilmen, was er vor Augen hat, aber das macht er gekonnt. Der Film ist eine Schnulze, doch immerhin eine mit politischem Sprengstoff, und Schünzel sperrt die gesamte Ackerstraße dafür ab.«

Nach ein paar Drehtagen war aus dem »prächtigen Menschen namens Schünzel« bereits »Reinhold« geworden, und Lilly hatte sich gefragt, ob ihm womöglich gelingen könnte, woran jeder Vorgänger gescheitert war – sich den Weg zu Arianes gut verschanztem Herzen zu bahnen. Etwas Besseres hätte der Cousine kaum passieren können. Nicht, dass Ariane Protektion nötig hatte. Sie war so gut, dass sie vom Fleck weg hätte entdeckt werden müssen, und wäre sie aus »Anders als die Andern« nicht herausgestrichen worden, hätte sie den Sprung längst geschafft gehabt. Da ihr aber nun einmal alle erdenklichen Steine in den Weg gerollt worden waren, wäre ein namhafter Regisseur, der sich für sie verwendete, nur ein fairer Ausgleich gewesen.

Inzwischen schien die Sache mit Reinhold allerdings im Sande verlaufen zu sein, doch mit der Arbeit an dem Film war Ariane immer noch glücklich. An Lillys Glück hingegen rüttelte ihre Arbeit immer stärker. Auch die Sehnsucht nach ihrer Familie rüttelte daran. Über dieses Thema mochte sie mit Ariane nicht sprechen, um die Cousine nicht in ihre Traurigkeit hineinzuziehen.

Sie hatte mit Stiller darüber gesprochen – am Abend vor Weihnachten, als die Sehnsucht sie heftiger denn je befiel.

»Ich glaube, ich kenne das Gefühl«, hatte er gesagt.

»Sehnst du dich auch?«, hatte sie in der Hoffnung gefragt, endlich etwas über seine Familie zu erfahren. »Stiller, warum sprichst du nie von deinen Leuten? Hast du sie wegretuschiert wie sie dich? Heute Abend wünschte ich mir, ich könnte das auch tun, aber morgen, das weiß ich, will ich nicht auch noch die Erinnerung hergeben – an Paulchen, an Rose, an meine Großmutter und meine Eltern, obwohl meine Mutter kaum je um uns herum war. Daran, wie mein Vater zu Weihnachten immer ganz gewichtig mit der Messingglocke geläutet hat, ehe wir alle in den Salon durften. Und an die Perlenkette, die meine Mutter nur am Heiligen Abend trug und mit der sie uns hat spielen lassen. Mein Vater hat zu mir gesagt, ich soll auf eine der Perlen beißen, damit ich merke, dass sie echt sind. ›Mit einem solchen Geschenk lehrt man eine Frau, was echte, unzerstörbare Liebe ist‹, hat er gesagt.«

Wieder einmal hatte sie Stillers Augen schön gefunden, die wie seine Filme keine Zwischentitel brauchten, um zu sprechen.

»Das klingt ausgesprochen edel«, sagte er. »Aber auch ein bisschen hart für deine Mutter, oder? Wie soll ein gewöhnlicher, fehlerhafter Mensch dem denn standhalten?«

Lilly hatte es nie so betrachtet. Die tapfere, unbeirrte Liebe ihres Vaters, der die Gemütskrankheit ihrer Mutter samt den zusätzlichen Mühen, die ihm daraus erwuchsen, ohne Klagen hingenommen hatte, war ihr immer unendlich bewundernswert erschienen. Der Gedanke, ihre Mutter könne unter dieser himmelhohen Vorgabe gelitten haben, war ihr nie gekommen. Auch dafür liebte sie Stiller, liebte ihn mit jeder Stunde, die sie zusammen verbrachten, mehr: für all die Türen, die er ihrem Denken eröffnete, für all die neuen Blickwinkel auf Dinge, über die sie schon ihr halbes Leben lang nachgedacht hatte.

Sie sagte es ihm, und er erwiderte: »Ich bedanke mich. Das Kompliment zurückzugeben, hieße, Eulen nach Athen zu tragen, mein Mädchen mit der entfesselten Kamera.«

Es waren Sätze wie diese, die ihr das Gefühl gaben, innerlich zu erröten. Sie liebte es. Und sie liebte ihn. Dass er sich damit ihren Fragen nach seiner Familie ein weiteres Mal geschickt entwunden hatte, fiel ihr erst auf, als sie längst bei anderen Themen angelangt waren. Und sie verzieh ihm. Wie um alles in der Welt hätte sie ihm nicht verzeihen sollen?

Ihr Leben war schön, und sie würde es sich durch die Probleme bei der Kowo nicht vermiesen lassen. Im Gegenteil, sie würde sich heute noch mehr als sonst ins Zeug legen, nahm sie sich wie jeden Morgen vor, als sie aus der Straßenbahn stieg. Wer konnte es schon sagen, vielleicht war ja heute der Tag, an dem der Regisseur des Films, ein Mann namens Kurt Fendrich, erkennen würde, dass er in Lilly ein echtes Trumpfass besaß. Schließlich war sie doch ein Stück weit bereits vorangekommen, auch wenn sie noch nichts davon spürte: Immerhin wurde sie nicht länger als Mädchen für alles missbraucht, sondern war seit Anfang Januar ganz offiziell Fendrich als Assistentin zugeteilt.

An ihrer Kostümjacke prangte eine Anstecknadel mit einem Pappschild, auf dem ihr Name und die Zeile »Produktion: Der Geldbriefträger« standen.

Fendrich war ein kleiner Mann der mit seiner runden Brille, der ebenso runden Glatze und den korrekt zugeknöpften Anzügen eher an einen beflissenen Bahnbeamten als an einen Filmregisseur erinnerte. Ariane nannte ihn den Stationsvorsteher. Natürlich war das ein Klischee, und Lilly hatte sich alle Mühe gegeben, ihrem neuen Vorgesetzten offen zu begegnen. Fendrich aber sah nicht nur wie ein beflissener Bahnbeamter aus. Er drehte auch seinen Film wie einer, und das war für Lilly schwer erträglich.

Statt zu zeigen, wie sich Erschrecken auf dem Gesicht der Fleischersgattin Isolde malte und sie den Mund zu einem Schrei aufriss, schob Fendrich einen Zwischentitel ein, auf dem vermerkt stand:

»Erschrocken schreit Isolde: ›Oh weh, mein Mann kommt nach Hause!‹«

Während der im besten Fall neckischen, aber alles andere als sinnlichen Liebesszene auf dem ehelichen Bett schob Isolde sich die Hand des Postjünglings unter den Rand ihres Negligés. Über das, was dann passierte, breitete Fendrich verschämt einen Zwischentitel:

»Hui, du Schlimmer!«

Die darauf folgende Szene, in der Isolde den armen Menschen von der Post samt seinem Umschlag kurzerhand in den Schrank bugsierte, hätte durchaus Schmiss haben können, aber Fendrich ließ das Ganze langweilig Bild für Bild vor dem Zuschauer abspulen und schaltete zum besseren Verständnis wiederum einen seiner heiß geliebten Zwischentitel:

»Schnell in den Schrank. Damit er dich nicht findet.«

»Diese ganzen Zwischentitel brauchen wir gar nicht«, war Lilly herausgeplatzt, nachdem sie sich dieses Elend ein paar Stunden lang angesehen hatte. Zu der Zeit war sie noch überzeugt gewesen, ihre Aufgabe bestehe darin, Ideen zur Verbesserung des Films beizutragen, wie sie es bei »Cornet« getan hatte. »Die Leute sehen ja selbst, dass Isolde erschrickt und den Burschen in den Schrank schiebt. Und was er an ihrem Dekolleté tut, können sie sich denken. Je mehr da zu erraten bleibt, desto erregender ist es. Die Kamera könnte an der Stelle abblenden und etwas ganz anderes zeigen – zum Beispiel das Wasserrohr an der Decke, das da drüben in der Wand verschwindet, oder den Schlüssel, den eine unsichtbare Hand ins Schloss schiebt …«

Sie erntete ein paar Lacher unter den Beleuchtern und Kameraleuten. Kurt Fendrich aber plusterte sich regelrecht auf und schnitt ihr das Wort ab: »Hat jemand Sie nach Ihrer Meinung gefragt? Falls es Ihnen entgangen sein sollte: Der Regisseur dieses Films bin ich. Und ich pflege meine Regieführung nicht mit Aushilfen zu diskutieren.«

»Hab Geduld«, hatte Stiller abends bei Igor versucht, sie zu besänftigen. »Die Dinge bewegen sich ja voran, auch wenn sie das aus deiner Sicht vermutlich unsäglich langsam tun. Man muss Menschen eben Zeit lassen, mit Veränderungen Schritt zu halten.«

»Menschen?«, fuhr sie ihn an. »Männern meinst du wohl. Und warum muss man euch Zeit lassen? Damit ihr eure Zepter länger in den Händen halten könnt und keine Angst haben müsst, dass eine Frau euch gefährlich werden könnte?«

Er ließ sich nicht provozieren. »Gut möglich«, sagte er. »Aber selbst wenn es so ist, werden wir auf lange Sicht nicht umhinkommen, uns zu bewegen. Wir produzieren bei uns jetzt einen Streifen mit kleinem Budget, bei dem eine Frau Regie führt. Sie zählt nicht ganz, weil sie aus Hollywood kommt und eigenes Geld in die Produktion einbringt, aber ein Anfang ist es, oder nicht?«

Lilly fand, es war mehr als ein Anfang. Eines Tages würde auch sie einen Film drehen, selbst wenn sie kein eigenes Geld besaß und nicht aus Hollywood kam. Sie wusste es einfach. Es konnte ja nicht anders sein, und dafür würde sie alles tun, was nötig war. Also fand sie sich notgedrungen mit der Situation ab und kehrte an ihre Arbeit zurück. Auch dass Fendrich nun keine Gelegenheit mehr ausließ, um sie herabzuwürdigen, nahm sie zähneknirschend hin. Früher oder später würde jemand bemerken, dass sie etwas von Filmen verstand. Vielleicht sogar heute. Durch den Schneeregen eilte sie auf das ehemalige Lagergebäude zu, in dem die Kowo gerade erst neue Studios eingerichtet hatte. Mit der Kowo ging es voran. Und mit ihr würde es auch vorangehen. Alles, was sie noch brauchte, war ein bisschen Geduld.

25

»Heute Vormittag drehen wir die Szene im Schrank«, hatte Fendrich dem Stab und dem Ensemble angekündigt, und wenn Fendrich so etwas ankündigte, dann gab es darüber keine Diskussion. Änderungen am Drehplan hätten bei ihm womöglich zu einem Herzkollaps geführt, und auch wie die geplante Szene abzudrehen war, wusste er Bild für Bild im Voraus.

Als hätte er es einem Lehrbuch entnommen, und tatsächlich ging das Gerücht um, Fendrich schreibe an einem Lehrbuch über »Das Handwerk des Filmemachers«.

Lilly gab sich noch mehr Mühe als sonst, murrte nicht, wenn sie ans andere Ende des Gebäudes geschickt wurde, weil eine Schachtel mit Bleistiften fehlte, und enthielt sich jeder Kritik an der aus ihrer Sicht falschen Platzierung des Deckenscheinwerfers. Als sie mit den Bleistiften zurückkam, war am Set schon alles bereit, und Fendrich gab die Anweisung: »Kamera ab!«

Wie gewohnt drehte er Bild für Bild und so nahe an dem, was er »die Realität« nannte, wie nur möglich. Der Geldbriefträger befand sich also in dem großen Wandschrank, Ehefrau Isolde rekelte sich in gespielter Unschuld auf dem notdürftig gerichteten Bett, und der Fleischermeister betrat den Raum. Kaum war auf diese Weise ein Minimum an Spannung aufgebaut, schaltete Fendrich natürlich wieder einen seiner unvermeidlichen Zwischentitel dazwischen, auf dem der belanglose Dialog der beiden vermerkt war. Damit keinem Beteiligten entging, was Weltbewegendes auf diesem Titel zu lesen sein würde, hatte Fendrich ausgerechnet Lilly dazu verdonnert, beschriftete Papptafeln in die Höhe zu halten:

> *»Guten Abend, mein Liebling. Du bist heute ja früh dran.«*
> *»Ich dachte mir, ich überrasche dich, mein Goldschatz. Was hältst du davon, wenn ich dich zum Essen ausführe? Ich hole mir nur schnell ein frisches Hemd aus dem Schrank.«*
> *»Ach, nicht gerade heute, Liebling! Lass uns doch lieber hierbleiben.«*
> *Mit gespieltem Verlangen streckt Isolde die Arme nach ihm aus.*

Anschließend würde wieder ins Schlafzimmer umgeschaltet werden, wo der Zuschauer nun zu sehen bekam, wie Isolde mit gespieltem Verlangen die Arme nach ihrem Gatten ausstreckte. Jener Gatte ließ sich kurz auf das schäkernde Spielchen ein, wand sich dann aber aus ihrer Umarmung und begab sich zu voller, bedrohlicher Größe aufgerichtet in Richtung Schrank.

Einen Herzschlag lang kam so etwas wie Spannung auf.

»Schnitt«, befahl Fendrich. »Und Sie, Fräulein Lilly, zeigen uns den nächsten Titel, aber ein bisschen dalli, dalli, wenn ich bitten darf.«

Widerstrebend griff Lilly nach dem bereitstehenden Pappschild und wollte ihren Augen nicht trauen. In Fendrichs Bürokratenhandschrift stand darauf geschrieben:

Mit schweren Schritten geht Fleischer Meyer auf den Schrank zu.
Der Geldbote im Inneren schlottert vor Angst.

»Das geht so nicht!«, rief sie und ließ das Pappschild fallen. »Das können wir nicht einfach behaupten, wir müssen es dem Zuschauer zeigen. Entweder könnten wir natürlich den Schrank schlottern lassen, indem wir jemanden dahinter platzieren, der daran rüttelt. Das ist zwar ein bisschen klamaukig, sollte aber trotzdem nicht seine Wirkung verfehlen. Noch viel besser wäre es jedoch, wenn wir den Mann im Schrank filmen.«

»Mädchen, jetzt lass das doch. Du redest dich um Kopf und Kragen.« Das war der Kameramann, ein leutseliger, väterlicher Mensch, der schon mehrmals für Lilly in die Bresche gesprungen war. »Es ist ja kein Kunstwerk, sondern nur ein billiger Schinken, der ein, zwei Wochen durch die Kinos geht und dann vom nächsten ersetzt wird.«

»Na und?«, gab Lilly zurück. »Trotzdem geben doch Menschen ihr Geld und ihre Zeit dafür her. Menschen, die nach einem harten Arbeitstag quer durch die Stadt zum Kino hasten, die das Abendessen einsparen, um sich die Eintrittskarte leisten zu können. Haben die etwa kein Recht darauf, dass wir für sie unser Bestes geben?«

Der Kameramann wollte noch etwas sagen, aber Fendrich gebot ihm zu schweigen. »Jetzt will ich mir den Unfug von dieser vorlauten Göre doch mal anhören«, sagte er und stemmte eine Hand in die Hüfte. »Nehmen wir also einmal an, ich würde Ihren albernen Vorschlag aufgreifen – wie soll denn das überhaupt vonstattengehen, Filmen in einem Schrank? Bohren wir ein Löchlein in die Schranktür und stecken das Objektiv der Kamera hinein? Oder befestigen wir die Kamera innen an der Tür und filmen aus nächster Nähe, sodass das komplette Bild neblig verschwommen wird? Ich nehme an, das Ganze bezeichnen wir dann am Ende als Kunst wie in dem unsäglichen Nestbeschmutzer-Machwerk des Herrn Stiller?«

Er lachte, und vom Beleuchtungsgerüst ertönte ein dürres Echo.

Lilly aber hatte noch immer nicht begriffen, dass es sinnlos war, sondern kam jetzt erst richtig in Fahrt: »Das ist überhaupt kein Problem!«, rief sie. »Wenn wir zuerst den Schrank von außen zeigen, auf den Meyer zugeht, und sodann den Boten in einem engen Raum mit drei Wänden von vorn filmen, entsteht bei den Zuschauern automatisch die Illusion, sie würden in den Schrank hineinsehen. Den Raum halten wir schwach beleuchtet bis auf ein weißes Spitzlicht, das auf sein angstverzerrtes Gesicht gerichtet ist – dadurch entsteht der Eindruck von Dunkelheit. Man kann damit eine komplette Nachtszene mitten am Tag drehen.«

Es war ganz einfach, aber der Effekt war verblüffend. Sie hatten beim »Cornet« mit ähnlichen Kniffen gearbeitet, und Stiller hatte einmal gesagt, sollte er wirklich je einen Vampirfilm drehen, würde er auf solche Weise den Untoten im Sarg filmen.

»Wie interessant.« Fendrichs Stimme triefte vor Sarkasmus. »Gehe ich recht in der Annahme, dass Sie vorhaben, demnächst eine Lehranstalt für Filmschaffende zu eröffnen?«

»Natürlich nicht«, erwiderte Lilly. »Ich möchte nur, dass unser Film so gut wird, wie er eben sein kann. Dass er den Zuschauern etwas zu bieten hat.«

»Aha. Und dazu, meinen Sie, habe ich den Rat einer halb garen Schulgöre nötig, ja?«

»Im Film stehen wir doch alle noch am Anfang«, sagte Lilly, ohne auf die Beleidigung einzugehen. »Ich denke, wir haben jeden Rat nötig, der uns weiterbringt.«

»Schön, dass Sie das denken«, bemerkte Fendrich schnarrend. »Im Gegensatz zu Ihnen bin aber ich nicht zu meinem Vergnügen hier, sondern habe einen Film fertigzustellen.

Deshalb fordere ich Sie auf, mich künftig mit Ihren weisen Ratschlägen zu verschonen. Und jetzt gehen Sie in die Kantine und holen mir eine Karaffe Zitronenwasser. Nach diesem Affentheater brauche ich eine Erfrischung.«

Der Kampf in Lilly dauerte nicht einmal einen Atemzug. Sie wusste, wenn sie jetzt ginge und diesem eingebildeten Hohlkopf sein Zitronenwasser holte, würde sie sich selbst nicht länger in die Augen schauen können. Sie würde sich womöglich auch nicht länger zutrauen, dass sie das Zeug zur Filmemacherin hatte. Wie konnte sie Filme machen – Filme, wie sie es sich vorstellte –, wenn sie kein Rückgrat besaß und nicht für sich einstehen konnte?

»Ich kündige«, sagte sie fest und so laut, dass jeder im Raum es hören konnte. »Eine Regieassistentin brauchen Sie ja offenbar nicht, und nur um Ihnen Wasser zu holen, bin ich mir zu schade.«

Sie schwang sofort herum und verließ das Studio, ohne sich noch einmal umzudrehen. Ihr stand noch Geld zu, der Monat war ja so gut wie zu Ende, und sie hatte von früh bis spät gearbeitet, aber darum würde sie sich später kümmern müssen.

26

Auf dem schnellsten Weg fuhr Lilly nach Hause. So aufgewühlt, wie sie war, wäre sie am liebsten zu Stiller gelaufen und hätte sich ihm in die Arme geworfen, aber der war bis zum Abend in Babelsberg beschäftigt. Verabredet waren sie erst morgen wieder, doch bei der Vorstellung, so lange mit ihrer Neuigkeit allein zu bleiben, wurde ihr übel. Sie musste mit jemandem sprechen und konnte nur hoffen, dass Ariane daheim war.

Zu ihrem Glück sah sie das Licht hinter der trüben Scheibe über der Putzmacherwerkstatt, sobald sie den Fabrikhof betrat. Ariane war da und würde sie wieder aufbauen. Sie hatten schon eine Kündigung bei der Kowo überstanden und würden auch eine zweite überstehen. Erschwert wurde ihre Lage nur dadurch, dass sie ohnehin für ihr bisschen Geld immer weniger zu kaufen bekamen. Die junge Republik, die Erbin des Deutschen Reiches, das den Krieg verloren hatte, war bankrott, stand mit einer gewaltigen Schuldenlast da und musste Massen von Geld drucken, um dem Herr zu werden. Mittlerweile wies die Mark nur noch ein Zehntel des Wertes auf, den sie im Vergleich zum Dollar vor dem Krieg gehabt hatte.

Aber auch das würden sie zusammen meistern, und es würde ja nicht ewig so weitergehen. Lilly würde wieder Arbeit finden.

So rasch, wie überall neue Produktionsgesellschaften entstanden, würde irgendeine schon Verwendung für sie haben. Und wenn nicht, würde sie sich eben vorübergehend etwas anderes suchen, damit Geld hereinkam. Das war alles nicht so wichtig, solange sie sich selbst treu blieb. Ariane würde das nicht anders sehen als sie.

Die haarigsten Situationen ließen sich meistern, solange man damit nicht allein war. Lilly stürmte die Treppe des Seitenflügels hinauf und rechnete im Laufen aus, wie spät es war. Gegen halb zwei musste es sein und damit eigentlich zu früh für einen Schluck aus Arianes geheimem Kornvorrat. Heute aber würden sie es damit nicht so genau nehmen – außergewöhnliche Ereignisse erforderten außergewöhnliche Maßnahmen.

Sie drehte ihren Schlüssel im Schloss um und stand gleich darauf im Zimmer. Nur die funzelige Lampe auf dem Nachttisch brannte. Ariane hatte sich offenbar nach dem Dreh am Vormittag hingelegt, was ganz und gar nicht ihrer Art entsprach. Lilly kannte keinen Menschen, der so wenig Schlaf brauchte wie ihre Cousine. Sie war doch nicht etwa krank?

In dem Augenblick, in dem die Tür hinter Lilly ins Schloss fiel, schnellte Arianes Kopf in die Höhe. Ihr Haar war zerwühlt, ihr Gesicht wie vom Schlaf zerdrückt. »Lilly! Wo kommst du denn jetzt her? Sag bloß, euer Stationsvorsteher hat euch früher von der Leine gelassen?«

Aus dem zerwühlten Bettzeug auf Lillys Seite tauchte ein zweiter Kopf auf, das helle Haar so kurz, dass es wie Igelstacheln in die Höhe ragte.

Toni.

»’n Tag«, murmelte sie, als wäre es das Normalste von der Welt, dass sie mittags um zwei neben Ariane in Lillys Bett lag.

»Toni ist in ihrer Mittagspause kurz raufgekommen«, stammelte Ariane eine Erklärung, nach der Lilly nicht verlangt hatte. »Und weil wir beide so müde waren, haben wir uns rasch ein bisschen hingelegt. Aber jetzt erzähl du doch mal. Du siehst ja aus wie Braunbier mit Spucke. Was ist denn passiert?«

Wie Braunbier mit Spucke fühlte Lilly sich auch. Ihr war jetzt wirklich speiübel, so übel, dass sie sich über dieses seltsame gemeinsame Mittagsschläfchen, das weder zu Ariane noch zu Toni passte, nicht länger wundern konnte. »Ich bin gefeuert«, sagte sie. »Oder besser: Ich habe mich selbst gefeuert. Zu Fendrich gehe ich nicht mehr, da bringen mich keine zehn Pferde mehr hin, und meinen Lohn für Februar habe ich auch nicht abgeholt.«

»Den holst du mal besser schnell«, sagte Toni. »Bei dem Tempo, in dem alles teurer wird, tut man gut daran, sein Geld sofort in Naturalien umzusetzen.«

»Jetzt lass doch mal!« Ariane stieß ihr den Ellenbogen in die Seite. »Du und deine praktischen Ratschläge in allen Ehren, aber Lilly geht's beschissen. Sie hat gerade ihre Arbeit verloren.«

»Ich bin nicht taub«, bekundete Toni.

Ariane schlüpfte aus dem Bett und stieg in ihren Rock, der zusammengeknüllt auf dem Boden lag. Soweit Lilly es sehen konnte, trug sie ansonsten nur ihre Bluse, die knapp ihre Hüften bedeckte. »Jetzt setz dich erst mal hin und komm zu dir«, sagte sie zu Lilly, trat vor den halb blinden Spiegel und richtete sich mit ein paar Handgriffen das Haar. »Ich lauf schnell rüber zum Thomschke und besorg uns was zu trinken auf den Schreck. Das kriegen wir schon wieder hin, Süße. Du bist ja nicht allein. So wie ich nicht allein war. Toni und ich und diese ganze Straße voll grandioser Menschen helfen dir.«

»Mir ist schlecht«, war alles, was Lilly noch herausbekam. Wie von Furien gehetzt jagte sie aus dem Zimmer, stolperte die Treppe hinunter auf den Abtritt und konnte sich gerade noch über die wenig appetitliche Kloschüssel beugen, ehe sie im Schwall erbrach, was sie seit dem vergangenen Abend zu sich genommen hatte. Das Erbrochene sah ein bisschen aus, als würde sie innerlich bluten, doch sobald sie zu Atem kam, schalt sie sich hysterisch. Es war nur der Wein, den sie gestern getrunken hatte. Igors aus der einstigen Bukowina stammender dunkler Wein, den Stiller Vampirblut nannte und um den es schade war.

Sie rappelte sich auf, goss aus dem Krug auf dem Sims abgestandenes Wasser in die Waschschüssel und wischte sich notdürftig den Mund ab. Erst dann fiel ihr ein, dass sie auf der Treppe an jemandem vorbeigehastet war. An jemandem, den sie kannte. Aber war das möglich?

Sie riss die Tür auf, und draußen auf dem Absatz stand Paul. Er hielt einen Bügel mit einem Kleidungsstück in die Höhe, das im Zwielicht des Treppenhauses sahneweiß leuchtete.

»Lilly? Bist du in Ordnung?«

Es war, als hätte sie nur kurz den Kopf zur Seite gedreht, und als sie sich wieder umwandte, war aus dem kleinen Bruder, den sie in ihrem Puppenwagen über den Hof geschoben hatte, ein Mann geworden. Auf seiner Oberlippe spross kein Flaum mehr, sondern ein ausgewachsener Schnauzbart. Er trug seine Gymnasiastenmütze nicht mehr. Sein dichtes weizenfarbenes Haar lag sorgsam pomadiert und zurückgekämmt um den Kopf.

»Paulchen«, stieß Lilly hervor, »lieber Himmel, Paulchen!« Dann brach sie vollkommen grundlos in Tränen aus.

Paul, der bei ihrer letzten Begegnung geweint hatte, trat jetzt sichtlich verlegen von einem Fuß auf den anderen. »Geht's dir nicht gut?«, fragte er.

»Doch, doch«, versicherte Lilly hastig. Auf keinen Fall durfte Paul erfahren, dass sie ihre Arbeit verloren hatte. »Es ist nur so schön, dich zu sehen. Das macht mich ganz sentimental.«

»Ich find's auch schön, dich zu sehen.« Seine Stimme klang rau und erwachsen. Aber er war immer noch Paul. »Ich hab dich ziemlich vermisst.«

»Ich dich auch. Nicht nur ziemlich, sondern sehr.«

»Mutter schickt mich«, sagte er. »Vater soll nichts davon wissen.«

»Natürlich nicht. Von mir erfährt's kein Mensch.«

»Sie will gern, dass du den hier hast«, sagte Paul und schwenkte das sahnefarbene Kleidungsstück. Lillys Frühlingsmantel, schick, modern und sündhaft teuer. Das erste Teil, das sie sich hatte kaufen dürfen, nachdem die Rationierung von Textilien aufgehoben worden war. »Du hast ihn daheim hängen lassen. Und Mutter sagt, wo's doch jetzt bald wärmer wird, könnte der dir vielleicht nützlich sein …«

»Das ist so nett von dir!«, rief Lilly überwältigt. »Und von Mutter natürlich erst recht. Ach, Paul, dass du hier bist – das … das haut mich einfach aus den Socken.«

Sein Grinsen geriet schief. »Mich ja auch, Schwesterchen. Mir ist ganz blümerant. Fast hätt' ich vergessen, dass ich dich von der Rose grüßen soll. Und vom Arndt. Der Großmutter hab ich auch gesagt, dass ich zu dir geh, aber gesagt hat sie nicht viel dazu, sondern nur …«

»Das ist hart!«

Sie sprachen es beide gleichzeitig aus und mussten lachen. Dabei war gar nichts komisch, und die Grenze zwischen Lachen und Weinen schien wie aus dünnem Glas.

Über ihnen öffnete sich knarrend die Tür ihres Zimmers, und Ariane steckte den Kopf heraus. »Alles in Butter, Lilly? Mein lieber Schwan! Ich denk, dir geht's dreckig, dabei hast du vorm stillen Örtchen ein Rendezvous.«

Sie flitzte die Treppe herunter, inzwischen zwar vollständig, aber alles andere als ordentlich bekleidet. Paul wandte den Kopf und machte Stielaugen.

»Darf ich vorstellen?«, fragte Lilly so trocken, wie es ihr in ihrem Zustand möglich war. »Ariane, das ist dein Vetter Paul. Paul, das ist deine Base Ariane.«

»Paulchen? Dieser schnieke Herzensbrecher ist das viel zitierte Paulchen?« Ariane war unbezahlbar. In dem ihr eigenen Überschwang sprang sie die letzten Stufen herunter und riss den überrumpelten Paul in ihre Arme. »Mensch, es kann aber niemand abstreiten, dass in unserer Familie verdammt viel Grundschönheit vorhanden ist.«

»Vermutlich nicht. Aber auf Schönheit baut man keine neue Welt auf.« Das war Toni, die in einer Art Ensemble, das einem Männeranzug glich, aus der Tür trat. Sie trug ihr Haar elegant brillantiniert wie ein Mann und sah geradezu atemberaubend aus.

Der arme Paul, durchfuhr es Lilly. *Wie soll er so viel weibliche Anziehungskraft auf einmal denn verkraften?*

»Man muss ja nicht auf allem eine Welt aufbauen, meine verrückte Hutmacherin.« Ariane zwinkerte Toni zu, als würde sie mit ihr flirten. »Manches darf auch einfach nur Spaß machen, oder etwa nicht?« Dann wandte sie sich an Paulchen. »Wie sieht's aus, mein zuckersüßer Vetter? Erweist du uns die Ehre und kommst mit in unsere heimelige Hütte? Ich glaube, die eine oder andere von uns sollte heute noch arbeiten, aber wo hier gerade die Wiedervereinigung einer Familie stattfindet, muss das eben warten. Ich hole uns schnell was Flüssiges, ja? Zu essen gibt's nichts, aber ich kann ein höchst ansprechendes Gedicht über das Bukett von Erdbeertörtchen aufsagen.«

»Ich … ich würd' ja gern bleiben«, stammelte Paul. »Aber ich hab meiner Mutter versprochen … ich meine, die Mutter würde sich Sorgen machen, wenn ich nicht gleich zurückkomme. Ich weiß, das hört sich jetzt an, als ob ich noch ein kleiner Junge wäre, und der bin ich schon lange nicht mehr, aber …«

»Keine Sorge«, unterbrach ihn Ariane und klopfte ihm auf die Wange. »Wir kennen solche Verpflichtungen alle zur Genüge, und dass wir kleine Mädchen und Jungen waren, ist schließlich noch nicht allzu lange her. Du versprichst uns aber, dass du bald wiederkommst, abgemacht? Ansonsten müsste ich mich nämlich hier auf der Treppe in ein heulendes Elend verwandeln, und glaub mir, das möchtest du nicht.«

»Das möchtest du in der Tat nicht«, sagte Toni, und damit war so etwas wie ein Bann gebrochen. Sie lachten alle vier.

Während sie sich verabschiedeten, legte Paul Lilly den Mantel um die Schultern, obwohl sie den älteren, gröberen für den Winter noch darunter trug. Ihr war noch immer übel, und sie fühlte sich schwach. Während Ariane und Toni in die Wohnung zurückkehrten, begleitete sie Paul nach unten zur Haustür.

»Du passt doch auf dich auf, nicht wahr?«, fragte er sie und klang ehrlich besorgt.

»Natürlich«, erwiderte sie weit forscher, als sie sich fühlte. »Du hast es doch gesehen – es geht mir gut.«

Zweifelnd betrachtete er sie. »Deine Freundinnen sind knorke«, gab er zu. »Aber du siehst nicht aus, als ob es dir gut geht. Und auf der Toilette …«

»Nur eine Magenverstimmung«, schnitt sie ihm das Wort ab. »Um ehrlich zu sein – wir haben gestern Abend ein bisschen viel getrunken.«

Paul grinste. »Ist mir neulich auch passiert. Mit dem Rudi und seinen Fußballkameraden. Der Rudi trinkt sowieso wie ein Loch.«

»Dafür ist er noch viel zu jung«, sagte Lilly.

»Ich weiß. Der Walther macht sich auch Sorgen um ihn«, erwiderte Paul.

Grüß ihn, wollte Lilly schon sagen, doch dann hatte sie wieder die Szene vor Augen, als sie und Walther sich getrennt hatten. Also sagte sie nichts, und ein paar Augenblicke lang schwiegen sie beide.

»Lilly«, setzte Paul dann noch einmal an. »Vom Walther soll ich dir etwas ausrichten. Er hat darauf bestanden, ich soll's dir sagen, auch wenn du's nicht hören willst.«

»Also sag's mir.«

»Du sollst nicht vergessen, was er dir gesagt hat«, kam es zögernd von Paul. »Wenn du Hilfe brauchst – er ist für dich da. Die Schreinerei läuft wie geschmiert, sie machen eine Menge Sachen für das Hotel Central, und wo doch jetzt der Bahnhof Friedrichstraße neu aufgebaut wird, bekommen sie von da auch wieder Aufträge. Sein Vater hat sich so gut wie völlig zurückgezogen, Walther schmeißt den Laden im Grunde alleine. Er würde dir jederzeit helfen. Und ich auch, Lilly. Wenn du Geld brauchst – ich hab 'ne ganz hübsche Summe in meiner Spardose.«

»Und die behältst du auch.« Lilly zog ihn an sich, damit er nicht sah, dass sie mit den Tränen kämpfte. »Ariane und ich kommen bestens zurecht. Nur besuchen musst du uns – das hast du schließlich versprochen.«

Paulchen nickte, und dann rissen sie sich voneinander sehr eilig los, weil ihnen der Abschied wohl beiden näherging, als sie einander sehen lassen wollten.

Auf unsicheren Beinen und völlig durcheinander stieg Lilly die Treppe hinauf zu ihrem Zimmer. Unterwegs vergrub sie die Hände in den Taschen des Frühlingsmantels, als könnte sie dabei ihre Mutter spüren. Die Mutter – eingeigelt in ihrem Zimmer oder gedankenverloren an einem Fenster – war immer so weit weg von ihr gewesen, noch weiter als von Rose und Paulchen, wohl weil Lilly so durch und durch ein Vaterkind gewesen war. Auf einmal aber kam es ihr vor, als hätte ihre Mutter ihre ganze Kindheit hindurch die Hand nach ihr ausgestreckt, ohne sie jedoch erreichen zu können.

So wie sie jetzt durch die Geste mit dem Mantel die Hand nach ihr ausstreckte, ohne dass Lilly ihr antworten konnte.

Die Tränen liefen ihr schon wieder über die Wangen – seit wann hatte sie so nah am Wasser gebaut? Sie wünschte sich Stiller herbei, wünschte, er würde irgendwie spüren, dass sie ihn brauchte, und zu ihr kommen. Sie wollte, dass er sie hielt, dass er ihr sagte, es werde alles gut, auch wenn sie ihm nicht einmal erklären könnte, was so schlimm war. Sie wollte ihn einatmen, seine Haut schmecken, auf der sich sein Duft mit ihrem mischte, spüren, dass ihr Glück nicht zerbrechlich war und dass ein paar Erschütterungen ihm nichts anhaben konnten. Sollte sie gleich nach Babelsberg fahren und irgendwo im Verborgenen auf ihn warten? Der Weg, den sie im Sommer so oft gefahren war, kam ihr jetzt endlos vor, und außerdem durften sie noch immer kein Risiko eingehen.

Warum eigentlich nicht?

War es nicht an der Zeit, dass Stiller Farbe bekannte, dass er vor Benno Adler und dem Rest der Ufa dazu stand, dass er Lilly Adler liebte? Sie mochte es nicht, wenn solche Gedanken sie ansprangen, doch in diesem Augenblick besaß sie nicht die Kraft, sie niederzukämpfen.

Ihre Linke in ihrer Manteltasche ertastete ein Stück Papier. Sie zog es heraus und blickte auf einen zerknitterten Umschlag, der in einer schrägen, schwer leserlichen, aber schönen Schrift adressiert war und auf dem die erste Zeile der Anschrift von Nässe verschmiert und unleserlich war:

Zu Händen von Frau Friederike Glasmann
Schwanebecker Straße 5–15
Berlin-Buch

27

»Ich muss zu ihm. Jetzt. Ich habe vergessen, ihm den Brief zu geben, und ich muss es jetzt tun.«

»Verdammt noch mal, Lilly, dass du das vergessen hast, ist bald ein ganzes Jahr her!« Ariane stand vor der Tür und versperrte ihr den Weg. »Der alberne Brief ist doch längst Schnee von gestern, deshalb musst du doch nicht durch die gesamte Stadt gondeln, so elend, wie es dir geht.«

»Es geht mir nicht elend«, widersprach Lilly. »Oder doch, vielleicht tut es das, aber es wird besser werden, wenn ich bei Stiller bin.«

»Du musst doch nicht ausgerechnet jetzt da hin. Theo arbeitet noch, und du kennst ihn doch, wenn er an seinem Film sitzt. Er hätte jetzt sowieso keine Augen für dich und irgendeinen alten Brief. Weshalb setzt du dich nicht, und wir drei machen uns einen gemütlichen Frauenabend?«

Abend war es noch nicht, doch vor der trüben Scheibe begann es zu dunkeln. Bis sie in Babelsberg war, mochte Stiller mit seiner Arbeit fertig sein, wenn er nicht wie so oft noch die halbe Nacht im Schneideraum oder über Drehplänen verbrachte. Sie trat einen Schritt auf Ariane zu, aber die machte keine Anstalten, die Tür freizugeben. »Bitte lass mich gehen«, sagte Lilly. »Ich muss ihn jetzt eben unbedingt sehen, ich kann es dir nicht erklären.«

»Ich hol uns was vom Thomschke«, versprach Ariane. »Wein, Schnaps, alles, was du dir wünschst. Und vom Bäcker nebenan Plunderteilchen. Die mit Käse, die du so gern magst.«

»Bist du neuerdings Krösus?«, kam es von Toni, die am Kopfende auf dem Bett saß.

»Ich hab was gespart«, sagte Ariane. »Für einen Frühlingsmantel, eins dieser tollen Dinger mit den riesigen Taschen auf den Hüften, in denen man zum Jazztanzen gehen kann. Aber da Frühlingsmäntel offenbar ohnehin nur Ärger einbringen, will ich das blöde Ding gar nicht mehr haben.«

»Das Geld werdet ihr anderweitig brauchen«, sagte Toni. »Lilly ist ohne Arbeit. Es ist wohl kaum der günstigste Augenblick, um Geld für Käseplunder aus dem Fenster zu werfen.«

»Zum Teufel, Toto, kannst du dir deine Lebensberatung mal fünf Minuten lang an deinen nicht vorhandenen Hut stecken?« Ariane schrie fast, und erst jetzt wurde Lilly klar, dass ihre Cousine mindestens so erregt war wie sie selbst. Aber warum? Die Sache mit Stiller und dem vergessenen Brief betraf sie doch gar nicht, und Geld war kein Thema, um das Ariane sich Sorgen machte.

»Toni hat recht«, sagte Lilly. »Mir wäre lieber, wenn wir die Party verschieben könnten, bis ich wieder Arbeit habe. Und jetzt fahre ich nach Babelsberg. Falls es einen ernsthaften Grund gibt, der dagegenspricht, kannst du mir den gerne nennen, aber wenn nicht, bitte ich dich, mich vorbeizulassen.«

»Es gibt eine ganze Latte von ernsthaften Gründen«, konterte Ariane, ohne sich von der Tür wegzubewegen. »Zum einen mache ich mir Sorgen um dich, wie ich dir jetzt so ungefähr zum hundertsten Mal erkläre. Zum andern willst du doch auch Theo nicht in Schwierigkeiten bringen. Natürlich willst du ihn sprechen, das ist ja verständlich, und sicher wird er dir helfen, eine neue Anstellung zu finden, aber das hat doch Zeit bis morgen, wenn ihr euch sowieso trefft.«

»Ich verstehe nicht, warum dir das so wichtig ist«, sagte Lilly.

»Nun, Theo hat immerhin eine Menge für uns getan.« Arianes Antwort klang merkwürdig lahm. »Er ist unser Freund. Dein Liebhaber. Ich dachte, es wäre dir auch wichtig, dass er unseretwegen keine Probleme bekommt.«

»Deine Cousine hat recht«, erhielt Lilly unerwartete Schützenhilfe von Toni. »Was sie mit ihrem Kerl macht oder nicht macht, ist ihre Sache, nicht deine. Und wenn irgendetwas, das er verborgen hält, dadurch auffliegt, ist ja wohl nicht sie die Schuldige, sondern er mit seiner Geheimniskrämerei.«

»Verdammt, das sagt sich so einfach«, herrschte Ariane sie an. »Gibt es in deinem Leben denn überhaupt nichts, das du lieber nicht in alle Welt hinausposaunen möchtest?«

»Ich möchte überhaupt nichts in alle Welt hinausposaunen«, erwiderte Toni ungerührt. »Aber wer mir eine ehrliche Frage stellt, der bekommt eine ehrliche Antwort. Ich habe nichts zu verbergen.«

»Wie schön für dich«, blaffte Ariane sie an. »Du bist eben die Tugendhaftigkeit auf Beinen, und wir fehlbaren Sterblichen müssen dankbar sein, dass du dich überhaupt mit uns abgibst.«

»Das ist mir jetzt zu albern«, sagte Toni und stand auf. »Da ich genug zu tun habe, gehe ich nach unten an meine Arbeit und überlasse diese Streiterei euch. Mich geht sie schließlich sowieso nichts an.«

Sie wollte an Ariane vorbei, aber die streckte die Arme zur Seite und presste sich mit dem Rücken an die Tür. »Bitte nicht, Toto. Bitte bleib hier und hilf mir.«

»Ich würde jetzt doch gern wissen, was hier eigentlich gespielt wird«, sagte Toni. »Lilly will zu ihrem Liebhaber und sich über die Sache mit ihrer Arbeit ausheulen, sie will ihm einen vergessenen und wiederaufgetauchten Brief mitbringen und sich irgendwo verstecken, damit der Liebhaber keinen Ärger mit deinem Vater bekommt. Abgesehen davon, dass mir das zu dumm wäre – wo ist das Problem? Und was um alles in der Welt hast du damit zu tun?«

»Das wüsste ich auch gern«, sagte Lilly. Ihr Herz schlug so heftig, dass ihr schon wieder übel wurde.

»Theo ist mein Freund.« Arianes Stimme war dünn und zitterte. »Er hat verdammt viel für mich getan, hat dafür gesorgt, dass ich aus diesem goldenen Käfig bei meinem Vater herausgekommen bin, und mich in die Welt des Films eingeführt, was meine beiden Eltern mir verweigert haben. Ich verdanke ihm, dass ich bin, wer ich bin, wenn du es genau wissen willst. Und dafür hat er wohl zumindest verdient, dass ich versuche, ihn zu schützen.«

»Ihn zu schützen?«, rief Lilly, ehe Toni das Wort ergreifen konnte. »Vor mir? Aber ich will ihm doch überhaupt nichts Böses, ich will ihn weder bei deinem Vater anschwärzen noch anderweitig in Schwierigkeiten bringen. Auch wenn ich zugebe, dass ich mir wünschen würde, wir könnten offen und vor aller Welt zueinander stehen.«

»Kann ich dir nicht verdenken«, kam es wie aus der Pistole geschossen von Toni. »Und wie es aussieht, wird deinem Galan ja auch nichts anderes übrig bleiben, als demnächst Farbe zu bekennen.«

»Was soll denn das heißen?«, fragte Lilly.

»Ach komm, Mädchen, du wirst ja wohl kaum noch an den Klapperstorch glauben«, erwiderte Toni. »Dass eine wie der geölte Blitz an die Kloschüssel rennt, kommt in meiner Werkstatt jeden zweiten Monat vor. Und jedes Mal stand vorher am Fabrikhoftor ein herausgeputztes Bürschlein, und jedes

Mal erklärt mir die Kleine kurz darauf heulend, sie könne leider nicht länger zur Arbeit kommen.«

»Ich weiß nicht, wovon du redest!« Ariane klang jetzt nahezu hysterisch.

»Davon, dass deine Cousine noch ganz andere Probleme hat als den Ärger mit ihrer Anstellung«, gab Toni zurück. »Und davon, dass du sie jetzt zu ihrem Liebhaber lassen solltest, denn der ist es, mit dem sie über die Bredouille reden muss.«

Lilly konnte nichts sagen. Ihr Herz schlug ihr bis hinauf in die Kehle, sodass sie kein Wort herausbrachte.

»Theo liebt dich, Lil. Ich weiß, dass er dich liebt, und du musst es auch wissen.« Schlaff, als wäre alle Kraft aus ihr gewichen, ließ Ariane sich von Toni von der Tür wegziehen und brach regelrecht in ihren Armen zusammen. »Irgendwie muss sich dieser ganze Mist wieder in Ordnung bringen lassen. Er kann doch auch nichts dafür. So wenig wie du.«

Lilly trat aus dem Zimmer wie ein Automat. Ihre Beine schienen ihr nicht mehr zu gehören, sondern aus eigener Kraft den Weg zu finden, und ihr Herz hämmerte, als wolle es sich aus ihrem Körper befreien. Unten im Abtritt versuchte sie noch einmal, sich zu übergeben, aber ihr Magen war leer, und es kam nur noch bittere gelbe Galle. Wieder reinigte sie sich mit dem abgestandenen Wasser notdürftig das Gesicht, dann machte sie sich durch den nasskalten schwarzen Abend auf den langen Weg nach Babelsberg.

Erst als sie aus der S-Bahn stieg, fiel ihr auf, dass sie noch immer zwei Mäntel übereinander trug – den Frühlingsmantel, in dessen Tasche sie damals im Mai den Brief an Friederike Glasmann vergessen hatte, über ihrem abgetragenen Wintermantel. Sie ging die Straße am Rand der jetzt brachliegenden Felder hinunter, die sie im vergangenen Sommer unzählige Male gegangen war – erregt, glücklich, voller Vorfreude auf den Tag am Filmset, mit den Kollegen, mit Stiller. Heute hingegen hätte sie nicht einmal zu sagen vermocht, was sie fühlte. Hass auf sich selbst wallte in ihr auf.

War sie krank im Kopf? War sie nicht recht bei Verstand? Wie konnte ein Mensch in einer Situation wie der ihren noch immer an Filme denken und sich selbst wie in einer Filmszene vor sich sehen? Instinktiv war sie sogar ein Stück zur Seite gewichen, um im Licht der einzigen Laterne zu gehen und die Leere der Felder besser zur Geltung zu bringen.

Sie hatte das immer so gemacht. Solange sie denken konnte und schon, als sie noch nie ein Kino von innen gesehen hatte. Hatte sie sich deshalb in diesen Schlamassel hineingeritten? Weil sie, wie ihr Vater ihr auf den Kopf zugesagt hatte, zur Wirklichkeit nicht taugte, sondern nur für die Gaukelei des Films?

Aber das, was sie in sich spürte, was Toni angedeutet und Ariane zweifellos begriffen hatte, war die Wirklichkeit. Es war eine Wirklichkeit, mit der sowohl sie als auch Stiller fortan würden leben müssen, auch wenn sie nicht die geringste Ahnung hatte, wie das zu bewältigen war.

Stiller wird mir beistehen, versuchte sie sich im Takt ihrer immer schneller werdenden Schritte zu beruhigen. *Ich bin nicht allein damit, wir werden es zusammen schaffen, und bestimmt ist es gar nicht so schlimm, wie ich jetzt denke. Andere schaffen es auch. Ich will Filme machen, und Stiller glaubt an mich. Er wird mir helfen, einen Weg zu finden, so wie etliche Frauen ihn vor mir gefunden haben.*

Ihr Herzschlag beruhigte sich nicht, und die Angst ließ sich nicht wegreden. Wo war die Lilly Adler, die keine Angst kannte? Hätte Arndt sie jetzt erlebt, hätte er vermutlich seinen Augen nicht getraut. Die Gebäude der Filmstadt kamen in Sicht, aus dem Pförtnerhaus und mehreren Hallen drang noch Licht. Lilly lief schneller. Kaum erreichte sie das Tor, öffnete sich die Tür des Häuschens, und Emil Wachter, der Schneemann, der nicht schmolz, trat heraus.

»Ja, Fräulein Lilly!«, rief er. »Wat verschafft uns denn die Ehre? Wir ham ja schon jedacht, wie kriegen Sie jar nich' mehr zu sehen.«

»Bitte helfen Sie mir, Herr Wachter!«, rief Lilly. »Ich muss unbedingt Herrn Stiller sprechen, können Sie ihn für mich finden?«

»Den Herrn Stiller? Ja, aber kommse doch erst mal mit rinn, Kleene, Sie sind ja janz durchjefroren.« Ohne auf Lillys Protest zu achten, zog Wachter sie ins Innere des winzigen Kabuffs, nahm seine Joppe vom Haken und legte sie ihr um die Schultern. Er hatte recht. Trotz der zwei Mäntel schlotterte sie am ganzen Körper, und ihre Zähne klapperten zum Gotterbarmen.

»Der Herr Stiller is noch in 'ner Besprechung«, sagte Wachter. »Soll ick 'n Tee aufbrühen? Woll'n Se hier warten?«

»Es ist dringend«, sagte Lilly. »Ich muss ihn jetzt sprechen. Sofort.«

»Sofort«, wiederholte Wachter. »Na, wenn't bei 'nem Meechen so dringend is', dann muss der Stiller eben her, dann lässt sich da nüscht machen.«

Nicht ohne Stolz hob er den Hörer von dem schwarzen Telefonapparat auf seinem Tisch und ließ sich verbinden. »Ja, Wachter hier«, sprach er in die Muschel. »Schicken Se mir mal bitte den Stiller ruff. Nee, verschieben lässt sich dit nich'. Is 'n Notfall. Jeht sozusajen um Leben und Tod.«

Ich wünschte, du hättest nicht recht, dachte Lilly.

Kurz darauf kam Stiller ohne Hut und Mantel den Weg heraufgehastet. »Lilly!«, rief er. »Was ist denn passiert?« Dann sah er sie, hielt inne, und sein Gesicht erstarrte. »Hat jemand mit dir gesprochen?«, fragte er mit fast erstorbener Stimme. »Benno Adler? Alexander?«

»Nein«, antwortete sie verstört, »warum fragst du das denn?«

Er schüttelte den Kopf. »Vergiss es. Emil, könnten Sie uns hier einen Augenblick allein lassen?« Er sah an dem Pförtner, der in Hemdsärmeln vor ihm stand, hinauf und hinunter und schüttelte von Neuem den Kopf. »Nein, das geht nicht. Es ist viel zu kalt. Komm, Lilly. Gehen wir in mein Auto.«

Lilly wollte Emil Wachter seine Jacke zurückgeben, aber der wehrte ab: »Die behalten Se man lieber. In dit Auto isset doch ooch kalt. Junge, Junge, ick kann nur hoffen, die Welt, die da unterjejangen is, jeht morgen früh wieder uff.«

Stiller nahm ihren Arm und führte sie fort. Sie zitterten beide, und sein Körper, der sie den ganzen Winter hindurch gewärmt hatte, schien jetzt nur noch größere Kälte auszustrahlen.

»Irgendwo muss hier eine Decke sein«, sagte er, als er die Autotür öffnete. Wachter hatte recht gehabt: Der offene Wagen war vollkommen ausgekühlt.

Stiller war um das Auto herumgegangen und hatte aus dem Verstauraum am Heck eine zerschlissene Decke geholt. Als er sie Lilly um die Schultern legte, kam sein Gesicht dem ihren nahe. Sie spürte seinen Atem, und eine Sekunde lang war da die alte Vertrautheit und weckte Hoffnung in ihr.

Er hielt ebenfalls inne, schloss die Augen und stöhnte. »Ich liebe dich so sehr«, sagte er. »Dir darf nichts geschehen, um alles in der Welt nicht dir.«

Dass er sie liebte, hatte er ihr nie zuvor gesagt. Gleich darauf aber zog er sich zurück, ging erneut um das Auto herum und stieg auf der Fahrerseite ein. Er presste den Rücken gegen die Sitzlehne, saß so weit wie möglich von ihr entfernt.

Etwas war zwischen sie getreten, ragte so gewaltig und unüberwindlich in die Höhe, dass Lilly erschrak.

»Sag mir, was passiert ist«, bat Stiller. Er sah sie an und zugleich durch sie hindurch. »Bitte sag es mir.«

Sie wollte es ihm sagen. Von dem Großen, alles Überrollenden, das in ihr lauerte, wollte sie ihm erzählen, damit er sie in die Arme nahm und ihr versicherte, es sei nicht so schlimm, sie würden es zusammen hinbekommen und er wisse hundert Arten, damit fertigzuwerden.

Aber es war zu groß. Sie brachte es nicht über die Lippen. Stattdessen langte sie in die Tasche des Frühlingsmantels, den sie an ihrem ersten gemeinsamen Abend getragen hatte, und holte den Brief hervor.

»Hier«, sagte sie und hielt ihn Stiller hin. »Den hast du verloren, damals, als wir das erste Mal bei Igor waren. Ich hab ihn dir wiedergeben wollen, aber ich war so aufgeregt wegen des Films und habe es vergessen.«

Es war klirrend kalt im Auto, und Stiller trug nicht einmal einen Mantel. Was seine Finger, die er nach dem Umschlag ausstreckte, zittern ließ, war jedoch nicht die Kälte.

»Wer ist Friederike Glasmann, Stiller?«, fragte Lilly und wünschte im selben Augenblick, sie hätte die Frage verschluckt.

Er starrte auf den Umschlag, ließ ihn auf den Boden fallen und blickte wieder auf. »Friederike Glasmann ist meine Frau«, sagte er.

Noch ein Zwischentitel

Wer nach diesem nicht Bescheid weiß, kehrt als Ahnungsloser zurück in die Wirklichkeit.

Anita

BERLIN

November 1899

»Ein Blick in die Welt beweist uns, dass Horror nichts anderes ist als Realität.«

Alfred Hitchcock

28

Er hatte sich Annemie Schultz ins Haus geholt, weil er an der Einsamkeit verrückt zu werden drohte und schließlich irgendwie zurechtkommen musste. Offiziell führte sie ihm nur den Haushalt und hielt das Atelier sauber, doch in der Nachbarschaft wusste jeder Bescheid. Ihr Vater, der Postbeamte, spuckte vor Rufus aus, wenn er ihm auf der Straße begegnete. Rufus aber versuchte, sein Gewissen damit zu beruhigen, dass er ihr nie etwas vorgemacht hatte.

»Ich kann dich nicht heiraten und werde es auch nie können«, hatte er Annemie erklärt. »Ich habe eine andere geliebt, das ist dir bekannt, und mit ihr ist meine Fähigkeit zu lieben gestorben. Ich weiß, die meisten Männer würden darin keine große Sache sehen, aber ich kann nicht anders als ehrlich zu dir sein.«

»Dafür liebe ich dich«, hatte sie in ihrer stillen Art erwidert. »Und es macht mir nichts aus. Dass ich mit dir zusammen sein und dich umsorgen darf, ist mir genug.«

Anfangs war er wirklich nur froh gewesen, dass jemand zusammen mit der Marianne für Sauberkeit in Wohnung und Geschäft sorgte, ihm etwas Essbares auf den Tisch stellte und nachts in seinem Bett auf ihn wartete. *Es ist immerhin besser, als zu einer Hure zu gehen,* hatte er gedacht. Sein Bedürfnis nach einer Frau hatte er immer bezähmen können, doch seit er Anita begegnet war, seit Anita ihn betrogen und wie einen misslungenen Abzug weggeworfen hatte, war es unbezähmbar geworden. Er war dankbar, dass Annemie Schultz da war, um dieses Bedürfnis für eine Weile zu befriedigen, und mit der Zeit wurde er auch dankbar für ihre stille, bescheidene Gegenwart.

Sie forderte nichts. Sie stellte keinerlei Ansprüche. Auf dem Platz am Tisch, an dem sie saß, hatte zuvor seine Mutter gesessen, und nach seiner Hochzeit hätte Anita dort sitzen sollen. Beiden Frauen hatte er alles gegeben, was er aufbringen konnte, und für beide war es nicht genug gewesen. Anita hatte ihn verlassen, und seine Mutter war gestorben, weil sie beide ohne Benno nicht leben konnten und weil er, Rufus, für sie gar nicht zählte. Annemie Schultz aber war dankbar für jede winzige Freundlichkeit, die er ihr erwies, und wenn er ihr keine Freundlichkeit erwies, weil ihn sein eigenes Elend übermannte, beklagte sie sich nicht, sondern tat weiterhin, was sie konnte, um ihm das Leben zu erleichtern.

»Du bist ein Mann mit Charakter«, sagte sie. »Trotz allem, was dir angetan worden ist, erfüllst du noch immer deine Pflicht.«

Anitas Namen – das »Fräulein von Struck« – hatte sie ein einziges Mal nur in den Mund genommen. Rufus hatte sie angeschrien und es ihr für alle Zukunft verboten. Seither hatte sie weder Anita noch einen der anderen Toten je wieder erwähnt.

Das waren sie für Rufus: die Toten. Anita und Benno ebenso wie seine Eltern. Sie hatten sich ausgelöscht, und über sie wurde in seinem Haus nicht gesprochen. Schon gar nicht mit Annemie Schultz.

In der Regel sprach er überhaupt nicht viel mit Annemie. Er war froh darüber, dass er es nicht musste, mit der Zeit zugleich aber froh darüber, dass er es bei Bedarf gekonnt hätte.

Der Mensch gewöhnte sich an die eigenartigsten Dinge.

Einst hatte sich Rufus daran gewöhnt, dass der Vater, neben dem er an den Schaufenstern der Friedrichstraße vorbeiflaniert war und den er bewundert hatte, sich selbst in die Spree und die Familie in Schimpf und Schande gestürzt hatte. Rufus hatte weitergemacht und immer weiter, denn da waren Benno und die Mutter gewesen, denen es an nichts fehlen sollte.

Dann, nach jenem Morgen vor genau zwei Jahren, war niemand mehr da gewesen, selbst die Mutter nicht mehr. Sie hatte aufgehört zu essen, hatte noch genau zwei Sätze zu Rufus gesagt und dann auch aufgehört zu sprechen. »Nimm's mir nicht übel«, hatte sie gesagt. »Ich habe das mit deinem Vater überstanden, aber ohne deinen Bruder kann ich nicht leben.«

Keine fünf Wochen später lag sie auf dem Friedhof, auf dem sie den Vater nicht hatten begraben können, und Rufus hatte dagestanden mit einem ausgeraubten Atelier und zwei Briefen, die er nicht wegwerfen konnte.

»Lieber Rufus«, begann der, den sein Bruder ihm auf dem Tisch im Atelier hinterlassen hatte:

> *Lieber Rufus,*
> *nützt es Dir etwas, macht es irgendetwas leichter, wenn ich Dir versichere, dass Du mir der beste Bruder gewesen bist, den ein Mann haben kann? Du hast nichts falsch gemacht, Rufus, und Dich trifft keine Schuld. Schuld ist diese Gier in mir, die Gewissheit, dass ich Filme machen muss und sonst nichts. Eines Tages wird der Film die Welt beherrschen, und ich werde zu jenen gehören, die von der ersten Stunde an dabei waren. Der Film ist ein Zug, der in die Zukunft rast, und ich muss auf sein Trittbrett aufspringen oder kann nicht mehr atmen.*

Gestern Abend hat Oskar Messter, der Mann mit dem Kunstlichtatelier weiter oben an der Straße, mir angeboten, bei ihm einzusteigen. Wenn ich ein bisschen Geld mitbringe, um die Kosten zu tragen, dreht er mit mir zusammen einen Film. Ich habe die Kameras genommen, ich wusste mir keinen anderen Rat. Dass Du mir nicht verzeihen kannst, weiß ich, denn was ich tue, ist unverzeihlich. Aber das Geld werde ich Dir eines Tages zurückzahlen.

Du bist ein guter Mensch, Rufus. Du hast einen Bruder wie mich nicht verdient. Glaub mir, ich kann nicht anders. Ich liebe Dich, und Du wirst mir fehlen, aber da ist etwas in mir, das noch viel stärker ist.

Dein Bruder Benno.

Rufus hatte weinen wollen, er hatte noch nie einen so heftigen Drang zu weinen verspürt, aber es war, als wären alle Tränen in ihm zu Eis gefroren. Er selbst fror auch und drohte zu erstarren, obwohl im Atelier wie üblich beide Öfen in voller Stärke bollerten.

Ich muss zu Anita.

Das war sein einziger Gedanke gewesen.

Er musste zu Anita und sich von ihrer Liebe wärmen lassen, damit das Eis in ihm taute. Wenn er Anita bei sich hatte, wenn er spürte, wie viel sie einander bedeuteten, würde er die Kraft finden, Verrat und Verlust ein zweites Mal durchzustehen. Er hatte seine Verlobte bisher immer mit dem äußersten Respekt behandelt, war nie ohne vorherige Anmeldung in der Wohnung, die sie mit ihrer Mutter teilte, aufgekreuzt und hatte Liebesbezeugungen auf einen schicklichen Rahmen beschränkt.

Heute aber konnte er nicht warten und seinen Besuch vorher ankündigen, und er brauchte all ihre Zärtlichkeit.

Die Wohnung, in die Bernardine von Struck nach dem Tod ihres Mannes mit ihrer Tochter gezogen war, lag in der Dorotheenstadt mit Blick auf die Spree. Sie war halbwegs standesgemäß und viel teurer, als die Freifrau von Struck es sich leisten konnte, doch nach der Heirat ihrer Tochter würde sie die Wohnung ja nicht länger benötigen. Rufus rannte den ganzen Weg und wäre um ein Haar vom Fuhrwerk eines Bierkutschers überrollt worden, weil er weder nach links noch nach rechts blickte.

»Lebensmüde, Mennekin?«, schimpfte der Bierkutscher. »Denn wirf dir vor 'n Zug, aber nich' vor meene Jäule ihre Beene.«

Rufus war nicht lebensmüde. Sein Inneres fühlte sich an, als hätte der Schmerz es umgepflügt, aber Anita würde ihre Arme um ihn legen und ihn heilen. Damals, nach dem Tod seines Vaters, hatte er mit allem allein fertigwerden müssen, aber heute hatte er Anita.

Statt des Hausmädchens öffnete ihm die Freifrau selbst. Sie sah aus wie ein Gespenst.

»Ich bitte um Vergebung«, stotterte Rufus. »Ich komme, um Anita meine Aufwartung zu machen. Natürlich hätte ich mich anmelden müssen, doch gewisse Dinge gestatten leider keinen Aufschub.«

Anitas Mutter starrte ihn an, als verstünde sie nicht, was er sagte. »Das ist hart«, stieß sie hervor. »Von der eigenen Tochter betrogen zu werden, von dem Kind, für das man alles getan hat, das ist hart.«

Rufus hatte Stunden, Tage, vielleicht Wochen gebraucht, um zu begreifen. Womöglich begriff er auch jetzt, zwei Jahre später, noch nicht, wie zwei Menschen einem anderen so etwas antun konnten. Benno hatte nicht nur die Kameras mitgenommen, die Rufus geliebt und um die er gekämpft hatte. Er hatte obendrein mitgenommen, was Rufus mehr als alles andere geliebt hatte und für das er jede Kamera der Welt hergegeben hätte.

Anita.

Auf Bernardine von Strucks Anrichte, neben dem mit Trauerflor geschmückten, schlecht fotografierten Konterfei des preußischen Freiherrn, hatte ein zierlicher Umschlag mit seinem Namenszug gelegen:

Lieber Rufus.
Dass Du mich verstehst oder gar mir verzeihst, darf ich nicht hoffen, und dennoch muss ich Dir eine Erklärung geben. Der Schritt, den ich gehe, hat nichts mit Dir zu tun, sondern allein mit mir. Ich ertrage die Enge nicht länger und muss frei sein. Jeder Raum in Deiner wie in unserer Wohnung kommt mir vor wie ein Gefängnis, aus dem ich ausbrechen muss, ich bin wie eine, die ihre eigene Zeit überlebt hat und jetzt ihr Heil in einer unbekannten Zukunft suchen muss.

Das kann ich nur mit Benno. Er und ich lieben uns nicht auf die gesunde, schützende Weise, in der Du mich geliebt hast, sondern wie zwei Süchtige, Kranke. Süchtig sind wir auch nach dem Neuen, dem Abenteuer, dem Griff nach den Sternen, den uns das Filmgeschäft verspricht.

Ich weiß nicht einmal, was mich erwartet, nur dass ich keine Stunde länger darauf warten kann. Solange ich auf der Welt bin, war ich das Anziehpüppchen meiner Eltern, die kleine Freiin von Struck, erst die gute Partie, dann die arme

Waise und schließlich die Verlobte vom Photo-Adler. Jetzt muss ich ausziehen und versuchen, Anita zu sein. Es ist wie auf dem Karussell, wenn sich das Pferd unter Dir immer schneller dreht, wenn Dir schon schwindlig ist und Du doch weißt: Du könntest um nichts in der Welt wieder absteigen.

Dir wünsche ich, dass Du mich vergisst und mit einer guten Frau glücklich wirst. Du hast es verdient, lieber Rufus. Mir fällt kein anderer Mensch ein, der es so sehr verdient hat wie Du.

Anita.

Er hatte nicht nachforschen wollen und hatte sich doch nicht daran hindern können. Herausgefunden hatte er, dass Benno alles Geld aus dem Verkauf der Kameras in Messters Filmgesellschaft gesteckt hatte, dass er mit Anita in einer Dachkammer ohne Heizung lebte und dass sie mittellos waren. Seine zarte, alabasterhäutige, in Samt und Seide gekleidete Braut, von der er alle Stöße des Lebens hatte fernhalten wollen, vegetierte dahin wie eine Bettlerin. Rufus wusste nicht, wie er damit weiterleben sollte, und er wusste vor allem nicht, warum. Aber er lebte weiter. Herz und Blut und Muskeln und Sehnen, Magen und Galle fragten ja nicht nach einem Grund.

Zu seiner eigenen Verblüffung hatte er keine Schwierigkeiten, bei seiner Bank einen Kredit zu erlangen. Er war kein dummer Junge mehr, nicht länger der Sohn des Selbstmörders, hinter dessen Rücken getuschelt wurde, sondern ein Geschäftsmann mit tadellosem Ruf. Er gab an, er wolle seine Ausrüstung erneuern, und erhielt ohne Wenn und Aber die gewünschte Summe.

Es kam noch besser. Wie um ihn zu verhöhnen, stellte sich der Erfolg, um den er für Benno, für seine Mutter und Anita gerungen hatte, jetzt, wo sie nicht mehr da waren, ein wie von selbst. Auf einmal schien es in Berlins Bürgertum Mode geworden zu sein, sich im Atelier Adler ablichten zu lassen. Den Kredit zahlte er aus der Portokasse zurück, stellte einen Gesellen, einen Lehrling und eine Empfangsdame ein und hätte in Saus und Braus leben können, wenn er sich je danach gesehnt hätte.

Er und Annemie Schultz sehnten sich nicht danach. Sie lebten ihr wortkarges, bescheidenes Leben, brachten die Tage mit der Erfüllung ihrer Pflichten herum und schenkten einander am Abend ein wenig Wärme und Trost.

Der Mensch gewöhnt sich an die eigenartigsten Dinge.

Gar so schlecht ist es nicht, dachte Rufus, als er sich an diesem Morgen nach einem Frühstück aus zwei Scheiben Graubrot mit Butter und Honig, Milchkaffee und butterweich gekochten Eiern von Annemie verabschiedete. Wie jeden Morgen hatte sie das Frühstück für ihn gerichtet und ließ sich dabei selbst von Marianne nicht helfen.

»Einen guten Tag wünsche ich dir«, sagte Annemie. »Für heute Abend habe ich ein schönes Kasslerkotelett, ich wollte Kartoffelsalat dazu machen. Und einen warmen Nachtisch. Bratäpfel, wenn du magst.«

Rufus nickte und dachte: *Wer sagt eigentlich, dass ich sie nicht heiraten kann? Niemand gebietet einem Mann, der nicht mehr lieben kann, ledig zu bleiben, und zwei Menschen, die es miteinander ruhig und friedlich haben, sind vielleicht besser dran als zwei, die sich nacheinander verzehren.*

Benno und Anita, die Süchtigen, hausten in der Novemberkälte in einem Zimmer ohne Heizung, während Annemie Schultz ihm in der Backröhre seines Kachelofens Bratäpfel röstete. Von Annemie wusste er, dass sie ihn nie verletzen würde, weil sie ein gutes Herz hatte und obendrein dazu gar nicht die Macht besaß. Warum also sollte er nicht klare Verhältnisse schaffen und ihr geben, was sie verdiente? Sie würden weiter friedlich und anspruchslos vor sich hin leben, und seit in seinem Innern alles taub war, tat ihm daran auch nichts mehr weh.

»Dein Vater hat recht, mich mit seinem Hass zu verfolgen«, sagte er zu Annemie. »Ich denke, ich werde in der Mittagspause aufs Rathaus gehen und unser Aufgebot bestellen.«

Damit, dass sie sich freute, hatte er gerechnet, doch eine solche Freude hatte er nie zuvor gesehen. Ihr rundes Gesicht lief bis unter die Haarwurzeln rot an, und sie schnappte fassungslos nach Luft wie ein Fisch.

»Aber Rufus«, presste sie heraus, »du hast mir doch schon so viel gegeben, und mehr hätte ich nie verlangt. Es kann doch nicht ein Mann wie du eine Frau wie mich …«

»Eine Frau wie du braucht sich hinter anderen ja nicht zu verstecken.« Rufus tätschelte ihr den Arm und nahm seinen Hut vom Haken, obwohl er nur bis nach unten ins Atelier ging. »Ich kümmere mich heute Mittag darum. Wenn wir alles im kleinsten Rahmen halten, sollten wir es noch vor Weihnachten über die Bühne bekommen.«

»Ich werde dir das nie vergessen.« Über Annemies gerötetes Gesicht strömten Tränen. »Du hast mich zum glücklichsten Mädchen auf der Welt gemacht, und ich werde alles tun, um dir eine gute Frau zu sein.«

Rufus ging an seine Arbeit und fühlte sich beinahe ein bisschen beschwingt. Das Wetter war abscheulich, es war erst Mitte November, doch an den Straßenrändern türmte sich schon der schmutzige Schnee. Das hielt die Leute aber offenbar nicht ab, sich fotografieren zu lassen, und Rufus arbeitete ohne Atempause bis zum Mittag durch. Gerade als er Philipp, den Gesellen, der sich ein wenig schwertat, und Willy, den Lehrling, zur Pause geschickt hatte und sich selbst auf den Weg zum Rathaus machen wollte, kam noch ein Kunde. Ein junger Mann, seiner Kleidung nach gut betucht, jedoch bedauernswert schüchtern. Er wollte ein Porträt von sich als Weihnachtsgeschenk für seine

Verlobte anfertigen lassen und von Rufus wissen, ob diese sich wohl darüber freuen würde.

»Wenn die junge Dame Sie aufrichtig liebt, könnten Sie ihr mit nichts eine größere Freude machen«, antwortete Rufus und beschloss, den jungen Mann nicht warten zu lassen, sondern den Gang aufs Rathaus auf morgen zu verschieben. Nach all der Zeit würde es auf den einen Tag nicht ankommen, und sobald das Aufgebot bestellt war, würde Rufus als Weihnachtsgeschenk für Annemie ebenfalls ein Porträtbild von sich anfertigen. Er würde sich nicht auf Philipp oder Willy verlassen, sondern die Aufnahme mit dem neuen Selbstauslöser eigenhändig ausführen, und er war sicher: Mit keinem anderen Geschenk hätte er seiner bescheidenen Braut eine größere Freude machen können.

Auch am Nachmittag brummte das Geschäft, und Rufus kam nicht zu Atem. Er war noch mit einem letzten Auftrag beschäftigt, obwohl Philipp, Willy und Fräulein Schlie vom Empfang sich bereits verabschiedet hatten. Als er schließlich das Atelier absperrte, war es bereits kurz vor acht. Eine andere Hausfrau hätte vor sich hin geschimpft, weil ihr das Essen kalt wurde, doch von Annemie wusste er, dass sie geduldig warten würde. Er schenkte sich einen kleinen Cognac ein, wie er es noch immer häufig tat, um am Feierabend abzuschalten, nahm sich das Auftragsbuch vor und kontrollierte die Eingänge.

Nötig wäre es nicht gewesen. Fräulein Schlie war ehrlich und zuverlässig, doch es verschaffte ihm eine – wenn auch leere – Art von Befriedigung.

Das leise Klopfen hörte er erst kaum. Ganz entfernt nahm er ein Geräusch wahr, brachte es jedoch nicht mit seiner Vordertür in Verbindung. Das Geräusch mochte von der Heizung kommen, oder auf das Vordach hatte sich ein Vogel verirrt. Gleich darauf schien es ein wenig lauter zu werden. Rufus aber horchte erst auf, als die Stimme dazukam. Es war eine winzige Stimme, fast nur ein Wimmern, und doch zwang sie ihn aufzuspringen.

Er durchquerte den dunklen Empfangsraum und entriegelte die Tür. Die Gestalt, die er davor fand, trug keinen Mantel. Sie war so dürftig bekleidet, wie keine anständige Frau, die etwas auf sich hielt, sich auf offener Straße hätte sehen lassen, und ihr Haar fiel ihr durchnässt und strähnig auf die Schultern. Sie stand nicht vor ihm, sondern kniete auf der Schwelle. So ausgezehrt, wie ihr Gesicht war, so aufgetrieben war ihr Leib.

Anita.

»Bitte hilf mir, Rufus«, flüsterte sie. Anita, die Stolze, die ihre Mutter gelehrt hatte, dass eine Freiin von Struck niemanden zu bitten brauchte. »Bitte nimm mich zurück. Ich wollte es aushalten. All das Elend, den Dreck, die ewige Angst vor dem Morgen. Ich dachte, unser Ziel wird es wert sein, wir werden ein wirklich besonderes Leben führen. Aber wir führen ein erbärmliches Leben, wir erreichen nichts, und jetzt geht es nicht länger. Ich bin doch nicht mehr alleine, da ist doch ein Leben in mir, und das arme Kleine hat an alledem ja keine Schuld.«

Dritter Akt

Lilly

BERLIN

September 1922

»Mir scheint, dass irgendwo in uns jemand steckt, von dem niemand weiß.«

Alfred Hitchcock

29

»Nachdem Sie beide meine Frage mit Ja beantwortet haben, erkläre ich Sie hiermit kraft Gesetzes zu rechtmäßig verbundenen Eheleuten.« Der Standesbeamte räusperte sich noch einmal und setzte dann zum entscheidenden Satz an: »Mein Herr, Sie dürfen Ihre Braut jetzt küssen.«

Statt ihrem Bräutigam das Gesicht entgegenzurecken, wie man es sonst auf Hochzeiten sah, beugte sich Rose zu ihm hinunter. Der Kuss fiel deshalb nicht weniger liebevoll aus. Lediglich der Applaus geriet verhalten. Lilly und Paulchen waren die Einzigen im Saal, die stürmisch klatschten.

Rose hätte eine strahlende Braut ganz in Weiß sein sollen, fand Lilly. So, wie sie als kleines Mädchen ihre Lieblingspuppe angezogen hatte, wenn sie stundenlang Hochzeit spielte und aus Gänseblümchen zierliche Jungfernkränze um den Puppenschopf flocht. Stattdessen trug sie ein schlichtes Kostüm in einer blassen Lachsfarbe, einen Kranz gab es nicht, und die Feier war eine nüchterne Angelegenheit im kleinen Saal des Standesamts Berlin-Mitte. Dabei war für ein Mädchen aus dem Hause Adler eine Hochzeit, wie Rose sie sich erträumt hatte, durchaus vorgesehen. Gleich nach den Geburten seiner Töchter hatte der

Vater für jede von ihnen einen entsprechenden Sparvertrag abgeschlossen.

Seitdem aber hatten die Zeiten sich geändert und waren nicht dazu angetan, ein rauschendes Fest zu feiern. Zwar konnte das Photo-Atelier Adler sich über einen Mangel an Kunden noch immer nicht beklagen, doch für das Geld, mit dem sie ihre Bilder bezahlten, ließ sich kaum noch etwas kaufen. Gerade noch ein Tausendstel ihres Vorkriegswertes besaß die Mark gegenüber dem Dollar, und auch die Summe auf den Sparkonten des Vaters schmolz wie Butter in der Sonne.

Die Koalitionsregierung unter Reichskanzler Joseph Wirth hatte das Ultimatum von London, in dem die Siegermächte Deutschlands Reparationszahlungen auf einhundertzweiunddreißig Milliarden Goldmark festsetzten, angenommen, hatte aber gehofft, die einstigen Kriegsgegner würden einsehen, dass eine solche Summe von der jungen Republik nicht zu tilgen war. Je deutlicher wurde, dass diese Hoffnung sich nicht erfüllen würde, desto prekärer wurde die Lage des Landes und seiner Regierung. Immer mehr Menschen lebten in bitterer Armut, standen vor Suppenküchen Schlange und bettelten in den Straßen. Ihre Not machten sich nationalistische, demokratiefeindliche Kräfte zunutze und hetzten gegen die »Erfüllungspolitik«.

Die größte Wucht ihres Hasses richteten die Republikfeinde dabei gegen Außenminister Walther Rathenau, der auf Versöhnung mit dem Ausland setzte und zudem jüdischen Glaubens war. An etlichen Wänden und Mauern der Stadt tauchten über Nacht abscheuliche Schmierereien wie diese auf:

Knallt ab den Walther Rathenau,
Die gottverdammte Judensau.

Junge Kerle in Uniform marschierten durch die Straßen und grölten dieselben Verse. Woher diese mörderische Raserei gegen Juden kam, konnte sich Lilly kaum erklären. Waren nicht im Krieg Deutschlands jüdische Bürger ebenso zu den Waffen gerufen worden wie alle anderen, hatte es nicht geheißen, es gebe keine Unterschiede mehr, waren nicht alle zusammen gestorben? Den Predigern des Hasses schien das jedoch nichts zu bedeuten. Noch im April hatte Rathenau den Vertrag von Rapallo unterzeichnet, die Sowjetunion anerkannt und damit Deutschland auf dem Weg zurück in die Völkerfamilie einen Schritt vorangebracht. Kaum mehr als zwei Monate später war er tot, im offenen Wagen von fünf Schüssen aus einer Maschinenpistole durchbohrt.

Einen Augenblick lang verharrte das Land in Entsetzen. Reichskanzler Wirth war in einer Sitzung des Reichstags aufgestanden, hatte auf die rechte Seite gewiesen und ausgerufen: »Da steht der Feind, der sein Gift in die Wunden eines Volkes träufelt. Da steht der Feind, und darüber besteht kein Zweifel – dieser Feind steht rechts.«

Nach dieser Erschütterung schien die schwer angeschlagene Regierung nur noch vorwärtszustraucheln. Es häuften sich Stimmen, die den Rücktritt des Reichskanzlers forderten, und zugleich wurden Befürchtungen laut, französische Truppen könnten im Ruhrgebiet einmarschieren, wenn die Reparationszahlungen nicht in voller Höhe entrichtet würden.

All das waren nicht eben ideale Voraussetzungen für eine Hochzeit in Glanz und Gloria. Als Braut und Bräutigam jetzt jedoch in den kurzen Gang schwenkten, um an den Stuhlreihen mit den wenigen Gästen vorbeizuziehen, war nicht zu übersehen, dass Rose auf ihre eigene Weise strahlte und auf ihre eigene Weise glücklich war.

»Wenn ihr den Kleinen als euren eigenen aufziehen wollt, tut das in Gottes Namen«, hatte der Vater gesagt. »Aber dann heiratet gefälligst und macht Nägel mit Köpfen. Noch mehr uneheliche Kinder in dieser Familie kann ich nicht gebrauchen.«

Der »Kleine« hieß Heinrich, wurde Heini gerufen und war zwei Jahre alt. Er saß in der zweiten Reihe auf dem Schoß seiner Großmutter und winkte den beiden guten, liebevollen Menschen, die seine Eltern sein würden, begeistert zu. Rose drehte sich flüchtig um und sandte dem kleinen Jungen ein Lächeln. *Vielleicht habe ich sie so glücklich noch nie zuvor lächeln sehen,* dachte Lilly.

Am vergangenen Abend hatten die beiden Schwestern noch eine ganze Weile in dem Zimmer, das sie von klein auf geteilt hatten, zusammengesessen und Servietten für das Festmahl, das im Haus der Braut geplant war, mit Roses neuem Monogramm bestickt. »RT« in verschlungenem Schriftzug, den Rose selbst entworfen hatte. Genau genommen hatte Lilly nicht gestickt, sondern ihrer Schwester lediglich Gesellschaft geleistet, weil diese es sich gewünscht hatte. Andernfalls hätte sie vermutlich einen Großteil der zarten Servietten verdorben und sich obendrein die Finger zerstochen.

Es war schön, mit Rose im Schein ihrer alten Kinderlampe zu sitzen. Es war schön, ihre Familie wiederzuhaben, es wog vieles auf, das nicht schön war. Lilly hatte Glück gehabt, auch wenn sie einen Augenblick lang geglaubt hatte, in dem Sturm, mit dem das Unglück über sie hergefallen war, zu ertrinken. Ertrunken war sie nicht, ihre Familie und ihre Freunde hatten sie aufgefangen, und das Leben war wieder lebenswert.

Selbst wenn es ganz anders war, als sie es sich erträumt hatte.

Auch Roses Leben würde ganz anders sein, als sie es sich erträumt hatte.

»Geht es dir gut?«, hatte Lilly sie gefragt. »Bist du zufrieden mit der Wahl, die du getroffen hast, hast du sie nicht nur getroffen, weil du ein viel zu guter Mensch bist?«

»Ich bin gar kein viel zu guter Mensch«, hatte Rose erwidert. »Ich habe mir genommen, was ich mir immer gewünscht habe: eine Familie. Einen Mann und ein Kind. Ich bin nicht nur zufrieden, sondern glücklich, Lilly, denn ich habe ja nie etwas anderes gewollt.«

Jäh war Lilly aufgefallen, dass die Stimme ihrer Schwester nicht länger kindlich und unreif klang. Rose hatte gewusst, was sie wollte, war dafür eingetreten und hatte es am Ende durchgesetzt. Im Grunde war sie nicht weniger eine moderne Frau als Lilly selbst, sondern sogar mehr: Sie hatte sich von niemandem dreinreden lassen und sich ihr Leben eingerichtet, wie es ihr gefiel.

Lilly hatte sie an sich gedrückt. »Ich wünsche dir alles Glück der Welt, Rose. Und ich freue mich so für dich. Ich freue mich wirklich.«

»Danke, Lilly.« Rose hatte ihr Gesicht in Lillys nur noch kinnlangem Haar vergraben, wie sie es als Kind in der vollen schwarzen Mähne der älteren Schwester oft getan hatte. »Und dass Thali auf dem Standesamt nicht dabeisein darf, macht dir wirklich nichts aus?«

»Thali kann sowieso nicht still sitzen«, hatte Lilly erwidert und Rose ein Lächeln geschenkt, das heiterer war, als sie sich fühlte. »Es ist eben, wie es ist, und an den Umständen gemessen darf ich mich nicht beklagen.«

»Es wird schon noch besser, du wirst sehen«, hatte Rose ihr versichert. »Dass wir alle, auch die Eltern, Thali lieben, das weißt du, oder? Der Vater vergöttert sie geradezu, auch wenn er versucht, es sich nicht anmerken zu lassen. Und wenn ihr beide, du und Walther, euch erst entscheidet …«

»Schluss damit!« Mit einem nicht ganz mühelosen Lachen hatte Lilly sie unterbrochen.

»Ist ja schon gut.« Rose hatte ihre Stickarbeit beiseitegelegt und Lilly prüfend in die Augen gesehen. »Auch wenn ich noch immer nicht begreife, wie die Frau, der Walther Fassbinders Herz gehört, auch nur eine Sekunde zögern kann, ihn zu heiraten.«

»Heute soll es einmal nicht um mich oder Walther und auch nicht um Thali gehen, sondern allein um dich«, hatte Lilly dem heiklen Thema ein Ende gesetzt. »Die Braut bist du.«

Ja, die Braut war Rose, die regelrecht hoheitsvoll neben ihrem frisch angetrauten Mann einherging, eine Hand auf seine Schulter gelegt hatte und ihn kaum merklich unterstützte, während er seinen Rollstuhl mithilfe der Greifringe vorwärtsbewegte. *Ein schönes Paar,* fand Lilly. *Ein mutiges, am Leben gereiftes und unendlich liebenswertes Paar!*

Gemeinsam würden sie die Papierwarenhandlung Vogt & Trossmann weiterführen, wenn Siegmund und Lieselotte Trossmann sich aus dem Geschäft zurückzogen. Babette war nicht mehr da. Offiziell war sie ihrem zweiten Bräutigam über den Ozean nach Amerika gefolgt, um dort ein neues Leben anzufangen. Inoffiziell hatte sie den ersten Bräutigam, Robert, nie vergessen können. Seit seinem Tod hatte sie sich von einer wahllosen Affäre zur nächsten geschleppt und damit ihren wohlanständigen Vater einem Herzkollaps nahe gebracht.

Lilly wusste diese Dinge von Rose, die Babette in all der Zeit eine treue Freundin gewesen war, auch wenn sie deren Verhalten nicht verstand. »Es war, als wäre es ihr vollkommen egal, in wessen Armen sie lag«, hatte Rose erzählt. »›Ich sehe mir ihr Gesicht gar nicht an‹, hat sie gesagt, ›ich bin nur süchtig nach dem Vergnügen, das ich mir von ihnen hole, ein Vergnügen, das nach Leben schmeckt, nicht nach Tod.‹«

Unwillkürlich hatte Lilly an Stiller denken müssen, der gesagt hatte, er sei gegen seine Liebe zu ihr machtlos, »weil wir gegen den Tod in uns nicht anders ankämpfen können, als indem wir leben«.

Im Nachhinein hatten die Worte, die ihr damals unendlich kostbar erschienen waren, einen bitteren Beigeschmack, und an Stiller wollte sie ohnehin nie wieder denken. Aber etwas davon schwang auch in Babettes Gedanken mit, in ihrer Art, ums Überleben zu ringen. Nach Amerika war sie schließlich tatsächlich gegangen. Einen Verlobten gab es nicht, und was sie dort treiben wollte, wusste kein Mensch, vermutlich nicht einmal sie selbst. Zurückgeblieben war das kleine Geschöpf, dessen Existenz die Eltern Trossmann mühsam vertuscht hatten und das ihre Herzen doch längst für sich gewonnen hatte.

Heinrich. Heini. Der kleine Junge mit dem brandroten Borstenhaar, der seinen Vater nicht kannte und sich daraus herzlich wenig machte, weil er mit Liebe überhäuft wurde.

Es war, als hätte eine höhere, klügere Macht es gerade so eingerichtet: Arndt, dem die Möglichkeit, Vater zu werden, geraubt worden war, wurde Onkel – und Vaterersatz – eines Kindes ohne Eltern, und Rose, die vielleicht allein ihr Kinderwunsch davon abgehalten hatte, sich für Arndt zu entscheiden, bekam ein Kind, das wie für sie gemacht war: ein kleines Menschenwesen, das sie dringend brauchte.

Natürlich würden sie ihm eines Tages sagen müssen, dass sie nicht wirklich seine Eltern waren. »Findest du das wichtig?«, hatte Rose gefragt, als Lilly das Thema angeschnitten hatte.

»Ja, sicher«, hatte Lilly erwidert. »Es hat doch jeder Mensch das Recht, zu wissen, wem er entstammt.«

»Das werden wir in Heinis Fall ohnehin nie mehr als zur Hälfte wissen«, hatte Rose dagegengehalten. »Und entstammt er nicht auch unserer Fürsorge? Arndt und ich, wir lieben ihn so sehr, wie wir kein leibliches Kind hätten lieben können, und wir wollen ihm alles geben, was wir haben. Zählt das nicht, ist alleine Blutsverwandtschaft von Bedeutung?«

Eines Tages wird sie von Bedeutung sein, dachte Lilly. Auch ihre Eltern hatten ihr Liebe und Fürsorge gegeben, und doch hatte es ihr Vertrauen in sie tief erschüttert, dass sie von einer Hälfte der Familie nichts gewusst hatte. Es war, als wäre ihr ein Teil ihrer selbst, ihrer eigenen Geschichte vorenthalten worden. Sosehr Arianes Verrat sie verletzt hatte und sosehr sie entschlossen war, die Cousine nie wiederzusehen, hätte sie sich doch keinesfalls gewünscht, ihr nicht begegnet zu sein.

Der Verrat allerdings wog unendlich schwer. Dass ein Mann eine Frau verriet, war in jeder zweiten Filmschmonzette zu sehen, aber wer hätte so etwas von seiner engsten Freundin erwartet? Sooft Lillys Gedanken gegen ihren Willen in diese Richtung schweiften, sah sie Ariane wieder vor sich, wie sie auf der nächtlichen Gneisenaustraße auf sie gewartet hatte, zusammengekauert neben dem Hofeingang und so derangiert, wie sie die elegante Cousine nie zuvor erlebt hatte.

»Warum?«, war alles, was Lilly herausgebracht hatte, und die Antwort darauf war das Letzte, was sie von Ariane gewollt hatte. Diese Antwort aber hatte sie nicht bekommen. »Lilly, versteh mich doch!«, hatte Ariane ausgerufen. »Ich konnte es dir nicht sagen – nicht nur um Theos, sondern auch um deinetwillen nicht!«

Mehr hatte Lilly nicht ertragen. Wenn Ariane glaubte, sie könne sich auf solche Weise dafür rechtfertigen, dass sie ihr Stillers Ehefrau verschwiegen hatte, dann gab es zwischen ihnen nichts mehr zu sagen. Sie war nach oben in die Wohnung gestürmt, um ihre paar Habseligkeiten zusammenzuklauben, und hatte auf Arianes Rufe nicht mehr reagiert. Gefühlt hatte sie sich, als hätten Ariane und Stiller ihr gemeinsam das Herz aus der Brust gerissen und es so lebendig und pulsierend, wie es war, irgendwo in einen Rinnstein geworfen.

Wäre ihr das alles erspart geblieben, wenn sie Ariane ihr Leben lang gekannt hätte und sie besser hätte einschätzen können? Sie würde es vermutlich nie wissen, aber hier ging es nun nicht um sie, sondern um Heini, der sich nicht eines Tages dieselben Fragen stellen müssen sollte.

Dennoch ließ Lilly das Thema auf sich beruhen. Heini war zwei Jahre alt, und im Augenblick war nichts besser für ihn als die Geborgenheit und Stabilität, die seine Adoptiveltern ihm gaben. Später, wenn er alt genug war, würden die beiden schon selbst zu dem Schluss kommen, dass er auf das Wissen über seine Herkunft ein Recht hatte, daran hegte sie keinen Zweifel.

Nun, wo Arndt und Rose ganz offiziell und amtlich als Heinis Eltern eingetragen waren, durfte er als Mitglied der Familie präsentiert werden. »Ja, schön«, pflegte Siegmund Trossmann seinen angestammten Kunden mit tiefstem Seufzen zu erklären. »Mit den jungen Leuten von heute hat man seine liebe Not, weil sie bei allem mit dem Kopf durch die Wand wollen, und dass sich ausgerechnet bei unserem Arndt der Stammhalter vor der Hochzeit eingestellt hat, hat uns mächtig zugesetzt. Aber nun, wo er und seine Rose sich endlich doch das Jawort geben, sagen meine Liese und ich: Schwamm drüber. Unser Enkel ist immerhin bestens geraten.«

Vermutlich war der alte Herr eher stolz darauf, dass die Leute ihm glaubten, sein Sohn habe trotz Rollstuhl und Rückgratverletzung mit der hübschen Adler-Tochter einen strammen Jungen gezeugt. Sein Geschäft würde in der Familie bleiben, und bei Arndt und Rose wusste er es in guten Händen.

Auch Rufus Adler wusste sein Geschäft in guten Händen, wenn auch nur vorübergehend und obgleich er sich dagegen gesträubt hatte. Nicht Paul, nicht Lilly, die er dafür vorgesehen hatte, sondern Rose war in der Not an seine Seite getreten und hatte bei der Steuerung des schwankenden Bootes mit angepackt. Mit ihrer vernünftigen, bodenständigen Art war Rose die ideale Geschäftsfrau. Sie liebte das Atelier mit einer Intensität, mit der außer ihr wohl nur der Vater es liebte, weil es für sie beide ein Teil der Familie war. Zudem schuf die romantische

Träumerin in ihr die üppigsten Kulissen und Kostüme für Paaraufnahmen, die Lilly zwar kitschig fand, die die Kunden aber liebten.

Bis Paul mit der Schule fertig war, würde sie sich zwischen dem Atelier, dem Papierwarenhandel und ihren Aufgaben als Mutter und Ehefrau aufteilen. Ja, dachte Lilly, ihre Schwester war wirklich eine moderne Frau, auch wenn sie ihr Haar nach wie vor ellenlang trug und für die Nacht in Zöpfe flocht. Arndt hatte bereits erklärt, er habe gegen Roses Einsatz nichts einzuwenden, sondern begrüße es, dass seine Frau ihrem Vater unter die Arme greife, bis ihr Bruder alt genug dafür war.

Selbiger Bruder, Paul, der neben Lilly stand, stieß sie in die Seite. »Sieht knorke aus, unsere Schwester, was? Und mit Arndt hat sie einen guten Griff gemacht.«

»Damals, als ich ihn heiraten wollte, hast du Himmel und Hölle in Bewegung gesetzt, um es zu verhindern«, entfuhr es Lilly.

»Weil du ihn nicht heiraten wolltest«, sagte Paul. »Du warst so entschlossen, deinen eigenen Weg zu gehen – und wenn du Arndt nur aus Mitleid geheiratet hättest, wärt ihr doch beide nicht glücklich geworden.«

»Ha!« Lilly konnte nicht anders, als ein wenig gallig aufzulachen. »Das ganz große Glück hat mir mein sogenannter eigener Weg aber auch nicht gerade eingebracht.«

Auf einen Schlag wurde Paul ernst, und Lilly fiel auf, wie dünn und blass er geworden war. Er steckte in den Vorbereitungen zum Abitur, zu Ostern würde er seine Prüfungen ablegen. Anders als die Väter seiner Freunde übte sein Vater keinen Druck auf ihn aus, sondern betonte ein ums andere Mal: »Als Fotograf braucht man ein gutes Auge dringender als ein blendendes Abschlusszeugnis. Bring die Sache mit Anstand zu Ende, und dann legen wir richtig los.«

Paul aber setzte sich selbst unter Druck. Die Schule war ihm immer wichtig gewesen, und zum ersten Mal fragte sich Lilly, ob er es damit nicht übertrieb.

»Bereust du es?«, fragte er sie. »Würdest du, wenn du noch einmal entscheiden könntest, deinen eigenen Weg nicht wieder gehen?«

»Doch«, entfuhr es Lilly spontan. Sie hatte sich die Frage selbst mehr als einmal gestellt, ohne eine Antwort zu finden, doch in diesem Moment wurde es ihr klar. »Ich würde es immer wieder genauso machen, Paul, einfach weil ich zu der Zeit keine Wahl hatte. Ich hatte einen Traum, und Träume sind mächtige Antriebskräfte. Es ist nicht ganz leicht, damit zu leben, dass ich mit meinem Traum gescheitert bin. Aber ich bin überzeugt, es wäre wesentlich schwieriger, damit zu leben, dass ich es gar nicht erst versucht hätte.«

»Genauso denke ich auch!«, rief Paul erregt. »Wenn ich scheitere, war ich eben nicht gut genug – aber ich muss es einfach versuchen.«

»Was musst du einfach versuchen?«

Ihr Bruder senkte den Kopf und starrte auf den Boden. »Ich will auf die Universität, Lilly. Geschichte studieren. Wie es zu den Verhältnissen, in denen wir leben, gekommen ist, interessiert mich. Und ich glaube, dass wir das, was wir erreicht haben, nicht sichern können, wenn wir nicht wissen, woher die Kräfte stammen, die es bedrohen.«

»Donnerwetter, Paulchen«, platzte Lilly heraus. »Du bist ja nicht nur beinahe ein Erwachsener, sondern ein richtiger Gelehrter geworden.«

Ihr Bruder errötete. »Eben leider noch nicht. Aber ich würde gern einer werden. Demokratiegeschichte. Das ist es, was mich fasziniert.«

Lilly überlegte: Er war also dabei geblieben, er wollte Historiker werden, nicht Fotograf, er wusste, dass er damit gegen den Willen seines Vaters anstürmen musste, und er holte sich bei ihr Schützenhilfe. Die sollte er bekommen, beschloss sie kämpferisch. Sie waren die neue Generation, Söhne und Töchter der Republik, und die Zeiten, in denen Kinder ihren Vätern gehorchten wie das Volk dem Kaiser, waren vorbei. Wohin dieser Kadavergehorsam geführt hatte, zeigten die Soldatenfriedhöfe, die Eltern ohne Söhne und die Kriegerdenkmäler, an denen weinende Frauen Blumen ablegten.

Nie wieder, dachte Lilly. *Nicht mit uns.* Wer sein eigenes Glück finden durfte, brauchte nicht anderen das ihre zu neiden.

»Wenn du an der Universität Geschichte studieren willst und die Noten dafür zustande bringst, dann sollte dich davon nichts abhalten«, sagte sie und klopfte Paulchen den Arm. »Im schlimmsten Fall wirst du warten müssen, bis du volljährig bist, aber danach bist du als Mann dein eigener Herr und kannst tun und lassen, was du willst.«

»Ich weiß«, murmelte Paulchen, noch immer mit gesenktem Kopf. »Aber ich bin kein so mutiger Mensch wie du, und ich habe euch alle so lieb. Ich weiß nicht, ob ich das schaffen würde – von euch wegzugehen, mit dem Vater zerstritten zu sein nach allem, was er für mich getan hat, und zu wissen, dass ich ihm das Herz gebrochen habe.«

»Glaub mir, ich spreche aus Erfahrung«, sagte Lilly. »Mit einem gebrochenen Herzen lebt es sich leichter als mit einem gebrochenen Bein.«

Sie erschrak und hielt inne. Wie konnte sie etwas so Kaltschnäuziges zu ihrem kleinen Bruder sagen, der ihr seine Entscheidungsnöte gestand? Zudem hatte sie selbst es monatelang überhaupt nicht leicht gefunden, mit ihrem gebrochenen Herzen zu leben, sondern befürchtet, sie werde es nicht überstehen. Letzten Endes aber ging es ihr nicht schlecht. Sie hatte ein Zuhause, sie hatte geliebte Menschen um sich, und sie fühlte sich nun, wo sie den Herzensbruch hinter sich hatte, praktisch unverwundbar. Und schließlich wollte sie Paul davon überzeugen, dass er das Recht hatte, seinen eigenen Weg zu gehen.

Paul blickte auf und sah sie lange an. Längst wären sie an der Reihe gewesen, den Saal zu verlassen, und Arndts Onkel und Tante, die aus dem Brandenburgischen angereist waren und neben ihnen gesessen hatten, drängten ungeduldig an ihnen vorbei. Paul aber blieb auch jetzt noch unverwandt stehen. »Ich weiß nicht, ob du damit wirklich so leicht lebst«, sagte er. »Aber wenn du es sagst, dann nehme ich es so hin. Für den Vater ist es jedoch anders, glaube ich. Ich hatte immer den Eindruck, er hat für dieses Atelier viel mehr geopfert, als wir ahnen, und es bedeutet ihm mehr als jeder Mensch.«

»Wenn das so ist, dann ist es falsch«, sagte Lilly.

»Und wenn es *sein* Traum war? So wie wir unsere Träume haben?«

»Auch dann«, erwiderte sie fest. »Einem Traum darf man vieles opfern, aber nicht das Glück eines Menschen.« Auf einmal sehnte sie sich nach Thali. In dem Moment, als sie das splitternackte kleine Geschöpf zum ersten Mal gesehen und seinen kleinen Körper an ihrem gespürt hatte, hatte sie gewusst, dass fortan nicht mehr ihr eigenes, sondern das Wohl dieses winzigen Menschleins an erster Stelle stehen würde. Es war kein Entschluss, den sie zu fällen hatte, keine Hinwendung zum Edelmut, sondern schlichte Gewissheit. Dass es Lilly gut ging, ohne dass es Thali gut ging, war fortan nicht länger möglich.

»Na komm, Brüderchen.« Noch einmal boxte sie ihn in die Seite. »Machen wir, dass wir nach draußen kommen, damit Vater sein Foto von der kompletten Hochzeitsgesellschaft schießen kann. Und dann flitze ich los und hole Thali. Schließlich wollen wir bei euch sein, ehe ihr uns Mariannes sämtliche Köstlichkeiten weggegessen habt.«

Für ein Essen in einem renommierten Restaurant hatte das Geld aus dem Sparvertrag des Vaters nicht gereicht. Die explodierenden Preise hatten diesen Plan vereitelt. Also hatten sie aus der Not eine Tugend gemacht und zum Brautschmaus bei sich zu Hause eingeladen. Tagelang hatten sie an Lebensmitteln zusammengehamstert, was sich nur auftreiben ließ, und Marianne schwitzte seit gestern früh über dem Herd. Lilly war froh über diese Regelung. Da die Öffentlichkeit ausgeschlossen blieb und Siegmund Trossmann genau wie Rufus Adler ein gefallenes Mädchen zur Tochter hatte, würde Thali an der Feier teilnehmen dürfen.

Thali liebte Familienfeiern, sie liebte Menschenansammlungen, Süßigkeiten, Gesang und Klavierspiel, und am meisten liebte sie es, wenn sich alles um sie drehte.

»Ja, gehen wir«, stimmte Paulchen zu und reichte Lilly seinen Arm, um sie aus dem Saal zu führen. »Ich freu mich auf Thali, den kleinen Scheunendrescher. Bestimmt wird sie wieder versuchen, sich drei Zimtschnecken gleichzeitig in den Mund zu stopfen, und Vater wird fast platzen, weil er sich das Lachen verbeißt. Früher hat er immer nur lachen müssen, wenn er mit dir zusammen war – und genauso ist es jetzt mit Thali.«

Verblüfft stellte Lilly fest, dass er recht hatte. Ihr Vater war ein todernster Mann, doch wenn sie beide allein gewesen waren, war dieser Ernst manchmal wie eine Maske von ihm abgefallen. Sie hakte sich bei Paul unter. »Du konzentrier dich jetzt in Ruhe auf deine Prüfungen«, sagte sie. »Die Sache mit Vater regeln wir nach Ostern, wenn du deinen Abschluss in der Tasche hast. Ich helfe dir, darauf kannst du dich verlassen.«

»Danke, Lilly.« Beim Lächeln entblößte er den Schneidezahn, von dem er sich als Junge beim Spielen eine Ecke abgeschlagen hatte.

»Nichts zu danken. Das, was du für mich getan hast, kann ich dir sowieso im Leben nicht vergelten.«

»Das ist Unsinn. Ich bin dein Bruder.«

In diesem Augenblick traten sie aus dem Gebäude, und die paar jüngeren Gäste begannen über die versammelte Gesellschaft Hände voll Graupen zu werfen, als wären Paul und Lilly das Brautpaar. Der Hagel dauerte nicht lange, denn selbst die Graupen, die Glück bringen sollten, waren inzwischen teuer. Lilly sah einen Mann, dem in seiner zerlumpten Hose ein Bein fehlte, auf Knie und Händen die Stufen hinaufrutschen und die Körner einsammeln. Was würde er damit anfangen? Sich aus den verdreckten Graupen eine Grütze kochen oder sie roh, wie sie waren, hinunterwürgen? Seit Jahren gehörten Kriegskrüppel, die um Almosen bettelten, zum Bild der Stadt, aber jetzt, wo ein Groschen, den ein wohlhabender Bürger ihnen hinwarf, nichts mehr wert war, wurde ihre Not allgegenwärtig.

Hätte man diese Männer nicht umsorgen müssen, fragte sich Lilly, sie pflegen und feiern, weil sie zurückgekommen und nicht wie ihre Kameraden da draußen in den Gräben gestorben waren?

Gleich darauf traf sie etwas an der Brust, und sie konnte gerade noch die Arme darum schließen, sonst wäre Roses kleiner Brautstrauß aus Moosröschen zu Boden gefallen.

Ein schlechteres Omen hätte es kaum geben können, selbst wenn man an Omen nicht glaubte.

»Lilly hat ihn gefangen!«, jubelte Rose. »Die nächste Braut ist meine Schwester Lilly.«

»Das zählt nicht!«, protestierte Lilly. »Du hast ihn mir absichtlich zugeworfen!«

Die übrigen Gäste aber hörten nicht auf sie, sondern stimmten in Roses Jubel ein: »Die nächste Braut ist Lilly!«

30

Als sie in die Mohrenstraße einbog, fiel Lilly in Laufschritt.

So war es immer. Als setze, sobald sie in Thalis Nähe kam, in plötzlicher Heftigkeit die Sehnsucht ein und sie müsse rennen, weil sie es keine Sekunde länger aushielt, von ihr getrennt zu sein. Wie üblich war die Tür der Werkstatt nur angelehnt, aber heute stand Walthers Mutter nicht davor und fegte eine Straße, auf der längst kein Stäubchen mehr lag.

Stattdessen hörte Lilly sie mit ihrer brüchigen, vor der Zeit gealterten Stimme aus dem Zimmer hinter der Werkstatt singen:

Häschen in der Grube
Saß und schlief, saß und schlief.
Armes Häschen, bist du krank,
Dass du nicht mehr hüpfen kannst.

Thali liebte die letzten beiden Zeilen des Kinderliedes, bei denen sie auf die Worte »Häschen hüpf, Häschen hüpf« aufspringen und im Zimmer umherhoppeln durfte. Sie liebte jede Art von Bewegung – Hüpfen, Tanzen, Klettern, Krabbeln. Sie war noch kein Jahr alt gewesen, da hatte sie schon laufen können, während sie das Stillsitzen bis heute nicht gelernt hatte. »Du warst genauso«, hatte Lillys Mutter einmal ganz leise gesagt, als Lilly nach Hause gekommen war und sie auf dem Boden, vertieft ins Spiel mit Thali, vorgefunden hatte.

Lilly hatte sich nicht erinnern können, dass ihre Mutter je mit ihr gespielt hatte, aber der Anblick weckte vage, tief vergrabene Bilder. Sie glaubte die Hände ihrer Mutter zu spüren, die mit ihr im Kreis herumgesprungen war, und blickte auf in ihr lächelndes Gesicht. »Ringel, Ringel Reihe«, hörte sie die Mutter wie von weither singen. »Wir sind der Kinder zweie.«

Wie alt war sie da gewesen? Drei, vier? Hatte es diese Szene überhaupt je gegeben, oder bildete sie sich die Erinnerung ein? Aber die Wärme, die sie empfand, das Gefühl von Zärtlichkeit konnte unmöglich Einbildung sein. Dieselbe Zärtlichkeit, die sie beim Spiel mit Thali auf dem Gesicht ihrer Mutter entdeckt hatte.

Thali besaß diese eigentümliche Macht: Sie lockte Menschen aus ihrer Reserve. Sie brachte etwas in ihnen zum Schmelzen, als steckten in einem ihrer kleinen Finger Zauberkräfte.

Lilly riss die Tür auf und rief ihren Namen.

Noch ehe sie ihn ausgesprochen hatte, jauchzte das kleine Mädchen auf, wirbelte herum und trampelte Lilly auf ihren kurzen, kräftigen Beinchen entgegen. Die ließ sich auf die Knie fallen, breitete die Arme aus und fing ihr Kind darin auf.

»Mami, Mami, Mami!«

Der Duft, der aus dem wilden schwarzen Lockenschopf aufstieg, war betörender als Rauschmittel. Lilly stand auf, hob Thali in die Höhe und drehte sich mit ihr im Kreis. »Häs-sen inne Gube!«, verlangte Thali und begann mit ihrer Mutter zusammen das Lied zu singen. Eine Handvoll Atemzüge lang war die Welt vollkommen in Ordnung, und dieselbe Zeitspanne lang gab es darauf nur zwei Menschen: Lilly und Thali.

In der Zeit ihrer Schwangerschaft, als sie vor Übelkeit kein Gramm zugenommen hatte und die Last der Trauer um ihr verlorenes Leben ihr allzu schwer erschienen war, hatte Lilly oft Angst gehabt, dem Kind, das da in ihr wuchs, nicht gerecht zu werden. Sie war sich bewusst, dass sie zur Mutter nicht geboren war, doch sie hätte sich deswegen nicht zu sorgen brauchen. Zur Mutter geboren musste sie nicht sein, denn ihr Kind machte sie dazu. Nach einer Nacht in Schmerzen, die in ihrer Wucht mit nichts vergleichbar waren, war das Kind wie ein Blitz mit dunklem Schopf aus ihr herausgeschossen und hatte eine neue Art von Wirklichkeit geschaffen.

Die Lilly-und-Thali-Wirklichkeit.

Eine Hebamme hatte ihr das Kind wegnehmen wollen, weil es erst gewaschen und angekleidet werden sollte, ehe die Mutter es bekam. Lilly aber ließ es nicht los. Oft hatte sie sich in den Tagen hinterher gewünscht, sie hätte ihm nicht diesen Namen gegeben, der doch von Stiller kam, denn Stiller hatte mit ihrem Kind nichts zu schaffen. Aber sie hatte es nun einmal getan. Sie hatte mit ihrem nackten, blutverschmierten Kind in ihren nackten, blutverschmierten Armen dagelegen, hatte zugleich eine Szene aus einem Film gesehen, in dem eine Mutter in blutverschmierten Armen ihr Kind hielt, und als die Hebamme fragte: »Wie soll es denn heißen?«, hatte sie »Thalia« gesagt.

Es hätte die Schlussszene aus einem rührseligen Melodram sein müssen: Der Liebste der jungen Mutter war im Krieg gefallen, aber hier lag sie und brachte sein Kind zur Welt. Die Zuschauer hätten keinen Zwischentitel nötig gehabt, um zu erraten, dass sie ihm den Namen gab, den der Verstorbene ausgesucht hatte.

»Thalia.«

Wie Stillers Schäferhund.

Ein wenig war es so, als wäre Stiller damit tatsächlich gestorben.

Eines Tages würde sie Thali sagen müssen, wer ihr Vater war, so wie Rose Heini die Wahrheit über seine Herkunft sagen musste, aber bis dahin hatte sie noch viel Zeit. In der Zwischenzeit war ihre Tochter Thali Adler, die Straßenprinzessin, die keinen König zum Vater brauchte. Nach ein paar Wochen tat es Lilly wegen des Namens nicht länger leid, denn Thali war Thali und hätte anders nicht heißen können.

»Vielen Dank, Frau Fassbinder«, sagte sie zu Walthers Mutter, die ihr aus der Zimmerecke entgegenkam. »Wie ich sehe, haben Sie Thali wieder einmal verwöhnt wie den Mops im Paletot.«

Marthe Fassbinder hatte sich angeboten, auf Thali aufzupassen, damit Lilly zur Hochzeit ihrer Schwester gehen konnte. Sie bot sich oft an. Eigentlich ständig. »Seit sie sich um die Kleine kümmert, lebt sie wieder auf«, hatte Walther gesagt. »Es wäre ein Segen für sie, wenn Thali immer hier sein könnte. Dass sie nicht ihr Enkelkind ist, würde meine Mutter glatt vergessen.«

Lilly hatte den Eindruck, Walther vergaß es manchmal selbst. Thali nannte ihn »Tati«, was sich verdächtig nach »Vati« anhörte und obendrein auch noch Ähnlichkeit zu Thali aufwies. Thali und Tati – das klang nach zweien wie Latsch und Bommel, und genauso betrugen sich die beiden. Thali platzte vor Stolz, wenn sie ihrem »Tati« in der Werkstatt helfen durfte, und Walther hatte sie erst kürzlich auf seinen Schultern durch den Zoologischen Garten getragen, dass die echten Väter dort sich eine Scheibe hätten abschneiden können. Seinen Bruder Rudi, der sich mit zweifelhaften Freunden herumtrieb und ihm einen Sack voll Sorgen bereitete, hatte er dazu verdonnert, mitzukommen, und sogar dieser zugeknöpfte Halbstarke kam am Abend heim und lachte wie ein Kind.

Nicht nur seine Mutter lebte auf. Sondern Walther selbst womöglich noch mehr.

Lilly gönnte ihrer Tochter diese innige Beziehung von Herzen. Walther, dieser Baum von einem Kerl, der zupacken konnte, Puppenwagen reparierte und aus Holzblöcken Kasperpuppen schnitzte, war ein Vater, wie ihn sich jedes kleine Mädchen erträumen musste.

Überdies war Lilly ihm dankbar. Im Augenblick ihrer größten Verzweiflung, nach einer eisigen Februarnacht, die sie auf der Straße verbracht hatte, hatte sie an seine Tür geklopft. Sie hatte getan, was er ihr gesagt hatte: ihren Stolz heruntergeschluckt und ihn um Hilfe gebeten, weil sie ein Kind erwartete, weil das Kind an ihrer Misere keine Schuld trug und nicht erfrieren durfte.

Er hatte sie aufgenommen, ohne ihr einen Vorwurf zu machen. Mit seinen Eltern, namentlich seinem Vater, hatte er sich auseinandergesetzt und von Lilly alles Belastende ferngehalten. Er hatte sie aufgepäppelt wie eine Kranke. Hatte seiner Mutter Markknochenbrühe für sie abgeschwatzt, die lange das Einzige blieb, das Lilly essen konnte. Er hatte ihr Tee eingeflößt, und vor allem hatte er dafür gesorgt, dass sie Ruhe hatte, damit ihre Seele heilen konnte.

Sie würde nicht heilen, hatte Lilly gedacht. Sie hatte alles verloren – den Mann, den sie geliebt, die Freundin, der sie vertraut, und den Traum vom Film, um den sie gekämpft hatte. Was immer sie zu besitzen geglaubt hatte, war eine Illusion gewesen, eine leere Gaukelei. Wie sollte sie sich davon je wieder erholen? Sie war dankbar, dass Walther nichts von ihr verlangte, dass sie auf dem alten Sofa in seinem Hinterzimmer liegen und vor sich hin leiden durfte, ohne dass er auf sie einredete, es werde »doch alles wieder gut«.

Mit ihren Leuten sprach er auch, und eines Morgens stürmte Paul durch die Tür des kleinen Zimmers und schloss Lilly in die Arme. »Wir haben dem Vater keine Ruhe gelassen«, hatte er gesagt. »Rose und ich und Walther. Du kannst nach

Hause kommen, Lilly. Der Vater will nicht, dass seine Kunden von deiner Schwangerschaft erfahren, aber er will, dass du mit deinem Kind bei uns lebst.«

Lilly hatte noch eine Weile gebraucht, ehe sie die Kraft dazu aufbrachte. »Ich weiß, du gehörst in deine Familie«, hatte Walther gesagt, als sie schließlich gegangen war. »Aber bitte vergiss nicht, dass du hier immer einen Zufluchtsort hast. Und dass du nur ein Wort zu sagen brauchst, damit dies hier deine Familie wird.«

Er hatte ihr damit zu verstehen gegeben, dass er sie noch immer liebte, trotz allem, was sie ihm angetan hatte, und dass er sie noch immer zur Frau nehmen wollte, auch wenn sie das Kind eines anderen Mannes im Bauch trug.

Es wäre so einfach gewesen. Sie hätte nur Ja zu sagen brauchen und sich und Thali die Geburt in Schande erspart. Sie wäre versorgt gewesen, hätte ein eigenes Zuhause gehabt, ohne sich vor ihrem Vater eine Blöße zu geben. Und sie hätte diesen wundervollen Freund an ihrer Seite gehabt, der zu ihr stehen würde, was immer auch geschah.

Es wäre einfach gewesen.

Aber es wäre auch falsch gewesen, und Lilly brachte es nicht über sich.

»Ich kann nicht dich heiraten, um einen Vater für Stillers Kind zu haben«, hatte sie ihm erklärt.

»Und warum kannst du das nicht? Dieser Mensch steht für das Kind, das er dir gemacht hat, ja wohl nicht ein.«

Nein, das würde er wohl nicht. Er hatte eine Frau, die Krankenschwester war und ihren Mädchennamen weiterführte, die aber dennoch rechtmäßig mit ihm verheiratet war und vermutlich selbst Kinder von ihm hatte.

Von ihrem eigenen Kind hatte Lilly ihm nichts gesagt. Er hatte kein Recht darauf, noch irgendetwas von ihr zu erfahren, fand sie. Sie war aus seinem Auto geflüchtet und die nachtschwarze Straße hinuntergestürzt, sie hatte ihn angeschrien, er solle verschwinden, als er neben ihr hergefahren war. Als sie den S-Bahnhof erreichten, war er ausgestiegen und hatte auch geschrien: »Zum Teufel, Lilly, bitte lass mich irgendetwas für dich tun.«

Sie hatte sich umgedreht und gesagt: »Ja, ich lasse dich etwas für mich tun. Verschwinde aus meinem Leben und tauche nicht noch einmal darin auf.«

Dabei war es geblieben.

Fast.

Drei Briefe hatte er ihr an die Adresse ihrer Eltern geschrieben, und Paul hatte sie ihr ausgehändigt. Lilly hatte sie weggeworfen. Damit hatte sie Stiller aus ihrem Leben gelöscht.

Ariane hatte sie auch gelöscht. Letzteres war schwieriger gewesen, denn die Cousine hatte mehrmals versucht, sie abzufangen, aber schließlich hatte auch das ein Ende genommen. Ihre Erklärungen wollte Lilly nicht hören, und ihr verzeihen konnte sie nicht. Ariane hatte die Wahl gehabt: Sie hatte zu Stiller gehalten und sein Geheimnis gehütet, statt Partei für die Freundin zu ergreifen und sie vor dem Mann zu warnen.

Verzeihung dafür war nicht möglich.

»Toni findet, dass du recht hast«, war das Letzte, was Ariane, tränenüberströmt, zu Lilly gesagt hatte.

»Mich interessiert einen Dreck, was Toni findet«, hatte Lilly erwidert, obwohl Toni für das alles nichts konnte.

Dass Lilly eine Tochter bekommen hatte, wusste Ariane nicht. »Es gibt kein Kind mehr«, hatte sie zu Ariane gesagt, als diese danach gefragt hatte. Ihre Magerkeit hatte ihre Worte zusätzlich untermauert, und schließlich glaubten Menschen ja grundsätzlich am liebsten nur das, was sie glauben wollten. Stiller wie Ariane waren also aus ihrem Leben verschwunden, noch ehe Thali zur Welt gekommen war. Hätten sie und

Walther behauptet, sie sei seine Tochter, hätte niemand das Gegenteil beweisen können.

»Es wäre falsch, weil du eine Frau verdient hast, die dich um deiner selbst willen nimmt«, hatte Lilly gesagt.

»Und wenn mir das nichts ausmacht? Wenn ich dich lieber so haben will als gar nicht?«

»Dann könnte uns das eines Tages den Respekt voreinander kosten. Dass du mich hasst oder verachtest, will ich nicht. Dazu liegt mir zu viel an dir.«

»Und wenn du es irgendwann doch kannst?«, hatte er gefragt. »Mich um meiner selbst willen heiraten? Wenn ich es schaffe, dich zu überzeugen, dass wir beide ein verdammt gutes Gespann abgeben würden?«

»Dann heiraten wir«, hatte Lilly erwidert. »Sofern ich nicht zu spät komme und du mich nicht mehr willst.«

»Das wird nicht geschehen, und das weißt du.«

»Niemand weiß das«, hatte Lilly gesagt. »Ich nicht und nicht einmal du.«

Seither lebten sie ihr Leben in dem seltsamen Schwebezustand, für den es keinen Namen gab: Sie waren Freunde, und doch hielt jeder, der sie gemeinsam erlebte, sie für ein Paar. Lilly brachte Thali zu Walthers Mutter, wenn sie im Atelier aushalf, und Thali betrachtete Walther als ihren Vater. Wäre es nach Lilly gegangen, so hätte alles so bleiben können, doch dass das nicht möglich war, spürte sie selbst. Sie musste eine Entscheidung treffen. Nicht nur Walther und seiner Familie gegenüber war dieses Hinhalten nicht fair, sondern es schadete auch Thali. Noch war sie glücklich in der künstlichen kleinen Welt, die sie ihr aufgebaut hatten, drehte sich darin wie eine Tänzerin in einer Schneekugel. Schon bald aber würde sie hinaus auf die Straße laufen und sich andere Kinder als Freunde wünschen. Und in ein paar Jahren würde sie zur Schule gehen.

Lilly konnte und wollte sie nicht noch länger verstecken wie einen Schandfleck. Sie wollte in aller Offenheit mit ihr leben, wollte, dass sie mit ihrem Vetter Heini als vollwertiges Familienmitglied aufwuchs und ausprobieren durfte, was das schillernde Kaleidoskop der Stadt seinen Kindern zu bieten hatte. All das hätte sie haben können, wenn Lilly Walthers Frau wurde. Der größte Teil ihrer Probleme hätte sich in Luft aufgelöst, und sie hätte sich auf die konzentrieren können, die nicht so einfach verschwanden.

Die Inflation zum Beispiel.

Die Zukunft des Ateliers und der Papierwarenhandlung, die bei dem schrumpfenden Geldwert beide ums Überleben kämpften.

Über all das würde sie nachdenken müssen. *Aber nicht heute,* sagte sie sich. *Heute war Roses Hochzeit, und die wollte sie mit ihrer Familie genießen.*

»Kann ich Thali rasch bei Ihnen umziehen, Frau Fassbinder?«, fragte sie Walthers Mutter. »Ich habe ein zauberhaftes burgunderrotes Festkleid von Wertheim für sie in der Tasche. Meine Schwester hat darauf bestanden, obwohl man von dem Preis eine halbe Schulklasse durchfüttern könnte.«

»Ich wollte Thali eigentlich gerade ihr Mittagbrot geben und sie dann hinlegen«, sagte Marthe Fassbinder. »Der Mittagsschlaf ist für so kleine Kinder wichtig, und dort drüben bei euch ist ja viel zu viel Lärm. Und was da zu essen gereicht wird, eignet sich ja auch nicht für ein Kind. Ich hab bei meinen Jungen immer darauf geachtet, dass sie ihre Regelmäßigkeit hatten, selbst wenn hier in der Werkstatt alle Hände voll zu tun war.«

»Sie haben das großartig gemacht«, sagte Lilly ehrlich. »Aber heute feiern wir ja die Hochzeit von Thalis Tante, und Thali wird einen Mordsspaß dabei haben. Sie und Ihre Familie sind übrigens auch eingeladen, wie Sie hoffentlich wissen.«

»Wir wollen aber nicht gehen«, knurrte Marthe Fassbinder. »Ich hab Walther gefragt, und der hat gesagt, zu der Trossmann-Hochzeit geht er nicht, also bleiben wir alle, wo wir hingehören.«

Lilly hatte mit Walther darüber gesprochen, doch auch da hatte er abgelehnt. Sie verstand, warum: In einem schwachen Moment hatte er ihr gestanden, dass er Arndt dazu gebracht hatte, die Verlobung mit ihr zu lösen. »Arndt ist ja nicht der Mann, der einem so etwas vorwirft, aber was in seinem Kopf vorgeht, kann ich mir denken: Zu ihm sage ich, er darf dich nicht heiraten, weil du ihn nicht liebst, und ich selbst versuche seit drei Jahren alles, um dich zu einer Heirat zu bewegen, obwohl du mich nicht liebst. Das sorgt für böses Blut, auch wenn keiner drüber spricht. Ich freu mich für Arndt und wünsch ihm und Rose alles Gute, aber auf der Hochzeit lass ich mich besser nicht blicken.«

Was für ein Kuddelmuddel, stellte Lilly fest. So einfach war das mit der Freiheit nicht. Sie alle hatten nur ihr Leben leben wollen, hatten das Chaos nach Kriegsende genutzt und waren losgeprescht wie die jungen Pferde. Weit gekommen waren sie nicht, saßen gehörig in der Tinte und hatten Menschen dabei verletzt. Sie selbst vor allem. Sie hatte ihren Freunden und Verwandten Schlimmes zugefügt und hatte doch nichts anderes tun wollen, als ihren eigenen Weg zu gehen.

Und dennoch war es richtig, dachte sie. So wie es richtig gewesen war, eine Republik zu gründen, auch wenn diese in Inflation, Druck von außen und rechtem Terror im Innern zu versinken drohte. Dass der Umgang mit Freiheit erlernt werden musste, besagte nichts gegen Freiheit.

Wenn ihre Tochter in das entsprechende Alter kam, würde Lilly ihr denselben Rat geben, den sie sich selbst gegeben hatte: Geh, wohin es dich zieht, und geh mit ganzer Kraft. Du wirst dir wehtun, doch lass dir davor nicht bange machen, denn Schmerz ist besser als Leblosigkeit.

Der Gedanke, dass etwas Thali wehtat, war dennoch schwer erträglich. Lilly drückte das kleine Mädchen an sich. »Thali und ich müssen jetzt gehen«, sagte sie entschlossen, weil sie sich bei aller Dankbarkeit mit Walthers Mutter auf keine Diskussion einlassen wollte. »Wir werden drüben erwartet. Natürlich würden wir uns freuen, wenn Sie auch kämen, aber wenn das nicht geht, sehen wir uns in den nächsten Tagen.«

Sie würde Thali ihr hübsches Festkleid eben zu Hause anziehen. Auf einmal konnte sie nicht schnell genug aus der Werkstatt der Fassbinders wegkommen.

Marthe Fassbinder öffnete den Mund, um ihrem Unwillen Luft zu machen, doch sie kam nicht dazu. »Wenn ihr geht, komme ich mit.« In der Tür stand Walther, der den gesamten Rahmen ausfüllte, zwar noch in Hemdsärmeln, doch bereits angetan mit einem schwarzen Binder. »Auch wenn mir nach allem anderen eher ist als nach dieser Hochzeit.«

»Warum bleibst du dann nicht hier?«, fragte Lilly.

Fest sah er sie an und verzog keine Miene. »Weil ich der Meinung bin, dass Familien zusammengehören«, sagte er.

31

April 1923

Die beiden Fahrräder mochten klapprig und verrostet sein, aber sie gehörten für die Adler-Schwestern mittlerweile zu ihren kostbarsten Besitztümern. Ein Kunde aus der wachsenden Zahl derer, die eine in Auftrag gegebene Fotografie am Ende nicht zahlen konnten, hatte die Drahtesel in den Empfang des Ateliers geschoben und geradezu flehentlich gebeten: »Könnten Sie bitte diese nehmen? Etwas anderes, das Wert hat, haben wir nicht mehr, und den ganzen Lohn für die Woche, den ich nach Hause bringe, haben sie meiner Frau gerade eben für ein Brot und ein halbes Dutzend Eier abgeknöpft.«

Lilly und Rose hatten die Räder akzeptiert, um dem Mann einen Gefallen zu tun, doch wie sich herausstellte, hatten sie damit sich selbst einen Gefallen erwiesen. Straßenbahn, Pferdebus, das war alles zu teuer, um fertiggestellte Aufträge auszuliefern. Achthundert Mark für eine Fahrkarte nach Charlottenburg, das konnte sich kaum noch einer ihrer Kunden leisten, und für die Adlers wäre kein Verdienst mehr übrig geblieben, für den sich das Material und die Arbeit gelohnt hätten.

Es lohnte sich ohnehin immer weniger. Wenn jemand an einem Montag kam und ein Bild machen ließ, das er am Freitag nach Lieferung bezahlen wollte, war die vereinbarte Summe meist nicht einmal mehr die Hälfte wert. Hätten Rose und Lilly obendrein Fahrgeld bezahlen müssen, hätten sie sich die Mühe sparen und »den Laden dichtmachen« können, wie ihr Vater jetzt immer häufiger schwarzmalerisch drohte. Auf ihren Fahrrädern kostete es sie jedoch keinen Pfennig, und jetzt, wo über Nacht der Frühling von der Stadt Besitz ergriffen hatte, machte es obendrein Spaß.

Walther hatte ihnen zwei kleine Handwagen gezimmert, die sie an den Gepäckträgern der Räder befestigten und hinter sich herzogen – einen für Heini und einen für Thali. Die Kinder liebten diese Fahrten, sie sangen die ganze Zeit über aus vollem Halse alle Lieder, die sie kannten, und hatten es im Viertel mittlerweile zu einer gewissen Berühmtheit gebracht.

Zusätzlich war Lilly auf die Idee gekommen, bunte Schilder mit der Aufschrift »Photo-Atelier Adler – gut geknipst ist halb gewonnen« am Rahmen der Räder zu befestigen. Zwei hübsche junge Frauen, deren Haar im Frühlingswind wehte, dazu zwei noch hübschere Kinder, die lauthals Lieder schmetterten – das war wiederum eine jener Filmszenen, die Lilly vor sich sah, und eine schier unwiderstehliche Werbung. Das Auftragsbuch des Ateliers platzte aus allen Nähten, sodass des Vaters Schwarzmalerei geradezu grotesk erschien. Leider aber deckten die Einnahmen kaum noch die Kosten, weil die Noten der Reichsbank wie das Spielgeld waren, mit dem sie nach Feierabend »Schlesische Lotterie« spielten: Sie verloren ihre Kaufkraft im Handumdrehen.

Wenn es um das Atelier schon schlecht bestellt war, so erging es der Papierwarenhandlung noch übler, denn dort blieben auch die Kunden aus. Feines Büttenpapier und edle Füllfederhalter gehörten zu den Dingen, die der bürgerliche

Haushalt sich derzeit verkniff. Rose tat ihr Bestes, arbeitete von früh bis spät in beiden Geschäften und verlor dabei nie ihren Lebensmut. »Solange es meinen Lieben an nichts fehlt, fehlt es mir erst recht an nichts«, pflegte sie zu sagen, und tatsächlich wirkten Arndt und Heini in dem ganzen Elend noch immer wie zwei glückliche Maden im Speck.

Roses Zuversicht steckte an. Wenn ihre Schwester sich nicht unterkriegen ließ, dann war Lilly entschlossen, es auch nicht zu tun. Irgendeine geniale Idee musste allerdings her, das stand fest, sonst würden sie sich nicht mehr lange über Wasser halten können.

Eine Heirat mit Walther hätte zumindest Lilly von solchen Problemen befreit und ihr ermöglicht, ihre Familie zu unterstützen. Für seine Aufträge für die Reichsbahn wurde Walther in Devisen bezahlt, was seinen Betrieb auf sichere Füße stellte. Seine Hilfe bot er ihr weiterhin beharrlich an, doch noch immer erschien es Lilly falsch, seine Großmut auszunutzen. Solange die Kinder keinen Hunger litten, würden sie versuchen, es aus eigener Kraft zu schaffen.

Das Geld, das die belieferten Kunden ihnen zahlten, passte inzwischen nicht mehr in ihre Schultertaschen. Rose und Lilly schichteten die Scheine in die Handwagen und setzten ihre Kinder obendrauf. Vor ihrer Stammbäckerei hielten sie an, und Rose lief hinein, um Brot und ein paar Stücke Blechkuchen zu kaufen. Für gewöhnlich aßen sie jeden noch so altbackenen Laib Brot bis zur letzten Scheibe, und wenn es überhaupt Kuchen gab, dann backte Marianne ihn selbst, auch wenn ihre Begabung dafür sich in Grenzen hielt. Heute aber war kein gewöhnlicher Tag. Heute würde Paulchen sein Abiturzeugnis nach Hause bringen, und das war der beste Grund, um zu feiern.

Rose hatte in ihren Handwagen hineingegriffen und sich den Arm voller Geldscheine geladen. Heraus kam sie mit lediglich einem großen Roggenbrot, das in Papier eingeschlagen war.

»Vierhundertfünfundsiebzig Mark«, brach es aus ihr heraus. »Was der Bienenstich kostet, hab ich gar nicht mehr gefragt. Wohin soll das denn noch führen, wer soll sich denn für seine Kinder noch drei Mahlzeiten täglich leisten können?«

Zum ersten Mal las Lilly in ihrem Gesicht, dass sie ans Ende ihrer Kräfte kam. Sorgfältig legte Rose das teure Brot zu Heini in den Karren und warnte den kleinen Jungen strenger, als sie sonst je mit ihm sprach: »Das rührst du nicht an, hast du gehört? Das ist für Onkel Paul, der soll an seinem großen Tag wenigstens ofenfrisches Brot haben.« Kaum hatten sie und Lilly sich wieder in die Sättel geschwungen, hoben Heini und Thali falsch und fröhlich an, ein Lied von einer Wanze zu singen, die auf einer Mauer auf der Lauer saß.

Langsam radelten die beiden weiter in den sich sachte rötenden Abend. »Hättest du beim Film bleiben können, statt dich mit unseren Siebensachen herumzuschlagen, hättest du jetzt keine Probleme«, sagte Rose. »Arndt hat es erst heute Morgen wieder aus der *Tante Voss* vorgelesen: Dieser Erich Pommer, für den du auch gearbeitet hast, bringt mehrere große Filme auf den Weg. Die Ufa baut dafür das Gelände in Babelsberg weiter aus, und ums Geld gibt es keine Sorgen: Es heißt, nicht nur die Briten und die Franzosen, sondern sogar die Amerikaner würden bei einem von den Filmen einsteigen.«

Lilly antwortete nicht, sondern trat mit aller Kraft in die Pedale. Noch immer fiel es ihr nicht leicht, andere von Filmen sprechen zu hören. Ein bisschen war es, als litte sie an einer zwar nicht tödlichen, aber auch nicht heilbaren Krankheit und müsse sich Geschichten über das Leben der Gesunden anhören.

»Dieser Mann …«, begann Rose.

Lilly glaubte, ihren Blick von der Seite zu spüren, und ihre Schwester kam ihr vor, als liege sie mit der viel besungenen Wanze auf der Lauer.

»Was für ein Mann?«

»Thalis Vater«, sagte Rose. »Nicht ihr wirklicher Vater natürlich, denn der ist ja eigentlich Walther, so wie Arndt Heinis wirklicher Vater ist …«

»Nein«, fuhr ihr Lilly ins Wort. »Walther ist nicht Thalis Vater, wie Arndt Heinis Vater ist, denn Walther und ich sind nicht verheiratet und ziehen Thali nicht gemeinsam groß. Bitte hör damit auf, Rose, du machst weder mir noch Walther damit etwas leichter.«

»Tut mir leid«, murmelte Rose zerknirscht. »Ich wünsche es mir einfach so sehr, dass das Glück doch noch seinen Weg zu euch findet.«

»Dann vertrau dem Glück und lass ihm sein eigenes Tempo«, erwiderte Lilly. »Und wenn du um jeden Preis von Stiller sprechen musst, worauf ich durchaus verzichten könnte, sprich seinen Namen aus und rede nicht um den heißen Brei herum.«

»Der hat auch in der *Tante Voss* gestanden«, kam es prompt von Rose. »Sein Name, meine ich. Stiller. Für seinen neuen Film soll er das Stück von einem Menschen aufgekauft haben, der wegen Hochverrats in Festungshaft sitzt.«

Das klingt nach Stiller, dachte Lilly und war wütend auf sich, weil sie an Stiller keinen Gedanken verschwenden wollte.

»Ein Sozialist, einer von denen, die bei der Revolution in München dabei waren«, erzählte Rose weiter. »Das Stück soll von einem Kriegsheimkehrer mit einer Verletzung handeln, über die man gar nicht reden kann, und dieser Pommer von der Ufa und die Amerikaner wollen eine ganz große Sache daraus machen.«

»Warum kann man über die Verletzung nicht reden?«, fragte Lilly.

»Weil …«, stammelte Rose, »weil … weil das kein Körperteil ist, den eine Frau in den Mund nimmt.«

»Ich nehme in der Regel überhaupt keine Körperteile in den Mund«, erwiderte Lilly. »Aber falls du von männlichen Genitalien sprichst …«

»Lilly! Die Kinder!«

»Die hören nichts.«

Wie zur Bestätigung drang es vergnügt aus den Karren:

»Auf der Mauer, auf der Lauer
Sitzt 'ne kleine Wanze.«

Rose und Lilly sahen sich an. Rose war knallrot angelaufen, doch als Lilly lachen musste, stimmte sie ein. Gleich darauf waren sie wieder ernst, und Lilly überlegte fieberhaft. »Ich hab's!«, rief sie gerade, als sie in die Friedrichstraße einbiegen wollten, und stemmte die Füße auf den Boden, weil das Fahrrad keine Bremse hatte.

Rose tat es ihr nach und kam neben ihr zum Stillstand. »Was hast du?«

»Wenn die Amerikaner deutsche Filme kaufen und dafür mit Devisen bezahlen, dann müssen wir sie eben dazu bringen, auch deutsche Fotos zu kaufen!«, rief Lilly. »Unsere deutschen Fotos. Meinetwegen *très chic* verpackt in Schutzhüllen von Vogt & Trossmann.«

»Und wie willst du sie dazu bringen?«, fragte Rose.

»Ich gehe einfach da hin«, erwiderte Lilly. »Die Amerikaner haben doch gerade erst ihre Botschaft wiedereröffnet, in der Villa Bleichröder, in der Berliner Straße. Ich wette, das hat auch in Arndts *Tante Voss* gestanden. Pass auf, wir stellen in den nächsten Wochen eine Mappe mit unseren spektakulärsten Fotos zusammen. Aber nichts Kleines, Nettes, Bescheidenes – bei den Amerikanern muss man immer mindestens bis zum Himmel denken, da ist alles höher, größer, weiter.«

Herausfordernd sah sie Rose an, doch als die nichts sagte und ihren Blick nur mit großen Augen erwiderte, sprach sie gleich weiter: »Mit der Mappe müssen wir uns also wirklich Mühe geben – und wenn sie fertig ist, spaziere ich damit in die brandneue Botschaft und unterbreite unseren brandneuen Freunden unser brandneues Angebot: Sensationelle Fotos von Ihnen an Berlins schönsten Plätzen – für Ihre Lieben zu Hause, zur Erinnerung an Ihre Zeit in unserer Stadt. Damit machen wir dann gleich noch Reklame für Berlin und das neue Deutschland. Du weißt doch, wie überall darüber gejammert wird, dass wir nächstes Jahr noch immer nicht an den Olympischen Spielen teilnehmen dürfen. Wenn wir mit unseren tollen Bildern von unserer tollen Stadt zeigen, wie wir von Feinden zu Freunden geworden sind, schlagen wir etliche Fliegen mit einer Klappe.«

»Lilly, du bist unglaublich!«, rief Rose und lachte auf. »Wenn man dir zuhört, könnte man meinen, du bist einer von diesen Reklamemenschen, die so etwas mühsam ausklügeln. Meinst du wirklich, das könnte funktionieren? Es klingt wie ein Traum, aber wenn es so einfach wäre, würden es doch alle machen.«

»Weil alle so denken, machen es nicht alle«, gab Lilly zurück. »Ob es funktioniert, kann ich dir erst sagen, wenn ich es ausprobiert habe. Aber dass das, was man nicht ausprobiert, nicht funktioniert, das sage ich dir gern auch jetzt schon.«

»Aber werden sie dich denn überhaupt in die Botschaft hineinlassen?«, fragte Rose.

»Wenn sie Stiller reinlassen, warum dann nicht auch mich?«, entfuhr es ihr und wieder einmal hätte sie sich zum Mond schießen wollen. Weshalb sagte sie so etwas? Wem wollte sie damit etwas beweisen? Sie war froh über ihre Idee. Nach der Feier von Pauls Abitur würde sie sich die ganze Nacht damit um die Ohren schlagen, damit der elende Stiller sich aus ihrem Kopf verzog. Dass Rose ihn erwähnt und von dem neuen Film, den er machte, erzählt hatte, war ganz und gar nicht gut für ihre Seelenruhe.

»Weiterfahren!«, krähte es zweistimmig hinter ihnen. Lilly drehte sich um und sah, wie Thali ein paar der Geldscheine, auf denen sie hockte, auf die Straße flattern ließ. Sie waren es nicht wert, deswegen vom Rad zu steigen, und es bückte sich danach auch niemand.

»Also schön. Fahren wir weiter, ihr Quälgeister.«

Gleichzeitig traten Rose und Lilly wieder in die Pedale und radelten durch den Feierabendverkehr ihrem Zuhause entgegen.

32

Lilly hatte erwartet, den größten Teil der diversen Adlers und Trossmanns bereits oben im Salon versammelt zu finden, während ihr Vater das Atelier absperrte. Auch wenn das Brot noch fehlte, würde Marianne zumindest eine Suppe aufzutischen haben, und der Servierwagen mit den alkoholischen Getränken, den ihr Vater hütete wie einen Hausaltar, war auch noch immer ordentlich bestückt.

Sie würden feiern, hatte Lilly erwartet. Auch wenn nicht alles war, wie sie es sich gewünscht hatten, so stimmte doch das Wichtigste: Paulchens Abitur.

Stattdessen schienen sie allesamt im Atelier versammelt, dessen Tür sperrangelweit offen stand: Paulchen, der Vater und die Mutter, die sich wie üblich schweigend im Hintergrund hielt, Großmutter Bernardine, die geistesabwesend vor sich hin murmelte, Arndt in seinem Rollstuhl und seine sichtlich verlegenen Eltern.

»Ich glaube, ich höre nicht richtig!«, rief ihr Vater so laut, dass es bis auf die Straße hallte. »Was glaubst du eigentlich, wer du bist?« Dabei war sonst doch gerade er so bedacht darauf, vor der Öffentlichkeit nie etwas anderes als eine blütenreine Fassade zu zeigen, und er hatte sich gerade erst wieder mit Lilly darüber gestritten, dass sie Thali mit zu Kunden nahm.

»Wenn du das Kind offen als Mitglied der Familie Adler präsentieren willst, solltest du vielleicht endlich über deinen ach so langen Schatten springen und den Antrag dieses anständigen jungen Mannes annehmen«, hatte er sie beschworen. Auch dabei war er laut geworden, doch es war hinter verschlossenen Türen geschehen. Wenn er sich jetzt völlig vergaß und riskierte, dass selbst Kunden ihn hörten, musste noch etwas geschehen sein.

Lilly konnte es sich denken: Paulchen hatte die Katze aus dem Sack gelassen, ohne auf sie zu warten. Er hatte dem Vater erzählt, dass er nicht Fotograf, sondern Historiker werden wollte.

»Geh du und bring die Kinder nach oben«, sagte Lilly zu der erschrockenen Rose. »Und Arndts Eltern am besten auch. Ich sehe zu, ob ich die verfahrene Kiste wenigstens ein Stück weit aus dem Dreck bewegen kann.«

Rose zögerte nicht, sondern sammelte schnellstens beide Kinder und ihre Schwiegereltern ein, küsste ihren Mann, der aufgrund seiner Behinderung nicht so einfach unter den Arm geklemmt werden konnte, und war schon unterwegs. Lilly atmete auf. Thali und Heini liebten all diese Menschen, die hier wie für ein gemütliches Beisammensein versammelt waren, und sollten nicht erleben müssen, wie sie einander anschrien und verletzten.

Das war wichtiger, als es vor den Kunden zu verbergen, fand Lilly. Für ihren Vater aber war es offenbar zeitlebens umgekehrt gewesen.

Sie klaubte den kläglichen Rest der Geldscheine aus den Karren, schob die Fahrräder in den Hof, damit sie nicht gestohlen wurden, und marschierte mit dem Brot unter dem Arm ins Atelier. Dort hatte sich ihr Vater hinter dem Stehpult aufgebaut, an dem er sonst Rechnungen für die Kunden ausfertigte, und wedelte mit einem Stapel Dokumente. »Wofür, glaubst du, mache ich das alles?«, schrie er. »Für wen rackere ich mich ab, seit ich jünger war als du? Glaubst du, mich hat irgendwer gefragt, was ich mit meinem Leben anfangen wollte oder was für Flausen ich im Kopf hatte?«

Ein Stück weiter hinten, auf einem der Sofas für Familienaufnahmen, saß die Mutter in einem zweiteiligen, zart gemusterten Kleid aus Seide, das ergraute Haar wie immer mit höchster Sorgfalt frisiert. In kleinen Bewegungen streichelte sie die Hand von Großmutter Bernardine, die unablässig vor sich hin murmelte.

Es war wie in einem Film, der keinen Zwischentitel brauchte. Die Handvoll Worte, die sie von sich gab, konnte Lilly ihr von den Lippen ablesen.

Dem Pult gegenüber stand Paulchen in seinem eigens für diesen Anlass aufgearbeiteten Anzug und hielt ebenfalls einen schmalen Packen Dokumente in der Hand. Er wirkte erschrocken, verzweifelt, hatte die Schultern in die Höhe gezogen, aber er blieb tapfer stehen und wankte nicht. Der arme Arndt, der beim Schaufenster in seinem Stuhl saß, schien in seine angestammte Rolle verbannt – die eines Mannes, der zwischen die Fronten geraten war.

Lilly beschloss, die Ahnungslose zu spielen. »Bitte entschuldigt, dass es später geworden ist!«, rief sie gespielt vergnügt in den Raum. »Ein genießbares Brot aufzutreiben, war gar nicht so einfach, und eigentlich hätten wir ja gerne noch die Flasche Schampus dazu besorgt – aber ihr wisst ja, zurzeit muss man sich damit begnügen, kleine Brötchen zu backen. Also hier, unsere bescheidene Gabe zu deinem Zeugnis der Reife, Brüderchen. Ganz herzliche Glückwünsche – auch von Rose, die nur schnell gelaufen ist, um die Brut abzufüttern.«

Sie überreichte Paulchen das Roggenbrot und zog ihren Bruder, der ihr auf einmal zart und verletzlich vorkam, in die Arme. »Und nun will ich wissen, wie du abgeschnitten hast, mein Kleener«, sagte sie zärtlich. »Lass mich raten? Mindestens drei ›Sehr gut‹?«

»Im Turnen hab ich nur ›Gut‹«, antwortete Paul, und seine Miene hellte sich auf. »Sonst überall ›Sehr gut‹. Auch in Physik.«

»Paul ist Jahrgangsbester.« Die Stimme der Mutter war leise, doch der Stolz darin war nicht zu überhören.

»Jahrgangsbester!«, rief Lilly und wollte Paulchen gebührend bejubeln, doch sie kam nicht dazu.

Pfeilschnell fuhr ihr Vater herum und baute sich vor der Mutter auf. »Hatten wir uns nicht darauf geeinigt, dass du dich aus der Erziehung dieser Kinder heraushältst?« Seine Stimme war wie ein Eiszapfen – kalt und scharf wie Glas. »Falls du das vergessen hast, Anita, dann lass dir gesagt sein: Ich habe nichts vergessen, und ich werde es auch niemals tun.«

»Ich bitte euch – es muss doch zu vermeiden sein, dass wir an einem solchen Ehrentag streiten«, versuchte Arndt, auf seine betuliche Art zu vermitteln, aber niemand achtete auf ihn.

Ohne eine Reaktion von seiner Frau abzuwarten, wandte Rufus Adler sich wieder seinen Kindern zu. »Ich hatte geplant, deinem Bruder heute auch ein Geschenk zu machen«, sagte er zu Lilly. »Trotz der in der Tat harten Zeiten das größte Geschenk, das ein Vater seinem Sohn nur machen kann. Ich habe von meinem Notar die Verträge aufsetzen lassen, mittels derer Paul mit dem heutigen Tag als mein gleichberechtigter Teilhaber ins Geschäft eintritt. Alles, was darauf fehlt, ist seine Unterschrift, und ich hatte mich darauf gefreut, diesen Akt feierlich zu begehen. Wie du ja weißt, hatte ich einst gehofft, auch dich zur Teilhaberin zu machen, und dass du mir diese Hoffnung zerstört hast, war ein harter Schlag. Es hat mich viel Kraft gekostet, mich davon zu erholen. Dass aber heute Paul mein Geschenk mit Füßen tritt und sich nicht scheut, mir den gleichen Schlag ein zweites Mal zu versetzen, ist des Guten zu viel. Wenn ihr glaubt, ich bin euer Kasperle, das ihr nach Belieben an euren Strippen tanzen lassen könnt, dann habt ihr euch getäuscht.«

»Aber so ist es doch nicht!«, rief Paul, sichtlich den Tränen nah. »Du weißt ja nicht, wie viel mir dein Geschenk bedeutet und wie gern ich es annehmen und mich dessen würdig erweisen möchte. Aber ich kann doch nicht einen anderen aus mir machen, als ich bin. Ich bin nicht würdig, Vater, und zum Fotografen würde ich nicht taugen. An der Friedrich-Wilhelms-Universität in den Fakultäten der Geschichte und der Altertumswissenschaften würden sie mich nehmen. Wenn du meinen Antrag auf Immatrikulation unterschreibst, könnte ich im Herbst schon beginnen. Ich will dich nicht enttäuschen, aber ich bin sicher, ich könnte dir als Historiker viel eher beweisen, dass ich kein Versager bin.«

»Du willst mich nicht enttäuschen?«, schrie der Vater. »Und du glaubst allen Ernstes, dass ich unter diesen Schrieb meinen Namen setze? Gib ihn her, na komm schon, gib ihn her.« Er stürzte hinter dem Pult hervor, schnappte Paul die Papiere aus der Hand und riss sie mehrmals mitten durch. Die einzelnen Teile ließ er auf den Boden rieseln.

Fassungslos starrte Paul auf die Fetzen, von denen mehrere zu seinem soeben verliehenen Abiturzeugnis gehörten.

»Das ist gemein«, brach es aus Lilly heraus. »Glaubst du wirklich, du kannst damit Paul oder irgendeinem von uns deinen Willen aufzwingen? In wenigen Jahren ist Paul volljährig, und dann wird er von hier weggehen, weil du sein Elternhaus für ihn zu einem Käfig gemacht hast.«

»Zu einem Käfig?« Ihr Vater schrie nicht mehr, doch der Zorn ließ seine Stimme zittern. »Dieses Haus, in dem euch alles geschenkt und geboten wurde, wagst du, einen Käfig zu nennen? Ihr habt doch überhaupt keine Ahnung, wie es sich anfühlt, in einem Käfig gefangen zu sein, in keine Richtung ausweichen zu können, weil überall Gitter aufragen und brutale Hände euch zurückstoßen. Ihr habt keine Ahnung, wie es ist, allein und auf sich gestellt zu sein, wie es ist, für andere sorgen zu müssen und keinerlei Dankbarkeit zu ernten, wie es ist, vor Angst um seine Familie nicht einschlafen zu können und mit der Angst um die Familie am nächsten Morgen zu erwachen.«

»Aber, Vater«, versuchte Lilly, die von dem Ausbruch ehrlich erschrocken war, ihn zu unterbrechen, aber er fuhr ihr über den Mund.

»Ihr wisst gar nichts, denn ihr habt immer alles gehabt. Und wenn ein einziges Mal von euch verlangt wird, dass ihr davon etwas zurückgebt und den Platz einnehmt, an den ihr gestellt worden seid, dann werft ihr einem alles vor die Füße und lauft davon.«

»Nein, das tun wir nicht«, sagte Lilly diesmal so fest, dass er ihr nicht wieder das Wort abschneiden konnte. »Solange du uns nicht dazu zwingst, bleiben wir lieber hier. Wir sind nicht die missratenen Blagen, als die du uns darstellst, Vater. Wir sind nur jung und in einer anderen Zeit geboren, in der man sich von niemandem mehr an einen Platz stellen lässt, sondern sich einen eigenen erkämpft.«

»Ha!« Der Vater warf den Kopf zurück. »Was bei deiner Suche nach einem eigenen Platz herausgekommen ist, hat man ja gesehen. Und wer muss solche Kapriolen ausbaden? Die Kinder, die in unklare Verhältnisse geboren werden, und die Väter, die dafür geradestehen. Ich stehe auch dafür gerade, Lilly, weil ich es nicht übers Herz bringe, dich und dein Kind vor die Tür zu setzen. Aber ich verlange dafür, dass du dich unterordnest, dass du in meinem Haus meine Spielregeln einhältst. Und was den Kerl betrifft, der schon den halben Tag da draußen vor meinem Geschäft herumlungert, dem kannst du ausrichten: Wenn er nicht gleich verschwindet und wenn er sich hier noch einmal blicken lässt, dann nehme ich den Spazierstock meines Vaters und prügle ihn aus meiner Straße weg!«

Er hob den Stock, der hinter dem Pult gestanden haben musste, und schwang ihn, als wollte er jemanden erschlagen. Lilly hatte den massiven Griff mit dem Adlerkopf aus Messing schon als Kind furchterregend gefunden. Jetzt allerdings jagte etwas anderes ihr noch weit mehr Furcht ein, sodass der Stock dagegen harmlos wirkte.

»Was für ein Kerl lungert denn vor deinem Geschäft herum?«, fragte sie.

»Tu nicht so scheinheilig!«, fuhr er sie an und wies mit dem Messinggriff auf das Schaufenster, genau dorthin, wo das A des Namens Adler aufgemalt war.

Lilly sah in die angezeigte Richtung und erschrak bis ins Mark. Am Pfahl der Bogenlampe lehnte ein Mann und rauchte, und auf einmal war sie sicher, dass er auch vorher, als sie mit Rose und den Kindern angekommen war, schon dort gelehnt hatte.

Aber erst jetzt beachtete sie ihn und erkannte sein Gesicht.

O mein Gott, nimmt das denn niemals ein Ende?, schrie es in ihr auf. Mit aller Kraft wünschte sie sich Walther herbei, wünschte, er würde gerade jetzt mit seiner ganzen physischen Präsenz den Türrahmen füllen, sie in die Arme nehmen und sie noch einmal fragen, ob sie ihn heiraten wolle. *Wenn du mich jetzt fragst, sage ich Ja.* Walther zu heiraten, mochte der einzige Weg sein, der Vergangenheit ein Ende zu setzen. Schon Roses Gerede über Stiller und seinen neuen Film hatte Lilly aufgewühlt, aber der Anblick vor dem Fenster versetzte ihr den Rest.

Der Mann im Lichtkegel der Laterne war Arianes Bruder Alexander.

33

Stiller

Mai 1923

Das Stück hieß »Hinkemann«. Und der Mann, der es geschrieben hatte, hieß Ernst Toller. Er war so alt wie Stiller gewesen, als der Krieg begann, und hatte sich wie jener freiwillig gemeldet. Sie waren beide rasch befördert worden, und irgendwo zwischen den brennenden Dörfern und Städten von Flandern, zwischen den Gräben und Kratern, in denen ihre Kameraden verreckten, hatte man ihnen Orden an die Brust geheftet.

1916 erlitt Toller einen Nervenzusammenbruch und wurde als zitterndes Bündel Elend nach Straßburg in ein Sanatorium geschafft. Stillers Nerven waren ebenfalls am Ende, doch er tat alles, um es zu verbergen. In den Nächten stopfte er sich Taschentücher in den Mund und erstickte seine Schreie.

Damit er seinen Leuten keine Schande machte.

Gab es etwas, das seine Generation junger Männer wichtiger genommen hatte als das? Sie hatten sich Schusswaffen geben lassen und sie auf Männer gerichtet, die nicht älter waren als sie selbst, statt sich nur einmal zu fragen, ob diese ominöse, viel beschworene Schande wirklich schwerer wog als das Leben.

Stattdessen mussten sie sich jetzt fragen, was aus dieser Generation, die lieber getötet hatte, als Schande zu machen, geworden war, was die Berge von zerfetzten Leichen, die niedergebrannten Städte in ihnen angerichtet hatte und was ihr Zustand für Folgen für das Land hatte, das sie in eine Zukunft führen sollten.

Ernst Toller, der nicht mehr in den Krieg zurückgekehrt war, hatte sich die Fragen gestellt und war seither mit den Antworten beschäftigt. Er hatte in München für eine sozialistische Republik gekämpft, war dafür als Hochverräter verurteilt worden, und seit er im Gefängnis saß, schrieb er Theaterstücke. »Hinkemann« hieß das jüngste.

»Ich muss die Filmrechte haben«, hatte Stiller zu Pommer gesagt. »Ich muss einfach. Es ist mir gleichgültig, was es kostet. Treib mir das Geld dafür auf.«

Es gab zahlreiche Dinge, die er an Pommer schätzte. Seine Fähigkeit, zu erkennen, wann Fragen sich erübrigten, war eines davon. Seit »Cornet« hatte Stiller für keinen Stoff mehr so sehr gebrannt wie für diesen, hatte von keinem so sehr gewusst, dass er ihn drehen musste. Während er durch die Seiten des Skripts blätterte, sah er die Bilder bereits vor sich. Den Schluss würde ein riesiges Karussell bilden, auf dem die Akteure immer schneller und schneller herumwirbelten, bis sie über ihre Welt die Kontrolle verloren.

Tollers Stück war eines, das keine Worte brauchte, weil Toller dieselben Bilder gesehen und in derselben Wortlosigkeit gelebt hatte. Stiller errechnete eine grobe Aufstellung der Kosten, und Pommer würde sich darum kümmern.

»Eine Nummer kleiner machst du's nicht, oder?«, fragte der nach einem Blick auf Stillers Zahlenkolonnen. »Fritz Lang verlangt ja auch, dass ich für seine ›Nibelungen‹ eine Bank ausraube, aber für das hier dürfte eine einzige nicht reichen.«

»Die Banken halten dir noch die Türen auf, wenn du die ausrauben kommst«, sagte Stiller. »Geld spielt doch keine Rolle mehr, es wird inzwischen badewannenweise ausgestreut.«

»Aber was nützt uns das? Wenn wir dir von dem Badewannengeld all die hübschen Sächelchen auf deinem Wunschzettel nicht kaufen können, suchst du dir am Ende ein anderes Christkind.«

»Erich, ich muss diesen Film machen«, sagte Stiller. »Er handelt von uns. Davon, dass wir im Grunde alle nicht mehr zurechnungsfähig und nur noch die Frauen handlungsfähig sind. Und davon, dass wir verdammt wachsam sein müssen, weil wir sonst das, was von diesem Kontinent übrig ist, in die Luft sprengen. An der Ruhr stehen französische Soldaten, unsere Regierung stachelt den Widerstand an, und wenn nicht bald jemand Einhalt gebietet, sprechen die Waffen. Ich muss diesen Film machen. Wer immer jetzt etwas gegen Krieg aufzubieten hat, muss es tun.«

Pommer warf noch einen Blick auf die Aufstellung und hob eine Braue. »Soweit ich deinem Treatment entnommen habe, handelt der Film von einem bedauernswerten Menschen, den eine Gewehrkugel … nun, sagen wir: kastriert hat.«

»Uns hat der Krieg alle kastriert«, sagte Stiller.

»Mich nicht«, bemerkte Pommer stoisch. »Mein Sohn, der arme Teufel, ist mir wie aus dem Gesicht geschnitten. Wie ich dein Kaleidoskop aus Kastration und Karussells als das große Plädoyer gegen den Krieg verkaufen soll, weiß ich übrigens immer noch nicht.«

»Aber du weißt, dass er gut ist«, sagte Stiller. »Ich schreibe keine Plädoyers, Erich. Ich mache Filme.«

Pommer hatte nichts mehr gesagt und war gegangen. Zwei Wochen später war er zurückgekommen und hatte Stiller erklärt: »Geht in Ordnung, deinen ›Hinkemann‹ kannst du machen. Der Autor verkauft, und Onkel Erich hat einen Mäzen aufgetan, der dir die Kohle zuschanzt. Es wird sich alles noch ein bisschen hinziehen, vor dem Herbst wirst du nicht anfangen können, aber du bekommst wieder einmal alles, was du dir wünschst.«

Der verzögerte Anfang machte Stiller nichts aus. Im Gegenteil. Er hatte Verträge über zwei Kurzfilme, die er zu Ende bringen musste, und für »Hinkemann« wollte er sich gründlich vorbereiten. Vor allem Stab und Besetzung würde er mit äußerster Sorgfalt auswählen, und mit den eigentlichen Dreharbeiten wollte er nicht vor November anfangen. Er plante diesmal, die bizarren, expressionistischen Bilder mit Aufnahmen zu mischen, die roh und nüchtern der Wirklichkeit entstammten, und dazu brauchte er die kahlen, wie geschorenen Felder.

Sorge machte ihm etwas anderes: »Und wer ist der Mann, der dir das Geld gibt?«, fragte er. »Erich, du weißt, dass ich den Film nicht machen kann, wenn Hugenberg, Ludendorff oder einer ihrer Spießgesellen ihn finanziert.«

»Danke heißt das Zauberwort«, erwiderte Pommer. »Mein Sohn mit seinen fünf Jahren beherrscht das schon, aber du wirst es vermutlich nicht mehr lernen. Keine Sorge. Hugenberg bleibt draußen, und der alte Ludendorff steht doch längst im Museum. Der Mann, der uns mit seiner Finanzspritze unter die Arme greift, heißt Thomas Spencer und schickt den Geldsegen direkt aus Los Angeles. Von der Paramount, die durch unseren Vertrag das Recht erhielte, deinen kastrierten Karussellfahrer in ihren Verleih aufzunehmen.«

»In den Verleih der Paramount? Mein ›Hinkemann‹-Film geht in die Vereinigten Staaten?«

»Vielleicht übst du ja doch noch, Danke zu sagen«, erwiderte Pommer, klopfte ihm auf die Wange und ging.

Seither arbeitete Stiller tagsüber an dem Kurzfilm, den er dem Drehplan gemäß fertigstellen wollte, und saß nachts, solange er die Augen offen halten konnte, über seinem Skript.

Er hatte niemanden gefunden, dem er das Drehbuch anvertrauen konnte. Ein paar Experimente mit Autoren, mit denen er in der Vergangenheit gearbeitet hatte, waren fehlgeschlagen, und schließlich hatte er sich entschlossen, es selbst zu versuchen. Etliche Regisseure schrieben ihre eigenen Drehbücher, und so detailliert, wie die Bilder des Films in seinem Kopf bereits Gestalt angenommen hatten, war er womöglich am besten geeignet, sie umzusetzen.

Dennoch war es ihm bis jetzt nicht gelungen, ein Drehbuch zu erstellen, das ihn auch nur ansatzweise befriedigte. Einzelne Szenen brachte er schlüssig und anschaulich zu Papier, doch das Ganze wirkte noch immer wie ein Stückwerk, das nicht in Fluss kam. Und in den Fluss kommen musste es. Es durfte keine illustrierte politische Denkschrift werden, sondern musste einen Strom aus Bildern erzeugen, der die Zuschauer mitriss. Kino war Unterhaltung, fabrizierte Träume, darin bestand seine Macht. Auch an diesem Abend saß er wieder bei künstlichem Licht an seinem Schreibtisch und trank, so langsam er konnte, ein Glas Portwein, während durch das halb geöffnete Fenster die Süße und Fülle des Frühlings hereindrangen, die er von Jahr zu Jahr schwerer ertrug.

Er durfte sich nicht daran verlieren, sondern musste mit dem Drehbuch zurande kommen. In ein paar Monaten würden die Leute von der Paramount nach Berlin reisen, um vor dem Drehstart über den Film zu sprechen, und bis dahin sollten sie erfahren, was er ihnen zu bieten hatte.

Sie hatten die Katze ja bereits im Sack gekauft, hatten sich tatsächlich mit seinem Treatment, Pommers Überredungskünsten und dem Ansatz eines Rufs, den seine Filme ihm eingebracht hatten, zufriedengegeben. Stiller aber wollte, dass sie wussten, was sie bekamen. Er würde sich in seinen Film nicht hineinreden lassen, und wenn sie sich etwas anderes vorstellten, begruben sie das Projekt besser, noch ehe es zu leben begonnen hatte.

Aber es lebte doch bereits!

Der Gedanke, es aufzugeben, schnürte ihm die Kehle zu.

Der Tag, an dem er etwas so sehr gewollt hatte wie diesen Film, lag mehr als drei Jahre zurück, und damals war er sicher gewesen, er könnte nie wieder etwas wollen.

Er brauchte ein Drehbuch, an dem niemand rüttelte, weil es hieb- und stichfest war. Wieder beugte er sich über die Seiten, strich eine Beschreibung aus, die viel zu hölzern und nicht nach dem klang, was er vor sich sah, versuchte es noch einmal und scheiterte erneut. Wenn er die Szene nicht klarer, eindeutiger aus seinem Kopf und auf das Papier bekam, wie sollte ihm dann jemand glauben, dass er es auf der Leinwand schaffen würde?

Wie sollte er es sich selbst glauben?

Bei früheren Filmen – vor allem beim »Cornet« – hatte er am Set herumprobiert und mit Möglichkeiten gespielt, darauf vertrauend, dass er früher oder später die richtige finden würde. Inzwischen aber hatte er dieses Vertrauen in sich selbst verloren, und außerdem musste für die Amerikaner alles festgeklopft sein.

Er schob das Blatt beiseite, versuchte, sich stattdessen auf die Besetzung zu konzentrieren, in der auch noch Lücken klafften. Namentlich für die Rolle der Grete, Hinkemanns Frau, fehlte ihm jegliche Idee. Sie war in seinen Augen das Herz des Films, diese schlampige, verkommene, doch im Grunde nur nach Leben gierende Schönheit, die ihre Moral über Bord wirft, aber ihr Herz nicht hinterherwerfen kann. Mit ihr stand oder fiel sein Film. Etliche Möglichkeiten hatte er schon bedacht und verworfen. Die Negri war ihm zu vergeistigt, die Porten zu niedlich. Er brauchte eine, die ganz natürlich, ganz aus roher Kraft aus sich heraus spielen konnte, eine mit der Schönheit eines Diamanten: schillernd, einzigartig und so kantig, dass der Teufel sich die Zähne an ihr ausbiss.

Wer sich Zuschauer wünschte, die ihm bis in die Hölle folgten, musste ihnen eine Figur zum Lieben geben, und er wollte ihnen eine Grete geben, für die sie durch jedes Feuer gehen würden.

Er starrte auf Tollers Text, auf die letzte Seite, den letzten Satz des Dramas: »Jeder Tag kann das Paradies bringen, jede Nacht die Sintflut«, las er wieder und wieder. Wenn Grete in den Tod sprang, mussten die Zuschauer von diesen Worten etwas spüren. Sie mussten, obwohl sie den Text nicht kannten, darum trauern, dass Grete diese Möglichkeiten für immer aufgab, und sich ans Leben klammern. Wie sollte er das erreichen, welche Schauspielerin konnte ihm dabei helfen?

An seiner Tür klopfte es. Das dreimalige scharfe Hämmern war unverkennbar: So klopfte seine Vermieterin, Frau Hubertus, wenn sie sich über ihn geärgert hatte. Sie zu ignorieren, war zwecklos. Sie würde es nur immer weiter versuchen, und ihre Ausdauer kannte kein Ende.

»Herein!«, rief er und drehte sich um.

Frau Hubertus hielt die Hände in die Hüften gestemmt. »Sie haben Besuch«, knurrte sie, und einen vollen Schlag lang zog Stillers Herz sich zusammen, weil es von Hoffnung überwältigt war. Es tat das jedes einzelne Mal, sobald es diesen Satz vernahm, auch noch jetzt, nach mehr als drei Jahren.

War sie doch noch gekommen?

Hatte sie die Endgültigkeit so wenig ertragen wie er?

Gleich darauf fiel die Hoffnung in sich zusammen wie eine Kulisse, von der, wenn der Film abgedreht war, nicht mehr als ein Haufen Latten übrig blieb. Weshalb hätte sie kommen sollen? Sie war ihm in einer Einsamkeit begegnet, von der er geglaubt hatte, dass sie unendlich war, und das Glück, in das sie ihn eingeladen hatte, war zärtlich gewesen, als hätte er noch einmal das Recht, ein Leben anzufangen. Aber ein solches Recht würde er nie mehr haben, und all ihre Geschenke hatte er ihr mit Schmerz, Verrat und Enttäuschung vergolten.

Ihr letzter Blick, das entsetzte Begreifen in ihren Augen, hatte sich ihm eingebrannt.

Weshalb hätte sie kommen sollen?

Sie war mit ihm durch ihr verträumtes Paradies getanzt, und er hatte es niedergewalzt wie sein Regiment die Felder von Flandern.

»Ich dachte, ich hätte deutlich gemacht, dass ich nach acht Uhr keinen Besuch mehr wünsche«, sagte Frau Hubertus. »Wenn Sie nicht vorhaben, sich an die Regeln meiner Hausordnung zu halten, werden Sie sich etwas anderes suchen müssen.«

Sie hatte ihm das schon hundert Mal angedroht, und er hatte ihr hundert Mal angeboten auszuziehen. Am Ende waren sie vermutlich beide froh, dass es dazu nicht kam – sie, weil sich so leicht kein Mieter finden würde, der wie Stiller in Devisen zahlte, und er, weil er sich einem Ortswechsel nicht gewachsen fühlte.

»Es tut mir leid, Frau Hubertus«, sagte er. »Ich werde mich schnellstmöglich umsehen. Für heute wäre ich Ihnen dankbar, wenn Sie meinen Gast einlassen könnten.«

»Aber in einer halben Stunde ist Schluss«, brummte sie, trat aus der Tür und gab den Blick auf den Besucher frei. Der junge Mann trug sein blondes Haar so elegant gelegt, dass es wie onduliert wirkte, und sein Anzug samt zum Binder passendem Einstecktüchlein erinnerte Stiller an den eines Schulabgängers.

Alexander Adler. Die Zeitschrift, die er in der Hand hielt, war der *Film-Kurier*, und mit einigem Schrecken sah Stiller sein eigenes Konterfei auf der Titelseite prangen.

»Darf ich eintreten?«

»Ich nehme es an. Wenn meine Wirtin jemandem den Hals umdreht, dann nicht Ihnen, sondern mir.«

Alexander trat ein und zog hinter sich die Tür zu. »Ich verstehe nicht, warum Sie sich keine angemessene Wohnung nehmen.«

»Das brauchen Sie ja auch nicht«, sagte Stiller. »Schließlich wohnen nicht Sie hier, sondern ich.«

Einen Moment lang wartete Alexander. Da die erhoffte Aufforderung, Platz zu nehmen, jedoch nicht erfolgte, setzte er sich einfach auf den einzigen freien Stuhl. »Ihr neuer Film ist in aller Munde.« Er hob die Zeitschrift und tippte mitten in Stillers Gesicht auf dem Titelblatt.

»Die Ufa hielt es wohl für nötig, die Reklametrommel ein bisschen zu rühren.«

»Interessante Sache.« Alexander ließ die Seiten der Zeitschrift wie ein Daumenkino durch seine Finger gleiten. »Ich habe mich selbst eingehender mit solchen Stoffen befasst. In München. An der deutschen Filmschule. Sie wissen ja sicher, dass ich mich dort ein Jahr lang einer fundierten Ausbildung in allen Bereichen des Filmschaffens unterzogen habe.«

Stiller hatte so etwas läuten hören. Irgendwohin war der Quälgeist, den sie alle zwischen sich hin und her schoben, verschwunden, und es wurde gemunkelt, er besuche eine dieser obskuren Schulen, an denen selbst ernannte Fachleute von der Kanzel herunter dozierten, wie man einen Film machte. Offenbar war er jetzt also wieder da. So wie die Spanische Grippe, von der die Wissenschaftler annahmen, dass sie auch immer wieder auftreten werde.

»Sind Sie nicht auch der Ansicht, es wird höchste Zeit, dass wir unsere Filmschaffenden gründlich ausbilden, wie es die Amerikaner längst tun?«, fragte er.

»Die Amerikaner sind uns eine knappe Generation voraus«, erwiderte Stiller. »Sie dürften also bereits über Menschen mit Erfahrungen verfügen, die diese an Jüngere weitergeben können. Wir müssen diese Erfahrungen erst einmal machen, denke ich. Aber das soll natürlich niemanden davon abhalten, sich einen solchen Ausbildungsgang zu Gemüte zu führen, wenn ihm der Sinn danach steht.«

Alexanders Schulterpartie versteifte sich. »Um ebendiese Erfahrungen zu machen, bin ich hierher zurückgekommen«, sagte er. »Und ich habe etwas zu bieten. Ich bin kein grüner Junge mehr, sondern ein ausgebildeter Regisseur. Wenn ich wollte, wäre ich imstande, auf der Stelle meinen eigenen Film zu drehen. Aber ich habe mir nun einmal vorgenommen, mein Handwerk mit Sorgfalt zu erlernen. Deshalb komme ich zu Ihnen. Ich stelle mich Ihnen für die Aufnahmeleitung des ›Hinkemann‹-Films zur Verfügung, Herr Stiller.«

»Mein Aufnahmeleiter ist Volker Regensburger«, sagte Stiller und wünschte sich weit weg.

»Nun, Regensburger ist ein wackerer Geselle, aber sogar er selbst wird einsehen müssen, dass er einem Projekt dieser Größenordnung nicht gewachsen ist«, sagte Alexander. »Aber von mir aus, wenn Sie sich dem Mann verpflichtet fühlen, nennen wir mich eben Ihren Regieassistenten. Um Bezeichnungen geht es mir nicht, sondern allein um die Arbeit.«

Stillers Brust wurde eng. Darauf, dass Benno Adlers ungeliebter Sohn sich würde abschütteln lassen, brauchte er gar nicht erst zu hoffen. Alexander wäre nicht hergekommen, wenn er kein Ass im Ärmel gehabt hätte, so viel stand fest. Er griff nach seinem Portweinglas, um der Trockenheit in seinem Mund Herr zu werden, doch das Glas war leer. »Ihre Einstellung ist sehr löblich«, sagte er mühsam. »Leider habe ich bei diesem Projekt keinen Bedarf an einem Regieassistenten.« Das war eine himmelschreiende Lüge. Ohne Zweifel hatte er einen Kollegen, mit dem er sich austauschen konnte, noch nie nötiger gehabt als jetzt. »Vielleicht kommen wir ja ein anderes Mal zusammen. Ich halte Sie auf dem Laufenden.«

»So reden Sie mit meiner Mutter, nicht wahr? Mit Ihrer abgehalfterten Geliebten, die nicht aufhört, Sie um Rollen anzubetteln, für die sie schon längst nicht mehr taugt. Aber ich bin nicht meine Mutter, Herr Stiller. Ich lasse mich nicht hinhalten und auf ein ›andermal‹ vertrösten, von dem Sie so gut wie ich wissen, dass es niemals kommen wird.«

Streng genommen war Charlene Adler-Durell nie seine Geliebte gewesen. Stiller leugnete jedoch nicht, dass es eine Zeit gegeben hatte, in der er auf ihre Avancen eingegangen wäre, wäre sie nicht Bennos Frau gewesen. Damals hätte er sich in so gut wie jede Umarmung gestürzt, wenn sie ihm nur für kurze Zeit die Illusion verschafft hätte, auf der Welt nicht völlig allein zu sein.

Stiller bemühte sich um einen jovialen Ton: »Warum bitten Sie nicht Ihren Vater, Sie bei einem geeigneten Regisseur als Assistent unterzubringen?«, fragte er. »Schließlich gilt er bei der Ufa als eine Art ungekrönter König und kennt alle und jeden wie kein Zweiter.«

»Sparen Sie sich das Gerede«, fuhr Alexander ihm ins Wort. »Sie wissen so gut wie ich, dass mich eher Reichskanzler Cuno oder einer der anderen Hampelmänner aus dem Reichstag auf meinem Weg unterstützen würde als mein eigener Vater.«

Reichskanzler Cuno würde nicht mehr lange Reichskanzler Cuno bleiben, dachte Stiller. Der Unmut gegen ihn wurde immer lauter, man legte ihm das wirtschaftliche Elend ebenso zur Last wie die Besetzung des Ruhrgebiets, in dem sich die Lage stündlich zuspitzte. Aber die »Hampelmänner im Reichstag« waren demokratisch gewählte Hampelmänner, und der Ton, in dem Alexander von ihnen sprach, missfiel ihm. Der Junge hatte ein Jahr in München gelebt, wo die gefährlichste, republikfeindlichste Bewegung überhaupt ihr Unwesen trieb.

Stiller konnte nur hoffen, dass er sich von dort nichts aufgeschnappt hatte. Junge Männer wie Alexander, die sich herumgestoßen und von niemandem gewollt fühlten, mochten dafür anfälliger sein als alle anderen. Wenn man sich sonst niemandem zugehörig fühlte, gehörte man eben zu einem Rudel Mörder, und wenn man nichts hatte, auf das man stolz sein konnte, war man eben stolz auf das eigene Geburtsland.

Ohnehin machte ihm dieser neue Alexander Angst. Er hatte ihn bisher für nicht mehr als ein Anhängsel, einen verlängerten Arm von Charlene gehalten, der er willfährig gehorchte, um doch noch ihre Liebe oder zumindest ihre Anerkennung zu erringen. Der Alexander, der jetzt vor ihm stand, verfolgte hingegen seine eigenen Pläne und war entschlossen, sich nicht unterbuttern zu lassen.

»Ihr Vater ist durch und durch ein Mann des Films«, versuchte er, sich auf ungefährliches Gelände zu retten. »Ich bin überzeugt, dass er das Gelingen eines Films grundsätzlich über persönliche Animositäten stellen würde. Wenn er der Ansicht ist, dass Sie für ein Projekt der beste Mann sind, dann wird er Sie auch dafür einstellen.«

Im Fall von Ariane war das allerdings nicht der Fall gewesen, überlegte Stiller. Nie zuvor hatte er Benno dermaßen gekränkt und außer sich erlebt wie beim Auszug seiner Tochter. Aber was verstand er denn schon von den geheimnisvollen Phänomenen, die sich zwischen Eltern und ihren Kindern abspielten? Er hatte ja keine. Und dass er selbst eines gewesen war, war Lichtjahre her.

»Er stellt mich nicht ein«, sagte Alexander. »Und jetzt beenden wir das Gespräch über meinen Vater und reden über Sie. Sie werden mich nicht abweisen, Stiller. Ich weiß von etwas, das Sie wissen wollen, von dem Sie aber ganz und gar nicht wollen, dass es an die Presse gerät. Schon gar nicht jetzt, wo Sie alles tun, um das Interesse der Paramount an Ihrem Film nicht zu verlieren. Vergessen Sie nicht: Nach dem Skandal um diesen Schauspieler Fatty Arbuckle und seine sittenlosen

Freunde ist Hollywood wie besessen darauf bedacht, den Ruf als Sündenpfuhl loszuwerden, und gebärdet sich moralischer als der Papst.«

»Ich glaube, besonders moralisch haben sich Päpste im Lauf der Geschichte nie gebärdet«, sagte Stiller und schämte sich gleich darauf für den hilflosen Witz.

»Mich interessieren keine Päpste«, kam es prompt von Alexander. »Aber Sie würde es ganz sicher interessieren, wenn die Presse Ihren Namen durch den Schlamm zieht und einen Skandal publik macht, nach dem Hollywood Sie nicht mal mehr mit der Kneifzange anfasst.«

Zu Stillers Erschrecken traf er damit ins Schwarze. Nachdem er drei Jahre lang geglaubt hatte, ihn könne nichts mehr kratzen, packte ihn die Angst um seinen Film mit ungeahnter Kraft. Alexander bluffte nämlich nicht: Fatty Arbuckle, der bei der Paramount unter Vertrag und einer ihrer größten Stars gewesen war, hatte eine junge Schauspielerin zu sich eingeladen, die unter mysteriösen Umständen gestorben war. Arbuckle wurde wegen Vergewaltigung und wegen Mordes angeklagt, und trotz seines Freispruchs war das der Todesstoß für seine Karriere gewesen. Geredet wurde nicht über den Freispruch, sondern über die haltlosen Sexabenteuer, in die der Kreis um ihn sich angeblich gestürzt hatte, und das Ergebnis war, wie Alexander gesagt hatte: Den Mann fasste in Hollywood niemand mehr mit der Kneifzange an.

Aber er selbst war kein Hollywoodstar, sondern nur ein kleiner deutscher Filmemacher. Stiller zwang sich, Atem zu holen und die Ruhe zu bewahren. Noch wusste er nicht einmal, was Alexander gegen ihn verwenden wollte, und es gab keinen Grund, die Sache zu dramatisieren. »In diesem Land verhungern Kinder«, sagte er. »Politiker werden auf offener Straße erschossen, und ein fanatischer Antidemokrat namens Hitler droht damit, auf Berlin zu marschieren wie Mussolini auf Rom.

Glauben Sie wirklich, dass nach den Skandalgeschichtchen eines nur Eingeweihten bekannten Filmfritzen auch nur ein Hahn kräht?«

»Sie sind schon lange kein ›nur Eingeweihten bekannter Filmfritze‹ mehr«, konterte Alexander prompt und klopfte auf das Titelblatt mit Stillers Konterfei. »Und das mit Hitler ist übrigens nicht wahr. Das sind auch so Gerüchte, die die Presse aufbauscht, aber er selbst hat gerade erst der *Chicago Tribune* ein Interview gegeben und darin erklärt, dass er natürlich nie die Absicht hatte, die Regierung in Berlin zu stürzen. Ja, er bekämpft den Bolschewismus, ja, er bekämpft die Unordnung, mit der unser Land ins Elend geführt wird, aber alles andere sind nichts als Verleumdungen linksgerichteter Sensationsreporter.«

Stiller wusste, er hätte darauf eingehen müssen. Jemand hätte seit Langem darauf eingehen, hätte mit Jungen wie Alexander, die den Halt verloren hatten, reden müssen, aber er brachte die Kraft und die Nerven dazu nicht auf. Er wollte, dass Alexander ging, dass er von seinem Film die Finger ließ, seine Zähne in irgendetwas anderes grub. »Darüber sprechen wir vielleicht bei anderer Gelegenheit«, sagte er vorsichtig. »Ich habe heute Abend noch zu arbeiten, und wie meine Wirtin über späten Besuch denkt, haben Sie ja mitbekommen.«

»Keine Sorge, Sie sind mich gleich los«, sagte Alexander. »Wir brauchen eigentlich nur unsere Vereinbarung zu besiegeln, am besten gleich durch einen kleinen, formlosen Vertrag, dann mache ich mich auf den Weg, und Sie sehen mich erst wieder, wenn die Arbeiten zu ›Hinkemann‹ beginnen. Höchstens noch bei der Feier, die der amerikanische Botschafter für die Paramount-Leute gibt. Aber bis dann ist es ja noch ein bisschen hin.«

»Alexander …«, begann Stiller, doch sein Gegenüber schüttelte den Kopf.

»Umstimmen lasse ich mich nicht. Sie haben die Wahl: Entweder die Presse erfährt in den nächsten Wochen, was ich weiß, was Ihnen aber offenbar unbekannt ist – oder wir beide machen zusammen einen Film.«

»Alexander«, setzte Stiller mit der Heftigkeit wachsender Verzweiflung noch einmal an. »Wenn Ihr Vater Sie nicht beschäftigen will, wenn ich Sie nicht beschäftigen will, dann geschieht das doch nicht aus Bosheit oder Antipathie. Ich habe so manchen in meinem Stab, mit dem ich mich nicht für Geld und gute Worte an einen Biertisch setzen würde, aber ich weiß, dass er der Beste für meinen Film ist. Wenn Ihr Vater und ich das von Ihnen nicht glauben – ist es nicht möglich, dass wir gute Gründe dafür haben?«

Alexander sprang auf und warf die Zeitschrift zu Boden. Als stünde eine Absicht dahinter, blieb sie bei einer Porträtaufnahme von Ariane aufgeschlagen liegen. »Was wollen Sie damit sagen? Dass ich ein Idiot bin?«

»Nein, Alexander. Dass Sie noch lernen müssen.«

»Im Gegensatz zu Ihnen habe ich eine Ausbildung absolviert! Ich war auf der einzigen renommierten Filmschule des Landes!«

»Das ist sicher ein guter Anfang, aber Sie werden es uns trotzdem beweisen müssen«, sagte Stiller. »Sehen Sie Ihre Schwester an: Sie hat sich geduldig durch etliche Komparsenrollen gequält, für die sie eigentlich viel zu gut war, aber sie hat mit jeder Partie Erfahrung gesammelt. Und sehen Sie sie jetzt an. Ihr Borgia-Film ist ein Triumph, und Richard Oswald wird ohne Zweifel mit ihr weitermachen …«

Er hielt inne und hätte sich um ein Haar mit der Hand vor die Stirn geschlagen. Als hätte ihm jemand einen Schleier von den Augen gezogen, sah er die Lösung eines seiner Hauptprobleme vor sich. »Ich brauche Ihre Schwester für meinen Film«, stieß er hervor. »Sie muss meine Grete spielen. Sie ist wie dafür geschaffen.«

»Soll das heißen, Sie wollen zwar mich nicht, aber meine Schwester?«

Stiller fuhr zusammen und hätte sich ohrfeigen wollen. Wie idiotisch konnte ein einzelner Mann eigentlich sein? »Es ist Zufall«, beteuerte er lahm. »Und ich habe nicht gesagt, dass ich Sie nicht haben will. Ich will Sie *jetzt* nicht, nicht für diesen Film, und ich will Sie dazu bringen, an sich selbst zu glauben. Wenn Sie so überzeugt davon sind, dass Sie zum Regisseur geboren sind, dann haben Sie es nicht nötig, einen von uns zu erpressen, Alexander. Zeigen Sie uns, was Sie können, und zeigen Sie uns vor allem, dass es Ihnen nicht um irgendwelche persönlichen Verletzungen geht, sondern allein um Ihre Liebe zum Film. Wenn Sie mir das glaubhaft machen können, dann helfe ich Ihnen, das verspreche ich.«

Glaube ich eigentlich, was ich da rede?, fragte er sich. *Geht es nicht bei uns allen um persönliche Verletzungen, die wir nicht aufarbeiten können und aus denen wir nicht herauswachsen?*

»Mit Ihrer Schwester hat das nichts zu tun«, fuhr er fort. »Sie passt in die Rolle, ich hätte viel früher an sie denken sollen.«

Alexanders Augen waren schmal vor Zorn. »Vielleicht hätten Sie früher an so manches denken sollen. Zum Beispiel an die Spielchen, die Sie mit meiner verstoßenen Cousine Elisabeth Adler, Rufname Lilly, getrieben haben. Dass Sie ein verheirateter Mann sind, dürfte zu den offensten Geheimnissen der Stadt gehören, Stiller. Auch wenn Sie sich noch so sehr nach Junggesellenart in Ihrer Dachkammer verschanzen.«

Lilly.

Er hätte es wissen müssen, und er hatte es gewusst.

Sie durfte auf keinen Fall in etwas, das ihn betraf, hineingezogen werden. Das musste er um jeden Preis verhindern, denn er hatte es ihr versprochen. Es war das Einzige gewesen, was er noch für sie hatte tun dürfen: *Verschwinde aus meinem Leben und tauche nicht noch einmal darin auf.*

Er hatte sich daran gehalten. Nicht ganz, denn in den allerersten Wochen, als der Schmerz des Verlustes noch roh und wild und unerträglich gewesen war, hatte er sich nicht beherrschen können, ihr zu schreiben. Er hatte sie angebettelt, ihn erklären zu lassen, wofür es keine Erklärung gab. Als jedoch keine Antwort kam, hatte er begriffen, dass er verloren hatte, und aufgegeben.

»Lilly kann nichts dafür«, murmelte er.

»In der Tat nicht«, erwiderte Alexander. »Aber Sie.«

Es wäre so einfach gewesen. Er hätte nichts als Ja sagen, Alexander Adler pro forma in seinen Stab aufnehmen und ihm irgendetwas zu tun geben müssen. Vermutlich war der Junge ja harmlos, vermutlich träumte er einfach nur von ein bisschen Anerkennung, würde an dem Film keinen Schaden anrichten und Lilly daraufhin in Ruhe lassen.

Das Ja lag Stiller auf der Zunge.

Aber er wusste, er durfte es nicht aussprechen.

»Ich kann das nicht tun, Alexander«, sagte er. »Ich habe für General Ludendorff gearbeitet und erlebt, was für ein mächtiges Instrument der Film ist und welche Zerstörung er in den falschen Händen bewirken kann. Ich darf mich nicht erpressen lassen – weder von Ludendorff oder Hugenberg noch von Ihnen. Wenn ich dem nicht standhalte, kann ich keine Filme mehr machen, und wenn Sie selbst Filme lieben, wie Sie sagen, dann verstehen Sie das. Verdienen Sie sich Ihre Sporen. Machen Sie es unmöglich für mich, Sie nicht zu engagieren, weil Sie so gut sind, und nicht, weil Sie einen Druck auf mich ausüben, dem ich mich nicht beugen darf.«

»Und wenn ich es satthabe?«, rief Alexander. »Wenn ich Ihnen nicht glaube? Sie wollen mich loswerden, wie mein Vater mich immer hat loswerden wollen, Sie sehen sich das, was ich kann, doch nicht einmal an.«

»Sie haben recht«, gab Stiller zu. »Es tut mir leid, Alexander. Ich verspreche, ich werde es mir ansehen. Versprechen Sie mir dafür im Gegenzug, den geraden Weg zu gehen und Ihrem Talent zu vertrauen.«

»Dafür ist es zu spät.« Seine Augen kamen Stiller glasig vor, und in seiner Stimme schwang mehr Enttäuschung mit als Zorn. »Darauf, dass wenigstens Sie mir irgendwann eine ehrliche Chance einräumen würden, habe ich zu lange gehofft. Jetzt mache ich Nägel mit Köpfen. Sie geben mir heute Abend meinen Vertrag, oder die Presse erfährt morgen von dem üblen Spiel, das Sie mit meinem armen Cousinchen getrieben haben.«

»Wem wollen Sie das denn beweisen?«, fuhr Stiller auf. »Selbst wenn das, was Sie behaupten, die Wahrheit wäre, wäre es Jahre her, und es gäbe keine Fotos, keine Zeugen. Welche Zeitung soll Ihnen das denn abkaufen?«

»Fotos gibt es durchaus«, erwiderte Alexander. »Der Beweis stampft nämlich auf seinen zwei Beinen munter durch die Friedrichstraße, und als hätte das arme Ding nicht schon genug zu leiden, hat es Ihre Hakennase geerbt.«

Wenn in einem Film ein Darsteller erstarrte, war Stiller das immer als eine Überzeichnung erschienen, etwas, das nie ganz glaubhaft gelang. Jetzt aber spürte er, wie sein eigener Körper versteinerte, und um nichts in der Welt hätte er ein Glied rühren können.

»Was wollen Sie damit sagen?«

War das die dümmste Frage der Welt, stellte man sie nur, wenn man die Antwort bereits allzu gut kannte?

»Was ich damit sagen will?« Alexander Adler warf den Kopf in den Nacken, als wollte er so diabolisch lachen wie ein Bösewicht im Film. »Ich will damit sagen, dass Ihre Freunde aus Hollywood es bestimmt nicht erwarten können, Ihren Nachwuchs kennenzulernen. Ihre Tochter, Herr Stiller. Die kleine Thalia Adler, die Ihnen wie aus dem Gesicht geschnitten ist.«

34

Charlene

September 1923

Die Villa Bleichröder, die die vor Kurzem wiedereröffnete amerikanische Botschaft in Berlin beherbergte, war ein schneeweiß verputzter quaderförmiger Bau, dessen Vordach von Säulen getragen wurde. Es war nicht wirklich eine Villa, sondern eine Art Lustschloss, in dem die Crème de la Crème der Zwanzigerjahre sich fernab von der Not ihrer Zeit amüsierte wie die Privilegierten früherer Epochen. Nur waren die hierher geladenen Gäste nicht länger Abkömmlinge uralter Adelsfamilien, sondern die modernen Prinzen und Prinzessinnen aus Film und Musik, aus Politik und Wirtschaft, und sie zahlten nicht mit Rang und Namen, sondern mit Goldmark und Devisen.

Die hohen französischen Türen des Gebäudes standen offen und ließen die beschwingte Musik der Jazzkapelle bis hinaus in den Spätsommerabend klingen. Im Garten plätscherte ein Springbrunnen, im Licht von Lampions standen elegant gekleidete Menschen in Gruppen zusammen, und Kellner balancierten im Laufschritt Tabletts mit Champagnerflöten. Die heutige Feier gab Botschafter Houghton, um die Abordnung von der Paramount Pictures aus Los Angeles in Berlin willkommen zu heißen. Einladungen zu diesem Ereignis ergingen ausschließlich an eine exklusive Liste von Gästen und gehörten bereits seit Anfang Juni des Jahres – neben Dollarscheinen – zu den begehrtesten bedruckten Papieren der Hauptstadt. Jede einzelne wurde am Eingang von einem Mann in Livree streng kontrolliert.

Die Leute aus Hollywood kamen her, um sich die Kinos der Ufa anzusehen, in deren Verleih sie möglichst viele ihrer Filme bringen wollten. Sie kamen auch her, um sich nach deutschen Filmen umzutun, die sich dazu eigneten, in ihren eigenen Verleih auf der anderen Seite des Ozeans aufgenommen zu werden. Vor allem aber kamen sie her, um Theo Stiller zu sehen, den neuen Shooting Star Made in Germany, den sie sich einbestellt hatten, um ihn vom Fleck weg aufzukaufen.

An der Seite ihres Mannes, dem der statt einer Weste getragene Kummerbund des Fracks über den Hüften spannte, ging Charlene den Gartenweg hinunter auf das in Licht getauchte Portal zu. Minutenlang versuchte sie, sich auf die Fragen zu konzentrieren, ob sie vor ihrem eigenen Haus ebenfalls ein Säulenportal errichten lassen sollte, ob ein so hohes Paar französischer Türen attraktiv wirken würde und ob sich die dabei entstehende Terrasse bei sommerlichen Gesellschaften zum Tanzen nutzen ließe. Charlene verwendete auf solche Fragen viel Mühe, denn an dem repräsentativen Charakter ihres Hauses war ihr gelegen. Heute aber gelang es ihr nicht, ihre Gedanken zu diesem Thema zu sammeln, denn die ungebärdigen Gedanken kreisten um Theo Stiller.

Dabei war es beileibe nicht so, dass sie in Theo Stiller verliebt gewesen wäre. Verliebt hatte Charlene Durell sich in ihrem Leben nur in einen einzigen Mann. Damals hatte sie noch Carla

Düffel geheißen und zwischen schimmeligen Wänden hinter der Wäscherei ihrer Eltern gewohnt, aber das hatte Crispin zu Köcker, den Erben eines Gutsherrn, nicht davon abgehalten, ihr einen Heiratsantrag zu machen. Charlene hatte ihm einen Korb gegeben und sich mit allem, was sie besaß – ihrer Schönheit, ihrer Jugend, ihrem Talent – in die Filmwelt gestürzt, an die damals noch kein Mensch glaubte. Und sie hatte Benno Adler geliebt.

Der hatte für sie kaum einen Blick gehabt, denn er war blind vor Liebe für die Mimose Anita gewesen, die sich in Gewimmer über ihre Armut erging und sich noch nie in ihrem Leben ein paar Strümpfe selbst ausgewaschen hatte. Anita zog Benno hinunter in ihren Sumpf, und Charlene richtete ihn wieder auf. Dank erhielt sie dafür keinen, doch als Anita ihn sitzen ließ, weil sie es nicht länger ertrug, »eine Bettlerin zu sein«, landete er in ihrem Bett. Die gesamte Nacht hindurch weinte er um eine andere, derweil sie auf seinen Lenden saß und ihn mit einem Akt der Leidenschaft nach dem anderen zu trösten suchte. Als sie ihm sagte, dass sie schwanger war, ging er mit ihr aufs Standesamt in Kreuzberg, und von dem Tag an hörte er praktisch auf, sie wahrzunehmen.

Wenn sie ehrlich war, hatte er sie auch vorher kaum wahrgenommen, aber jetzt wurde er zur Mauer, an der sie sich die Stirn einrannte. In dem Bett, das sie teilen mussten, weil ihre Kammer so eng war, wandte er ihr den Rücken zu. Sie schlief sich einmal quer durch die klägliche Versammlung damaliger Filmschaffender, und er zuckte nicht einmal mit der Wimper. Am meisten schmerzte sie jedoch, dass er auch ihre Kinder nicht wahrnahm, dass er die bildhübschen Zwillinge, die sie ihm geschenkt hatte, behandelte, als wären sie – die Kinder der falschen Frau – ohne Wert.

So verloren sie ihren Wert auch für Charlene.

Dass er viel später sein Herz für Ariane entdeckte, rettete nichts mehr, sondern machte ihr nur ihre Tochter verhasst. Dass sie sich noch einmal in einen Mann verlieben würde, war zu diesem Zeitpunkt bereits ausgeschlossen.

Warum Frauen so etwas taten, warum sie selbst eine dieser Frauen gewesen war, würde für sie ein bis ans Lebensende ungelöstes Rätsel bleiben. Hätten die Scharen von Frauen sich stattdessen in Kakerlaken verliebt, wären sie nicht wesentlich schlechter bedient gewesen.

Der formidable Theodor allerdings hatte mit einer Kakerlake wenig gemein. Er hatte Klasse, das konnte Charlene ihm nicht absprechen, und von dem Wirbelsturm aus Reportern, Geldgebern, Speichelleckern und Kritikern, die beständig um Babelsberg herumtanzten, blieb er vollkommen unberührt. Er war er selbst, und das hatte etwas ungeheuer Anziehendes. Der Anzug zum Beispiel, in dem er sich auf der Feier der amerikanischen Botschaft sehen ließ, wirkte einerseits, als hätte er ihn bei einem Altkleiderhändler aufgelesen, und andererseits, als riefe er damit noch heute Nacht einen neuen Modetrend ins Leben. Verbeulten Tweed konnten nur wenige Männer tragen, und in seinem Alter besaß so gut wie keiner das Format dazu.

Aber das war es nicht, was Charlene wild auf ihn machte, so wild, dass sein Bild mit diesen verstörend brennenden Augen Tag und Nacht ihre Gedanken beherrschte.

Es war sein Filmverstand. Die Tatsache, dass er mit geradezu schlafwandlerischer Sicherheit nach Stoffen griff, die den Nerv der Zeit trafen, die die Kinos wie die Filmkritikspalten füllten und zum Stadtgespräch in Bars, Clubs und Kneipen wurden, in denen die Leute Waschkörbe voller Geldscheine für einen Cocktail mit gezuckertem Glasrand hinblätterten.

Der formidable Theodor war ein gottverfluchter Zauberkünstler, der die Magie des 20. Jahrhunderts beherrschte: die Magie der großen Leinwand, der Charlene verfallen war.

Diese Feier zu Ehren der Besucher aus Hollywood, bei der ein Büfett aufgefahren wurde, wie Berlin es seit Beginn der Inflation nicht gesehen hatte, war in Wahrheit eine Feier zu Ehren von Theo Stiller. Er hatte das traurige kleine Drama eines abgerissenen Möchtegern-Revolutionärs in seinen Hut gestopft, Abrakadabra geflüstert und ein glitzerndes Juwel herausgezogen, dessen Anziehungskraft bis nach Los Angeles reichte.

Los Angeles.

Stadt der Sterne.

Ihr Leben hatte Charlene sämtlicher Träume beraubt, aber dieser war nicht totzukriegen: Sie wollte einmal dorthin. Nicht als schüchterne Reisende, sondern als gefeierter Star.

Auf die Rolle, die dazu nötig war, hatte sie ein Vierteljahrhundert lang gewartet und war doch stets zur falschen Zeit am falschen Ort gewesen. Nun aber hatte Theo Stiller ihr diese Rolle auf den Leib geschrieben: Grete, die tragische Heldin des Films, die von allen verurteilt wurde und doch nichts weiter gewollt hatte, als ihr eigenes Leben leben – das war sie.

Dass er ihr die Rolle nicht anbot, dass er ihr überhaupt keine Rollen mehr anbot, war sie inzwischen ja gewohnt. Vielleicht hatte sie damals, als er so furchtbar jung und so furchtbar bedürftig gewesen war, seinen zarten Stolz verletzt, weil sie sich nicht in ihn verlieben konnte, oder er machte sie zum Opfer, weil er sich mit Benno zerstritten hatte. Möglich war auch, dass er schlicht wie die meisten Männer Dinge tat, die kein Mensch verstand. Doch was auch immer der Grund war: Charlene würde sich dieses Mal nicht damit abfinden. Die Rolle der Grete gehörte ihr, und die Feier, auf der das Konzept den Geldgebern der Paramount vorgestellt wurde, war die Gelegenheit, um das klarzustellen.

Eine offizielle Besetzungsliste gab es noch nicht, doch zum Ausgleich kursierten umso mehr Gerüchte. Hermann

Mardus, dem Stiller mit seinem »Cornet« zu Ruhm verholfen hatte, spielte den Hinkemann, so viel stand fest. Der schöne, ein wenig dämonische Ernst Deutsch kam als Gretes Liebhaber infrage, doch es waren auch andere im Gespräch, und für die Grete selbst waren bestimmt zwei Dutzend Namen genannt und sämtlich wieder verworfen worden.

Genau aus diesem Grund würde der formidable Theodor, der in seinem hübsch-hässlichen Anzug von amerikanischen Würdenträgern und ihren schmachtenden Gattinnen umringt im Foyer stand, sich auch nicht lange bitten lassen. Wenn es um Filme ging, spielten sein Stolz und seine Befindlichkeit die zweite Geige. Er hatte noch keine Darstellerin für seine Grete gefunden, weil er im Grunde selbst wusste, dass es nur eine gab.

Charlene Adler-Durell.

Und falls Stiller sich wider Erwarten doch stur stellte, hatte sie immer noch Alexander in der Hinterhand. Ihr braver kleiner Zinnsoldat hatte mehr als genug Dreck aufgewühlt, um den formidablen Theodor gefügig zu machen, und er war instruiert, sich für den Fall der Fälle bereitzuhalten.

Sie hatte so sehr darauf gehofft, das, was nun geschehen würde, als blühende junge Frau zu erleben und nicht jetzt, wo die kurze Flamme des Ruhms gleich wieder erloschen sein würde, die Süße bitter schmeckte und nach dem kalten Rauch am Morgen nach einem Fest roch. Aber sie würde es erleben. Es würde kein Rausch des Glücks sein, der einen Weg in ein erfülltes Leben vor ihr ausbreitete, aber doch ein Triumph über die, die diesen Weg für sie zerstört hatten.

Anita von Struck und Benno Adler.

Allen, die über Charlene Durell gespottet hatten, würde das Lachen im Hals stecken bleiben.

»Gehst du gleich zum Büfett?«, fragte sie ihren Mann, nachdem sie sich im Vorbeigehen ein Glas Champagner von einem Tablett gefischt hatte. »Dass du tanzen willst oder anderweitig

Wert auf meine Begleitung legst, ist ja wohl nicht anzunehmen, oder?«

»Um mich zu amüsieren, bin ich nicht hergekommen«, antwortete Benno. »Ich habe mit ein paar Leuten Geschäftliches zu besprechen, danach fahre ich nach Hause. Du mach, was du willst. Ich kann Berthold mit dem Wagen zurückschicken, oder du lässt dir eine Kraftdroschke rufen.«

»Kraftdroschke sagt man nicht mehr«, konnte Charlene sich nicht zu erwidern verkneifen. »Heute heißt es Taxe.«

Benno aber hörte sie schon nicht mehr, sondern hatte sich von ihr gelöst und strebte auf zwei grauhaarige Männer zu, deren Fräcke ebenso glänzten wie der seine. Von hinten sah er noch immer bemerkenswert gut aus – ein schöner Mann der Kaiserzeit samt Leibesfülle, Schmachtlocken und romantisch verhangenen Augen. Stiller dagegen war der moderne Typ – der rastlose, hungrige, dessen Seele ein Rätsel blieb.

Charlene wollte sich umdrehen und geradewegs auf ihn zugehen, doch er war verschwunden. Die Amerikaner, die ihn umringt und in Salven auf ihn eingeredet hatten, standen noch an derselben Stelle im Kreis, aber ihr Mittelpunkt war fort.

Entschlossen gesellte Charlene sich zu der Gruppe. Verständigungsschwierigkeiten würde sie nicht haben, denn ihr Englisch war exzellent. Anders als Benno hatte sie Jahre darauf verwendet, es zu erlernen. In einem stattlichen Mann mit spärlichem Haarwuchs erkannte sie Alanson Houghton, den Botschafter, dem seine ziemlich hausbackene Frau am Arm hing. Alex Grau von der Ufa drängte sich neben sie, und der hochgewachsene Mann an seiner anderen Seite musste Fotografien nach Thomas Spencer sein, der die Abordnung der Paramount anführte. Spencer war ein unabhängiger Produzent gewesen, bis einem Geschäftsführer der großen Gesellschaft sein einzigartiger Blick für Talente aufgefallen war und er ihn vom Fleck weg angeheuert hatte. Sich mit ihm schon einmal bekannt zu machen, würde in jedem Fall von Nutzen sein.

»*It is such a relief that the fighting in the Ruhr has finally ended*«, sagte Houghton gerade zu ihm, und Charlene stöhnte innerlich auf. Ständig und überall musste man sich durch die öden Erörterungen über Politik kämpfen, ehe man zum Wesentlichen kommen konnte. Würden Männer niemals begreifen, dass Politik ein Spiel war, das an nichts etwas änderte, dass auch die Demokratie ihnen nichts als uralten Wein in neuen Schläuchen servierte? Über das Ende des Widerstands an der Ruhr, das der neue Kanzler Stresemann angeordnet hatte, hatte Charlene bestimmt schon ein Dutzend langweilige Gespräche verfolgt. Wie viele neue Kanzler hatte es seit Gründung dieser Republik eigentlich schon gegeben? Und hatte einer von ihnen etwas verändert? Dieser Stresemann wollte den ruinösen Ruhrkampf beenden und Maßnahmen zur Stabilisierung der Währung treffen, aber auch er würde sich nicht lange halten.

»Wir hatten schon Angst, Sie würden gar nicht kommen«, quietschte die Frau des Botschafters in amerikanisch verschliffenem Englisch. »Der Widerstand an der Ruhr, die Hitler-Leute, die die Schlacht von Sedan feiern und vom Umsturz schwafeln – das alles ist Deutschlands Ruf im Ausland ja nicht gerade zuträglich.«

»Aber an der Verbesserung dieses Rufs wollen wir ja arbeiten, gnädige Frau«, erwiderte Spencer, der Paramount-Mann, charmant. »Nichts ist besser geeignet als die Kinoleinwand, um den Leuten bei uns drüben zu zeigen, dass Schreihälse wie dieser Hitler nicht Deutschland sind. Dass in Deutschland ein ganz neuer Wind weht. Theo Stiller ist genau der richtige Mann dafür, so wie Gustav Stresemann der richtige Mann für die Republik ist.«

Botschafter Houghton nickte. »Seit Stresemanns Ernennung und der Bildung der Großen Koalition sind wir alle sehr zuversichtlich. Es wird jetzt aufwärtsgehen, und wir Amerikaner werden im Interesse des Weltfriedens helfen, den deutschen Karren aus dem Dreck zu ziehen. Die italienischen Faschisten haben gedroht, den Völkerbund zu verlassen. Dass Deutschland in eine solche Richtung gedrängt wird, weil es die wirtschaftliche Lage nicht in den Griff bekommt, dürfen wir nicht riskieren.«

»Das wird nicht geschehen, *your Excellency.*« Der Paramount-Mann hatte ein äußerst gewinnendes Lächeln, auch wenn sein Geschwafel Charlene langweilte. »Mit der Berufung von Charles Dawes in die alliierte Reparationskommission ist ein guter Schritt getan worden, denke ich. Jetzt, wo Deutschland in der Ruhrfrage einlenkt, wird man mit seiner Hilfe einen Plan ausarbeiten können, der es dem Land ermöglicht, seinen Verpflichtungen an Frankreich und Belgien nachzukommen und dennoch wirtschaftlich Boden zu gewinnen.«

»Die Vereinigten Staaten sind ja durchaus bereit, mit Anleihen auszuhelfen«, stimmte der Botschafter ihm zu. »Und gerade um das durchzusetzen, brauchen wir Imagepflege, wie Sie sie betreiben, mein bester Thomas.«

Wie lange würde dieses Palaver noch dauern? Charlene trank Champagner, trat von einem Fuß auf den anderen und wartete auf eine Gesprächspause, die sie ausnutzen konnte. Aus nicht leicht erklärlichen Gründen kam sie sich vor, als warte sie auf die Gelegenheit, eine Bombe zu zünden, bevor sie ihr in der Tasche explodierte.

»Sie haben recht, mit Stillers neuem Film haben Sie eine ausgezeichnete Wahl getroffen«, fuhr der Botschafter fort.

»Unbedingt. Wenn ich bisher nicht überzeugt gewesen wäre, so hätten seine Ausführungen eben die letzten Zweifel beseitigt. Der Mann hat eine Vision und brennt dafür, und das ist mir wichtiger als ein bis ins Kleinste ausgefeiltes Drehbuch. Jetzt kann ich es allerdings kaum erwarten, seine Hauptdarstellerin kennenzulernen. Ich hoffe, die Dame trifft bald ein.«

»Die Dame ist schon hier«, sprang Charlene auf den Zug, ehe er ihr davonfuhr. »Sie gestatten, dass ich mich vorstelle? Charlene Adler-Durell. Mein Mann und ich gehören zu den Gründern der Ufa und dürfen uns rühmen, Theodor Stiller sozusagen entdeckt zu haben. Meine eigene Arbeit ist in den Vereinigten Staaten noch nicht sehr bekannt, fürchte ich, aber gerade das wollen wir ja gemeinsam ändern.« Zufrieden hielt Charlene inne und genoss die Wirkung ihrer Worte. Die jahrelange Mühe mit den Englischstunden hatte sich wirklich gelohnt, die Sprache floss ihr geschmeidig wie Sahne von der Zunge.

»Sie?« Thomas Spencer wandte sich ihr zu und starrte sie an, als hätte er noch nie eine Frau gesehen. »Sie sind die Darstellerin der Grete, die Herr Stiller uns angekündigt hat?«

»In der Tat, die bin ich.« Charlene lachte kehlig. »Ich hoffe doch, Sie sind mit dem, was Sie geboten bekommen, zufrieden?«

»Ja, ja, natürlich, selbstverständlich, das ist gar keine Frage, *Madame.*« Den Paramount-Mann ließ seine charmante Gewandtheit im Stich. »Es ist nur so …«

»Es ist nur so, dass wir nach Herrn Stillers Ausführungen …«, versuchte der Botschafter, ihm zu Hilfe zu kommen, brach aber ebenfalls ab.

»Was ist *nur so*?«, fragte Charlene mit ahnungslosem Augenaufschlag.

»Nun, nach den Worten von Herrn Stiller hatten wir uns die Grete … wie soll ich sagen … ein wenig jünger vorgestellt«, stammelte Spencer und atmete auf, sobald das heikle Wort ausgesprochen war.

»Das kann ich Ihnen durchaus nachfühlen«, half Charlene ihm mit einem Lächeln aus der Bredouille. »Die Grete ist ja eine Verführerin, ein Vamp, der Männer verschlingt sozusagen, und überdies begeht sie in ihrer unter der schillernden Schale verborgenen Unschuld die Fehler sehr junger Menschen. Ich bitte Sie aber, sich deswegen keine Sorgen zu machen, denn Ihre Zuschauer werden genau diese Grete auch zu sehen bekommen. Wie mein guter Freund Theo Stiller immer sagt: ›Man braucht nicht dick zu sein, um einen Dicken zu spielen.‹ Oder denken Sie nur an Wienes herrlichen Film ›Das Cabinet des Dr. Caligari‹, der ja auch bei Ihnen drüben ein Begriff sein dürfte. Glauben Sie etwa, unser lieber Werner Krauß hat klammheimlich ein paar Morde begangen, weil er sonst nicht in die Rolle des Mörders hätte schlüpfen können?«

Sie lachte, aber niemand stimmte ein. Stattdessen wandten sich die Köpfe von ihr ab und den französischen Türen zu, wo der Türsteher vier neue Gäste in den Saal winkte. Oder nein, nur zwei neue Gäste, denn die beiden Männer, die soeben eintraten, waren zuvor bereits hier gewesen. Der eine war Charlenes Sohn Alexander, der andere Theodor Stiller, und lediglich die Frauen, die von ihnen flankiert in der Mitte gingen, waren neu eingetroffen.

Die eine war groß, beinahe so groß wie Alexander, und statt dieses Manko geschickt zu kaschieren, trug sie einen bombastischen Hut auf viel zu hell gefärbtem Haar. Der Herrenanzug, den sie dazu trug, war nicht neu und betonte noch ihren eckigen Gang. Die andere Frau trug ebenfalls Hosen, jedoch aus weißer Seide, anliegend auf die Hüften geschnitten, um dann an den Beinen weit auseinanderzufließen, dazu ein ebenfalls weißes seidenes Hemd, das mehr sehen ließ, als es verbarg, und einen bunten Schal.

Charlene hatte eigentlich nie begriffen, warum Menschen ihre Tochter Ariane schön fanden. Sie war zu kantig, zu unnahbar, zu wenig weiblich und lockend, selbst für moderne Verhältnisse. Zweifellos hatte sie jedoch etwas an sich, das alle Blicke auf sich zog. Charlene sah, wie die Miene des amerikanischen Gastes sich veränderte, sah jenen Ausdruck der Faszination in seine Züge treten, der einer Frau verriet, dass sie gewonnen hatte, dass sie von dem Mann, der sie auf diese Weise ansah, haben konnte, was immer sie wollte. Als wäre es Absicht, begann die Kapelle nach all dem neuen amerikanischen Gedudel gerade in diesem Moment einen Tango zu spielen, den der Kaiser einst seinen Offizieren verboten hatte, weil er allzu sündig war.

Charlene wurde übel.

Sie musste die Fäuste ballen und die Zähne zusammenbeißen, um nicht loszustürmen und ihren Sohn in der Luft zu zerreißen. Wozu instruierte sie diesen Idioten, wozu hatte sie ihm hundert, wenn nicht tausend Mal unterbreitet, dass von allen gottverfluchten Frauen in dieser gottverfluchten Stadt und darüber hinaus seine Schwester Ariane die Letzte war, die ihr ins Handwerk pfuschen durfte.

»Du hast gehört, dass dein Vater deine Schwester von hier verbannt hat«, hatte sie ihm eingetrichtert. »Du bist mir dafür verantwortlich, dass sie sich daran hält und nicht mehr auftaucht.«

Hatte Alexander den Verstand verloren? Mit Ariane, der komischen Topfhutfreundin und dem formidablen Theodor marschierte er geradewegs auf ihre Gruppe zu. Charlene hatte ihm versprochen, wenn die Sache mit dem »Hinkemann«-Film sauber über die Bühne lief, wenn er sich bereithielt, um im Notfall einzugreifen, würde sie anschließend dafür sorgen, dass er einen Film finanziert bekam. Darüber, wie sie das anstellen sollte, hatte sie sich keine Gedanken gemacht. Sie würde eben anschließend erklären, sie sei untröstlich, doch es habe sich beim besten Willen kein Produzent gefunden. Wichtig war allein der gierige Glanz in Alexanders Augen gewesen. Charlene kannte diesen Glanz und war überzeugt, er würde sicherstellen, dass ihr Sohn sich an ihre Anweisungen hielt.

Noch immer stand sie wie vom Donner gerührt und unfähig, etwas zu tun, weil sie nicht fassen konnte, dass sie sich geirrt hatte.

»*Mr Stiller*«, rief Thomas Spencer sichtlich hingerissen. »*As I can see, you brought us some charming guests.*«

»*I did indeed*«, erwiderte Stiller, als spreche er nie etwas anderes als Englisch. »Ich darf vorstellen – Ariane Adler, von deren Erfolg in Richard Oswalds jüngstem Film Sie vermutlich gehört haben. Sie wird in ›Hinkemann‹ die Grete spielen.«

Konnte man spüren, wie man selbst erbleichte? Als junge Schauspielelevin hatte Charlene geübt, die Erbleichende zu spielen, jetzt aber meinte sie zu fühlen, wie alles Blut aus ihrem Gesicht wich.

»Ich bin hocherfreut, meine Liebe«, bekundete Spencer und beugte sich tief über Arianes Hand. »Wir Amerikaner werden ja häufig der hohlen Schmeichelei bezichtigt, aber ich hoffe, dass Sie mir dennoch glauben, wenn ich Ihnen sage: Hätte mich jemand gefragt, wie ich mir die perfekte Grete vorstelle, so hätte ich Sie beschreiben müssen.«

Ariane lachte dunkel und männlich auf. »Ich fürchte, mein Englisch ist überfordert«, schusterte sie zusammen. »Aber glücklicherweise brauche ich im Film ja nicht zu sprechen.«

Sie lachten alle, bis auf die Frau mit dem unsäglichen Hut, die finster dreinblickte.

»Das ist übrigens Frau Antonie Huber«, sagte Ariane strahlend. »Meine Beraterin, meine Managerin, mein Ein und Alles.«

Wieder folgte Gelächter, wobei Charlene vollkommen entging, was daran komisch sein sollte. *Tu etwas!,* herrschte sie sich selbst an. *Wenn du hier weiter herumstehst und keinen Finger rührst, zieht deine eigene Tochter mit deiner Trophäe davon, und du bist nur noch eine Witzfigur. Dein ganzes Leben lang hast du dir von anderen Frauen wegnehmen lassen, was dir gehört – von*

Anita, von der verdammten Lilly, von Ariane. Soll das denn nie ein Ende haben?

Ehe sie gestatten würde, dass Ariane in diesem Film triumphierte, würde sie diesen Film zerstören.

»Alexander!«, rief sie über das Gelächter hinweg und fuhr in ihrem tadellosen Englisch fort: »Ich denke, du hast uns allen noch etwas mitzuteilen. Vor allem natürlich unseren amerikanischen Freunden. Sie sollten doch wissen, was du über ihren neuen Starregisseur herausgefunden hast, ehe sie einen Vertrag mit ihm unterschreiben und sich womöglich eine Welle von Skandalen an den Hals holen. Das würde schließlich nicht nur der Paramount, sondern auch dem Ruf unseres Landes schaden.«

Alexander, der mit den Übrigen gelacht hatte, als gehöre er dazu, hob den Kopf und begegnete ihrem Blick. Seine Art, sich das Haar frisieren zu lassen, war lächerlich. Er sah aus wie ein Operettentenor der Jahrhundertwende. »Ich habe mich dagegen entschieden, Mutter«, sagte er auf Deutsch. »Ich weiß, dass weder du noch Vater daran glaubt, dass ich Filme machen kann. Ich habe beschlossen, selbst daran zu glauben, denn sonst wird es wohl niemand tun.«

»Was soll das Gefasel?«, fuhr sie ihn an.

»Es ist kein Gefasel«, entgegnete Alexander. »Es ist mein Ernst. Ich will mir im Filmgeschäft meine Chance erkämpfen. Mit meinem Können. Nicht mit Erpressung.«

»Was heißt denn hier Erpressung?«, rief Charlene. Dann zwang sie sich, ins Englische zu wechseln. »Es ist ja wohl deine Pflicht deiner Cousine gegenüber, Herrn Stillers potenzielle Geschäftspartner darüber zu informieren, was er ihr angetan hat.«

Warum nur hatte sie sich die Beweise, die Alexander gesammelt hatte, nicht übergeben lassen, warum hatte sie darauf verzichtet, die Sache selbst in die Hand zu nehmen? Weil sie darauf vertraut hatte, kein Nachhelfen nötig zu haben, sondern ihres Talentes wegen engagiert zu werden? Wie töricht war sie, wie lange konnte sie noch an einer Illusion von ausgleichender Gerechtigkeit festhalten? Hatte ihr Leben sie tatsächlich kein bisschen klüger gemacht?

»Ich denke nicht, dass mich diese Dinge etwas angehen«, erwiderte Alexander. »Ich will Filmregisseur werden, nicht Klatschreporter, und ich bin sicher, Herr Stiller und Fräulein Adler können ihre Angelegenheiten allein regeln. Im Übrigen ist Fräulein Adler als Cousine ja nicht so nah mit mir verwandt, dass mir daraus eine Verpflichtung erwächst, und auf euer Betreiben hin sind wir auch nicht persönlich miteinander bekannt.«

»Als Cousine?«, schrie Charlene. »Als Cousine ist sie nicht nah mit dir verwandt!? Zum Teufel mit der Cousine – diese Lilly ist deine leibliche Schwester, und zwar die, die dein Vater auf der Stelle gegen dich eingetauscht hätte, wenn er sie hätte bei sich haben können!«

Alles schien zu verstummen. Nicht nur das Stimmengewirr und das Klirren der Gläser, sondern auch die Musik. Charlene stand still wie in dem Weihnachtsspiel, in dem sie als Kind das entzückende kleine Dornröschen gespielt hatte. Sie hatte sich an der Nadel gestochen und war erst nach einer kurzen Stille ganz allmählich und gekonnt in den Schlaf gesunken.

Die übrigen standen auch still. So als würde, wenn sie sich wieder regten, ein Jahrhundert vergangen und die Welt eine andere geworden sein.

Lediglich der Türsteher und die Leute draußen bekamen von der Erstarrung im Saal nichts mit. Irgendein kleiner Tumult war auf der Terrasse entstanden, und der Türsteher drehte sich um und strebte mit langen Schritten geradewegs auf den Botschafter zu. »Es tut mir leid, Sie zu stören, *Your Excellency*«, sagte er. »Aber dort draußen steht eine fragwürdige Person mit einer Fotomappe. Ihren Papieren nach heißt sie Elisabeth Adler, sie vertritt irgendein Fotoatelier und behauptet, Sie würden das, was sie in ihrer Mappe hat, unbedingt sehen wollen.«

»Jetzt und hier will ich überhaupt nichts unbedingt sehen«, knurrte der liebenswürdige Botschafter Houghton so unwirsch, wie Charlene es ihm nicht zugetraut hätte. »Schicken Sie sie weg. Wir haben hier bereits Ärger genug.«

»Nein, bitte nicht.« Die metallische Stimme, die durch den Raum schnitt, gehörte Theo Stiller. »Bitte lassen Sie sie ein und erlauben Sie mir, sie Herrn Spencer vorzustellen. Fräulein Adler gehört zum Stab unseres Films. Sie ist meine Regieassistentin.«

Auf Charlene Adler-Durell achtete kein Mensch mehr. Als sie hastig die Halle durchquerte, um durch irgendeinen Seitenausgang dieses gottverfluchte Gebäude zu verlassen, hielt sie den Kopf gesenkt, damit niemand sie erkannte, doch das wäre gar nicht nötig gewesen. Charlene Adler-Durell kannte niemand, und die wenigen, die davon eine Ausnahme bildeten, behandelten sie, als wäre sie gar nicht vorhanden.

35

Lilly

Sie hatten eine Ewigkeit gebraucht, um die Mappe zu erstellen. Sie enthielt Bilder von den faszinierendsten, originellsten Plätzen Berlins, vom Luna-Park bis zur Pfaueninsel, die geradezu dazu einluden, sich dort ablichten zu lassen. Lilly hatte begonnen, die Arbeit mit den Kameras zu hassen, weil sie in ihr eine Sehnsucht nach der Filmwelt weckten, die sie nicht mehr in sich aufkommen lassen wollte. Ohnehin wäre Rose auch ohne sie zurechtgekommen. Sie hatte beim Fotografieren ein echtes Gespür entwickelt, nur leider glaubte sie nicht an ihre Fähigkeit, sondern versuchte, alles Lilly und Paul zuzuschanzen.

»Du weißt doch, dass ich nicht fotografieren kann«, beschwor sie Lilly. »Ich springe nur ein, bis ihr so weit seid, aber im Geschäft will der Vater nur Paul und dich haben.«

»Mich will er höchstens noch als Aushilfe«, widersprach Lilly. »Und Paul wird Historiker, auch wenn der arme Kerl alles versucht, um sich in sein Schicksal zu fügen. Die am besten geeignete Erbin wärst du.«

Rose hatte verlegen aufgelacht und abgewinkt. »Ich bin zur Hausfrau geboren, das weißt du doch. Und Arndt braucht mich ja auch drüben bei sich.«

Arndt kam viel besser zurecht als erwartet, aber Rose wollte nichts weiter davon hören. Sie konzentrierte sich darauf, die Mappe mit den Fotos ansprechend zu gestalten, und als sie endlich fertig war, zog Lilly los, um sie den Amerikanern in der Botschaft vorzustellen. An ihrem Finger prangte der Verlobungsring, den Walther ihr geschenkt hatte, aus Gelbgold mit einem rautenförmigen Lapislazuli.

»Es ist nur ein Halbedelstein, ich weiß«, hatte er gesagt. »Auch bei uns wird die Lage schwieriger, und wir müssen unser Geld zusammenhalten. Aber wir haben noch immer mehr Aufträge, als wir bewältigen können, und eines Tages bekommst du einen Diamanten von mir, das verspreche ich dir.«

Und das ausgerechnet von Walther, der für derlei Statussymbole des Kapitalismus nur Verachtung übrig hatte. Es hatte Lilly zutiefst berührt, ebenso wie seine Freude, als sie ihm gesagt hatte, dass sie seinen Antrag annehmen werde. Sie fühlte sich noch immer schuldig, weil sie ihn nicht aus Liebe heiraten würde, wie er es verdiente. Sie sagte Ja zu ihm, weil sie erschöpft war, weil die Schatten ihrer Vergangenheit ihr im Nacken saßen, weil sie nachts aus Albträumen aufschreckte, in denen man ihr Thali wegnahm. Ihr Vater hatte recht: Thali war noch viel zu klein, um die Umstände ihrer Entstehung zu begreifen und zu verkraften. Sie brauchte klare Verhältnisse, und ihr geliebter »Tati« war geeignet, sie ihr zu geben.

Lilly log Thali nicht an. Sie log auch Walther nicht an. Aber sie erlaubte beiden, für den Augenblick zu glauben, was ihnen guttat.

»Ich weiß, dass dir bei meinem Anblick nicht das Herz schneller schlägt«, hatte Walther gesagt. »Vielleicht ist das ja gar nicht möglich, wenn ein Mädchen einen Mann schon so lange kennt. Aber ich weiß auch, dass ich alles drangeben werde, um dir und Thali ein gutes Leben zu bieten, und eine Freundschaft wie die unsere ist dafür womöglich eine bessere Basis als große Schwärmerei. Als meine Eltern geheiratet haben, hat kein Mensch danach gefragt, ob sie heiß und innig verliebt waren, und dennoch sind sie ihr Leben lang gut miteinander ausgekommen.«

Es gab Tage, an denen Lilly überzeugt war, dass er recht hatte. Sie fühlte sich geborgen und sicher bei ihm, sie war ihm dankbar, weil er Thali so viel Liebe schenkte, und sie wusste, dass sie sich in jeder Lebenslage auf ihn verlassen konnte. War es nicht das, was sie brauchte? Der wilden, leidenschaftlichen Glückseligkeit in Stillers Armen war ein Sturz ins Bodenlose gefolgt, und den Schmerz würde sie womöglich ihr Leben lang spüren. Waren die paar himmlischen Nächte das wert gewesen, hätte sie einen solchen Preis noch einmal zahlen wollen?

Heftig schüttelte sie sich. An die ersten Wochen nach ihrem Bruch mit Stiller durfte sie kaum denken, die Wunde klaffte noch immer offen und brannte, wenn sie daran rührte. An Walthers Seite brauchte sie einen solchen Sturz aus höchster Höhe nicht zu fürchten, und die wilde Leidenschaft der Nächte hätte sich mit der Zeit vermutlich sowieso gelegt.

Aber jene Leidenschaft war ja gar nicht alles, was sie aus den Tagen mit Stiller vermisste. Es war jene seltsame Verbundenheit gewesen, jener Gleichtakt der Gedanken, der für Augenblicke die Einsamkeit überwand. Lilly hatte sich selbst nie als einsam betrachtet, schließlich war sie ihr Leben lang von liebevollen Menschen umgeben gewesen. Erst bei Stiller aber hatte die wirkliche Lilly, die tief in ihr steckte und die nicht einmal sie selbst gekannt hatte, sich verstanden gefühlt, hatte die rätselhafte Sehnsucht in ihr ein Ziel gefunden. Sie waren zwei Menschen gewesen, die in dieselbe Richtung blickten und keine Zwischentitel brauchten, weil vor ihren Augen dieselben Bilder abliefen. Zumindest hatte sie es so empfunden. Sie hatte sich bei Stiller ganz angenommen und zu Hause gefühlt.

Ebendas aber hatte sich als Täuschung erwiesen, und vielleicht war so etwas zwischen zwei Menschen ja auch gar nicht möglich. Jetzt war die Hochzeit mit Walther beschlossene Sache, und Lilly war gewillt, ihr Bestes zu geben, damit ihre Ehe, die noch so unvorstellbar schien, ein Erfolg wurde. Erst einmal aber würde sie sich darauf konzentrieren, unter den Amerikanern Kunden zu gewinnen. Wenn es ihr nicht gelang, würde das Photo-Atelier Adler in wenigen Wochen nicht mehr zahlungsfähig sein. Von Vogt & Trossmann ganz zu schweigen. Die alten Trossmanns hatten begonnen, Familienschmuck geradewegs in die Lebensmittelläden zu tragen, da das, was der Pfandleiher ihnen dafür gegeben hätte, nichts mehr wert gewesen wäre.

Vor den Fabriktoren scharten sich Freitag für Freitag Frauen mit Handkarren, um den Lohn ihrer Männer in dem Moment abzuholen, in dem er ausgezahlt wurde. Wer eine halbe Stunde zu spät kam, konnte es genauso gut in den Gully werfen, denn er bekam nicht einmal mehr einen halben Laib Brot dafür.

Der Druck, der auf Lilly lastete, wuchs. Zweimal war sie bereits am Gartentor der Villa Bleichröder von uniformierten Wachleuten zurückgewiesen worden. Ohne Anmeldung kam man nicht hinein, und sich anzumelden, war für gewöhnliche Sterbliche praktisch unmöglich. »Berlin ist ein gefährliches Pflaster«, erklärte ihr einer der Wachmänner, der ein Maschinengewehr auf der Hüfte trug. »Glauben Sie, Ihre paar Bildchen sind einen Zwischenfall wert, der zu einer diplomatische Krise führen könnte?«

Sein Kollege, der zwar genauso schwer bewaffnet, aber um etliche Jahre jünger war, schien jedoch Mitleid mit ihr zu haben. »Warum probieren Sie's nicht am Samstag?«, fragte er. »Da haben die abends so eine Art Ball, da geht es weniger streng zu. Wer weiß, vielleicht finden Sie ja ein Schlupfloch und dann auch jemanden, der sich von Ihnen fotografieren lässt.«

Lilly hatte seinen Rat befolgt und im ersten Augenblick Hoffnung geschöpft: Tatsächlich konnte sie ohne Probleme durch das unbewachte Gartentor schlüpfen, und im Lichterglanz bunter Lampions wirkte das Botschaftsgebäude nicht länger wie eine uneinnehmbare Festung. Die Musik, die ihr entgegendrang, ging ihr sofort in die Beine, und flüchtig wünschte sie, sie hätte ihr kanariengelbes Fransenkleid nicht versetzt, in dem sie mit Ariane in der Bar Kakadu getanzt und Cocktails getrunken hatte. Gleich darauf verflog diese Anwandlung von Verrücktheit. Ein Mann in Livree verstellte ihr den Weg und verlangte ihre Eintrittskarte zu sehen.

»Ich habe sie vergessen«, log Lilly, die täglich stundenlang Englisch geübt hatte, um vor den Diplomaten als souveräne Geschäftsfrau auftreten zu können.

»Dann werden Sie sie holen müssen, *Miss.* Ohne Einladung kann ich niemanden einlassen.«

»Bitte machen Sie eine Ausnahme«, bettelte Lilly und versuchte, die sich nach ihr umdrehenden Köpfe zu ignorieren. »Ich wohne ewig weit weg, Jott-We-De, wie der Berliner sagt, *janz weit draußen,* Sie verstehen?«

Sie versuchte zu lachen, doch die Miene des Livrierten blieb unbewegt. »Tut mir leid, *Miss.* Keine Einladung, kein Einlass.«

Verzweiflung packte Lilly. Wenn sie sich jetzt abwimmeln ließ, waren sie verloren, und all die Arbeit, die sie in die Mappe gesteckt hatten, wäre für die Katz gewesen. »Ich habe eine Verabredung mit Botschafter Houghton«, behauptete sie dreist und hob die Kamera, die sie an einem Riemen um den Hals trug. »Ich bin Fotografin. Botschafter Houghton hat mich eigens herbestellt, um sich meine Mappe anzusehen und heute Abend ähnliche Bilder anfertigen zu lassen.«

Zu ihrer Erleichterung sah sie, wie der Mann ins Schwanken geriet. Sogleich schwenkte sie die Mappe und redete weiter auf ihn ein, bis er schließlich von ihr verlangte, sich auszuweisen. Glücklicherweise trug sie eine Ausweiskarte der Allgemeinen Krankenkasse bei sich und dazu eine Art Presseausweis mit ihrem Foto, den sie sich selbst gebastelt hatte, weil sie vorhatte, bei einer Demonstration zu fotografieren. Der Livrierte betrachtete die Dokumente sorgsam von allen Seiten. Dann winkte er einen Kollegen heran, den er bat, ihn für kurze Zeit zu vertreten. »Die Dame behauptet, mit Seiner Exzellenz verabredet zu sein. Ich gehe das rasch überprüfen.«

Also wartete Lilly und gab sich alle Mühe, sich ihre Nervosität nicht anmerken zu lassen. Ihr Versuch, in den Saal zu spähen, scheiterte, denn sobald sie den Hals reckte, schob sich der Türsteher vor sie und versperrte ihr mit seiner breiten Brust den Blick.

»Sieht nicht so aus, als hätten Sie Glück, *Madame*«, brummte er, und Lillys Hoffnung schrumpfte in sich zusammen. Gleich darauf aber eilte eine Frau in langen Sätzen quer durch den Saal, ohne sich um die Trauben von Gästen, die ihr im Weg standen, zu scheren. Die Leute spritzten auseinander, und die Frau rief ohne Unterlass ihren Namen: »Lilly, Lilly, Lilly, meine, liebe, liebe Lilly!«

An Ariane zu denken, hatte Lilly in diesen dreieinhalb Jahren so gut vermieden, wie es ihr nur irgend möglich gewesen war. Von Paul und Walther wusste sie, dass die Cousine viele Male versucht hatte, sie abzufangen und mit ihr zu reden, doch auf ihre Bitte hin hatten die beiden sie stets von ihr ferngehalten. Als sie die einstige Freundin jetzt auf sich zustürmen sah, wurde die unterdrückte Sehnsucht zur Woge, die sich auftürmte und auf sie niederstürzte.

»Lilly!«, rief Ariane noch einmal, »du weißt nicht, wie sehr ich dich vermisst habe, das kannst du dummes, liebes Ding einfach nicht wissen.« Im nächsten Augenblick hatte Lilly ihre Arme um den Hals und atmete ihren vertrauten Duft ein – noch immer dasselbe Parfüm, das nach der weiten Welt und ihren Abenteuern roch, noch immer der Hauch von Zitronen, der ihrem glänzenden Haar entströmte, noch immer ganz und gar Ariane Adler.

»Ich habe dich auch vermisst«, sprudelte es ganz leise und wie ohne ihr Zutun aus ihr heraus, und im nächsten Atemzug fanden sie sich beide in Tränen.

»Es tut mir so leid, Lil«, stammelte Ariane unter ziemlich jämmerlichem Schluchzen. »Du weißt nicht, wie sehr. Ja, ich hätte dir sagen müssen, was ich von Theo wusste, er hat ja nicht einmal von mir verlangt, dass ich es dir verschweige. Aber er hat mir auch so leidgetan, ich habe euch beide so lieb und fand, ihr hattet einfach das Recht, miteinander glücklich zu sein.«

»Glücklich zu sein, Ariane? Aber wie hätten wir unter diesen Umständen denn ein Recht darauf haben können, glücklich zu sein?«

»Das ist so kompliziert zu erklären, und es steht mir nicht zu, es zu tun«, brachte Ariane heraus. »Ich finde eben, dass es schlimmere Sünden gibt, als einen Menschen zu lieben, den man der öffentlichen Meinung nach nicht lieben darf. Ich zum Beispiel liebe Toni.«

»Wie bitte?«

»Toni«, wiederholte Ariane und krallte sich an Lillys Armen fest.

Lilly entschied sich, sämtliches Nachsinnen über diese Mitteilung auf einen späteren Zeitpunkt zu verschieben. Für den Augenblick genügte das, was ansonsten auf sie einstürmte, völlig, um ihren Kopf zum Brausen zu bringen.

Ohnehin sprach Ariane schon weiter: »Bitte verzeih mir, Lil. Bitte sei wieder bei mir. Ohne dich ist alles so wie … wie … wie ganz viel Butter, aber ohne Fische.«

Auf einmal erschien Lilly das, was Ariane getan hatte, geradezu läppisch gegenüber der Liebe, die sie überwältigte. Sie konnte darüber nicht nachdenken, nicht einschätzen, was wirklich geschehen war und wie sie sich die Zukunft vorstellte. Nur dass sie Ariane jetzt nicht loslassen wollte, wusste sie.

»Ich möchte dich auch bitten, Lilly«, fiel eine Männerstimme in die kurze Stille, die folgte. »Nicht um Verzeihung, denn das ist nicht möglich. Aber darum, dass du über meine Gegenwart hinwegsiehst und wieder einen Film machst.«

Lilly erschrak so sehr, dass sie Ariane nun doch losließ und zwei Schritte zurückwich. Sie blickte auf und sah über die Schulter ihrer Cousine hinweg in Stillers Gesicht. *Er sieht müde aus,* war das Erste, was sie dachte. *Er muss sich das Haar schneiden lassen,* und: *Er hat die gleichen dreieckigen, cognacfarbenen Augen wie Thali.*

»Bitte sei kein Frosch, Lil!« Ariane streckte von Neuem die Arme nach ihr aus, und jetzt sah Lilly den Strom elegant gekleideter Menschen, der auf sie zustrebte und im Nu einen Ring um sie bildete. Sie erkannte Alexander, den Botschafter Houghton und den Mann von der Paramount, dessen Bild in der Zeitung gewesen war. Irgendwo zwischen ihnen ragte die hohe Gestalt Tonis auf, deren Hut so etwas wie eine Handvoll aneinandergereihter Backpflaumen zierte. »Jetzt, wo ich dich wiederhabe, kann ich dich unmöglich noch mal hergeben. Wir müssen diesen Film zusammen machen, wir haben es uns doch so schön ausgemalt, unseren ersten gemeinsamen Film.«

Lilly sah Stiller an. Jeden anderen im Saal hätte sie lieber ansehen wollen, aber sich von ihm loszureißen, war nicht möglich. Sie wollte hier weg, wollte dem Schmerz entfliehen, der sich durch ihre Brust pflügte, und stand doch still wie an den Sohlen mit dem schimmernden Parkett verwachsen. Wie hätte sie einen Film mit ihm drehen können, sosehr sie es sich wünschte, sosehr sämtliche Kräfte in ihr in die Filmwelt zurückstrebten? Eine einzige Sekunde in seiner Gegenwart riss ja bereits alle Mauern ein, die sie sich in drei Jahren aufgebaut hatte, und lieferte sie wehrlos aus.

Ihm erging es sichtlich nicht anders. Um sie herum tobte der Saal, alles redete durcheinander, aber über das kleine Stück Raum zwischen ihnen schien sich eine Glasglocke zu breiten, die den Rest der Welt ausschloss.

»Bitte sag, dass du mir verzeihst, Lilly«, drang Arianes Stimme wie von weither durch das Glas. »Wir beide gehören doch zusammen, wir haben vom ersten Moment unter diesem Truppentransporter an zusammengehört, und wenn jetzt auch noch wahr ist, was meine Mutter behauptet …«

»Nein, Ariane«, schnitt Stillers Stimme im Innern der Glocke ihr das Wort ab. »Sag dazu nichts. Es hilft weder dir noch Lilly, darüber zu spekulieren. Ihr habt ein Recht auf die Wahrheit, wie immer sie aussieht, aber die solltet ihr nicht in aller Öffentlichkeit durch Gerüchte und Beschuldigungen erfahren. Es ist die Pflicht eurer Väter, sie euch mitzuteilen, und ich werde dafür sorgen, dass sie es tun.«

36

Oktober

Er hatte sie in den Salon gebeten. Immer tat er das, wenn er mit einem Familienmitglied etwas Wichtiges zu besprechen hatte, und immer rückte er sich zu einer solchen Besprechung den Stuhl vor den Kamin, so als wolle er die Gemeinschaft der Adlers, die auf den Bildern auf dem Sims versammelt waren, zur Unterstützung in seinem Rücken wissen.

»Setz dich, Lilly«, hatte er sie aufgefordert. »Sie auch, Ariane. Ich habe um diese Unterredung nicht gebeten, ich hätte mir weiß Gott alles lieber gewünscht, als sie führen zu müssen, aber da sie nun einmal nicht vermeidbar scheint, brauchen wir dafür Zeit.«

Unschlüssig waren sie beide – Ariane und Lilly – auf den Ohrensessel zugetreten. Das alte Möbelstück hatte in diesem Raum gestanden, solange Lilly denken konnte. Die Sprungfedern knarrten ein wenig, wenn man sich hineinsinken ließ, und der in Brauntönen gemusterte Bezug war abgeschabt, aber Lilly fand ihn noch immer himmlisch bequem. Als sie ein kleines Mädchen gewesen war, hatte ihr Vater in diesem Sessel gesessen, wann immer er Zeit gehabt hatte. Dann hatte Lilly in das Zimmer laufen dürfen, auf seinen Schoß klettern und mit ihm zusammen die schweren Alben voller Fotografien durchblättern, die von der Vergangenheit des Ateliers kündeten.

Sie hatte diese Stunden geliebt. Den Geruch nach den Chemikalien zum Entwickeln der Fotos, der in der gepflegten, ein wenig altmodischen Hausjacke ihres Vaters hing, und den andächtigen Stolz, mit dem er die Seiten umblätterte, um ihr zu zeigen, wie die Kunst der Fotografie sich über Jahrzehnte hinweg entwickelt hatte.

Heute aber wollte sie nicht in dem Sessel sitzen. »Setz du dich«, sagte sie zu Ariane, doch auch die schüttelte den Kopf, und Seite an Seite blieben sie in einigem Abstand vor dem Mann stehen, den Lilly als ihren Vater kannte.

Ihr Vater – oder der Mann, den sie dafür gehalten hatte – war es nicht gewesen, der Lilly zu dieser Unterredung gebeten hatte. Sie hatte abgewartet, wie Stiller es ihnen an jenem Abend in der Botschaft geraten hatte. Er hatte vorgeschlagen, ihr Bescheid zu geben, und als Lilly dazwischengerufen hatte, sie wolle keinen weiteren Kontakt mit ihm, hatte er gesagt: »Das verstehe ich und nehme es hin. Ist es in Ordnung, wenn Ariane zu dir kommt, sobald es so weit ist?«

Es hatte in Ordnung sein müssen. Unter keinen Umständen durfte sie Stiller wiedersehen, aber auf Ariane konnte sie nicht noch einmal verzichten. Sie hatte eingewilligt und war gegangen. Drei Tage später waren zwei Männer von der Paramount im Atelier erschienen und hatten eine umfangreiche Serie von Location-Fotos in Auftrag gegeben. Zahlbar vorab und in Dollar. Sie hatten das Atelier und die Papierwarenhandlung vor dem Bankrott gerettet.

An diesem Nachmittag nun hatte Ariane vor der Tür gestanden, war mit Lilly hinüber in Walthers Werkstatt gegangen und hatte Thali an sich gedrückt.

»Ich bin deine Tante, du kleines Zauberding. Ganz egal, ob ich es nun wirklich bin oder nicht.«

Danach hatten sie Thali wieder der Obhut von Marthe Fassbinder überlassen und waren in Lillys Elternhaus zurückgekehrt. »Dein Vater hat sich bereit erklärt, mit uns zu sprechen«, hatte Ariane Lilly erzählt. »Stiller hat zu ihm gesagt: Entweder sagen Sie den beiden die Wahrheit, oder Sie zwingen mich, es zu tun.«

Lillys Vater, der nicht ihr Vater war, hatte sie nicht noch einmal aufgefordert, sich in den Ohrensessel oder anderswohin zu setzen. Er hatte auch seinen eigenen Stuhl nicht benutzt, sondern war stehen geblieben, einen Arm auf das Sims gestützt, als wollte er sich an den Fotografien mit der zurechtgemachten Wirklichkeit festhalten. Sein Gesicht war grau, und er sah aus wie ein alter Mann. Unvermittelt fiel Lilly auf, dass es ihr mit den Vätern von Arndt und Walther genauso erging: Sie waren kaum fünfzig und wirkten müde wie Greise, bereit, abzutreten und ihr Lebenswerk der nächsten Generation zu überlassen. Lag das daran, dass sie ihre Zeit überlebt hatten und sich in der neuen nicht mehr zurechtfanden?

In Richtung Tür, von ihnen abgewandt, hatte ihr Vater zu sprechen begonnen, hatte leise und ohne jeden Ausdruck von jenen frühen Jahren vor der Wende des Jahrhunderts erzählt, von dem tiefen Dunkel, in das er nach dem Selbstmord seines Vaters gestürzt war, und dem plötzlichen Licht, das mit Anita Adler in seine Welt getreten war.

Anita Adler.

Er war nicht ihr Vater, aber Anita war ihre Mutter. Er hatte um sie geworben wie ein Mann aus dem Alten Testament oder einem mittelalterlichen Ritterroman, hatte von früh bis spät darum gerungen, sein Geschäft zum Florieren zu bringen, damit er ihr etwas bieten konnte, und hatte schließlich erst ihre Mutter und dann sie selbst überzeugt.

»Ihre Mutter suchte für ihre Tochter einen Mann, der sie ihr Leben lang beschützen würde, und sie wusste, dass sie ihn in mir gefunden hatte«, erzählte Rufus weiter. »Was Anita selbst suchte, habe ich nie begriffen. Wohl ihr eigenes Licht, das ich ihr nicht geben konnte. Sie gab mir so viel, dass ich vor lauter Helligkeit nichts mehr gesehen habe.«

Anita hatte vermutlich eingewilligt, ihn zu heiraten, weil sie ihre Mutter, die sich für sie aufopferte, versorgt wissen wollte. Vielleicht hatte sie ihn auch einfach gemocht, so wie Lilly Walther mochte, hatte sich bei ihm geborgen gefühlt und geglaubt, die Sehnsucht nach den Sternen, die in ihr tobte, werde in seiner erdverbundenen Gegenwart schon verfliegen.

»Als sie ging, ist das Licht erloschen«, sagte Rufus. »Ich habe sie alle so sehr geliebt – meinen Vater, meine Mutter, Benno und Anita, aber keiner von ihnen hat mich geliebt. Nicht genug, um bei mir zu bleiben. Ich war sicher, ich würde nie wieder lieben können, und ich war froh darüber. Ich wollte mir mit Annemie Schultz ein schmerzloses kleines Leben einrichten und es in Anstand zu Ende bringen. Dann kam Anita zurück. Sie lag vor meiner Tür wie eine Armenhäuslerin, an der nichts mehr schön und liebenswert war, und meine Liebe zu ihr war tot. Wegschicken konnte ich sie trotzdem nicht, denn der Leichnam dieser Liebe lag mir wie ein Bleigewicht in der Brust. Ich habe sie in mein Haus gezerrt und Annemie Schultz fortgeschickt. Am Abend darauf ist sie vom Dachsims gesprungen. Es war, als würde an mir der Tod kleben, bei jedem Schritt, den ich tat.«

»Darf ich hier rauchen?«, fragte Ariane, als er eine Atempause machte, und hielt die lange Spitze mit der Zigarette bereits in der Hand.

Rufus nickte, nahm einen Zinnteller vom Sims und stellte ihn vor sie hin. »Zu unserer Zeit haben Frauen nicht geraucht, zumindest nicht in der Öffentlichkeit«, sagte er. »Aber unsere Zeit ist vorbei. Tun Sie, was Sie gewohnt sind zu tun.«

Er schluckte und räusperte sich. »Ohne es zu wissen und ohne es zu wollen, habe ich Anita heimgezahlt, was sie mir angetan hatte. Ich habe sie zu einem Leben ohne Liebe verurteilt, und ich habe etwas noch Grausameres getan: Ich habe ihr ihr Kind weggenommen. Ich habe es nicht besser gewusst.«

Zum ersten Mal, seit die Unterredung begonnen hatte, wandte er ihnen das Gesicht zu und blickte Lilly geradewegs an. »Ich war ja sicher, ich könnte nicht mehr lieben«, sagte er. »Bis du gekommen bist. Eisblau und um dein Leben schreiend bist du auf meinem Esstisch in meine erstorbene Welt geplumpst, und von diesem ersten Augenblick an habe ich dich geliebt. Zuerst brauchtest du nur meine Hilfe, warst so gut wie verhungert, und die Ärzte sagten dich tot. Du aber hast dich nicht totsagen lassen, du hast den Tod, der an mir klebte, vertrieben und dich ins Leben gekämpft. Mit drei Monaten warst du der rosigste, hübscheste Säugling des gesamten Viertels. Du warst eine kleine Anita, ein Schneewittchen – schwarzhaarig, blauäugig, mit einem Lächeln, das einen Stein zum Schmelzen gebracht hätte. Die große Anita hatte ich nicht haben können, aber die kleine wollte ich ganz für mich allein.«

Noch einen Herzschlag lang sah er Lilly schweigend an, dann wandte er sich wieder zur Tür. »Zu deiner Mutter habe ich gesagt: ›Ich habe dich in meinem Haus aufgenommen, ich habe dich vor der Schande bewahrt und deinem Kind meinen ehrlichen Namen gegeben. Ich habe auch deine Mutter noch aufgenommen, aber das eine verlange ich dafür von dir: Du hältst dich von Lilly fern, und du wirst ihr nie ein Wort von alledem sagen. Benno ist gestorben – für dich, für dein Kind, für uns alle.‹ Anders habe ich mir nicht zu helfen gewusst. Ich habe dich so sehr geliebt, Lilly, und ich war Tag und Nacht von der Angst besessen, auch noch dich an meinen Bruder zu verlieren.«

Eine Weile glaubte Lilly, er werde gleich weitersprechen, doch als die Stille begann, sich wie Arianes Rauch im Zimmer auszubreiten, wurde ihr klar, dass er nichts mehr zu sagen hatte. Was er ihr schuldete, hatte er ihr erzählt. Er hatte ihr altes Leben wie ein Kartenhaus niedergefegt und ihr gesagt, aus welchem Blatt das neue bestand. Nun stand er unbewegt vor dem Kamin und wartete auf ihre Reaktion.

Lilly hielt inne und horchte in sich hinein. Sie erwartete, Zorn zu fühlen, Wut auf das, was ihr und ihrer Mutter vorenthalten worden war, doch zu ihrer Verwunderung empfand sie nichts als eine Woge von Mitleid. Die Szenen, die ihr Vater ihr geschildert hatte, die graue Nacht, in der sein eigener Vater sich eine Kugel in den Kopf gejagt hatte und in die Spree gesprungen war, und jenen eisigen Morgen, an dem er das Atelier leer und ausgeraubt vorgefunden hatte, waren wie ein Film vor ihr abgelaufen, und sie hatte geglaubt, die Einsamkeit ihres Vaters am eigenen Leib zu spüren.

Er hatte unendlich viele Fehler begangen, aber sie konnte ihn nicht dafür verurteilen. Er hatte innig geliebt und hatte nie etwas anderes gewollt, als für die Menschen, die er liebte, das Richtige zu tun. Wie es aussah, kam man nicht durchs Leben, ohne Fehler zu begehen, und ob aus den Fehlern eine Schuld erwuchs oder nicht, lag kaum an der Schwere der Fehler, sondern war eine Frage von Glück oder Pech. Ein winziger Fehler, der ihr selbst unterlaufen war, hatte dazu geführt, dass Arndt nicht mehr laufen und kein Kind zeugen konnte. Ihre schweren Verfehlungen Walther gegenüber mochten hingegen ohne Folgen bleiben, wenn sie nach allem noch in der Lage war, ihn zu heiraten und eine gute Ehe mit ihm zu führen.

Sie konnte ihren Vater nicht verurteilen, weil er sie ihr Leben lang geliebt hatte und ihr ein hingebungsvoller Vater gewesen war. Und weil, sosehr es sie verblüffte, er und nicht sein Bruder Benno, noch immer ihr Vater war und es bleiben würde.

»Ich habe all diese Jahre darauf gewartet, einen Unterschied zu entdecken«, ergriff ihr Vater doch noch einmal das Wort.

»Diese Stimme des Blutes, dachte ich, die müsste sich doch bemerkbar machen, ich müsste für dich anders empfinden als für Rose und Paul, aber nichts davon war der Fall. Ich habe dich immer nur geliebt, Lilly, und ich liebe deine kleine Thalia, als wäre sie mein leibliches Enkelkind. Ich wünsche mir so sehr, dass euch von dieser Liebe etwas bleibt. Auch wenn ich jetzt euch beide verliere.«

Ein Zittern lief durch seinen Körper, und er bedeckte seine Augen mit der Hand. Auch Lilly fühlte sich mit einem Schlag schwach, begann zu zittern, und in ihrer Kehle ballte sich ein Klumpen. Auf einmal spürte sie Arianes Hand, die sich um ihre schloss. Sie blickte auf und sah in das Gesicht ihrer Freundin, die ihre Cousine und zugleich ihre Halbschwester war. Ariane nickte ihr zu. Über ihre Wangen rannen Tränen.

Mit dem Daumen strich ihr Lilly über den Handrücken, dann ließ sie die Hand los und trat auf ihren Vater zu. »Du verlierst mich nicht«, krächzte sie mit zugeschnürter Kehle und legte sachte die Arme um ihn. »Und Thali auch nicht. Ich brauche Zeit, ich muss über vieles nachdenken und auch mit Mutter sprechen. Aber ich werde dich nicht aus den Bildern meiner Erinnerung wegretuschieren. Der Film, den ich von unserem Leben gesehen habe, wird noch immer derselbe sein. Und wir werden ihn an der Stelle, an der er jetzt gerissen ist, wieder zusammenflicken. Ich bin dir dankbar für deine Liebe, ich bin dir dankbar für das, was du mir erzählt hast, und ich glaube, ich verstehe, was du getan hast.«

Ihr Vater hielt in ihrer Umarmung still. Nur wenn man ihm so nah war wie Lilly jetzt, hörte man, dass er weinte.

»Ich denke, Ariane und ich gehen jetzt«, sagte sie irgendwann. »Wir haben alle ein bisschen frische Luft nötig, außerdem muss ich Thali abholen. Und ich will die Abendausgaben der Zeitungen kaufen. Es sollen ja entscheidende Beschlüsse zur Stabilisierung der Währung gefällt worden sein.«

Erst vor wenigen Tagen hatten die Sozialdemokraten die Regierungskoalition verlassen, aber Reichskanzler Stresemann war dabei, eine neue zu bilden. Walther schimpfte auf ihn, weil er der gemäßigten Mitte angehörte, und natürlich hatte er seine Fehler wie alle Menschen. Was jedoch die Wirtschaft und vor allem die Beziehungen zum Ausland anging, hielt Lilly ihn für einen fähigen Mann des Ausgleichs, in den sie Hoffnung setzte.

Und Hoffnung war eine Währung, in der sich selbst jetzt noch Steine bezahlen ließen, um ihre Zukunft daraus zu bauen.

Lilly ließ ihren Vater los und ging zur Tür.

Ariane folgte ihr. »Toni und ich wollten dich zum Essen einladen«, sagte Ariane zaghaft. »Thali natürlich auch. Bei diesem Cousin vom Thomschke, der hat aus seinem komischen Stullenladen eine richtig fesche amerikanische Bar gemacht.«

»Sag bloß, ihr wohnt immer noch in dem Loch bei Frau Pannecke?«, fragte Lilly.

»Wir haben von ihr die ganze Etage gemietet«, antwortete Ariane. »Da ist jetzt meistens ganz schön Remmidemmi. Wenn du Lust hast, könnten wir ja nach dem Essen noch auf ein Glas zu uns raufgehen.«

»Und was gibt es in einer amerikanischen Bar zu essen?«

»Whisky«, sagte Ariane. »Thali kriegt einen Strohhalm.«

»Wenn Thali bei den Fassbinders bleiben und Möhreneintopf essen kann, komme ich«, sagte Lilly und streckte die Hand nach der Klinke aus.

»Thalia kann zu mir kommen«, sagte ihr Vater leise. »Zu mir und deiner Mutter.«

»Danke«, sagte Lilly. »Walthers Mutter liebt sie sehr. Ich kann sie ihr nicht einfach entreißen, aber wenn es ihr recht ist, bringe ich sie zu euch nach Hause.«

In dem Blick, den er ihr sandte, lagen Dankbarkeit und eine Bitte zugleich. »Ich hab's dir immer sagen wollen«, murmelte er. »Aber dann habe ich es nie über mich gebracht, weil ich solche

Angst hatte, dass ich dich dann verliere. An meinen Bruder. So wie alles. Als du losgezogen bist, um zum Film zu gehen, kam es mir auch vor, als würde ich dich an ihn verlieren. Ich hätte alles ertragen, nur nicht den verfluchten Film, und ich hätte mir so sehr gewünscht, dich hier bei mir zu haben. Du wärst eine gute Fotografin geworden, weißt du das? Du könntest noch immer eine ziemlich gute Fotografin werden, wenn du …«

»Rose könnte eine ziemlich gute Fotografin werden«, unterbrach ihn Lilly. »Und Rose war hier, an deiner Seite, als es sonst niemand war. Vielleicht solltest du aufhören, das zu ignorieren, und deiner Tochter eine Chance geben.«

Sie schenkte ihm ein Lächeln, dann hakte sie sich bei Ariane ein und ging. Als sie den Korridor entlanggingen, öffnete sich die Tür des kleinen Schlafzimmers, und das Gesicht ihrer Mutter erschien im Türspalt. Lilly blieb stehen. Sie sagte nichts, und ihre Mutter sagte auch nichts, aber ihre Blicke trafen sich. Ganz langsam verzog sich der Mund ihrer Mutter, und Lilly erkannte das Lächeln aus ihrer Erinnerung. Das Lächeln, das die Mutter Thali geschenkt hatte. Ihre Kehle schnürte sich zu. Mit einem Schlag war ihr klar: Sie würden zusammen eine ziemliche Flutwelle von Tränen vergießen müssen, ehe sie lernen konnten, miteinander zu lächeln. Miteinander um die Vergangenheit trauern, um eine Zukunft miteinander zu haben.

Aber eine solche Zukunft war möglich, und für Thali fing das Leben mit ihrer Großmutter erst an.

Zögerlich streckte ihre Mutter die Hand nach ihr aus, und Lilly ergriff sie und hielt sie kurz fest. Dann hakte sie sich wieder bei Ariane ein und ging mit ihr weiter.

Sie liefen die Treppe hinunter und durchquerten das Atelier, wo Rose mit Paul, der seinen Studienplatz aufgegeben hatte, und dem wenig hilfreichen Philipp bei der Arbeit war. Dann traten sie aus dem Haus, hinaus in nasskaltes Herbstwetter, das ihnen guttat.

»Gib ihm auch eine Chance«, sagte Ariane.

»Wem?«

»Theo.«

»Du weißt, dass das nicht möglich ist«, sagte Lilly. »Außerdem bin ich verlobt und werde im neuen Jahr heiraten.«

»Ja, das weiß ich alles«, erwiderte Ariane, »und Theo weiß es auch. Trotzdem verdient er eine Chance, sich dir erklären zu dürfen, Lil. Den Versuch, dir zu beweisen, dass er kein Monster ist. Und dann ist da auch noch der Film …«

»Hör mir auf mit dem Film!«, rief Lilly, während sich etwas in ihrem Unterleib zusammenzog. »Wenn ich von dem Film noch mehr höre, kann ich nicht länger widerstehen. Aber den Film gibt es nicht ohne Stiller, und Stiller tagtäglich vor Augen zu haben, das halte ich nicht aus.«

»Das hast du doch sowieso«, sagte Ariane und wies die Straße hinauf, wo Thali vor der Tür der Werkstatt unter einem viel zu großen Regenschirm ein Hüpfspiel spielte. »Außerdem habe ich dich noch nie feige erlebt. Im Gegenteil – du hast doch das Zeug zum Ritter, der den Drachen tötet. Oder zumindest die schöne Maid rettet, ehe sie unter den walzenden Rädern eines wild gewordenen Truppentransporters einen traurigen Tod stirbt.«

Wider Willen musste Lilly lachen. »Dein Bild passt hinten und vorne nicht zusammen.«

»Tja, das ist eben der Charme der Zwanzigerjahre – Mischmasch ist schick!« Keck warf Ariane den Kopf zurück und zog sich ihre Kappe tiefer in die Stirn. »Was ist nun? Tust du mir den Gefallen und lässt Theo noch ein einziges Mal mit dir sprechen? Vielleicht hilft es euch beiden, einen Schlussstrich zu ziehen. Und eines Tages, wenn euer gemeinsames Kind anfängt, Fragen zu stellen, werdet ihr auf friedliche Weise damit umgehen können.«

Das letzte Argument war unschlagbar. Nie war Lilly bewusster gewesen, dass Thali ein Recht auf die Wahrheit hatte, als in diesem Moment.

»Lass mir Zeit«, sagte sie. »Um ehrlich zu sein, würde ich gerne erst einmal verdauen, was ich heute gehört habe. Und dann ist da ja auch noch die wirtschaftliche Lage dieses Landes, die unser aller Existenz bedroht. Mehr kann ich im Moment nicht verkraften. Wenn es Stiller so wichtig ist, mich zu sprechen, wird er warten müssen.«

»Er hat dreieinhalb Jahre gewartet«, antwortete Ariane trocken. »Wenn es um dich geht, wartet er auch, bis er schwarz wird, aber das wäre schade. Lass ihn nicht schwarz werden, ja? Dieses Land samt seiner wirtschaftlichen oder sonst wie gearteten Lage kann einen Kerl wie ihn nämlich ziemlich gut gebrauchen. Und wir Filmleute, die wir um ihn herumschwirren, erst recht.«

Lilly sagte nichts mehr, sondern breitete die Arme aus, um Thali, die den Regenschirm wegwarf und die Straße entlangrannte, darin aufzufangen. Auch weiteres Grübeln über das eben Gesprochene verbot sie sich. Sie würde mit ihrer Tochter zum Kiosk gehen, um die Abendzeitungen zu kaufen.

37

November 1923

Tage-, ja wochenlang hatte es fast nur gute Nachrichten gegeben. War es Anfang Oktober noch zu Schlägereien und Plünderungen gekommen, weil immer mehr Landwirte sich weigerten, ihre Waren gegen das wertlose Papiergeld abzugeben, so war am 15. Oktober eine Verordnung zur Gründung einer Rentenbank ergangen, die eine Wende versprach. Die Rentenbank belegte Immobilien aus Industrie und Landwirtschaft mit Grundschulden und hatte vor wenigen Tagen mit der Ausgabe einer neuen Währung begonnen, die der Goldmark entsprach: der Rentenmark.

Zum Wechselkurs von eins zu einer Billion konnte man sich sein Geld in die streng limitierte neue Währung umtauschen lassen. Gleichzeitig wurde das Ende des Ruhrkampfs besiegelt, der ein Vermögen verschlungen hatte, und die Truppen Frankreichs und Belgiens begannen mit dem Abzug. Die Vereinigten Staaten hielten ihr Versprechen und riefen unter der Führung von Charles Gates Dawes erneut an den Verhandlungstisch, um nach einer Lösung für Deutschlands wirtschaftliche Probleme zu suchen. Zur Debatte standen amerikanische Anleihen, die in den Aufbau der deutschen Industrie fließen sollten. Auch wenn Walther wetterte, man dürfe sich nicht von amerikanischen Kapitalisten abhängig machen, begann Lilly allmählich, sich auf den täglichen Gang zum Zeitungskiosk zu freuen.

Die Republik war im Begriff, sich aus ihrer schwersten Krise herauszukämpfen. Von allen Seiten hagelte es Proteste, weil den einen die Maßnahmen nicht schnell genug gingen, während die anderen gegen die Erfüllungspolitik und das Ende des Ruhrkampfs hetzten. Aber dieses ständige Ringen gehörte nun einmal zum Wesen einer Demokratie, und sie alle würden lernen müssen, damit zu leben.

Das Atelier und die Papierwarenhandlung hatten sich wirtschaftlich gefangen. Noch immer mussten sie kleine Brötchen backen, doch es ging unleugbar aufwärts. Arndt kam von Tag zu Tag besser zurecht. In der Friedrichstraße galt er als Held, der in den Straßenkämpfen der ersten Stunde verwundet worden war und dennoch tapfer seine Familie ernährte. Die Leute kauften gern bei ihm, und Rose konnte sich guten Gewissens dem Atelier widmen. Wenn es so weiterlief, würden sie im kommenden Jahr einen neuen Fotografen einstellen können, und dann wollte Lilly das Thema mit Paulchens Studium noch einmal auf den Tisch bringen. Das Opfer, das ihr Bruder gebracht hatte, ohne sich zu beklagen, durfte nicht endgültig sein.

Alles schien hoffnungsvoll, alles schien wieder heller, auch wenn kein anderer Monat so finster daherkam wie der November. Und das, was nicht hell war, sondern in ihr dunkel blieb, behielt Lilly für sich.

»Was meinst du, wäre jetzt nicht ein guter Zeitpunkt, um das Aufgebot zu bestellen?«, fragte Walther, der einen neuen Lehrling einstellen musste, weil sein Geschäft nur so brummte. »Geld wäre genug da, um in der Wohnung einiges umzubauen, zumal ich das meiste ja selbst machen könnte. Wir würden uns ein neues Schlafzimmer einrichten, und Thali hätte ihr eigenes

Zimmer – zumindest bis sie einen Bruder oder eine Schwester bekommt.«

Ein Bruder oder eine Schwester für Thali war so ungefähr das Letzte, was Lilly sich vorstellen konnte. Aber dass sie Walther nicht länger hinhalten durfte, dass es ihrer Achtung voreinander nicht guttat und auch ihr Gewissen belasten würde, war ihr klar. Also erklärte sie sich einverstanden. »Wie wäre es im März? Da ist es schon wärmer, das wäre für die Feier doch nett.«

Misstrauisch sah Walther sie von der Seite an. »Ich denke, du willst mit der Feier sowieso keinen großen Aufwand betreiben.«

Lilly fühlte sich ertappt. Sie hatte März vorgeschlagen, damit sie den Gedanken an die Hochzeit noch ein wenig von sich wegschieben konnte. Jetzt aber musste sie Farbe bekennen. »Du hast recht. Im Grunde macht das Wetter keinen Unterschied.«

Walther ging mit ihren Papieren aufs Standesamt und erhielt einen Hochzeitstermin für den 2. Februar. Unverzüglich begann er mit dem Umbau der Wohnung, stand oft die halbe Nacht lang an der Werkbank, und sein Vater, der früher so müde gewesen war, ging ihm zur Hand. Seine Mutter stürzte sich in die Vorbereitungen für die Feier, erstellte Gästelisten und Speisepläne. Es kam wieder Leben ins Haus, und auch Rudi, so hoffte Walther, würde in der erweiterten Familie Halt finden.

Jetzt kann ich nicht mehr zurück, dachte Lilly. Sie würde bald eine verheiratete Frau sein, was sich anfühlte, als stiege sie in die Truhe, die Walther für ihren Hausstand zimmerte, und zöge den Deckel über sich zu. Ehe die Klappe endgültig zuschnappte, war es an der Zeit, ihr Versprechen einzulösen und sich Stillers Erklärung anzuhören.

Sie gab Ariane Bescheid, und die sprach mit ihm. »Theo ist derzeit rund um die Uhr in Babelsberg«, berichtete sie Lilly anschließend. »Wir fangen ja dieser Tage an, ›Hinkemann‹ zu drehen, aber er lässt ausrichten, er kommt an jeden Ort, den du ihm nennst.«

Lilly überlegte. Dann schüttelte sie den Kopf. »Nein, ich fahre nach Babelsberg«, sagte sie. »Er soll sagen, wann es ihm recht ist, und ich sorge für eine Betreuung für Thali.«

Sie wollte noch einmal dorthin. Auch wenn es wehtat. Aber vielleicht würde der Schmerz zur Heilung beitragen, wie wenn man eine Wunde ausbrannte.

Ariane teilte Stiller Lillys Entscheidung mit, und er schlug den Nachmittag des 10. November vor, einen Samstag, an dem er frühzeitig mit der Arbeit aufhören würde.

Lilly war einverstanden. Ihr graute vor dem Tag, aber danach hätte sie es überstanden und würde versuchen, sich auf Weihnachten mit Thali zu freuen.

Und ihrem neuen Leben entgegenblicken.

Am Freitag, den 9. November, brüllten sich die Zeitungsjungen bereits frühmorgens, als alle zur Arbeit hasteten, die Seele aus dem Leib:

»Extrablatt, Extrablatt! Putsch in München!«

»Hitler-Bewegung erklärt Regierung für abgesetzt!«

»Hitler und Ludendorff im Marsch auf Berlin!«

Den ganzen Tag lang überschlugen sich die Nachrichten, und es war so gut wie unmöglich, herauszubekommen, was Propaganda oder Ausdruck von Panik war und was der Wahrheit entsprach. Walther schloss die Werkstatt und eilte in die Redaktion der *Roten Fahne,* wo es Fernsprecher, Telegrafen und seit wenigen Tagen auch einen Rundfunkempfänger gab. Erst seit Ende Oktober wurden in der Hauptstadt regelmäßige Rundfunksendungen ausgestrahlt. Ein Berliner Zigarrenhändler hatte stolz mit seinem Gerät vor seinem Geschäft posiert und war auf den Titelseiten sämtlicher Zeitungen erschienen. Er galt als erster Rundfunkteilnehmer Deutschlands und hatte noch mehr als fünfhundert Milliarden Papiermark für die

Rundfunkempfänger-Lizenz berappen müssen. Inzwischen hatten die Redaktion der *Roten Fahne* sowie etliche weitere Institutionen und Privatpersonen nachgezogen.

Wenn es erst Radiogeräte in den meisten Haushalten gab, würde der Rundfunk nicht anders als das Kino zu einem mächtigen und gefährlichen Propagandainstrument werden, dachte Lilly. Walther bestätigte diese Vermutung, als er abgekämpft und bleich nach Hause kam.

»Die Genossen haben Kabel abgefangen, in denen es heißt, der Sender der ›Funkstunde‹ solle sofort nach Ankunft der Putschisten gestürmt werden«, berichtete er. »Gestern Abend im Münchner Bürgerbräukeller hat die braune Pest losgeschlagen. Sie haben Ministerpräsident Knilling, den Polizeipräsidenten und etliche andere als Geiseln genommen, und seit heute um zwölf sind sie unterwegs nach Berlin. Der Verbrecher Ludendorff natürlich als Speerspitze dabei. Kannst du mir vielleicht sagen, warum den nicht längst jemand eingebuchtet hat und den Hitler gleich mit? Einer von unseren Leuten braucht nur einmal unerlaubt den Mund aufzumachen, schon sitzt er im Knast, aber diese Lumpen und Mörder laufen frei herum und dürfen alles zerschlagen.«

Lilly wusste auf seine Frage keine Antwort. Sie hätte selbst gern Antworten gehabt, und sie machte sich Sorgen, die sie nachts nicht zur Ruhe finden ließen. Einst mochte sie Lilly Adler, die keine Angst kannte, gewesen sein, aber damals hatte sie noch kein Kind gehabt, um dessen Zukunft sie fürchten musste. Sie erlaubte Thali, auf die sich die Unruhe der Erwachsenen übertrug, in ihrem Bett zu schlafen, hielt sie an sich gedrückt und dachte nach. Die meisten Menschen hielten Hitler für nicht mehr als einen größenwahnsinnigen Spinner, aber Ludendorff war ein anderes Kaliber. Abertausende hatte er in einem bereits verlorenen Krieg verheizt, ohne mit der Wimper zu zucken. Wenn Männer wie er die Macht zurückerlangten, würde es mit jeder noch so kleinen Freiheit, die sie sich erobert hatten, vorbei sein.

Auch mit der so hoffnungsvoll begonnenen Versöhnung unter den Völkern würde es vorbei sein, und was dann drohte, stand Lilly wie ein grelles Warnsignal vor Augen.

Krieg.

Ihre eigenen, privaten Probleme erschienen ihr im Vergleich dazu klein und banal. Lilly entschied sich dennoch, wie abgesprochen am nächsten Tag nach Babelsberg zu fahren. Zum einen hatte sie keine Möglichkeit, Stiller abzusagen, und zum andern hatte sie bereits vereinbart, dass Walthers Mutter mit Thali in den Zoologischen Garten gehen würde. Zum dritten konnte sie ohnehin nichts tun, als auf Nachrichten zu warten, und die Warterei zermürbte sie.

Also fuhr sie nach Babelsberg.

Noch einmal die vertraute Strecke mit der S-Bahn, in der einst ihr Herz allmorgendlich zum Zerspringen geklopft hatte. Die S-Bahn und der Bahnhof waren noch immer die alten, auch Igors Restaurant gab es noch, aber Babelsberg war nicht wiederzuerkennen. »Die Filmstadt« hatten sie es scherzhaft genannt, jetzt jedoch war tatsächlich eine Filmstadt daraus geworden. Eine Stadt wie Berlin, die sich nach allen Seiten so schnell ausbreitete, dass einem vom Zuschauen schwindlig wurde.

Ihr Babelsberg.

Ihr Paradies.

Lilly ließ den Blick über die Hallen, Ateliers, Kulissenaufbauten und Verwaltungsgebäude schweifen. Was würden Hitler und Ludendorff damit anfangen, wenn sie diese Traumfabrik in die Hände bekamen?

Schon kam das Tor mit dem Pförtnerhaus in Sicht. Emil Wachter stand wie so oft vor seinem Häuschen, entdeckte sie und begann, mit beiden Armen wie mit Windmühlenflügeln zu winken. »Frollein Lilly!«, rief er selig. »Mann, ist det scheen, dat wa Sie ma' wieder zu Jesicht bekommen – ooch wenn't an so'm rabenschwarzen Tach wie heute is'.«

Lilly winkte zurück, blieb aber stehen, weil ihre Beine ihr auf einmal wie mit Blei gefüllt vorkamen. *Weiter darf ich nicht,* dachte sie. *Wenn ich bis zum Tor gehe, wenn Wachter mich in die Arme nimmt, überkommt mich das heulende Elend, und ich gehe nicht mehr zurück.*

»Lilly?«

Sie drehte sich um und sah drei Schritte hinter sich Stiller. Er trug ein Hemd ohne Kragen unter einem ausgebeulten Mantel, hatte sich das Haar nicht gekämmt und wirkte außer Atem.

»Danke, dass du gekommen bist.«

Lilly schüttelte den Kopf und hoffte, er werde ihr keine Fragen stellen. Sie war nicht sicher, dass sie ein Wort herausgebracht hätte.

»Hast du Hunger? Sollen wir irgendwo einkehren?«

Noch einmal schüttelte sie den Kopf.

»Darüber bin ich froh.« Ihre Blicke trafen sich sekundenlang und traten sofort wieder die Flucht an. »Wäre es dir recht, ein Stück zu gehen? Ich will hier morgen mit Volker und Bernhard ein paar Probeaufnahmen machen und sehe mir manches besser noch mal an.« Mit einer vagen Armbewegung wies er auf das Gelände. »Außerdem bin ich gern hier.«

»Ich auch«, krächzte Lilly.

Flüchtig lächelte er, dann winkte er Wachter. »Gib uns Bescheid, wenn es etwas Neues gibt, ja?«

»Klar doch, Chef. Emil Wachter hört allet«, rief der Pförtner vergnügt zurück und verschwand in seinem Häuschen.

»Was macht er?«, fragte Lilly.

»Radio hören«, antwortete Stiller. »Der Vorstand und wir Regieleute haben Geld gesammelt, um ihm den Empfänger und die Lizenz zu bezahlen. Seither hält er uns beständig über die Lage der Welt auf dem Laufenden. Und über die neuesten Schlager.«

»Oh. Was gibt es denn da?«

»›Ausgerechnet Bananen‹ ist derzeit die Nummer eins«, sagte Stiller, und eine Spur von Wehmut lag in seiner Stimme. »Wenn du Wachter danach fragst, tanzt er Shimmy mit dir.«

38

Sie gingen die Straße am Rand der Felder entlang, von denen Stiller einst gesagt hatte, sie erinnerten ihn an die Ebenen von Flandern. Es dämmerte bereits, und über den Äckern, die winterlich brachlagen, stiegen wie matte Gespenster Nebelschwaden auf. Lilly und Stiller bogen in einen der Wirtschaftswege ein und erreichten nach ein paar Schritten eine hölzerne Bank. Ohne sich abzusprechen, setzten sie sich und rückten so weit wie möglich voneinander ab. Sobald sie sich nicht mehr bewegten, schien sich die Dunkelheit schneller zu senken, und es wurde im Nu sehr kalt.

»Friede war meine Kinderliebe«, begann Stiller, den Blick in die Weite gerichtet. »Ihre Leute nannten sie Rieke, ich nannte sie Friede. Als der Krieg ausbrach, war sie neunzehn. Ich war einundzwanzig.«

»Kinder wart ihr nicht mehr.«

»Nein, aber ich habe mich vor dem Krieg gefürchtet wie ein Kind vor der Dunkelheit. Ich weiß nicht, was ich dafür getan hätte, in diesen Zug nicht einsteigen zu müssen. Aber ich hatte keine Wahl. Zumindest glaubte ich das.«

»Warum?«

»Weil es die offene Tür war, und ich war das einzige Mitglied meiner Familie, das hindurchgehen konnte. ›Endlich steht uns die Tür offen‹, hat mein Vater gesagt. ›Endlich lassen sie uns ein, und alles, was du tun musst, ist, den Schritt hindurchzugehen. Für uns alle, Theodor. Du voran und wir hinterdrein.‹ Also bin ich gegangen. Heulend und zähneklappernd. Friede war viel tapferer als ich. ›Wenn du gehen musst, gehe ich mit dir‹, hat sie gesagt. ›Ich lasse dich nicht allein.‹ Sie war eine behütete Tochter, die ihre Tage mit Handarbeit und Klavierspiel verbrachte, und sie hat sich als Krankenpflegerin ausbilden lassen, um in meiner Nähe sein zu können. Vermutlich hätte ich es ohne sie nicht einmal bis in den Zug geschafft.«

Eine Zeit lang schwiegen sie und sahen beide in dieselbe Richtung, in die Nebelschwaden, die über den kahl geschorenen Feldern ihren Totentanz aufführten. Manches, was er gesagt hatte, lag für Lilly ebenfalls im Nebel, doch sie ließ es dabei bewenden. Er sollte erzählen, wie es ihm in den Sinn kam. Nachfragen konnte sie später.

»Weißt du, was das Übelste war?«, fragte er und sah sie noch immer nicht an.

»Nein. Was war das Übelste?«

»Dass ich sie gerade in diesem Sommer, ehe sie sich um meinetwillen in den Krieg schicken ließ, das erste Mal betrogen hatte. Meinen Eltern erschien sie nicht gut genug, sie wollten mit mir höher hinaus, und auf einmal begann ich mich zu fragen, ob sie nicht recht hatten. Das war das Übelste: dass Friede aus Liebe zu mir das größte Opfer brachte, als ich entdeckte, dass ich sie nicht mehr liebte. In einem Film darf so etwas nicht vorkommen. Held und Heldin müssen einander in Liebe ergeben sein, und alle Bedrohung kommt von außen. Wer soll sonst am Ende weinen, wenn der Held fällt? Aber ich denke, mir war schon damals klar, dass ich zum Helden nicht taugte. Und gefallen bin ich ja nicht.«

»Habt ihr geheiratet?«, fragte Lilly.

Stiller schüttelte den Kopf. »Ihre Eltern drängten darauf, weil sie glaubten, ihre Tochter wäre als Ehefrau dort draußen besser geschützt. Aber Friede hat ihnen gesagt, sie sollten mich nicht unter Druck setzen. Ich habe sie hingehalten: Wenn der Krieg vorbei ist. Sie machte ein Wortspiel daraus und gab sich Mühe zu lachen: ›Wenn der Krieg vorbei ist, kommt Friede.‹«

Er hielt inne und wandte ihr das Gesicht zu. »So eine Erklärung ist wie ein Zwischentitel, oder? Wenn die Bilder nicht wirken, sind die Worte auch vergebens.«

»Das weiß ich noch nicht«, sagte Lilly ehrlich. »Aber du wirst nun nicht anders können, als die Titel zu schalten.«

Auf einmal wünschte sie, er bräuchte es nicht zu tun. Auf einmal wünschte sie, sie bräuchten überhaupt nichts zu sagen, sondern könnten sich einander in die Arme werfen und aneinandergeklammert die Kälte vertreiben. Sie wünschte, sie könnten in das Haus seiner Wirtin fliehen, durch den Gang schleichen und sich unter sämtlichen Decken verkriechen. Sich lieben. Sich halten. Sich so nahe sein, wie es mit keinem anderen Menschen möglich war.

Liebe tat weh. Liebe machte krank.

Aber Liebe war gut gegen Einsamkeit, Nebel und Kälte. Sogar gegen Putschversuche. Und gegen Angst.

Deswegen machte sie süchtig, und Lilly hätte niemals herkommen und sich noch einmal in Gefahr begeben dürfen.

»Ich liebe dich«, sagte Stiller.

Lilly schwieg und hörte ihr Herz schlagen.

»Erzähl weiter«, sagte sie irgendwann.

»Ich bin verrückt geworden«, sagte Stiller. »Ich habe einen Menschen getötet, einen kleinen blonden Belgier, der die Hand in die Höhe reckte, ehe er im Schlamm versank, und ich habe es nicht ausgehalten. Friede hat mich getröstet. Sooft meine Einheit in die Etappe versetzt wurde, kam sie, hielt meine

Hände, die wie dürre Greisenhände zitterten, und erzählte mir, es werde alles gut. Ich wusste nicht, woher sie die Kraft nahm. Aber irgendwann hatte sie keine mehr übrig. Da draußen in Flandern, das war das große Sterben. Friede war mit mir gekommen, um Verwundete zu pflegen und Wunden zu heilen. Stattdessen warf man ihr zerfetzte Überreste von Menschen hin, die keine Hände mehr hatten, um sie zu halten, keine Augen, um zu sehen, und keine Münder, um zu schreien. Alles, was ihr zu tun blieb, war, bei ihnen zu sitzen, bis sie verreckten. Sie verzweifelte, doch auf mich konnte sie nicht zählen, denn ich krümmte mich wimmernd am Boden und dachte nur an mich. Auf die Beine rappelte ich mich erst wieder, als Benno kam und wir anfingen, von Filmen zu reden. Davon, dass wir es zurück schaffen mussten, um Filme zu machen, um daheim zu erzählen, wie dieser Krieg wirklich war.«

»Damit hattest du etwas, um zu kämpfen«, sagte Lilly.

Stillers Kinn zitterte. Seine Hände, die einander umklammerten, zitterten auch, und Lilly wusste nicht, ob ihm so kalt war wie ihr oder ob er weinte. »Ja, so war es wohl«, sagte er endlich. »Ich beschloss, nicht länger zu kämpfen, und Benno hat mir geholfen. Aber Friede konnte nichts mehr beschließen. All ihre Kraft hatte sie mir gegeben, und dann schlug eine Granate in ihr Lazarett ein. Sie war eine von sechs Überlebenden. Als man sie fand, war sie nicht mehr sie selbst.«

Lilly hörte neben sich seine schweren Atemzüge und konnte sich den Rest zusammenreimen. Die Seele der jungen Frau hatte dem Irrsinn, dem sie ausgesetzt gewesen war, nicht länger standgehalten. Von den Kriegszitterern, den Soldaten, die zu schreienden Bündeln reduziert ins Zivilleben zurückgeschickt wurden, war gelegentlich die Rede, doch die Pflegerinnen erwähnte kein Mensch. Frauen wie Friede waren weibliche Kriegszitterer, die zu viel sinnlosen Tod hatten ertragen müssen, um im Leben noch einen Sinn zu sehen.

»Du hast sie geheiratet?«, fragte sie.

Stiller nickte. »Eine Kriegstrauung. Darüber, dass Friede ihren Namen nicht mehr schreiben konnte, sah man hinweg. Der Beamte witzelte darüber, dass wir ja wohl Grund hätten, es so eilig zu haben, ›und im Frühjahr kräht dann ein kleiner Schreihals in der Wiege‹. Aber geschrien habe nur ich. Friederike bekam davon allerdings nichts mit, und das Kind, das sie erwartet hatte, war bei dem Einschlag der Granate in ihr gestorben.«

»O mein Gott!«, brach es aus Lilly heraus. »Auch noch das.«

Stiller starrte in den Nebel.

»Sie wird nicht wieder gesund?«

Er presste die Lippen zusammen und schüttelte den Kopf. »Alles, was wir noch für sie tun können, ist, ihr die Qualen zu erleichtern. Ich besteche in Buch ständig Leute, damit sie ihr Einzelzimmer behält und den gesamten Cocktail bekommt, den die moderne Medizin zu bieten hat. Morphium, Barbiturate, Belladonna – was zur Verfügung steht, das spritzen sie ihr. Angemeldet ist sie unter ihrem Mädchennamen, denn dass sie inzwischen meinen trägt, ist ihr ja nicht klar. Oder es ist ihr doch klar, und sie sagt es uns nicht. Was weiß denn ich?«

Sie starrten beide auf die Felder, die die Dunkelheit verschluckt hatte, und froren zum Gotterbarmen. Lilly legte ihre Hand über seine, und er ergriff sie und hielt sie mit beiden Händen fest.

»Sie wird noch lange leben?« Die Frage klang grausam, aber sie hatte sich nicht beherrschen können, sie zu stellen.

»Körperlich ist sie gesund«, antwortete Stiller. »Nur Kinder kann sie nicht mehr bekommen, aber zum Sterben gibt es keinen Grund. Meine größte Angst ist, dass sie mich überlebt und dann niemand mehr da ist, der für sie sorgt. Heute Morgen habe ich gedacht, ich könnte Hitler und Ludendorff entgegenmarschieren und sie beide erschießen, damit sie dieses Land in keinen neuen Krieg zerren. Ich ziele gut, war ja ein deutscher

Offizier, wenn auch nur in der Reserve, weil einer von meiner Art in keinem deutschen Heer Karriere machen sollte. Dann hätte ich zumindest etwas Nützliches getan, habe ich gedacht, aber gleich darauf ist mir eingefallen: Und wenn sie mich einen Kopf kürzer machen, was wird dann aus Friede?«

»Du redest Unsinn, Stiller«, sagte Lilly und weinte.

»Ich weiß.«

»Was soll das übrigens heißen: ›einer von meiner Art sollte beim deutschen Heer nicht Karriere machen‹?«, fragte sie. »Und durch was für eine Tür hast du gehen und deine Familie mitnehmen müssen?«

Er fuhr herum, seine Augen weit und der Blick wie gehetzt. »Ich bin Jude. Hast du das nicht gewusst? Einer von denen, die es nicht wert sind, Waffen zu tragen, und die kein Vaterland haben. 1914 hatten wir dann plötzlich doch eines, wir durften dafür töten, und wir durften dafür sterben. Welche Ehre! Mein Vater, der sein Leben lang alles getan hatte, um diese letzte Schwelle der Assimilation zu überwinden, war außer sich vor Glück. Dass ich nicht gestorben, sondern sozusagen desertiert bin, hat er mir nie verziehen.«

Nein, sie hatte es nicht gewusst. Sie hatte überhaupt nichts gewusst, hatte die Bilder nicht gedeutet, und jetzt, wo sie die Zwischentitel gelesen hatte, war es für das Wissen zu spät. Mit aller Kraft presste sie seine Hand, hätte Wärme in ihn hineinpressen wollen und war doch selbst vor Kälte erstarrt.

»Ich lieb dich auch, Stiller«, sagte sie. »Auch wenn's uns nichts mehr nützt.«

Sie fielen sich in die Arme, als hätten sie weit mehr als dreieinhalb Jahre darauf gewartet, küssten sich die eisigen Gesichter, die zitternden Lippen, schoben sich die Zungen in die Münder, die einzige warme Stelle an ihnen. So albern es war, verspürte Lilly nur noch einen Wunsch: Sie wollte mit dem Küssen nicht aufhören.

Für solche Wünsche waren sie nicht mehr jung genug. Sie hatte ein Kind, er hatte eine schwerkranke Frau, und ihr Land war bedroht. Sie mussten in ihr Leben zurück.

Ihre Münder lösten sich voneinander, doch ihre Körper waren noch nicht bereit. Aneinandergedrängt blieben sie sitzen, und er breitete seinen Mantel um sie.

»Was soll denn nun werden?«, fragte sie.

»Das frage ich mich auch.«

»Am 2. Februar heirate ich Walther.«

»Ich weiß. Ariane hat es mir erzählt.«

»Verdammt, Stiller, ich kann das nicht. Weder das eine noch das andere. Ich kann Walther nicht heiraten und dich so sehr lieben, und noch weniger kann ich ihn sitzen lassen und mit dir alle Menschen, die wir lieben, betrügen. Sag mir, was ich tun soll. Wenn du mir sagst, dass unsere Liebe uns das Recht gibt, Unmenschen zu sein, dann werde ich einer und laufe mit dir weg.«

»Ich weiß es doch auch nicht, liebstes Mädchen«, sagte er. »Seit dem Tag, an dem du eigenhändig das umkämpfte Zeitungsviertel befreien wolltest, stelle ich mir die gleichen Fragen und finde keine Antwort. Aber eines weiß ich. Ich sage dir eines, was du tun kannst.«

Fragend sah sie ihn an.

»Mach mit mir diesen Film«, sagte er. »Es ist ein Film von Krieg und Tod. Ich brauche dich, damit es auch ein Film von Liebe wird.«

Von Neuem begann Lilly zu zittern. »Glaubst du, er wird überhaupt gedreht werden, wenn Hitler und Ludendorff die Regierung an sich reißen?«, wich sie aus.

»Nein«, sagte er. »Aber dann haben du und ich es wenigstens bis zum letzten Augenblick versucht.«

Sie ließ sich von Neuem gegen ihn sinken, und er zog sie an sich. »Du weißt, dass du zur Filmemacherin geboren bist«, sagte er und streichelte unter ihrem Mantel ihre Seite, die Rippen hinunter, über Taille und Hüfte. »Dieser Film braucht dich, und du brauchst diesen Film. Wir können das trotz allem teilen, Lilly.«

Sie nickte. »Es ist unsere Glasglocke, unter die sonst niemand Zutritt findet.«

»Deshalb habe ich dir nicht widerstehen können«, sagte er. »Nicht weil du die schönste Frau aller Zeiten bist, was du natürlich trotzdem bist, sondern weil ich sicher war, dass es aus der Einsamkeit dieser Glasglocke keinen Ausweg geben kann – aber dann war ich unter meinem beschlagenen Glas auf einmal nicht mehr allein, sondern zu zweit.«

Sie reckte sich und küsste ihn links und rechts auf die Mundwinkel. »Und wie soll ich das aushalten, dass ich dich so lieb habe, Stiller? Wie sollen wir das aushalten und dabei einen brauchbaren Film drehen?«

»Frag mich nicht.« Er umfasste ihr Gesicht mit seinen kalten Händen und küsste ihr die Augenlider. »Wir müssen eben Helden sein. Helden, die mit den Zähnen klappern.«

»Haben wir sonst eine Hoffnung?«

»Nein.«

Sie küssten sich wieder.

»Also gut«, sagte Lilly. »Falls die Republik diese Nacht überlebt, lass uns das versuchen. Auch wenn wir verrückt sind. Auch wenn wir daran kaputtgehen und andere kaputtmachen könnten.«

»Wir werden aufpassen«, sagte er. »Ich auf dich und du auf mich.«

Sie schob eine Hand über sein Herz, fühlte durch den dünnen Stoff, wie es sein Blut pumpte.

»Und das kleine Mädchen?«, fragte er. »Das arme Ding, das du nach meinem Schäferhund genannt hast?«

»Thali«, sagte Lilly. »Wir nennen sie Thali.«

»Das ist, ehrlich gesagt, ziemlich hübsch.«

Lilly nickte.

»Darf ich sie manchmal sehen?«

Wie hätte sie ihm das verbieten, wie hätte sie Thali und sich selbst das verbieten können?

»Lass uns abwarten und schauen, was sich möglich machen lässt. Diese ganze Kiste ist derartig verfahren, dass ich im Augenblick nicht die geringste Ahnung habe, wie wir aus dem Sumpf wieder hinauskommen sollen.«

»Du sagst es, liebstes Mädchen.« Er wandte sich ihr so weit zu, dass sie einander gegenübersaßen, und zog ihr Gesicht an seine Brust. »Und dennoch ist etwas in mir glücklich. Dieses verdrehte Etwas in mir, das vollkommen wahnsinnig sein muss.«

»Das Etwas in mir ist auch glücklich. Und auch wahnsinnig.«

Sie schlossen die Arme umeinander und hielten sich schweigend fest, bis das Geschrei ertönte.

»Herr Stiller! Frollein Lilly! Ja, lieber Herrjott im Himmel, wo stecken Se denn?«

Lilly und Stiller fuhren auseinander, drehten sich um und sahen Emil Wachter, den Schneemann, der nicht schmolz. In der erhobenen Rechten schwenkte er eine schwere eingeschaltete Taschenlampe und kam die Straße entlanggerannt.

Stiller sprang auf, gab dabei Lilly nicht frei, sondern ließ seine Hände auf ihren Schultern ruhen. »Egon!«, rief er über die schweigende Ebene hinweg. »Was gibt es denn, ist alles in Ordnung bei Ihnen?«

»Allet in bester Butter!«, rief Emil Wachter fröhlich, schwang herum und rannte über das Feld auf sie zu. »Ick sollte doch Bescheid sajen, wenn in meen Radio wat Neuet über die olle Kanaille aus Bayern jebracht wird – und nu stell'n Se sich vor, Chef: Is allet paletti, allet jut ausjejangen. Die war'n noch nich' mal aus München raus, da hat die Polente sich den janzen Sauhaufen jeschnappt und Kleinholz draus jemacht. Der

Ludendorff, das Aas, hockt schon im Kittchen, den Hitler suchen Se noch, aber im Radio sagen Se, det kann sich nur noch um Minuten handeln.«

»Na, wenn sie das im Radio sagen, dann muss es ja stimmen.« In Stillers Stimme schwang ein unaufhaltsames Lachen mit.

Lilly stand ebenfalls auf, ließ den Arm um Stillers Mitte geschlungen und breitete den anderen aus, um Emil Wachter einzuschließen. »Der Putsch ist gescheitert?«, rief sie und fühlte sich wie betrunken. »Unser Leben geht weiter? Unser Film wird gedreht?«

»Na und wie, meene Kleene.« Emil Wachter strahlte über das ganze Gesicht. »Daruff ham wa doch jewartet, datt Sie mit unserm Chef hier wieder 'nen Film drehen. Der is doch nich' mehr er selber, seit Se weg sind. Wie so'n Schluck Wasser inne Kurve hängt der hier rum – Sie wissen schon, wat ick meene.«

»Und jetzt reicht's, Emil.« Stiller zog Lilly an sich und sandte Wachter ein Grinsen. »Bekommen wir bei Ihnen im Kabäuschen vielleicht etwas Alkoholisches zum Aufwärmen?«

»Und ob«, antwortete Wachter. »'n schönen Kräuterschnaps hab ick, damit kriegen wa Sie schon wieder warm. Anstoßen müssen wa ja sowieso, wo wa doch dem Hitler jezeigt ham', wat 'ne Harke is', und 'n paar Mettwurschtschrippen wär'n ooch noch da, wenn Se wollen.«

»Und ob wir wollen!«, rief Lilly, auch wenn nur ein Teil von ihr sich so fröhlich fühlte, wie ihre Stimme klang. Die Republik war gerettet, es würde keine Nationalisten an der Macht und keinen neuen Krieg geben. Das war das Wichtigste. Thali hatte eine Zukunft, sie selbst würde wieder einen Film drehen, und sie war auf der Welt nicht allein.

»Na denn ma' ran an die Buletten.«

Wachter, ihr unzerstörbarer Schneemann, stapfte voran, und Stiller legte den Arm um Lilly und führte sie hinter ihm her.

»Wir schaffen das, nicht wahr, Stiller?«, fragte sie. »Jetzt, wo die Republik es geschafft hat, wursteln wir es uns irgendwie zurecht?«

Er beugte sich hinab und küsste ihr Haar. »›Jeder Tag kann das Paradies bringen, jede Nacht die Sintflut‹«, raunte er ihr zu. »Das hat Ernst Toller geschrieben, und wenn ich nur hin und wieder eine Stunde in deiner Nähe hocken darf, kann ich an ein Paradies auch wieder glauben. Deshalb leben wir weiter. Deshalb machen wir aus solchen Sätzen einen Film.«

Einen Atemzug lang fühlte sich Lilly von alledem überwältigt, und die funkelnden Lichter der Filmstadt Babelsberg, die sie nach Dunkel und Nebel empfingen, taten ein Übriges. Dann aber fing sie sich, reckte sich im Gehen und küsste ihn auf die Wange. »Solange wir Emil Wachters Mettwurstschrippen haben, werden wir es schon schaffen«, sagte sie.

Credits

Charlie Lyne

LONDON

Oktober 2021

»Ich habe Angst vor meinen eigenen Filmen.«

Alfred Hitchcock

Hat nicht jeder Angst vor dem, was er eigenhändig fabriziert hat und was nun unter die unbarmherzigen Augen der Leute muss?

Ich jedenfalls habe jetzt Angst vor meinem eigenen Buch – oder besser vor Ihnen, die Sie es lesen und beurteilen werden.

Aber ich freue mich auch darauf, bin gespannt und bedanke mich dafür, dass Sie es tun.

Ich bedanke mich außerdem bei Meister Hitchcock persönlich dafür, dass ich mir all seine so wundervoll passenden Zitate borgen durfte, wobei ich ehrlicherweise zugeben muss, dass er sich dagegen gar nicht mehr hätte wehren können. (Obwohl man sich da ganz so sicher ja nicht sein kann, denn wie Hitchcock richtig sagt: »Um zu wissen, was nach dem Tod geschieht, müssen wir sterben.«)

Ich bedanke mich außerdem laut und überschwänglich bei Jenny Brodski, die dieses Projekt mit mir ins Leben gerufen, die es betreut hat und hoffentlich weiter betreut, und bei all den Leuten im Verlag, die so unglaublich nett zu mir waren, noch ehe ich überhaupt eine Zeile geschrieben hatte.

Ich bedanke mich bei Roman Hocke und Cornelia Petersen-Laux, die sich tapfer und unermüdlich durch die Formalitäten eines amerikanischen Vertragsschlusses für eine deutsche Autorin mit Wohnsitz in Brexit-Britain kämpften. Nervenzusammenbrüche hatten wir alle mehrere, aber dank euch haben wir überlebt.

Und dann bedanke ich mich natürlich noch bei meiner Lektorin Silvie Kuttny-Walser, die die Königin der Lektorinnen ist und ohne die ich kein Buch schreiben, keine Figuren anziehen (die müssten alle nackt bleiben!), vor allem aber – leider buchstäblich – nicht bis drei zählen kann.

Almost last but not almost least: Vielen Dank an Sarah de Almeida – fürs Schlüsselloch und überhaupt. *You rock, wonder woman. Keep it up.*

Und das war's dann schon fast. Als junge Übersetzerin hatte ich immer meine Freude an den seitenlangen Danksagungen (leicht verdientes Geld …), in denen auch die netten Leute gewürdigt wurden, die dem jeweiligen Autor während des Schaffensprozesses Tee gekocht hatten. Mir kocht keiner Tee. Mein Mann kocht mir Kaffee, aber bei dem bedanke ich mich lieber persönlich und bei meinem Sohn, der mir erklärt hat, wie man in einem Schrank filmt, auch.

Also bleiben mir nur noch Sie – die Leserinnen und Leser, denen nicht nur einmal eingangs, sondern auch ausgangs noch einmal Dank gebührt. Danke, dass Sie von allen Büchern meines ausgesucht haben, um ihm Ihr Geld und Ihre Zeit zu schenken. Ich hoffe, es hat Sie ein wenig unterhalten, Sie haben sich Popcorn dazu gemacht, und wir sehen uns bald wieder – demnächst in diesem Theater. Zu Lebzeiten meiner Adlers, der ersten großen Blüte des Films, wurde heftigst befürchtet, der Triumphzug des Kinos werde den kulturellen Untergang des Abendlandes einleiten. Machen wir uns den Untergang des Abendlandes gemütlich – ich freue mich auf Sie!

Vom Regiepult grüßt – Charlie Lyne, London, Herbst 2021

Glossar

Ackerstraße. Straße im Berliner Bezirk Mitte, die die AEG-Apparatefabrik mit dem AEG-Fabrikgelände in der Voltastraße verband. Ende des 19. Jahrhunderts wurden hier in aller Eile Mietskasernen für die Arbeiter hochgezogen und ab 1895 die erste U-Bahn auf europäischem Festland gebaut.

Alldeutscher Verband. Radikal nationalistische, antisemitische Organisation, die 1891 mit dem Ziel eines kolonialen deutschen Weltreichs gegründet wurde. Im Ersten Weltkrieg setzte der Verband sich für größtmögliche Eroberungen ein, die sogenannte »Erweiterung des deutschen Lebensraumes«.

Anders als die Andern. Richard Oswalds 1919 produzierter Film stellte eine Sensation dar, denn er ist der erste deutsche Film, der sich – nach einer sehr kurzlebigen Abschaffung der Filmzensur ab November 1918 – offen mit dem Thema Homosexualität befasste. Der Film hatte im Mai 1919 im Apollo-Theater Uraufführung. Diese habe ich aus dramaturgischen Gründen ein paar Monate nach hinten verlegt. Die Rolle der Else, die ich zumindest temporär meiner Ariane zugeschanzt habe, wurde in Wahrheit von der grandiosen Tänzerin Anita Berber gespielt, die sie dann ja auch in meinem Roman schließlich bekommt.

Apollo-Theater. Das in den 1870er-Jahren begründete Theater im Kreuzberger Teil der Friedrichstraße wurde 1913 auf reinen Kinobetrieb umgestellt. Ab 1930 – inzwischen gab es genug Kinos in Berlin – wurde dort allerdings wieder Theater gespielt.

Babelsberg. Im Potsdamer Stadtteil Babelsberg wurde 1912 das erste Groß-Filmstudio der Welt begründet. Es ist bis heute das größte Europas. Seit 1921 gehörte das Studio Babelsberg der Ufa, und Alfred Hitchcock drehte hier 1924 seinen ersten Film.

Berliner Luft. Dessert aus Eischaum, meist mit Himbeeren serviert.

Berliner Tageblatt. Überregionale Tageszeitung, die seit 1872 erschien und als auflagenstärkste Zeitung im Deutschen Kaiserreich ein Leitmedium darstellte. Hielt sich das *Tageblatt* im Kaiserreich relativ neutral, so zeigte es ab 1919 linksliberale Tendenzen. 1939 stellte die Zeitung mit dem Sitz im Mossehaus ihr Erscheinen ein.

Bildformate. Bei Mignon, Imperial, Visite, Cabinet, Victoria, Promenade und Boudoir handelt es sich um im 19. Jahrhundert gebräuchliche Bildformate, die bis zum Ersten Weltkrieg in Gebrauch waren.

Bimmel-Bolle. Berliner Spitzname für die Milchverkaufswagen der Meierei C. Bolle, auf denen Jungen ihren Kunden durch das Läuten einer Glocke – »Bimmel« – ihr Kommen ankündigten.

Bioskop. Von den Brüdern Max und Emil Skladanowsky erfundener Filmprojektor, mit dem im November 1895 im Berliner Wintergarten erstmals einem Publikum kurze Filmsequenzen vorgeführt wurden.

Bufa. Bild- und Filmamt. Im Januar 1917 durch die oberste Heeresleitung begründete Institution, die dazu diente, den Film als Propagandamittel für den Krieg einzubeziehen. Dem Bufa voraus ging seit 1916 eine »militärische Film- und Fotostelle«, die von Hans von Haeften geleitet wurde. Im Juli 1917 ging das Bufa auf Befehl Ludendorffs in der neu gegründeten Ufa auf.

Carl Zeiss. 1946 in Jena gegründetes Unternehmen der optisch-feinmechanischen Industrie.

Central-Hotel. 1880/81 errichtetes luxuriöses Hotel an der Berliner Friedrichstraße. Das Central war nach dem kurz zuvor eröffneten Kaiserhof das zweite Grandhotel in Berlin und sollte mit den großen Hotels in Paris und London konkurrieren.

Chose. Sache, Angelegenheit. Im Berliner Dialekt häufig benutzte Verballhornung des gleich lautenden französischen Wortes.

Circus Renz. 1842 von Jakob Renz gegründetes Zirkusunternehmen, das zunächst in Berlin, dann auch in mehreren anderen deutschen Städten über feste Aufführungsstätten verfügte. 1897 musste die Familie Renz den Zirkus aus finanziellen Gründen verkaufen.

Cserépy-Film. Von Arzén von Cserépy 1919 begründete kurzlebige Filmproduktionsgesellschaft.

Dampforgel. 1855 patentierte Orgel, die mit Wasserdampf betrieben wurde und mit ihrem typischen Klang besonders auf Jahrmärkten beliebt war.

DDP. Deutsche Demokratische Partei, Weimarer Nachfolgerin der Volkspartei.

Deutsche Bioscop. Ab 1899 bestehende Filmproduktionsfirma mit einem Studio in Neubabelsberg, das später die Ufa übernahm. Produzierte 1928 ihren letzten Film, war zu dieser Zeit jedoch bereits unbedeutend.

Deutsche Filmschule. Von 1921 bis 1934 in München existierende staatlich anerkannte höhere Fachschule Deutschlands zur Ausbildung von Filmschaffenden. Eine echte Filmhochschule gab es in Deutschland erst ab 1938 in Gestalt der Deutschen Filmakademie Babelsberg.

Dorotheenstadt. Historisches Stadtviertel im Berliner Bezirk Mitte, im Norden begrenzt von der Spree.

Entfesselte Kamera. In ihrer ausgereiften Form kam die sogenannte entfesselte Kamera – eine Kamera, die auf einem Kran oder einer Schaukel bewegt wurde und somit die

Bewegung einer Szene direkt verfolgen konnte – erstmals 1923 in dem Film »Der letzte Mann« zum Einsatz. Sie wurde von dem Kameramann Carl Freund entwickelt. Da es jedoch bereits in den Jahren zuvor zahlreiche Experimente mit dieser Technik gab, habe ich mir die Freiheit genommen, meiner Lilly eine solche Idee zuzuschreiben.

Edison's Ideal. 1896 von Hermann O. Foersterling hergestellter Filmprojektor, den er in mehreren europäischen Ländern bewarb und vertrieb. Er hatte das Gerät dem Apparat des Franzosen Pierre-Victor Continsouza nachempfunden, der in Deutschland nicht patentiert worden war.

Eigene, Der. Als »Blatt für männliche Kultur« von 1896 bis 1932 herausgegeben, war *Der Eigene* die erste Homosexuellen-Zeitschrift der Welt.

Eldorado. Nachtclub/Transvestitenlokal in der Berliner Martin-Luther-Straße, das sich sensationeller Beliebtheit erfreute. Eröffnet 1926.

Erfüllungspolitik. Als »Erfüllungspolitik« schmähten rechtsgerichtete, nationalistische und republikfeindliche Kräfte den Kurs der Weimarer Regierung, sich auf die Forderungen der Entente-Mächte nach Reparationszahlungen einzulassen und diese nach Möglichkeit zu »erfüllen«.

Film-Kurier. 1919 begründete und bis 1945 erscheinende deutsche illustrierte Filmzeitschrift, die zu den einflussreichsten Filmzeitschriften überhaupt zählte.

Freikorps. Bedeutung des Wortes nach dem Ersten Weltkrieg: militärische Verbände, die sich rechtlich in einer Grauzone befanden. Die Korps bestanden mehrheitlich aus ungedienten Freiwilligen und oft sehr jungen ehemaligen Frontoffizieren und Soldaten.

Funk-Stunde Berlin. Erster Rundfunksender Deutschlands. Nahm am 29. Oktober 1923 um 20 Uhr das – gebührenpflichtige – Programm auf.

Gertraudenhospital. Das 1870 begründete Gertraudenhospital befand sich in Berlin-Kreuzberg und wurde 2002 aufgelöst. Mit dem gleichnamigen Hospital in Berlin-Wilmersdorf, das noch heute existiert, hat es nichts zu tun.

Glockenhut. Damenhut, der mit seiner runden Form besonders gut zu der Frisur des Bubikopfes passte und Anfang der Zwanzigerjahre modern wurde.

Grüne Fee. Im 19. und frühen 20. Jahrhundert gebräuchlicher Beiname für den Absinth, eine Wermutspirituose, die sich einer geradezu kultartigen Beliebtheit erfreute und nicht immer, aber meist grün gefärbt ist. In verschiedenen Ländern war Absinth zeitweise einer vermuteten Gesundheitsgefährdung wegen verboten.

Holländerviertel. Zauberhafter Stadtteil von Potsdam, der im 18. Jahrhundert nach Plänen des Amsterdamer Baumeisters Jan Bouman erbaut wurde.

Homburg. Filzhut für Herren mit einem Knick in der Krone und breiter Krempe. Verbreitete sich durch die Begeisterung des englischen Kronprinzen in den 1880er-Jahren rasch.

Hoppegarten. Östlich von Berlin gelegene Gemeinde, in der 1868 die Galopprennbahn Hoppegarten eröffnet wurde. Hoppegarten wurde rasch zur wichtigsten Rennbahn Deutschlands und zog an Renntagen bis zu 40 000 Zuschauer an.

Jannowitzbrücke. Ursprünglich 1822 erbaute Brücke über die Spree im Berliner Bezirk Mitte. 1927 wurde die Brücke zum Bau einer U-Bahn-Strecke demoliert und neu errichtet.

Jan Vermeulen, der Müller aus Flandern. Dieser Film – einer der ersten und erfolgreichsten des neu gegründeten Bufa – hatte nicht, wie von mir im Roman behauptet, im April 1917, sondern erst im August desselben Jahres seine Uraufführung. Ich habe aus dramaturgischen Gründen diesen Termin leicht vorgezogen.

Kaiserpanorama. Um 1880 aufgekommenes Massenmedium, bei dem stereoskopische Bilderserien in einem hölzernen Zylinder abgespielt wurden, wobei bis zu 25 Zuschauer ihnen durch Gucklöcher folgen konnten. Da sich eine solche Einrichtung seit 1883 auf der Berliner Kaiserpromenade befand, bürgerte sich der Name Kaiserpanorama ein.

Kakadu. 1919 eröffnete Bar am Berliner Kurfürstendamm, die sich einst rühmte, Europas längsten Tresen zu betreiben.

Sowohl Künstler als auch Wirtschaftsgrößen und die Halbwelt frequentierten diesen beliebten Treffpunkt der Zwanzigerjahre.

Kinematograph, Der. Erste deutsche Fachzeitschrift für Film- und Kinotechnik. Erschien ab 1907, anfangs zwölfseitig der Zeitschrift *Der Artist* beigelegt, ab 1928 jedoch sogar täglich. Durch die Inflation geriet die Zeitschrift in Schwierigkeiten und wurde 1923 an den Scherl-Verlag, der zum Hugenberg-Konzern gehörte, verkauft. Dieser übernahm 1928 auch die Ufa. *Der Kinematograph* wurde 1935 eingestellt.

Kino Topp. Das 1907 im Obergeschoss eines Wohnhauses im Berliner Bezirk Kreuzberg eingerichtete Kino war womöglich das erste rein der Vorführung von Filmen gewidmete Lichtspielhaus Berlins. Der Begriff »Kintopp« mag sich aus der Verballhornung des Namens entwickelt haben.

Kodak. Die 1892 gegründete amerikanische Firma Kodak brachte die legendäre Box-Kamera Kodak 1 heraus und öffnete damit die Tür für die Amateurfotografie. Die Box-Kamera war wesentlich leichter und einfacher zu bedienen. *»You press the button and we do the rest«*, lautete der Werbeslogan.

Kowo Gesellschaft für Filmfabrikation 1910 von Carl Hugo Wolff in Berlin begründete Filmproduktionsfirma, die 1913 ihren ersten Stummfilm produzierte. Zwar bestand die Kowo bis Anfang der Dreißigerjahre, erlangte jedoch keine Bedeutung.

Kraftdroschke. Anfang des 20. Jahrhunderts mit einem Taxameter ausgestattete Motortaxe.

Kranzler, Café. Das Kranzler wurde 1825 an der Kreuzung Friedrichstraße / Unter den Linden von einem Zuckerbäckergesellen als schlichte Konditorei eröffnet. Es avancierte zu Berlins beliebtestem Café.

Kreissäge. Flacher Strohhut für Herren.

Krumme Lanke. Berliner Havelsee im Bezirk Zehlendorf.

Malteserkreuzschaltung. Getriebe aus einem sternförmigen Rad und einem Gesperre, die sich im Wechsel bewegen. Häufig zum Filmtransport im Projektor verwendet.

Laufbodenkamera. Bei dieser um die Jahrhundertwende aufkommenden Kamera ließ sich die Fotostandarte auf einem Laufboden verschieben. Die Kamera war kleiner und leichter und damit transportabler als herkömmliche Plattenkameras und wurde vor allem in der Pressefotografie eingesetzt.

Luna-Park. Der Luna-Park im Berliner Bezirk Halensee war von 1909 bis 1933 Europas größter Vergnügungspark.

Marmorhaus. 1913 am Kurfürstendamm eröffnetes großes Kino, das 2001 geschlossen wurde und bis dahin Deutschlands ältestes Kino war.

Messter-Wochenschau. Auch *Messter-Woche.* Erste deutsche Wochenschau, propagandistisch gefärbte Berichte über das Geschehen an den Fronten, im Auftrag der Presseabteilung des Generalstabs. Produziert von Kinopionier Oskar Messter und erstmals gezeigt am 23. Oktober 1914.

Mitchell Standard Studiokamera. Die 1919 von der neu gegründeten Mitchell Camera Cooperation in Los Angeles erstmals entwickelte Kamera mit Planetengetriebe sollte die beliebteste Kamera des Goldenen Zeitalters von Hollywood werden.

Mossehaus. In der Berliner Schützenstraße, im Zeitungsviertel (Friedrichstadt/Mitte), gelegenes Verlagshaus, das der Verleger Rudolf Mosse 1900 unter anderem für sein *Berliner Tageblatt* erbauen ließ.

Müggelsee. Von der Spree durchflossener größter Berliner See.

PAGU. Produktions-AG Union. 1906 begründet, war die PAGU eine der wichtigsten Filmproduktionsgesellschaften des Kaiserreichs. Sowohl Max Reinhardt als auch Ernst Lubitsch machten hier ihre ersten Schritte als Filmregisseure.

Nesselsdorf Präsident. 1898 vorgestelltes offenes, viersitziges Automobil der Firma Nesselsdorf. Dass diese technisch längst überholten Modelle nach dem Ersten Weltkrieg noch gefahren wurden, lag daran, dass die rasante Entwicklung der Automobilindustrie ihre Energien vollständig auf die Herstellung kriegstauglicher Fahrzeuge warf, weshalb die Pkw-Produktion lange auf dem Stand des Jahres 1913 stehen blieb.

Northern Sun. Kamerahersteller im englischen Leeds, der um die Jahrhundertwende zu den führenden Herstellern im fotografischen Bereich gehörte.

Paramount Pictures. 1912 gegründete US-amerikanische Filmproduktionsgesellschaft mit Sitz in Los Angeles.

Penunzen. Dem Polnischen entlehnter veralteter Berliner Ausdruck für Geld.

Plattenkamera. Bei der Plattenkamera wurden gläserne Platten als Aufnahmematerial verwendet, was den Apparat schwer und wenig handlich sowie die Aufnahmen sehr teuer machte. Die im 19. Jahrhundert verbreitete Fotoplatte, die gestochen scharfe Kontaktabzüge lieferte, wurde Ende des 19., Anfang des 20. Jahrhunderts vom Rollfilm abgelöst.

Protarobjektiv. Zweigliedriges, aus vier Linsen bestehendes Kameraobjektiv, das Paul Rudolph 1890 für die Firma Carl Zeiss entwickelte.

Reichsbanner Schwarz-Rot-Gold. 1924 gegründeter Verband von Kriegsteilnehmern, die demokratischen Parteien angehörten, von den Sozialdemokraten dominiert. Mit der Gründung des Reichsbanners reagierten demokratische Kräfte auf die wachsende Gewalt des politischen Kampfes, den nationalsozialistische Organisationen in Straßen und Säle trugen.

Reformkleid. Reformkleidung, die ohne den Körper einengendes Korsett getragen wurde, kam im Zuge der erstarkenden Frauenbewegung Ende des 19. Jahrhunderts auf und hatte sich bis zum Ende des Ersten Weltkriegs allgemein durchgesetzt.

Rentenmark. Von der am 23. Oktober 1923 gegründeten Rentenbank eingeführtes Zahlungsmittel, das als Übergang zur Beendigung der vorangegangenen Hyperinflation gedacht war. Die auf die Grundschuld gestützte Rentenmark war bis 1948 im Umlauf.

Rimmel. 1820 begründetes britisches Kosmetikunternehmen, das Ende des 19. Jahrhunderts die erste feste, in Blöcken verkäufliche Mascara anbot.

Rollfilmkamera. Fotoapparat, bei dem das Aufnahmematerial aus einem leichtgewichtigen Rollfilm besteht. Das 1875 in London erfundene Prinzip löste nach und nach das bis dahin gebräuchliche Prinzip der sehr schwergewichtigen Plattenkamera ab.

Rote Fahne. Zentralorgan der KPD, das im November 1918 als Publikation des Spartakusbundes gegründet wurde. Die *Rote Fahne* wurde 1933 verboten, erschien jedoch weiter im Untergrund und wurde erst 1945 eingestellt.

Roter Frontkämpferbund. In der Struktur dem Reichsbanner ähnlicher paramilitärischer Verband unter Führung der KPD, der in den rechten Kampfverbänden (SA, Stahlhelm) seine Gegner sah.

Sans-Vetre-Korsett. Französisch für »Ohne Bauch«. Bei dieser extrem gesundheitsschädlichen Art des Korsetts um 1900 wird eine S-Form der Silhouette erreicht, indem die Taille zusammengeschnürt und Brust und Gesäß herausgestellt werden.

Schlesische Lotterie. In den Zwanzigerjahren beliebtes Kartenspiel, bei dem mit Spielgeld oder Chips Einsätze getätigt werden.

Spartakisten. Die *Spartakusgruppe,* der Rosa Luxemburg und Karl Liebknecht angehörten, war 1916 entstanden, schloss sich 1917 der USPD an und gründete sich 1918 neu. Die radikalere, revolutionäre linke Gruppierung initiierte Anfang 1919 die Gründung der KPD und den Januaraufstand, um gegen die Entlassung des USPD-Polizeichefs Emil Eichhorn zu protestieren. Mit der gewaltsamen Zerschlagung des Aufstands und der Ermordung der Leitung wurde auch der Spartakusbund zerstört.

Steinheil & Söhne. 1855 von Carl August von Steinheil in München gegründetes Unternehmen, das optische Geräte, unter anderem Kameraobjektive, entwickelte und herstellte.

Stollwerck. Lebensmittelhersteller, bestehend seit 1834, bekannt vor allem für seine Schokolade. Stollwerck gilt als das erste Unternehmen in Deutschland, das seine Produkte in eigens aufgestellten Automaten anbot, und war auch eines der ersten, die den neu erfundenen Kinematografen für sich nutzen wollte und investierte.

Tante Voss. Berliner Spitzname für die *Vossische Zeitung,* eine der wichtigsten Tageszeitungen der Hauptstadt, die 1933 zwangsweise eingestellt wurde.

Topfhut. Anfang der Zwanzigerjahre moderner Damenhut ohne Krempe.

Totalisator. 1865 von Pierre Oller erfundene Art der Pferdewette, bei dem die Wetter nicht gegen einen Buchmacher, sondern gegeneinander wetten. Pferdewetten wurden in Deutschland 1882 zum Glücksspiel erklärt und verboten. Das Verbot wurde 1903 aufgehoben.

Ufa. Universum Film AG. Filmunternehmen, gegründet am 18. Dezember 1917 in Babelsberg/Potsdam. Die Ufa ging aus dem Bild- und Filmamt (Bufa) hervor, das die Oberste Heeresleitung des Ersten Weltkriegs im Januar 1917 eingerichtet hatte.

Ufa-Palast am Zoo. 1919 eröffnetes wichtigstes Uraufführungstheater der Ufa, das ursprünglich 1740 Sitzplätze hatte. 1925 wurde das luxuriöse Lichtspielhaus auf 2200 Sitze erweitert. Eröffnet wurde es am 18. September 1919 in Wahrheit mit Ernst Lubitschs Film »Madame Dubarry«; ich hoffe jedoch, er ist mir nicht böse, dass ich es mir für den »Cornet« ausgeborgt habe. 1943 wurde der Ufa-Palast bei einem Bombenangriff zerstört. Seit 1957 steht der Zoo-Palast an seiner Stelle.

Union Palast. 1913 eröffnet, war der Union Palast eines der ersten Kinos Berlins. Er verfügte über einen Bierkeller, ein Café und den Vorführsaal mit 850 Plätzen. Später erhielt das Kino den Namen Filmbühne Wien.

USPD. Unabhängige Sozialdemokratische Partei Deutschlands. 1917 gegründete Partei, die durch den Ausschluss von kritischen Mitgliedern aus der Mehrheits-SPD entstand.

Veronal. 1903 von der Firma Merck auf den Markt gebrachtes Barbiturat, das sich als Schlafmittel in den ersten Jahrzehnten der Zwanzigerjahre enormer Beliebtheit erfreute, inzwischen aber als solches nicht mehr zugelassen ist.

Vertrag von Rapallo. In diesem am Ostersonntag des Jahres 1922 geschlossenen völkerrechtlichen Vertrag erkannten die Sowjetunion und die deutsche Republik einander an. Der Vertrag, der überraschend geschlossen wurde, stellte für Deutschland einen wichtigen Schritt bei der Rückkehr in die Völkerfamilie dar.

Very Old Tawny. Mindestens vierzig Jahre alter Portwein.

Viktoria-Lyzeum. 1896 von Georgina Archer in der Berliner Potsdamer Straße eröffnete Lehranstalt für »höhere Töchter«, die das Ziel hatte, Mädchen auf ein – ihnen zu jener Zeit verwehrtes – Universitätsstudium vorzubereiten.

Wertheim. Kaufhausunternehmen, das 1852 durch die Gebrüder Wertheim begründet wurde. Das berühmte luxuriöse Warenhaus des Unternehmens in der Berliner Leipziger Straße wurde 1896 feierlich eröffnet und war ein großer Erfolg. 1937 wurden die jüdischen Eigentümer durch die Nazis enteignet.

Wintergarten. Varietébühne in der Nähe des Berliner Bahnhofs Friedrichstraße, ursprünglich als 75 Meter langer Palmengarten des Central-Hotel eingerichtet.

Wunderkammer. Raritätenkabinett, in der Sammler ihre Kuriositäten präsentierten. Erfreuten sich die Wunderkammern noch bis zum Ende des 19. Jahrhunderts größter Beliebtheit, so wurden sie nach und nach von Museen abgelöst.

Zeitungsviertel. Das Berliner Zeitungsviertel entstand im Laufe des 19. Jahrhunderts im Bezirk Friedrichstadt und entwickelte sich, nachdem zunächst nur das Mossehaus dort stand, zum größten Zeitungsviertel der Welt.

Zentrum. Mächtige katholische Partei des Kaiserreichs und der Weimarer Republik.

Printed in Poland
by Amazon Fulfillment
Poland Sp. z o.o., Wrocław

39456077R00274